Jonathan Stroud

Lockwood & Co.

Das Flammende Phantom

DER AUTOR

Jonathan Stroud wurde im englischen Bedford geboren. Er arbeitete zunächst als Lektor. Nachdem er seine ersten eigenen Kinderbücher veröffentlicht hatte, beschloss er, sich ganz dem Schreiben zu widmen. Er wohnt mit seiner Frau Gina und den gemeinsamen Kindern Isabelle, Arthur und Louis in der Nähe von London.
Berühmt wurde er durch seine weltweite Bestseller-Tetralogie um den scharfzüngigen Dschinn Bartimäus.

Von Jonathan Stroud sind ebenfalls bei cbj erschienen:

Lockwood & Co. – Die Seufzende Wendeltreppe (Band 1; 40309)
Lockwood & Co. – Der Wispernde Schädel (Band 2; 40344)
Lockwood & Co. – Die Raunende Maske (Band 3; 40362)
Lockwood & Co. – Das Grauenvolle Grab (Band 5; 31291)
Lockwood & Co. – Der Verfluchte Dolch (Short-Story; 23450)
Scarlett & Browne – Die Outlaws (Band 1; 31548)
Scarlett & Browne – Die Berüchtigten (Band 2; 31596)
Scarlett & Browne – Die Legendären (Band 3; 16772)
Bartimäus – Das Amulett von Samarkand (Band 1; 21695)
Bartimäus – Das Auge des Golem (Band 2; 21853)
Bartimäus – Die Pforte des Magiers (Band 3; 21957)
Bartimäus – Der Ring des Salomo (Band 4; 22303)
Die Spur ins Schattenland (22597)
Die Eisfestung (02353)
Valley – Das Tal der Wächter (02520)

Mehr zu unseren Büchern auch auf Instagram

JONATHAN STROUD

LOCKWOOD & Co.

DAS FLAMMENDE PHANTOM

Aus dem Englischen von
Katharina Orgaß und Gerald Jung

cbt

MIX
Papier | Fördert gute Waldnutzung
FSC® C014496
FSC www.fsc.org

Penguin Random House Verlagsgruppe FSC® N001967

4. Auflage 2025
Erstmals als cbj Taschenbuch März 2019

Neumarkter Straße 28, 81673 München
produktsicherheit@penguinrandomhouse.de
(Vorstehende Angaben sind zugleich
Pflichtinformationen nach GPSR.)
www.cbj-verlag.de

Die Originalausgabe erschien 2014 unter dem
Titel »Lockwood & Co. – The Creeping Shadow«
bei Doubleday, einem Imprint von
Random House Children's Books, London
Übersetzung: Katharina Orgaß und Gerald Jung
Innenillustrationen: © 2016 Kate Adams
Umschlagbild und -gestaltung: bürosüd, München
MP · Herstellung: LW
Satz: Uhl + Massopust, Aalen
Druck: GGP Media GmbH, Pößneck
ISBN 978-3-570-31263-6
Printed in Germany

www.lockwood-und-co.de

Für Louis, in Liebe

Inhalt

Ganz Großbritannien befindet sich in den Fängen einer Geisterepidemie.

Seit nunmehr fünfzig Jahren suchen die ruhelosen Seelen der Toten in ständig wachsender Zahl die Insel und ihre Bewohner heim – keiner weiß, wie oder warum. Bei Einbruch der Dunkelheit verbarrikadieren sich daher die Londoner in ihren Häusern, deren Anwesen mit einer Vielzahl an Geisterabwehrmechanismen bewehrt sind. Dann liegen die Straßen verlassen da – bis die Schatten sich rühren. Nun ist es an den Schemen, Alben und Wiedergängern, die Stadt für die Nacht zu der ihren zu machen.

Manche der Phantome gieren danach, mit den Lebenden in Kontakt zu treten, doch die Folgen sind fatal für die Menschen. Die für das Übernatürliche blinden und tauben Erwachsenen sind besonders wehrlos gegenüber der damit einhergehenden tödlichen Geistersieche. Sie müssen deshalb ganz auf die Jugendlichen der Stadt vertrauen – denn einige von diesen verfügen über eine angeborene übernatürliche Gabe, kraft derer sie die Geister in Schach halten können. Deshalb beschäftigen die zahlreichen zur Abwehr der Plage entstandenen Geisteragenturen Teams jugendlicher Agenten, die mit Degen bewaffnet ausziehen, die tödliche Gefahr zu bekämpfen. Die Begabten unter ihnen kehren heim. Viele andere nicht.

Zwischen diesen zahllosen, von Erwachsenen geführten Agenturen ist Lockwood & Co. die kleinste und außergewöhnlichste. Sie besteht aus genau drei Agenten: ihrem dynamischen Anführer Anthony Lockwood, der so charmant wie genial ist; seinem Stellvertreter George, akribischer Rechercheur und unerschütterlich treuer Freund, wenn es an der Front brenzlig wird; und dem neuesten Mitglied Lucy Carlyle – mutig, gewitzt und mit einem beachtlichen übernatürlichen Talent gesegnet.

Gemeinsam haben die drei Agenten von Lockwood & Co. trotzdem alle Hände voll damit zu tun, dem Horror von London die Stirn zu bieten und dabei zu überleben.

I.

Die zwei Köpfe

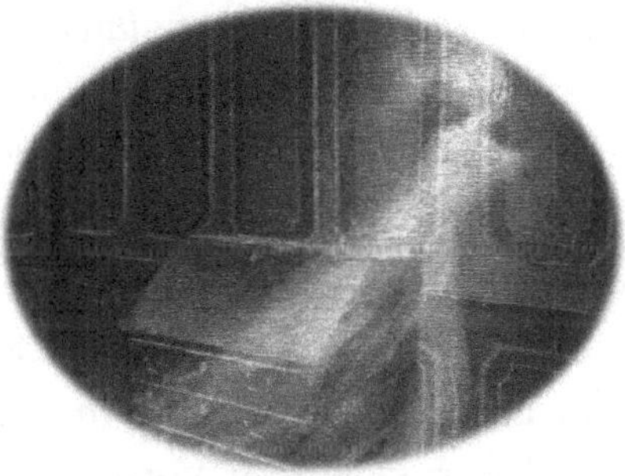

Kapitel 1

Die Anwesenheit der Toten spürte ich, kaum dass ich in das mondbeschienene Büro geschlüpft war und die Tür behutsam hinter mir zugezogen hatte. Ich erkannte es am Kribbeln meiner Kopfhaut, daran, wie sich die Härchen meiner Unterarme aufrichteten und wie kalt die Luft war, die ich einatmete. Die dicken, eingestaubten und vor Raureif glitzernden Spinnweben vor dem Fenster verrieten es mir und natürlich die *Geräusche* – jene Hunderte von Jahren alten Geräusche, denen ich die Treppe empor und durch die leeren Flure des Hauses gefolgt war. Das Rascheln von Stoff, das Splittern von Glas, das Schluchzen der sterbenden Frau – das alles wurde immer lauter. Nicht zu vergessen das unmissverständliche Ziehen tief in meiner Magengrube; es sagte mir, dass etwas Bösartiges jeden meiner Schritte belauerte.

Aber selbst wenn all das nicht gewesen wäre, hätte mich spätestens die schrille Stimme aus meinem Rucksack alarmiert.

»*Iiieeh!*«, stieß sie hervor. »*Hilfe! Ein Geist!*«

Ich warf ungehalten einen Blick über die Schulter. »Halt die Klappe. Wir haben das Phantom lokalisiert. Kein Grund, hysterisch zu werden.«

»Da drüben steht sie und starrt uns aus ihren leeren Augenhöhlen an! Und jetzt – jetzt bleckt sie auch noch grinsend die Zähne!«

»Na und? Kann dir doch egal sein«, erwiderte ich ärgerlich. »Du bist bloß ein Totenschädel. Also krieg dich wieder ein.«

Ich streifte den Rucksack ab, stellte das Ungetüm auf den Boden und öffnete ihn. Ein großer Glasbehälter, der ein milchig grünes Licht ausstrahlte und in dem ein menschlicher Schädel eingesperrt war, kam zum Vorschein. Ein abstoßendes, halb durchsichtiges Gesicht quetschte sich so fest gegen die Glaswand, dass die Nase platt gedrückt wurde. Die hässlichen Glupschaugen zuckten hin und her.

»Du hast gesagt, ich soll dich warnen, schon vergessen?«, beschwerte sich der Schädel. *»Hab ich gemacht. Iieeeh! Da drüben steht sie! Ein Geist! Knochen! Haare! Zähne! Uääääh!«*

»Bist du endlich still?« Trotzdem verfehlten seine Worte ihre Wirkung auf mich nicht. Ich sah mich mit zusammengekniffenen Augen um und versuchte, in den dunklen Umrissen des Zimmers eine untote Gestalt auszumachen. Ich konnte zwar nichts erkennen, aber das beruhigte mich keineswegs. Dieser spezielle Geist gehorchte seinen eigenen Gesetzen. Ich fing an, fieberhaft in meinem Rucksack zu wühlen, schob das Glas beiseite und kramte zwischen den Salzbomben, Lavendelgranaten und Eisenketten herum.

In meinem Kopf hörte ich den Schädel sagen: *»Falls du zufällig deinen Spiegel suchst, Lucy, kleiner Tipp: Du hast ihn mit einer Schnur hinten an den Rucksack gebunden.«*

»Ach so. Stimmt ja.«

»Damit du ihn nicht suchen musst.«

»Äh … genau.«

Er sah mir mit spöttischem Blick dabei zu, wie ich die Schnur ungeschickt aufknotete. *»Gerätst du etwa in Panik?«*

»Quatsch.«

»Vielleicht ein bisschen?«

»Überhaupt nicht!«

»Wie du meinst. Sie kommt übrigens näher.«

Das war's. Kein Small Talk mehr. Zwei Sekunden später hielt ich den Spiegel in der Hand.

Es gehörte zu den Besonderheiten dieser Besucherin, dass sogar Agenten mit einer ausgeprägten Gabe des Schauens sie nicht direkt sehen konnten. Angeblich handelte es sich um den Geist der mordlustigen Emma Marchment, einer Dame, die im achtzehnten Jahrhundert hier gelebt hatte, als das Gebäude noch kein Büro einer Versicherungsgesellschaft, sondern ein privates Wohnhaus gewesen war. Nachdem sich Emma Marchment mit Hexerei befasst hatte und beschuldigt worden war, mehrere Angehörige umgebracht zu haben, hatte ihr Ehemann sie mit einer spitzen Scherbe aus ihrem zerschlagenen Spiegel erstochen. Deswegen erschien nun ihr Abbild in Spiegeln, Fenstern und blanken Metalloberflächen, und in letzter Zeit waren mehrere Angestellte der Versicherung ums Leben gekommen, weil sich der Geist an sie herangeschlichen und sie berührt hatte. Ihn zur Strecke zu bringen, war eine knifflige Angelegenheit, deshalb war unser Team heute Nacht mit Handspiegeln ausgerüstet. Wir bewegten uns rückwärtsgehend voran und spähten dabei per Spiegel über unsere Schultern in sämtliche dunklen Ecken und Winkel. Das heißt, die anderen gingen so vor. Ich hatte mich bis zu diesem Augenblick auf meine geschärften Sinne verlassen und war den Geräuschen gefolgt.

Doch jetzt griff auch ich zum Spiegel und drehte ihn so, dass ich das Zimmer im Blick hatte.

»Echt hübsch«, sagte der Schädel. *»Erstklassiges Plastik. Die rosa Ponys und Regenbogen auf dem Rand sind herzallerliebst.«*

»Ich hab ihn im Spielwarenladen gekauft, weil ich nicht mehr dazu gekommen bin, woanders hinzugehen.«

Das Mondlicht blinkte irritierend auf der Glasoberfläche. Ich holte tief Luft und bemühte mich, das Zittern meiner Hand zu unterdrücken. Sofort wurde das Bild wieder scharf und zeigte die helle Fläche des Sprossenfensters und die billigen Vorhänge, die es einrahmten. Unter dem Fenster stand ein Schreibtisch mit dem dazugehörenden Stuhl. Ich drehte mich einmal langsam um die eigene Achse, doch der Spiegel zeigte nur den mondbeschienenen Fußboden, einen weiteren Schreibtisch, Aktenschränke und eine Hängepflanze im Topf, die vor der dunklen Wandvertäfelung baumelte.

Heutzutage diente der Raum einfach nur als Büro, aber früher mochte er das Schlafzimmer gewesen sein. Ein Raum, in dem Gefühlsausbrüche stattfanden, alte Eifersüchteleien aufflammten und Intimität in Hass umschlug. Schlafzimmer bringen mehr Geister hervor als alle anderen Räume. Es überraschte mich nicht, dass auch Emma Marchment in ihrem gestorben sein sollte.

»Ich sehe sie nicht. Jetzt sag schon, wo sie ist.«

»Rechts hinten in der Ecke, halb in dem Sekretär dort, oder was das für ein Möbel sein soll. Sie streckt die Arme nach dir aus, als wollte sie dich an sich ziehen. Puh, sind ihre Fingernägel lang…«

»Hast du heute Abend Quasselwasser getrunken? Hör auf, mir Angst einjagen zu wollen! Wenn sie auf mich zukommt, kannst du mir Bescheid geben, ansonsten halt gefälligst den Rand.«

Ich sprach mit fester, scheinbar selbstbewusster Stimme. Bloß keine Angst zeigen, die der ruhelose Geist anzapfen kann! Trotzdem ging ich kein Risiko ein und hatte die linke Hand immer am Gürtel, zwischen Degenknauf und Leuchtbomben.

Ich blickte kurz vom Spiegel auf. Ja, dort stand ein Sekretär. Aber die Zimmerecke war sehr dunkel, weil das Mondlicht dort kaum hinkam. So angestrengt ich auch spähte, ich konnte nichts erkennen.

Na schön. Den Spiegel in meiner ausgestreckten Hand fixierend drehte ich mich langsam herum, fing die Schreibtische ein, die Hängepflanze, die Wandvertäfelung, bis ich beim Sekretär ankam.

Ich zuckte zusammen, als der Geist plötzlich auftauchte. Da war sie ja.

Obwohl ich damit gerechnet hatte, hätte ich den Spiegel vor Schreck beinahe fallen lassen.

Eine klapperdürre Gestalt, die wie ein Leichnam in weiße Laken gehüllt war. Ein blau angelaufenes, von hellem Haar einer Rauchwolke gleich umwalltes Gesicht. Starr blickende schwarze Augen. Die weiße Haut haftete an den Schädelknochen wie schmelzendes Wachs. Man konnte deutlich den ausgemergelten Hals, die Flecken auf dem Kleid und den unnatürlich aufgerissenen Mund erkennen. Sie streckte die klauenartig gekrümmten Finger nach mir aus.

Ihre Nägel waren *wirklich* sehr lang.

Ich schluckte. Ohne die Hilfe des Schädels oder des Spiegels wäre ich ihr womöglich direkt in die Arme gelaufen, ohne etwas zu ahnen.

»Ich hab sie!«, sagte ich.

»Echt? Braves Mädchen. Und jetzt frage ich dich: Willst du lieber leben oder sterben?«

»Leben, wenn's recht ist.«

»Dann ruf die anderen.«

»Noch nicht.« Meine Hand zitterte wieder, der Spiegel wackelte, und ich verlor die blasse Gestalt aus dem Blick. Ich riss mich zusammen und überlegte, was ich machen sollte.

»Ich weiß, dass du sauer auf deine Kollegen bist«, sabbelte der

Schädel weiter, *»aber die Sache hier ist 'ne Nummer zu groß für dich allein. Vergiss euren kleinen Streit.«*

»Hab ich schon.«

»Bloß weil Lockwood ...«

»Es geht nicht um Lockwood. Und du sollst endlich die Klappe halten! Ich brauche absolute Ruhe.« Ich holte tief Luft und warf noch einmal einen prüfenden Blick in den Spiegel. Ja, da war das Gesicht wieder: eine zerfranste Kontur, eingerahmt von einem Wust Haare wie aus Zuckerwatte.

Hatte sich der Geist näher herangeschlichen? Möglich. Die Gestalt kam mir eine Spur größer vor als eben noch, doch ich verdrängte den Gedanken sofort.

Der Schädel meldete sich erneut: *»Du willst doch wohl nicht wieder diesen albernen Schwachsinn durchziehen? Sie war ein böses altes Weib, ihr Geist will dir nichts Gutes. Es hat keinen Sinn, sich mit ihr verständigen zu wollen.«*

»Ich mache, was *ich* will, und das ist kein alberner Schwachsinn.« Mit lauterer Stimme rief ich: »Emma? Emma Marchment? Ich sehe dich. Ich höre dich. Was willst du? Sag es mir, dann kann ich dir helfen.«

Das war meine übliche Vorgehensweise. Gleich zum Wesentlichen kommen. Die patentierte Lucy-Carlyle-Methode – erprobt und bewährt in den langen, dunklen Nächten des Schwarzen Winters. *Sprich sie mit Namen an. Stell die Frage. Drück dich klar und deutlich aus.* Es war bis jetzt die effektivste von mir entwickelte Taktik, die Toten zum Sprechen zu bringen.

Was allerdings nicht bedeutete, dass sie immer funktionierte beziehungsweise so funktionierte, wie ich es gern gehabt hätte.

Ich beobachtete das weiße Gesicht im Spiegel. Ich spitzte die Ohren und achtete nicht mehr auf das abfällige Schnauben des Schädels.

Leise Geräusche wehten durch das Schlafzimmer, über den gähnenden Abgrund aus Zeit und Raum hinweg.

Waren es Worte?

Nein. Nur das Flattern eines blutbefleckten Nachthemds und die röchelnden Atemzüge einer Sterbenden. Immer dasselbe.

Ich öffnete schon den Mund, um den Geist noch einmal anzurufen, doch da …

»*ICH HABE NOCH IMMER …*«

»Hast du das gehört, Schädel?«

»*Undeutlich. Sie nuschelt. Aber das kann man ihr nicht verdenken. Im Grunde ist es erstaunlich, dass sie mit aufgeschlitzter Kehle überhaupt ein Wort rausbringt. Aber die Frage ist doch die:* Was *hat sie noch immer? Hautausschlag? Mundgeruch? Oder etwas ganz anderes?*«

»Pst!« Ich vollführte eine weit ausholende, einladende Armbewegung. »Emma Marchment – ich höre dich! Wenn du dich nach Frieden sehnst, musst du mir vertrauen. Wovon sprichst du? *Was* hast du noch immer?«

»Lucy?«, sagte jemand hinter mir.

Mit einem Aufschrei riss ich meinen Degen aus der Gürtelschlaufe und fuhr mit gezückter Waffe herum. Das Herz schlug mir bis zum Hals. Die Schlafzimmertür stand offen und im Türrahmen zeichnete sich ein hoher, schlanker, von Taschenlampenlicht und Magnesiumrauch umwogter Schattenriss ab. Er stemmte eine Hand in die Hüfte und hatte die andere am Degen. Sein langer Mantel bauschte sich hinter ihm auf.

»Was zum Teufel treibst du da, Lucy?«

Als ich mich rasch wieder umdrehte und einen Blick in den Spiegel warf, sah ich gerade noch, wie die blasse, verschwommene Gestalt in die Vertäfelung hinter dem Sekretär schlüpfte und verschwand.

Der Geist war in der Wand verschwunden … Interessant.

»Lucy?«

»Ist ja gut, ist ja gut. Kannst kommen.« Ich steckte den Degen wieder weg und winkte ihn herein, worauf Ted Daley, Teambetreuer zweiten Ranges der Agentur Rotwell, das Zimmer betrat.

Versteht mich bloß nicht falsch. Ich will mich echt nicht beschweren. Mein neues Leben als freischaffende Übersinnliche Ermittlerin hatte durchaus seine Vorteile. Ich konnte mir meine Aufträge selbst aussuchen, desgleichen die Arbeitszeiten. Derweil konnte ich mir in der Branche einen gewissen eigenen Ruf erwerben. Einen entscheidenden Haken hatte die Sache jedoch: Meine Kollegen konnte ich mir *nicht* aussuchen. Bei jedem Einsatz musste ich mit den Angestellten derjenigen Agentur zusammenarbeiten, die mich angeheuert hatte. Einige waren sogar ganz in Ordnung – korrekt, professionell und kompetent. Andere dagegen … waren eher wie Ted.

Aus der Ferne, bei vorteilhaftem Licht und von hinten, war Ted ja noch einigermaßen ansehnlich, betrachtete man ihn jedoch aus der Nähe, war man unweigerlich enttäuscht. Er war ein schlaksiger Jüngling mit traurigen Augen, der aussah, als hätte man ihn an den verschiedensten unpassenden Stellen in die Länge gezogen, und der Mund über seinem dürren Hals stand immerzu halb offen, wodurch er aussah, als hätte er gerade sein Kinn verschluckt. Seine näselnde Stimme passte zu seiner nörgeligen, pingeligen Art. Als Teambetreuer war er in dieser Nacht offiziell mein Vorgesetzter, aber weil er mit wedelnden Armen wie ein aufgescheuchter Gänserich herumrannte, verfügte er ungefähr über so viel Autorität wie eine welke Lauchstange. Da er obendrein über recht wenig übersinnliches Talent zu verfügen schien, konnte ich ihn nicht ernst nehmen und ignorierte ihn mehr oder minder.

»Mr Farnaby will uns sprechen«, näselte er jetzt.

»Schon wieder?«

»Er will wissen, wie wir vorankommen.«

»Jetzt nicht. Ich habe den Geist gerade geortet. Hol die anderen.«

»Aber Mr Farnaby hat gesagt …« Teds Protest kam zu spät, denn ich hatte mir schon gedacht, dass die anderen vor der Tür herumlungern würden. Zwei nervöse Gestalten huschten herein und damit war – Simsalabim! – unser glorreiches Team vollständig.

Die Truppe war nicht gerade der Brüller: Tina Lane, Agentin (dritten Ranges) bei Rotwell, war ein farbloses Mädchen – dermaßen farblos, dass man sich unwillkürlich vorstellte, wie ihre ganze Wärme und Lebhaftigkeit durch ein Loch in ihrem großen Zeh aus ihr herausgesickert war. Ihre Haare waren so hell wie verblichenes Stroh, ihr Teint leichenblass, und sie redete mit leiser, schleppender Stimme, sodass man stehen bleiben und sich vorbeugen musste, um überhaupt ein Wort zu verstehen. Wenn einem dann aufging, dass sie sowieso nichts Hörenswertes zu sagen hatte, richtete man sich am besten unauffällig wieder auf und ging so lange weiter, bis man aus dem Zimmer war.

Der Nächste im Bunde war Dave Eason, Rotwell-Außendienstler (ebenfalls dritten Ranges). Er machte ein kleines bisschen mehr her, aber auch sein Haltbarkeitsdatum schien bereits überschritten. Er hatte dunkle Haut, war untersetzt, muskulös und angriffslustig und erinnerte an einen wütenden Baumstumpf. Seine übersinnlichen Fähigkeiten waren vermutlich gar nicht mal so übel, aber schlechte Erfahrungen mit Besuchern hatten ihn unberechenbar gemacht, und seine Hand zuckte viel zu oft zum Degen. Tina hatte er bereits bei einem früheren Einsatz versehentlich eine Narbe verpasst, und allein an diesem

Abend hätte er mich zwei Mal beinahe durchbohrt, als ich im Blickfeld seines Spiegels aufgetaucht war.

Die farblose Tina, der mittelmäßige Ted und der schreckhafte Dave – mit diesem Team musste ich heute zusammenarbeiten. Ein Wunder, dass sich der Geist vor Angst nicht gleich in Luft aufgelöst hatte.

Dave war so angespannt, dass an seinem Hals ein Muskel zuckte. »Wo warst du denn, Carlyle? Wir haben es mit einem gefährlichen Typ Zwei zu tun, und Mr Farnaby …«

»… hat gesagt, dass wir immer zusammenbleiben sollen«, fiel ihm Ted ins Wort. »Keiner geht auf eigene Faust los. Du kannst dich nicht einfach querstellen und abhauen, Lucy. Und jetzt müssen wir Mr Farnaby Bericht erstatten oder …«

»Oder wir können einfach mit unserer Arbeit fortfahren«, unterbrach ich ihn. Ich hatte mich hingekniet und meinen Rucksack wieder zugemacht. Die anderen wussten nicht, dass ich den Schädel dabeihatte, und das war auch gut so. Jetzt stand ich wieder auf, legte die Hand auf den Degen und drehte mich zu den dreien um. »Dem Berater zwischendurch Meldung zu machen, ist witzlos. Er ist erwachsen, also kann er uns nicht helfen, hab ich recht? Wir müssen allein klarkommen. Ich glaube, ich weiß, wo die Quelle des Geistes ist. Er ist in der Wand dort hinten verschwunden. Hieß es nicht, die verletzte Emma Marchment habe sich vor ihrem Ehemann in ein Geheimzimmer geflüchtet? Als man die Tür aufbrach, lag sie inmitten ihrer Gifttiegel und -töpfe tot da. Daher gehe ich davon aus, dass sich das Geheimzimmer hinter dieser Wand befindet. Wenn ihr mitmacht, können wir der Heimsuchung ein Ende bereiten. Einverstanden?«

»Du bist nicht unser Teambetreuer«, wandte Dave ein.

»Stimmt. Aber anders als er weiß ich, was ich zu tun habe. Das ist doch auch nicht so übel!«

Stille. Tinas Blick war ausdruckslos. Dann meldete sich Ted wie in der Schule mit erhobener Hand. »Aber Mr Farnaby hat gesagt …«

Es fiel mir immer noch schwer, mich zu beherrschen, auch wenn ich mich in den letzten paar Monaten zusehends besser in den Griff bekommen hatte. Ein Verhalten wie das der drei war typisch für die meisten Agenten: Sie waren faul, unfähig oder hatten schlicht Schiss. Und ihr Respekt vor ihren Beratern verhinderte, dass sie je richtig als Team zusammenarbeiteten. »Ich sehe die Sache so«, fuhr ich fort. »Die Geheimtür muss hinter dem Sekretär da drüben sein. Einer von uns macht sie ausfindig und öffnet sie, die anderen halten ihm mit ihren Spiegeln den Rücken frei. Sobald der Geist Sperenzchen macht, fliegen die Salzbomben und Degen. Wir finden die Quelle, verplomben sie und sind wieder draußen, ehe Farnaby seinen Flachmann leer gesüppelt hat. Wer macht alles mit?«

Tina sah sich blinzelnd in dem stillen Zimmer um, Teds blasse, lange Finger betasteten seinen Degenknauf, und Dave starrte einfach nur auf den Boden.

»Ihr schafft das!«, setzte ich noch eins drauf. »Ihr seid ein Superteam.«

»*Von wegen!*« Das war das Gewisper des Schädels, das nur ich hören konnte. *»Die drei sind die letzten Versager, und das weißt du auch! Die Geistersieche wäre noch zu gut für sie.«*

Ich ging nicht darauf ein und lächelte unbeirrt meine Kollegen ermutigend an. Die drei sagten zwar nichts, erhoben aber auch keine Einwände mehr und damit war die Sache geritzt.

Nach fünf Minuten weiterem Hin und Her schritten wir endlich zur Tat. Um mehr Bewegungsspielraum zu haben, schoben wir die Tische zur Seite und legten von Wand zu Wand einen

Halbkreis aus unseren Eisenketten, der die Ecke mit dem Sekretär umschloss. In den Halbkreis stellten wir drei brennende Petroleumlampen. Außerdem stellte ich mich hinein, den Spiegel am Gürtel, den Degen gezückt und somit bereit, nach Geheimtüren zu fahnden. Meine drei Gefährten blieben außerhalb der Kettenbarriere, wo ihnen der Geist nichts anhaben konnte, und richteten ihre Spiegel so aus, dass sie den ganzen Bereich sehen konnten, in dem sich der Geist zuvor bewegt hatte. Ich drehte mich noch einmal kurz nach ihnen um, weil ich sichergehen wollte, dass sie mir Deckung gaben. Noch war die einzige Gestalt, die in den Spiegeln erschien, meine eigene, und das in dreifacher Ausführung.

»Alles klar«, sagte ich im gleichen aufmunternden Ton wie zuvor. »Ihr macht das toll. Dann fange ich mal an. Ihr behaltet einfach eure Spiegel im Blick.«

»Ich bewundere deinen Optimismus«, meldete sich die Wisperstimme aus meinem Rucksack. *»Diese Dorftrottel können ja kaum gleichzeitig laufen und atmen, trotzdem vertraust du ihnen dein Leben an. Ganz schön mutig.«*

»Die drei schaffen das schon«, erwiderte ich so leise, dass es sonst keiner hörte, und beleuchtete mit meiner Taschenlampe die altersdunkle Wandvertäfelung. Wie sich die Geheimtür wohl öffnen ließ? Mit einem Hebel? Einem Knopf? Höchstwahrscheinlich indem man gegen ein Brett der Vertäfelung drückte, das die Tür dann per Gegengewicht aufklappen ließ. Sie war schon sehr lange nicht mehr geöffnet worden. Vielleicht war sie damals sogar verplombt worden, sodass wir sie aufbrechen mussten. Ich veränderte den Winkel des Lichtstrahls. An einer Stelle schien das Holz stärker zu glänzen. Ich drückte probehalber darauf, aber es rührte sich nichts.

Zumindest rührte sich die *Vertäfelung* nicht, doch meine

Ohren vernahmen ein leises Knirschen, als sei jemand auf Glasscherben getreten.

Emma Marchment war mit einer Glasscherbe erstochen worden. Mir drehte sich der Magen um, aber ich ließ mir nichts anmerken. »Na, tut sich in euren Spiegeln schon was?«, fragte ich munter und tastete weiter die Vertäfelung ab.

»Nö. Alles in Ordnung.« Daves Stimme klang vor Anspannung ganz tonlos.

»Sehr gut.« Die Temperatur sank. Das Holz wurde eiskalt, aber als ich mit zitternden, verschwitzten Fingern abermals dagegendrückte, bewegte sich etwas.

Glas knirschte.

»Sie löst sich aus der Vergangenheit und kehrt zurück«, raunte der Schädel. *»Sie will euch hier nicht haben.«*

»Da weint jemand«, kam es von Tina.

Jetzt hörte ich es auch: ein verzweifeltes, zorniges Schluchzen, das an einem einsamen Ort nachhallte. Es war von Stoffrascheln begleitet, dem Geräusch eines blutdurchtränkten Kleidungsstücks …

»Alle in die Spiegel schauen!«, kommandierte ich. »Und schön weiter mit mir reden!«

»Alles in Ordnung.«

»Es wird kälter.«

»Gleich ist sie da.«

Ich drückte noch fester gegen die Vertäfelung und endlich hatte ich Erfolg. Das Brett glitt beiseite und gab einen kleinen, mit staubigen Spinnweben verhängten Durchgang frei.

Und dahinter? Nichts als Dunkelheit.

Ich wischte mir mit klammen Händen den eiskalten Schweiß von der Stirn. »Na also!«, sagte ich, »das Geheimzimmer hätten wir schon mal gefunden! Jetzt müssen wir nur noch reingehen.«

Ich setzte ein strahlendes Lächeln auf, drehte mich nach meinen Teamkameraden um…

…und blickte in ihre Spiegel.

Darin sah ich mein blasses Gesicht in dreifacher Ausführung. Und dicht dahinter noch ein *anderes* Gesicht, dessen weiße Haut an den Schädelknochen haftete wie schmelzendes Wachs. Ich sah eine Wolke aus hellem Haar. Ich sah gebleckte Zähne, klein und rot wie Granatapfelkerne. Ich sah funkelnde schwarze Augen… und das Letzte, was ich sah, waren fünf gekrümmte Finger mit langen Nägeln, die sich nach meiner Kehle ausstreckten.

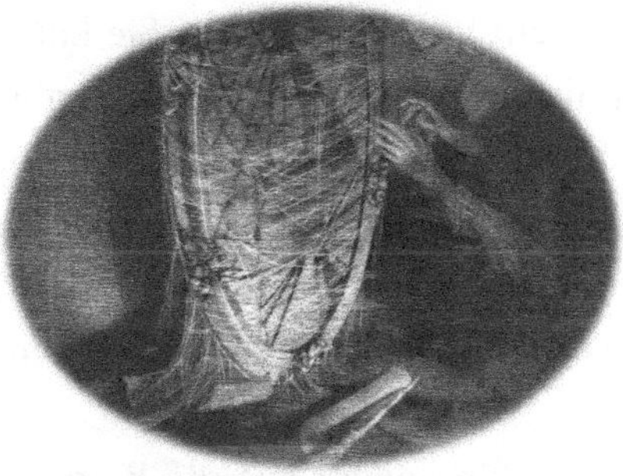

Kapitel 2

Wir reagierten alle vier ganz unterschiedlich, jeder auf seine eigene Art und Weise. Tina schrie auf und ließ ihren Spiegel fallen. Ted machte einen Satz nach hinten, wie eine Katze, die sich verbrüht hat. Nur Dave hielt seinen Spiegel weiterhin fest jedenfalls so einigermaßen – und fummelte mit der anderen Hand an seinem Waffengürtel herum. Und ich? Noch ehe Tinas Spiegel auf dem Boden zersplitterte, hatte ich meinen Degen nach hinten gerissen und zugestoßen. Als ich herumfuhr, starrte ich ins Leere, aber von der Mitte der Klinge stieg Rauch auf, und auf dem Metall wand sich ein zischender Ektoplasmafetzen.

Ich hieb einmal kreuz und quer durch die Luft. Dann noch einmal.

»*Zeitverschwendung*«, kommentierte der Schädel nach einer kleinen Pause. »*Sie hat sich schon wieder in die Wand verzogen.*«

»Warum hast du das nicht gleich gesagt? Aber ich habe sie erwischt. Habe ich sie richtig getroffen?«

»*Das konnte ich nicht erkennen, weil du so rumgefuchtelt hast.*«

»Weißt du wenigstens, wo …« Doch in diesem Augenblick fegte mich eine Explosion aus Salz, Eisenspänen und grellweißem Magnesiumlicht von den Füßen. Sie kam von der Wand her, ein Stück links von mir. Einen Sekundenbruchteil war das Zimmer taghell erleuchtet, als hätte uns jemand mitten in die Sonne geschleudert. Dann erloschen die Flammen, die Dunkelheit kehrte zurück, und ich lag mit klingelnden Ohren und zerzaustem, ins Gesicht hängendem Haar auf einem Lager aus glühender Asche.

Ich kam schwerfällig wieder auf die Beine, wobei ich mich auf meinen Degen stützte, und betastete prüfend meine Ohren. Durch den Qualm erspähte ich Ted und Tina, die mit schreckgeweiteten Augen aus der gegenüberliegenden Zimmerecke zu mir herüberstarrten. Dave dagegen stand geduckt wie ein stämmiger kleiner Panther ganz in meiner Nähe und hielt eine zweite Leuchtbombe wurfbereit in der Hand.

»Hab ich sie erwischt?«

Ich schlug eine kleine Flamme aus, die an meinem Ärmel hochzüngelte. »Nein. Du hast sie verfehlt. Trotzdem ein ziemlich guter Wurf, aber den zweiten kannst du dir sparen. Sie hat sich in das Geheimzimmer geflüchtet.« Ich hustete und wischte mir die Asche aus dem Gesicht. »Wir müssen hinterher und die Sache zu Ende bringen. Wir … Ja bitte, Ted?« Ted hatte in seiner Ecke wieder die Hand gehoben.

»Du hast Nasenbluten.«

»Weiß ich.« Ich tupfte mir mit dem Ärmel übers Gesicht. »Trotzdem danke für den Hinweis. Dann wollen wir mal. Wer kommt mit?«

Die drei hätten Marmorstatuen sein können. Ihre Angst war so manifest, dass sie als fünfte Person im Raum hätte durchgehen können. Während ich wartete, breitete sich der Rauch immer mehr aus, sodass ich meine Kollegen schließlich kaum noch erkennen konnte.

»Aber Mr Farnaby hat doch gesagt…«, fing Ted dann wieder an.

»Was Mr Farnaby sagt, ist mir völlig schnurz!«, brüllte ich. »Er ist nicht hier! Er setzt nicht wie wir sein Leben aufs Spiel. Denkt doch *ein* Mal selber nach!«

Ich wartete wieder, aber es kam nichts mehr. Schließlich gewannen meine Wut und Ungeduld die Oberhand und ich wandte mich zu der offenen Geheimtür um.

Die Kälte, die der Geist wie die Schleppe eines Brautkleides hinter sich herzog, war immer noch zu spüren. Sie verlor sich in der Dunkelheit. Die Seitenwand des Sekretärs war mit einem Muster aus Eiskristallen überzogen, so kunstvoll wie allerfeinste Spitze. Auch die Vertäfelung war mit einer dünnen Eisschicht bedeckt. Ich knipste meine Taschenlampe an.

Hinter der Wandvertäfelung tat sich ein schmaler, mit Spinnweben verhangener Gang auf, der nach wenigen Metern scharf nach links abzweigte, sodass man nicht sah, was hinter der Biegung lag.

Irgendwo dort drin verbarg sich die Quelle der Heimsuchung, der Ort oder Gegenstand, an den der Geist gebunden war. Verplombte man die Quelle mit Silber oder Eisen, saß auch der Geist in der Falle. Ein Kinderspiel. Ich nahm den Spiegel in die eine Hand, Degen und Taschenlampe in die andere und zwängte mich durch die Öffnung in der Wand.

Ich war nicht unbedingt scharf darauf. Natürlich hätte ich weiter auf meine Kollegen warten beziehungsweise weitere zehn Minuten damit verbringen können, sie zum Mitkommen zu überreden. Aber dann hätte auch ich vielleicht die Nerven verloren. Hin und wieder muss man etwas riskieren, so viel hatte ich inzwischen gelernt.

Der Geheimgang war so eng, dass ich auf beiden Seiten die

Ziegelwände streifte und die Spinnweben an mir hängen blieben. Jeden Augenblick auf einen Angriff gefasst, setzte ich bedächtig einen Fuß vor den anderen.

»Siehst du sie?«, flüsterte ich.

»Nein. Sie ist schlau, wechselt die ganze Zeit von der jenseitigen Welt in diese und wieder zurück, damit man sie nicht zu fassen kriegt.«

»Was sie wohl für eine Quelle bewacht?«

»Höchstwahrscheinlich irgendeinen Teil ihrer eigenen sterblichen Überreste. Vielleicht ist der Ehemann ja in einen Blutrausch verfallen und hat sie in Stücke zerhäckselt. Und dann ist ein Zeh unter einen Stuhl gerollt oder so. So was soll öfter vorkommen.«

»Wieso höre ich dir überhaupt zu? Du bist widerlich.«

»Abgetrennte Körperteile sind nicht widerlich«, widersprach der Schädel. *»Ich bin selber einer. Es ist ein ehrenwerter Stand. Achtung – Sackgasse.«*

Dunkelheit suppte um die nächste Biegung herum. Ich hakte eine Salzbombe vom Gürtel und warf sie auf gut Glück. Sie zerplatzte geräuschvoll, aber leider ohne jeden hörbaren übersinnlichen Kontakt. Demnach hatte ich nicht getroffen.

Ich schwenkte den Strahl der Taschenlampe hin und her. »Vielleicht legt sie es ja darauf an, dass wir die Quelle entdecken«, sagte ich halblaut. »Könnte doch sein, oder? Es kommt mir die ganze Zeit vor, als ob sie uns hinführen will.«

»Oder sie will dich ins Verderben locken. Auch eine Möglichkeit.«

Wie auch immer, es war nicht mehr weit – das verrieten mir die Spinnen, die verlässlichen Vorboten eines Besuchers. Die kleine Kammer, die sich nun vor uns öffnete, war über und über mit ihren Netzen zugesponnen. Sie reichten von Wand zu Wand, vom Kamin bis unter die Decke. Übereinander und ineinander verwoben bildeten sie ein Labyrinth aus weichen grauen Hängematten und mit Staub verklumpten Schnittpunkten. Der Strahl meiner Taschenlampe wurde abgelenkt, gebrochen und unerklärlicherweise sogar verschluckt. Ich war in einem Bau voller verwirrender Verzerrungen gelandet, durch den unzählige kleine schwarze Leiber krabbelten und vor dem Licht flüchteten.

Ich wartete einen Augenblick, bis ich mich einigermaßen orientiert hatte. Es handelte sich offenbar um ein ehemaliges Ankleidezimmer, das hinter der Vertäfelung des Schlafzimmers verborgen gewesen war. Ein paar alte Tapetenfetzen erhärteten meine Vermutung. An einer Wand standen lauter leere Regale, an der gegenüberliegenden gab es einen einfachen, gemauerten Kamin. In der rußgeschwärzten Feuerstelle lag ein Vogelskelett. Ein Fenster war nicht vorhanden. Uralter schwarzer Staub waberte gegen meine Arbeitsschuhe. Dieses Gelass hatte schon ewig niemand mehr betreten.

Als ich lauschte, hörte ich ganz in meiner Nähe eine Frau schluchzen.

Außer den Regalen gab es nur noch einen hohen Spiegel, der an der Wand lehnte. Das Glas war gesplittert, die wenigen noch in dem Goldrahmen steckenden Scherben waren dick eingestaubt.

Beim ersten Blick in den Raum hatte ich geglaubt – wenn auch nur einen Sekundenbruchteil lang –, eine verschwommene graue Gestalt vor dem Spiegel stehen zu sehen. Leicht vorgebeugt, als betrachtete sie sich darin. Doch die Erscheinung, wenn es denn eine gewesen war, hatte sich sofort verflüchtigt, sodass ich mir nun mit dem Degen einen Weg durch die Spinnweben bahnte, die hartnäckig an Hand und Klinge kleben blieben. Der Spiegel selbst war wie eine gefangene Riesenfliege von oben bis unten eingesponnen.

In der alten Mordgeschichte hatte es geheißen, Emma Marchment sei mit den Scherben ihres Spiegels erstochen worden, insofern konnte es sich bei diesem Spiegel hier durchaus um die gesuchte Quelle handeln. Ich zog ein Silbernetz aus einer meiner Gürteltaschen, schüttelte es leicht, damit es sich entfaltete, und warf es über den oberen Rand des Spiegels. Dann lauschte ich wieder. Das Schluchzen war nicht verstummt und im ganzen Raum deutlich eine starke Beklemmung zu spüren.

»Fehlanzeige«, sagte ich. »Tut mir leid.« Dann drehte ich mich langsam einmal im Kreis. Der Spiegel – der Kamin – die leeren Regale … Die Spinnweben waren ein echter Albtraum. Manche Winkel des Zimmers waren überhaupt nicht mehr zu erkennen. Leise verfluchte ich meine Rotwell-Mitstreiter. »Immer muss ich die Drecksarbeit allein erledigen.«

»*Wie bitte?*«, ertönte es empört aus meinem Rucksack. »*Von wegen allein! Mit wem redest du denn die ganze Zeit, hä? Das wollen wir doch bitte mal klarstellen!*«

Ich verdrehte die Augen. »Okay, ich nehm's zurück. Abgesehen von einem boshaften sprechenden Totenkopf in einem dreckigen alten Geisterglas, den ich aus krankhaftem Mitleid mit mir herumschleppe, bin ich allein. Das ist natürlich ein Riesenunterschied.«

»*Wie kannst du nur so reden? Du und ich – wir beide sind doch Freunde.*«

»Freunde? Dass ich nicht lache. Du versuchst doch andauernd, mich umzubringen.«

»*Ich bin schließlich auch tot, schon vergessen? Vielleicht bin ich ja einsam. Schon mal daran gedacht?*«

»Egal. Hauptsache, du hältst jetzt die Augen offen«, beendete ich das Thema. »Nicht dass mich der Geist plötzlich hinterrücks anspringt.«

»*Stimmt, ein Küsschen von dem ollen Gerippe wäre ein biss-*

chen unappetitlich«, stimmte mir der Schädel zu. *»Dabei ist sie nicht mal der ekligste Geist, mit dem wir es bis jetzt zu tun hatten. Erinnerst du dich noch an die Blutrippe in Dulwich? Die pausenlos gejammert hat:* ›Ich will meine Haut zurück, ich will meine Haut zurück!‹? *Tja – Pech, deine Haut ist futschikato!«* Er kicherte in sich hinein, verstummte aber plötzlich und sagte: *»Äh… Lucy… du fängst doch wohl nicht wieder* damit *an, oder? Hast du's denn immer noch nicht kapiert? Das ist doch noch nie gut ausgegangen.«*

Was nur teilweise stimmte. Zu meinen übersinnlichen Fähigkeiten gehörte, abgesehen vom Schauen (ziemlich gut) und Hören (überdurchschnittlich gut), auch das Fühlen – eine Gabe, die mal besser und mal schlechter funktionierte und mir oftmals gar keine – beziehungsweise nicht genug – Hinweise lieferte, manchmal aber auch zu viele. Doch da sie sich in letzter Zeit spürbar verbessert hatte, beschloss ich, einen Versuch zu wagen. Ich streckte die Hand nach dem zerbrochenen Spiegel aus und berührte eine der Scherben. Dann verschloss ich meine Sinne für die Gegenwart, öffnete sie weit für die Vergangenheit und wartete darauf, dass mich der Gegenstand in längst verflossene Zeiten zurückversetzte.

Wie so oft drangen die Geräusche als Erstes auf mich ein, gefolgt von verschwommenen Bildern. Das Schluchzen wurde leiser und schließlich vom Knistern und Knacken eines Kaminfeuers ersetzt. Als ich die Augen schloss, sah ich dasselbe Zimmer vor mir, aber diesmal von Farben und Leben erfüllt – ein Unterschied zu seinem heutigen Zustand wie der Unterschied zwischen einem lebendigen Menschen und seinem Leichnam. Im Kamin loderte ein Feuer, in den Regalen standen Gläser, Tiegel und ledergebundene Bücher. Auf einem Tisch waren Kräuter aufgehäuft, dazu andere, blutigere Zutaten.

Am Kamin stand eine Frau mit langem, dunklem Haar. Auf ihrem Kleid spielte rot der Widerschein des Feuers und die feinen Spitzenmanschetten kräuselten sich im warmen Luftstrom. Sie machte sich an einem Stein der Kamineinfassung zu schaffen. Als mein Blick auf sie fiel, zuckte sie zusammen, drehte sich um und schaute zu mir herüber. Ihr Blick hatte etwas derart Bösartiges, Habgieriges, dass ich unwillkürlich einen Schritt zurückwich. Dabei stieß ich mit der Schulter gegen die Wand hinter mir und war mit einem Schlag wieder in der Gegenwart, in der kalten, dunklen, leeren Kammer.

»Du hast dir ja ganz schön Zeit gelassen«, konstatierte der Schädel.

Ich rieb mir die Augen. Für mich hatte das Ganze nur ein paar Sekunden gedauert. »Wie lange war ich denn weg?«

»Ich hätte in Ruhe ein Pfeifchen rauchen können. Es war sterbenslangweilig. Hast du was entdeckt?«

»Vielleicht.« Als ich die Taschenlampe erst auf die schwarz gähnende Kaminöffnung und dann auf die gemauerte Einfassung richtete, konnte ich den betreffenden Stein unter der schwarzen Schmutzschicht ausmachen.

Ich habe noch immer…, hatte Emma Marchments Geist geraunt.

Der Gegenstand, an den die Tote gebunden war, befand sich noch immer hier.

Ich nahm mein Brecheisen vom Gürtel. Mit zwei Schritten war ich am Kamin und legte die Ränder des Steins frei. Mir war zwar nicht ganz wohl dabei, dem spinnwebverhangenen Zimmer den Rücken zuzukehren, aber ich hatte keine Wahl. Jahrhundertealter Ruß verklebte die Fugen, weshalb sich der Stein nur mit großer Mühe lockern ließ. Ich ärgerte mich, dass ich nicht mehr Kraft hatte. Dass ich kein Mitglied eines *richtigen*

Teams war. Dann hätte sich jemand hinter mich stellen, mir Rückendeckung geben und die Schatten im Zimmer im Auge behalten können, doch dieser Luxus war mir nicht vergönnt.

»Halt dich ran. Jede Maus könnte diesen Stein rausziehen.«

»Ich mach ja schon.«

»Sogar ich wäre schneller, dabei habe ich noch nicht mal Hände. Leg dich ins Zeug, Mädel.«

Meine Erwiderung bestand in einem halblauten Fluch. Inzwischen hatte ich das Brecheisen unter den Stein gezwängt. Er ließ sich bewegen, gleichzeitig wurde das Schluchzen lauter, und ich hörte wieder Schritte über Glasscherben knirschen. Ich drehte mich um. Raureif überzog die Spinnweben im Zimmer.

»Sie kommt«, sagte ich. »Du sollst aufpassen, nicht rummeckern.«

»Kein Problem, bei mir gibt's immer das volle Programm. Die Sache wird allmählich ganz schön brenzlig, Lucy. Warum lässt du mich nicht raus, damit ich dir aus der Patsche helfen kann?«

»Klar doch. Aber ich bin gleich so weit. Pass einfach auf, ob sich etwas tut.«

»Soll ich dir Bescheid sagen, wenn sich der Geist an dich anschleicht?«

»Nein! Du sollst mich *vorher* warnen!«

»Wenn sie dich an der Gurgel packt?«

»Sag mir einfach, wann sie ins Zimmer kommt.«

»Zu spät. Sie ist schon hier.«

Meine Nackenhärchen taten, was sie immer tun, wenn ich auf einmal nicht mehr allein bin. Ich nahm eine Hand vom Brecheisen, hakte den Spiegel vom Gürtel und hielt ihn so, dass ich hinter mich spähen konnte. Das Zimmer war eine schwarze Höhle, trotzdem war in der Mitte des Spiegels ein schwaches Leuchten zu erkennen – der Widerschein von kaltem, bläulichem Anderlicht. Das Licht ging von einer klapperdürren Gestalt aus, die durch die Dunkelheit auf mich zugeschwebt kam.

Im selben Augenblick fiel mir ein, dass mein Silbernetz noch über dem Spiegel hing. Der am anderen Ende des Zimmers stand.

Die Verzweiflung gab mir Kraft. Rasch legte ich den Handspiegel weg, nahm eine Salzbombe vom Gürtel und schleuderte sie auf den Geist. Sie zerplatzte und es stank nach versengtem Ektoplasma. Inmitten der herabregnenden Salzkörnchen konnte ich die taumelnde, in grünes Feuer gehüllte Figur einer Frau ausmachen. Die Gestalt teilte sich in zwei schlangenartige Wirbel, die in verschiedene Richtungen strebten, dann erlosch das Salz, und es wurde wieder dunkel. Ich warf mich mit meinem ganzen Gewicht auf das Brecheisen und der Stein gab nach. Wäre ich nicht beiseitegesprungen, wäre er mir auf den Fuß gefallen. Wo war meine Taschenlampe? Dort lag sie, in der Feuerstelle. Ich hob sie auf und richtete den Strahl in die Nische, die hinter dem Stein zum Vorschein gekommen war.

Darin lag etwas Großes, Schwarzes, dessen Form an einen zerdrückten Fußball erinnerte. Das Ding war so dick mit verstaubten Spinnweben überzogen, dass es wie Fell aussah, und jede Menge Spinnen krabbelten darauf herum.

»Huch«, sagte ich. »Ein Kopf.«

»Bingo. Alt. Mumifiziert. Hübsch.«

»Aber nicht *ihr* Kopf.«

»Nö. Und wenn doch, hatte ihr Gatte einen weiteren guten Grund, sie abzumurksen. Weil sie nämlich einen Bart hatte.«

Tatsächlich. Durch die dicken Spinnweben am Kinn schoben sich drahtige schwarze Haare.

Ich nahm den Kopf in die Hand. Ja, ja, ich weiß. Aber so was gehört nun mal zu unserem Beruf.

»Wo ist sie hin, Schädel?«

»Die Erscheinung hat sich wieder zusammengesetzt und steht jetzt vor dem Spiegel. Oha, sogar in ihren Wunden kleben Spinnweben. Gruselig. Jetzt dreht sie sich um und kommt auf dich zu. Es passt ihr gar nicht, dass du ihre Quelle gefunden hast. Sie streckt wieder die Arme nach dir aus …«

Ich hätte natürlich eine Leuchtbombe werfen können, aber dann hätte mich die Druckwelle ebenfalls erwischt, weil es in dem kleinen Raum keine richtige Deckung gab. Oder ich hätte den Degen ziehen können, aber ich konnte nicht gleichzeitig die Waffe, den Spiegel *und* die Quelle halten. Also tat ich das, was ich gelernt hatte, als ich noch mit richtigen Agenten zusammenarbeiten durfte – ich improvisierte.

Ich schleuderte den Kopf quer durchs Zimmer. Es war zu spüren, dass die Kälte von mir wegwaberte, und ich sah, wie die Spinnweben sich dort mit Reif überzogen, wohin der Geist dem Kopf instinktiv folgte. Ich machte einen Satz in die andere Richtung, dorthin, wo der Spiegel stand, schnappte mir das Silbernetz und drehte mich rasch wieder um. Als ich zum Handspiegel griff, sah ich gerade noch rechtzeitig, wie der Geist wieder auf mich zukam. Außerdem sah ich jetzt sämtliche grausigen Einzelheiten der Erscheinung, eine scheußlicher als die andere. Such dir was aus: der zerfetzte blutige Körper oder das hassverzerrte Gesicht – doch davon ließ ich mich nicht ablenken, sondern wandte die Toreromethode an, die mir Lockwood beigebracht hatte. Ich tänzelte vor der Erscheinung hin und her und schwenkte dabei das Silbernetz wie das rote Tuch eines Stierkämpfers. Dann ließ ich das Netz unvermittelt sinken und stand ungeschützt da. Sofort ging der Geist mit gekrümmten Krallenfingern auf mich los, doch ich drehte mich geschickt zur Seite und warf ihm das Netz mit einer Drehung des Handgelenks mitten ins Gesicht.

Das Silber tat wie immer seine Wirkung. Die Erscheinung leuchtete noch einmal kurz auf und erlosch.

Ich hob das Netz auf und bückte mich nach dem Kopf, der vor die Wand gerollt war. Als ich das Netz darüberbreitete, knackte es in meinen Ohren, und die unheilvolle Spannung im Zimmer zerbarst und verflog.

Ich drehte mich nach meinem Rucksack um. »Na, wie war ich?«

»Nicht schlecht, das muss ich zugeben.«

Ich ging in die Hocke und betrachtete das Bündel auf dem Boden. »Also wenn das mal keine Quelle ist! Was glaubst du, wem er gehört? Und was wollte sie damit?«

»Wahrscheinlich stammt er von einem zum Tode verurteilten Verbrecher, und sie hat ihn sich vom Richtplatz geholt, so wie es früher alle Hexen gemacht haben. Sie glaubte wohl, mit seiner Hilfe würden ihre albernen Zaubersprüche besser wirken.«

»Puh! Wie kann man nur.«

»Stimmt ...« Der Schädel machte eine vielsagende Pause. *»Wie kann man sich nur mit einem abgetrennten Kopf abgeben. Das ist doch pervers.«*

»Allerdings.« Ich blieb hocken, bis sich mein Atem wieder beruhigt hatte und mein Herz nicht mehr so raste. Dann erhob ich mich schwerfällig, wickelte den Kopf sorgfältig in das Silbernetz ein und ging die anderen suchen, wobei ich mich nicht sonderlich beeilte. Der gefährliche Teil des Abends war gelaufen – aber das Schlimmste stand mir noch bevor.

Kapitel 3

Der Einsatz hätte mit dem Fund des Schädels ja wohl eigentlich zu Ende sein sollen. Geist verduftet, Quelle verplombt, wieder ein Gebäude von einer Heimsuchung befreit – alles in Butter. Aber nein. Denn jetzt kommen wir zum größten Nachteil der Arbeit als freiberuflicher Übersinnlicher Ermittler: dass man hinterher den Erwachsenen Bericht erstatten muss.

Darin bestand das grundlegende Paradox des ganzen Agentursystems. Nur Kinder und Jugendliche besaßen brauchbare übersinnliche Gaben, daher waren Außendienstmitarbeiter wie ich immer jung. Wir waren diejenigen, die es direkt mit den Geistern zu tun bekamen. Diejenigen, die ihr Leben riskierten. Trotzdem hatten die Erwachsenen das Sagen: Sie zahlten die Löhne, sie waren für sämtliche Teams verantwortlich. Dabei besaßen die erwachsenen Berater null übersinnliche Sensibilität und wagten sich nie weiter als ein paar Schritte in eine heimgesuchte Zone hinein, und zwar deshalb, weil sie vor Besuchern total Schiss hatten. Alt und nutzlos standen sie in sicherer Entfernung herum und brüllten irgendwelche Kommandos, die nichts, aber auch gar nichts mit dem tatsächlichen Geschehen zu tun hatten.

So ging es bei allen Agenturen in London zu. Bei allen außer einer.

Mr Toby Farnaby von der Agentur Rotwell, mein Berater in dieser Nacht, war ein typischer Vertreter seiner Gattung: ein dicklicher Typ mittleren Alters, der seit über zwanzig Jahren nichts auch nur ansatzweise Übernatürliches mehr wahrgenommen hatte. Dennoch hielt er sich für unersetzlich. Er hatte es sich in der marmorgefliesten Eingangshalle des Hauses gemütlich gemacht, gut geschützt in einem dreifachen Bannkreis aus Eisenketten und schön in der Nähe der Haustür. Als ich nun auf dem Treppenabsatz im ersten Stock ans Geländer humpelte, sah ich ihn wie eine dickbäuchige Riesenkröte unter mir hocken. Seinen breiten Hintern hatte er in einen Faltstuhl gepflanzt, auf dem Klapptisch daneben erblickte ich einen Flachmann und einen Stapel belegter Brote.

Neben ihm stand ein zweiter Erwachsener. Johnson war schmächtig, gertenschlank und hielt ein Klemmbrett in der Hand. Vor diesem Abend hatte ich ihn noch nie gesehen. Mit seinem weichen Durchschnittsgesicht und den undefinierbar mausbraunen Haaren passte er hervorragend zu Rotwell und war vermutlich der Berater unseres Beraters, jedenfalls hätte mich das nicht gewundert.

Mr Farnaby war gerade dabei, den anderen Mitgliedern unseres Teams einen Vortrag zu halten. Anscheinend waren sie zu ihm zurückgekehrt, während ich mich in der Geheimkammer amüsiert hatte. Tina und Dave standen mit hängenden Schultern und so gelangweilten wie trotzigen Mienen da, anders als Ted, der Haltung angenommen hatte und ein übertrieben aufmerksames Gesicht machte.

»Das Allerwichtigste ist«, sagte Farnaby eben, »dass ihr äußerste Vorsicht walten lasst, wenn ihr wieder hochgeht. Sollte

Miss Carlyle tot sein, wovon ich ausgehe, ist das ausschließlich ihre eigene Schuld. Bleibt immer zusammen und gebt einander Deckung. Denkt daran, dass Emma Marchment ihren Stiefsohn vergiftet und versucht hat, ihren Ehemann umzubringen! Wenn sie schon zu Lebzeiten derart grausam und rachsüchtig war, ist sie als Geist bestimmt noch hundertmal bösartiger.«

»Ich glaube, wir sollten uns lieber beeilen, Sir«, warf Dave Eason schüchtern ein. »Lucy ist schon ewig weg. Wir müssen …«

»… die Vorschriften befolgen, die zu eurem Schutz gedacht sind, Eason.« Mr Farnaby faltete die dicklichen Hände und ließ die Knöchel knacken, dann griff er nach einem belegten Brot. »Das Mädchen ist auf eigene Faust losgezogen, statt mir gemeinsam mit dem Team einen Überblick der Lage zu liefern. Es ist doch immer dasselbe mit diesen Freiberuflern. Sie haben einfach keine vernünftige Ausbildung, stimmt's, Johnson?«

»Stimmt«, sagte Johnson.

»Huhu, Mr Farnaby!«, rief ich von oben und freute mich diebisch, als alle Anwesenden zusammenfuhren.

Farnaby hatte sein Brot in den Schoß fallen lassen und schaute mit blinkenden Knopfäuglein zu mir empor. »Sieh an, Miss Carlyle hat die Güte, uns zu beehren. Man hat mich bereits von Ihrem eigenmächtigen Vorgehen unterrichtet. Bei Rotwell arbeiten wir im Team! Da können Sie nicht einfach aus der Reihe tanzen.«

Ich klopfte bedächtig auf das Geländer und sagte erst mal gar nichts. Farnabys fettiges schwarzes Haar glänzte im Schein der Petroleumlampe, sein Wanst warf einen halbmondförmigen Schatten. Zu seinen Füßen stapelten sich Säcke voller Salz und Eisenspäne. Offiziell passte er auf, dass unseren Vorräten nichts passierte, inoffiziell sorgten die Vorräte dafür, dass *ihm* nichts passierte. »Ich bin immer für Teamarbeit zu haben«, gab ich dann zurück, »vorausgesetzt, sie ist angebracht. Manchmal muss man aber auch allein vorgehen, um effektiv sein zu können.«

Farnaby verzog das Gesicht. »Ich habe Sie wegen Ihrer herausragenden Gabe des Hörens für diesen Einsatz verpflichtet und nicht, damit Sie uns Ihre abwegigen Ansichten erläutern. Und jetzt kommen Sie bitte herunter und tun das, was Sie schon vor einer Stunde hätten tun sollen, nämlich mir Bericht über das erstatten, was Sie in Erfahrung ...«

In meinem Rucksack regte sich etwas. *»Was für ein grässlicher Langweiler.«*

»Allerdings«, erwiderte ich im Flüsterton.

»Weißt du, was ich an deiner Stelle täte?«

»Weiß ich. Und die Antwort lautet: abgelehnt. Ich bringe ihn nicht um.«

»Spielverderberin. Da drüben steht eine Topfpflanze. Die könntest du ihm auf den Kopf fallen lassen.«

»Pssst.«

Farnaby blickte wieder zu mir hoch. »Entschuldigung – haben Sie etwas gesagt, Miss Carlyle?«

Ich nickte. »Ich habe gesagt, dass ich die Quelle gefunden habe. Ich bringe sie Ihnen runter. Bin gleich da. Lassen Sie mir ein Brot übrig.«

Ich humpelte treppab, bis ich unten in der Eingangshalle stand. Meine Agentenkollegen starrten mich mit großen Augen an, aber ich kümmerte mich nicht um sie, sondern schlenderte mit dem Silberbündel unterm Arm zu Farnaby hinüber. Bei ihm angekommen, ließ ich den Kopf mit großer Geste auf seinen Klapptisch fallen und freute mich über das dumpfe *Rums!*

Der Berater wich erschrocken zurück. »Ist das die Quelle? Was ist es denn?«

»Schauen Sie selbst nach. Vielleicht schieben Sie dafür Ihren Proviant ein Stück zur Seite.«

Farnaby hob das Netz an einem Zipfel an und sprang auf, wobei er beinahe über seinen Stuhl gestolpert wäre. »Schnell, ein Schutzbehälter! Und legen Sie das Ding auf den Boden – aber nicht in meiner Nähe!«

Ein Behälter aus Silberglas wurde gebracht und der Kopf hineinverfrachtet. Farnaby tupfte sich die schweißbedeckte Stirn ab, setzte sich wieder hin und beäugte den Behälter aus sicherer Entfernung. »Was für ein abscheuliches Ding. War das mal Emma Marchment?«

»Es ist nicht *ihr* Kopf, wenn Sie das meinen«, antwortete ich. »Aber er muss ihr gehört haben. Ich konnte einen Blick darauf erhaschen, wie es früher in dem Geheimzimmer ausgesehen hat. Es war voller Gefäße und Kräuter. Emma Marchment hat sich dort eindeutig mit irgendwelchem Hexenquatsch beschäftigt. Der mumifizierte Kopf gehörte zu ihren wertvollsten Besitztümern, darum ist ihr Geist so eng damit verbunden.«

»Faszinierend.« Der fade Mr Johnson machte sich auf seinem Klemmbrett Notizen. »Gute Arbeit, Carlyle.«

»Danke, aber das Lob gebührt nicht mir allein. Jeder von uns hat seinen Beitrag geleistet.«

Farnaby gab ein missmutiges Brummen von sich. »Auf jeden Fall ist der Kopf ein ungewöhnliches Fundstück. Ihre Jungs im Institut hätten bestimmt ihre helle Freude daran, Johnson. Wollen Sie ihn mitnehmen?«

Mr Johnson lächelte verkniffen. »Das würde leider gegen die neuesten Vorschriften der BEBÜP verstoßen. Der Kopf muss vernichtet werden. Ich melde der Zentrale, dass das Haus gesäubert ist. Ihr Team hat Beachtliches geleistet, Farnaby, auch wenn Sie Ihre Leute nicht ganz im Griff hatten.« Er klopfte dem Berater auf die Schulter, trat aus dem Bannkreis und ging zur Tür.

Farnaby saß einen Augenblick schweigend und mit umwölkter Miene da, blickte dann auf und wandte sich an Ted, der beklommen von einem Fuß auf den anderen trat. »Ich mache Sie für den Vorfall verantwortlich, Daley«, sagte er. »Sie waren Teamleiter. Sie hätten Miss Carlyle an der kurzen Leine halten müssen. Das gibt fünf Strafpunkte.«

Ich spürte, wie Ted immer kleiner wurde, und das machte mich richtig sauer. »Verzeihung, Sir«, sagte ich energisch, »aber das Team hat den Auftrag korrekt ausgeführt und sein Ziel erreicht.«

»Das sehe ich völlig anders und ich habe hier das Sagen. Wir packen zusammen.« Er griff nach seinem Flachmann und wollte mich mit einer unwirschen Handbewegung wegscheuchen, aber ich rührte mich nicht von der Stelle.

»Ich bin nicht dazu gekommen, vorher Ihren Rat einzuholen«, entgegnete ich. »Ich musste die Quelle orten, bevor sich die Erscheinung wieder verflüchtigte. Es war schlicht die effektivste Vorgehensweise. Und beim ersten Zusammenstoß mit dem Geist hat das Team hervorragend zusammengearbeitet. Die anderen haben mir geholfen, die Geheimtür ausfindig zu machen, und Dave hat zusammen mit mir die Wiedergängerin verjagt. Sie waren doch früher selbst Agent. Bestimmt erinnern Sie sich noch daran, dass man manchmal spontane Entscheidungen vor Ort treffen muss. Dann ist es sehr nützlich, wenn man sich auf seine Mitstreiter verlassen kann, hab ich recht, Ted?«

Als ich mich umdrehte, musste ich feststellen, dass Ted schon dabei war, einen Sack Eisenspäne zur Tür zu schleifen. »Tina?«, fragte ich daraufhin. »Dave?«

Tina packte die nicht benutzten Salzbomben ein und Dave rollte die Ketten zusammen. Alle drei waren schweigend in ihr Tun vertieft und hörten mir nicht mal zu.

Plötzlich legte sich ein Schatten über mich. Farnabys Schmerbauch hatte sich vor die Lampe geschoben, als sich sein Besitzer erhob und damit einen Schlussstrich unter die Debatte zog. Wenn er einigermaßen gut gelaunt war, glichen seine Äuglein verkohlten Rosinen, doch jetzt waren sie zu tückisch glitzernden schwarzen Glassplittern zusammengeschrumpft. Meine Hand legte sich unwillkürlich auf den Degenknauf und ich wich einen Schritt zurück.

»Ich weiß, wo Sie vorher gearbeitet haben, Miss Carlyle«, sagte der Berater, »und ich weiß, warum Sie sich so aufführen. Es ist mir unbegreiflich, dass die BEPÜP diese schäbige kleine Klitsche nicht längst dichtgemacht hat. Eine von Jugendlichen geführte Agentur? Absurd! Damit wird es noch ein böses Ende nehmen, das kann ich Ihnen flüstern. Aber Sie arbeiten jetzt nicht mehr für Lockwood & Co., Miss Carlyle. Sobald Sie Ihre Dienste Rotwell zur Verfügung stellen, haben Sie es mit einer richtigen Agentur zu tun, in der die Minderjährigen ihren Platz kennen. Wenn Sie auch in Zukunft von uns beauftragt werden wollen, müssen Sie lernen, den Mund zu halten und zu tun, was man Ihnen sagt. Habe ich mich verständlich ausgedrückt?«

Ich kniff die Lippen zusammen. »Jawohl, Sir.«

»Und bis dahin – da Ihnen Effektivität anscheinend so wichtig ist – können Sie ja diesen Einsatz hier ordnungsgemäß zu Ende bringen. Wie Sie schon von Mr Johnson gehört haben, hat die BEBÜP angeordnet, dass sämtliche Quellen vom TYP ZWEI unverzüglich vernichtet werden müssen. Für abscheuliche Relikte wie dieses gibt es einen Schwarzmarkt und wir dürfen kein Risiko eingehen.« Er schob den Silberglasbehälter mit dem Fuß in meine Richtung. »Hier ist der mumifizierte Kopf. Bringen Sie ihn in die Entsorgungsanstalt in Clerkenwell, und sorgen Sie dafür, dass er verbrannt wird.«

»Ich soll nach Clerkenwell fahren?«, fragte ich ungläubig. »Um zwei Uhr morgens?«

»Umso besser. Dann sind die Brennöfen hochgefahren. Wenn Sie mir morgen die abgestempelte Bescheinigung bringen, zahle ich Ihnen Ihr Honorar für heute Abend aus. Keine Minute eher.« Er drehte sich zu seinen schwer beschäftigten Untergebenen um. »Eigentlich wollte ich euch die restliche Nacht freigeben, aber da Miss Carlyle von eurer Tatkraft offenbar so eine hohe Meinung hat, können wir ebenso gut einen weiteren Einsatz anschließen. Mir ist eingefallen, dass auf dem Highgate-Friedhof ein Alb sein Unwesen treibt. Ich fahre euch hin. Also ein bisschen Beeilung beim Aufräumen!«

Dann machte er sich daran, seine Verpflegung einzupacken. Meine Kollegen warfen mir giftige Blicke zu, taten aber wie geheißen. Ich bückte mich nach dem Silberglasbehälter.

»He, Schädel«, zischelte ich.

»Was gibt's?«

»Du hattest recht mit der Topfpflanze.«

»Sag ich doch.«

Ohne ein weiteres Wort klemmte ich mir den mumifizierten Kopf unter den Arm und verließ das Gebäude. Ich war müde, ich war sauer, aber ich ließ mir nichts anmerken. Dass ich mich mit einem Berater zankte, war nichts Neues, das kam fast jede Nacht vor. So was gehörte einfach zu meinem neuen Leben als Freiberuflerin.

* * *

Ich hatte die Sache von Anfang an professionell aufgezogen und mir laminierte Visitenkarten mit schickem silbergrauen Rand drucken lassen, die ich allen meinen Auftraggebern überreichte und die der Grund waren, warum sie mich alle haben wollten, auch wenn sie sich über mich ärgerten.

LUCY CARLYLE ÜBERSINNLICHE BERATUNGEN & ERMITTLUNGEN Appartement 4, Tooting Mews, London *Recherchen und Besuchervertreibungen* *Expertin für akustische Phänomene*

Ich hätte mir ein angeberisches Logo entwerfen lassen können, mit gekreuzten Degen, aufgespießten Geistern oder so, aber ich wollte es lieber schlicht. Dass ich mich selbst als »Beraterin« bezeichnete, verschaffte mir bereits die gewünschte Aufmerksamkeit, weil es bedeutete, dass ich unabhängig war. Es gab nicht viele Übersinnliche Ermittler in London, die im Alleingang arbeiteten, was auch daran lag, dass die meisten von uns früh starben.

Als Freie konnte ich für jede Agentur tätig werden, die mich engagierte, und im Lauf des Schwarzen Winters waren das nicht wenige gewesen. Meine besondere Gabe, wie schon gesagt, war das Hören (unter uns gesagt, kannte ich keinen Agenten, der es besser beherrschte als ich – mit vielleicht einer Ausnahme), und damit war ich so gut wie jedem Team von großem Nutzen. Außerdem war ich eine Überlebenskünstlerin. Ich hatte ein feines Gespür dafür, in welcher Situation Hören und Schauen angesagt waren, wann ich lieber den Degen zücken und wann ich schleunigst die Beine unter den Arm nehmen musste. Auf diese drei Möglichkeiten liefen im Grunde alle Einsätze hinaus, außerdem war gesunder Menschenverstand gefragt. Nur so blieb man als Agent am Leben.

Kurzum, ich war ausgesprochen tüchtig. Was sonst? Schließlich hatte ich mein Handwerk bei den Besten gelernt.

Und sie verlassen.

Der Schwarze Winter war ein guter Zeitpunkt gewesen, sich selbstständig zu machen. Inzwischen hatten wir Ende März und wie immer beruhigte sich die Lage um diese Jahreszeit ein bisschen. Das Wetter wurde besser, die Tage wurden länger, bunte Frühlingsblumen reckten die Köpfe aus den letzten Schneehäufchen, und die Gefahr, sich abends beim Milchholen die Geistersieche einzufangen, nahm geringfügig ab. Man durfte hoffen, dass das Schlimmste erst einmal überstanden war.

Trotzdem hatte das Problem im Lauf der letzten Monate mit ihren scheinbar endlosen Nächten unübersehbar zugenommen. Zwar war es nicht noch einmal zu einer solchen Massenheimsuchung gekommen wie seinerzeit in Chelsea, aber der Winter war erbarmungslos gewesen. Sämtliche Agenturen waren mit ihren Kräften am Ende und viele Agenten – junge und noch jüngere – hatten in treuer Ausübung ihrer Pflicht ihr Leben gelassen und waren in der Eisengruft hinter dem Paradeplatz der königlichen Leibgarde beigesetzt worden.

Andererseits hatten die unerfreulichen Begleiterscheinungen des Winters auch zum Aufblühen einiger Agenturen beigetragen. Ein Beispiel dafür war Lockwood & Co., die kleinste übersinnliche Agentur in ganz London. Dort war ich bis zum Winteranfang angestellt gewesen. Damals bestand die Agentur aus nur drei Mitarbeitern: Anthony Lockwood, der die Truppe leitete, George Cubbins, der hauptsächlich für die Recherche zuständig war – und mir. Wir wohnten alle in einem Haus in der Portland Row in Marylebone. Ach ja, später kam noch eine vierte Mitarbeiterin dazu. Sie hieß Holly Munro und war eigentlich nur eine Hilfskraft, trotzdem musste man sie wahrscheinlich mitzählen. Aber nur George und Lockwood hatten mir wirklich etwas bedeutet, und zwar so viel, dass ich mich irgendwann gezwungen sah, mich von ihnen zu trennen und meine eigenen Wege zu gehen.

Vor vier Monaten hatte mich nämlich ein Geist einen Blick auf meine mögliche Zukunft werfen lassen – eine Zukunft, in der mein Handeln Lockwoods Tod verschuldete. Zwar war es ein ausgesprochen bösartiger, in keiner Weise vertrauenswürdiger Geist gewesen, doch was er mir offenbart hatte, passte zu meinen eigenen unguten Ahnungen. Immer und immer wieder hatte Lockwood sein Leben aufs Spiel gesetzt, um das meine zu retten, und von Mal zu Mal war die Grenze zwischen Erfolg und Katastrophe schmaler und ungewisser geworden. Dazu kam, dass meine übersinnlichen Gaben zwar stärker wurden, ich sie aber immer schlechter im Griff hatte. Bei mehreren Einsätzen war es mir nicht gelungen, meine Gefühle zu beherrschen, was den Geistern, mit denen wir es zu tun hatten, zusätzliche Kräfte verlieh. Bei einem Einsatz, während dessen eine Beinahekatastrophe auf die nächste gefolgt war, hatte ich sogar einen Poltergeist entfesselt, und in der anschließenden Schlacht wäre Lockwood (und nicht nur er) beinahe umgekommen. Mir wurde klar, dass beim nächsten Fehler dieser Art, der mir unterlief, die Vorhersage des Geistes eintreffen würde. Weil ich es nicht ertragen hätte, schuld an Lockwoods Tod zu sein, musste ich eine solche Situation unter allen Umständen abwenden. Deshalb war mir nichts anderes übrig geblieben, als die Agentur zu verlassen. Es war meine eigene Entscheidung gewesen. Und sie war richtig.

Da war ich mir ganz sicher.

Und deswegen war ich jetzt, wenn man einen gewissen sprechenden Schädel nicht mitrechnete, auf mich gestellt.

Soweit ich es aufgrund von Zeitungslektüre beurteilen konnte, war meine Kündigung bei Lockwood & Co. mit einem erhöhten Auftragsaufkommen für meine ehemaligen Kollegen zusammengefallen. Vor allem der Fall des Chelsea-Ausbruchs, bei dem sie die Quelle der Heimsuchung in einer unterirdischen Kammer voller Skelette unter dem Kaufhaus der Gebrüder Aickmere aufspürten, hatte ihnen endlich die Bekanntheit eingebracht, die sich der Inhaber der Agentur schon so lange gewünscht hatte.

Immer wieder zierten ihre Fotos die Titelblätter, vor allem Lockwoods Foto. Mal stand er zusammen mit George in den Trümmern der Mortlake-Gruft, dann wieder posierte er allein vor einer rauchschwarzen Silhouette, dem einzigen Überbleibsel des Ghuls von St. Albans. Das Bild, das ich am allerwenigsten mochte, war jenes, auf dem er im Londoner Büro der *Times* den begehrten Preis »Agentur des Monats« entgegennahm und Holly Munro überaus fotogen neben ihm höchst charmant in die Kamera lächelte.

Ich freute mich für meine ehemaligen Kollegen, dass sie so erfolgreich waren. Aber auch *ich* hatte Erfolge zu verzeichnen. Meine Rolle im Aickmere-Fall war nicht unbeachtet geblieben, und kaum hatte ich mir ein Zimmer gemietet und eine kleine Anzeige auf der Agenturseite der *Times* geschaltet, meldeten sich auch schon die ersten Klienten. Erstaunlicherweise waren es von Anfang an überwiegend andere Agenturen. Beim Fall der Melrose-Place-Morde hatte ich für Grimble gearbeitet und beim Fall der Phantomkatze auf dem Cromwell Square für Atkins & Armstrong.

Sogar die große Agentur Rotwell hatte mich etliche Male beschäftigt, und ich ging davon aus, dass sie auch noch öfter auf mich zukommen würde, unabhängig davon, was Farnaby sagte.

Ja, mein Geschäft florierte.

Ich war auch allein erfolgreich.

Ob mir das Alleinsein etwas *ausmachte?* Eigentlich nicht. Die meiste Zeit kam ich prima zurecht.

Ich hatte viel zu tun. Niemand konnte mir vorwerfen, dass ich nicht unter Leute kam, nur leider waren so viele von ihnen schon tot.

Im Verlauf der letzten Woche zum Beispiel war ich einem schaukelnden Geisterkind begegnet, einer skelettierten Braut vor dem Altar, einem Schaffner, der ohne seinen Bus durch die Straßen schwebte, zwei erschlagenen Arbeitern, einem riesigen schwarzen Phantom, das seinen Geisterhund auf der Putney Street Gassi führte, einer kopflosen Bibliothekarin, einem Koffer mit drei Nimbussen, zwei Auren und einem Irrlicht drin, einer umhergeisternden abgeschlagenen Hand und einem halb nackten Nachbarn.

Letzterer war allerdings nur allzu lebendig gewesen. Leider.

Ja, meine Nächte waren fast *zu* abwechslungsreich. Dafür fühlte ich mich tagsüber manchmal ein bisschen leer. Vor allem frühmorgens, wenn ich nach einem Einsatz müde und zerschlagen durch die leeren Straßen heimwärts wanderte und das Gewicht der kommenden einsamen Stunden bereits auf mir lastete. Ich konnte mich noch nicht mal darauf verlassen, bei Bedarf mit dem Schädel plaudern zu können, denn der pflegte sich tagsüber oft zu entmaterialisieren. Bei *solchen* Gelegenheiten kam es manchmal vor, dass ich mich nach der Gesellschaft anderer Menschen sehnte.

In dieser Nacht war ich allerdings nicht auf dem Heimweg. Noch nicht. Dank Mr Farnabys kleinlicher Rachsucht hatte ich vorher noch ein anderes Ziel. Ich musste einen Silberglasbehälter mit einer Quelle zu einem der unheimlichsten Orte in London bringen und dabei handelte es sich nicht mal um ein heimgesuchtes Gebäude.

Im Gegenteil.

Es handelte sich um ein Gebäude, in dem Heimsuchungen der Garaus gemacht wurde.

Kapitel 4

Die Städtische Entsorgungsanstalt für Übernatürliche Artefakte im Großraum London stand im Industrieviertel Clerkenwell in Londons Osten. Die Anlage war von Marissa Fittes erbaut worden, der legendären Gründerin der gleichnamigen Agentur, und zwar vor über vierzig Jahren, als sich abzeichnete, dass ein Bedarf für die sichere Vernichtung übernatürlicher Quellen bestand. Damals waren die Brennkammern auf dem Gelände einer alten Schuhfabrik angesiedelt gewesen, eingezwängt zwischen einer Druckerei und einer Hutmanufaktur, doch inzwischen nahm die Entsorgungsanstalt zwei ganze Straßenzüge ein. Die Verbrennungshallen ragten wie gewaltige Backsteintempel in den Himmel und ein wahrer Wald aus hohen, schlanken Schornsteinen blies die erzeugte Asche in Richtung Fluss und Meer. So war es jedenfalls ursprünglich gedacht gewesen, doch wenn sich der Wind drehte, wurden die Hüte und Mäntel der Passanten in den angrenzenden Vierteln grauschwarz überpudert. Der »Clerkenwell-Schnee«, wie man die Asche auch nannte, galt jedoch als harmlos und beunruhigte die meisten Leute nicht weiter.

Hinter hohen, mit Eisenspitzen gespickten Mauern lagen die Höfe, in die jeden Morgen die Lieferwagen der Agenturen einfuhren und die Ausbeute der vergangenen Nacht brachten. Eigentlich war die Entsorgungsanstalt nur für die Agentur Fittes gebaut worden, doch schon seit vielen Jahren stand sie allen Agenturen von London offen. Sie war sozusagen neutraler Boden – die erbitterte Konkurrenz zwischen den einzelnen Firmen, die auf den Straßen oftmals zu hitzigen Auseinandersetzungen und schlimmstenfalls zu Handgreiflichkeiten führte, spielte hinter diesen Mauern keine Rolle. Die Degen mussten bei den betagten Türstehern abgegeben werden, und innerhalb der Gebäude achteten grimmig dreinblickende Angestellte darauf, dass sich die Agenten anständig benahmen, andernfalls wurden sie vor die Tür gesetzt.

Wer wie ich im Morgengrauen zu Fuß eintraf, nahm den Nebeneingang in der Farringdon Road, gab unterwegs seinen Degen ab und überquerte dann einen kopfsteingepflasterten Hof, den mit fließendem Wasser gefüllte Rinnen zusätzlich vor allen ungebetenen, nicht lebenden Gästen schützten. Man stieg ein paar Stufen hoch, stieß eine Silberglastür auf und stand in einer mit Lavendel und Eisen gesicherten Eingangshalle. Hier saßen sieben Angestellte, jeder in seiner eigenen Kabine, und begutachteten die zur Vernichtung vorbeigebrachten Objekte. »Kontrollraum« nannte sich das.

Schon als ich den leeren Wartebereich zwischen den abgewetzten Absperrseilen durchquerte, rief mir jemand entgegen: »Hallihallo, Lucy! Was hast du denn heute Schönes für uns?«

An Schalter vier saß ein magerer junger Mann mit fliehendem Kinn, Schlupflidern und großen, knochigen Händen. Er hieß Harold Mailer, war achtzehn Jahre alt und kannte die Entsorgungsanstalt wie seine Westentasche, weil er schon hier arbeitete, seit er acht war. Er hatte ein wieherndes Lachen, wirkte immer auf ängstliche Art nervös und hatte von mir im Lauf des Winters schon so manche Quelle entgegengenommen. Wir kamen gut miteinander klar.

Ich stellte den Silberglasbehälter vor ihn auf den Tresen, wobei ich eine gewisse Erleichterung verspürte. Erstaunlich, wie schwer so ein mumifizierter Kopf sein konnte. Der junge Mann musterte erst mich, dann die Quelle und kratzte sich am Ohr.

»Anscheinend hast du eine ereignisreiche Nacht hinter dir.« Er drehte den Behälter hin und her. »Wer ist der Typ?«

»Keine Ahnung. Ich schätze mal, irgendein Verbrecher aus dem achtzehnten Jahrhundert oder so. Hat überraschenderweise dem Geist einer Hexe als Quelle gedient. Können wir ihn gleich brutzeln? Ich bin fix und alle.«

Harold Mailer schob mir einen Stapel Formulare hin, dazu einen eindrucksvoll zerkauten Kugelschreiber. »Für dich tu ich doch alles, Lucy. Trotzdem müssen wir erst mal den Papierkram erledigen.«

Ich trug Zeitpunkt, Ort und Umstände des Fundes auf dem Formular ein und überreichte ihm den Wisch. Dann unterschrieb ich im Auftrag der Agentur Rotwell die Bevollmächtigung.

Harold hatte kurz geschorene rote Haare, Sommersprossen und abstehende Ohren. Seine Augenbrauen waren so hell, dass ich nur erahnte, wie sie jetzt in die Höhe schossen. »Schon wieder Rotwell? Etwa wieder die Truppe vom alten Farnaby?«

»Leider. Aber zum allerletzten Mal. Das Team ist so was von unfähig.«

»Du solltest deinen Kundenkreis wirklich erweitern, Lucy.«

»Mach ich.«

»Warum tust du dich nicht wieder mit Anthony Lockwood

zusammen? Er war letzte Woche mit dieser Holly hier. Sie hatten gerade den Großauftrag an der Camden-Schleuse abgeschlossen. Du hast ja bestimmt den Bericht in *Die größten Heimsuchungen der Neuzeit* gelesen.«

»Äh … nein. Der muss mir durchgerutscht sein.«

»Ein Kreischer, der sich aus einem Gerippe auf dem Grund der Schleuse manifestiert hatte. Weil das Gerippe unter Wasser lag, war niemand auf die Idee gekommen, dort nachzuschauen, aber ein Kanal ist schließlich kein *fließendes* Wasser, sondern stehendes, stimmt's? Es war natürlich Lockwood, der den Geistesblitz hatte.«

Ich strich mir das Haar aus dem Gesicht. »Ja, das sieht ihm ähnlich.«

»Als er mit dem Mädchen hier ankam, waren sie beide noch ganz aufgedreht. Sie haben die ganze Zeit gelacht und miteinander getuschelt.« Harold kratzte sich die Nase, nahm dann einen Stempel und drückte ihn erst auf ein rotes Stempelkissen und anschließend auf das Formular, was bedeutete, dass mein Artefakt zur Verbrennung freigegeben war. »Jetzt brauche ich noch deine Einschätzung der Quelle. Lucy? Hörst du mir überhaupt zu? Deine Einschätzung. Auf einer Skala von eins bis zehn.«

»Ich habe euer System nicht vergessen. Acht.«

»Du weißt ja – Eins ist am schwächsten und entspricht in etwa einem Irrlicht, und Zehn ist am höchsten und entspricht zum Beispiel dem Poltergeist, der euch im November so zu schaffen gemacht hat. Ich meine den Geist, der das Kaufhaus zerlegt hat.« Er grinste mich an und stieß sein Pferdegelächter aus. »Und jetzt eine Acht? Ganz schön viel.«

»Stimmt.«

»Ooo-kay. Willst du die Quelle einfach hierlassen?«

»Farnaby besteht darauf, dass ich bei der Verbrennung anwesend bin.«

»Sonst kriegst du deinen Lohn nicht, das kennen wir ja schon. Dann komm mal rum.«

Er nahm den Behälter und öffnete eine Klappe im Tresen. Wir verließen die Schalterkabine durch die Schwingtür in der Rückwand und betraten einen hallenden Gang aus Beton und Stahl, der um die Brennkammer 1 herumführte. Wie immer war dort um diese frühe Tageszeit viel los. Angestellte in orangefarbener Schutzkleidung brachten Rollwagen voller leerer Geistergläser und Silberglasbehälter in die Lagerräume. Andere begleiteten Agenten in ihren bunten Uniformjacken zu den Aussichtsplattformen und wieder zurück. Wagen quietschten, Leute redeten, der Stoff von Harold Mailers Overall raschelte leise beim Gehen. Das Donnern der Feuertore dröhnte in meinen Ohren und ließ den Boden unter meinen Füßen erbeben. Und trotz alledem war auch das unterschwellige Grauen zu spüren, das an diesem Ort herrschte, ein Schauder, der daher rührte, dass Stunde um Stunde eine übernatürliche Quelle nach der anderen vernichtet wurde.

Eine riesige Anzeigetafel am Ende des Ganges verkündete mit grünen und roten Lämpchen, welche Öfen gerade in Betrieb waren. Harold blickte zu der Tafel auf, ging, ohne anzuhalten, bis zu der Tür mit der Nummer 13 weiter und blieb davor stehen.

»Da wären wir.« Er tätschelte meinen Glasbehälter, den er unter den Arm geklemmt hatte. »Dann verabschiede dich mal von deinem kleinen Freund, Lucy.«

»Tschüss, Kopf. Wie lange brauchst du?«

»Ungefähr zehn Minuten. Mach's dir bequem. Bis gleich.«

Er verschwand, und ich stieg zu der Aussichtsplattform hoch, die im Grunde nur eine Art große Blechkiste war, die vom Dach der Brennkammer hing wie die Gondel eines Zeppelins. Sie war mit einem zerschlissenen grünen Teppich sowie jeder Menge Sessel, Sofas und Tischchen ausgestattet, als wäre das Ganze ein Ort, an dem man sich mit Freunden auf ein Plauderstündchen traf. Hin und wieder war die Plattform auch für gewöhnliche Bürger zugänglich, damit diese sich vergewissern konnten, wie gut die Behörden mit dem Problem fertigwurden, aber überwiegend wurde sie von Agenten genutzt, die allerdings nicht miteinander plauderten, sondern jeder für sich an der langen Glaswand standen und in die lodernden Flammen hinabblickten.

Ich ließ den Blick routinemäßig über die Sitzgelegenheiten schweifen. Ein paar Agenten, ein, zwei erwachsene Agenturmitarbeiter … Und wer stand dort? Wem gehörte die Silhouette, die sich lang und schmal vor der Glaswand abzeichnete? Er drehte sich um und seine gelbe Uniformjacke leuchtete auf. Irgendein hochrangiger Mitarbeiter von Tamworth. Niemand, den ich kannte.

Mein Magen zog sich schmerzhaft zusammen, aber wahrscheinlich hatte ich bloß Hunger. Es war schon ewig her, dass ich etwas gegessen hatte. Ich trat an die Fensterscheibe, verschränkte die Arme, schaute nach unten und wartete darauf, dass Harold wieder auftauchte.

Die Brennkammer war eine riesige Backsteinhalle. Das Netz aus Rohren zwischen den Öfen wurde von metallenen Laufgängen überspannt. Es gab zwanzig Einzelöfen, die in zwei Zehnerreihen angeordnet waren. Außen auf die gewaltigen silbrigen Zylinder waren große schwarze Ziffern gemalt, und oben waren die Öfen offen, sodass man in die züngelnden Flammen hineinschauen konnte. Die der Vernichtung übergebenen Quellen rutschten eine breite Rinne hinunter, an deren Ende die Feuertüren aufglitten. An jedem Ofen stand ein Angestellter, der die Hitze mit einem großen Rad regulierte. Feuertüren öffneten und schlossen sich scheppernd, und Flammen loderten hoch auf, so weit das Auge reichte. Quellen rutschten ins Feuer und verbrannten im Handumdrehen zu Asche.

Angeblich konnte man, wenn man nach Anbruch der Dunkelheit auf die Aussichtsplattform stieg, Dutzende Geister gleichzeitig sehen, die sich als bläuliche Schemen in den Flammen krümmten, ehe ihre Fesseln an unsere Welt endgültig zu Asche zerfielen. Inzwischen wurde es aber draußen schon hell und die Geister wurden somit unsichtbar. Trotzdem nahm ich immer wieder übernatürliche Druckwellen wahr, wie die kurze Stille nach einer Explosion.

»Dieser Ort«, hörte ich den Schädel in meinem Kopf wispern, *»ist die Hölle auf Erden.«*

Ich schaute mich rasch um, aber es stand niemand in meiner Nähe. Daraufhin nahm ich den Rucksack ab, stellte ihn auf einen Sessel und öffnete ihn. Das verschwommene Gesicht blickte aus seiner strudelnden grünen Wolke zu mir auf. »Ich dachte, du schläfst«, sagte ich.

»Schlafen? Ich? Ich bin tot, schon vergessen?«

»Oder bist auf die Andere Seite zurückgekehrt, oder was du sonst so machst.«

»Schön wär's, aber leider hocke ich immer noch in diesem blöden Glas, wenn auch nicht durch eigenes Verschulden. Ich habe nicht geschlafen. Ich schlafe nie. Es ist mir nicht vergönnt. Genauso wenig, wie es mir vergönnt ist, in der Nase zu bohren, im Traum zu schmatzen oder während meiner Morgengymnastik zu furzen. Die Liste ist lang.«

»Ich mache das alles auch nicht«, sagte ich gereizt.

»*Glaubst* du! *Wir beide teilen uns ein ziemlich kleines Zimmer.*«

Mir platzte der Kragen. »Wie oft muss ich dir noch erklären, dass wir keine abartige Mädchen-Schädel-Wohngemeinschaft sind! Ich habe einfach nicht genug Platz, um dich woanders unterzubringen, zum Beispiel in einer modrigen Gruft, wie du sie eigentlich verdient hättest.«

»*Reg dich ab*«, gab der Schädel gelassen zurück. »*Was ist dir denn heute für eine Laus über die Leber gelaufen? Aber ist ja auch egal. Ich wollte nur darauf hinweisen, dass ich mich hier nicht wohlfühle.*«

Mir ging es nicht anders, aber das sagte ich nicht, denn jetzt hatte ich unter mir Harold Mailer erspäht, der mit dem Glasbehälter über den Laufgang am Ofen Nr. 13 spazierte. Er trug einen Gehörschutz und dicke Handschuhe, blickte zu mir hoch, reckte den Daumen und gab dem Mann an den Feuertüren ein Zeichen. Das große Metallrad drehte sich, die Türen glitten auf, die Flammen im Ofen röhrten erwartungsvoll. Harold stellte den Behälter auf die Rutsche und mühte sich mit dem silbernen Verschluss ab. Der Deckel klappte auf, Harold kippte den Behälter, und etwas Rundes, Schwärzliches kullerte heraus, rollte die Schräge hinab und mitten in die Flammen. Grüne und blaue Funken sprühten auf, das Artefakt fing sofort Feuer.

Die eisernen Türen glitten wieder zu und Harold reckte noch einmal den Daumen. Ich hob zur Antwort die Hand und wandte mich von der Scheibe ab.

»*Wieder ein Geist entsorgt*«, hörte ich den Schädel von seinem Sessel aus wispern. »*Was für ein schrecklich kurzer Prozess. Jetzt geht's dir bestimmt besser, stimmt's?*«

Ich ließ mich auf den Sessel neben ihn fallen. Ich war hundemüde. »Eigentlich nicht.«

»Ist ja auch eine witzlose Aktion. Und grausam obendrein.«

»Die Geister dorthin zurückzuschicken, wo sie hingehören? Warum ist das witzlos? Oder grausam?« Ich schaute in das Glas: die abstoßende Fratze, die gewölbten Schädelplatten, das giftgrün wabernde Ektoplasma und das Ganze hinter der verstaubten Silberglaswand, die mich vor der verhängnisvollen Berührung des Geistes schützte. »Am besten werfe ich dich gleich hinterher.«

»Das traust du dich nicht!«, konterte der Schädel. *»Schließlich bin ich dein bester und einziger Freund. Und wie schon gesagt, es wäre sowieso witzlos. Nicht, dass ich erwarten würde, dass du irgendwann mal auf mich hörst. Schon als ich dich das erste Mal angesprochen habe, habe ich dich gewarnt – weißt du noch?«*

Ich schloss die Augen. Hier oben war es schön warm. Ich wollte mich nur kurz ausruhen, bevor ich wieder ging. »Du hast irgendwas über den Tod gefaselt. Deine üblichen Drohungen.«

Der Schädel schnaubte höhnisch. *»Da sieht man's mal wieder, mit wem ich hier zusammenarbeiten muss. So was von unfähig! Das reinste Spatzenhirn!* Der Tod ist mitten im Leben, *habe ich damals verkündet und,* das Leben ist mitten im Tod. *Und ich warte bis heute darauf, dass du dich halbwegs qualifiziert dazu äußerst. Ein Glück, dass ich seinerzeit nicht vor Spannung den Atem angehalten habe.«* Kurze Pause, dann: *»Nicht, dass ich welchen hätte.«*

»Ich habe mich nicht dazu geäußert«, nuschelte ich schläfrig, »weil es sich für mich wie ausgemachter Unsinn angehört hat und heute wie noch ausgemachterer Unsinn klingt.« Ich verschränkte wieder die Arme, lehnte mich zurück –

»Lucy?«

Ich schrak hoch und setzte mich blinzelnd auf. Harold Mailer stand eine Spur zu dicht vor mir. Sein Overall war mit schwärzlichem Staub bepudert, er roch leicht rauchig. Er grinste auf mich herunter und rieb sich die knochigen Hände.

»Eingeschlafen? Macht nichts. Es ist alles erledigt. Kannst nach Hause gehen.«

»Mach ich. Hab mich nur kurz ausgeruht.« Aber ich hatte ihn nicht kommen hören, vielleicht war ich tatsächlich eingenickt. Ich stand auf, wobei mir alles wehtat, und machte ein paar Schritte. Als ich nach meinem Rucksack greifen wollte, sah ich, dass er noch offen war. Zum Glück schaute nur ein Stückchen vom Deckel des Glases heraus. Der Geist darin war verstummt, doch hinter der Glaswand schimmerte es mattgrün. Als ich mich zu Harold Mailer umdrehte, grinste er von einem Ohr zum anderen.

»Interessante Ausrüstung, die du da mit dir rumschleppst. Ganz schön sperrig.«

»Stimmt«, antwortete ich achselzuckend. »Das ist eine neue Lampe, die ich gerade teste. Eine Rotwell-Erfindung. Aber ich finde sie nicht sehr praktisch. Einfach zu sperrig, da hast du recht. Also, alles erledigt, hast du gesagt?«

»Ja. Wenn du so weit bist, bring ich dich raus.«

* * *

Als ich endlich in dem kleinen Appartement eintraf, das ich – auch wenn der Schädel das Gegenteil behauptete – ganz allein bewohnte, war es schon halb neun Uhr morgens. Die Einzimmerwohnung lag im dritten Stock eines Mietshauses in Tooting in Südlondon, in der Nähe der Balham-Eisenwerke. In dem quadratischen Zimmer stand vor dem Fenster ein nicht gemachtes Einzelbett, gleich daneben befand sich das Waschbecken und wieder daneben ein Schrank für meine Klamotten. Auf der gegenüberliegenden Seite des Raumes hörte der Teppichboden plötzlich auf und ein vergilbter Streifen Linoleum markierte den »Küchenbereich«: ein ramponierter Herd, ein Kühlschrank, ein Ausklapptisch und ein Stuhl, alles in eine Ecke gequetscht. Das war auch schon alles. Zum Duschen und so weiter ging ich ins Gemeinschaftsbad auf dem Flur.

Diese Behausung war natürlich nicht perfekt. Sie hatte schon eine ganze Weile keine frische Farbe mehr gesehen, und es roch immer nach dicken Bohnen, ganz egal, was ich gekocht hatte. Das Linoleum wellte sich am Rand, sodass ich immer wieder stolperte, und Bett und Matratze hatten schon bessere Tage gesehen, aber es war warm, trocken und sicher, und der größte Teil meiner Agentenausrüstung (auch das Glas mit dem Schädel) passte in die Lücke zwischen Bett und Tür. Außerdem war ich sowieso fast nur zum Schlafen dort, insofern war mir die fehlende Gemütlichkeit ziemlich egal.

Inzwischen wohnte ich schon vier Monate hier und war völlig zufrieden damit.

Wie immer, wenn ich von einem Einsatz zurückkehrte, machte ich mir auch an diesem Morgen erst noch ein paar Notizen in mein persönliches Auftragsbuch, schrieb die Rechnung für Rotwell und ging dann über den Flur zum Duschen. Danach verließ ich das Haus wieder und holte mir etwas zu essen. Ich hätte mir auch etwas kochen können, aber das war mir zu anstrengend. Ich hockte im Schlafanzug auf dem Bett, tunkte Pommes in Ketchup, mampfte einen Burger und lauschte den Verkehrsgeräuschen von der Hauptstraße.

Aus dem Geisterglas meldete sich eine Stimme. *»Da wären wir wieder – nur du und ich. Eine fröhliche kleine Wohngemeinschaft. Worüber wollen wir uns unterhalten?«*

Ich tunkte den letzten Burgerbissen in den Ketchup. »Über gar nichts. Ich geh gleich schlafen.«

Kurze Stille, dann: »*Tja, ist vielleicht auch besser, so wie du aussiehst: nasse Haare, fleckiges Gesicht, sitzt allein auf dem Bett und futterst Fast Food… wenn ich die entsprechenden Drüsen hätte, würde ich ein paar Mitleidstränen zerdrücken. Du hast ja nicht mal dein Bett gemacht.*«

»Na und? Ich hab Hunger und das ist mein Abendbrot.«

»*Ach ja… hungrig, allein und ohne Freunde – von mir mal abgesehen.*«

»Ich habe haufenweise Freunde.«

»*Klar doch. Ich hab schon Pennerinnen gekannt, die ein erfüllteres Sozialleben hatten.*«

Plötzlich traf mich die Müdigkeit mit voller Wucht. Ich erhob mich und setzte Wasser auf.

»*Pass bloß auf, dass du auf dem Weg zum Herd nicht einen deiner vielen Freunde umrennst!*«, rief mir der Schädel nach. »*Ich kann ja kaum die andere Wand erkennen, so viele stehen dort Schlange, um ein Schwätzchen mit dir zu halten.*« Als ich nichts erwiderte, setzte er kichernd hinzu: »*Was bin ich bloß für ein böser, böser Schädel, ohne ein Quäntchen Mitgefühl! Falls du mir irgendwann doch mal leidtust, solltest du dir ernsthaft Sorgen machen.*«

Ich hatte das Einwickelpapier und die Papiertüten mitgenommen, um sie in den Müll zu werfen, aber der Eimer war voll, darum legte ich das Zeug daneben auf den Boden, gab aber acht, dass nichts herauskleckerte. Dann ging ich zu dem Geisterglas hinüber, legte energisch den Hebel am Deckel um und schnitt auf diese Weise dem mich verhöhnenden Geist das Wort ab. Als nur noch der Straßenlärm zu hören war, überkam mich unvermittelt Frieden. Ich zog die Vorhänge zu, legte mich auf den Rücken und schloss die Augen.

Nach fünf Stunden wachte ich in der gleichen Haltung wieder auf. Die Nachmittagssonne strömte durch das Eisengitter vor dem Fenster und einen Spalt im Vorhang herein und legte sich wie eine leuchtende Tagesdecke über mein immer noch ungemachtes Bett. Mein Nacken war verspannt, mein Kiefer tat weh, und alle meine Muskeln waren vor Erschöpfung wie einbetoniert. Es war schon nicht ganz einfach, wieder zu mir zu kommen, aber nichts im Vergleich dazu, mich zu bewegen. Überhaupt hätte ich gut und gern noch weiterschlafen können, wenn es nicht geklopft hätte.

Ich schlurfte die kurze Strecke zur Tür und wunderte mich. Ich bekam sonst nie Besuch. Mit meinen Klienten telefonierte ich nur. Wer konnte es dann sein? Unter mir wohnte eine junge Chinesin. Ich brachte ihr am Wochenende meine getragene Kleidung und sie brachte sie mir am Montagmorgen gewaschen und gebügelt zurück. Heute war zwar Montag, aber sie legte mir die Sachen sonst immer draußen auf die Fußmatte, ein kleines, säuberlich gefaltetes Paket mit Röcken und Unterwäsche. Sie klopfte nie, daher konnte sie es nicht sein.

Dann gab es noch den Nachbarn von gegenüber, einen ängstlichen Herrn mittleren Alters, der nie ohne Eisenamulette am Hut aus dem Haus ging und aus dessen Wohnung es aufdringlich nach Lavendel stank. Wenn wir uns im Treppenhaus begegneten, richtete er kaum je das Wort an mich, ja, er schien sich vor mir zu fürchten. Was wahrscheinlich an meinem Beruf lag.

Er konnte es eigentlich auch nicht sein.

Sonst kam nur noch die Vermieterin infrage, eine grimmige tschechische Matrone, die wie eine schlampige, Wodka trinkende Spinne im Souterrain hauste und der kein Knarren von Türen und Treppenstufen entging, vor allem dann, wenn man die Miete nicht bezahlt hatte.

Aber ich hatte das Geld im Voraus überwiesen, und sie hatte mich bis jetzt in Ruhe gelassen, weshalb es unwahrscheinlich war, dass sie jetzt klopfte.

Keine Ahnung, wer das sein konnte. Ich gähnte herzhaft, kratzte mich unter der Schlafanzughose am Hintern, schob den Riegel zurück und stieß die Tür auf.

Und erstarrte mitten im Gähnen und Kratzen.

Es war Lockwood.

Lockwood.

Vor mir stand Lockwood.

Kapitel 5

Lockwood.

Nach der viermonatigen Trennung war sein Erscheinen fast ein Schock – darüber, wie vertraut und gleichzeitig fremd er mir war. Die Hand noch über der Klingel, stand er in seinem langen schwarzen Mantel auf dem schäbigen, schmalen Treppenabsatz. Das dunkle Haar fiel ihm wie eh und je in die Stirn und seine Augen funkelten zwischen den Strähnen hervor. Als ich seinen Blick erwiderte, lächelte er – doch dieses Lächeln hatte nichts mit dem Hundert-Gigawatt-Strahlen zu tun, das er für die Zeitungsfotos aufsetzte. Es war zwar herzlich, aber auch irgendwie zaghaft, als wäre es länger nicht zum Einsatz gekommen. Trotzdem war es das gleiche Lächeln, das ich mir hundertmal in Erinnerung gerufen hatte – aber jetzt sah ich es tatsächlich vor mir, und es galt nur mir allein. Die Krallenspuren auf dem Mantel stammten noch aus der Nacht, in der wir Mrs Barretts Gruft geöffnet hatten, der Anzug war allerdings neu. Er bestand aus anthrazitgrauem Stoff mit feinen violetten Nadelstreifen und war – wie alle seine Anzüge – elegant, modisch und ein bisschen zu eng. Ich erkannte sogar die Krawatte wieder, denn ich hatte sie ihm letztes Jahr geschenkt, nachdem wir den Fall der Weihnachtsleiche abgeschlossen hatten. Er besaß sie also noch und trug sie anscheinend gern …

Ich blinzelte energisch und verscheuchte die Gedanken über seine Kleidung.

Lockwood stand vor meiner Tür.

Das alles ging mir im ersten Sekundenbruchteil durch den Kopf. »Hallo, Lucy«, sagte er.

Es gelang mir gerade noch, mein persönliches Supergau-Szenario zu vermeiden, bei dem mir der Mund offen blieb und ich ein unartikuliertes Winseln ausstieß, aber ich war meilenweit von der reservierten Gelassenheit entfernt, die ich mir in jenen vier Monaten für unsere nächste Begegnung ausgemalt hatte.

»Hallo«, sagte ich, nahm unauffällig die Hand aus der Schlafanzughose und strich mir das Haar aus dem Gesicht. »Tach.«

»Entschuldige die frühe Störung«, sagte er. »Du bist wohl gerade erst aufgestanden.«

Als wir noch zusammen in der Portland Row gewohnt hatten, war ich andauernd im Schlafanzug rumgelaufen, trotzdem war mir mein Aufzug jetzt, wo wir nicht mehr zusammenarbeiteten, komischerweise furchtbar peinlich. Na ja, es war auch nicht gerade mein allerschönster Schlafanzug, sondern der ausgeleierte graue, den ich immer dann trug, wenn der andere in der Wäsche war.

Die Wäsche … Das Blut gefror mir in den Adern. Das Wäschepaket! Wenn es vor der Tür lag …

Mit gerecktem Hals spähte ich ins Treppenhaus. Nein – nichts zu sehen. Ein Glück!

»Stimmt was nicht?«, fragte Lockwood.

»Nein, nein. Alles ist gut.« Ich holte tief Luft. Ganz ruhig bleiben. Das mit dem Schlafanzug war keine Katastrophe. Alles war in bester Ordnung. Ich stemmte lässig die Hand in die Hüfte und setzte eine unbekümmerte Miene auf. »Alles gut«, wiederholte ich.

»Freut mich. Ach übrigens, das hier lag auf der Fußmatte.« Lockwood zog eine durchsichtige Plastiktüte hinter dem Rücken hervor. »Sieht nach frisch gebügelten … äh … Sachen aus. Ich weiß nicht, ob es dir …«

Ich starrte die Tüte an. »Das … das muss meinem Nachbarn gehören. Ich meine, meiner Nachbar*in*. Ich kümmere mich nämlich um ihre Wäsche.« Ich riss ihm die Tüte aus der Hand und warf sie hinter die Wohnungstür, wo sie außer Sicht war.

»Du kümmerst dich um die Unterhosen deiner Nachbarin?« Lockwood drehte sich um. »Was ist das denn für ein Haus?«

»Es … also ich …« Ich fuhr mir mit den zitternden Fingern durch das ungekämmte Haar. »Lockwood«, sagte ich dann, »was willst du eigentlich hier?«

Sein Lächeln wurde breiter und übte seine gewohnte Wirkung auf mich aus. Auf einmal kam es mir vor, als sei das schummrige Treppenhaus sonnendurchflutet. Der Lavendelgestank aus der Wohnung meines Nachbarn verflog, ich nahm die sich ablösende Tapete nicht mehr wahr. Wenn ich doch nur anständig angezogen gewesen wäre!

»Ich wollte nur mal vorbeischauen und mich vergewissern, dass es dir gut geht«, erwiderte Lockwood. »Und«, setzte er hinzu, bevor ich diese Behauptung anzweifeln konnte, »und ich wollte dich etwas fragen.« Sein Blick glitt über meine Schulter ins Zimmer hinein. »Aber nur, wenn du gerade einen Augenblick Zeit hast.«

»Äh, klar. Klar hab ich Zeit. Dann … dann komm doch rein.«

»Danke.«

Er trat ein und ich schloss die Tür. Lockwood schaute sich um.

»Hier wohnst du also«, sagte er.

Meine Wohnung. Oh Gott. Vor lauter Schreck über das Wiedersehen hatte ich gar nicht mehr dran gedacht, wie es hier aussah. Ich sah mich ebenfalls um und konnte die Augen nicht länger vor dem unansehnlichen Zustand meiner Behausung verschließen: die zerknüllte Bettdecke, das fleckige Kopfkissen, die ungespülten Tassen, leeren Chipstüten und schmutzigen Teller neben dem Waschbecken, die alten Beutel mit Eisenspänen und Salz, die verrosteten Ketten, das Geisterglas mit dem Schädel (der zum Glück ausnahmsweise die Klappe hielt), die kreuz und quer auf dem Boden herumliegende, getragene Kleidung. Nicht zu vergessen der Teppich. Ich hatte schon ewig nicht mehr Staub gesaugt. Warum eigentlich nicht? Warum hatte ich noch nicht mal einen Staubsauger *gekauft?* Wie todpeinlich!

»Äh … nett hast du's hier«, sagte Lockwood.

Sein ruhiger, bedächtiger Tonfall wirkte unmittelbar besänftigend auf mich, und es gelang mir, meine wirren Gedanken zu ordnen. Ja, ich hatte es nett. Immerhin war es meine eigene Wohnung. Ich hatte sie nach meinen Bedürfnissen eingerichtet und zahlte die Miete. Es war mein Zuhause. Es gefiel mir so.

»Danke«, sagte ich. »Möchtest du dich setzen? Nein, nicht da!« Lockwood hatte einen Schritt auf mein unordentliches Bett zugemacht. »Nimm den Stuhl dort … nein, warte!« Ich hatte das rosa Handtuch über der Lehne entdeckt, das noch feucht vom Duschen war. »Augenblick – ich nehm das weg.«

Als ich das Handtuch wegzog, kam eine Schlangengrube aus ineinander verhedderter, schmutziger Unterwäsche zum Vorschein, die ich vor ein paar Tagen über die Stuhllehne geworfen und dann vergessen hatte.

Mist!

Lockwood schien meine Verlegenheit nicht zu bemerken. Er war zum Fenster gegangen und schaute hinaus. »Macht nichts, ich kann auch stehen. Wir sind hier in Tooting, oder? Ich kenne die Gegend nicht gut, aber du hast einen schönen Ausblick …«

Ich stopfte rasch noch mehr Klamotten unters Bett und stieß mit dem Fuß einen mit Krümeln übersäten Teller unter den Stuhl. »Was genau meinst du?«, fragte ich. »Die Heizkesselfabrik oder die Eisenwerke?« Mein fröhliches Lachen klang eine Spur hysterisch. »Es ist nicht direkt die Portland Row.«

»Nein. Das stimmt.« Er drehte sich wieder zu mir um. Wir sahen einander an.

»Soll ich Tee machen?«, fragte ich. »Ich könnte eine Tasse vertragen.«

»Das wäre prima. Danke.«

Teekochen ist ein Ritual, das einen immer dann rettet, wenn einem alles zu viel wird. Während man wie gewohnt mit Wasserhahn und Kessel hantiert, kommt das Chaos zum Stillstand, man kann wieder durchatmen und wird innerlich ruhiger. Ich habe schon auf einem Campingkocher Tee gemacht, während Wiedergänger rings um meinen Bannkreis gegeistert sind. Ich habe Wasser aufgegossen, während ein Rückkehrer seinem Grab entstiegen ist. Die vertrauten Handgriffe gelingen mir normalerweise mühelos, aber in Lockwoods Gegenwart brauchte ich auf einmal doppelt so lange wie sonst. Ich hatte sogar Mühe, mit dem Teebeutel in die Tasse zu treffen. Beim ersten Versuch flog er quer über die Arbeitsplatte. Meine Gedanken überschlugen sich wieder, mein Körper gehorchte mir nicht mehr richtig.

Er war hier … *Warum nur?* Freude und Unglauben trafen aufeinander wie Wellen, die sich an einer Landzunge brechen. Ich war derart durcheinander, dass mir das Einfachste und Wichtigste – nämlich mich unbefangen mit ihm zu unterhalten – schrecklich schwer vorkam.

»Wie läuft's denn so bei Lockwood & Co.?«, fragte ich schließlich über die Schulter. »Ihr seid ja alle naselang in der Zeitung. Was natürlich nicht heißen soll, dass ich gezielt nach Artikeln über euch *suche*. Aber ab und zu springt mir einer ins Auge. Ich habe daraus geschlossen, dass die Geschäfte gut gehen – *wenn* ich mal dazu gekommen bin, darüber nachzudenken. Was selten vorkommt. Nimmst du inzwischen Zucker in den Tee?«

Er betrachtete mit ausdrucksloser Miene den Krempel auf dem Fußboden, als sei er mit den Gedanken ganz woanders. »Es ist erst vier Monate her, Luce. Wieso sollte ich meinen Tee plötzlich mit Zucker trinken?« Dann hellte sich seine Miene auf und er stieß das Geisterglas mit dem Schuh an. »Wie geht's denn unserem alten Freund?«

»Dem Schädel? Ach, der unterstützt mich ab und zu bei einem Einsatz, aber abgesehen davon spreche ich kaum noch mit ihm.« Ärgerlicherweise regte es sich daraufhin in dem trüben Gewaber hinter der Glaswand. Offenbar war der Geist erwacht. Auch das noch! Zum Glück hatte ich den Hebel umgelegt, sodass ich es nicht hörte, wenn er wieder seine Kommentare abgab.

Ich beugte mich vor und holte die Milch aus dem kleinen Kühlschrank. »Hast du inzwischen noch jemanden eingestellt?«, fragte ich. »Einen neuen Agenten?«

»Hatte ich überlegt, bin aber irgendwie nicht dazu gekommen.« Er kratzte sich die Nase. »George war von der Idee sowieso nicht begeistert. Wir sind also immer noch zu dritt und wursteln uns ohne dich so durch.«

Immer noch zu dritt. Aus unerfindlichen Gründen freute mich diese Vorstellung und verursachte mir gleichzeitig ein schlechtes Gewissen. »Und wie geht es George?«, fragte ich rasch.

»Ach, du kennst ihn doch. Er ist immer noch der Alte.«

»Ist er wieder mit Experimenten beschäftigt?«

»Mit Experimenten, mit Theorien und allerlei abwegigen Ideen. Er versucht immer noch, das Problem zu ergründen. Seit Neuestem schafft er sich jede Erfindung an, die das Rotwell-Institut auf den Markt bringt. Er testet den ganzen Kram, um festzustellen, ob irgendetwas davon besser funktioniert als die gute alte Salz- und Eisenspäne-Methode. Was natürlich nicht der Fall ist, aber das hindert ihn nicht daran, das Haus mit allem möglichen Plunder vollzustopfen: Geisterdetektoren, Wünschelruten, Zauberstäben und irgendwelchen Dingern, die wie Teetassen aussehen und wahrscheinlich klirren sollen, wenn sich ein Geist nähert. Das meiste ist billige Effekthascherei.«

»Tja, das klingt wirklich so, als sei er noch ganz der Alte.« Ich goss uns Milch ein und schraubte die Flasche wieder zu. »Und was macht Holly?«

»Wer?«

»Holly.«

»Ach so. Der geht's gut.«

»Schön.« Ich rührte den Tee um. »Kannst du mal bitte den Mülleimer aufmachen?«

»Klar.« Er betätigte mit der blank gewienerten Schuhspitze den Tretmechanismus und ich ließ den Teebeutel in den Eimer fallen. Lockwood nahm den Fuß weg und der Deckel fiel scheppernd zu. »Gutes Teamwork«, sagte er.

»Stimmt. Wir können's noch.« Ich reichte ihm seinen Becher. »Also ...«

Er sah mich an. »Weißt du, was? Ich würde mich doch gern setzen. Wohin, ist mir egal.«

Er nahm den Stuhl, ich das Bett. Eine Pause entstand. Lockwood drehte seinen Teebecher in den Händen und schien zu überlegen, wie er anfangen sollte.

»Freut mich, dich wiederzusehen«, brach ich schließlich das Schweigen.

»Geht mir genauso.« Er lächelte mich an. »Du siehst gut aus und von den anderen Agenturen hört man auch nur Gutes über dich. Wie es scheint, bist du als Freie sehr erfolgreich. Das überrascht mich zwar nicht, denn ich weiß ja, wie talentiert du bist, aber es freut mich trotzdem für dich.« Er kratzte sich hinterm Ohr und verstummte wieder. So unsicher kannte ich ihn gar nicht. Ich selbst hatte auch noch Herzklopfen, aber immerhin war ich jetzt nicht mehr für die Konversation zuständig.

Während ich darauf wartete, dass Lockwood weitersprach, bemerkte ich am Fußende des Bettes einen grünlichen Lichtschein. Der Geist im Glas hatte sich inzwischen materialisiert. Er glotzte Lockwood an, schnitt eine halb angeekelte, halb trotzige Grimasse und sagte auch etwas, was aber hinter der Glaswand nicht zu hören war. Obwohl ich nicht Lippenlesen konnte, war mir klar, dass es etwas ausgesprochen Unhöfliches war.

Als ich daraufhin ein ärgerliches Gesicht machte, schaute mich Lockwood erstaunt an. »'tschuldigung«, sagte ich. »Das galt dem Schädel. Du kennst ihn ja.«

Lockwood stellte seinen Becher ab und sah sich wieder im Zimmer um. »Ich weiß nicht, ob du hier richtig bist, Lucy.«

»Das geht dich ja wohl nichts an.«

»Nein, natürlich nicht. Ich bin auch nicht hergekommen, um dich zu irgendwas zu überreden. Das habe ich schon vor Monaten versucht und bin gescheitert. Du hast dich entschieden und ich respektiere deinen Entschluss.«

Ich hatte plötzlich etwas im Hals und räusperte mich energisch. »Es war die richtige Entscheidung.«

»Jaja, das hatten wir alles schon.« Er strich sich wieder das Haar aus den Augen. »Trotzdem – ich will nicht lange um den heißen Brei herumreden, Luce. Ich brauche deine Hilfe. Ich möchte dich als Freiberuflerin zu einem Fall hinzuziehen.«

Es war einer dieser Augenblicke, in denen ich losgelöst vom Rest der Welt in einer Zeitschleife gelandet schien und alles andere stehen blieb. Meine Gedanken wanderten zu jenem langen, strengen Winter zurück und zu dem schrecklichen Tag, an dem ich gekündigt hatte. Ich sah mich wieder mit Lockwood durch den Park gehen, während er versuchte, mir meinen Entschluss auszureden. Ich durchlebte noch einmal unser letztes Gespräch im Café, bei dem drei Tassen Tee hintereinander kalt wurden und er schließlich so sauer wurde, dass er einfach ging. Ich rief mir meinen letzten Abend in der Portland Row ins Gedächtnis, an dem wir so distanziert und höflich miteinander umgegangen waren wie Fremde, und sah wieder vor mir, wie ich mich im ersten Morgengrauen, als alle anderen noch schliefen, mit meiner Sporttasche und dem Geisterglas die Treppe hinunter- und zur Tür hinausgeschlichen hatte. Seit jenem Tag hatte ich unsere Wiederbegegnung in Gedanken geprobt und mir die verschiedensten Versionen ausgemalt. Dass Lockwood mich bat, seiner Agentur wieder beizutreten. Dass er mich nicht nur darum bat, sondern auf Knien anflehte. Ich hatte mir vorgestellt, wie ich sein Angebot ausschlagen musste und wie mir vor Kummer darüber das Herz brach. Ein andermal hatte ich mir ausgemalt, wie wir uns bei Mondschein auf dem Weg zu unseren jeweiligen Einsätzen zufällig begegneten und ein paar zartbittere Worte wechselten, ehe jeder in seine Richtung weiterging. Ja, ich hatte in Gedanken die unterschiedlichsten Situationen durchgespielt und die unterschiedlichsten Möglichkeiten, wie unser Wiedersehen ausfallen könnte.

Aber doch nicht so.

»Bitte noch mal von vorn und ganz langsam«, sagte ich stirnrunzelnd. »Du willst mich als Freie anheuern?«

»Es fällt mir nicht leicht, dich zu fragen. Es wäre auch nur dieses eine Mal. Nur für eine Nacht, allerhöchstens zwei.«

»Du weißt aber noch, warum ich gegangen bin, oder?«

Er zuckte die Achseln. »Habe ich das denn je gewusst? Ehrlich gesagt, habe ich es nie richtig verstanden. Du hattest Angst, dass du deine Gabe nicht mehr richtig im Griff hast und dann etwas Schlimmes passiert, oder? Aber du hast sie anscheinend gut genug im Griff, um für andere Agenturen hervorragende Arbeit zu leisten.« Er schüttelte den Kopf. »Aber lass mich wenigstens ausreden. Ich bitte dich ja nicht darum, wieder fest bei uns einzusteigen. Das würde ich nicht wagen. Es geht nur um eine vorübergehende Mitarbeit, nichts anderes, als wenn du für Bunchurch oder Tendy oder all die anderen arbeitest, die dich in den letzten Wochen engagiert haben. Die Sache ist rein geschäftlich, weiter nichts.«

»Aber ihr braucht meine Hilfe doch gar nicht. Ihr kommt doch bestens ohne mich klar«, wandte ich ein, doch es klang irgendwie lahm, denn etwas von dem, was er gesagt hatte, drückte auf meine Stimmung. Ich spürte, wie in mir mehrere Türen zuschlugen.

»Doch, wir brauchen dich.« Als er sich vorbeugte, entdeckte ich an seinem Hals eine weißliche Narbe, die ich noch nicht kannte. Sie war nicht lang, hob sich aber deutlich von der Haut ab. »In einem Punkt hast du recht: Lockwood & Co. hat in letzter Zeit einen Aufschwung erlebt, sodass wir uns die Klienten jetzt aussuchen können. Es sind ein paar interessante Fälle dabei, wie zum Beispiel die blinde Damenschneiderin, die trotz ihres Handicaps Geistererscheinungen sieht, aber unser neuester Fall ist ein anderes Kaliber. Du kennst die Klientin sogar. Es ist Penelope Fittes.«

Wie bitte? Ich traute meinen Ohren nicht. Penelope Fittes leitete die älteste, größte und bekannteste aller übersinnlichen Ermittlungsfirmen, die renommierte Agentur Fittes. Zusammen mit dem Inhaber von Rotwell sowie diversen Eisen- und Salzbaronen gehörte sie zu den einflussreichsten Persönlichkeiten des Landes. »Äh … hat sie nicht zufällig eine eigene Agentur? Sogar eine ziemlich große?«

»Doch, aber sie hat irgendwie einen Narren an uns gefressen«, gab Lockwood zurück. »Seit dem Fall der Seufzenden Wendeltreppe hat sie ein Auge auf uns, und nachdem wir ihr letztes Jahr bei der Parade das Leben gerettet haben, sieht sie sich als unsere Mentorin und schickt uns Klienten. Jetzt hat sie einen neuen Auftrag für uns, einen ganz großen, und dafür brauchen wir jemanden mit der Gabe des Hörens.«

Ich sah ihn an.

»Jemanden, dessen *Spezialgebiet* das Hören ist.«

Ich sagte nichts.

Er rutschte auf der Stuhlkante herum. »Und deswegen … deswegen bin ich auf dich gekommen. Vielleicht könntest du uns ja deine Gabe zur Verfügung stellen. Nur dieses eine Mal und auf Honorarbasis … Du bist nun mal die begabteste Hörende, die ich kenne.«

Die Zeit wurde wieder eins, ich war vollkommen zurück in der Gegenwart, hellwach und neugierig.

»Worum geht es denn bei diesem Fall?«

»Wenn ich das wüsste.«

»Wie jetzt – solltest du das nicht erst rausfinden, bevor du mich beauftragst?«

»Es ist ein kniffliger und gefährlicher Fall, mehr hat man mir nicht gesagt. Aber Penelope Fittes will uns noch mit den Einzelheiten vertraut machen – mit *uns* meine ich natürlich George, Holly und mich. Du kannst aber gern auch dazukommen, wenn du Lust hast. Morgen früh im Fittes-Gebäude. Du weißt ja, dass sich Mrs Fittes seit dem Attentat auf der Parade aus der Öffentlichkeit zurückgezogen hat. Anscheinend hat sie an diesem Fall ein persönliches Interesse.«

»Ich verstehe das alles immer noch nicht. Warum sollt ausgerechnet *ihr* den Auftrag übernehmen? Sie hat doch Tausende eigene Agenten!«

»Dazu kann ich nur wieder sagen: wenn ich das wüsste. Aber wenn wir unsere Sache gut machen, haben wir die Chance, dass sie uns noch mehr Aufträge zuschanzt.«

»Das macht sie bestimmt, und das ist toll für euch – aber ich gehöre nicht mehr zu Lockwood & Co., schon vergessen?«

»Keineswegs. Aber du hast schließlich auch keine Bedenken, für andere Agenturen zu arbeiten, oder?«

»Das nicht, aber …«

»Aber?«

»Setz mich nicht unter Druck, Lockwood. Du weißt genau, dass es nicht dasselbe ist.«

Ich sprang auf, schnappte mir das feuchte Handtuch und warf es über das Geisterglas. Der Geist zog immer grässlichere Grimassen, und ich hielt es nicht mehr aus, sie aus dem Augenwinkel sehen zu müssen.

Dann ließ ich mich mit finsterer Miene wieder aufs Bett fallen. »Wo waren wir stehen geblieben?«

»Ich will dich nicht unter Druck setzen, Luce«, entgegnete Lockwood. »Mir ist klar, dass ich hier einfach so hereinplatze – aber falls du dir Gedanken über das Risiko machst, kann ich nur sagen, ich glaube nicht, dass irgendetwas schiefgeht. Die Chance ist wirklich sehr gering – sie geht im Grunde gegen null. Mag ja sein, dass du vor ein paar Monaten eine schlechte Phase hattest, aber ich persönlich fand schon immer, du hast deine Gabe bemerkenswert gut im Griff. Ich glaube nicht, dass du uns irgendwie in Gefahr bringst. Dafür bist du eine zu starke Persönlichkeit. Okay – aus irgendeinem Grund wolltest du unser Team verlassen. Wir sind eine Last für dich geworden, die du nicht länger tragen konntest. Daher hast du überstürzt gekündigt, was für dich bestimmt genauso schwierig war wie für uns. Wir standen alle vor einem Scherbenhaufen. Ich will dir nichts vormachen. Lockwood & Co. hatte an deinem Weggang ganz schön zu knabbern. Vor allem George war ziemlich durch den Wind.« Er senkte den Blick auf seine Hände. »Und genauso wenig will ich dir die gemischten Gefühle ausreden, die du bei meinem Vorschlag bestimmt empfindest. Eine Nacht lang wieder als Team zusammenzuarbeiten, dürfte für uns alle seltsam sein, aber für dich ganz besonders. Trotzdem halte ich dich für stark genug, dein Unbehagen zu ignorieren, wenn du der Meinung bist, das Richtige zu tun. Es ist doch nur eine einzige Nacht, Luce, das ist doch wirklich keine große Sache. Vielleicht geht es uns danach *allen* ein bisschen besser.«

Er sah mich an.

Ich las Trauer und zugleich Hoffnung in seinem Blick, der nichts Forderndes hatte – dann senkte er ihn und betrachtete wieder seine Hände. Er hatte alles gesagt, was er zu sagen hatte. Ich musterte meine eigenen Hände und verzog unwillkürlich das Gesicht: die zerkratzten Knöchel, die vom Magnesium fleckigen Fingerkuppen, die Eisen- und Salzränder unter den Nägeln … Was sollte das alles? Wahrscheinlich sahen sogar Flo Bones' Hände gepflegter aus, dabei buddelte sie im Themseschlamm herum.

Der Schädel hatte recht – ich war in keiner guten Verfassung. Irgendwann im Lauf des Winters hatte ich angefangen, mich zu vernachlässigen und gehen zu lassen.

Gleichzeitig hatte ich mich auf etwas *anderes* konzentriert, nämlich auf meine Gabe. Hatte ich sie inzwischen tatsächlich besser im Griff? Eigentlich schon. Mit erwachsenen Beratern zusammenzuarbeiten, war eine nicht enden wollende Geduldsprobe, und ich hatte kein einziges Mal auch nur ansatzweise die Beherrschung verloren. Vielleicht konnte ich es ja doch riskieren, eine Ausnahme zu machen …

Wahrscheinlich würde es mir tatsächlich guttun, wenn ich die anderen ein bisschen für die schroffe Art und Weise, mit der ich die Agentur seinerzeit verlassen hatte, entschädigen könnte.

Ich schielte zu Lockwood hinüber, der mit hängenden Schultern und gesenktem Kopf dasaß. So hatte ich ihn noch nie erlebt. Er wirkte nicht direkt verletzlich, das nicht, aber doch irgendwie schutzlos. Hierherzukommen, musste für ihn eine große Überwindung gewesen sein.

»Es gibt noch mehr Hörende in London«, sagte ich. »Darunter auch sehr fähige.«

»Zum Beispiel?«

»Kate Godwin ist nicht schlecht.«

»Red keinen Unsinn. Sie ist nicht halb so begabt wie du.«

»Dann eben Leora Jones bei Grimble oder Melita Cavendish bei Rotwell …«

»Das glaubst du doch selber nicht! Die beiden können dir nicht das Wasser reichen. Sind die vielleicht mit einem sprechenden Schädel befreundet?«

»Ich bin nicht mit dem Schädel *befreundet!*«

Lockwood schnitt eine Grimasse. »Egal. Außerdem sind die drei keine Freien.«

Das stimmte. Auch sonst hatte er rein zufällig recht. Verglichen mit mir waren alle anderen Hörenden Stümper. Nur eine einzige andere Agentin hatte jemals so mit einem Geist gesprochen, wie ich es vermochte, und sie war schon lange tot. Trotzdem schwieg ich erst mal.

Lockwood erhob sich. »Ist schon gut, Lucy. Ich verstehe, dass du nicht zusagen willst, und nehme es dir überhaupt nicht übel. Ich geh dann mal wieder und sag den anderen Bescheid.«

»Na ja… ein Auftrag von Penelope Fittes könnte eine gute Werbung für mich sein.«

Er blieb stehen. »Allerdings.«

»Und du sagst, meine Mitarbeit wäre wirklich eine Hilfe für Lockwood & Co.?«

»Ja. Eine große Hilfe.«

»Wenn es bei diesem einen Mal bleibt…«

»Ganz bestimmt.«

»Und wenn euch meine Gabe wirklich von Nutzen sein kann…«

»Ich wüsste niemanden, den ich lieber an meiner Seite hätte.«

Schon komisch, wovon eine Entscheidung manchmal abhängt. Ganz oft ist es kein klarer Gedanke und keine logische Überlegung, die den Ausschlag gibt, sondern eher ein Wirrwarr von Gefühlen. Die ganze Zeit hatte ich Nein sagen wollen, sogar noch ganz zum Schluss hatte ich ihn mit einer Entschuldigung verabschieden wollen. Aber dann waren plötzlich lauter Bilder vor meinem inneren Auge aufgeblitzt, wie ein Stapel Spielkarten, der aufgeblättert wird: Ich sah Lockwood, George und die Portland Row vor mir, das Haus und das Leben, die ich aufgegeben hatte.

Die Entsorgungsanstalt war aufgeblitzt und Momentaufnahmen meiner einsamen Wanderungen durch London.

Ich hatte das glücklose Rotwell-Team vor mir gesehen und vor allem seinen Berater Mr Farnaby, wie er mir im Vollgefühl seiner aufgeblasenen Wichtigtuerei und Herzlosigkeit die kalte Schulter zeigte.

Dieses eine Mal – nur dieses *eine* Mal – würde ich mir das Vergnügen gönnen, wieder mit echten Kollegen zusammenzuarbeiten.

»Na schön«, sagte ich munter. »Du weißt aber, dass sich mein Stundensatz erhöht hat? Für Freie gibt es zwar eine Honorarordnung, aber ich nehme zehn Prozent mehr. Außerdem bin ich keine Befehlsempfängerin. Ich stoße als selbstständige Beraterin und Ermittlerin zu euch und dazu gehören auch Strategien und Gefahreneinschätzung. Alles, was wir tun, muss vorher mit mir abgesprochen werden. Wenn du mit diesen Bedingungen einverstanden bist und wenn du glaubst, dass George und Holly sie auch akzeptieren, dann wüsste ich nicht, was unserer Zusammenarbeit im Wege steht.« Ich streckte ihm die Hand hin. »Und nur für eine, höchstens zwei Nächte, klar?«

Lockwoods Augen funkelten. »Vielen, vielen Dank, Lucy. Ich hab's ja *gewusst,* dass du uns nicht hängen lässt!«

Zum ersten Mal breitete sich sein altes Lächeln wieder über das ganze Gesicht aus und ich sonnte mich wohlig in diesem Strahlen. Noch etwas, das sich kein bisschen verändert hatte.

II.

Der Kannibale von Ealing

Kapitel 6

»Also … Lockwood.«

»Was ist mit ihm?«

»Leugnen ist zwecklos. Ich habe alles gesehen. Was wollte er von dir?«

Es war der nächste Morgen. Ich war schon früh auf den Beinen und zog mich vor dem Schrankspiegel an. Ich hatte die halbe Nacht wach gelegen und über Lockwood nachgedacht – über seine Bitte und meine Antwort darauf. Dass ich kaum geschlafen hatte, nervte ein bisschen, aber statt sich von Wiedergängern und Alben von moralischen Überlegungen wach halten zu lassen, war immerhin eine Abwechslung. Genau wie Geister werden Zweifel bei Dunkelheit immer stärker, und sogar als es endlich hell wurde, war ich noch unsicher, ob ich mich richtig entschieden hatte. Um meine Bedenken zu verscheuchen, wählte ich meine Kleidung sorgfältiger aus als sonst. Mein heutiges Ziel, die Zentrale von Fittes, war eine glanzvolle Adresse, da wollte ich nicht völlig aus dem Rahmen fallen.

»Ich merke dir doch an, dass du in irgendeinen Blödsinn eingewilligt hast«, kommentierte der Schädel meine Bemühungen.

»Du stehst schon stundenlang vor dem Spiegel. Normalerweise bist du in einer halben Minute fertig – deine symbolische Katzenwäsche *schon inklusive.«* Versonnen setzte er hinzu: *»Aber um ein Date kann es sich nicht handeln – der Junge hat schließlich Augen im Kopf.«*

Ich drehte mich ärgerlich nach ihm um. Kaum war das Handtuch von mir entfernt worden, hatte der Geist hinter der Glaswand mit übertriebenen Mundverrenkungen versucht, mir etwas mitzuteilen. Eine Weile hatte ich ihn einfach ignoriert. Er konnte Lockwood sowieso nicht leiden, deshalb würde er jetzt wohl kaum etwas Hilfreiches beitragen. Irgendwann wurde mir die Stille im Zimmer aber zu langweilig. Manche Leute hörten Radio, ich hatte zu meiner Unterhaltung ein Phantasma in einem Glas.

»Sei nicht albern! Ich habe natürlich *kein* Date!«, fauchte ich und musterte mein Outfit. Ich hatte die Sachen schon länger nicht getragen und war unsicher. »Ich habe einen Geschäftstermin.«

Der Schädel brach in höhnisches Gelächter aus. *»Ach du Schreck – ich glaub's nicht! Du tust dich wieder mit ihnen zusammen? Du willst wieder mit diesen Dumpfbacken arbeiten?«*

»Ich helfe lediglich bei einem Einsatz aus«, gab ich zurück. »Es bleibt bei dem einen Mal.«

»Ein Mal? Das kannst du deiner Großmutter erzählen! Keine fünf Minuten, und du wohnst wieder in deiner rumpligen Dachkammer bei Lockwood & Co. und kannst mit deiner Freundin Holly Munro kuscheln. Wetten, sie hat dein Zimmer gekriegt?«

»Quatsch. Ich ziehe nicht wieder dort ein.«

»Keine fünf Minuten, das schwör ich dir.«

»Und Holly Munro hat nicht mein Zimmer bekommen!«

»Wenn schon. Das kann dir doch jetzt egal sein.«

»Ist es ja auch.«

Der dämliche Schädel stänkerte einfach weiter. *»Dir geht's doch jetzt besser denn je. Du bist unabhängig. Das wirft man nicht einfach so weg. Und wo wir gerade vom Wegwerfen sprechen – dein Kleid. Es ist zu eng.«*

»Meinst du? Ich finde, es sitzt eigentlich ganz gut.«

»Du siehst dich ja auch nur von vorn, Schätzchen.«

Er suchte Streit, aber da war er bei mir an der falschen Adresse. Ich hatte genug mit mir selbst zu tun und war total durcheinander – aufgedreht, verunsichert und reizbar. Seit ich der Raunenden Maske begegnet war, dem Geist in den Katakomben unter dem Kaufhaus Aickmere, der mir als Junge mit Lockwoods vertrautem, aber blutüberströmtem Gesicht erschienen war, hatte ich meinen damaligen Schwur, Lockwood künftig aus dem Weg zu gehen, nicht gebrochen. Die Zukunft, die mir der Geist offenbart hatte, durfte auf keinen Fall eintreten. Darum hatte ich mich selbstständig gemacht. Doch ein einziger kurzer Besuch von Lockwood hatte ausgereicht, um mich – zumindest vorübergehend – von meinem Kurs abzubringen. Ich war sauer auf mich selbst, gleichzeitig schlug mein Herz höher, wenn ich mir ausmalte, wie wir wieder zusammenarbeiteten. Aber eins stand bombenfest: Was Mode anging, würde ich mir von einem schimmligen Schädel keine Ratschläge erteilen lassen.

Trotzdem endete das Ganze damit, dass ich mich wie üblich wieder für Rock und Leggings entschied.

»Du nimmst mich ja wohl mit, oder?«, fragte der Schädel, als ich meinen Degen umgürtete.

»Träum weiter.«

»Wenn es ein gefährlicher Einsatz ist, brauchst du mich. Das weißt du so gut wie ich.«

»Es geht nur um ein Vorgespräch. Wenn wir – ich meine,

wenn Lockwood & Co. den Auftrag erhält, komme ich noch mal her und hole dich. Vielleicht.«

Einen Augenblick herrschte Stille. *»Mir doch egal«*, sagte der Schädel dann trotzig. *»Mach doch, was du willst.«*

»Mach ich auch.«

»Ich bin nicht auf dich angewiesen. Ich kann mich genauso gut mit anderen Leuten unterhalten.«

Ich war immer noch sauer auf ihn. »Mit wem denn?«

»Mit anderen Leuten eben.«

»Von wegen! Mit wem außer mir hast du je gesprochen? Ich meine, seit du nur noch ein Schädel bist. Na? Sag ich doch. Mit niemandem.«

»Irrtum. Ich habe auch schon mit Marissa Fittes gesprochen. Du bist also nicht die Einzige, Frollein Naseweis.«

»Echt?« Ich hielt inne. »Das wusste ich ja gar nicht. Wann war das?«

»Hab ich vielleicht 'ne Taschenuhr in diesem blöden Glas? Außerdem ist es schon ewig her. Als man mich aus der Kanalisation von Lambeth gefischt hat, wurde ich gesäubert und zu ihr gebracht. Sie hat mir ein paar Fragen gestellt und mich anschließend hier drin eingesperrt.«

»Und wie bist du in die Kanalisation geraten?«

Er verzog das Gesicht. *»Frag lieber nicht. Mein Ende war gar nicht schön.«*

»Hört sich ganz so an.« Ich musterte ihn forschend. In anderthalb Jahren nervenden, selbstgefälligen Gequassels hatte er dieses Detail seiner Vergangenheit noch nie erwähnt. Marissa Fittes hatte seinerzeit die erste übersinnliche Ermittlungsagentur überhaupt gegründet und war die einzige Agentin gewesen, die angeblich eine ähnlich starke Gabe wie ich besessen hatte. Sie war die Großmutter der jetzigen Agenturinhaberin gewesen – mit der ich mich heute treffen sollte – und galt immer noch als Nationalheldin. Was der Schädel da behauptete, war also keine Kleinigkeit. Ich wandte mich vom Spiegel ab und sah mich nach meiner Jacke um. »Wie war Marissa denn so?«

Eine Grimasse war die Antwort. »*Sehr eindrucksvoll. Eine machtbewusste, hartherzige Ermittlerin, die Lockwood & Co. zum Frühstück verspeist hätte, so wie ein Hai eine Sprotte verschlingt. Womit ich euch talentfreien Pfeifen natürlich nicht zu nahe treten möchte.*«

»Das heißt, sie konnte tatsächlich mit Geistern sprechen?«

»*Und ob. Sie konnte so manches. Verglichen mit ihr bist du ein Wickelkind. Aber du fragst mir ja heute Löcher in den nicht vorhandenen Bauch. Weißt du, was? Wenn du hierbleibst, statt diesem grässlichen Kerl hinterherzulaufen, bin ich gern bereit, dir noch mehr Fragen zu beantworten.*«

»Sehr verlockend«, gab ich zurück, »und so reizend formuliert. Aber leider musst du dich heute Morgen mit Selbstgesprächen begnügen, ich muss jetzt nämlich los.«

* * *

Letztendlich kam ich sowieso zu spät. In der Nacht war in der U-Bahn ein Wiedergänger gesichtet worden. Ein Salztrupp war im Tunnel zugange, und ein Zug fiel aus, sodass ich schon mit fünf Minuten Verspätung in Charing Cross eintraf. Fluchend und schwitzend rannte ich die Strand entlang zum Fittes-Haus, nur um auf die übliche Menge von Verzweifelten und Heimgesuchten zu stoßen, die sich vor dem Gebäude scharten und die Hilfe der Agentur suchten. Es dauerte weitere fünf Minuten, bis ich mich durchgedrängelt hatte, und dann musste ich noch den mürrischen Türsteher davon überzeugen, dass ich erwartet wurde. Es war wie im Märchen, wenn der Held ein Hindernis nach dem anderen überwinden muss. Inzwischen betrug meine Verspätung schon eine Viertelstunde. Zur Krönung blieb noch meine Jacke in der Drehtür hängen, und ich musste zwei volle Runden drehen, ehe ich mich befreien konnte.

Keuchend stolperte ich ins Foyer. Eine Riege attraktiver Empfangsdamen, eine großäugiger und pferdebeschwanzter als die andere, begrüßte mich mit synchronem, ausdruckslosem Lächeln.

Ich machte den Mund wieder zu, zupfte meinen Rock zurecht, strich mir das Haar aus dem Gesicht und wischte mir erfolglos mit dem Ärmel den Schweiß von der Stirn. »Guten Morgen, ich …«

Die vorderste Empfangsdame fiel mir ins Wort. »Guten Morgen, Miss Carlyle. Wenn Sie bitte gleich durchgehen wollen – Ihre Kollegen warten schon im Empfangssaal. Mrs Fittes ist gleich für Sie da.«

Ich atmete tief durch. »Danke, ich kenne den Weg.«

Unter den Blicken der Eisenbüste von Marissa Fittes, der Agenturgründerin, durchquerte ich das Foyer, trat durch die Flügeltür aus Eichenholz und marschierte an den goldgerahmten Gemälden vorbei. Meine Schuhsohlen tappten über kalten Marmor. Dann stand ich im Konferenzsaal. Durch die hohen Fenster sah man den morgendlichen Stau auf der Strand, das Tageslicht ließ die gläsernen Säulen mit der berühmten Sammlung Fittes' aufblitzen. Es waren insgesamt neun Säulen aus Silberglas, die neun sagenumwobene Artefakte aus der Anfangszeit der Agentur enthielten: den kleinen Sarg aus der Frank Street, Gödels Metallarm, die Überreste des Straßenräubers Long Hugh Hennratty, das fürchterliche gezackte Fleischermesser des Schlachtergehilfen von Clapham … Sobald es dunkel wurde, schwebten die Geister in fahl leuchtenden Farben hinter dem Glas im Kreis, momentan jedoch rührte sich nichts.

Neben der Säule, die der Heimsuchung vom Cumberland Place gewidmet war, standen drei Personen und betrachteten interessiert das dort ausgestellte blutgetränkte Nachthemd. Erst jetzt bekam ich *richtig* Herzklopfen und drohte die Nerven zu verlieren. Es war noch schlimmer als bei der Begegnung mit Emma Marchments Geist vorletzte Nacht.

Wie gefährlich der Einsatz auch sein mochte, den uns Penelope Fittes anvertrauen wollte – das hier war der Teil, vor dem ich mich am allermeisten fürchtete. Die Begegnung mit meinen Exkollegen Lockwood, George und Holly, die sich jetzt zu mir umdrehten.

Ich setzte ein möglichst lässiges, selbstsicheres Lächeln auf und ging auf sie zu.

Das erste Wiedersehen mit Lockwood hatte ich ja schon hinter mir, aber die Situation jetzt war eine andere. Bei mir zu Hause war er mein Gast gewesen und musste mich um Hilfe bitten. Er hatte sich dabei mindestens so unbehaglich gefühlt wie ich. Jetzt war *ich* die Außenseiterin und er der Agenturchef, die Verlegenheit war plötzlich wieder auf meiner Seite. Trotzdem grinste er mich unbefangen an, als ich auf ihn zukam, wofür ich ihm sehr dankbar war. »Da ist sie ja!«, rief er aus. »Schön, dich zu sehen, Lucy!«

Er trug den gleichen engen, dunklen Anzug, hatte die Haare zurückgekämmt und – so sah es jedenfalls aus – diskret gegelt. Damit hatte er deutlich mehr Aufwand als üblich betrieben.

Galt das etwa mir? Eher nicht. Vermutlich wollte er auf Penelope Fittes einen guten Eindruck machen.

»Hallo, Lockwood«, sagte ich und wandte mich dann George zu.

Vor vier Monaten hatte ich ihn zuletzt gesehen: George Cubbins, Lockwoods Stellvertreter – Amateurforscher, hochbegabter Rechercheur und erklärter Verächter des gepflegten Aussehens. Auch an diesem Morgen hatte er sich wie so oft für ein fleckiges T-Shirt und eine ausgebeulte Jeans, die sowohl dem guten Geschmack trotzte als auch der Schwerkraft nachgab, entschieden. Und natürlich hatte er sich auch nicht die Mühe gemacht, sich die Hände zu waschen. Er hob sich von der erlesenen Ausstattung des Fittes-Gebäudes ab wie eine Made auf der Hochzeitstorte oder eine Distel in einer Schüssel Salat. Manche Dinge ändern sich eben nie.

Andere schon, was mich einigermaßen überraschte. George wirkte schlanker und irgendwie verhärmt. Er sah auch älter aus und hatte feine Fältchen um die Augen. Wie hatte er sich in nur vier Monaten so verändern können? Natürlich bekamen wir Agenten alles Mögliche zu sehen, und das immer wieder. Einige von uns alterten rasch, aber ich hätte nie gedacht, dass George zu diesem Typus gehörte. Es gab mir einen Stich, ihn so zu sehen.

»Hey, George«, sagte ich.

»Hallo, Lucy.« Ich erwartete nicht, dass er mich angrinste, das war einfach nicht seine Art. Sein Gesicht glich in Form, Farbe und sonstiger Beschaffenheit einem kalten Vanillepudding – und war ungefähr genauso ausdrucksvoll. Nur wenn man ganz genau hinsah, konnte man ahnen, in welcher Stimmung er gerade war. Man erkannte es an einem Zucken der Mundwinkel oder daran, das seine hinter den dicken Brillengläsern verborgenen Augen aufleuchteten, wenn er sich freute oder für etwas Feuer gefangen hatte. Ein gutes Zeichen war auch, wenn er seine Brille mit einem lässigen Stups zurechtrückte.

War etwas davon heute festzustellen? Nein.

George war ziemlich durch den Wind, hatte Lockwood gesagt.

»Na?«, sagte ich. »Ganz schön lange her, was?«

»Ach, echt?«, gab er zurück.

»Komischerweise haben wir gerade darüber gesprochen, dass wir uns alle auf dich freuen, Luce.« Lockwood klopfte George auf die Schulter. »Stimmt doch, oder?«

»Stimmt«, sagte George.

»Und Holly ist schon ganz gespannt, was du über deine Arbeit als Freie zu berichten hast«, fuhr Lockwood fort. »Mit wem du zusammengearbeitet hast und wie ihr miteinander klargekommen seid. Du hattest sogar mit einem Team von Rotwell zu tun, habe ich gehört. Davon musst du uns nachher mal erzählen.«

Dabei vollführte er eine ausladende Geste in Richtung Holly.

Und da stand sie, die liebreizende Holly, so hübsch und makellos wie eh und je. *Sie* hatte sich kein bisschen verändert. Lockwoods persönliche Assistentin war weder erkennbar gealtert noch plötzlich fett, ungepflegt oder picklig geworden. Im Gegenteil – sie hatte sich für dieses wichtige Treffen sogar noch mehr aufgetakelt als sonst schon. Sie trug ein Kleid von der Sorte, die wie angegossen sitzen muss, ein Kleid, das sofort zerrissen wäre, wenn *ich* auch nur versucht hätte, es über den Kopf zu ziehen. Ich wäre darin mit hilflos zappelnden, hochgereckten Armen stecken geblieben und stundenlang halb nackt und blind gegen Wände gerannt. So ein Kleid war das. Und für alle, die es ganz genau nehmen: Es war blau.

Seltsamerweise hatte ich bei ihr überhaupt nicht das Gefühl, dass die vier Monate seit unserer Trennung eine halbe Ewigkeit waren, so wie es mir mit George und Lockwood erging. Das mochte daran liegen, dass ich den ganzen Winter über ein

Holly-förmiges Loch im Hinterkopf gehabt hatte, in das ich alle finsteren Gedanken versenkt hatte. Damit hatte ich viel zu viel Zeit verbracht, so wie ein mürrischer Eskimo, der am Rand seines Eislochs hockt und darauf wartet, dass ein Fisch anbeißt.

»Tag, Holly«, sagte ich. »Wie geht's?«

»Mir geht's *super*. Und ich freu mich *total*, dich zu sehen.«

»Ich freu mich auch. Gut siehst du aus.«

»Du aber auch. Die Arbeit als Freie scheint dir gutzutun. Du musst nachher *unbedingt* erzählen, wie es bei dir läuft. Ich habe viel Lob über dich gehört. Du scheinst *super*erfolgreich zu sein.«

Früher hätte ich mich darüber geärgert, was für einen rekordverdächtigen Batzen Heuchelei sie in diesen kleinen Wortwechsel packte. Ich war mir sicher, dass sich Holly genauso wenig für meine freiberufliche Arbeit interessierte wie für meine Lieblingszahnpasta (beziehungsweise sogar noch weniger, angesichts ihrer strahlend weißen Zähne, die bei jedem Lächeln gleißend aufblitzten). Auch alles andere war gelogen, denn ich sah *überhaupt nicht* gut aus. Immer, wenn ich zu einem Termin gehetzt war, bekam ich Schweißausbrüche, wenn ich ankam und die anderen schon auf mich gewartet hatten. Auch jetzt war mir heiß, ich hatte einen roten Kopf und fühlte mich innerlich und äußerlich völlig aus der Fassung.

Aber da es mir nicht mehr zustand, mich mit Holly anzulegen, beschloss ich, ihre Nettigkeiten für bare Münze zu nehmen.

»Danke für die Komplimente«, sagte ich. »Schade, dass ich mich nicht auch ein bisschen chic gemacht und ein Kleid angezogen habe.«

»Kannst ja das hier überziehen.« George klopfte auf die Silberglassäule, in der das blutige Nachthemd, das die Erbin vom Cumberland Place in der Nacht ihrer brutalen Ermordung getragen hatte, auf seinem Eisenbügel hing.

Lockwood lachte. Holly lachte. Ich schloss mich ihnen an und lachte auch. Nur George entschlüpfte nicht mal ein Prusten. Ich musterte sein Gesicht aufmerksam, doch darin rührte sich überhaupt nichts.

Unser Gelächter verebbte und verstummte schließlich ganz. Wir standen schweigend da. »Komisch, dass niemand kommt«, sagte Lockwood dann.

»Heißt das, ihr wisst immer noch nicht, was Mrs Fittes von uns will?«, fragte ich.

»Nein.«

»Habt ihr denn in der Zwischenzeit schon mal für sie gearbeitet?«

»Wir arbeiten auch jetzt nicht richtig für sie«, gab Lockwood zurück. »Wie schon gesagt, es ist eher so, dass sie uns ab und zu einen Auftrag von jemand anderem zuschanzt.«

»Ach so.«

»Wie hoch ist eigentlich dein Stundensatz?«, fragte George plötzlich. »Als Freie, meine ich.« Dabei sah er mich nicht an, sondern schaute mit ausdrucksloser Miene zwischen den Säulen hindurch.

»Wieso?«, fragte ich zurück, und mir fiel ein, dass ich die Rechnung an Farnaby noch nicht abgeschickt hatte. Das musste ich unbedingt noch erledigen, sonst gab es kein Geld. »Spielt das eine Rolle?«

»Nö. Ich glaube bloß nicht, dass ich mich mit dem, was mir Lockwood zahlt, allein durchschlagen könnte. Deswegen gehe ich davon aus, dass du deinen Stundensatz erhöhen musstest.«

»Ja, ein bisschen schon. Ich komme zurecht.«

»Was verlangst du denn nun?«

Ich wollte antworten, machte den Mund aber wieder zu, als

ich Lockwoods ärgerliches Gesicht sah. Auf einmal hatte ich Angst, etwas Falsches zu sagen. Zum Glück kam in diesem Augenblick ein Angestellter herein und verkündete, dass Penelope Fittes jetzt so weit sei, uns in ihrem Arbeitszimmer zu empfangen.

* * *

Der Krieg gegen das Problem wurde von zwei großen Agenturen beherrscht. Rotwell war von beiden die innovativere und betrieb die aggressivere Werbung, Fittes dagegen war die älteste und angesehenste Agentur in ganz London. Penelope Fittes, die jetzige Inhaberin, war eine einflussreiche Persönlichkeit, auch wenn sie sich selten in der Öffentlichkeit blicken ließ. Nach einem Attentatsversuch auf ihre Person hatte sie sich zurückgezogen und verließ die Firmenzentrale so gut wie nie. Dort empfing sie Industrielle und Prominente, doch für den gewöhnlichen Bürger war sie eher ein klangvoller Name, ein Symbol, ein Stimmungsbarometer. Von ihr empfangen zu werden, war eine große Ehre.

Ihre Privatgemächer lagen im obersten Stock des Gebäudes, doch für unsere Besprechung hatte sie ein Empfangszimmer gewählt, zu dem vom Foyer aus eine kleine Treppe hinaufführte. Bei der Einrichtung herrschten edle Braun- und Goldtöne vor, nur der große Schreibtisch mit dem Blick auf die Strand verlieh dem Raum die Anmutung eines Arbeitszimmers. Sonst bestand das Mobiliar aus bequemen Sesseln und Sofas sowie ein paar wertvollen alten Stücken. Wände und Tische waren mit Fotos und antiken Degen dekoriert, es roch nach Sonne, Möbelpolitur und edlen Antiquitäten. Und nach Kaffee. Auf dem Tisch in der Mitte stand eine volle Kanne mit Tassen drumherum. An diesem Tisch saß auch Penelope Fittes und neben ihr – zerknautscht und griesgrämig wie immer – Inspektor Montagu Barnes von der BEBÜP, der Behörde zur Erforschung und Bekämpfung Übernatürlicher Phänomene.

Mrs Fittes begrüßte uns mit ernster Miene, gab uns die Hand und wies jedem einen Sitzplatz zu. Wie stets (allerdings war ich ihr erst zweimal begegnet) war sie elegant gekleidet und ansprechend gepolstert und passte insofern hervorragend zur Innenausstattung. Mit ihren langen schwarzen Haaren, die genauso glänzten wie ihr dunkelviolettes Samtkleid, war sie auffallend attraktiv. Ihre Schönheit konnte den Betrachter beinahe beunruhigen, weil sie so außergewöhnlich war. Ohne ihr zu schmeicheln und ohne irgendwelche Klischees zu bemühen, konnte man sagen, dass ihr Teint makellos war, ihre hohen Wangenknochen außerordentlich wohlproportioniert und ihre großen schwarzen Augen geradezu betörend waren.

Lockwood und sie wechselten die üblichen Höflichkeitsfloskeln, dann lächelte sie uns der Reihe nach an. »Vielen Dank, dass Sie meiner Einladung gefolgt sind«, sagte sie. »Mr Barnes und ich haben gleich noch einen anderen Termin, darum komme ich am besten sofort zur Sache. Wie ich schon am Telefon erwähnt habe, Anthony, habe ich einen kniffligen kleinen Auftrag zu vergeben, von dem mir die BEBÜP berichtet hat und der mir für Lockwood & Co. wie gemacht zu sein scheint.«

Lockwood nickte. »Danke, Mrs Fittes. Wir fühlen uns geehrt.«

Ich schielte zu ihm hinüber. Er bestand nur noch aus Lächeln und Aufmerksamkeit. Normalerweise durfte ihn niemand mit Vornamen anreden, dieses Privileg war seinen toten Eltern vorbehalten gewesen. Doch Penelope Fittes, die sich auf ihrem Stuhl rekelte wie eine Katze, hatte ihn soeben »Anthony« genannt, und Lockwood hatte keine Miene verzogen.

»Solomon Guppy«, fuhr sie fort. »Hat einer von Ihnen schon mal von ihm gehört?«

Wir sahen einander an. Irgendetwas klingelte bei dem Namen.

»War das nicht ein Mörder?«, sagte Lockwood. »Der vor dreißig Jahren gehängt wurde?«

Mrs Fittes lächelte beifällig. »Richtig, Solomon Guppy war ein Mörder, und richtig, er wurde gehängt. Er gehörte zu den letzten auf diese Weise Hingerichteten, bevor das Gesetz zur Geistervorbeugung erlassen und die Todesstrafe damit abgeschafft wurde. Angeblich wurde die Einführung des Gesetzes einen Monat lang aufgeschoben, weil man ihn baumeln sehen wollte. Er war nämlich nicht nur ein Mörder, sondern auch ein *Menschenfresser.*«

»Igitt«, entfuhr es mir.

Lockwood schnippte mit den Fingern. »Stimmt, jetzt fällt's mir wieder ein! Er hat einen Nachbarn verspeist – oder waren es zwei?«

»Können Sie uns diesbezüglich auf die Sprünge helfen, Mr Barnes?« Die Dame des Hauses nickte dem Inspektor zu. Mit seinem abgetragenen Regenmantel, dem faltigen Gesicht und grau melierten Schuhbürstenschnurrbart schien er hier noch mehr fehl am Platz als ich.

»Uns ist nur ein Mord bekannt«, antwortete er. »Guppy soll den Betreffenden eines Nachmittags zum Tee eingeladen haben. Der Mann kam und brachte einen Früchtekuchen mit. Eine Woche darauf wurde der noch in Butterbrotpapier eingewickelte Kuchen unangerührt auf dem Teetisch gefunden. Er war das Einzige, was nicht verspeist worden war.«

George wiegte bedauernd den Kopf. »So was macht man nicht – das meine ich in mehrfacher Hinsicht.«

Penelope Fittes lachte fröhlich. »Tja, der Nachbar hatte offenbar keine Ahnung, dass er selbst zum Tee gereicht werden sollte. Zum Tee und zu mehreren Mahlzeiten danach.«

»Ich erinnere mich noch gut an den Fall«, ergriff Barnes wieder das Wort, »auch wenn ich damals noch in der Ausbildung war. Zwei unserer Polizisten, die Solomon Guppy verhafteten, wurden anschließend frühpensioniert. Sie kamen nicht über den Anblick hinweg, der sich ihnen in seinem Haus geboten hatte. Die schlimmsten Einzelheiten wurden nie veröffentlicht, aber in seinem Geständnis erklärte Guppy, dass er verschiedene Rezepte ausprobiert hatte: Braten, Geschnetzeltes, Eintöpfe, sogar Salate. Er war sehr experimentierfreudig.«

»Er muss geisteskrank gewesen sein«, sagte ich. »Ein völlig Verrückter.«

»Von der bösartigsten Sorte«, bestätigte Mrs Fittes. »Weil er so groß und aggressiv war, wurden sechs Polizisten benötigt, um ihn zu überwältigen. Aber schließlich konnten sie ihn bändigen und er wurde gehängt und eingeäschert. Seine Asche wurde im Gefängnishof vergraben und der ganze Hof anschließend mit Salz ausgestreut. Soll heißen, es wurden alle üblichen Vorsichtsmaßnahmen getroffen. Doch jetzt sieht es ganz so aus, als sei sein Geist – oder der seines Opfers – an den Schauplatz des Verbrechens zurückgekehrt.« Sie lehnte sich zurück und schlug anmutig ein schlankes Bein über das andere. »Mr Barnes?«

Der Inspektor nickte. »Der Tatort ist ein kleines Vorstadthaus in Ealing, West-London. Die Straße heißt *The Leas* und Guppy wohnte in der Nummer 7. Natürlich steht das Haus seit der Tat leer, aber die Nachbarhäuser sind bewohnt. Bis vor Kurzem war dort alles ruhig, jetzt jedoch werden übernatürliche Phänomene aus der Gegend gemeldet und versetzen die ganze Straße in Angst und Schrecken. Wir haben ein paar Sensible hingeschickt, die die Phänomene bis zur Nummer 7 zurückverfolgt haben.«

»Es sind sehr subtile Phänomene«, ergänzte Mrs Fittes. »Keine Erscheinungen, sondern den Berichten zufolge fast nur *Geräusche.*«

Dabei sah sie mich mit ihren dunklen Augen vielsagend an. Ihr Tonfall ließ nicht erkennen, dass die Gabe des Hörens etwas Besonderes war – ihr Blick jedoch verriet mir, dass es für sie die wichtigste Fähigkeit der Welt war.

Ihre Großmutter war eine berühmte Hörende gewesen, das ging klar aus Marissa Fittes' *Erinnerungen* hervor. Schon vor langer Zeit war es ihr gelungen, mit Geistern zu sprechen, die ihr auch geantwortet hatten.

Offenbar wusste Penelope Fittes nur zu gut, dass ich denselben Ruf genoss.

»Um was für eine Art von Geräuschen handelt es sich denn?«, wollte Lockwood wissen.

»Um Geräusche, die mit dem ehemaligen Bewohner des Hauses zu tun haben«, antwortete Barnes.

»Mr Barnes hat mich gebeten, die Ermittlungen zu übernehmen«, sagte Penelope Fittes. »Ich habe den Auftrag angenommen, aber meine Agentur hat noch zahlreiche Fälle aus dem Winter aufzuarbeiten, und meine besten Teams haben alle Hände voll zu tun. Da fiel mir eine andere Agentur ein, die wohl besser als jede andere diesem heiklen Einsatz gewachsen sein könnte.« Sie lächelte. »Was halten Sie davon? Wenn Sie die Ermittlung erfolgreich abschließen – nun, dann habe ich in Zukunft bestimmt noch mehr Aufträge, die ich Ihnen zukommen lassen könnte.«

»Wir nehmen den Auftrag mit Vergnügen an«, erwiderte Lockwood.

»Das freut mich sehr, Anthony. Ich hege große Bewunderung für Ihre Agentur und habe so eine Ahnung, dass wir zusammen noch Großes erreichen können. Ich betrachte diesen Einsatz als Gemeinschaftsprojekt und werde Ihnen einen meiner Mitarbeiter zur Unterstützung mitgeben.«

»Es geht um die Quelle«, warf Barnes ein, »das ist ja wohl klar. Nach der Tat wurde das Haus fachgerecht gesäubert, aber der Aufräumtrupp hat offenbar irgendetwas übersehen. Nur was? Auf diese Frage brauchen wir eine Antwort.«

»Wenn das alles ist«, sagte Mrs Fittes in abschließendem Ton, »dann würde ich Sie jetzt zur Vertragsunterzeichnung zu meiner Sekretärin schicken. Da Guppys Haus leer steht, können Sie gern schon heute Abend mit der Ermittlung anfangen.«

Sie erhob sich graziös. Wie auf ein Stichwort standen auch wir anderen auf.

Während der allgemeinen Verabschiedung wartete ich neben einem Tischchen, auf dem lauter Fotos verstorbener Agenten wie Grabsteine aufgestellt waren. Ich erkannte etliche prominente Persönlichkeiten und Teams, die in einem pompösen Saal unter einem Einhornbanner posierten. Die Agenten waren allesamt noch jung, trugen frisch gebügelte graue Uniformjacken und lächelten stolz. Links und rechts von ihnen standen erwachsene Berater. Auf einigen Bildern war auch eine schwarz gekleidete alte Frau mit einem scharf geschnittenen Raubvogelgesicht und einer strengen Frisur zu sehen – Marissa Fittes, die Gründerin der Agentur.

Nur ein Foto fiel aus der Reihe. Es war die verblasste Schwarz-Weiß-Aufnahme einer schmalen, dunkelhaarigen Frau. Sie saß in einem halbdunklen Zimmer in einem Lehnsessel, von der Kamera ab- und dem Licht zugewandt. Sie hatte etwas Melancholisches an sich und wirkte zu dünn, um gesund zu sein.

»Das ist meine Mutter. Sie ist jung gestorben.« Ich drehte mich erschrocken um. Die anderen gingen schon nach draußen, aber hinter mir stand die lächelnde Penelope Fittes. Ihr starkes Parfüm umspielte sie wie eine Blumengirlande.

»Das tut mir leid«, sagte ich.

»Nicht nötig, ich kann mich kaum an sie erinnern. Oma Marissa hat mich großgezogen. Sie hat den Haushalt geführt und die Agentur aufgebaut. Alles, was ich kann, habe ich von ihr gelernt.« Sie deutete mit dem Kinn auf das Foto mit der schwarz gekleideten alten Frau. »Meine liebe Großmutter hat mich zu der gemacht, die ich heute bin. Alles, was Sie hier sehen, hat ihr gehört.« Sie legte mir die Hand auf den Arm. »Ich habe darauf bestanden, dass Sie bei dem Auftrag dabei sind, Lucy.«

»Das wusste ich nicht«, erwiderte ich erstaunt.

»Als ich den Fall das erste Mal mit Anthony besprochen habe, hat er mir erzählt, dass Sie nicht mehr bei Lockwood & Co. arbeiten. Ich war sehr enttäuscht, denn – aber das muss unter uns bleiben – ich interessiere mich eigentlich nur wegen Anthony und Ihnen für eure Agentur.« Sie lachte melodisch und ihre schwarzen Augen funkelten. »Anthony ist ein tüchtiger Agent, aber *Ihre* Arbeit bewundere ich schon seit Jahren. Darum habe ich ihm erklärt, dass er den Auftrag nur bekommt, wenn Sie zu Lockwood & Co. zurückkehren.«

»Ach, das war Ihre Idee? Wie … nett von Ihnen.«

»Er meinte, er würde versuchen, Sie zu überreden. Ich bin sehr froh, dass es ihm gelungen ist, Lucy, und freue mich, dass Sie der Agentur wieder beigetreten sind.«

»Na ja, eigentlich bin ich …«

»Ich bin gespannt, wie Sie mit diesem Fall zurechtkommen«, sprach Penelope Fittes einfach weiter. »Ich habe das größte Vertrauen in die Fähigkeiten eures ganzen Teams, keine Frage.

Aber ich gehe davon aus, dass es vor allem Ihnen zuzuschreiben sein wird, wenn es gelingt, der Heimsuchung ein Ende zu bereiten. In Solomon Guppys Haus ist eine erfahrene Hörende gefragt. Anthony weiß, dass Lockwood & Co. im Falle eines Erfolgs sehr von diesem Auftrag profitieren kann. Aber jetzt müssen Sie gehen, sonst holen Sie Ihre Freunde nicht mehr ein.« Sie deutete auf die Tür, und als ich hinausging, umfing mich ihr Duft wie Arme, die mich umschlingen wollten.

Kapitel 7

Danach spielte sich wieder alles genauso ab wie früher. Wir hatten uns mit der Klientin zu einer Vorbesprechung getroffen, als Nächstes mussten wir unsere Ausrüstung zusammenpacken und Recherchen über den Fall anstellen. Wenn wir dem Haus in Ealing noch am selben Abend einen Besuch abstatten wollten, durften wir keine Zeit verlieren, darum legte Lockwood los, sobald wir das Fittes-Haus verlassen hatten. Mitten im Gedränge vor dem Gebäude teilte er die Truppe auf. Er und Holly würden Nachschub an Salz und Eisenspänen besorgen, George sollte im Nationalarchiv so viel wie möglich über den Mordfall in Erfahrung bringen. Und ich –

Was sollte *ich* tun? Was konnte *ich* beitragen?

»Wir treffen uns im Café Royale am Piccadilly Circus wieder, Luce«, sagte Lockwood. »Von dort nehmen wir ein Taxi. Passt dir sechzehn Uhr? Dann hast du noch genug Zeit, deine Ausrüstung zu holen, oder?«

»Geht klar«, sagte ich.

Mir schwirrte immer noch im Kopf herum, was mir Penelope Fittes zuvor erzählt hatte. Dass es *ihre* Idee gewesen sei, mich hinzuzuziehen. Bei seinem Besuch in meiner Wohnung hatte Lockwood diesen entscheidenden Punkt irgendwie ausgelassen. Wenn ich nicht irgendetwas überhört hatte, hatte er es so dargestellt, als sei es *seine* Idee gewesen, mich um meine Mitarbeit zu bitten.

»Prima, dann sehen wir uns nachher. Ist das nicht ein toller Fall? Ich bin echt froh, dass du uns dabei unterstützt.«

»Hm-hm ...« Im Grunde war es doch unwichtig, wessen Idee es gewesen war. Ich konnte mir sowieso nicht anmaßen, beleidigt zu sein, schließlich war ich diejenige gewesen, die Lockwood & Co. verlassen hatte.

Es ging rein ums Geschäft, mehr nicht. »Eins noch«, sagte ich. »Sechzehn Uhr ist zu spät. Bis wir in Ealing ankommen, wird es schon dunkel. Ich würde mir lieber einen Überblick verschaffen und überlegen, wie wir die Bannkreise verteilen, solange es noch hell ist. Auch die vorbereitenden Messungen lassen sich am besten vor Sonnenuntergang vornehmen, außerdem können wir dann alle Ecken und Winkel untersuchen, die wir bei Dunkelheit übersehen würden. Daher schlage ich vor, dass wir uns schon um zwei treffen.« Ich schenkte Lockwood ein unterkühltes Lächeln. »Einverstanden?«

Er nickte. Falls er in irgendeiner Weise überrascht war, ließ er es sich nicht anmerken. »Ich kann deiner Argumentation folgen, aber hat George dann genug Zeit zum Recherchieren?«

»Ich finde Lucys Vorschlag gut«, sagte Holly zu meiner Überraschung. »Und du, George?«

Er schob seine Brille einen Millimeter nach oben. »Die Vorstellung, von einem Riesenkerl aufgefuttert zu werden, fand ich noch nie besonders lustig, auch nicht, wenn es sich bei besagtem Kerl um einen Geist handelt. Für zusätzliche Vorsichtsmaßnahmen bin ich immer zu haben. Wenn ich mich ranhalte, bin ich auch schon um zwei im Archiv fertig. Also von mir aus – einverstanden.«

Lockwood hatte eine bemüht unbekümmerte Miene aufgesetzt. »Wahrscheinlich habt ihr recht. Dann also bis um zwei, Lucy.«

»Soll ich dir noch irgendwas von Mullet mitbringen?«, fragte Holly mich.

»Danke, ich habe alles, was ich brauche. Bis nachher.«

Ich drehte mich als Erste um und schob mich durch die Menge. Weil ich gegen den Strom lief, musste ich ab und zu die Ellbogen einsetzen, was aber gut zu meiner Stimmung passte. Als ich mich vergewissert hatte, dass ich außer Sichtweite war, bog ich in eine Nebenstraße ein, die zur Themse führte. Dort hatten die preiswerteren Händler unter den Bögen der Hungerford Bridge ihre Stände aufgebaut. Ich hatte nämlich gelogen, meine Vorräte waren so gut wie aufgebraucht.

Aber ich hatte kein schlechtes Gewissen, denn mich hatte man schließlich auch angelogen.

Es herrschte gerade Ebbe, die Kiesel am Fuß der Ufermauer glänzten feucht. Am Himmel kreisten Möwen und auf der Straße brauste der Verkehr. Ich überquerte die Straße und ging flussaufwärts in Richtung Brücke. Über mir priesen angestrahlte Plakatwände die neuesten Produkte der Agentur Rotwell an. Auf einem Plakat zertrampelte das Firmenmaskottchen Roger, ein gezeichneter Cartoonlöwe, einen Geist und reckte triumphierend die Pfote. Auf einem anderen hielt der Löwe die neuesten Abwehrmittel für den normalen Haushalt in die Höhe, die die Wissenschaftler des Rotwell-Instituts ersonnen hatten und die jetzt dank ihrer Partnerschaft mit dem Sunrise-Konzern von jedermann käuflich zu erwerben waren. Auf einem dritten Plakat hatte Roger die Pranke auf die breite Schulter von Steve Rotwell, dem

Chef der Agentur, gelegt, dessen persönliches Motto »Rotwell – damit Sie wieder ruhig schlafen können!« in einer Sprechblase neben seinem Mund zu lesen war. Steve Rotwells Zähne blitzten genauso wie seine grünen Augen, sein Kinn ragte so kühn wie der Bug eines Kriegsschiffes vor, und er wirkte noch markiger als der gemalte Löwe. Im Krieg gegen das Problem war er der Inbegriff des Beschützers und nicht zuletzt dank seiner Werbeaktionen die bekannteste und beliebteste Persönlichkeit Londons.

Ich schnitt ihm eine Grimasse und lief weiter. Einmal hatte ich miterlebt, wie Steve Rotwell einem Gegner den Degen ins Herz gerammt hatte, deshalb erzielte seine Werbung bei mir nicht ganz die gewünschte Wirkung.

Nachdem ich meinen Vorrat bei den Salzhändlern aufgestockt hatte, ging ich weiter. Nach ein paar Metern kam ich an eine kleine Treppe, die zum Fluss hinunterführte, und dort unten war eine unappetitliche Gestalt damit beschäftigt, ihre an der Mauer aufgereihten Werkzeuge vom Schlamm zu säubern. Ihr schlickbespritzter Jutesack stand neben ihr, und an der verblichenen Daunenjacke, dem ausgefransten Strohhut, den dreckverkrusteten Gummistiefeln und den Möwen, die sich von ihr nicht stören ließen, erkannte ich Flo Bones, die Artefaktjägerin. Flo suchte bei Ebbe im Uferschlamm nach angespültem übernatürlichen Strandgut, das sich auf dem Schwarzmarkt zu Geld machen ließ. Sie hatte Lockwood & Co. schon bei etlichen Ermittlungen geholfen und war eigentlich ganz in Ordnung, wenn man durch den Mund atmete und achtgab, sie nicht zu reizen.

Als ich näher kam, kratzte sie gerade den Schlamm von einer Art breitem Spachtel. Sie schaute auf, erblickte mich und spuckte in hohem Bogen über die Mauer.

»Guck mal, was die Flut heute mitgebracht hat«, sagte sie dann.

»Toll, Flo.« Für ihre Verhältnisse war das eine herzliche Begrüßung, vor allem weil sie den Schlamm nicht in meine Richtung gekratzt hatte. »Sieht so aus, als hättest du viel zu tun«, gab ich zurück. »Irgendwas Gutes dabei?«

»Nö, bloß Müll. Zwei ersoffene Ratten, ein Schweinekopf und jetzt auch noch du.«

Grinsend ließ ich mich neben ihr auf der Mauer nieder. »Tut mir leid.«

»Ich war ja auch die halbe Nacht auf 'nem Kollegentreffen und konnte nur noch ein paar Stunden arbeiten. Immerhin hab ich ein paar Knochen mit 'ner schwachen Aura gefunden und eine verrostete Trillerpfeife, die auch irgendwie aufgeladen ist.«

»Ist doch gar nicht so übel. Kannst du den Kram verkaufen?«

Sie schob den Strohhut aus der Stirn und kratzte sich am Haaransatz, der einzigen halbwegs sauberen Stelle in ihrem Gesicht. »Keine Ahnung. Ich muss mich ein bisschen anstrengen. Momentan ist eine Menge gutes Zeug auf dem Markt und die besten Stücke erzielen hohe Preise. Es heißt, ein neuer Sammler ist in der Stadt, und die Händler kaufen alles auf, was auch nur einigermaßen was wert ist, und bringen es ihm.« Sie sah mich mit ihren verschlagenen blauen Augen an. »Rate mal, wer auch bei dem Treffen war und uns alles Brauchbare aus den Fingern gerissen hat. Winkman.«

»Julius Winkman?« Das war der Schwarzmarkthändler, zu dessen Verhaftung Lockwood & Co. im Jahr zuvor beigetragen hatte.

»Nö, der sitzt noch im Kittchen. Ich rede von seiner Frau. Sein Sohn war auch da, aber die Geschäfte führt jetzt Adelaide. Gestern Abend hat sie alle möglichen merkwürdigen und wundersamen Quellen aufgekauft: ein heimgesuchtes Gemälde, einen blutfleckigen Handschuh, einen mumifizierten Kopf, einen römischen Helm …« Sie spuckte wieder über die Mauer. »Wenn du mich fragst, war die Hälfte davon gefälscht, aber der Kleine hat die Quellen untersucht und behauptet, sie wären alle koscher. Und die Alte hat bezahlt. Der ganze Kram geht direkt an den neuen Sammler, und wenn wir noch was Gutes finden, sollen wir es zum nächsten Nachtmarkt mitbringen. Ich polier mal die Trillerpfeife hier blank, aber ich weiß nicht, ob ich sie loswerde.« Sie klopfte das Ding gegen die Mauer. »Aber wo hast du eigentlich die ganze Zeit gesteckt, Carlyle? Hab dich ja ewig nicht mehr gesehen. Hab's kaum ausgehalten ohne dich.«

»Ich habe gearbeitet.«

»Aber nicht für Lockwood.«

»Nein.« Ich zeigte rasch auf den Spachtel. »Was soll das eigentlich sein?«

»Ein Modderschieber.«

»Ach so. Aha. Nein, ich hatte eigene Aufträge. Trotzdem komme ich gerade von Lockwood. Ich soll ihn bei einem Einsatz unterstützen. Eine Ausnahme. Ich gehe nicht wieder zurück.«

»Glaub ich dir sofort.« Flo nahm ein anderes Werkzeug zur Hand. Es war spitz und dick mit blauschwarzem Flussschlamm überzogen. »Holly Munro ist aber noch da, oder?«

Nach einer kurzen Pause antwortete ich: »Ich bin übrigens nicht wegen ihr gegangen, falls du das denkst.«

Flo schabte und kratzte. »Hm-hm.«

»Das hatte andere Gründe.«

»Hm-hm.«

»Glaubst du mir etwa nicht?«

»Kannst du das mal eben halten?«, sagte Flo. »Sonst beklecker ich mich mit Schlamm.«

»Mach ich – jetzt beklecker *ich* mich mit Schlamm.«

»Muss mir nur mal kurz die Hände abwischen.« Wofür sie

ihre Daunenjacke benutzte. »So, das hätten wir. War nett, mit dir zu quatschen, Carlyle, aber ich muss los. In Wapping wartet ein lauwarmer Döner auf mich.«

»Klingt ja lecker. Sag mal…« Flo sammelte ihre Werkzeuge ein und schob sie in den Gürtel unter der Jacke. »Du hast vorhin einen mumifizierten Kopf erwähnt. Wie sah der denn aus?«

»Keine Ahnung. Augen, Nase, Mund und so weiter. Warum fragst du?«

»Keine besonderen Merkmale? Ich frage deswegen, weil ich vor ein paar Tagen selbst mit so einem Stück zu tun hatte.«

Flo griff nach ihrem Jutesack und beugte sich über die Mauer, um den Schlickstreifen am Nordufer der Themse zu inspizieren. »Bis die Flut kommt, dauert es noch mindestens 'ne Stunde, da kann ich auch unten langgehen. Der Kopf? Unter den ganzen Spinnweben war kaum was zu erkennen, aber er muss einem Mann gehört haben, denn ein struppiger schwarzer Bart hat vorgeguckt. Aber ich hab ihn mir nicht näher angeschaut. Er lag in 'nem Silberglasbehälter und war wie gesagt schon verkauft. Angeblich soll ein mächtiger Wiedergänger drin hausen. Die alte Winkman hat bestimmt 'ne Menge Kohle dafür hingeblättert.«

»Weißt du, wer ihn angeboten hat?«

Doch Flo Bones war schon losmarschiert. Ihre ganz spezielle Duftnote im Schlepptau, huschte sie die Stufen hinab, winkte mir noch einmal zu und stapfte über den knirschenden Kies davon.

* * *

Das Café Royale wandte seine breite Glasfassade der Westseite des Piccadilly Circus zu. Unter den braun-weiß gestreiften Markisen waren zwei Reihen kaffeebrauner Tische aufgestellt. Eine halbkreisförmige, gemauerte Wasserrinne schützte den Außenbereich am Abend vor ruhelosen Geistern, zusätzlich wurden bei Anbruch der Dunkelheit zu beiden Seiten der Eingangstür Lavendelfeuer entzündet. Auch abends war das Café noch ein beliebter Treffpunkt, und an diesem spätwinterlichen frühen Nachmittag war es beinahe voll, die Fenster waren von innen beschlagen. Als ich schwer beladen mit meinen Taschen und dem Rucksack mit dem Geisterglas dort ankam, saß Holly Munro schon an einem Tisch gleich neben der Tür und las die *Times*.

»Weißt du schon das Neueste?«, begrüßte sie mich, als ich mich schnaufend auf den Stuhl ihr gegenüber fallen ließ. »Hier steht, dass jetzt in London Banden von Straßenkindern unterwegs sind, die es auf Erwachsene abgesehen haben. Sie sind am späten Nachmittag oder an bewölkten Tagen unterwegs und verdienen Geld damit, dass sie die Leute auf Geister aufmerksam machen, die ihnen angeblich folgen. Sie reden ihnen ein, dass ein in weiße Laken gehülltes Gespenst hinter ihnen herschwebt oder ein Eckensteher sich auf sie stürzen will. Die Kinder tragen Stäbe von Eisenzäunen bei sich, die sie von Häusern weiter außerhalb klauen. Wenn ihnen die Erwachsenen dann Geld geben, fuchteln sie ein bisschen mit den Stangen herum und *verscheuchen* die angeblichen Geister. Das Ganze ist reiner Hokuspokus, aber sie ziehen offenbar eine richtig gute Show ab, bei der einem die Haare zu Berge stehen. Und die Erwachsenen können ihnen natürlich nicht nachweisen, dass es nur ein Schwindel ist.«

Ich zog meine Jacke aus. Im Café war es warm und ich schwitzte sowieso schon. »Die Kinder müssen sich eben irgendwie ihren Lebensunterhalt verdienen. Armut gibt es heutzutage überall. Wir können schließlich nicht alle Agenten werden.«

»Stimmt auch wieder. Ja, wir haben wirklich Glück, oder? Ich bestell schon mal Tee, die Jungs müssen gleich kommen. Lockwood holt die Ausrüstung aus der Portland Row und George müsste auch bald hier sein.«

Sie fing an, den Kellnern schöne Augen zu machen, und ich lehnte mich zurück und betrachtete sie. Ihre Haut faszinierte mich immer wieder. Sie war milchkaffeebraun und ohne jede Unreinheit. Auch ihre Gesichtszüge waren makellos – alles am richtigen Platz. Es hatte Zeiten gegeben, in denen mich ihre mühelose Vollkommenheit wahnsinnig gemacht hatte, aber ihr war es mit meiner zerzausten Unvollkommenheit nicht anders ergangen. Ich musste allerdings zugeben, dass sie mir seit unserem Wiedersehen zurückhaltend und respektvoll begegnete, aber weil man das Gleiche auch von einem Wissenschaftler sagen konnte, der einen Objektträger mit einem Seuchenerreger in der behandschuhten Hand hält, gab ich nicht viel darauf.

»Wie gefällt es dir denn, solo zu arbeiten?«, erkundigte Holly sich, als sie ihre Bestellung losgeworden war.

»Es ist okay«, antwortete ich. »Ich kann mir meine Aufträge und Arbeitszeiten aussuchen. Ich arbeite mit vielen verschiedenen Agenturen zusammen. Ich verdiene ordentlich.«

»Du bist echt mutig. Einfach zu kündigen und dich selbstständig zu machen. Das ist ganz schön riskant.«

»Tja, es hat auch seine Vorteile. Ich habe viel über meine Gabe gelernt – und über den Umgang mit anderen Menschen, auch mit Nervensägen.«

Sie lachte ihr perlendes Lachen, das mir jedes Mal durch und durch ging.

»Ein gewisser Jemand in der Portland Row hat dich ganz besonders vermisst«, sagte sie dann.

»Ihr habt mir auch gefehlt – alle drei«, erwiderte ich im Plauderton. »Äh … wer denn?«

»Wem du besonders gefehlt hast?« Sie lachte wieder und zwinkerte mir mit ihren großen dunklen Augen zu. »Rate mal!«

Im Café war es wirklich sehr warm. Ich fuhr mir ungeschickt mit dem Ärmel übers Gesicht. »Keine Ahnung.«

»Mir.«

»Dir? Wieso … Stimmt das?«

»Wir beide hatten unsere Meinungsverschiedenheiten, Lucy, aber es ist irgendwie blöd, das einzige Mädchen zu sein. Lockwood und George sind wahnsinnig nett, aber sie leben beide in ihrer eigenen Welt. George hat nur seine Experimente im Kopf, und Lockwood …« Sie zog die hübschen Augenbrauen hoch. »Er ist so rastlos und verschlossen. Nie sitzt er lange genug still, dass ich mal richtig an ihn herankomme. Ich wollte dich schon lange fragen, ob du vielleicht weißt, was – Ach, da kommt ja der Tee, und da sind auch die Jungs.«

Im Nu drängten wir uns zu viert um den Tisch und zwängten das Gepäck zwischen uns und das beschlagene Fenster. Ich landete neben George, der mich nur mit einem angedeuteten Nicken begrüßte. Lockwood war in Hochstimmung, aus seinem Gesicht leuchtete die Vorfreude auf die kommende Nacht. »Das Team ist vollständig!«, sagte er. »Ausgezeichnet! Ich habe das Taxi bereits bestellt. Es kommt in einer halben Stunde und bringt uns nach Ealing. Der Fittes-Mitarbeiter trifft sich mit uns direkt am Einsatzort. Er bringt auch die Schlüssel mit.«

»Wozu braucht's den überhaupt?«, brummelte George mürrisch. »Wir sind Lockwood & Co.! Berater überflüssig.«

»Ich glaube, es handelt sich eher um einen Beobachter als um einen Berater«, entgegnete Lockwood. »Penelope Fittes will sich ein Bild von uns machen. Wenn ihr gefällt, was wir leisten, kriegen wir noch mehr Aufträge von ihr. Ist doch nicht weiter schlimm.«

»Dass sie sich ein Bild von Lucys Arbeit machen will, kann ich ja noch verstehen, sie ist schließlich eine Freie.« Georges Augen blickten ausdruckslos durch die Brille. »Aber wir sollten unabhängig bleiben, finde ich.«

»Sind wir doch«, sagte Lockwood scharf. »Und jetzt müssen wir uns ranhalten, das Taxi kommt gleich. Wie war's denn im Archiv? Hast du sämtliche grausige Einzelheiten über den Mord in The Leas Nummer 7 herausgefunden?«

»Bis zu einem gewissen Punkt.« George holte einen zerknickten Hefter aus seiner Tasche. »Weil es ein noch nicht ganz so weit zurückliegender Fall ist, habe ich viele Zeitungsartikel darüber gefunden, aber mit *sämtlichen* Einzelheiten kann ich nicht dienen. Wie Barnes schon sagte, etliches ist gar nicht an die Öffentlichkeit gelangt, weil es einfach zu abscheulich war. Aber keine Sorge, ich habe genug Grausiges zu berichten.« Er sah sich nach einem Kellner um. »Habt ihr schon bestellt? Ich sterbe vor Hunger.«

»Der Tee kommt gleich«, erwiderte Holly, »und Kuchen habe ich auch bestellt. Angesichts des Themas unserer Lagebesprechung schlage ich vor, dass wir auf was Herzhaftes erst mal verzichten.«

»Hm …« George rückte seine Brille zurecht und schlug den Hefter auf. »Vielleicht hast du recht, auch wenn ich persönlich jetzt gut dem einen oder anderen Würstchen den Garaus machen könnte. Also … Der Gerichtsprozess des Kannibalen von Ealing liegt dreißig Jahre zurück. Bei dem Angeklagten handelte es sich bekanntlich um einen gewissen Solomon Guppy, der allein in einem Haus in einer stinknormalen Wohnstraße lebte. Er war zweiundfünfzig Jahre alt und gelernter Elektroingenieur.

Weil er seit ein paar Jahren arbeitslos war, reparierte er Uhren und Radios, die ihm von seinen Kunden per Post zugeschickt wurden. Er arbeitete zu Hause und ging praktisch nur zum Einkaufen nach draußen. Als die Polizei das Haus aufbrach, lagen überall ausgeweidete Geräte herum, aus denen die Drähte herausquollen.« George blickte auf und grinste in die Runde. »Wie sich herausstellte, waren das nicht die einzigen Innereien, die ihn interessierten.«

Holly gab einen erstickten Laut von sich. *»George …!«*

»'tschuldigung«, erwiderte George unbekümmert und blätterte in seinem Hefter. »Wir haben es mit der rabenschwarzen Schauergeschichte eines hünenhaften Menschenfressers zu tun, da muss man die Stimmung ein bisschen auflockern.«

Lockwood trommelte mit den Fingern auf den Tisch. »Halt mal. Was genau meinst du mit *hünenhaft?* Penelope Fittes hat uns ja auch erzählt, dass sechs Polizisten nötig waren, um Guppy zu überwältigen. Er war also offenbar sehr groß und stark.«

George nickte. »Allerdings. Sehr groß, sehr massig und sehr stark. Fast eins neunzig groß und kräftig gebaut. Er soll um die hundertsechzig Kilo gewogen haben, und obwohl er einen ordentlichen Wanst hatte, war ein großer Teil davon Muskeln. Alle Artikel betonen, wie furchterregend sein Anblick war. Während der Verhandlung hat er kaum etwas gesagt, sondern nur unter seiner ungekämmten Mähne hervor die Zuschauer im Gerichtssaal angeglotzt. Er hat sich irgendeinen rausgepickt und ihn beäugt, als würde er überlegen, wie er ihn zum Abendessen zubereiten soll. Mehr als eine der anwesenden Damen musste den Saal verlassen. Als er zum Galgen gebracht wurde, mussten ihn doppelt so viele Gefängnisaufseher wie sonst üblich begleiten, und sogar die hatten so viel Schiss vor ihm, dass sie alle den doppelten Lohn bekamen.«

»Das glaube ich nicht«, sagte Lockwood skeptisch. »Alle Gefängniswärter, die ich bis jetzt kennengelernt habe, waren zähe, unerschrockene Burschen. Zeig uns doch mal die Fotos von unserem Freund, die du mitgebracht hast.«

George zog ein glänzendes Blatt aus dem Hefter. »Leider habe ich nur eins gefunden. Die erkennungsdienstlichen Aufnahmen von Guppy wurden von der Polizei *zum Wohle der Öffentlichkeit* zurückgehalten, was immer das heißen soll. Dieses Bild hier hat ein freiberuflicher Fotograf geschossen, als Guppy am Tag der Urteilsverkündung nach Old Bailey gebracht wurde. Die Qualität ist nicht doll, aber man bekommt doch eine gewisse Vorstellung von dem Typen.«

Er legte das Blatt auf den Tisch und Lockwood, Holly und ich beugten uns darüber. Es war eine fotokopierte, vergrößerte Schwarz-Weiß-Aufnahme und das Bild war grobkörnig und verwackelt. Im Vordergrund konnte man einen Polizisten erkennen, ein zweiter stand halb verdeckt im Hintergrund. Zwischen ihnen ragte eine große, breite Gestalt mit hochgezogenen Schultern und verschwommenem Gesicht auf. Der Mann streckte den einen Arm seltsam verdreht aus, was offenbar daran lag, dass er mit Handschellen an den vorderen Polizisten gefesselt war. Die andere Hand, die vermutlich ebenfalls in einer Handschelle steckte, war nicht zu erkennen. Den Kopf hielt der Mann gesenkt, vielleicht weil er gerade aus dem Polizeiauto gestiegen war. Insgesamt hatte man den Eindruck eines aufgedunsenen, formlosen Wesens, das sich schon allein von den Ausmaßen her unheimlich von den beiden Beamten abhob. Das Gesicht lag größtenteils im Schatten, ein paar verwischte dunkle Linien deuteten buschige Augenbrauen und einen breiten Mund an. Irgendwie war ich froh, dass die Aufnahme nicht schärfer war.

Wir betrachteten das Bild lange. »Soso …«, sagte Lockwood schließlich, »das liefert uns doch immerhin einen Eindruck.«

»Er war wirklich ein Riese, was?«, murmelte ich.

»Man musste einen extra stabilen Galgen für ihn bauen, der sein Gewicht tragen konnte«, setzte George hinzu. »Und noch etwas. Am Morgen der Hinrichtung war auch ein Geistlicher anwesend, für den Fall, dass der Verurteilte eine letzte Beichte ablegen wollte. Als Guppy schon mit der Schlinge um den Hals auf der Falltür stand, winkte er den Geistlichen zu sich heran und raunte ihm etwas zu. Und stellt euch vor – der Pfarrer ist auf der Stelle in Ohnmacht gefallen. Als der Henker den Hebel bediente, soll Guppy gegrinst haben.«

Es war ganz still am Tisch. »Hast du vielleicht noch einen Witz in petto, um die Stimmung aufzulockern?«, wandte ich mich an George.

»Jetzt grade nicht. Die restlichen Witze hebe ich mir für den Besuch in Guppys Haus auf, wenn sein Geist auf uns losgeht.«

»Jetzt übertreib mal nicht«, sagte Lockwood streng. »Heutzutage gibt es so viele Schauergeschichten. So schlimm kann auch ein großer, dicker Menschenfresser nicht sein. Entspannt euch.«

Was auf jeden Fall ein guter Ratschlag war. Wir lehnten uns wieder zurück und lächelten einander ermutigend an. Im selben Augenblick brachte eine Kellnerin mit Lavendelkränzen im Haar Tee und Kuchen.

Als wir uns gestärkt hatten, wandte sich Lockwood wieder an George. »Gleich kommt das Taxi. Was wissen wir über die damaligen Ereignisse in Guppys Haus?«

»Über das Opfer ist nicht allzu viel bekannt. Ein Nachbar namens Dunn. Er wohnte ein paar Häuser weiter. Alleinstehend, liebenswürdig, hilfsbereit. Er kümmerte sich um hilfsbedürftige Nachbarn – um die Älteren und Gebrechlichen – und erledigte Einkäufe und anderes für sie. Offenbar war ihm aufgefallen, dass Mr Guppy aus der Nummer 7 nur selten vor die Tür ging, deshalb schaute er hin und wieder bei ihm vorbei. An dem bewussten Nachmittag sah ihn ein Zeuge mit dem berühmten Kuchen über die Straße gehen. Das war zugleich auch das letzte Mal, dass ihn jemand gesehen hat. Als er schließlich vermisst gemeldet wurde, klingelte die Polizei bei Guppy. Guppy machte auf und erzählte ihnen, Dunn habe ihn besucht, sei dann aber wieder gegangen, weil er noch eine andere Verabredung hatte. Mit wem oder warum, wusste Guppy nicht. Es war noch früh am Morgen, aber Guppy war schon auf den Beinen und machte sich gerade Frühstück. Die Polizisten konnten den Speck riechen, der in der Küche brutzelte.«

»Igitt!«, sagte ich, und Holly Munro rümpfte das zierliche Näschen.

»Die Beamten zogen zwar erst mal wieder ab«, fuhr George fort, »kamen aber nach ein paar Tagen wieder, weil Anwohner Qualm aus Guppys Haus gemeldet hatten. Sein Schornstein war verstopft, er hatte versucht, irgendetwas im Kamin zu verbrennen. Wie sich herausstellte, handelte es sich um Dunns Klamotten. Was die Beamten sonst noch für Überreste entdeckten, kam bei der Gerichtsverhandlung nicht zur Sprache.«

Holly strich sich eine Haarsträhne hinters Ohr. »Echt gruselig. Weiß man denn, *wo* genau im Haus der Mord damals stattgefunden hat?«

George zog ein hellblaues Blatt aus dem Hefter, faltete es auf und breitete es vor uns aus. Es war ein Grundriss der beiden Stockwerke sowie des Kellers. Ein Anbau diente als Garage und vor und hinter dem Haus gab es offenbar je einen Hof oder Garten. Die Bezeichnungen der Räume waren säuberlich mit rotem Stift eingetragen.

»Eindeutig festgestellt werden konnte das nicht«, beantwortete er dann Hollys Frage. »Man fand in fast allen Räumen irgendwelche Indizien.«

Ich sah ihn fragend an. »Indizien? Du meinst …«

»Überbleibsel von Mr Dunn.«

»Ja. Ich dachte mir schon, dass du das meinst. Ich wollte nur sichergehen.«

»Die gute Nachricht ist, dass es kein großes Haus ist«, warf Lockwood ein. »Wir sind zu viert. Wenn wir die Augen offen halten, kann uns heute Abend eigentlich nicht viel passieren. Aber wir wissen immer noch nicht, *wessen* Geist dort sein Unwesen treibt, oder? Vielleicht sogar eher der Geist von Dunn als der von Guppy, denn Dunn ist schließlich dort umgekommen.«

»Kann schon sein«, entgegnete George, »aber genau lässt sich das erst sagen, wenn wir die Quelle gefunden haben.«

»*Hoffentlich* ist es Dunn«, sagte Holly, und ich nickte. Es kommt nicht oft vor, dass ich mir *wünsche,* dem zornigen Geist eines Mordopfers zu begegnen, aber nachdem ich das von George kopierte Foto gesehen hatte, sehnte ich mich nicht danach, dem Geist des Wesens von der verwackelten Aufnahme zu begegnen. Auch die anderen nickten zustimmend.

Lockwood zückte sein Portemonnaie und legte ein paar Münzen auf den Tisch.

»Dann wollen wir mal«, sagte er.

Kapitel 8

Trotz unserer allerbesten Vorsätze war es schon später Nachmittag, als das Taxi vor dem Haus des Menschenfressers hielt. Wir hatten nicht einkalkuliert, dass alle Londoner versuchten, die Innenstadt möglichst noch vor der Sperrstunde zu verlassen. Auf den Hauptstraßen kam der Verkehr nur im Schneckentempo voran, zusätzlich wurden wir durch Bauarbeiten am Chiswick-Kreisel aufgehalten. Als das Taxi langsam durch die Vorortstraßen von Ealing rollte, eilten die letzten Pendler unter den aufflackernden Geisterlampen vorbei und strebten heimwärts. Die Sonne stand tief am Horizont, und eine schwarze Wolkendecke lastete wie eine zerbrochene Schokoladentafel über uns, durch deren Risse der blau-gelb gestreifte Himmel lugte. Es sah ganz nach Regen aus.

Ob unser Fahrer nun den verhängnisvollen Ruf dieser Straße kannte oder nicht, ihm war auf jeden Fall klar, was wir für ein Gewerbe ausübten, denn er legte sichtlich keinen Wert darauf, uns allzu nah an unser Ziel zu bringen. Er setzte uns samt Degen, Taschen und Eisenketten am anderen Ende der Straße ab, sodass wir die letzten paar Hundert Meter zum Horrorhaus zu Fuß gehen mussten.

Es kursiert die irrige Annahme, dass Häuser, in denen ein Verbrechen übernatürliche Rückstände hinterlassen hat, auch *äußerlich* einen unheimlichen Eindruck machen, mit leeren Fenstern, knarrenden Haustüren und schiefen Mauern. Aber wie die Menschen, so auch die Häuser: Hinter einem lächelnden unschuldigen Äußeren kann sich eine schwarze Seele verbergen, und dem Haus Nummer 7 sah man von außen überhaupt nichts an.

Es befand sich auf halber Höhe einiger im Halbrund angeordneter, schlichter Einfamilienhäuser. Jedes hatte eine eigene Garage und eine schmale gepflasterte Auffahrt, gesäumt von einem Rasenstreifen. Die Häuser selbst waren eher modern, sie hatten zahlreiche Fenster, und die Dächer waren mit hübschen roten Ziegeln gedeckt. Die Haustüren hatten Glaseinsätze und einfache flache Vordächer. Es war weder eine arme noch eine besonders wohlhabende Gegend. Lorbeerhecken trennten die Grundstücke voneinander und in den Gärten hinter den Häusern ragten Zypressen wie dunkle spitze Messer auf.

Nummer 7 war in keinem erkennbar schlechteren Zustand als die anderen Häuser, im Gegenteil, es wirkte in mancher Hinsicht sogar gepflegter, denn die Nachbargebäude waren ziemlich heruntergekommen. Ihre Auffahrten waren von Unkraut überwuchert, Autos rosteten unter Planen vor sich hin. Vielleicht vergiftete die Schreckenstat, die vor dreißig Jahren in der Nummer 7 stattgefunden hatte, die unmittelbare Umgebung noch immer. Doch Mr Guppys ehemaliger Wohnsitz war frisch mit weißer Farbe gestrichen, der Rasen gemäht, die Hecke gestutzt. Die Gemeindeverwaltung war offenbar auf ihr Ansehen bedacht und hatte das Haus nicht verwahrlosen lassen.

In der Straße war alles ruhig. Es gab nur wenige Anzeichen von Leben: ein Lichtschein, der aus einem Souterrainfenster fiel, ein Vorhang, der zugezogen wurde. Auf dem Weg zur Nummer 7 begegneten wir niemandem, erst als wir schon fast davorstanden, löste sich eine zierliche Gestalt aus dem Schatten der Hecke und blickte uns mit verschränkten Armen und finsterer Miene entgegen.

George stöhnte laut auf. »Penelope Fittes hat mindestens hundert Berater. Warum hat sie uns ausgerechnet *den* geschickt?«

Der junge Mann trug die silberne Uniformjacke der Agentur Fittes, an seinem Gürtel baumelte ein Degen mit aufwendig verziertem Knauf. Sein schmales, sommersprossiges Gesicht war zu einer säuerlichen, missbilligenden Miene verzogen, aber wir kannten Quill Kipps inzwischen gut genug, um zu wissen, dass das nicht viel zu bedeuten hatte. Gut möglich, dass er bester Laune war.

»Seht doch mal das Positive daran«, sagte Lockwood gedämpft. »Kipps hat schon mal mit uns zusammengearbeitet. Er weiß, dass wir nicht auf ihn hören. Das spart eine Menge Zeit. Schön, dich zu sehen, Kipps!«, rief er laut. »Was macht die Kunst?«

»Bevor du weiterredest, möchte ich eines anmerken«, gab Kipps zurück, »nämlich, dass ich mich *nicht* um diesen Auftrag beworben habe. Ich finde dieses Wiedersehen genauso nervig wie ihr. Damit das klar ist.«

»Wieso denn? Ist doch eine Traumpartnerschaft«, konterte Lockwood grinsend.

»Ja«, sagte Kipps tief seufzend. »Ganz bestimmt.«

Quill Kipps, einst einer der erbittertsten Konkurrenten von Lockwood & Co., war inzwischen Anfang zwanzig und musste sich damit abfinden, dass seine übersinnlichen Fähigkeiten unaufhaltsam nachließen. Weil er Geister nicht mehr zuverlässig aufspüren konnte, hatte man ihn folgerichtig zum Vorgesetzten

Jüngerer ernannt, die diese Gabe noch besaßen. Dazu kam, dass er einige ihm nahestehende Menschen verloren hatte, was ihn weicher gemacht hatte. Noch vor Kurzem hatte er bei einem Einsatz Seite an Seite mit uns gekämpft, und obwohl er ungefähr so sympathisch war wie ein Kuhfladen, war er doch zäh und entschlossen. Lockwood hatte durchaus recht damit, dass wir es schlechter hätten treffen können.

George machte ein skeptisches Gesicht. »Du sollst uns wohl bespitzeln, was?«

Kipps zuckte bloß die Achseln. »Ja, ich bin als Beobachter hier. Das ist bei uns die übliche Praxis, wenn wir mit anderen Agenturen zusammenarbeiten. Außerdem hat mir Mrs Fittes aufgetragen, euch zu unterstützen, falls es erforderlich ist. Wobei ich vermutlich nicht mehr sehr nützlich sein kann«, setzte er hinzu, »denn in übersinnlicher Hinsicht bin ich fast schon taub und blind. Wenn sich ein Geist nähert, spüre ich höchstens eine Art Magendrücken, aber in der Hälfte aller Fälle handelt es sich nur um Blähungen.«

»Dann hältst du dich lieber in einem anderen Zimmer auf als ich«, entgegnete Lockwood. »Aber mal im Ernst: Wir freuen uns über deine Unterstützung. Nummer 7 – warst du schon drin?«

Kipps drehte sich zu dem adretten Häuschen um. Die Fenster zur Straße blinkten im letzten Glanz der untergehenden Sonne. »Allein? Du machst wohl Witze. Man hat mich zu einem Gemeinschaftseinsatz geschickt, und ich hoffe, dass die Geistersieche nicht mich, sondern einen von euch erwischt.« Er hob die Hand und präsentierte uns einen Lederanhänger, von dem ein Haustürschlüssel baumelte. »Aber ich habe etwas dabei, was ihr braucht.«

Lockwood warf einen Blick in den Abendhimmel. »Wir

haben noch ein bisschen Zeit, bevor es brenzlig wird. Gehen wir rein.«

Wir nahmen unsere Taschen und gingen schweigend die Auffahrt hinauf. In der Hecke ließ eine Amsel ihr helles Lied erklingen und die Abendluft brachte schon verheißungsvoll frühlingshafte Wärme mit. Das Haus wartete am Ende des Weges.

Wir erreichten die überdachte Haustür ohne Zwischenfall, trotzdem bestand Lockwood darauf, schon hier als äußere Verteidigungslinie einen kleinen Bannkreis zu ziehen und eine Petroleumlampe in die Mitte zu stellen. Wenn wir Glück hatten, brannte die Lampe die ganze Nacht und wurde nicht von dem beeinträchtigt, was sich drinnen im Haus abspielte. Der Kreis sollte als Treffpunkt dienen, falls irgendetwas schiefging.

Als das erledigt war, trat ich auf die Rasenfläche und spähte durch das große Vorderfenster. Ich blickte in ein kahles Zimmer, das durch die einfallende Abendsonne in zwei Hälften geteilt wurde. Die Tapete war braun gestreift, es gab einen vergilbten Teppich, aber keine Möbel. An der Wand waren noch schwache Umrisse zu erkennen, wo einst Bilder gehangen hatten, auch ein altmodischer, sauber ausgefegter Kamin war zu sehen.

George hatte sich neben mich gestellt. »Sieht nach Wohnzimmer aus«, sagte ich.

Er nickte und sagte vergnügt: »Stimmt. Hier hat man die Füße des Opfers gefunden. Angeblich in der Obstschale auf dem Couchtisch.«

»Wie schön.« Ich legte die Fingerkuppen an die Scheibe. Manchmal kann man auch schon von draußen, selbst wenn es noch hell ist, etwas wahrnehmen. Ich stellte meine inneren Ohren auf Empfang. Hörte ich etwas? Nein, es war nur die Amsel, die immer noch sang. Das Haus war nur ein Haus.

Dafür, dass es schon so lange leer stand, ließ sich der Schlüssel verblüffend, beinahe unheimlich leicht herumdrehen. Lockwood trat als Erster ein, ihm folgten nacheinander die anderen. Ich blieb noch kurz draußen neben meinem Rucksack stehen. Holly wusste über den Schädel Bescheid, Kipps jedoch nicht. Ich wollte rasch noch ein ungestörtes Wort mit dem ollen Miesepeter wechseln.

Ich betätigte den Hebel am Deckel des Glases. »Aufgewacht, Schädel, wir sind da. Ich nehm dich jetzt mit rein.«

»*Wozu? Du hast genug* lebendige *Freunde, die dir beistehen können. Ich will nichts mehr hören.*«

Ich verdrehte genervt die Augen. Der Schädel schmollte schon den ganzen Tag, seit ich von der Besprechung im Fittes-Gebäude zurückgekehrt war. Er war maßlos enttäuscht, dass ich mich auf Lockwoods Vorschlag eingelassen hatte. Also nahm ich den Rucksack hoch. »Warn mich einfach, wenn du etwas spürst.«

»*Nö. Wieso muss ich eigentlich immer in diesem blöden Rucksack hocken? Mir reicht's allmählich. Lass mich raus.*«

»Das geht jetzt nicht. Vielleicht später.«

»*Ich weiß, was los ist. Ich bin dir peinlich.*«

»Peinlich? Ein fieser, schimmliger Schädel wie du?« Ich linste in das Glas. Das grünliche Gesicht zog wie erwartet einen gekränkten Flunsch. »Herrgott noch mal! Du bist ein TYP DREI und somit eine echte Rarität. Ich kann nicht riskieren, dass jemand mitkriegt, dass wir miteinander sprechen können. Schon gar nicht Kipps. Also pass einfach auf, was sich so tut. Und jetzt gehen wir rein, also hör auf zu quengeln.«

»*Spricht man etwa so mit einem hochgeschätzten Kollegen? Von Rechts wegen sollte ich …*« Er verstummte. Ich hatte das stille Haus betreten. »*Auweia …*«

Ich spähte wieder in den Rucksack. In dem Augenblick, als

ich über die Schwelle trat, war das grünliche Gesicht erstarrt. Nur ein halb durchsichtiger Wangenmuskel zuckte noch, die Augen waren vor Entsetzen untertassengroß aufgerissen.

»Was, auweia?«

Die Augen blinzelten zweimal, das Gesicht erwachte wieder zum Leben. *»Ach, nichts. Ich dachte bloß, ich hätte … Aber ich hab mich wohl geirrt. Das passiert uns fiesen, schimmligen Schädeln ja öfter mal. Vergiss es einfach.«*

Es klang nicht sehr überzeugend. Ich hätte gern nachgehakt, doch da sah ich Kipps durch die Diele auf mich zukommen. Ich warf den Rucksack über die Schulter, holte tief Luft und konzentrierte mich darauf, einen ersten Eindruck von dem Haus zu gewinnen.

Ich stand in einer schäbigen Diele. Auf der linken Seite führte eine Treppe nach oben. Auch hier war der Teppich abgenutzt, das Gelb verblichen. Die Tapete hatte ein altmodisches, übelkeiterregendes Muster aus beigefarbenen und braunen Vierecken. Am gegenüberliegenden Ende führte eine teilweise verglaste Tür in die Küche. Lockwood und Holly waren bereits damit beschäftigt, dort einen weiteren Bannkreis einzurichten. Es gab noch zwei andere Türen, wovon eine (wie ich von Georges Grundriss wusste) in den Keller führte und die andere ins Wohnzimmer. Ein leicht muffiger Geruch hing in der Luft, aber das war auch schon alles. Was immer der Schädel eben wahrgenommen hatte, ich selbst empfing nichts Verdächtiges.

»Trostlose Diele«, sagte ich, als George eine schwere Tasche an mir vorbeischleppte.

»Kann man wohl sagen. Hier wurden die Oberschenkelknochen im Schirmständer entdeckt. Wir bauen schon auf, willst du nicht mithelfen? Oder ist das in deinem Freiberuflervertrag nicht inbegriffen?«

Ich wollte etwas Pampiges erwidern, verkniff es mir dann aber. Er hatte ja recht. Ich ging meine Taschen holen.

An dieser Stelle möchte ich erwähnen, dass wir absolut vorschriftsmäßig vorgingen. Schon ein paar Minuten nach unserer Ankunft waren sämtliche Bannkreise eingerichtet und mit Vorräten von Salz und Eisenspänen versehen. Ein Kreis befand sich in der Küche, der andere auf dem Treppenabsatz. Wir hatten in jedem Zimmer Kerzen angezündet und auf der Treppe Indikatorlichter aufgestellt. Wir arbeiteten Hand in Hand. Kipps hatte ausnahmsweise nicht allzu viel zu meckern und Holly Munro schien sich im Außendienst deutlich wohler zu fühlen als bei unserem letzten gemeinsamen Einsatz. Mir selbst fiel es leichter, den anderen zuzuarbeiten, als mit ihnen zu reden, und bald stellte sich die alte Routine wieder ein. Lockwood und ich sagten beide nicht viel, was mir nur recht war. Er hatte mich wegen meiner Gabe engagiert, nicht wegen meines Konversationstalents.

Als alles erledigt war und es draußen dunkel wurde, zogen wir jeder für sich los, führten die üblichen Messungen durch und ließen das Haus auf uns wirken. Die einzige Ausnahme war Kipps, der mit übergeschlagenen Beinen in der Küche sitzen blieb, Kakao trank und Zeitung las. Seine Gabe war mittlerweile zu schwach, um irgendwelche übersinnlichen Untersuchungen vorzunehmen.

Als Erstes wäre zu sagen, dass Guppys Haus tatsächlich klein war. Im Erdgeschoss gab es nur vier Räume – Diele, Wohnzimmer, Küche und Esszimmer –, von dem schmalen, langen Flur im ersten Stock gingen zwei Schlafzimmer ab, eines an jedem Ende, dazwischen lag das Bad. Unter der Treppe führte eine zweite, steile, gemauerte Treppe in einen Keller. Der nicht ausgebaute Dachboden war leer. Die relativ moderne Bauweise war an den papierdünnen Wänden und doppelt verglasten Fenstern zu erkennen. Alle Möbel und jegliche Dekoration waren entfernt worden, sodass in dem Haus auf den ersten Blick keinerlei Geheimnisse schlummerten. Auch in übernatürlicher Hinsicht war es ausgesprochen still. George tauchte zwar wie ein teuflischer Immobilienmakler in jedem Raum auf und verkündete, welche Körperteile des Opfers man dort gefunden hatte, doch auch mit diesen makabren Zusatzinformationen blieb das Haus seltsam nichtssagend.

So kam es, dass wir trotz der unheilvollen Vorgeschichte des Ortes während der Begehung unwillkürlich immer sorgloser wurden. Schließlich waren wir fünf voll bewaffnete Personen in nur neun Räumen. Wir wanderten treppauf und treppab und begegneten uns dabei immer wieder. Keiner von uns entfernte sich weit von einem der anderen oder beiden Bannkreisen. Es war alles sehr beruhigend.

Aber es war auch noch nicht richtig dunkel.

Die Küche interessierte mich am meisten. Angesichts dessen, was sich dort abgespielt hatte, schien es mir am wahrscheinlichsten, dass sich die übernatürlichen Energien auf diesen Raum konzentrierten. Ich stand eine ganze Weile einfach nur da, spitzte meine inneren Ohren und betrachtete die altmodische Ausstattung mit den hölzernen Arbeitsplatten und den senfgelben Einbaumöbeln. Unter dem großen Fenster stand auf dünnen Metallbeinen eine dunkel angelaufene, fleckige Spüle. Auf der Tapete prangten braune und orangefarbene Blumen, den Boden bedeckte braunes Linoleum. Man sah noch, wo die Kriminalbeamten den Belag auf der Suche nach Spuren hochgenommen hatten. Der Vorratsschrank in der Ecke war leer, auf den Brettern waren noch die kreisförmigen Ränder von Dosen und Gläsern zu erkennen.

Es gab insgesamt drei Türen: zur Diele, zum Garten und zum Esszimmer, einem kleinen quadratischen, nur von der Küche aus zugänglichen Raum.

Ich konzentrierte mich auf die vielen verschiedenen, leisen Geräusche. Das Rascheln von Kipps' Zeitung, Hollys Schritte auf der Kellertreppe, Lockwoods Schritte auf der Treppe nach oben. Dazu andere, verstohlene Geräusche, die an nichts Stoffliches gebunden, sondern in der Zeit eingeschlossen und hier und jetzt fehl am Platz waren.

»Hörst du das auch?«, fragte ich.

Kipps saß in dem Bannkreis auf dem Fußboden und lehnte sich mit dem Rücken an einen Salzsack. Er schüttelte den Kopf.

Das war das Problem beim Hören. Selbst wenn andere Menschen in der Nähe waren, blieb einem oftmals nur die eigene Wahrnehmung. Ich kannte das schon. Außerdem war ich ja jetzt Soloermittlerin. Ich schloss die Augen und konzentrierte mich wieder auf jene Geräusche, die hier nicht hingehörten.

»Du bist also wieder da«, sagte Kipps unvermittelt. »Hast es nicht mehr ausgehalten.«

Genervt öffnete ich die Augen wieder und erwiderte ärgerlich: »Ich bin nicht *wieder da*! Ich helfe nur heute mal aus.«

»Was ist der Unterschied?«

»Dass sie mehr Geld kriegt.« Eine Gestalt in der Küchentür. George streckte den Kopf herein. »Wenn du hier fertig bist, Lucy, sollst du in die Diele kommen, hat Lockwood gesagt.«

»Ist gut«, antwortete ich, und George verschwand wieder. Ich hörte, wie er nach Holly rief. »Ja, ich arbeite jetzt freiberuflich«, fuhr ich fort. »Und ich genieße meine neue Freiheit. Dass ich arbeiten kann, wo und *mit wem* ich will. Ich bin zu nichts gezwungen. Es ist viel besser als vorher – irgendwie einfacher und freier.« Ich schenkte ihm ein einfaches, freies Lächeln.

»Ach ja?« Kipps zuckte die Achseln. »Ich dachte, du hast alles hingeworfen, weil Holly Munro aufgetaucht ist, aber das ist natürlich reine Spekulation. Sag mal, glaubst du, dieser Kreis ist ausreichend gesichert, oder sollen wir noch eine zweite Kette drumherum legen?«

»Ja, er ist ausreichend gesichert, und nein, keine zweite Kette. Ich geh dann mal in die Diele.« Es hatte keinen Zweck, noch länger zu lauschen. Es war noch zu früh, außerdem war ich nicht in Stimmung.

Vor dem großen Vorderfenster zur Straße hin war es schon fast dunkel. Die Lorbeerhecke war nur noch eine pechschwarze Fläche, eine hoch aufragende Mauer, die uns einschloss. Auch die braunen Tapetenstreifen wirkten jetzt viel dunkler und sahen im flackernden Kerzenschein wie die Gitterstäbe eines Käfigs aus. Lockwood und George standen bereits in der Diele und unterhielten sich gedämpft. Als Kipps und ich hereinkamen, drehten sie sich um und nickten uns zu.

»Gut«, sagte Lockwood. »Wir müssen unsere Beobachtungen zusammentragen. Wo ist Holly?«

»Wahrscheinlich noch unten im Keller«, sagte ich.

»Ich kann sie ja noch mal rufen«, meinte George und verließ die Diele.

»Und wie geht's *dir*, Kipps?«, erkundigte sich Lockwood. »Für dich ist es doch sicher auch nicht ganz einfach, hier zu sein, oder?«

Quill Kipps zuckte wieder die knochigen Schultern. »Ich bleibe am besten in meinem Bannkreis. Normalerweise bin ich als Berater nicht so dicht dran am Geschehen, aber ich krieg's ja immer ab. Ich glaube, Penelope Fittes kann mich nicht sonderlich gut leiden. Seit ich bei dem Einsatz im Kaufhaus Aickmere dabei war, teilt sie mir immer die unangenehmsten Fälle zu: in der Kläranlage von Rotherhithe, im Schlachthaus von Dagenham – und jetzt diesen Einsatz mit euch.«

»Ich dachte, du wurdest nach dem Aickmere-Fall befördert?«, gab Lockwood zurück.

»Sie *mussten* mich befördern, weil der Fall so großes Aufsehen erregt hat, aber sie haben seither kein Vertrauen mehr in mich. Für ihren Geschmack war mein Handeln dort ein bisschen zu eigenmächtig. Aber was soll's.«

Holly und George kamen herein. »Entschuldigt bitte«, sagte Holly, »ich habe euch nicht gleich gehört.«

»Macht nichts.« Lockwood hatte eine Packung Kekse aus seiner Tasche geholt und ließ sie herumgehen. »Also – der erste Rundgang ist abgeschlossen. Was für einen Eindruck habt ihr?«

Ich war überrascht, dass Holly sich auch einen Keks nahm. »Ein grausiger Ort«, sagte sie.

Ich nickte. »Wie zu erwarten. Nicht ein einziger Raum ist ganz frei von übernatürlichen Rückständen. Bis jetzt sind sie nur schwach wahrzunehmen, aber mir ist trotzdem ziemlich flau im Magen.«

»Das könnte aber auch an der Wandgestaltung liegen«, entgegnete Lockwood. »Anscheinend wurden in diesem Haus alle braunen Farbreste verstrichen, die in ganz London aufzutreiben waren. Haben deine legendären inneren Ohren schon etwas vernommen, Lucy?«

»Nichts Eindeutiges. Wenn es richtig dunkel geworden ist, kann ich euch mehr sagen.«

»Ich habe schon mal überall die Temperatur gemessen«, meldete sich George zu Wort. »Am kältesten ist es im Keller – vor allem an einer Stelle am Fuß der Treppe – und in der Küche. Aber auch das war zu erwarten, denn dort hat die Spurensicherung damals die meisten Blutflecken gefunden und dazu noch ein paar leckere Reste, die unser Freund Guppy übersehen hatte.«

»Hör schon auf«, sagte Holly.

»Aber *gesehen* habe ich nichts«, fuhr George fort. »Ganz kurz dachte ich, in der Küche sitzt ein Gerippe, aber es war dann doch nur Kipps.«

Kipps verdrehte genervt die Augen. »Autsch! Hat jemand zufällig eine elastische Binde dabei? Ich glaube, ich hab mir grade vor Lachen die Rippen gebrochen.«

»Darf ein Beobachter überhaupt etwas sagen?«, konterte George. »Musst du dir das nicht aufheben, bis du Mrs Fittes Bericht erstattest?«

»Lass gut sein«, mischte sich Lockwood ein, »das reicht jetzt. Also, Kipps?«

»Es ist ein unseliges Haus, aber das wussten wir ja vorher.«

»Und was hast du zu berichten, Holly?«

Sie machte ein verlegenes Gesicht. »Ich habe ständig das Gefühl, beobachtet zu werden. Als würde die ganze Zeit jemand hinter mir stehen.«

»Geht mir genauso«, sagte ich. »Wo war es bei dir denn am stärksten?«

»Jedes Mal, wenn ich dem Zimmer den Rücken zuwende. Bei jedem Zimmer.«

»Ich habe den Todesschein im Keller geortet«, berichtete nun Lockwood. »Offenbar hat Guppy seinen Nachbarn nach unten gelockt und ihn dort umgebracht, daher sollten wir uns auf diesen Raum konzentrieren. Ich schlage aber vor, dass wir uns trotzdem in verschiedenen Räumen postieren und in regelmäßigen Abständen tauschen. Wo möchtest du anfangen, Lucy?«

»Ich glaube, ich bleibe lieber in Bewegung und gehe den Geräuschen nach, falls ich welche höre.«

»Auch gut. Aber erst möchte ich euch noch etwas zeigen. Kommt mal alle mit.«

Er trat in die Mitte der Diele. Jetzt, wo es dunkel wurde, sah man durch das Glas in der Haustür den Schein der draußen aufgestellten Petroleumlampe. Lockwood deutete an der rechten Wand etwa in Taillenhöhe auf eine Stelle der Tapete. »Woher stammt das, was glaubt ihr?«

Auf dem Muster war eine schmale, schwärzliche Spur zu erkennen, die sich, wenn auch hier und da unterbrochen, über die ganze Wand zog. Die oberste Tapetenschicht war an diesen Stellen abgeschabt.

»Von seinem Bauch«, beantwortete Lockwood seine Frage selbst. »Guppy war so dick und breit, dass er beim Herumgehen immer wieder die Wand gestreift hat. Gegenüber sieht man es auch. Und auch in den Teppich hat er mit seinen Plattfüßen eine breite Spur getrampelt.«

Daraufhin betrachteten wir die schwarzen Streifen an den Wänden noch einmal mit anderen Augen. Die Diele war eng, aber *so* eng nun auch wieder nicht. Ich versuchte mir einen Bauch vorzustellen, der den Raum ganz und gar ausfüllte.

»Und das ist noch nicht alles.« Lockwood nahm die Taschenlampe vom Gürtel, knipste sie an und ging geräuschlos zur Küchentür. Der bleiche Lichtkegel erfasste die schmutzigen Scheiben, aus denen die Tür größtenteils bestand. Die Spuren auf dem Glas waren schwerer zu deuten, weil sie so alt und groß waren, aber wenn man kurz überlegte, erschloss sich einem plötzlich ihr Ursprung.

»Handabdrücke«, sagte Lockwood. »Fettige Handabdrücke vom Aufstoßen der Tür. Seht sie euch an. Sie sind riesig!« Wir musterten die Scheiben stumm. Lockwood hielt seine eigene schlanke, langfingrige Hand zum Vergleich davor. Die gespenstischen Abdrücke waren doppelt so breit und ein ganzes Stück länger.

Aus Dämmerung wurde Dunkelheit, draußen auf der Straße flammte eine einzelne Laterne auf. Drinnen in der Nummer 7 wurde jedes einzelne Zimmer von einer Kerze oder Petroleumlampe erhellt. Wir aßen unsere mitgebrachten Brote, tranken Tee dazu und teilten die Posten ein. Lockwood würde das erste Viertel der Nacht im Keller Wache halten, George im Erdgeschoss und Kipps im ersten Stock. Holly sollte vom einen zum anderen gehen und sich vergewissern, dass alles in Ordnung war. Auch ich sollte durch die Räume wandern und allen Geräuschen folgen, die ich wahrnahm. Diese Taktik leuchtete mir ein. Weil das Haus so klein war, konnten wir auch zwischendurch ein Wort miteinander wechseln. Keiner war auf sich allein gestellt.

Ich ging als Erstes in den Keller. Auch dieser Raum war klein, er hatte einen unebenen Betonboden und kahle gemauerte Wände. Es war kalt und bedrückend dort. Man sah noch, wo die Ermittler vor dreißig Jahren den Boden aufgestemmt hatten. Lockwood lehnte in seinen langen Mantel gehüllt und von Kerzen umstellt an der Wand. Als ich hereinkam, grinste er mich an und ich ihn. Inzwischen hatte der Fall uns beide gepackt, und die Verlegenheit, die anfänglich zwischen uns geherrscht hatte, war so gut wie verflogen.

George war im Esszimmer mit irgendeiner kleinen Vorrichtung zugange, die wie eine an Drähten aufgehängte Silberglocke aussah. Als ich hereinkam, nickte er mir zu, sagte aber nichts. Wir machten beide einfach mit dem weiter, womit wir gerade beschäftigt waren.

Erstaunlicherweise war Holly Munro von uns allen die Unbefangenste gewesen. Die Spannungen innerhalb des Teams schienen sie wenig zu berühren. Als ich nach meinem Abstecher ins Esszimmer lauschend in der Diele stand, kam sie an mir vorbei. Sie lächelte mir zu, bot mir einen Kaugummi an und ging wieder ihrer Wege.

Im langen Flur im Obergeschoss hallten die Geräusche von unten wider. In dem Bannkreis an der Treppe stand Kipps wie ein magerer Geier und wurde von einem zweiten Kreis aus Kerzen angeleuchtet. Das Schlafzimmer hinter ihm glich einer rosafarbenen Höhle, weil das Licht der Straßenlaterne hineinfiel.

Ich lauschte … und nahm ein leises Klackern wahr, das ich nicht zuordnen konnte.

Klack, klack, klack. Dann verklang es.

Ich ging weiter und leuchtete mit der Taschenlampe ins Badezimmer. Waschbecken, Badewanne und Toilette – alles war gehörig verstaubt. Auf dem Boden sah man noch die Fußspuren der Agenten – uns eingeschlossen –, die das Bad in letzter Zeit betreten hatten. Die Kloschüssel war leer, trocken und wies dicke Kalkränder auf. Ich ging zum hinteren Schlafzimmer weiter und blickte durchs Fenster auf den mattschwarzen Garten hinab.

Da ertönte von woanders im Haus ein dumpfer Knall, der die Dielen erbeben ließ. Er wiederholte sich nicht. Das Geräusch mochte von einem meiner Kollegen gekommen sein – aber genauso gut auch nicht. Ich schaute auf die Uhr. Es war kurz vor neun.

Ich verließ das Schlafzimmer und ging zur Treppe zurück. Kipps stand noch an Ort und Stelle, hatte aber die Hand am Degen. Mir ging wieder durch den Kopf, wie mulmig ihm zumute sein musste. Weil ihn seine Gabe verlassen hatte, blieb ihm nichts anderes übrig, als blind, taub und hilflos abzuwarten.

»Noch nichts«, sagte ich im Vorbeigehen.

»Gut so. Hoffentlich bleibt es dabei.«

Ich ging die Treppe hinunter. Das Licht von der Lampe in der Auffahrt fiel immer noch durch die verglaste Haustür und verwischte die Umrisse in der Diele. Unter der geschlossenen Wohnzimmertür hindurch drang der Schein der drinnen im Zimmer aufgestellten Kerzen. Die leicht flackernden Indikatorlichter auf der Treppe verbreiteten ohnehin keine nennenswerte Helligkeit. Auf halber Höhe der Treppe blieb ich stehen und lauschte in die Dunkelheit hinein. Dabei fuhr ich mit den Fingerkuppen über die Tapete. Ich hörte die Stufe, auf der ich stand, unter meinem Gewicht knarren, ich hörte Kipps oben an der Treppe husten, irgendwo anders in der Straße knallte eine Haustür zu, und in der Küche pfiff George leise vor sich hin.

Alles völlig unverdächtig. Warum bekam ich dann eine Gänsehaut?

Mir kam ein unbehaglicher Gedanke. »Kipps?«, rief ich nach oben. »Wo bist du?«

»Immer noch über dir.«

»Lockwood?«

»Auf der Kellertreppe. Bei dir alles in Ordnung?«

»Ist Holly bei dir?«

»Ja, sie steht hinter mir.«

Ich spähte zur Küche hinüber, aus der immer noch das leise Pfeifen ertönte. »George!«, rief ich. »Sag mir, wo du gerade bist.«

Unter mir öffnete sich die Wohnzimmertür einen Spalt und ein Kopf erschien. »Ich bin hier und führe Messungen durch. Wieso?«

Ich antwortete nicht, sondern beugte mich über das Geländer und spähte abermals in Richtung Küche. Auch in diesem Raum hatten wir Kerzen angezündet.

Warum fiel dann kein Licht durch die verglaste Tür? Die Scheiben waren pechschwarz. Das gedämpfte Pfeifen war nicht verstummt. Und als ich jetzt das gleichmäßige Hacken einer Messerklinge auf einem Schneidebrett vernahm, begriff ich, dass sich jemand in der Küche zu schaffen machte.

Kapitel 9

Keiner der anderen hatte etwas gehört, weder das unmelodische Pfeifen noch das geschäftige Hackgeräusch. Der Schädel in meinem Rucksack hatte bestimmt etwas wahrgenommen, spielte aber weiterhin den Beleidigten. Ich stellte ihm im Flüsterton ein paar Fragen, doch er redete immer noch nicht mit mir.

Wir versammelten uns schweigend in der Diele. Lockwood näherte sich der Küchentür, zückte den Degen und legte das Ohr an eine der Scheiben. Auch von Nahem war das Glas schwarz. Wer oder was auch dort drinnen zugange war, schluckte alles Licht und ließ nichts nach außen dringen.

»Ich höre es immer noch«, meldete ich. Zwischendurch verstummte das Hacken kurz, als müsste etwas besonders Hartes durchtrennt werden, dann war es wieder eine Weile im gleichmäßigen Rhythmus zu vernehmen.

Lockwood schaute mich an. »Dann wollen wir doch mal sehen, wer uns da Gesellschaft leistet.«

Er drückte die Klinke herunter, riss die Tür auf und sprang mit einem Satz über die Schwelle. Im selben Augenblick verstummten die Geräusche und ich war mit einer wurfbereiten Salzbombe an Lockwoods Seite. George und Kipps gaben uns Rückendeckung. Nach ein paar Schritten blieben wir stehen und ließen die Blicke durch die leere Küche schweifen. Auf den mondbeschienenen Arbeitsflächen zeichneten sich die scharfkantigen Schatten der Zypressen ab, die Flammen der im Kreis auf dem rissigen Linoleumfußboden aufgestellten Kerzen flackerten sacht.

»Nichts«, zischelte Kipps.

Ich hatte unwillkürlich die Luft angehalten und zwang mich jetzt auszuatmen. »Als wir reingekommen sind, war es sofort still.«

»Er spielt mit uns. Das war zu erwarten«, sagte Lockwood.

»Nichts«, wiederholte Kipps mit Nachdruck und sah mich dabei an.

»Ich habe mich nicht verhört!«, entgegnete ich ärgerlich. Der jähe Spannungsabfall zerrte an unseren Nerven. George brummelte derbe Flüche vor sich hin, Holly zitterte unübersehbar.

»Das hat auch niemand behauptet, Luce.« Lockwood schien als Einziger einen kühlen Kopf zu bewahren. Er blieb ganz ruhig und sah sich mit zusammengekniffenen Augen um. Dann steckte er den Degen wieder weg und warf einen Blick auf sein Thermometer. »Normale Temperatur – und ich nehme keine visuellen Phänomene wahr.«

»Du vergisst die Glastür«, widersprach ich. »Vorhin hat noch kein Licht hindurchgeschienen.«

»Stimmt.« Er kramte in einer seiner zahlreichen Manteltaschen und zog eine Tüte Schokodrops hervor. »Jeder nimmt sich zwei und dann holen wir die Thermoskannen raus und trinken endlich wieder was.«

Wir standen im Dunkeln, tranken Tee und beruhigten uns

allmählich. In einem heimgesuchten Haus darf man sich niemals von Gefühlen überwältigen lassen, denn die Geister laben sich daran und werden nur noch mächtiger.

»Ich fasse zusammen«, sagte Lockwood dann. »Es ist jetzt 21 Uhr 03 und wir haben das erste richtige Phänomen registriert. Also haben Fittes und Barnes wohl recht – dieser Geist manifestiert sich vor allem durch Geräusche. Was bedeutet, dass Lucy die Hauptarbeit zukommt. Geht das für dich in Ordnung, Luce?«

Ich nickte. »Dafür habt ihr mich ja engagiert.«

»Schon, aber du musst trotzdem einverstanden sein.«

Ich hatte immer noch Herzklopfen, antwortete aber ruhig und professionell: »Kein Problem.«

Lockwood nickte. »Schön ... Dann machen wir weiter wie bisher. Um halb zwölf treffen wir uns wieder. Vielleicht hat ja dann schon einer von uns Hinweise darauf empfangen, wo sich die Quelle der Heimsuchung befindet. Wenn jemand den leisesten Verdacht hat, dass etwas nicht stimmt, schlägt er sofort Alarm.«

Einer nach dem anderen verzog sich wieder. Nur George und ich nicht. Wir blieben in der Küche. Von diesem Raum erhoffte ich mir die meisten Hinweise auf die Heimsuchung und George ging es offenbar genauso. Er holte wieder den seltsamen Apparat heraus, mit dem er schon vorher beschäftigt gewesen war: eine silberne Glocke, die mit lauter dünnen Drähten an einem kleinen Holzgestell aufgehängt war. Mit abgewinkelten Ellbogen, spitzen Fingern und äußerster Behutsamkeit stellte er das Ganze auf die Arbeitsplatte und trat dann ein Stück zurück.

Ich konnte meine Neugier nicht länger zügeln. »Was ist das, George?«

Er fuhr sich zerstreut mit der Hand durch den rotblonden Schopf. »Ein ÜFWS – ein Übernatürliches Frühwarnsystem. Die neueste Erfindung aus dem Hause Rotwell. Eine Hälfte dieser verzinkten Drähte ist mit Spinnenseide überzogen und reagiert daher besonders empfindlich auf die Anwesenheit von Geistern, die andere Hälfte ist unbehandelt. Das Bewegungsdifferenzial zwischen ihnen bringt die Mittelstrebe der Aufhängung aus dem Gleichgewicht, sodass …« Als er meinen Blick sah, unterbrach er sich und zuckte die Achseln. »Kurz gesagt, das Ding soll einen warnen, *bevor* der Geist erscheint.«

»Funktioniert es denn?«

»Keine Ahnung. Hab's noch nie ausprobiert.«

»Glaubst du, es ist zuverlässiger als unsere eigenen übersinnlichen Gaben?«

»Als meine wahrscheinlich schon – so zuverlässig wie deine vielleicht nicht.« Seine Stimme war ausdruckslos und er drehte sich nach dem Bannkreis in der Mitte der Küche um. »Ich weiß auch nicht, warum, aber ich bin dafür, dass wir die Abwehrmaßnahmen in diesem Raum noch verstärken. Kannst du mir mal die Ketten da drüben bringen?«

»Mach ich.« Ich holte die Ketten. »Weißt du, was, George?«, sagte ich dann, »ich freu mich total, wieder mit dir zusammenzuarbeiten.«

Schweigen. Dann: »Echt? Hätte ich nicht gedacht.«

Ich ließ die Ketten auf den Boden fallen, dass es klirrte. Dabei sah ich ihn nicht an, spürte aber, dass er mich beobachtete. »Wieso?«, fragte ich.

Er antwortete nicht sofort, sondern kniete sich hin und ordnete die Ketten sorgfältig zu einem zweiten Kreis um den ersten herum an. Dabei ging er so gründlich und sorgfältig vor wie bei allen wichtigen Aufgaben. »Na ja«, antwortete er schließlich, »wegen Holly zum Beispiel.«

»Jetzt fang du nicht auch noch an!«, fauchte ich. »Wie oft soll ich denn noch sagen, *dass ich nicht ihretwegen gegangen bin?* Hast du nicht mitgekriegt, wie nett wir uns vorhin im Café unterhalten haben? Wir haben sogar miteinander gelacht und alles.«

»Dass ihr eine zivilisierte Unterhaltung geführt habt, ohne einander mit bloßen Händen zu erwürgen, bedeutet noch lange nicht, dass ihr plötzlich Busenfreundinnen seid«, gab George zurück, nahm seine Brille ab und rieb sie bedächtig an seinem Pullover sauber. »Ich bin dafür, dass wir noch ein paar Indikatorlichter aufstellen – haben wir noch welche?«

»In der Plastiktüte von Mullet.« Ich holte sie, nahm ein paar Lichter heraus und warf die Tüte dann George zu. »Wir kommen jetzt super miteinander klar«, fügte ich an. »Wir sind die dicksten Freunde.«

Er nickte. »Klar – wie zwei Sumoringer.« Er warf mir eine Streichholzschachtel zu.

»Das war *vor* dem Poltergeist«, erwiderte ich gekränkt. »Danach haben wir uns ausgesprochen.«

»Der eigentliche Poltergeist warst *du*«, konterte George, womit er ärgerlicherweise irgendwie recht hatte. »Du hast gekündigt, weil du stinksauer auf Holly warst.«

»Falsch. Ich habe gekündigt, weil ich meine Gabe nicht mehr im Griff hatte. Weil ich Geister geweckt und euch damit alle in Gefahr gebracht habe. Das durfte ich nicht noch mal riskieren.« Ich zündete die Indikatorlichter an und richtete mich wieder auf. »Aber ist ja auch egal. Heute bin ich jedenfalls wieder da.«

George verzog keine Miene. »Richtig. Ich bin außer mir vor Freude.« Er unterbrach sich. »Was ist denn?«

Ich hatte die Hand gehoben. Über uns waren schwere, schleppende Schritte zu vernehmen. Sie ließen die Küchendecke so stark erbeben, dass die Lampe (eine nackte Glühbirne) hin und her schwang. Eine Tür quietschte, dann war wieder alles still.

Ich sah George an. »Hast du das gehört? Und hast du die Lampe gesehen?«

»Ich habe gesehen, dass sie gewackelt hat, aber gehört habe ich nichts. Was war denn los?«

»Schritte. Im hinteren Schlafzimmer. Kann das Kipps gewesen sein, der sich die Beine vertreten hat?«

»Bestimmt nicht. Der traut sich doch nicht aus seinem Kreis raus.«

»Auch wieder wahr. Dann gehen wir am besten mal rauf und sehen nach.«

George rückte nervös seine Brille zurecht. »Ja… das wäre vielleicht ganz gut.«

»Dann komm.«

Wir durchquerten eilig die enge Diele und nahmen zwei Treppenstufen auf einmal. Oben hockte Kipps mit dem Degen auf den Knien in seinem Bannkreis und machte ein erstauntes Gesicht, als wir, ohne anzuhalten, an ihm vorbeiliefen. Im Flur war alles dunkel und still. Die hinterste Tür stand offen und gab den Blick auf ein Stück Schlafzimmer frei, dessen Anblick im Mondschein leicht verschwommen wirkte. Wir schlichen näher heran. Dann vernahm ich wieder das leise Klackern. *Klack-klack-klack* – immer dreimal hintereinander, dann eine kurze Pause und dann ging es wieder von vorn los. Das Geräusch war mir seltsam vertraut, aber ich konnte es nicht zuordnen.

Im Vorbeigehen leuchtete ich mit der Taschenlampe ins Bad. Als der Lichtkegel über die Dielen glitt, glaubte ich zu erkennen, dass jemand in der Wanne lag. Ich riss die Lampe hoch, doch im selben Augenblick verblasste der undeutliche Schemen. Nein, die Wanne war leer. Bis auf Staub und Spinnweben. Das Licht und meine angespannten Nerven hatten mir einen Streich gespielt.

George hatte mich überholt und stand schon fast vor dem hinteren Schlafzimmer, blieb aber plötzlich stehen und verzog das Gesicht. »Autsch! Ah!«

Sofort zückte ich den Degen und war bei ihm. »Was hast du denn?«

»Ich bin auf einen kalten Punkt getreten. Mann, war das eisig!« Er tastete an seinem Gürtel nach dem Thermometer und schaute darauf. »Es kam ganz plötzlich und hat säuisch wehgetan. Aber jetzt ist es wieder weg.«

»Geht's dir wieder gut?«

»Ja, ja. Ich hab bloß einen Schreck gekriegt. Die Temperatur ist auch wieder normal.«

Auch im Schlafzimmer war alles ruhig, allerdings kam es mir vor, als hätte die Schranktür bei unserem ersten Rundgang nicht offen gestanden. Das Klackern ließ sich nicht mehr hören. Weder George noch ich nahmen irgendetwas Verdächtiges wahr.

»Lockwood hat recht«, sagte George mürrisch. »Der Geist treibt seine Spielchen mit uns, vor allem mit diesen Geräuschen.« Er drehte sich um und gab Kipps mit einem Handzeichen zu verstehen, dass alles in Ordnung war. »Hast du eigentlich deinen grässlichen Schädel mitgenommen? Was hat der denn für einen Eindruck? Er gibt doch sonst zu allem seinen Senf dazu.«

»Leider schmollt er gerade«, antwortete ich. »Er ist sauer, weil ich wieder mit Lockwood & Co. zusammenarbeite.«

»Bestimmt ist er eifersüchtig«, sagte George. »Wie ein sitzen gelassener Liebhaber. Wahrscheinlich hat er geglaubt, er hat dich jetzt für sich allein. Du bist das Einzige, was ihn noch mit der Welt der Lebenden verbindet. Tja, wir haben alle unser Päckchen zu tragen. Ich geh jetzt runter ins Wohnzimmer und stelle dort noch ein ÜFWS auf. Du kannst ja solange noch mal versuchen, den Schädel zum Reden zu bringen. Ich find's hier echt gruselig, und ich habe keinen blassen Schimmer, was die Quelle der Heimsuchung sein könnte.«

Ich auch nicht und Lockwood und Holly genauso wenig, aber auf mir lastete der Druck dieses Nichtwissens am meisten. Unsere Nachtwache ging weiter, und die Geräusche, die ich vernahm, summierten sich allmählich. Ich hörte noch ein paarmal Schritte über mir, und zwar immer dann, wenn ich mich im Erdgeschoss aufhielt. Es waren schlurfende, schlappende Schritte, als tappte jemand mit geschwollenen Füßen in ausgeleierten Pantoffeln umher. Außerdem hörte ich zweimal – einmal, als ich im Keller war, und einmal, als ich im Wohnzimmer stand – schnaufende Atemzüge, wie von einem stark übergewichtigen Menschen, den jede Bewegung anstrengt. Und als ich gerade wieder in die Diele kam, drang ein leises Schleifen wie von Stoff an meine inneren Ohren, als streifte ein unförmiger Bauch an der Wand entlang. Die Geräusche waren schon jedes für sich beunruhigend, alle zusammengenommen und angesichts der Tatsache, dass meine Kollegen nichts hörten, machten sie mir allmählich zu schaffen.

Verglichen mit anderen heimgesuchten Häusern herrschte hier tatsächlich ein ziemlicher Lärm, und ich begriff allmählich, weshalb mich Penelope Fittes dabeihaben wollte.

Penelope Fittes. Nicht Lockwood. Jedes Mal, wenn ich daran dachte, stieg Wut in mir hoch, aber zum Glück hatte ich in den letzten Monaten beträchtliche Fortschritte darin gemacht, meine Gefühle zu beherrschen, wenn ich mich an einem gefährlichen Ort befand. Und der gefährlichste Ort war in meinen Augen die schäbige Küche mit ihren Holz- und Senftönen. Ich beschloss, sie im Hinblick darauf, was sich dort abgespielt hatte, noch einmal von oben bis unten abzusuchen. Eine zwar nicht sehr angenehme, aber wohl die effektivste Methode, der Heimsuchung endlich auf den Grund zu gehen. Ich würde mich konzentrieren, meine Arbeit machen, mich verabschieden und wieder meiner Wege gehen.

Als es dann halb zwölf wurde, versammelten wir uns wieder in der Diele. Alle anderen hatten ereignislose Stunden verbracht, von gelegentlichen Anwandlungen von Maladigkeit und Kriechendem Grauen mal abgesehen. Ich berichtete von meinen Eindrücken, und Lockwood vergewisserte sich mehrmals, dass ich trotzdem die Nerven behielt. Schließlich gab er sich zufrieden und wir tauschten die Posten. George übernahm den Keller, Holly das Erdgeschoss und Lockwood sollte in der Mitternachtsstunde als Verbindungsmann von einem zum anderen gehen. Ich selbst kehrte in die Küche zurück.

Als ich eintrat, schnappte ich gerade noch ein Pfeifen und anschließend drei rasch aufeinanderfolgende *Klack*-Laute auf. Dann nichts mehr.

»He, Schädel«, sagte ich, »hast du das auch gehört?«

Keine Antwort. Ich hatte die Nase voll von diesem kindischen Verhalten und holte mein Glas aus dem Rucksack. Das Gesicht dümpelte in dem grünen Geisterblut, zog immer noch einen Flunsch und drehte sich langsam, aber entschlossen von mir weg. Daraufhin stellte ich das Glas neben dem Bannkreis auf den Fußboden und ging einmal darum herum. »Hast du Tomaten auf den Ohren?«, fragte ich streng. »Das Phänomen verstärkt sich. Was hältst du davon?«

Das Gesicht hielt an und blickte verständnislos nach rechts und links, als hätte es mich jetzt erst wahrgenommen. *»Nanu? Redest du jetzt auf einmal mit* mir?«

»Allerdings. Hier braut sich etwas zusammen, und zwar etwas Lebensgefährliches. Da wüsste ich gern, ob du mir mehr dazu sagen kannst.«

Das Gesicht des Geistes drückte überwältigendes Desinteresse aus. Dann blähte er die Nasenflügel und schnaubte abfällig: *»Dir ist es doch piepegal, was ich denke.«*

Ich sah mich in der stillen, mondbeschienenen, auf den ersten Blick völlig harmlosen und trotzdem durch und durch mit Unheil gesättigten Küche um. »Mein lieber guter Schädel, es ist mir keineswegs egal, außerdem frage ich dich als … als …«

»Ich spüre da ein gewisses Zögern. Meinst du vielleicht: als deinen Freund?«

»Quatsch«, sagte ich ärgerlich. »Natürlich nicht.«

»Dann vielleicht als deinen geschätzten Kollegen?«

»Auch das wäre übertrieben. Nein, ich frage dich, weil mir deine Meinung trotz deines verdorbenen Charakters, deiner Launenhaftigkeit und meines gesunden Menschenverstandes wichtig ist.«

Der Geist musterte mich. *»Aha – verstehe. Du hast dich statt für honigtriefende Schmeicheleien für schlichte Ehrlichkeit entschieden. Stimmt's?«*

»Stimmt.«

»Ach, rutsch mir doch den nicht vorhandenen Buckel runter! Das reicht nicht. So kitzelst du aus mir keine Weisheiten heraus.«

Mir entschlüpfte ein Wutschrei. »Sei doch nicht so verdammt empfindlich! George hat gesagt, du bist bloß eifersüchtig. Langsam glaube ich, er hat recht.« Kurz entschlossen bückte ich mich und legte den Hebel am Deckel des Glases um.

Im selben Augenblick vernahm ich ein dumpfes Blubbern, ein Scheppern und leises Knallen. Ich fuhr herum.

In einer Ecke der Küche stand ein alter, schwarz-weißer Herd. Seine Gasflammen waren seit dreißig Jahren nicht mehr angezündet worden und doch wackelte irgendetwas auf der verstaubten Kochplatte hin und her.

Es war ein Topf, und zwar ein großer. Ich riss mich zusammen und machte einen Schritt darauf zu. Der Topf wurde heftig durchgerüttelt, weil sein Inhalt – was es auch sein mochte – in Wallung geriet. Wasser zischte und fauchte, kleine Blasen stiegen auf und sammelten sich über dem fettverkrusteten Rand.

Ich wollte nicht nachschauen, aber ich *musste*. Ich musste wissen, was da vor sich hin brodelte.

Ich setzte im Schneckentempo einen Schritt vor den anderen und durchquerte die Küche. Die Außenseite des Topfes blinkte silbrig im Mondlicht, aber die Innenseite war schwarz. Etwas Rundliches lag darin, auf dem sich die Blasen wie eine Schaumkrone sammelten. Ein fauliger Geruch verbreitete sich in der dampfgeschwängerten Luft.

Näher, noch näher … *Schepper, schepper*, machte der Topf. Ich hakte die Taschenlampe vom Gürtel und nahm sie hoch.

»Lucy!«

»Aahh!« Ich wirbelte herum und der Strahl der Taschenlampe traf Lockwood voll ins Gesicht. Er wich zurück und hielt sich schützend den Unterarm vor die Augen.

»Was soll das, Luce? Knips das Ding aus!«

»Was das soll? Siehst du denn nicht den …« Ich drehte mich wieder zum Herd um und leuchtete ihn an, aber die Kochplatte war leer. Der Topf war verschwunden, kein Dampf wallte mehr auf. Der Mond schien durchs Fenster. Ich knipste die Taschenlampe aus und steckte sie wieder weg.

Lockwood war zwischen mich und den Herd getreten. »Was hast du gesehen?«

»Irgendwas hat auf dem Herd vor sich hin geköchelt«, sagte ich. »Aber jetzt ist es wieder weg«, fügte ich widerstrebend an.

Er strich sich das Haar aus den Augen und blickte mich eindringlich an. »Ich habe dein Gesicht gesehen. Du warst wie hypnotisiert. Es hatte dich schon in seinen Bann geschlagen.«

»Gar nicht. Ich wollte bloß nachschauen ...«

»Eben! Ich kenne diesen Gesichtsausdruck. In diesem Haus konzentrieren sich sämtliche Phänomene auf dich, Lucy. Außer dir empfängt niemand irgendetwas. Das macht mir Sorgen. Vielleicht sollten wir den Einsatz abbrechen.«

Ich erwiderte seinen Blick und spürte wieder, wie ich wütend wurde. »Deswegen bin ich hier, Lockwood!«, sagte ich. »Weil ich Phänomene wahrnehme und hervorlocke. Du musst mir einfach vertrauen.«

»Das tue ich ja.« Er hielt meinem Blick stand. »Aber ich mache mir trotzdem Sorgen.«

»Das brauchst du nicht.« Ich schaute weg. Auf der Arbeitsplatte stand noch Georges Glocke und funkelte im Mondschein. Das Ding taugte nichts. Obwohl sich soeben in wenigen Metern Entfernung eine Erscheinung manifestiert hatte, hatte die Glocke nicht angeschlagen. »Ich komme wunderbar zurecht«, sagte ich mit Nachdruck, »das müsstest du doch inzwischen wissen. Oder willst du mich loswerden?«

Nach einer kurzen Pause antwortete er: »Unsinn. Schließlich habe ich dich gebeten mitzukommen, oder?«

»Ja, darum hast du mich gebeten. Aber nur *in Penelope Fittes' Auftrag* – und das ist ein großer Unterschied.«

»Was ist eigentlich mit dir ...«, setzte Lockwood an, fuhr aber mitten im Satz herum, weil die Küchentür krachend aufflog.

»George!«

Unser Kollege stürmte mit schiefer Brille und aufgerissenen Augen herein. »Lucy, Lockwood – schnell! In den Keller!«

Wir drängten uns an ihm vorbei in die Diele. Die Tür zum Keller stand sperrangelweit offen. Lockwood leuchtete die

Treppe hinab. Das Licht seiner Taschenlampe malte ein gelbes Oval auf den Betonfußboden. »Was ist denn? Und wo?«

»Knochen! Knochen und … andere Überreste. Ein ganzer Haufen, da unten vor der Treppe!«

Wir sahen nur kahlen Betonboden. »Wo denn?«

George gestikulierte wild und schimpfte: »War ja klar, dass das Zeug *jetzt* weg ist! Wäre natürlich zu viel verlangt, dass es so lange liegen bleibt, bis ich euch geholt habe.«

»Vielleicht ist es ja gar nicht weg«, wandte ich ein. »Lockwood, du bist von uns allen im Schauen am besten. Vielleicht gehst du einfach mal runter und …«

Ein schriller Schrei gellte durchs Haus. Er kam von Holly. Lockwood, George und ich wechselten einen kurzen Blick und rannten dann durch die Küche ins Esszimmer. Holly stand in anmutig-verstörter Pose vor dem Fenster und starrte auf eine leere Stelle auf dem Fußboden.

Wir hatten alle drei unsere Degen gezogen. »Solomon Guppy?«

Sie schüttelte den Kopf. Im Mondlicht sah ihr Gesicht fahl aus. »Nein.«

»Was hast du dann gesehen?«

»Nichts, nur einen Tisch. Aber darauf …«

»Ja?«

»Ich konnte im Dunkeln nicht alles erkennen. Aber der Tisch war gedeckt, mit Tellern und Besteck.« Sie erschauerte. »Und mit irgendeinem *Braten*.«

»Bäh!«, entfuhr es George. »Ich glaube, ich hab grade im Keller die Reste gesehen.«

»Wisst ihr, was das Schlimmste war?« Hollys Stimme war ganz schwach und wurde erst fester, nachdem sie sich energisch geräuspert hatte. »Neben einem Teller lag eine säuberlich gefaltete weiße Serviette. Ich weiß auch nicht, warum, aber das – das hat mich echt fertiggemacht. Das Ganze war nur eine Momentaufnahme, im Bruchteil einer Sekunde wieder vorbei.«

»Das Problem an solchen Momentaufnahmen ist, dass man sie nicht mit dem Degen durchbohren kann«, sagte George grimmig. »Wir haben immer noch keine Ahnung, wo die Quelle – Lucy?« Ich war stocksteif geworden. »Was ist los, Luce? Hörst du ihn wieder?«

Alle drei standen neben mir in dem dunklen Esszimmer und warteten darauf, dass ich antwortete. »Nicht direkt *ihn*«, sagte ich schließlich gedehnt, »aber … ja. Ja, ich höre etwas.«

Irgendwo in der Dunkelheit hatte Holz geknarrt. Jemand Großes, Schweres hatte sich auf einen Stuhl fallen lassen.

»Ist *er* hier drin?«, flüsterte George.

Ich schüttelte den Kopf. »Es sind nur Geräusche, Echos der Vergangenheit …« Trotzdem hatte ich Herzklopfen, war benommen und meine Arme und Beine fühlten sich bleischwer an. Die Angst hatte uns alle gepackt, und jetzt vernahm ich auch ein leises Geräusch, das ich sofort identifizieren konnte: das Klirren von Besteck auf Porzellan. »Ich glaube, ich höre ihn essen.«

Aus der Dunkelheit ertönte ein Husten. Ein Schmatzen.

»Können wir kurz rausgehen?«, sagte ich. »Ich muss mal an die frische Luft.«

»Einverstanden«, sagte Lockwood sofort. »Es ist aber auch stickig hier drin, oder?«

Niemand widersprach. Wir hasteten alle vier zur Tür. Doch da ertönte plötzlich ein gellender Angst- und Schmerzensschrei. Jemand packte mich am Arm. Ich wusste nicht, ob es George oder Holly war.

»Oh nein …«, entfuhr es mir, »Kipps …!«

Lockwood stürzte mit flatternden Mantelschößen aus dem Zimmer. »Holly – du wartest hier! Lucy –«

»Vergiss es. Ich komme mit.«

George, Lockwood und ich stürmten erst durch die Küche, dann durch die Diele und an der Kellertür vorbei zur Treppe. Im Haus war es totenstill. Die Treppe hoch, diesmal drei Stufen auf einmalnehmend …

… um Kipps in seinem Bannkreis anzutreffen, wo er im Schein der um ihn herum aufgestellten Kerzen seelenruhig einen Roman las. Er saß im Schneidersitz auf dem Boden, neben einem seiner Knie stand eine geöffnete Kekspackung, neben dem anderen eine Thermosflasche mit Kaffee. Er stützte das Kinn in die Hand, und seine gelangweilte Miene verwandelte sich in Überraschung, als wir keuchend vor ihm stehen blieben.

»Was wollt ihr Nervensägen jetzt schon wieder?«

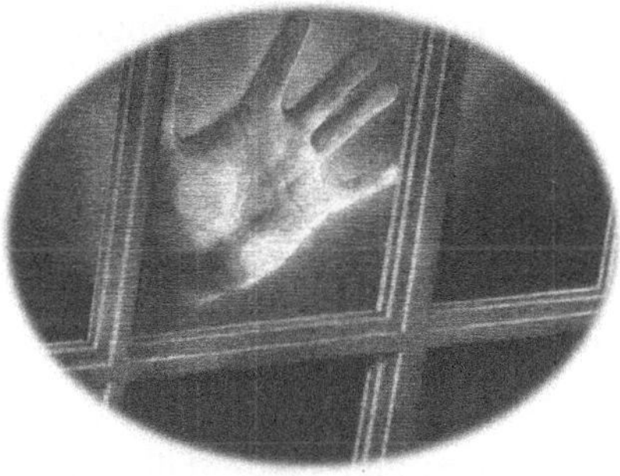

Kapitel 10

Unter dem Vordach war es kalt, ein leichter Regen fiel auf das nächtliche London. Man hörte ihn auf die Hecken und die betonierte Auffahrt tröpfeln und aus einer kaputten Dachrinne pladdern. Abgesehen davon war die Stadt sehr still. Um diese tote Stunde war kein Lebender mehr unterwegs. Die Kombination aus Kälte, Regen und Stille war eine Wohltat. Allmählich beruhigten wir uns wieder.

Wenn man sich zu lange in einem heimgesuchten Gebäude aufhält, besteht immer die Gefahr, dass man anfängt, sich dieser Umgebung anzupassen. Weil alle normalen Gesetzmäßigkeiten auf den Kopf gestellt sind, verliert man nach und nach die Vorschriften aus dem Blick, die für die eigene Sicherheit sorgen. In ebendiese Falle waren wir in Guppys Haus getappt, indem wir uns leichtsinnigerweise zu weit voneinander entfernt hatten. Das hatte der Geist ausgenutzt, um jeden von uns mit seinen übernatürlichen Tricks zu attackieren. Holly, George und ich waren davon betroffen gewesen und ziemlich mitgenommen. Wir hockten auf der Vortreppe, futterten Schokolade und starrten stumm in die Nacht hinaus. Lockwood und Kipps dagegen waren noch ungeschoren davongekommen. In Kipps' Fall mochte es daran liegen, dass er fast die ganze Zeit in seinem Bannkreis geblieben war oder aber dass er aufgrund seines Alters das Gespür für subtilere übernatürliche Manifestationen verloren hatte. Lockwood wiederum war vielleicht nicht so leicht aus der Fassung zu bringen, und der Geist hatte seine innere Stärke wahrgenommen – das war schwer zu sagen.

Hier draußen vor dem Haus jedenfalls wirkte Lockwood erstaunlich gelassen. »Na, Luce?«, sagte er, als er meinen Blick auffing, »bist du nicht froh, dass du heute Abend mitgekommen bist? Soll keiner sagen, dass man bei Lockwood & Co. nicht auf seine Kosten kommt.«

Ich trank einen Schluck aus meiner Thermosflasche. Die Nachtluft tat ihre Wirkung, ich wurde wieder klar im Kopf. »Hab mich schon lange nicht mehr so gut amüsiert«, gab ich zurück. »Rumliegende Körperteile und Todesangst? Das ist besser als essen gehen.«

Er grinste. »Du machst deine Sache ausgezeichnet. Wenn nur Holly, George und ich hier wären, hätten wir vielleicht ein paar visuelle Phänomene gesichtet, mehr aber auch nicht. Dir haben wir es zu verdanken, dass wir schon fast zu viele Informationen haben.«

Ich konnte nicht anders, als sein Grinsen zu erwidern. Ein Kompliment aus Lockwoods Mund hörte man immer gern. »Zu viele und trotzdem noch nicht genug«, sagte ich. »*Gehört* habe ich Guppy inzwischen beinahe in jedem Raum. Ich habe gehört, wie er herumgeht, isst, vor sich hin pfeift und in der Küche werkelt. Außerdem haben Holly, George und ich sekundäre Rückblenden gesehen – und zwar ebenfalls in mehreren Räumen. Das Einzige, was sich uns nicht gezeigt hat, ist die Erscheinung selbst. Und was die Quelle angeht, sind wir auch nicht schlauer.«

Lockwood schüttelte den Kopf. »Da muss ich dir widersprechen. Der Tisch, die Knochen, der Topf auf dem Herd – das gehört alles mit zu der Erscheinung. Guppys Geist geht nicht einfach nur in diesem Haus um, er *ist* das Haus. Er beschränkt sich nicht auf einen bestimmten Bereich, sondern er ist überall. George, du hast uns doch erzählt, dass Guppy nur rausgegangen ist, wenn es gar nicht zu vermeiden war. Er war also irgendwie besessen von dem Haus. Inzwischen ist er zwar schon lange tot, aber die enge Bindung ist geblieben.«

»Könnte es sich nicht auch um den Geist des Opfers handeln?«, gab Kipps zu bedenken. »Dank George sind wir ja im Bilde, dass in jedem Raum irgendwelche Einzelteile seiner Leiche aufgefunden wurden. Die Füße im Wohnzimmer, die Zehennägel in der Speisekammer…«

»Die *Augen* in der Speisekammer«, korrigierte ihn George. »In einem Einmachglas.«

»Danke«, knurrte Kipps, »und bitte verschon mich mit weiteren Einzelheiten. Ich will nur sagen, dass alle diese Phänomene auch auf das Opfer zurückzuführen sein könnten. Ihr habt ja sogar seine Schreie gehört.«

»Das mit den Schreien stimmt, aber ich glaube immer noch, dass Guppy in diesem Haus sein Unwesen treibt«, entgegnete ich. »Alle diese Geräusche hängen mit seinem mörderischen Treiben zusammen. Er ruft sie zu seinem eigenen Vergnügen wieder hervor und natürlich will er uns damit Angst einjagen.«

»Wollt ihr sagen, das ganze Haus ist die Quelle?«, fragte Holly ein bisschen piepsig. Seit dem Vorfall im Esszimmer war sie sehr still gewesen. »Gibt es so etwas? Wenn ja, sollten wir die Bude vielleicht einfach abfackeln.« Sie lachte gepresst auf. »Das meine ich natürlich *nicht* ernst.«

George rückte seine Brille zurecht. »Ich weiß nicht… Wir haben schon andere Häuser abgefackelt…«

»Mit vorsätzlicher Brandstiftung wären Barnes und Fittes bestimmt nicht einverstanden«, mischte sich Quill Kipps wieder ein. »Außerdem glaube ich immer noch, dass es irgendwo eine eindeutige Quelle gibt, von der die Heimsuchung ausgeht, bloß dass wir sie in diesem Haus niemals finden werden. Ich möchte euch in meiner Funktion als offizieller Beobachter der Agentur Fittes einen Vorschlag machen. Bei uns gilt die Regel, dass man sich erst mal zurückzieht, wenn man übernatürlichen Gefahren ausgesetzt war und keine Ahnung hat, wie man weiter vorgehen soll. Man verlässt die Gefahrensituation und denkt noch mal neu nach, damit man am nächsten Tag weiterkämpfen kann.«

»Wir sollen aufgeben?«, fragte Lockwood ungläubig, dann tätschelte er Kipps gönnerhaft die Schulter. »So was gibt's bei Lockwood & Co. nicht.«

Kipps zuckte die Achseln. »Dann wird euch der Geist weiterhin mit kleinen Attacken so lange mürbemachen, bis ihr gar nicht mehr mitkriegt, dass er euch die Geistersieche verpasst. Wenn ihr ihn nicht bald dazu bringt, sich zu zeigen und seine Quelle zu offenbaren, was ich für äußerst unwahrscheinlich halte, kommt ihr so nicht weiter.«

Lockwood schnippte so unvermittelt mit den Fingern, dass wir alle zusammenzuckten. »Das ist es! Du bist ein Genie, Quill! Wir zwingen ihn, sich zu zeigen! Guppy hat uns lange genug an der Nase herumgeführt. Du kennst doch inzwischen die meisten seiner Tricks, Luce. Ich würde behaupten, dass sich die Phänomene vor allem auf die Küche konzentrieren, oder bist du anderer Meinung?«

»Nein, das steht zweifelsfrei fest«, entgegnete ich.

»Dann dürfen wir annehmen, dass ihm *dieser* Raum am meisten am Herzen liegt.« Lockwoods Augen funkelten. »Aber wie locken wir ihn am besten aus der Reserve? Trinkt aus, Leute. Und dann holt eure Brecheisen raus.«

Kurze, leichte Brecheisen, wie sie bei Einbrechern in jenen Tagen beliebt waren, als sich gewöhnliche Kriminelle noch nach Anbruch der Dunkelheit auf die Straße trauten, gehören zur Standardausrüstung jedes Agenten. Meistens benutzen wir sie dazu, Löcher in Wände zu schlagen oder auf der Suche nach Gebeinen Dielenbretter hochzustemmen, aber sie können durchaus noch mehr. Im Lauf der Jahre habe ich mit meinen auch schon verzogene Kommodenschubladen aufgebrochen, einen Sarg aus einer Sandgrube herausgehebelt sowie – weil ein Brecheisen praktischerweise aus Eisen besteht – einen Eckensteher an eine Haustür genagelt. Eine Küche damit verwüstet hatte ich bis jetzt noch nicht – aber es gibt ja immer ein erstes Mal.

Als wir einer nach dem anderen wieder hineingingen, war im Haus alles ruhig, sogar ruhiger als beim ersten Betreten. Nirgends war übernatürlicher Druck wahrzunehmen, andererseits war gerade dieses *Ausbleiben* von Energie unheimlich, weil es darauf hindeutete, dass sich etwas zurückgezogen hatte und uns belauerte. Unsere Brecheisen trugen wir über den Schultern, nur Kipps musste sich mit einem verrosteten Hammer begnügen, den er in der Garage gefunden hatte. Wir gingen an den schwarzen Schleifspuren auf der Dielentapete und an den Handabdrücken auf der Küchentür vorbei, dann zog Lockwood die Tür hinter uns zu. Die schäbige, kleine Küche sah unverändert aus: mit ihren billigen Schränken, der zerschrammten Arbeitsplatte und der fleckigen Spüle mit der hässlichen Armatur. Der Mond stand inzwischen hinter dem Haus, wodurch es im

Raum noch dunkler war. Georges Silberglocke stand noch auf dem Küchentresen, aber er stellte sie aufs Fensterbrett, damit sie nicht kaputtging.

Wir überprüften den Bannkreis in der Mitte des Fußbodens zweimal und zündeten ein paar Kerzen, die ausgegangen waren, wieder an. Holly drehte die Flamme der Petroleumlampe herunter. Dann versammelten wir uns vor der Küchenzeile. Lockwood zwängte sein Brecheisen in den Spalt zwischen der Arbeitsplatte und einem Unterschrank.

»Kipps und ich fangen an«, sagte er, »ihr anderen passt auf.«

Er lehnte sich auf das Brecheisen.

Ich war mit Lockwood einer Meinung, dass unser Unterfangen nicht richtig kriminell war, weil in dieser Küche schon ganz andere Dinge passiert waren. Trotzdem fuhr ich zusammen, als das alte Holz splitterte. Vielleicht war es schon morsch, jedenfalls gab es sofort nach – mit einem lauten Krachen, von dem die ganze Küche widerhallte. Unwillkürlich stellte ich mir vor, dass sich das Geräusch auch durch die anderen Räume des Hauses fortpflanzte.

Vielleicht stellten wir uns das alle vor, denn ein paar Sekunden lang rührte sich keiner von uns. Sogar Lockwood hielt mit der Hand am Brecheisen inne.

Nichts als Stille.

Dann ging Lockwood wieder ans Werk, bohrte das Brecheisen in die Spanplatten und stemmte sich dagegen, bis sie in einem Splitterregen barsten. Nach einer Weile machte er eine Pause und ließ Kipps und seinen Hammer ran. Schubladen zerbrachen, Bretter knackten wie morsche Knochen. Links von der Spüle klaffte bereits eine große Lücke in der Küchenzeile, die seit dreißig Jahren unberührt gewesen und nun unwiderruflich zerstört war.

Kipps trank einen Schluck Wasser. Wir spitzten die Ohren. Alles blieb still. Kipps machte weiter.

Während er den Hammer schwang, durchquerte ich die Küche und ging zu meinem Rucksack. Ich öffnete ihn, tastete darin umher und betätigte den Hebel am Verschluss des Geisterglases.

»*Puh, diese Anspannung*«, raunte die Wisperstimme. »*Sogar* ich *bin nervös und ich bin selbst ein Geist. Fünf Vollidioten, die ihr Bestes tun, ein Monstrum aufzuscheuchen. – Und was habt ihr vor, wenn der Kerl erscheint?*«

»Hör zu, Schädel«, erwiderte ich flüsternd, »das ist jetzt deine allerletzte Chance. Du hast dich den ganzen Abend noch nicht nützlich gemacht. Schluck deinen Stolz runter, und hilf mir gefälligst, oder ich stopfe dich nächstes Mal zu Hause unters Bett und ziehe allein los, das schwöre ich.«

Ein belustigtes Glucksen. »*Nächstes Mal? Mit Lockwood & Co. gibt es kein nächstes Mal, schon vergessen? Ab morgen gibt es nur noch dich und mich in trauter Zweisamkeit. So sieht unsere Zukunft aus, das ist ja wohl klar wie Kloßbrühe!*«

»Ach ja? Ich hätte da einen anderen Vorschlag für die Zukunft«, knurrte ich. »Siehst du dieses Brecheisen? Wenn du weiter so störrisch bist, zertrümmere ich damit dich und dein Glas und vergrabe die Stücke im Garten.«

Das Glucksen verstummte. »*Sei doch nicht so brutal.*« Der Tonfall der Wisperstimme wurde versonnen. »*Eines Tages bringe ich dich in meine Gewalt, Lucy, und dann werden wir ja sehen, wer nach wessen Pfeife tanzt. Was soll ich dir denn erzählen, was du nicht schon weißt? Das Ungeheuer besetzt das ganze Haus und hockt in allen Wänden, die mit Blut, Schweiß und seinen krankhaften Gewohnheiten getränkt sind. Die Jahre verstreichen, seine Wachsamkeit kommt und geht. Als wir das Haus betreten haben, war seine Anwesenheit zu spüren, aber dann hat er sich wieder zurückgezogen. Er ist träge geworden. Er döst. Vielleicht hast du vorhin einen Blick auf seine Träume erhascht.«*

»Aber jetzt …«, setzte ich an und unterbrach mich, als Kipps mit einem schwungvollen Hieb ein senffarbenes Stück Unterschrank loshackte, sodass es quer durch die Küche flog.

»Glückwunsch! Jetzt ist er wach. Und gar nicht erfreut.«

Kipps stand hoch aufgerichtet da und fuhr sich mit dem Ärmel über die Stirn, Lockwood übernahm und hatte das Brecheisen gerade wieder an einem Schrank angesetzt. Ich hob die Hand, damit sie aufhörten.

Woanders im Haus ließ sich ein nur allzu bekanntes Geräusch vernehmen.

Klack-klack-klack.

Und auf einmal begriff ich, woher es kam.

Es war eine nervöse Angewohnheit. Er klackerte mit den Zähnen, während er durch sein Haus schlurfte, in seinen Kochbüchern blätterte und durchs Fenster die auf der Straße vorübergehenden Nachbarn beobachtete.

Klack-klack-klack … Klack-klack-klack …

Er hatte sie lange beobachtet – und schließlich einen ausgewählt.

»Wir haben Gesellschaft«, verkündete ich.

Ein paar Sekunden lang rührte sich in der verwüsteten Küche niemand mehr. Vier blasse Gesichter starrten mich im flackernden Kerzenschein an. Kipps und Lockwood standen bis zu den Knöcheln in den Trümmern. Sie waren von oben bis unten mit Holzstaub überpudert, dazwischen glänzte der Schweiß. Beide waren so bleich und abstoßend wie Knochengeister. Holly sah wie eine verschreckte Schwebende Braut aus und George wäre mit seinen zerzausten Haaren und den wie Scheinwerfern blinkenden Brillengläsern als abartige Manifestation in Eulengestalt durchgegangen. Wir schauten und lauschten.

Ich zeigte an die Decke. Die Glühbirne schaukelte hin und her, als schwere, schlurfende Schritte das Zimmer über uns durchquerten.

»Wunderbar«, sagte Lockwood. »Wenn er aufgewacht ist, sind wir auf der richtigen Spur. So was hier kann er eindeutig nicht leiden.« Er holte mit dem Brecheisen weit aus und schlug die Seitenwand eines Oberschranks ein.

Klack-klack-klack …

Die Schritte schlurften durch den Flur im ersten Stock und hielten auf die Treppe zu.

»Na los, Guppy, beweg deinen Hintern!« Lockwood nahm sich wieder den bereits völlig verwüsteten unteren Teil der Küchenzeile vor und hebelte an einem zersplitterten Brett herum. An vielen Stellen waren bereits unverputzte Wand und modriger Boden zu sehen. Lockwood drosch jetzt auf den Unterbau der Spüle ein, bis dieser zusammenkrachte. Er war auf einmal nicht mehr zu bremsen, tänzelte quecksilbrig hin und her, hieb wie ein Wilder um sich und versetzte den Trümmern kräftige Tritte. Sogar Kipps ging beiseite und machte ihm Platz. Stumm sahen wir zu, wie er das Grauen durch pure Willenskraft heraufzubeschwören suchte.

George kam zu mir herüber. »Was hat Lockwood eigentlich vor, wenn der Geist … erscheint?«

»Keine Ahnung.«

Wieder die schweren Schritte. Treppenstufen knarrten unter einem gewaltigen Gewicht.

»Darf ich dir mal was Persönliches anvertrauen, Lucy?«, raunte mir George zu.

»Klar.«

»Aber wenn du das lieber nicht möchtest, weil du doch jetzt freiberuflich arbeitest und so, dann sag's ruhig.«

»Ich bin doch noch dieselbe, oder? Spuck's einfach aus.«

»Okay …« Er nickte und holte Luft. »Ich *will* ihn gar nicht sehen.«

»Guppy?«

»Ja. Ich meine – ich hatte schon mit einer Menge Erscheinungen zu tun«, fuhr er fort, »und einige waren echt … echt gruselig. Erinnerst du dich noch an das von Würmern wimmelnde Mädchen in dem Schrebergarten in Hackney? Danach konnte ich monatelang keinen Schweizer Käse mehr essen. Aber dieser Geist hier ist irgendwie noch einen Zacken schärfer. Er …«

»Lass gut sein. Ich weiß, was du meinst. Mir geht's genauso.«

Während dieser kleinen Unterhaltung hielt ich den Blick auf die Milchglasscheiben der Küchentür gerichtet. Sie waren ziemlich undurchsichtig, trotzdem konnte man erkennen, dass die Petroleumlampe vor der Haustür und die Indikatorlichter auf der Treppe noch brannten. Doch Letztere flackerten jetzt heftig und auf der gegenüberliegenden Seite der Diele tauchte ein riesiger dunkler Umriss auf. Holly stieß einen leisen Angstschrei aus.

»Die Erscheinung ist im Anmarsch, Lockwood«, meldete George. »Was jetzt?«

»Weitermachen natürlich.« Lockwood grinste, das Haar hing ihm ins Gesicht. »Wir warten, bis er reinkommt, und dann pusten wir ihn weg. Lasst euch nicht verunsichern. Er will uns bloß Angst machen.«

Was ihm ziemlich gut gelang, musste ich zugeben. Die Geisterstarre hatte mich voll im Griff. Der Umriss wurde größer. Zähne klackerten, Lippen schmatzten, Pantoffeln schlappten durch die Diele.

Ich drehte mich unauffällig zu meinem Rucksack um. »He, Schädel«, zischte ich, »wenn du beweisen willst, dass du ein geschätzter Mitarbeiter bist – jetzt ist *die* Gelegenheit! Wenn du die Quelle orten kannst, ist das Brecheisen vergessen.«

»*Verstehe. Zuckerbrot und Peitsche, sozusagen. Hast du denn gar keinen Stolz?*«

»Jetzt grade nicht. Spürst du denn, wo die Quelle sein könnte?«

»*Na ja, wenn man bedenkt, dass er sich die Mühe macht runterzukommen, würde ich mal sagen, ihr seid schon ziemlich dicht dran.*«

»Die Quelle muss hier irgendwo sein!«, rief ich und stieg über das Trümmerfeld, bis ich vor der zerschlagenen Spülenkonstruktion stand. »Was ist hinter den Unterschränken? Jede Kleinigkeit kann ein wichtiger Hinweis sein!«

Ich kniete mich hin und warf die Holzstücke beiseite. Kipps und Lockwood machten sofort mit, aber Holly und George waren wie gelähmt und konnten nur die Küchentür anstarren. Im Handumdrehen hatte ich ein kleines Stück Boden freigelegt und konnte unter die Spüle spähen. Hinten waren die Bodendielen verfault und reichten an manchen Stellen nicht mal bis zur Wand, Rohrleitungen wanden sich im Halbdunkel wie herausgequollene Darmschlingen. Ich leuchtete die Ecke gründlich mit der Taschenlampe aus.

Emma Marchments Geist fiel mir wieder ein – ihr heimlicher Schatz, den sie so sorgfältig versteckt hatte. Auch Guppy hatte so etwas und er hatte es irgendwo hier versteckt.

»Schon was gefunden, Luce?«, fragte Lockwood ruhig.

»Wir müssen ganz nah dran sein. Wie lange noch?«

»Schätzungsweise eine halbe Minute.«

Ich blickte mit zusammengekniffenen Augen über meine

Schulter. Der Schatten auf der anderen Seite der Milchglasscheibe hatte deutlichere Konturen bekommen. Man erkannte den schwarzen Umriss des riesigen Kopfes und den mächtigen Bauch, der die Diele tatsächlich ausfüllte. Auch das Schleifen von Stoff an der Wand war wieder zu hören und das Klackern der Zähne, wenn der breite Mund auf- und zuging. Außerdem hörte ich eine Kniescheibe knacken, die gegen das Gewicht, das sie zu tragen hatte, aufbegehrte.

Der Geist war schon fast an der Tür.

Ich fluchte leise vor mich hin. »Das einzig Auffällige ist ein Loch im Boden, wo die Dielen weggefault sind«, sagte ich. »Da in der Ecke, hinter den Rohren.«

Im nächsten Augenblick lag Lockwood neben mir auf dem Bauch und spähte in den besagten Winkel. Seine Taschenlampe flammte auf. »Ja, ich sehe das Loch, und es enthält irgendwas Glänzendes – aber man kommt nicht ran –«

Holly, die immer noch zur Tür hinüberschaute, schrie auf. Eine weiße Pranke drückte sich gegen die Scheibe.

Lockwood sprang auf. »George, komm her. Du bist von uns allen der Stärkste. Sieh dir das bitte mal an.« Er warf George seine Taschenlampe zu und zog blitzschnell seinen Degen.

Die Tür öffnete sich einen Spalt, Finger krümmten sich um die Kante. Die abgebrochenen Nägel starrten vor Dreck.

George stieg hastig über die Trümmer, hockte sich neben mich und spähte in die Öffnung. »Ja, ich seh's – könnte ein Einmachglas oder so was sein. Aber das Rohr ist im Weg.«

Lockwood schlug den Mantel zurück und ließ den Blick über seinen Gürtel wandern. »Dann reißen wir das Rohr halt ab, wenn es nicht anders geht.« Er ging zur Tür. »Lucy, Holly, Kipps – ihr stellt euch in den Kreis.«

Ich rappelte mich hoch. »Was hast du –?«

»Ich verschaffe George mehr Zeit. Stell dich in den Kreis, Lucy.«

Die Tür öffnete sich noch weiter, ein schwarzer Schatten drängte durch den Spalt wie eine riesenhafte Zunge. Lockwood schleuderte eine Salzbombe darauf und hinter der Tür ertönte ein markerschütterndes Kreischen. Im nächsten Augenblick war Lockwood verschwunden und knallte die Tür von außen zu.

Holly, Kipps und ich starrten ihm ungläubig nach.

Pling-pling-pling!

Wir schrien alle drei auf und fuhren herum. Die Silberglocke schaukelte an ihren mit Spinnenseide überzogenen Zinkdrähten heftig hin und her.

»*Jetzt* schlägt das Ding an?«, schimpfte ich. »Da hast du dir ja einen schönen Ramsch andrehen lassen, George!«

George lag inzwischen auf dem Rücken, sein Kopf war nicht mehr zu sehen. »Was kann denn ich dafür? Warum verkauft das Rotwell-Institut auch so einen Schund!«

»Mach weiter!«

»Hast du 'ne Rohrzange dabei?«

»Nein! Wie kommst du darauf? Ich weiß nicht mal, wie so was aussieht.«

»Ich krieg das blöde Rohr nicht los!«

Jenseits der Tür bewegten sich nun *zwei* Schatten hinter der Scheibe. Man hörte eine Degenklinge durch die Luft sausen, dumpfe Schläge und immer wieder das markerschütternde Kreischen. Keiner von uns hatte Lockwoods Anweisung befolgt und sich in den Kreis gestellt und jetzt glitten die Ketten auf einmal über den Linoleumfußboden. Der äußere Kreis riss auf – wir hatten die Enden der Kette nur übereinandergelegt und nicht verknotet –, der innere hielt stand. Ein Energiestoß fegte durch die Küche, warf die Kerzen um und brachte uns zum Taumeln.

Lockwoods Umriss prallte rückwärts gegen die Scheibe, dann war er nicht mehr zu sehen. Das ganze Haus schien zu wackeln.

»Wir müssen ihm beistehen, Kipps!«, rief ich.

Seit Lockwood die Küche verlassen hatte, hatte Kipps sich nicht mehr gerührt, so kam es mir jedenfalls vor. Er war weiß wie ein Laken, aber er riss sich zusammen. »Hast recht. Komm!«

»Du, Lucy?«, ertönte es von unten.

»Was ist?«

»Hast du wenigstens einen Schraubenschlüssel dabei?«

»Nein! Ich bin kein Klempner, sondern Agentin! Und Agenten tragen keine Schraubenschlüssel bei sich!« Ich war schon auf halbem Weg zur Tür.

»Reg dich ab! Ich hab die Dielen aufgestemmt – gleich ist das Ding draußen …« Man hörte etwas scharren und Georges Beine zappelten hin und her. »Jetzt aber!« Er setzte sich auf. In der Hand hielt er ein mit Spinnweben überzogenes Marmeladenglas, aus dem es unheilvoll weiß leuchtete. »Das muss die Quelle sein! Gebt mir eine Plombe!«

Holly stand schon mit einem Silbernetz neben ihm.

Hinter der Milchglasscheibe torkelte ein unförmiger Umriss auf die Tür zu.

Die Klinke wurde heruntergedrückt.

Holly warf das Silbernetz über das Marmeladenglas.

Die Tür öffnete sich langsam …

… und auf der Schwelle stand Lockwood. Sein Mantel war staubig, sein Haar lag schweißverklebt über einem Auge. Sein rechter Arm hing schlaff herunter, die Hand blutete. Der Degen an seiner Hüfte schleifte auf dem Boden. Wir starrten ihn mit großen Augen an. Er lehnte sich schwer atmend und breit grinsend an die Wand. Außer ihm war in der Diele niemand zu sehen.

Nachdem wir Lockwood kurz untersucht hatten, stellte sich heraus, dass sich seine Blessuren im Großen und Ganzen auf einen geprellten Arm und eine zerschnittene Hand beschränkten. Die Verletzungen hatte er sich geholt, als er gegen die Küchentür geschleudert worden war. Vielleicht verhielt er sich ein bisschen stiller als sonst, aber körperlich war er ansonsten unversehrt. Kipps zog los, um von einer Telefonzelle aus ein Nachttaxi zu rufen, und Lockwood plumpste auf die Treppe vor der Haustür und ließ sich von Holly betüddeln, während George und ich die Taschen und die übrige Ausrüstung aus dem Haus holten und in den Vorgarten stellten.

Als wir damit fertig waren, gesellte ich mich zu Lockwood.

»Haben wir diesen Fall nicht genial gelöst?«, sagte er. »Ich glaube, sogar Kipps ist beeindruckt, und das will was heißen. Vielen Dank für deine Unterstützung heute Nacht, Luce.«

»Gern geschehen«, sagte ich.

»Hast du dir die Quelle schon näher angeschaut?« Das Marmeladenglas stand ein Stück entfernt, seine silberne Verpackung glitzerte im Sternenlicht. Es wartete auf seinen Abtransport in die Städtische Entsorgungsanstalt.

»George hat es mir gesagt. Lauter Menschenzähne.«

»Offenbar eine Sammlung, an der Guppy sehr gehangen hat.«

»Nettes Hobby. Na, zum Glück ist der Einsatz überstanden.«

»Es war schön, mal wieder mit dir zusammenzuarbeiten.« Lockwood lächelte mich an, wandte sich dann ab und blickte in den Vorgarten. Ich spürte, dass er noch etwas hinzufügen wollte. »Sag mal, Lucy …«

»Ja?«

»Ich dachte gerade …«

»Ja?«

»Hast du noch Schokolade übrig? Du hast doch vorhin eine Tafel angefangen.«

»Schokolade? Äh … ja, klar. Hier. Du kannst den ganzen Rest haben.«

Normalerweise war Lockwood nicht sonderlich scharf auf Süßes, jedenfalls hatte er das Zeug früher immer George und mir überlassen. Diesmal jedoch riss er das Silberpapier gierig auf und verschlang die angebrochene Tafel Rippe für Rippe, bis kein Krümelchen mehr übrig war. Dabei starrte er mit leerem Blick in die Nacht. Ich fand, dass er sehr erschöpft aussah.

Als er alles aufgegessen hatte, stieß er einen zufriedenen Seufzer aus. »Du hast mir das Leben gerettet, Lucy. Holly hat nie Schokolade dabei, und George hat seine immer schon aufgefuttert, ehe wir in der Portland Row zur Tür raus sind. Aber auf dich kann man sich immer verlassen.«

Ich räusperte mich. »Freut mich, wenn ich dir etwas Gutes tun konnte. Und du hast recht«, sprudelte ich plötzlich los, »es ist toll, dass wir mal wieder zusammen an einem Fall arbeiten konnten. Ich bin echt froh, dass wir … Ah, da kommt ja schon Kipps. Er hat sich beeilt.«

Ein Nachttaxi hielt hupend vor der Einfahrt, Lockwood erhob sich schwerfällig. Die Gelegenheit, sich auszusprechen, war vorbei.

Aber eine Frage musste ich noch loswerden.

»Als du vorhin in die Diele gegangen bist, was …«

Er lächelte matt. »Frag lieber nicht.«

* * *

Wir brauchten sogar drei Autos. Lockwood, Holly und Kipps nahmen das erste Taxi und brachten die Quelle nach Clerkenwell, George und ich warteten mit dem Gepäck auf die nächsten beiden Wagen. Sobald sie eintrafen, würden sich unsere Wege trennen. Ich musste nach Tooting und er in die Portland Row. Aber noch saßen wir nebeneinander auf der Gartenmauer gegenüber der Nummer 7.

»Du kennst dich doch mit so was aus, George«, sagte ich nach einer Weile. »Wie häufig tauchen mumifizierte Köpfe auf?«

Weil George nun mal George war, brachte ihn diese Frage keineswegs aus der Fassung. »Du meinst als übernatürliche Artefakte? Selten. Mumifizierung verlangt sehr spezielle Bedingungen. Entweder muss die Umgebung sehr trocken sein oder aber eine bestimmte chemische Zusammensetzung aufweisen, wie zum Beispiel Torfmoor. Wenn zu viel Luft dran kommt, verrichten die Mikroben ihr Werk. Warum fragst du?«

»Ach, nur so. Ich habe neulich kurz nacheinander etwas über zwei mumifizierte Köpfe gehört und fand diese Häufung ungewöhnlich.«

Er brummte nur vor sich hin, sagte aber nichts. Schweigen legte sich über uns.

»Du, George«, fing ich wieder an, »was Lockwood da vorhin gemacht hat …«

»Ich weiß.«

»Es war ja schon irgendwie genial, aber auch …«

»Verrückt?«

»Hm-hm.«

Daran, wie George die Brille abnahm und an seinem Pulloversaum blank putzte, merkte ich, dass ihn etwas bedrückte. Wenn er begeistert oder aufgeregt war oder einfach nur wieder mal den Oberklugscheißer gab, fiel dieses kleine Ritual ganz anders aus. Hätte ihm jemand etwas vors Gesicht gehalten und ich hätte nur seine Hände mit der Brille gesehen, hätte ich seine Stimmung trotzdem erraten können.

»Das Schlimme ist«, sagte er schließlich, »dass ich nicht mal überrascht war. So was kommt inzwischen ständig vor. Er wird immer leichtsinniger. Er stürzt sich in Gefahren, als wäre ihm alles egal. Wenn wir einen neuen Auftrag reinkriegen, komme ich kaum noch dazu, die Hintergründe der Heimsuchung kurz zu überprüfen, von gründlichen Recherchen ganz zu schweigen.«

Ich blickte in die Dunkelheit. Lockwood war von Natur aus ein Draufgänger. Es hing womöglich mit dem Tod seiner Schwester zusammen, die ums Leben gekommen war, als er noch ein Kind war. Vielleicht war diese Charaktereigenschaft sogar einer der Gründe gewesen, weshalb ich die Agentur verlassen hatte – wenn auch nicht der einzige. Deshalb sagte ich: »So war er doch schon immer. Es ist einfach seine Art.«

»Aber es wird immer schlimmer mit ihm«, beharrte George. Er blickte mit gesenktem Kopf auf seinen Pullover. Ohne die Brille wirkten seine Augen kleiner und irgendwie verletzlich. »Mutig war er immer schon, aber nicht *so*.« Ich wusste, was er meinte. Wir dachten beide an den riesenhaften Umriss in der Diele.

»Wann hat das denn angefangen?«, fragte ich. »Und seit wann wird es schlimmer?«

George zuckte die Achseln. »Nachdem du weg warst.«

»Und du glaubst …« Ich stockte. »Was glaubst du, woran das liegt?«

George setzte die Brille wieder auf und plötzlich blitzten seine Augen hellwach und durchdringend. »Was glaubst *du* denn?«

»Jedenfalls nicht, dass es irgendwas mit mir zu tun hat.«

»Natürlich nicht. Dein Weggang von der Agentur hat uns *überhaupt* nichts ausgemacht. Schon am nächsten Tag wussten wir nicht mal mehr, wie du aussiehst.«

»Du musst nicht gleich gemein werden«, sagte ich ärgerlich.

»Gemein? Ich?« George brüllte plötzlich. »*Du* hast doch plötzlich alles hingeschmissen und es uns überlassen, die Scherben aufzukehren! Und jetzt kommst du wieder anspaziert und alles soll so sein wie früher! Du kannst nicht beides haben – entweder hat uns deine Kündigung etwas ausgemacht oder nicht. Was ist dir lieber?«

»Ich habe mich nicht um diesen Auftrag gerissen!« Jetzt wurde ich auch laut. »Penelope Fittes …«

»Hat nichts damit zu tun, das weißt du selber. Es war Lockwood, der zu dir nach Hause gekommen ist, und nur *deswegen* hast du über den Auftrag nachgedacht – und du hast auch nur deswegen Ja gesagt!«

»Wäre es dir lieber gewesen, wenn ich Nein gesagt hätte?«

»Deine Entscheidungen sind allein deine Sache. Ihr coolen Freiberufler lebt ja sowieso in eurer eigenen Welt.«

»Sei nicht kindisch! Das ist doch Unsinn.«

»Ich bin nicht kindisch!«

»Doch!«

Danach wechselten wir kein Wort mehr. In verbissenem Schweigen hockten wir auf der Mauer und jeder wartete auf sein Taxi.

III.

Fundsachen

Kapitel 11

Viertel nach sieben am selben Morgen. Ich lag hellwach im Bett.

In anderen Zeiten hätte ich mich auf den Tag gefreut. Nach einer so aufregenden Nacht, überhaupt nach jedem riskanten Einsatz, hält das überdrehte Hochgefühl meistens noch eine ganze Weile an. Ich war rechtzeitig genug wieder zu Hause gewesen, um in einen kurzen Erschöpfungsschlaf zu fallen, war aber kurz darauf von den Müllmännern unten auf der Straße wieder geweckt worden. Und sobald meine Augen einmal offen waren, konnte ich sie nicht wieder schließen. Mein Körper war zu angespannt und in meinem Kopf war viel zu viel los.

Klar – das meiste war gut gelaufen. Der Kannibale von Ealing hatte schon vorher für Aufsehen gesorgt, und die Neuigkeit von seiner Überlistung und Vernichtung würde sich wie ein Lauffeuer verbreiten, was wiederum dem Ruf aller am Einsatz Beteiligten zugutekommen würde. Mir persönlich lag am meisten an Penelope Fittes' Anerkennung. Da sie um die außergewöhnliche Gabe ihrer Großmutter wusste, würde *sie* mich, anders als Rotwell und andere Agenturen, bestimmt nicht unterschätzen.

Ich durfte mir berechtigte Hoffnungen auf eine Menge Folgeaufträge machen.

Lockwood & Co. würde ebenfalls von dem erfolgreichen Einsatz profitieren, das hatte Mrs Fittes ja bereits klargestellt. Auch darüber freute ich mich. Indem ich meine ehemaligen Kollegen bei diesem Auftrag unterstützt hatte, konnte ich meine plötzliche Kündigung vielleicht wenigstens teilweise gutmachen. Und jetzt, da der Einsatz abgeschlossen war, konnte ich mich wieder anderen Dingen zuwenden.

So weit, so gut. Trotzdem kamen mir mein Zimmer und mein Bett an jenem sonnigen Frühlingsmorgen auf einmal trostloser vor als an jedem verregneten Nachmittag im vergangenen düsteren Winter. Lockwood hatte mich für einen Auftrag angeheuert, ich hatte meine Arbeit getan, und einen weiteren Auftrag würde es nicht geben – eine Aussicht, die der Freude darüber, wieder mit ihm (und mit George und ja, sogar mit Holly) zusammengearbeitet zu haben, einen bitteren Beigeschmack verlieh. Doch auch damit wäre ich zurechtgekommen, so wie ich in den letzten vier Monaten mit allem zurechtgekommen war, hätten mich nicht auf einmal Zweifel an den ursprünglichen Gründen für meine Kündigung geplagt. Ich war damals gegangen, weil ich Lockwood schützen wollte. Es war eine schmerzhafte, aber auch richtige Entscheidung gewesen. Ohne mich war er besser dran.

Oder doch nicht? Wenn es stimmte, was mir George erzählt hatte, war womöglich durch meinen Weggang alles nur schlimmer geworden, weil Lockwood noch leichtsinniger agierte als zuvor. Die möglichen Konsequenzen *daraus* ließen mich jetzt so starr daliegen, während die Morgensonne auf meine zerwühlte Bettdecke fiel.

Vernünftigerweise hätte ich versuchen müssen weiterzuschlafen, aber ich war zu überdreht – überdreht und gleichzeitig irgendwie durcheinander und benommen. Letztendlich schwang ich mich aus dem Bett und stieß mir prompt das Schienbein an dem Geisterglas, das auf dem Fußboden stand.

Als ich fluchend mitten im Zimmer stand und mir das Bein rieb, erschien hinter der Glaswand eine widerwärtige Visage. »*Du siehst ja heute Morgen noch grässlicher aus als ich*«, bemerkte sie. »*Wenn du dich einigermaßen erholt hast, erwarte ich deinen überschwänglichen Dank. Du weißt ja, wo du mich findest.*«

Ich ging Wasser aufsetzen. »Überschwänglichen Dank wofür?«

»*Dafür, dass ich dir letzte Nacht geholfen habe, die Quelle zu orten. Ohne meinen kleinen Tipp hättest du sie nie gefunden. Wir beide sind ohne Frage ein hervorragendes Team – was mich auf eine Idee bringt. Wollen wir nicht Geschäftspartner werden?* Carlyle & Totenkopf *könnten wir uns nennen oder noch besser:* Totenkopf & Carlyle. *Klingt doch super! Dazu ein kleines Bild von mir über der Tür. Ich sehe es schon richtig vor meinem inneren Auge …*« Kichernd löste sich das Gesicht wieder in einen Plasmastrudel auf.

Ich war nicht in der Stimmung, darauf einzugehen, sondern hob meine auf dem Boden liegenden Klamotten auf, schnappte mir den Morgenmantel vom Haken und ging ins Bad auf dem Flur. Als ich zurückkam, machte ich mir einen Kaffee. Ich nahm mein Auftragsbuch zur Hand, weil ich ein paar Notizen über den vergangenen Abend machen wollte, fand aber irgendwie nicht die richtigen Worte. Außerdem musste ich Lockwood & Co. noch eine Abschlussrechnung stellen, aber auch dazu fehlte mir die Energie, jedenfalls vorerst. Darum nahm ich einen Schein aus meinem Portemonnaie und ging mir etwas zu essen holen. Ich hätte mir auch selbst etwas kochen können, aber dazu konnte ich mich nicht aufraffen. Es war immer dasselbe.

Jedenfalls bis zu dem Augenblick, als ich mit einer köstlich duftenden Tüte vom Thai-Imbiss wieder vor meiner Wohnungstür stand und feststellen musste, dass jemand sie eingetreten hatte.

Ich stand bestimmt eine halbe Minute einfach nur da und starrte das halb herausgebrochene Schloss an. Der Einbrecher hatte die Tür wieder hinter sich zugezogen, zumindest beinahe, sodass ich nicht hineinspähen konnte. Ich drehte mich nach der Tür meines Nachbarn um, aber die schien unbeschädigt zu sein. Er war bestimmt schon zur Arbeit gegangen und die Leute unter mir genauso. Es war sehr still im Haus, auch aus meiner Wohnung drang kein Laut.

Ich stellte die Tüte mit dem Essen vorsichtig auf den Boden. Dann näherte ich mich langsam der Wohnungstür, wobei meine Hand automatisch an die Hüfte wanderte, wo sonst der Degen baumelte. Aber heute Morgen trug ich nur eine Jogginghose.

Dicht vor der Tür hielt ich inne und spitzte die Ohren. War der Einbrecher noch da? Doch abgesehen vom ununterbrochenen Verkehrsrauschen der Hauptstraße herrschte Totenstille. Ich holte tief Luft, stieß die Tür auf und trat ein.

Wer auch immer hier gewesen sein mochte, war schon wieder weg. Das Zimmer war der reinste Saustall – also so wie immer – und sah auf den ersten Blick aus, wie ich es verlassen hatte. Bis auf eine Kleinigkeit, die mir sofort auffiel.

Das Geisterglas war verschwunden.

Ich blieb wie angewurzelt stehen und bewegte nur die Augen, sonst nichts. Eine ganze Weile ließ ich den Blick durch den Raum wandern, von dem mit schmutzigem Geschirr vollgestellten Waschbecken bis hinüber zu dem unordentlichen Bett, von dem offenen Kleiderschrank bis zu der neben der Tür gestapelten Ausrüstung. War noch etwas anders?

Mein Blick fiel auf den Tisch, auf den ich mein Portemonnaie gelegt hatte. Es war noch da, sogar ein paar Scheine schauten daraus hervor.

Mein Blick glitt weiter zu meinem Degen, der am Stuhl lehnte. Eine teure spanische Waffe, die mir Lockwood im letzten Sommer gekauft hatte. Auch noch da.

Meine Taschen waren mit dem kostspieligen Handwerkszeug einer Freiberuflerin vollgestopft – Salzbomben, Büchsen mit Eisenspänen, Leuchtbomben mit Griechischem Feuer. Wenn man die richtigen Leute kannte, bekam man für so etwas gutes Geld. Doch der Einbrecher hatte auch die Ausrüstung nicht angerührt.

Er hatte nichts mitgenommen. Nur den Schädel.

Derjenige musste gewusst haben, dass ich ein Geisterglas besaß, und nur darauf war er scharf gewesen. Er hatte die Tür aufgebrochen, sich das Glas geschnappt und die Flucht ergriffen, und das alles in den (grob geschätzt) zehn, fünfzehn Minuten, die ich weg gewesen war. Er musste das Haus beobachtet und meine Gewohnheiten gekannt oder erraten haben. Das war nicht weiter schwer, denn nach einem Einsatz tat ich mehr oder weniger immer das Gleiche. Der Typ vom Thai-Imbiss begrüßte mich schon mit Namen, ja, die halbe Straße wusste, dass ich mir irgendwann morgens was zu futtern holte.

Doch der Einbrecher hatte außerdem über das Geisterglas Bescheid gewusst.

Er hatte irgendwie von dem Schädel erfahren, obwohl ich mir immer die allergrößte Mühe gab, genau das zu vermeiden.

Mal überlegen – wer wusste denn alles von ihm? Natürlich Lockwood und George. Und Holly, denn ich hatte ihr vor einiger Zeit von ihm erzählt. Hatte Quill Kipps gestern Nacht etwas mitbekommen? Nein, ich war die ganze Zeit auf der Hut gewesen, außerdem war Kipps kein Dieb. Aber wer dann?

Ich stand da und überlegte lange.

Schließlich kehrte ich ins Treppenhaus zurück und holte mein noch warmes Frühstück herein. Ich hatte immer noch Hunger und um das Essen wäre es wirklich schade gewesen.

Danach föhnte ich mir die Haare und zog meine Arbeitskleidung an. Meine Jacke müffelte noch nach dem Angstschweiß der letzten Nacht, aber wen störte das schon?

Ich legte den Gürtel um und überprüfte routinemäßig sämtliche Taschen. Diesmal bereitete ich mich aber nicht auf eine Geisterjagd vor – nein, diesmal war ich hinter einer anderen Beute her und brauchte meinen Degen.

Ich schob die Waffe in die Halteschlaufe und warf einen letzten Blick in den Spiegel. Ein blasses, wild entschlossenes Gesicht blickte mir entgegen. Erstaunlich, was so ein Einbruch bewirken kann. Meine Erschöpfung und Benommenheit waren wie weggeblasen.

Ich verließ meine kleine Wohnung und zog leise die Tür hinter mir zu.

* * *

Südlich des Geländes der Städtischen Entsorgungsanstalt für Übernatürliche Artefakte lag ein dreieckiger, gepflasterter Platz namens Clerkenwell Green. Bänke waren im Schatten hoher Linden aufgestellt, mehrere Imbisse, Cafés und Kneipen sorgten für die Bedürfnisse der Arbeiter und Angestellten. Ganz in der Nähe stand auch die Kirche St. James mit ihrem idyllischen Friedhof, der heutzutage nur noch eine verwilderte Wiese war. Nach einem schon länger zurückliegenden Ausbruch von Phantasmen hatte man sämtliche Gräber geräumt und eingeebnet. Wenn bei schönem Wetter die Frühschicht in der Entsorgungsanstalt zu Ende war und die Sirenen von den Schornsteinen jaulten, ergoss sich ein Strom orangefarben gekleideter Männer und Frauen durch das Friedhofstor und ließ sich im Gras nieder, um einen Happen zu essen und den Aschegeschmack von der Zunge zu spülen. Ofenaufseher, Wartungspersonal, Lagerarbeiter und Aschejungen – wie eine menschliche Flut, die ins Freie schwappte.

Die Schalterbediensteten aus dem Kontrollraum waren da keine Ausnahme, jedenfalls rechnete ich an jenem Morgen fest damit.

Ich hatte zuerst die U-Bahn genommen und dann einen flotten Fußmarsch eingelegt, sodass ich noch vor der allgemeinen Frühstückspause auf dem Platz eintraf. Dort setzte ich mich auf eine Bank, von der aus ich einen guten Blick auf die Cafés hatte und trotzdem halb hinter einer kunstvoll verzierten Geisterlampe verborgen war.

In der Ferne ertönte die Sirene. Ich blieb auf meinem Beobachtungsposten sitzen. Erst tröpfelte es nur aus dem Tor, doch schon nach wenigen Minuten brodelte der zuvor so stille Platz vor Geschäftigkeit wie ein Fluss bei Schneeschmelze. Lange Schlangen bildeten sich vor den Imbissen, verängstigte Vögel flatterten von den umliegenden Dächern auf, Tauben zankten sich um heruntergefallene Brotreste, jeder Zentimeter freie Sitzfläche war proppenvoll. Ich blieb gelassen und rührte mich nicht vom Fleck.

Die Frühstückspause verstrich, die Schlangen wurden kürzer. Einwickelpapiere wehten über den Platz wie Minigeister. Ich wartete geduldig. Die erste Schicht im Kontrollraum fing im Morgengrauen an, die zweite am Nachmittag. Der Tag war noch lang. Auch diese Angestellten mussten essen. Früher oder später würde *er* auftauchen.

So war es auch. Um 12 Uhr 36 kam ein mir wohlbekannter, sommersprossiger junger Mann die Sekforde Street entlang. Er hatte einen Anorak über den Overall gezogen und seine kurzen roten Haare waren unter einer Pudelmütze verborgen. Die Hände hatte er tief in die Taschen gesteckt, die schmalen Schultern hochgezogen. Anscheinend machte Harold Mailer die Kälte zu schaffen.

Ich stand ohne Eile auf und ließ ihn vorbeigehen. Er überquerte den Platz, verschwand in einer Bude, die Ofenkartoffeln anbot, und kam kurz darauf mit einer prallen Papiertüte in der Hand wieder heraus. Ohne nach links und rechts zu schauen, aber etwas langsamer als vorher machte er sich auf den Rückweg.

Ich wartete nicht auf ihn, sondern ging in zügigem Tempo vor ihm her, bis ich an eine schummrige kleine Seitengasse kam, die mit stinkenden Mülltonnen vollgestellt war, was mir gut in den Kram passte. Ich bog in die Gasse ab und legte mich an der Ecke auf die Lauer. Kurz darauf hörte ich Harold kommen.

Vielleicht gibt es Gottesanbeterinnen, die noch schneller zuschlagen, aber ich bin noch keiner begegnet. Eben schlenderte Mailer noch durch die helle Frühlingssonne und schnupperte voller Vorfreude an seiner Kartoffeltüte, im nächsten Augenblick wurde er gegen eine feuchtkalte Ziegelmauer gedrückt, hatte mein Knie zwischen den Beinen und meinen Ellbogen an der Kehle.

»Hallo, Harold«, sagte ich.

Er stieß ein ulkiges Quieken aus, das alles und nichts bedeuten konnte. Ich drückte mit dem Ellbogen fester zu, doch das erstickte Röcheln, das daraufhin ertönte, war ebenso undefinierbar.

»Ich wollte gern ein Wörtchen mit dir reden, Harold«, flötete ich und ließ ihm ein bisschen mehr Luft.

»Huh, huh, können wir das, huh, nicht drinnen erledigen? Bin schon spät dran …«

»Nur ein paar kurze Fragen. Etwas Persönliches. Das lässt sich hier besser besprechen.«

»Soll das ein Witz sein?«

»Heute Morgen«, fuhr ich ungerührt fort, »ist bei mir eingebrochen worden. Die Einbrecher haben ein wertvolles Geisterglas entwendet – mitsamt dem Artefakt, das es enthält. Geld wurde nicht gestohlen und auch keine anderen Wertgegenstände. Nur das Glas, von dem niemand wusste. Niemand außer dir, Harold.«

Harold Mailers Schlupflider bewirkten, dass er immer ein bisschen verpennt aussah, zugleich vermittelte er den Eindruck, als hätte er etwas zu verbergen. Jetzt huschte sein Blick erst wie Hilfe suchend hin und her, dann grinste er mich an, obwohl ihm der Schweiß auf der Oberlippe stand. »Lass mich los! Ich habe keine Ahnung, wovon du redest. Ich habe nichts gestohlen!«

»Als ich das letzte Mal bei euch war, hast du das Glas mit dem Schädel gesehen, das weiß ich genau, Harold. Anschließend hast du jemandem davon erzählt. Wem?«

Er zappelte ein bisschen, sodass ich mich genötigt sah, ihm die Gurgel wieder fester zuzudrücken. Ein Fehler, wie sich herausstellte, denn jetzt hustete er würgend, und ich bekam seine Spucke ab, aber es war auch das erste Mal, dass ich jemanden so in die Mangel nahm.

»Selbst *wenn* ich das Glas gesehen hätte …«, krächzte er, als ich wieder etwas lockerer ließ, »… interessiert mich doch nicht, was du für komischen Kram mit dir rumschleppst. Das ist mir völlig egal!«

»Du hast den ganzen Tag mit übernatürlich aufgeladenen Artefakten zu tun«, gab ich zurück, »von *egal* kann also keine Rede sein. Andere Frage: Letztens habe ich dir einen mumifizierten Kopf gebracht. Du hast ihn entgegengenommen und mir eine Empfangsbescheinigung dafür ausgestellt. Was hast du danach mit ihm gemacht?«

»Mit dem Kopf? Verbrannt natürlich! Du hast doch selber dabei zugeschaut!«

»Nein, Harold. Du hast den Kopf nicht verbrannt. Du hast ihn behalten und verkauft. Das weiß ich deshalb, weil er am selben Tag auf dem Schwarzmarkt angeboten wurde.«

»Wie bitte? Du spinnst doch!«

»Keineswegs. Ich habe ihn selbst dort gesehen.«

Das entsprach zwar nicht ganz der Wahrheit, aber was sollte ich machen? Harold Mailer hätte sonst nur weiter geleugnet und meine Zeit verplempert. Außerdem hatte Flo Bones den Kopf auf einem Nachtmarkt gesehen und auf sie war Verlass.

Er fuhr sich mit der Zunge über die Lippen. »Was hattest du denn auf dem Schwarzmarkt zu suchen, hä?«

»Und wie kommst *du* dazu, illegale Artefakte zu verkaufen, Harold?«, konterte ich. »Du weißt, was für Strafen auf Schwarzmarktgeschäfte stehen. Du weißt, wie ernst Barnes so etwas nimmt – oder du wirst es bald erleben, wenn ich dich bei ihm anzeige.«

»Ehrlich, du spinnst total, Lucy. Du leidest an Verfolgungswahn.«

»Wer sind deine Käufer, Harold? Und zum letzten Mal: Wem hast du von meinem Schädel erzählt?«

Aus der Nähe sah ich, dass er grüne, bräunlich gesprenkelte Augen hatte. Jetzt veränderte sich ihr Ausdruck. Aus Trotz wurde Angst. Jetzt würde er reden.

»Das darf ich dir nicht sagen«, keuchte er. »Unmöglich. Sonst bin ich erledigt. Die Wände haben Ohren.«

»Hier ist kein Mensch, Harold, und wenn du nicht endlich auspackst«, ich zog meinen Degen, »hat dieser Boden hier gleich Ohren – und zwar deine.«

Seit ich ihm die Luft abdrückte, hatte eine seiner knubbeligen Hände mein Handgelenk gepackt und versuchte die ganze Zeit, es wegzuziehen. Ganz kurz nur, für einen Sekundenbruchteil, veränderte sich der Druck seiner Finger, und ich spürte, dass er erwog, ernsthaft zur Gegenwehr anzusetzen. Keine Ahnung, wie ein Zweikampf zwischen uns ausgegangen wäre. Er war genauso groß wie ich und schätzungsweise fast genauso stark – und *wahrscheinlich* hätte ich es doch nicht über mich gebracht, ihm die Ohren oder irgendwelche anderen Körperteile abzuschneiden. Aber er war ein Feigling, sowohl physisch als auch psychisch, und so war der Augenblick auch gleich wieder vorüber.

»Ist ja gut, ist ja gut, aber lass mich wenigstens mal Luft holen.« Als ich mit gezücktem Degen einen Schritt zurücktrat, schnaufte er kräftig aus und lockerte die Schultern – ein magerer, verängstigter Jugendlicher in einem viel zu großen Anorak, der seinen ganzen Mut zusammennahm. »Lass mich überlegen … ich muss erst überlegen … sag mal, wonach stinkt es hier eigentlich so? Ist das deine Jacke?«

»Nein, Harold, das sind die Mülltonnen.«

»Es stinkt aber nach altem Schweiß.«

»Wollen wir uns jetzt über Gerüche streiten? Ich warte auf deine Antwort.«

»Na schön.« Er sah sich wie ein verängstigtes Kaninchen nach allen Seiten um, und ich dachte schon, er wollte davonlaufen, begriff dann aber, dass er immer noch Schiss hatte, jemand könnte uns hören. Auf der sonnenbeschienenen Straße schlenderten die Arbeiter einzeln oder zu zweit wieder zur Entsorgungsanstalt zurück, aber niemand schaute in unsere Richtung.

»Na schön«, wiederholte Harold Mailer, »meinetwegen erzähle ich dir, was ich weiß. Viel ist es allerdings nicht. Vor drei Monaten haben ein paar Typen mit mir Kontakt aufgenommen. Vermutlich Schwarzmarkthändler, aber sicher bin ich nicht. Sie haben mir Geld dafür geboten, dass ich ihnen die besten Quellen überlasse, die wir reinbekommen. Seit die Vorschriften verschärft wurden, sind solche Artefakte derart begehrt, dass manche Leute alles dafür tun, sie in die Finger zu kriegen. Ich brauchte das Geld, Lucy. Du hast ja keine Ahnung, wie es ist, für Fittes zu arbeiten. Der Verdienst ist ein Witz und sie behandeln einen wie Dreck. Ihr Agenten habt da ein ganz anderes Leben ...«

»Spar dir das rührselige Gequatsche«, unterbrach ich ihn. »Das heißt, du schaffst die betreffenden Quellen beiseite und verbrennst stattdessen irgendwas anderes, stimmt's?«

»Ich lasse nur die mächtigsten verschwinden. Das ist gar nicht so schwer, denn niemand schaut richtig hin, was wir da eigentlich ins Feuer kullern lassen.« Er grinste matt. »Ich meine – das tut doch keinem weh, oder?«

Ich drückte ihm die Degenspitze in den Magen. »Ach nein? Man hat mir mein Eigentum gestohlen! Weil *du* diesen Typen davon erzählt hast. *Du* hast ihnen den Tipp gegeben. Warum?«

»Tut mir leid. Mir ist klar, dass das nicht in Ordnung war. Es ist einfach nur – sie werden immer gieriger. Sie kriegen den Hals nicht voll. Manchmal habe ich einfach nichts Brauchbares und dann werden sie sauer ... Aber für Informationen sind sie immer zu haben. Man muss sie bei Laune halten.«

»Wer sind denn nun diese Leute? Wozu brauchen sie alle diese Quellen?«

»Weiß ich auch nicht.«

»Dann beschreib sie mir.«

»Ich kenne sie nicht.«

Ich trat noch einen Schritt zurück.

»Du verschwendest meine Zeit, Harold, denn das hilft mir alles nicht weiter. Ich gehe jetzt zu Barnes. Lass endlich meinen Arm los.«

Er stieß einen flehenden Schrei aus und hielt mich am Ärmel fest. »Du verstehst das nicht, Luce! Das sind keine netten Typen! Die glotzt man nicht an, wenn man sich mit ihnen trifft. Man überreicht ihnen das Zeug und verzieht sich. Das Ganze spielt sich auch immer erst ab, wenn es dunkel ist. Aber ich kann dir trotzdem weiterhelfen. Heute Abend bringe ich ihnen wieder ein Paket. Wenn du willst, kannst du das Treffen beobachten, ihnen vielleicht folgen – keine Ahnung –, solange du mich aus der Sache raushältst. Ist das ein Angebot? Das würde ich für dich tun. Ja, für dich würde ich das tun, Lucy, wenn du nicht … hä? Wieso lachst du?«

»Weil du garantiert vorhast, mich zu verpfeifen und selber abzuhauen.«

»Nein! Bestimmt nicht, ich schwör's! Ich hasse diese Leute! Das sind ganz üble Typen, Lucy. Ich hätte mich nie mit ihnen einlassen dürfen. Aber ich brauchte das Geld *echt* dringend. Also, hör zu: Sie lassen mir heute Nachmittag eine Nachricht zukommen, wo wir uns treffen. Der Treffpunkt ist jedes Mal ein anderer, aber immer irgendwo in Clerkenwell. Wenn meine Schicht zu Ende ist, kannst du auf mich warten, hier auf dem Platz oder auf dem Friedhof. Dann kann ich dir sagen, was ich mit ihnen vereinbart habe, und du kannst überlegen, wo ein geeignetes Versteck für dich ist. Solange sie dich nicht entdecken, ist alles gut.«

Na ja, mir fielen auf Anhieb tausend Gründe ein, weshalb das *keine* gute Idee war, und sie hatten alle mit Harold Mailers Durchtriebenheit zu tun. Ihm war es garantiert lieber, wenn ich umgebracht würde, als dass ich ihm sein einträgliches kleines Geschäft ruinierte, und wenn ich ihn jetzt so einfach laufen ließ, würde er bestimmt entsprechende Vorkehrungen treffen. Andererseits kamen wir im Moment auch nicht weiter.

Er musterte verstohlen mein Gesicht und schob dann hinterher: »Es lohnt sich bestimmt.«

Nach einer langen Pause erwiderte ich: »Wenn mir heute Abend irgendetwas zustößt – wenn du mich reinlegst –, dann musst du mit meinen Freunden rechnen. Sie finden dich, und dann büßt du für deinen Verrat. Dann wirst du dir noch wünschen, du hättest dich in einen deiner Brennöfen gestürzt, statt dich mit mir einzulassen.« Eine bessere Drohung fiel mir nicht ein, und ich selbst fand sie ziemlich lahm, um nicht zu sagen, abgedroschen, aber Harold Mailer schien beeindruckt. Er wurde käseweiß im Gesicht, nickte heftig und wollte offenbar nur noch weg.

»Also bis heute Abend auf dem Friedhof von St. James, sobald es dunkel wird«, sagte er. »In der Mitte, wo sich die vier Wege kreuzen, steht eine Bank. Dort warte ich auf dich und kann dir dann alles Weitere sagen. Aber sie dürfen nichts merken, Lucy, auf *gar* keinen Fall! Du ahnst nicht, wozu sie fähig sind! Versprich mir, dass du ihnen niemals erzählst, dass wir beide miteinander geredet haben.«

»Wenn du deine Zusagen hältst, dann halte ich meine auch. Wenn nicht …«

»Ihr Agenten haltet eure Zusagen immer, das weiß ich.« Er bückte sich nach seiner Essenstüte, die auf der Erde lag. »Die Agenturen sind doch überall beliebt.«

Dann schob er sich seitlich die Mauer entlang. Sein Anorak streifte über die Ziegel, und sein Gesichtsausdruck war eine ungute Mischung aus Verschlagenheit, Abscheu und Angst. An der Ecke angekommen, drückte er sich wie eine Ratte darum herum.

»Wenn es dunkel wird!«, wiederholte er und sauste wie ein geölter Blitz davon.

Kapitel 12

Schon seltsam, wie präsent die Dunkelheit auch dann ist, wenn einem alles klar und hell erscheint. Selbst wenn an einem heißen Sommernachmittag der Bürgersteig glüht und man sich an den Eisenzäunen verbrennt, begleiten uns die Schatten auf Schritt und Tritt. Sie sammeln sich in Hauseingängen und unter Vordächern, unter Brücken und den Hutkrempen eleganter Herren, sodass man deren Augen nicht erkennt. In unseren Mündern und Ohren herrscht Dunkelheit, in unseren Taschen und Portemonnaies, unter flatternden Männerjacken und schwingenden Damenröcken. Wir tragen sie stets und ständig mit uns herum, die Dunkelheit, und ihr Einfluss prägt uns unwiderruflich.

An diesem Nachmittag saß ich in einem Café am Clerkenwell Green am Fenster und betrachtete die Gesichter der Passanten. Wegen meines Berufes kam ich tagsüber nicht oft vor die Tür und meine Erfahrungen mit gewöhnlichen Menschen beschränkten sich hauptsächlich auf von Geistern heimgesuchte oder bereits gestorbene Personen. Die Leute, die hier an mir vorübergingen, verkörperten den Rest der Menschheit: jene verängstigte Mehrheit, die den Kopf einzog, sich Amulette aus

Eisen oder Silber in die Fenster hängte und ansonsten versuchte, einfach ihr Leben zu leben. Junge und Alte eilten geschäftig hin und her und genossen die strahlende Frühlingssonne. In meinen Augen sahen sie allesamt harmlos und unverdächtig aus.

Trotzdem gab es unter ihnen, vielleicht sogar unter den Passanten vor dem Caféfenster, auch Gestalten, die von der Dunkelheit angezogen wurden. Das konnte sich auf unterschiedliche Weise äußern. Manche dieser Menschen traten zum Beispiel den Geistersekten bei, die in London wie Pilze aus dem Boden schossen. In ihren Versammlungen forderten sie die Toten zur Wiederkehr auf und versuchten, Botschaften von ihnen zu empfangen. Andere begeisterten sich für illegale Artefakte, deren Seltenheit und Gefährlichkeit sie reizte. Es kursierten Geschichten über reiche Sammler, die Dutzende aus Friedhöfen gestohlene Quellen besaßen und sie in geheimen, unterirdischen Eisenkammern verwahrten. Manche führten mit den Quellen auch okkulte Rituale durch. Als ich noch bei Lockwood & Co. angestellt war, hatten wir bei unserem Einsatz in den Katakomben unter dem Kaufhaus Aickmere sonderbare Spuren entdeckt: einen Kreis, um den herum Gebeine aufgehäuft gewesen waren. George hatte so seine Theorien zum eigentlichen Zweck dieses Kreises, aber im Grunde war er uns ein Rätsel geblieben, ebenso wie die Identität derjenigen, die ihn hinterlassen hatten.

So kam es, dass der Schwarzmarkt trotz der Anstrengungen der BEBÜP blühte und gedieh. Und mit dem erbärmlichen Harold Mailer war ich offenbar auf einen der Hauptlieferanten gestoßen.

Und jetzt? Wer Mailers Kontaktmänner auch sein mochten, die kriminelle Familie Winkman war so gut wie sicher in die Sache verwickelt. Schließlich hatte Flo Bones den mumifizierten Kopf in ihrem Besitz gesehen. Wenn es mir gelang, eine Verbindung zwischen den Winkmans und den aus der Entsorgungsanstalt gestohlenen Quellen nachzuweisen, konnte ich mir damit einen Namen machen.

Aber das war nicht mein vorrangiges Ziel, sonst hätte ich auch gleich zu Scotland Yard gehen, Inspektor Barnes verständigen und ihm die Arbeit überlassen können.

Mein vorrangiges Ziel war es, mir den Wispernden Schädel zurückzuholen.

Nein, ihr habt euch nicht verhört: Ich wollte den Schädel wiederhaben.

Eigentlich war mir der Geist im Glas schon ewig und drei Tage ein Dorn im Auge gewesen. Bei unserer allerersten Begegnung, als ich mich bei Lockwood & Co. beworben hatte, war meine spontane Reaktion auf ihn Grausen und Abscheu, und als er irgendwann anfing, mit mir zu sprechen, hatten sich diese Empfindungen nur noch verstärkt. Er war durch und durch verdorben, ja auf einer Liste mit den zehn widerwärtigsten Charaktereigenschaften hätte der Schädel mindestens neunmal punkten können und bei der zehnten Eigenschaft nur deshalb nicht, weil sie schlicht zu harmlos war. Der Name des Geistes war unbekannt, seine Vergangenheit lag im Großen und Ganzen im Dunkeln. Das wenige, was wir bis jetzt über sein Treiben zu Lebzeiten erfahren hatten, umfasste Leichenschändung, schwarze Magie und kaltblütigen Mord. Außer mir konnte ihn niemand hören, weshalb sich zwischen uns eine besondere Beziehung entwickelt hatte. Weil er über das Schandmaul eines Fischweibs und das moralische Empfinden eines gewohnheitsmäßigen Verräters verfügte, war ich ständigen Sticheleien und Beleidigungen ausgesetzt und lernte nebenbei eine Menge neuer Ausdrücke.

Doch obwohl ich ihn einerseits nicht ausstehen konnte, hatte ich mir andererseits angewöhnt, mich auf ihn zu verlassen.

Tatsächlich half er mir ziemlich oft bei meinen Arbeitseinsätzen. Mit seinen Hinweisen, auch wenn sie nur spärlich gesät waren, war er mir schon mehr als einmal in lebensbedrohlichen Situationen beigesprungen. Zum Beispiel hatte er mich erst vor ein paar Tagen im Fall der toten Emma Marchment gewarnt und mich höchstwahrscheinlich davor bewahrt, ihrem Geist in die Arme zu laufen. Auch letzte Nacht hatte er mir immerhin einen Tipp gegeben, wenn auch reichlich spät, wo im Fall des Kannibalen von Ealing die Quelle zu finden war. Über eine derartige übernatürliche Unterstützung verfügte kein anderer Agent.

Womit wir beim eigentlichen Thema wären, dem wahren Grund, warum ich an jenem Tag meine Zeit in Clerkenwell totschlug und wider alle Vernunft hoffte, dass mich Harold Mailer nicht reinlegen würde. Der Schädel war ein Geist vom Typ Drei. Diese sind in der Lage, mit Lebenden in vollem Umfang zu kommunizieren, und somit eine absolute Rarität. Auch ich war in gewisser Weise eine Rarität, weil nur ich ihn verstehen konnte. Mit einem derart mächtigen Artefakt an meiner Seite war ich einzigartig – die erste Agentin seit Marissa Fittes, die sich richtiggehend mit Geistern unterhalten konnte. Auf dieser schlichten Tatsache beruhte mein gesamtes Selbstbewusstsein. Ohne diese Fähigkeit? Wäre ich wieder eine ganz gewöhnliche Agentin gewesen, tüchtig, aber unspektakulär.

Ob ich ihn nun mochte oder nicht, der Wispernde Schädel war irgendwie auch ein Teil von mir, er gehörte zu meinem Selbstverständnis. Und jetzt wollten irgendwelche schmierigen Verbrecher ihn sich unter den Nagel reißen.

Allerdings hatte ich nicht vor, meinen kostbarsten Besitz kampflos aufzugeben.

Die Winkmans und ihre ganze Organisation waren nicht zu

unterschätzen, das wusste ich aus eigener Erfahrung. Aber wenn es mir heute Abend gelang, ihnen heimlich zu ihrem Warenlager zu folgen, würden sie feststellen müssen, dass auch ich kein leichter Gegner war.

Darum trank ich weiter meinen Tee und döste vor mich hin, während die Sonne hinter den Häusern unterging. Als es dunkel wurde, zog ich meine Jacke an, zurrte meinen Waffengurt fest und machte mich auf den Weg zum Friedhof von St. James.

* * *

Ich möchte noch anmerken, dass ich mich natürlich schon vorher dort umgeschaut hatte, und zwar gleich, nachdem sich Mailer verdrückt hatte. Ich war durch das rostige Eisentor und auf die Wiese spaziert, auf der noch ein paar Leute saßen, die dort in der Sonne picknickten. Nur an den Unebenheiten des Bodens war zu erkennen, wo man bei der großen Säuberungsaktion vor einigen Jahren die Gräber ausgehoben hatte. Das Ganze war ringsherum von Mauern und Zäunen umgeben. Im Norden ragte die klassizistische Fassade der Kirche empor, auf den anderen Seiten die Rückseiten von Wohnhäusern und die hohe Kirchhofsmauer mit den verschlossenen Seiteneingängen. Einer dieser Eingänge ging auf die Sekforde Street hinaus, ein zweiter auf den Clerkenwell Green, beide waren durch einen betonierten Weg verbunden. Ein weiterer, schmalerer Weg führte von der Kirche zu einer kleinen Gasse auf der Südseite. Wo sich die beiden Wege ungefähr in der Mitte des Friedhofs kreuzten, stand eine einsame, schwarz gestrichene Bank.

Ich war etliche Male um sie herumgewandert und hatte mir den Kopf darüber zerbrochen, warum Harold Mailer ausgerechnet diesen Treffpunkt vorgeschlagen hatte. Auf der Bank war man nicht nur von überall her zu sehen, sondern auch von allen

Seiten ohne Fluchtweg. Ersteres machte mir nicht allzu viel aus, Letzteres dagegen eine ganze Menge.

Hatte mir Lockwood nicht beigebracht, dass man sich immer einen Rückzugsplan offenhalten sollte? Bevor man sich mit einem übernatürlichen Phänomen anlegt, sollte man die Umgebung erkunden und sich vor allem die Ausgänge und Sackgassen gut einprägen. Warum? Weil man wissen muss, wohin man Reißaus nehmen kann, wenn einem das Ganze über den Kopf wächst. Ich ging einfach mal davon aus, dass für hinterhältige Mitarbeiter der Entsorgungsanstalt das Gleiche galt wie für bösartige Geister.

Ich hatte mehrere Rundgänge über den Friedhof gemacht und dabei so lange die Wege und Entfernungen berechnet und noch mal berechnet, bis ich halbwegs zufrieden war. Als ich mich schließlich in Richtung Café aufgemacht hatte, hätte ich aus dem Kopf einen Lageplan des Geländes zeichnen können, und jetzt, nachdem vier weitere Stunden vergangen waren, machte ich mich bereit, diese Vorarbeit für meine Zwecke zu nutzen.

Nach Anbruch der Dämmerung hatten sich die Straßen von Clerkenwell rasch geleert. Die Geschäfte schlossen, die eisernen Rollläden wurden rasselnd heruntergelassen. Weil es so ein schöner Tag gewesen und das Viertel außerdem mit Geisterlampen ausgestattet war, waren immer noch ein paar Passanten unterwegs, die sich beeilten, um die letzten U-Bahnen zu erwischen. Die ersten Kinder von der Nachtwache machten sich bereits auf den Weg zum Dienst und von St. James läutete die Sperrstundenglocke.

Die Eingänge waren beleuchtet, sonst lag der Friedhof im Dunkeln. Die verwilderte Brachfläche spannte sich wie eine schwarze Hängematte zwischen den Toren. Allerdings warfen hier und da erleuchtete Fenster der umliegenden Gebäude helle Vierecke auf das Gras. Ich kam durch das Tor an der Sekforde Street, das von der Bank am weitesten entfernt war, und wartete erst mal in einem dunklen Winkel an der Mauer ab, bis sich meine Augen auf die verwirrenden Muster im Zwielicht eingestellt hatten.

War er schon da?

Hinter dem Tor führte der Weg wie ein schimmernder Rippenknochen in leichtem Bogen über die Wiese. Als ich seinem Verlauf mit dem Blick folgte, kam ich an die Stelle, wo er sich mit dem zweiten Weg kreuzte. Dort stand die schwarze Bank, und als ich die Augen zusammenkniff – ja – doch –, sah ich jemanden darauf sitzen.

Er war also tatsächlich gekommen. Aber war er auch allein?

Ich ließ mir ausreichend Zeit, um den Blick noch einmal gründlich über den in der Dämmerung versinkenden Friedhof schweifen zu lassen. Alles war still, alles schien in Ordnung zu sein. Zwischen der Bank und den Mauern ringsum ließ sich niemand blicken.

Daraufhin ging ich langsam ein Stück neben dem Weg in Richtung Bank, wobei ich den hellen Flecken auf der Wiese auswich und die Gestalt nicht aus den Augen ließ. Es handelte sich eindeutig um Harold Mailer, denn ich erkannte seinen Anorak und seine schmale Statur wieder. Er saß reglos da und blickte zu Boden.

Ich schlich mich geräuschlos durchs hohe dunkle Gras an ihn an.

Als die Bank nur noch ein paar Meter entfernt war, änderte ich die Richtung, sodass ich mich ihm nun von hinten näherte. Er saß ganz entspannt da. Die ausgebreiteten Arme lagen auf der Lehne der Bank, und er hielt den Kopf ein bisschen schief, wie jemand, der eingenickt ist.

Ich ging langsamer und blieb schließlich stehen.

Vorhin war er doch so nervös gewesen, obwohl es da noch hell gewesen war ... Und jetzt, auf einem unbeleuchteten Friedhof, kurz vor einem gesetzeswidrigen Treffen mit gefährlichen Verbrechern, von dem seine berufliche Laufbahn – und auch sein Leben – abhing, blieb er dermaßen gelassen?

Da war doch etwas faul!

Ich betrachtete ihn wieder. Warum war er so ruhig?

Und warum hielt er eigentlich den Kopf so komisch schief?

Warum bewegte er sich überhaupt nicht?

Ich tastete nach meinem Degen. Ich verharrte wie eine Statue auf der Wiese.

Meine Kopfhaut juckte. Der Wind trug eine kalte Stimme heran.

»Lucy ...«

Aus dem linken Augenwinkel nahm ich wahr, wie sich in der Luft eine Gestalt abzeichnete. Sie war noch unbestimmt, diffus, wie aus Schattenfäden gewoben, und sie hüllte sich in Dunkelheit, als scheute sie davor zurück, sich schon zu zeigen. Kälte ging von ihr aus, schneidend wie ein Messer. Unwillkürlich zog ich eine Angstgrimasse, bleckte die Zähne wie zu einer schaurigen Begrüßung. Dabei richtete ich die brennenden Augen weiterhin geradeaus auf die Bank und den leblosen Sitzenden mit dem gebrochenen Genick. Das graue Wesen neben mir richtig anzuschauen, wagte ich nicht, schon gar nicht sein verschwommenes Gesicht, das ich neben meinem spürte.

Ich brachte lediglich ein heiseres Flüstern heraus. »Harold?«

»Lucy ...«

»Was haben sie dir angetan?«

Die Antwort war nur ein leises Knacken, und als ich an mir herunterblickte, sah ich, wie sich in den Falten meiner Ärmel

Raureif bildete, der auch schon meine Schuhe überzog. Meine linke Wange brannte von der übernatürlichen Kälte, mein Atem bildete weiße Wolken. Die Gestalt war jetzt ganz dicht an mich herangekommen.

»Wer hat dir das angetan, Harold? Wer hat dich umgebracht?«

Eine Flut gebrabbelter Worte schwappte gegen mein Bewusstsein. Sie waren so voller Schmerz und Verwirrung, dass ich nichts verstand.

Meine Zunge fühlte sich staubtrocken und geschwollen an, als wäre sie am Gaumen festgeklebt. »Erzähl es mir. Nur dann kann ich … kann ich dir helfen …« Aber ich schaffte es diesmal nicht, meine patentierte Lucy-Carlyle-Methode durchzuziehen.

»Du hast mir das angetan, Lucy …«

Aus dem Augenwinkel sah ich, wie sich eine nebelhafte Hand nach meinem Gesicht ausstreckte.

»Nein, Harold, das ist nicht wahr …«

»Doch.« Die Finger streiften die Luft dicht vor meiner Wange und ich zuckte zurück. Eiskristalle knisterten auf meiner Haut und sammelten sich in meiner linken Augenhöhle. Ich spürte ein Stechen im Kopf, meine Hand schloss sich fest um den Degenknauf.

»Nicht, Harold. Bitte tu das …«

»Es ist am Ort des Blutes.«

»Wie jetzt?«

Die Gestalt verflüchtigte sich.

Ich schlotterte vor Kälte und kotzübel war mir auch. Wankend trat ich ein Stück zurück und zur Seite, rieb mir das Gesicht und löste meinen Schuh mit einem Ruck vom gefrorenen Boden.

Im selben Augenblick erhoben sich drei Männer aus dem hohen Gras.

Im ersten Schreck hielt ich sie ebenfalls für Phantome, denn ihr Auftauchen kam so überraschend, dass ich nicht klar denken konnte. Ich hatte bei meinen Vorüberlegungen die Buckel und Kuhlen des von den Gräbern geräumten Friedhofsgeländes nicht einkalkuliert. Einige dieser Kuhlen waren durchaus tief genug, dass sich ein Erwachsener hineinducken konnte. Die drei Männer hatten sich die ganze Zeit dort versteckt, während ich fröhlich zu Harolds Leiche und damit geradewegs in ihre Falle spaziert war. Sie waren groß und von Kopf bis Fuß schwarz gekleidet. Trotz ihres bulligen Körperbaus bewegten sie sich flink und machten Anstalten, mich zu umzingeln und mir den Weg abzuschneiden. Einer baute sich links vor mir auf, mit dem Rücken zu dem Tor, durch das ich hereingekommen war, seine Komplizen versperrten die anderen Ausgänge. Hätte ich mich bereits vor der Bank befunden, wäre ich geliefert gewesen.

Doch ich war rechtzeitig stehen geblieben, somit war hinter mir die Bahn frei.

Ich machte auf dem Absatz kehrt und rannte los.

Aber nicht zu einem der schwach beleuchteten Friedhofstore, sondern schnurstracks auf die hohe, schwarz aufragende Mauer dazwischen zu. In der kaffeefarbenen Dämmerung sah sie wie eine uneinnehmbare Festung aus, aber ich hatte meine Hausaufgaben gemacht und wusste es besser.

Ich rannte eine flache Böschung hinauf und sprang über mehrere Kuhlen, wobei ich mir an den Trümmern eines alten Grabsteins beinahe den Knöchel verstaucht hätte. Dann stand ich vor der Mauer. Die drei Gestalten hinter mir hielten aus verschiedenen Richtungen auf mich zu, wie Pfeile auf eine Zielscheibe.

In der Mauer war eine alte Tür. Sie war zwar verriegelt, hatte aber ein aufgesetztes Schloss und dicke Querbalken, auf denen meine Schuhe Halt finden würden. Weil zwischen dem bröckelnden Mauerbogen, in den die Tür eingelassen war, und ihrer Oberkante eine Lücke klaffte, konnte ich mich auf den untersten Querbalken hochziehen und von dort aus höher klettern. Mit einem Fuß auf dem nächsten Balken und dem anderen Fuß auf dem Schloss reckte ich mich, drückte die Knie durch und streckte eine Hand nach oben. Meine Finger umfassten die Oberkante der Mauer, mehr brauchte ich nicht. Ich stieß mich ab, zappelte ungraziös – schon war ich oben. Auf der anderen Seite der Mauer ließ ich mich kurz hängen und dann ins Gebüsch fallen. Im selben Augenblick donnerte etwas gegen die andere Seite der Tür.

Ich stand im Vorhof eines heruntergekommenen Gebäudes, des ehemaligen Pfarrhauses womöglich. Aufgeschichtete Ziegelsteine und unordentlich übereinanderliegende rostige Gerüststangen ließen vermuten, dass jemand das Gebäude irgendwann hatte renovieren wollen, dann aber wieder davon abgekommen war. Jetzt jedenfalls stand das Haus leer, das hatte ich schon am Vormittag überprüft. Vor mir gähnte eins der Erdgeschossfenster. Es hatte keine Scheibe mehr, sodass ich ungehindert hindurch ins Dunkle springen konnte. Als ich einen Blick über die Schulter warf, sah ich drei Gestalten über die Mauer klettern. Ihre Silhouetten zeichneten sich einen Sekundenbruchteil lang vor dem Sternenhimmel ab.

Das Innere des Hauses war die reinste Müllhalde. Ich knipste meine Taschenlampe an und bewegte mich im Slalomkurs von einem Raum zum anderen. Ärgerlicherweise waren die Fenster auf der anderen Hausseite mit Brettern verrammelt, boten also keinen Fluchtweg.

Geräusche hinter mir. Meine Verfolger waren bereits im Haus.

Vor mir führte eine breite, baufällige Treppe nach oben. Ich rannte sie hoch, immer drei Stufen auf einmal nehmend.

Oben angekommen, stand ich vor einem Fenster, verglast, aber verlockend. Ich drückte die Nase an die Scheibe und erspähte unter mir ein Flachdach und noch weiter unten einen großen Garten.

Handelte es sich um ein modernes, leicht zu öffnendes Fenster? Natürlich nicht. Es war ein altes, morsches, verzogenes Schiebefenster. Ich bekam es nur mit Mühe so weit auf, dass ich Kopf und Schultern hindurchstecken konnte. Als ich weiter dagegendrückte, quietschte es protestierend, verkeilte sich und rührte sich keinen Millimeter mehr.

Als ich mich wieder umdrehte, stockte mir das Herz. Die drei Gestalten waren die Treppe schon halb herauf. Der Vorderste hatte etwas silbern Glänzendes in der Hand.

Ich nahm Anlauf, stürzte mich mit Schwung durch die Lücke und ins Mondlicht hinaus. Als eine Hand meinen Schuh packte, hing ich einen Augenblick lang kopfunter in der Luft, dann trat ich mit dem anderen Fuß zu und traf etwas Weiches. Die Hand ließ los und ich landete auf dem Dach.

Beim Auftreffen warf ich mich sofort auf die Seite und in derselben Sekunde bohrte sich etwas Längliches, Schmales leise vibrierend in die Dachpappe. Ich riss eine Büchse Eisenspäne vom Gürtel, drehte mich um und schleuderte sie mit voller Kraft nach oben. Das Schiebefenster zersplitterte wenige Zentimeter über dem Kopf, der daraus hervorschaute. Es hagelte Scherben wie abgebrochene Eiszapfen, jemand schrie auf, und der Kopf wurde zurückgezogen. Ich war schon aufgesprungen und mit fünf schnellen Schritten am anderen Ende des lang gestreckten Flachdaches.

Von der Kante aus blickte ich auf eine hohe Mauer zwischen zwei Gärten, die sich rechts und links wie schwarze, gefrorene Ozeane erstreckten. Weil ich keine Lust hatte, womöglich in einem der Gärten festzusitzen, die keinen Ausgang zur Straße hatten, wählte ich die Mauer. Sie lag ungefähr drei Meter tiefer als das Dach, sodass ich mich umdrehen und vorsichtig von der Dachkante auf die schmale Mauerkrone hinablassen musste. Dabei sah ich, wie der erste meiner Verfolger durch das zerbrochene Fenster sprang.

Trippelnd wie eine Katze huschte ich über die Mauer, wobei ich nicht in die Abgründe zu beiden Seiten, sondern immer stur geradeaus blickte. An den Bäumen in den Gärten hingen silberne Geisteramulette, die Lavendelbüsche sah ich im Dunkeln nicht, roch aber ihren Duft. Hinter mir hörte ich einen Ruf und irgendetwas sauste an meiner Schulter vorbei ins Leere.

Weiter vorn hörte die Mauer auf, weil sie dort auf die Grundstücke der nächsten Querstraße traf. Eine weitere Mauer führte nach rechts, links erstreckte sich eine dichte Hecke. Ich drehte mich um. Einer der Männer balancierte schwankend mit einem kurzen Messer in der Hand hinter mir her. Ein zweiter war in den Garten hinabgesprungen und rannte über den Rasen, aber dort schnitt ihm die Hecke den Weg ab. Der dritte war nirgends zu sehen. Vielleicht hatten ihn die Glasscherben verletzt. Hoffentlich.

Ich ließ mich nicht von meinem Ziel – der Straße – abbringen. Vor mir tauchte die nächste Häuserreihe auf. Die Scheiben eines angebauten Wintergartens glänzten kalt im Mondlicht. Er begann genau dort, wo meine Mauer endete. Dahinter war ein niedriges Garagendach zu erkennen und vielleicht sogar ein Durchgang zur Straße.

Das Wintergartendach war höher als die Mauer. Als ich mein Tempo verlangsamte, um den Abstand einzuschätzen, traf etwas meinen Unterarm. Ein stechender Schmerz durchfuhr mich, ich taumelte. Beinahe wäre ich abgestürzt, aber es gelang mir, mich gegen die Seitenwand des Wintergartens zu werfen. Als ich mich auf das Dach hinaufzog, brannte mein Arm scheußlich, und als ich ihn betastete, wurden meine Finger feucht.

In geduckter Haltung hastete ich über das Glasdach und rutschte dabei ständig auf den schrägen Scheiben aus. Dann sprang ich auf die Garage. Die Straße war nicht mehr weit.

Wieder ein lauter Ruf hinter mir, der von einem weiteren Schrei beantwortet wurde. Als ich mich umdrehte, stellte ich fest, dass der vordere Verfolger ebenfalls auf das Wintergartendach geklettert war. Weil er größer und bestimmt auch schwerer war als ich, konnte er nicht einfach über die Scheiben laufen. Er ließ sich mit dem Hintern auf den Dachfirst plumpsen und rutschte darauf voran wie ein pummeliges Kind, das auf einem geisterhaften Karussellpferd schaukelt.

Ich wartete, bis er ungefähr in der Mitte angekommen war, dann hakte ich die Leuchtbombe vom Gürtel.

Was ich vorhatte, war nicht sehr nett, mir aber in diesem Augenblick herzlich egal.

Das Geschoss schlug direkt vor dem Mann in das Dach ein, explodierte mit einem grellweißen Blitz und überschüttete ihn mit glühend heißen Eisenspänen. Er kreischte, schlug die Hände vors Gesicht und warf sich nach hinten. Daraufhin zog sich wie in Zeitlupe ein Riss durch das ganze Dach, bevor es vollends einbrach. Mit einem Schrei stürzte der Mann vornüber in den silbrigen Qualm und verschwand.

Etwas prallte von der Ziegelwand hinter mir ab und ein Messer trudelte über das Garagendach. Der Verfolger im Garten war durch die Hecke geschlüpft und rannte jetzt in meine Richtung.

Ich zeigte ihm im Laufen den Stinkefinger, hüpfte am anderen Ende des Daches auf die Haube eines Autos, landete schließlich auf einer gepflasterten Auffahrt und hastete sofort weiter.

Der kleine Hinterhof sah auf den ersten Blick sehr malerisch aus, aber für so etwas hatte ich gerade keinen Sinn. Im Nu durchquerte ich ihn und hetzte dann durch die stillen Straßen von Clerkenwell.

Erst nach ungefähr einer Meile, als ich das Gassengewirr rings um den Bahnhof St. Pancras erreicht hatte, gestattete ich mir, mein Tempo eine Spur zu drosseln, aber stehen blieb ich immer noch nicht. Mein Ärmel war nass, der Unterarm fühlte sich auf einer Seite taub an. Die Nacht war kalt. Sobald ich mich ausruhte, würden mich der Schock und die Erschöpfung überwältigen. Außerdem hätte ich dann womöglich angefangen nachzudenken, und das wollte ich auf gar keinen Fall. Was mir – und vorher Harold Mailer – zugestoßen war, durfte noch keinen Platz in meinen Gedanken einnehmen.

Doch mein Instinkt sagte mir auch ohne langes Nachdenken, dass ich nicht nach Hause gehen konnte. Die Männer, die mich zum Schweigen bringen wollten, wussten, wo ich wohnte. Meine kleine Wohnung in Tooting war heute Nacht kein sicherer Zufluchtsort.

Und so machte ich mich – auf gewundenen Schleichpfaden durch den Norden der Londoner Innenstadt – auf den langen, schmerzgepeinigten Weg zu dem einzigen anderen Zufluchtsort, der mir einfiel. Dem einzigen, an dem ich *wirklich* sicher war.

Und auch darüber brauchte ich nicht lange nachzudenken.

Ich machte mich auf den Weg in die Portland Row 35.

Kapitel 13

Von Clerkenwell nach Marylebone sind es per Luftlinie gerade mal drei Meilen, aber ich brauchte für die Strecke mehrere Stunden. Mehrmals verlief ich mich sogar vor Erschöpfung, außerdem hatte ich immer noch Angst vor Verfolgern. Ich mied die Hauptstraßen und nahm lieber lange Umwege in Kauf, als irgendwelchen Lebenden zu begegnen. Von Weitem sah ich ein paar Autos – überwiegend Agentenfahrzeuge und BEBÜP-Einsatzwagen –, aber in meiner Verfassung traute ich niemandem. Meine panische Übervorsicht schützte mich vor umherstreunenden Geistern, und das war auch gut so, denn als ich die altvertraute Gegend endlich erreichte, war ich nur noch ein Häufchen Elend.

Vor Müdigkeit schwankend, ging ich in Schlangenlinien mitten auf der Fahrbahn, an Arifs Eckladen und der rostigen Geisterlampe vorbei und zwischen den stummen Reihen geparkter Autos hindurch. Alles war still, dunkel und verriegelt. Mitternacht war längst vorbei. Kein normaler Mensch machte um diese Zeit noch Hausbesuche – außer Agenten bei einem Einsatz. Erst als ich vor der Nummer 35 stand und die dunklen Fenster sah, fiel mir ein, dass auch Lockwood und die anderen möglicherweise, ja sogar höchstwahrscheinlich gar nicht zu Hause waren. Als mir das klar wurde, wäre ich fast zusammengebrochen, aber da ich nun schon mal hier war, überquerte ich die Straße und ging zum Tor.

Es hing immer noch schief in den Angeln, auch das Schild war noch dasselbe:

A. J. Lockwood & Co., Ermittlungen
Bei Dunkelheit bitte läuten und vor der Eisenlinie warten.

Ich stieß das Tor auf und ging vorsichtig über die geborstenen Fliesen Richtung Haus. Im trüben Schein der Straßenlaterne vor der Nummer 37 schimmerten die auf halber Höhe des Weges in den Boden eingelassenen Eisenplatten matt. Daneben stand der Pfosten mit der Glocke. So viele Aufträge hatten damit begonnen, dass diese Glocke zu später Stunde geläutet wurde. So viele verschiedene Klienten: der Hausarzt der Slaines, der uns aufsuchte, nachdem alle sechs Mitglieder der Familie aus ihren Betten verschwunden waren, der einzige Überlebende der Jagdgesellschaft von Bromley Wick… Im Fall des Schleichers von Bayswater hatte sich die verzweifelte Nichte des boshaften alten Mr Crawford praktisch an den Klöppel der Glocke gehängt, während ihr toter Onkel hinter ihr auf der Straße herangeschwebt kam.

Und eines traf auf jeden dieser Fälle zu: Das Ding machte einen Höllenlärm.

Bevor ich meine Hand danach ausstreckte, drehte ich mich noch einmal nach der schlafenden Straße um. Ganz kurz regte sich mein Stolz. Vielleicht sollte ich lieber bis zum Morgen warten und nicht alle zu dieser unchristlichen Stunde aus den Betten scheuchen? Bis dahin könnte ich irgendwo unterschlüpfen, mich zum Beispiel auf der Treppe vor Arifs Laden zusammenrollen und …

Doch diese albernen Bedenken verflogen gleich wieder. Ich brauchte Hilfe, und zwar *sofort*.

Ich packte den Handgriff der Glocke und läutete.

George hatte mir mal von der Theorie erzählt, dass Geister Lärm nicht leiden konnten, schon gar nicht solchen, der von eisernen Gegenständen herrührte. Schon die alten Griechen hatten angeblich mit eisernen Rasseln und Tamburinen böse Geister verjagt. Tja – falls sich in dieser Nacht irgendwelche Untoten in der Portland Row herumtrieben, war ihr Ektoplasma garantiert im selben Augenblick verdampft, als ich zum ersten Glockenschlag ausholte. Mir selbst wären beinahe die Zähne ausgefallen. Der fürchterliche Lärm riss ein klaffendes Loch in die Stille der Nacht.

Ich machte gute zwanzig Sekunden weiter, und als ich aufhörte, schlug mein Herz mindestens so laut gegen meinen Brustkorb wie zuvor der Klöppel gegen die Glockenwand.

Es verging eine gewisse Zeit, dann atmete ich auf, weil im Haus Geräusche zu vernehmen waren. Hinter der fächerförmigen Bleiglasscheibe über der Haustür leuchtete ein matter Schein auf, als jemand die gläserne Totenkopflampe in der Diele anknipste. Ich hörte, wie die Kette abgenommen und der Riegel aufgeschoben wurde. Daraufhin trat ich ein paar Schritte zurück, bis ich wieder hinter der Eisenlinie stand. Besser nicht zu dicht bei der Tür stehen, wenn sie geöffnet wurde. Manche Leute verloren die Nerven, wenn sie nachts eine finstere Gestalt vor dem Haus stehen sahen, besonders wenn es sich bei diesen Leuten um George handelte.

Doch nicht George öffnete die Tür, sondern Lockwood. Sie

schwang auf, und da stand er vor mir, in seinem langen dunklen Morgenmantel und dem dunkelblauen Schlafanzug, in der Hand den Reservedegen, den wir im Schirmständer in der Diele aufbewahrten. Er war zerzaust und barfuß, sein schmales Gesicht blickte wach, aber gefasst in die Dunkelheit hinaus.

Ich stand einfach nur da. Ich wusste nicht, was ich sagen sollte.

»Lucy?«

Ich hatte die ganze Nacht nicht geschlafen und in der Nacht davor auch nur ein paar Stunden. Ich war gerade drei Mördern entkommen und hatte dem Geist eines eben erst Ermordeten gegenübergestanden. Ein Messerwurf hatte mich verletzt. Ich hatte mir auf meiner wilden Flucht unzählige Beulen und Schrammen geholt und war zu Fuß durch halb London gelaufen. Wann ich zuletzt etwas gegessen hatte, vermochte ich nicht zu sagen. Meine Leggings waren zerrissen. Ich war durchgefroren und völlig erledigt und konnte mich kaum noch auf den Beinen halten. Ach ja, und meine Jacke stank.

Es war nach Mitternacht. Ich stand vor seiner Tür und sah toll aus.

»Lockwood …«

Doch da war er schon neben mir, legte den Arm um mich, stützte mich und half mir ins Haus, hinein in Licht und Wärme. Dabei redete er pausenlos auf mich ein.

»Was ist passiert, Lucy? Du zitterst ja. Na, komm schon. Komm erst mal rein.«

Der vertraute Portland-Row-Geruch schlug mir entgegen, eine Mischung aus Salz, Eisen und Lederjacken, dazu eine eigentümlich staubig-muffige Duftnote, die von den Masken, Krügen und anderen exotischen Kuriositäten in den Regalen stammte. Auf einmal hätte ich am liebsten losgeheult, aber das kam natürlich nicht infrage. Als die Tür hinter uns ins Schloss fiel und die Nacht aussperrte, blinzelte ich energisch. Lockwood schob den Riegel vor, hängte die Kette wieder ein und stellte den Degen in den angestoßenen Porzellanübertopf zurück, der uns als Schirmständer diente. Sein Arm lag immer noch um meine Schulter, als er mich durch die Diele führte.

»Entschuldige bitte die späte Störung«, brachte ich heraus.

»Unsinn! Du brauchst dich nicht zu entschuldigen. Aber du sprichst so leise, dass ich kaum ein Wort verstehe. Offenbar bist du total am Ende. Komm mit in die Küche.«

Als er dort das Licht einschaltete, war es so grell, dass ich zurückzuckte und die Augen zusammenkniff. Da standen sie: die Müslipackungen und Salzbehälter, die Tassen und der Wasserkessel. Georges mottenzerfressenes Kissen lag auf seinem Stuhl. Und auch das Weise Tuch war über den Küchentisch gebreitet, allerdings ein frisches, das mit unbekannten Zeichnungen und Karikaturen vollgekritzelt war. Auch *das* trieb mir wieder die Tränen in die Augen. Lockwood merkte nichts, er sagte wieder irgendwas und zog mir einen Stuhl heran. Als ich mich darauf sinken ließ, fiel sein Blick auf meinen Arm mit der geronnenen Blutspur, die sich vom Ellbogen bis zum Handgelenk zog. Seine Miene veränderte sich.

»Was ist das denn?«

»Ach, nichts. Bloß ein Kratzer.«

Er kniete sich neben mich und schob den Ärmel mit flinken, schlanken Fingern hoch, sodass der Schnitt richtig zu sehen war. Dann blickte er mich fragend an. »Das stammt von einem Messer, Lucy! Wer –?« Er stand wieder auf. »Nein, lass nur, das kannst du mir auch später erzählen. Jetzt wecke ich erst mal George, damit er deine Wunde versorgt. Mach dir keine Sorgen. Hier bist du in Sicherheit.«

»Ich weiß. Danke. Deswegen bin ich ja hergekommen.«

»Soll ich dir einen Tee machen?«

»Ja, bitte. Bitte jetzt gleich. Aber ich kann das auch selber …«

»Kommt nicht infrage, du bleibst sitzen! George trägt neuerdings zum Schlafen Ohrstöpsel, damit er nicht von seinem eigenen Schnarchen aufwacht. Das heißt, ich muss zu ihm hochgehen.«

»Wenn du nicht wieder auftauchst, komme ich dich suchen«, entgegnete ich. Kurze Pause. »Obwohl – vielleicht lieber doch nicht.«

Er grinste und drückte freundschaftlich meine Schulter, dann verschwand er mit wehendem Morgenmantel. Ich blieb in der warmen Küche sitzen. Ob es nun daran lag, dass ich eingenickt war oder Lockwood sich beeilt hatte, jedenfalls schien kaum eine Sekunde vergangen zu sein, als die Küchentür aufflog und ein bleicher George im schlabbrigen Schlafanzug und mit einem Erste-Hilfe-Kasten unter dem Arm hereinkam.

Irgendwann später – wie viel Zeit genau vergangen war, wusste ich nicht – standen ein Becher Tee und ein Teller mit Keksen vor mir. Der Erste-Hilfe-Kasten lag offen auf dem Tisch, drumherum waren jede Menge Wattetupfer und Mullkompressen verstreut. George und Lockwood hatten meinen Arm gemeinsam gesäubert und verbunden, und obwohl sie es meiner Meinung nach ein bisschen übertrieben hatten – der Arm sah aus wie etwas, das aus einem Mumiensarkophag ragt –, ging es mir schon viel besser. Während Lockwood Tee gemacht und George die Kekse geholt und auf Teller verteilt hatte, erzählte ich ihnen, was vorgefallen war. Sie hörten zu, ohne mich zu unterbrechen. Als ich fertig war, schwiegen wir alle drei eine Weile und tunkten unsere Kekse in den heißen Tee.

»Der kleine Harold Mailer…«, sagte George schließlich versonnen. »Nicht zu fassen. Wer hätte das gedacht?«

»Es gehört sich zwar nicht, schlecht von einem Toten zu sprechen«, sagte Lockwood, »aber ich hatte schon immer den Eindruck, dass er ein hinterhältiges kleines Aas war. Er hat zu viel und zu laut gelacht. Ich konnte ihn noch nie leiden.«

»Den Tod hatte er trotzdem nicht verdient«, entgegnete ich.

»Nein, natürlich nicht… Aber *warum* musste er eigentlich sterben? Warum haben ihn diese Typen umgebracht? Mir fallen zwei Möglichkeiten ein: Entweder war er so blöd, ihnen von dir zu erzählen, oder aber sie haben spitzgekriegt, dass er noch mehr Informationen an dich weitergeben wollte. Jedenfalls haben sie beschlossen, ihn loszuwerden.« Er sah mich eindringlich an, aber ich wandte den Blick ab und starrte auf den Tisch. »Du machst dir doch jetzt hoffentlich keine Vorwürfe, Lucy! Du kannst nichts, aber auch gar nichts dafür, das weißt du auch, oder? Mailer hat sich freiwillig mit diesen Leuten eingelassen. Bloß weil du ihn ein bisschen bedrängt hast, bist du noch lange nicht schuld an seinem Tod.«

Womit er zweifellos recht hatte. Trotzdem fühlte ich mich immer noch elend. »Er hätte mir auf dem Friedhof die Geistersieche verpassen können«, sagte ich leise. »Nah genug war er mir ja. Aber er hat es nicht getan. Er hat sich dagegen entschieden.«

»Ja, das war anständig von ihm«, räumte Lockwood nach einer kurzen Pause ein.

»Was hat er noch mal zu dir gesagt?«, fragte George. »Irgendwas mit einem *Ort des Blutes* oder so? Hast du eine Ahnung, was er damit gemeint hat?«

»Leider nicht«, antwortete ich seufzend. »Vielleicht habe ich mich auch verhört. Er hat noch mehr vor sich hin gebrabbelt und war ziemlich durch den Wind. Was ich gut nachvollziehen kann – angesichts der Umstände.« Angesichts dessen, dass er gerade *umgebracht* worden war, meinte ich damit und sah wieder die einsame, schlaffe Gestalt auf der Bank vor mir. Bestimmt hockte Harolds Leiche immer noch dort, allein in der kalten Dunkelheit …

Ich versuchte, mich mit etwas anderem abzulenken. »Was meinst du, Lockwood, ob wohl noch mehr Mitarbeiter der Entsorgungsanstalt in Schwarzmarktgeschäfte verwickelt sind?«

Er zuckte die Achseln. »Vielleicht sogar alle. Wundern würde es mich nicht. Der Handel mit illegalen Artefakten ist eine Goldgrube, deshalb wollten dich die Typen ja auch unbedingt zum Schweigen bringen, Luce. Nach Hause kannst du jedenfalls nicht mehr. Sie wissen garantiert, wo du wohnst.«

Ich räusperte mich, starrte aber weiter auf den Tisch. »Stimmt. Ich dachte, ich könnte vielleicht … heute hierbleiben? Nur die eine Nacht. Morgen …«

»Von wegen *nur die eine Nacht.*« Lockwood stand auf und ging zum Kühlschrank. »Du kannst nicht mehr nach Hause – Punkt! Du hast doch nichts dagegen, dass sie eine Zeit lang hierbleibt, oder, George?«

Es sprach für George, dass ich die Verstimmung zwischen uns schon ganz vergessen hatte. Als er mich verarztet und sich meine Geschichte angehört hatte, war er voller Sorge und Mitgefühl gewesen, doch als er mich jetzt ansah und kurz zögerte, fiel mir wieder ein, wie sehr ich ihn verletzt hatte und wie sauer er auf mich war. Dann hellte sich seine Miene auf. »Quatsch«, sagte er. »Klar kann sie hierbleiben.«

Mich durchströmte auf einmal eine Wärme, die sich aus Tee, Keksen und jäher Dankbarkeit zusammensetzte. »Danke.«

»Lucy als Hausgenossin ist eine willkommene Abwechslung zu Holly«, setzte George hinzu. »Wenn Holly hier ist, habe ich immer das Gefühl, ich müsste nach dem Duschen das ganze Bad putzen, weil ich vielleicht Haare in der Wanne hinterlassen habe oder einen Schmutzrand oder so. Mit der guten alten Luce ist das ganz anders, der ist so was total egal.«

Lockwood hatte einen Krug und ein paar Gläser geholt. »Mecker nicht immer an Holly rum. Gestern Nacht hat sie sich nicht beschwert, oder? Orangensaft, Lucy? Deine Lieblingssorte – die mit Fruchtstückchen drin.«

»Lucy mag keinen Saft mit Stückchen drin, schon vergessen?«, wandte George ein.

»Ach, stimmt ja«, gab Lockwood zurück. »Weil dir das Zeug immer zwischen den Zähnen hängen bleibt, stimmt's?«

Ich sah ihn an. Die Wärme, die mich durchströmt hatte, war merklich abgekühlt. »Ich trinke den Saft. Heißt das, Holly hat letzte Nacht hier geschlafen?«

»Ich persönlich find's ja lustig, wenn man das Fruchtfleisch so durch die Zähne saugt«, fuhr Lockwood unbekümmert fort, »dann kann man so tun, als wäre man ein Blauwal.« Er fing meinen Blick auf. »Ist was?«

»Holly. Schläft sie jetzt immer hier?«

»Nicht immer. Nur wenn die Nacht besonders anstrengend war. Waffeln, George?«

»Ja, bitte. Ich hab Hunger.«

»Luce?«

»Äh … ja, ich nehm auch welche. Wie oft übernachtet sie denn hier?«

Lockwood drückte den Toaster herunter. »Ich glaube, du als Freiberuflerin musst dir deswegen wirklich keine Sorgen machen. Sie schläft jedenfalls nicht in deinem alten Zimmer, falls du das meinst.« Als er sich Saft eingoss, pfiff er unmelodisch vor sich hin.

»Nicht? Wo schläft sie denn –«

»Ich hab jetzt fast alle meine Klamotten da oben«, fiel mir George ins Wort. »Mein eigenes Zimmer ist so voll mit Büchern und Experimentaufbauten, dass noch nicht mal meine engste Unterbuxe mehr reinpasst, da kommt mir deine Dachkammer grade recht. Ansonsten haben wir alles so gelassen, wie es war. Wenn du willst, kannst du gern heut Nacht dort pennen.«

»Danke … echt nett von euch.«

»Na klar doch. Ich pass auch auf, dass ich dich nicht wecke, wenn ich mir morgen früh was zum Anziehen hole.«

Danach stand eine Weile das Frühstück im Mittelpunkt. Waffeln wurden gebacken und Orangensaft getrunken (mit und ohne Überwindung). Ich schaute mich in der Küche um. Sie war aufgeräumt und blitzsauber. Das musste Hollys anhaltender Einfluss sein. Zu meiner Zeit hatte sie den Haushalt so straff durchorganisiert wie eine militärische Operation. Der einzige neue Gegenstand, der mir auffiel, war die Pinnwand am Schrank neben der Treppe zum Büro, an der eine Karte von Südostengland hing. London war in der Mitte, die anderen Grafschaften gruppierten sich drumherum. Um einen Punkt im Südosten der Stadt waren mit farbigen Nadeln konzentrische Ovale abgesteckt. Das Ganze sah verdächtig nach George aus, aber ich kapierte nicht, wozu es gut sein sollte.

Irgendwann schob Lockwood seinen Teller weg. »Dann lasst uns mal überlegen«, sagte er. »Was du uns da berichtet hast, Luce, ist ein Riesending. Die BEBÜP geht davon aus, dass alle Quellen, die in die Entsorgungsanstalt gebracht werden, auch dort vernichtet werden. Wir wissen jetzt, dass einige davon – womöglich sogar alle – beiseitegeschafft und auf dem Schwarzmarkt vertickt werden. Auf diese Weise kommen unvorstellbar gefährliche Artefakte in Umlauf. Denkt nur mal an die Zähne aus Guppys Haus. Auch die haben wir zum Verbrennen gebracht – aber wer weiß?«

Bei der Vorstellung, dass der Geist des Menschenfressers nicht unschädlich gemacht worden war, überlief es mich eiskalt. »Wer hat denn die Zähne in die Brennkammer gebracht?«, fragte ich. »Auch Mailer?«

»Nein«, sagte Lockwood, »ein gewisser Christie. Er machte einen ehrlichen Eindruck, aber das kann täuschen.«

»Wenn *diese* Heimsuchung wiederkehrt, sind wir erledigt«, meinte George. »Du hast es vielleicht nicht mitbekommen, Luce, aber Penelope Fittes war hin und weg von unserem Erfolg in Ealing. Sie will sich unbedingt wieder mit uns treffen. Ich glaube ja, sie hat einen neuen Auftrag für uns, aber Lockwood ist überzeugt, dass sie uns eine Auszeichnung oder so was verleihen will.«

»Warum nicht beides?« Lockwood grinste mich an. »Tja, wenn ihr das schon so gut gefallen hat, wie wird sie sich dann erst freuen, wenn wir diesen Schwarzmarktring auffliegen lassen! Ich spreche natürlich von unseren alten Freunden, den Winkmans. Ich wette, die stecken hinter der ganzen Sache.«

»Halt mal«, unterbrach ihn George, »was genau meinst du mit *auffliegen lassen?* Das ist nicht unsere Aufgabe. Wir müssen Barnes informieren, mehr nicht.«

»Das wäre natürlich eine Möglichkeit«, entgegnete Lockwood in übertrieben gelangweiltem Ton. »Jedenfalls, wenn wir wollen, dass die BEBÜP alles vermasselt. Oder die Lorbeeren dafür erntet. Oder beides zusammen.«

Das war mein Stichwort. Ich hatte schon die ganze Zeit etwas sagen wollen, nur nicht gewusst, wie ich am besten anfangen sollte. Es war klar, worauf Lockwood hinauswollte, und genau das war meine Chance. »Ich habe neulich Flo getroffen«, sagte ich. »Sie hat mir erzählt, dass ein neuer Sammler in der Stadt ist, der für leistungsstarke Quellen hohe Preise zahlt. Die Winkmans setzen alle Hebel in Bewegung, um diesen Typen zufriedenzustellen. Flo meinte, die Artefaktjäger halten geheime Verkaufsveranstaltungen ab, und ich bin *ganz* sicher, dass auch Mailers Beute dort gelandet ist, denn Flo hat den mumifizierten Kopf, von dem ich euch erzählt habe, auf einem dieser Nachtmärkte gesehen.«

Ich machte eine Kunstpause. Wie würden die beiden auf diese Mitteilung reagieren? Lockwood nickte nur, ein leises Lächeln umspielte seine Lippen. Ich begriff, dass er den gleichen Gedanken hatte wie ich. Georges Gesicht war so ausdruckslos wie meistens, aber er ließ mich nicht aus den Augen.

»Und da habe ich mir gedacht«, fuhr ich in beiläufigem Ton fort, »dass ich doch mal zu so einer Zusammenkunft hingehen könnte. Vielleicht finde ich ja raus, wer dahintersteckt – um wen es sich bei diesem Sammler handelt.«

Lockwood rieb sich das Kinn und ein versonnenes Leuchten erschien in seinen Augen. »Dann ist Flo unsere Kontaktperson«, sagte er. »Vielleicht kann sie ja irgendwas drehen, dass du Zutritt zu so einem Nachtmarkt bekommst. Riskant ist es trotzdem.«

»Riskant ist gar kein Ausdruck!«, entgegnete George. »Diese Gangster haben bereits versucht, dich abzumurksen. Und jetzt willst du dich ihnen auf dem Silbertablett servieren?«

Ich zuckte die Achseln. »So kann man es auch sehen.«

»Die Artefaktjäger selbst können es außerdem genauso wenig leiden, wenn Außenstehende die Nase in ihre Angelegenheiten stecken. Sie können ziemlich gewalttätig werden.«

»Hab ich auch schon gehört.«

»Nicht zu vergessen die Winkmans«, fuhr George fort. »Leopold und Adelaide haben persönlich geschworen, Hackfleisch aus uns zu machen. Du begibst dich mitten in ein Wespennest.«

»George hat recht, das ist ein blöder Plan«, pflichtete ihm Lockwood bei und lehnte sich zurück. »Geradezu lebensmüde. Jedenfalls, solange du ihn im Alleingang durchführst.«

Er grinste mich wieder an.

Abermals wurde mir so wunderbar warm und ich überließ mich einen Augenblick lang ganz diesem wohligen Gefühl. Als ich in die Gegenwart zurückkehrte, stellte ich fest, dass George seine Brille abgenommen hatte und sie an seinem Schlafanzugoberteil sauber rieb. Vielleicht rieb er sie auf die Art sauber, die »Aufregung« signalisierte, aber ich schaute lieber nicht näher hin, denn das Schlafanzugoberteil war hochgerutscht und gab eine rosige Speckfalte frei.

»Vergiss es, Lockwood«, sagte er. »Das haut hinten und vorne nicht hin.«

Lockwood hatte die Hände hinter dem Kopf verschränkt und blickte an die Decke. »Es gibt bestimmt eine Möglichkeit – nur ist sie uns noch nicht eingefallen.«

»Wir … äh, ich … natürlich will ich nichts Dummes tun«, meldete ich mich zaghaft wieder zu Wort. »Es ist nur …«, ich stockte, »… im Grunde geht es mir vor allem um …«

»Brauchst nicht weiterzureden«, sagte George. »Dir geht es um den Schädel.«

Ich sah ihn groß an.

»Gib's ruhig zu. Du willst ihn wiederhaben. Er fehlt dir. Die Winkmans zu überführen ist für dich zweitrangig.«

»Dass er mir *fehlt,* würde ich nicht direkt sagen.« Ich stieß ein kurzes Lachen aus. »Es geht nicht darum, dass ich jemanden zum Reden brauche oder so. Aber ich gebe zu, dass ich ihn wiederhaben will.«

»Diesen hinterhältigen ollen Totenkopf?«

»Jap.«

»Mit all seinen ekligen Angewohnheiten?« George kratzte sich mit dem Brillenbügel am Bauch und setzte die Brille dann wieder auf. »Erstaunlich.«

»Ihr wisst selbst, dass er ein außergewöhnlicher Geist ist«, setzte ich zu einer Erklärung an. »Auch mit anderen Geistern kann man kommunizieren, aber immer nur bruchstückhaft. Der Schädel ist da ganz anders und ich … ich möchte nicht auf diese besondere Verbindung verzichten. Wenn es irgendwie geht, will ich … Klar könnte ich es auch auf eigene Faust versuchen, aber ich wäre Lockwood & Co. sehr verbunden, wenn ihr mich unterstützen würdet. Aber das müsst ihr natürlich selbst entscheiden.«

Wir saßen um den Küchentisch. Ein, zwei Minuten lang sagte niemand mehr etwas.

Dann ergriff Lockwood wieder das Wort. »Dann lass uns mal überlegen. Wie viele Aufträge haben wir momentan noch zu bearbeiten, George?«

»Einige. Holly kann es uns bestimmt genauer sagen. Und heute Vormittag kommt ein möglicher neuer Klient vorbei. Du weißt schon, der von auswärts. Wobei mir einfällt, dass wir vorher unbedingt noch 'ne Runde schlafen sollten.«

Lockwood nickte bedächtig. »Also, Luce – so, wie ich es sehe, spricht nichts dagegen, dass wir dir mit Rat und Tat zur Seite stehen. Wobei mir der Schädel weniger am Herzen liegt, auch wenn ich verstehen kann, dass er dir wichtig ist. Mir persönlich geht es mehr um diese Typen und was sie dir antun wollten.« Er biss von seiner Waffel ab. »Allerdings wärst du bei diesem Auftrag eher unsere Klientin als unsere Kollegin. Wäre das für dich auch in Ordnung?«

Er hatte wieder diesen Blick, den ich so gut kannte, ein Funkeln in den Augen, als sei ein Flämmchen Abenteuerlust neu in ihm entzündet worden. George wiegte zwar skeptisch den Kopf und gab missmutige Laute von sich, doch auch seine Augen leuchteten. Es war merkwürdig – als Klientin, als jemand, der offiziell in ihrer Schuld stand, war plötzlich alles so einfach, wie es seit den Tag meines Weggangs nicht mehr gewesen war.

»Das geht auf jeden Fall klar«, erwiderte ich und meinte es ehrlich. »Danke, Lockwood. Danke, George. Und … und was die Bezahlung angeht …«

Lockwood hob die Hand. »Davon will ich nichts hören. Gut, dann wäre das auch geklärt. Wenn du noch weißt, wie man nach oben kommt, schlage ich vor, dass wir jetzt alle ins Bett gehen.«

Kapitel 14

An diesem Morgen schlief ich wie eine Tote, und beim Aufwachen erhellte kein Schimmer, wo ich war, mein Bewusstsein. Ich trieb an die Oberfläche des Schlafs wie ein Apnoetaucher, der zu lange unter Wasser geblieben ist, und starrte an die sonnenbeschienenen Deckenbalken meiner guten alten Dachkammer. Als ich mich schließlich aufsetzte und umschaute, war mir plötzlich, als arbeitete ich wieder bei Lockwood & Co. und als wären die Ereignisse der letzten Monate nur ein absurder, rasch verblassender Traum. Doch sobald mein Blick auf Georges Socken fiel, die wie träge Schlangen über dem Fensterbrett hingen, und auf seine Klamotten, die sich am Fußende des Bettes zu unheimlichen Megalithen auftürmten, rutschte die Welt wieder ins Hier und Jetzt.

Ich duschte in dem kleinen, engen Bad, wobei ich den verbundenen Arm unangenehmerweise die ganze Zeit aus dem Duschvorhang strecken musste. Danach zog ich mich an. Erfreulicherweise hatte ich vor der Zimmertür einen säuberlichen Stapel zusammengefalteter frischer Sachen vorgefunden. Sie gehörten alle mir. Anscheinend hatte ich sie bei meinem überstürzten Aufbruch vor vier Monaten vergessen. Irgendwer – vermutlich Holly – hatte sie inzwischen gewaschen und gebügelt. Ich holte den Stapel herein und sah ihn durch. Ich musste den Rock vom Vortag anziehen, aber alles andere war sauber, und ich fühlte mich gleich deutlich vorzeigbarer.

Mein Körper kam mir seltsam leicht, fremd und blutleer vor, als erholte ich mich von einem Fieberschub. Langsam ging ich die Treppe hinunter und machte im ersten Stock eine Pause. Die Wände waren immer noch mit Knochen, Muscheln und Federn und sonstigem Schnickschnack geschmückt – Geisterfänger und andere Kultgegenstände, die Lockwoods Eltern vor vielen Jahren von ihren Reisen mitgebracht hatten, bevor sie beide verschollen gingen. Nun kam die – wie stets geschlossene – Tür zum Zimmer von Lockwoods Schwester, dem Zimmer, in dem sie gestorben war. Kurz gesagt, alles war so wie immer – und doch schien es mir, als sähe ich das alles zum ersten Mal. Verbotene Räume, unglückliche Erinnerungen … In diesem Haus war die Vergangenheit immer präsent, ließ den armen Lockwood nicht los.

Aus dem Wohnzimmer im Erdgeschoss drangen Stimmen. Es war schon später Vormittag, offenbar war der angekündigte Klient bereits eingetroffen. Ich schlich das letzte Stück Treppe geräuschlos hinunter und wollte mich in die Küche verziehen.

Am Fuß der Treppe knarrt ein Dielenbrett besonders laut. Auf dieser Stelle hatte einst ein Mann sein Leben ausgehaucht, und George behauptete, dass dieses (angeblich erst nach dem Todesfall aufgetretene) Knarren ein Beispiel für eine extrem subtile Heimsuchung war. Meiner Meinung nach war es einfach nur ein knarrendes Brett. Aber egal, jedenfalls trat ich versehentlich drauf.

Die Wohnzimmertür stand einen Spalt offen und bei dem Geräusch verstummten die Stimmen schlagartig.

»Bist du das, Lucy?«, rief Lockwood. »Komm doch rein! Es gibt Kuchen.«

Widerstrebend streckte ich den Kopf ins Zimmer. Da saßen sie, vom Sonnenlicht angestrahlt: Lockwood und George plus Holly plus ein fremdes Kind. Auf dem Couchtisch stand ein prächtiger glasierter Dominokuchen, dessen gelb-rosafarbenes Schachbrettmuster an einen kubistischen Sonnenaufgang erinnerte. Das übliche Begrüßungsritual für neue Klienten war schon im Gange, Holly goss gerade Tee ein.

George blickte auf. »Ach, da kommt ja *noch* eine Klientin! Hier muss irgendwo ein Nest sein. Guckt doch mal unterm Sofa nach und hinter den Vorhängen, vielleicht sind noch mehr hier.«

»Tut mir leid«, sagte ich, »ich wollte euch nicht stören. Hi, Holly.«

Holly hatte die Teekanne hingestellt und betrachtete mich mit besorgter Miene. Früher hätte ich mich darüber geärgert und ihr unterstellt, dass ihr Mitgefühl sowohl überheblich als auch nur gespielt war, doch diesmal störte es mich überhaupt nicht, ja, ich freute mich irgendwie sogar darüber. »Mensch, Lucy«, sagte sie, »ich bin *so* froh, dass es dir gut geht.« Dann runzelte sie die Stirn. »Was ist mit deinem Arm? Wer war das?«

»Ist nur ein Kratzer. Man merkt schon fast nichts mehr.«

»Ich meine den Verband. Eine so schlampige Erstversorgung habe ich ja noch nie gesehen. Lockwood! George! Wie viele Meter Mullbinde habt ihr da verbraucht? Ein Wunder, dass Lucy überhaupt noch durch die Tür passt!«

Lockwood machte ein gekränktes Gesicht. »Dafür, dass es zwei Uhr nachts war, finde ich unser Werk gar nicht so übel. Wir wollten einfach auf Nummer sicher gehen und hatten keine Lust, heute beim Aufstehen überall im Haus Lucys Einzelteile vorzufinden. Wenn du willst, kannst du ihn ja nachher erneuern. Du kommst gerade recht, Lucy. Setz dich zu uns. Das hier ist Danny Skinner. Er braucht unseren Rat.«

»Danke«, gab ich zurück, »aber ich will wirklich nicht stören. Ich komme wieder, wenn ihr fertig seid.«

»Du kannst uns beim Nachdenken helfen«, entgegnete Lockwood grinsend, »jedenfalls solange du uns dafür kein Honorar in Rechnung stellst. Gießt du bitte noch eine Tasse ein, Holly? Und, George, schneidest du bitte ein Stück Kuchen ab? Dann können wir auch gleich anfangen.«

Tja, was blieb mir anderes übrig? Sollte ich mich allein in die Küche hocken und eine Stunde lang Georges Karte anglotzen? Außerdem sah der Kuchen *echt* gut aus – verlockender als ein Burger oder die Thai-Nudeln, die mein übliches Frühstück darstellten. Darum zögerte ich nur kurz, ließ mich auf meinem Stammplatz nieder und warf einen ersten richtigen Blick auf den zweiten Klienten von Lockwood & Co. an diesem Tag.

Eines fiel mir an ihm zuallererst auf. Ich meine dabei nicht seine schlammbespritzte, zerlumpte Kleidung und auch nicht die Rat-tat-tat-Ektoplasma-Brandlöcher, die seine Jacke wie eine erstarrte Maschinengewehrsalve überzogen. Ich meine auch nicht die Art und Weise, wie er kerzengerade dasaß, mit großen, leeren Augen, die auf einen jüngst durchlebten, noch nicht vergessenen Schrecken hindeuteten, und auch nicht die Tatsache, dass er sich nervös die geschwollenen Knöchel der linken Hand massierte. So etwas bekamen wir schließlich jeden Tag zu sehen. Ich rede auch nicht davon, wie anschaulich er uns das Grauen schilderte, von dem er und die Menschen in seiner Gemeinde heimgesucht wurden. Nein, das alles war es nicht, was an ihm ungewöhnlich war.

Es war vielmehr sein Alter. Beziehungsweise seine Jugend.

Danny Skinner war kein Erwachsener. Er war ein Kind. Schätzungsweise zehn Jahre alt.

Erwachsene beschweren sich über Geister, Kinder sehen sie. Wie uns George mal erläutert hatte, galten für das Problem ein paar so gut wie unabänderliche Regeln, und diese hier (Georges dritter Hauptsatz der Geisterkunde) ist eine der offensichtlichsten. Als Agenten für übersinnliche Ermittlungen hören wir viele Zeugenaussagen von Kindern, aber diejenigen, die sich an uns wenden, sind üblicherweise die Erwachsenen. Nur sie haben die finanziellen Mittel, um uns zu beauftragen, außerdem arbeiten (und sterben) die meisten Kinder entweder bei der Nachtwache oder als freie Sensible oder sogar selbst als Agenten und kommen gar nicht dazu, jemand anderen um Hilfe zu bitten.

Aber hier saß ein Kind. Auf unserem Sofa. Allein.

Letzteres stimmte allerdings nicht ganz. Holly setzte sich neben den Jungen und schenkte ihm Tee ein und George nahm auf seiner anderen Seite Platz und legte ihm ein Riesenstück Kuchen auf den Teller. Wäre das Sofa größer gewesen, hätte ich mich wahrscheinlich auch noch dazugesetzt, für ihn die Kissen aufgeschüttelt oder ihm die Füße massiert oder sonst was. Er strahlte irgendetwas aus – er wirkte zerbrechlich, gleichzeitig aber zäh und unerschrocken –, was das Mitleid anderer Menschen weckte, aber ohne einem auf die Nerven zu gehen. In einer Welt, in der es sich im Grunde kein Kind *leisten* kann, hilflos zu sein, in der die meisten von uns ganz selbstverständlich immer wieder ihr Leben riskieren, ist das eine seltene Kombination.

Irgendwie erfüllte er das Klischee vom armen, hungernden Straßenkind: blass und mit unnatürlich großen Augen, dazu ein Paar Ohren, das ihn bei Sturm bestimmt eine beträchtliche Strecke weit getragen hätte. Sein kurzes dunkelblondes Haar war ungleichmäßig geschnitten, sein Wollpullover viel zu groß, und sein Hals und Kopf ragten aus dem Ausschnitt wie ein Storchenjunges, das über den Nestrand späht. Alles zusammen war herzerweichend. Wenn man sich hätte entscheiden müssen, ob man lieber ihn oder einen Korb superniedlicher Hundewelpen aus einem sinkenden Heißluftballon werfen sollte – wetten, dass die Welpen über Bord gegangen wären?

George und Holly lehnten sich wieder zurück, und der Junge, nunmehr reichlich mit Tee und Kuchen versorgt, blickte unsicher in die Runde.

Lockwood vollführte eine ermutigende Handbewegung. »Also … äh … Mr Skinner«, sagte er, »ich bin Anthony Lockwood, und das sind meine Freunde. Was können wir für Sie tun?«

Danny Skinner antwortete mit überraschend tiefer, kräftiger Stimme: »Haben Sie meine Nachricht bekommen, Mr Lockwood?«

»Ja. Es ging um …«, Lockwood überflog einen zerknitterten Brief, »um ein verfluchtes Dorf, wenn ich es richtig verstanden habe.«

»Richtig. Um Aldbury Castle. Ich wollte Sie bitten, hinzufahren und sich dort mal umzusehen.«

»So heißt das Dorf? Aha. Und wo liegt dieses Aldbury Castle?«

»In Hampshire. Mit dem Zug vom Bahnhof Waterloo eine Stunde nach Südwesten und dann noch eine Meile auf dem Aldbury Way nach Osten. Um halb zwei geht ein Zug nach Southampton, den können wir noch erwischen, wenn Sie bald mal in die Gänge kommen.« Der Junge zupfte an seiner schmutzigen, zerschlissenen Jacke. »Aber keine Sorge, Sie müssen nicht unter der Brücke schlafen. Im Gasthof *Zur Sonne* gibt's noch ein paar bewohnbare Zimmer.«

Lockwood öffnete den Mund und klappte ihn wieder zu. Er räusperte sich. »Äh … eins nach dem anderen, Mr Skinner. Wir haben den Auftrag ja noch gar nicht übernommen beziehungsweise uns darüber unterhalten, worin er eigentlich besteht.«

»Wenn Sie alles gehört haben, übernehmen Sie ihn bestimmt«, entgegnete der Junge und trank laut schlürfend einen Schluck Tee. »Ich wollte bloß Zeit sparen. Den ganzen Rest kann ich Ihnen genauso gut im Zug erklären.«

George mischte sich ein. »Wissen Sie, was? Erklären Sie es uns doch einfach jetzt. Was meinen Sie mit *verflucht*?«

Danny Skinner stellte seinen Teller auf den Tisch. »Na, Geister und Phantome und so weiter. Jede Menge.«

Lockwood lehnte sich schmunzelnd in seinem Sessel zurück. »Nichts für ungut, aber darunter leidet das ganze Land. Was ist an Aldbury Castle so besonders, dass wir alles stehen und liegen lassen sollen?«

»Unser Dorf ist schlimmer betroffen als viele andere.« Die Schultern des Jungen bebten, als erschauerte er. »Es hat Tote gegeben.«

Lockwoods Schmunzeln erlosch. »Das tut mir leid. Sind die Betreffenden der Geistersieche erlegen?«

»Schon sechzehn Fälle in diesem Jahr.«

Holly blickte von ihrem Notizblock auf. »*Sechzehn?* Seit Januar? Das soll wohl ein Witz sein!«

»Vielleicht sind's inzwischen auch schon siebzehn. Als ich heute früh losgefahren bin, ging es Molly Suter richtig schlecht. Sie wurde gestern Abend auf dem Feld umzingelt, als sie auf dem Heimweg von ihrer kranken Schwester war. Die Nachtwachenkinder sind mit ihren Eisenstäben gekommen, aber da war es schon passiert. Und als ich heut Morgen losgegangen bin«, er zeigte verlegen auf die Plasmaspuren, »da hätten sie mich beinah auch erwischt. Dabei stand die Sonne schon am Himmel, aber sie haben mir im Wald aufgelauert. Ich hab den Zug grade noch gekriegt.«

»Wer sind *sie?* Besucher?«

»Logisch.«

»Das hört sich wirklich schlimm an. Aber warum hat uns kein Erwachsener aufgesucht? Ihr Vater oder Ihre Mutter?« Lockwood unterbrach sich. »Oder … oder sind die beiden etwa …«

Danny Skinner zog trotzig die Nase hoch. »Wenn Sie wegen dem Geld fragen – Papa hat genug. Er ist auch noch am Leben – so grade halt. Aber richtig gut geht's ihm auch nicht und er kann den Gasthof nicht mehr verlassen. Und Mama ist tot.«

»Mein Beileid«, sagte Lockwood.

Knochiges Achselzucken. »Das Gute ist, dass sie noch nicht zurückgekehrt ist. Bis jetzt.«

Eine Pause entstand. »Probieren Sie doch mal den Kuchen«, sagte George dann. »Schmeckt echt lecker.«

»Ehrlich gesagt, mach ich mir nichts aus Kuchen«, entgegnete der Junge. »Ich bin nicht so ein Süßschnabel. Aber ich mein's ernst. Sie müssen uns helfen und heute fährt nur noch dieser eine Zug.«

Bildete ich es mir nur ein oder wirkte er auf einmal nicht mehr ganz so niedlich? Storchenjunge sind normalerweise nicht so penetrant.

Auch Lockwoods Miene hatte sich leicht verfinstert und spiegelte eine Mischung aus Missbehagen und zunehmender Verstimmung wider. Er schnippte sich ein unsichtbares Stäubchen vom Knie. »Wie gesagt, das können wir erst entscheiden, wenn wir mehr wissen, und auch dann schaffen wir es wahrscheinlich nicht heute. Erzählen Sie uns noch mehr über die Besucher. Welche Art von Geistern sucht Aldbury Castle heim?«

»Kommt ganz drauf an.« Danny zog einen Flunsch. Die Enttäuschung darüber, dass wir nicht sofort aufgesprungen und zum Bahnhof gerannt waren, machte ihm sichtlich zu schaffen. »Auf dem Dorfanger treiben sich Wiedergänger rum und an der Kirche Lauerer. In der neuen Siedlung wurde eine Eiskalte Jungfrau gesichtet, aber das sind nur ein paar Beispiele von vielen. Da, wo ich wohne, im Gasthof *Zur Sonne,* klopft nachts ein Geist an die Haustür. Ich hab ihn sogar mal gesehen. Er sah wie ein kleiner Junge aus und hat geleuchtet. Ganz klein und mickrig und … ich glaub, er ist bösartig, jedenfalls hat er ganz fies geguckt. Er ist über den Hof davongeschwebt und verschwunden.«

»Ein Leuchtender Knabe«, warf Holly ein.

Der Junge zuckte wieder die Achseln. »Kann schon sein. Am besten geht man im Gasthof nach Mitternacht nicht mehr nach unten, sag ich nur. Die Geister im Wald sind vor allem Phantasmen und Albe, soweit *ich* das beurteilen kann. Bin ja aber kein Agent, so wie Sie. Sie sehen ja selber, dass es mich fast erwischt hätte. Die meisten sind alt, sehen aus wie gefallene Krieger oder so. Jahrhundertelang haben sie Ruhe gegeben und jetzt kommen sie plötzlich aus den Kornfeldern gekrochen. Aber das ist noch nicht das Schlimmste. In Aldbury Castle gehen bei Nacht noch ganz andere Kaliber um.« Er trank gierig wieder einen Schluck Tee und stellte die Tasse mit lautem Knall auf die Untertasse. »Wie gesagt, die Heimsuchungen machen uns den Garaus. Das halbe Dorf ist schon tot – vor allem die Erwachsenen, weil sie die Besucher nicht kommen sehen. Wir Kinder tun, was wir können, aber allein ist es einfach nicht zu schaffen. Wir brauchen Unterstützung.« Er schaute demonstrativ auf seine Armbanduhr.

Lockwood übersah den Wink mit dem Zaunpfahl. »Weiß die BEBÜP schon Bescheid?«

»Die sind verständigt, aber sie haben nichts unternommen.«

»Und andere Agenturen?«

»Alles Versager.« Danny sah sich um und schnitt eine Grimasse. »Darf man hier drin auf den Boden spucken?«

»Es wäre mir lieber, wenn Sie es bleiben ließen.«

»Schade. Das Institut von Rotwell ist ja nicht weit von unserem Dorf. An die haben wir uns auch schon gewandt, und sie haben uns ein paar Leute geschickt, um die Lage zu prüfen, aber dann wurde gesagt, sie könnten nichts für uns tun. Sie meinten, es wäre nicht schlimmer als woanders auch, aber das *stimmt* einfach nicht!« Die Adern an seinem Hals traten hervor, er schien vor unterdrücktem Zorn zu brodeln.

»Sie haben vorhin von *Kriegern* gesprochen, Mr Skinner«, mischte sich George wieder ein. »Hat in Aldbury Castle denn mal eine Schlacht stattgefunden?«

»Ja, früher. Zur Zeit der Wikinger oder so.«

»Das könnte eine der Ursachen sein«, schlussfolgerte Lockwood. »Schlachtfelder sind immer Krisenherde, stimmt's, George?«

»Genau …« George klopfte geistesabwesend auf sein Notizbuch. »Aber in Großbritannien wimmelt es nur so von Orten, an denen Schlachten und Gefechte stattgefunden oder Seuchen gewütet haben, trotzdem kocht es dort nicht überall wieder hoch. Und *Wikinger?* Ich weiß ja nicht … Das ist *echt* lange her. Erstaunlich, dass die Gefallenen noch dermaßen aktiv sind.«

»Wollen Sie etwa behaupten, ich lüge?« Die Adern an Danny Skinners Hals pochten noch heftiger.

»Das nicht, aber ich habe den Eindruck, Sie enthalten uns wichtige Informationen vor und schleichen um den heißen Brei herum. Die Geister, von denen Sie bis jetzt berichtet haben … Natürlich hört sich das alles ziemlich übel an, aber Sie sagten, es sei noch nicht das Schlimmste. Was ist denn dann das Schlimmste?«

Unser Gast senkte verlegen den Blick. »Na ja … okay, das ist noch nicht alles. Ich wollt's Ihnen nicht gleich als Erstes erzählen, damit Sie sich nicht vor Angst in die Hosen machen und dann nicht mitkommen. Aber im Zug hätt ich's bestimmt rausgelassen.«

Diese Mitteilung führte zu einem lebhaften Austausch vielsagender Blicke unsererseits, dann erwiderte Lockwood freundlich: »Da wir aber nun mal nicht im Zug sitzen, Mr Skinner – heute nicht und vielleicht auch überhaupt nicht –, sind Sie vielleicht so nett und klären uns hier und jetzt auf. Wir geben uns auch die größte Mühe, die Kontrolle über unsere Blasen zu behalten, versprochen.«

Der Junge schüttelte den Kopf. »Ich bin bloß zu Lockwood & Co. gekommen, weil Sie noch jung sind, so wie ich selber. Ich dachte, Sie können mich verstehen … Es stimmt, in Aldbury Castle treibt nachts noch etwas anderes sein Unwesen.« Er erschauerte abermals, zog die Schultern hoch und hielt den Pulloverkragen am Hals zusammen, als fröre er plötzlich. »Was für eine Sorte Geist es ist, weiß keiner, aber wir haben ihm einen Namen gegeben.« Er holte tief Luft und verkündete dann mit dumpfer Gruselstimme: »Wir nennen ihn … das Flammende Phantom.«

Er lehnte sich zurück und beobachtete uns befriedigt und erwartungsvoll, als müssten wir jetzt in Angstgeschrei ausbrechen, von unseren Sitzgelegenheiten plumpsen und uns schlotternd am Boden wälzen, doch seine Hoffnung erfüllte sich nicht. Lockwood zog höflich die Augenbraue hoch, Holly schrieb etwas auf ihren Block und kratzte sich dekorativ am Knie, und ich biss in mein Kuchenstück.

George sah den Jungen über den Rand seiner Brille forschend an. »Warum?«

»Warum was?«

»Warum trägt der Geist diesen Namen? Beziehungsweise warum hat er überhaupt einen Namen? Von den anderen Erscheinungen, die Sie vorher erwähnt haben, hat offenbar keine einen eigenen Namen. Wieso ist gerade dieser Geist so besonders grauenhaft?«

»Solche Phantome gibt es wie Sand am Meer«, warf Holly ein, als der Junge ärgerlich das Gesicht verzog. »Praktisch jeden Schemen oder Lauerer könnte man so beschreiben.«

»Sie müssen uns noch mehr erzählen«, sagte Lockwood. »Wir müssen sichergehen, dass wir nicht unsere Zeit verschwenden.«

»Ihre Zeit verschwenden?!«, rief der Junge schrill und schlug mit der Faust auf die Armlehne seines Sessels, sodass wir alle zusammenzuckten. »Ihr Agenten glaubt immer, ihr habt schon alles gesehen! Denkt, ihr wisst alles und rümpft über einen wie mich bloß die Nase. Die Typen bei Rotwell waren ganz genauso. Aber Sie werden sich noch wundern!« Er musterte uns feindselig wie ein blasser kleiner Wutkobold. »Das Flammende Phantom gleicht keinem anderen Geist, dem Sie und Ihre Kollegen je begegnet sind. Schon allein wegen seiner Größe.«

»Ja, wie groß ist er denn?«, fragte Lockwood.

»Er ist ein Riese, mindestens zwei Meter groß. Außerdem hat er einen schrecklich dicken Bauch und aufgeblähte Arme und Beine. Er muss schon ungewöhnlich ausgesehen haben, als er noch gelebt hat.«

»Handelt es sich vielleicht um einen Schlackerer?«, fragte ich. »Die sehen oft so aufgebläht aus.«

»Schlackerer haben keine Gliedmaßen und ich habe Ihnen doch eben seine Arme beschrieben!«, widersprach Danny Skinner. »Hören Sie mir überhaupt zu? Ich habe ihn ja selber schon gesehen, im Fasanenwäldchen unter dem Jägerhügel. Er ist mit gesenktem Kopf zwischen den Bäumen rumgeschlichen und dabei sind Qualmwolken oder so was von ihm aufgestiegen.«

»Sie meinen Geisternebel«, sagte Holly.

»Nein.« Der Junge schüttelte den Kopf. »Geisternebel kenn ich. Der steigt über dem Dorfanger auf und hüllt in manchen Nächten alle Häuser ein. Das, was bei jeder Bewegung aus dem Geist rausgequollen ist, sah ganz anders aus. Er zieht es hinter sich her wie einen Kometenschweif oder eben eine Rauchfahne – als würde er in Flammen stehen. So einen Schlackerer haben Sie garantiert noch nicht gesehen.«

George fegte sich ein paar Krümel vom Schoß. »Ich gebe zu, allmählich machen Sie mich *doch* neugierig. Der Geist steht also in Flammen?«

»Sein Umriss flackert, aber wenn es Flammen sind, dann ist es kaltes Höllenfeuer.«

»Beschreiben Sie die Erscheinung bitte noch etwas genauer. Was für Einzelheiten kann man erkennen? Das Gesicht? Die Kleidung?«

»Gar nichts. Nur eine schwarze Gestalt, umgeben von dem Rauch und den Flammen.« Der Junge verdrehte die Augen. »Sind Sie schwer von Begriff oder was? Hab ich doch gesagt.«

»Schon gut, schon gut«, sagte Lockwood. »Dass Sie aufgeregt sind, ist völlig normal, aber wenn Sie sich jetzt nicht mal ein bisschen zusammenreißen, werden Sie mit einem Tritt in den Hintern vor die Tür befördert. Den verpasst Ihnen übrigens unsere Holly, und das wird superpeinlich für Sie.«

»Was können Sie uns noch berichten?«, fragte ich rasch.

Danny Skinner sah mich erstaunt an. »Ich dachte, Sie sind auch eine Klientin.«

»Ach so… äh, klar. Ich höre nur zu. Entschuldigen Sie die Unterbrechung.«

Egal ob der Junge von Natur aus jähzornig war oder sich durch traumatische Erlebnisse etwas in ihm aufgestaut hatte, jedenfalls ging er genauso schnell an die Decke, wie er wieder runterkam. »Er bewegt sich ganz steif und schwerfällig und er verströmt nicht nur Qualm, sondern auch eine eisige Kälte. Ich bin vor Angst fast gestorben.«

»Und Sie sind ihm im Wald begegnet?«

»Ja, aber die anderen Kinder haben ihn auch woanders gesehen. In der Kirchgasse und auf dem Friedhof und auch oben bei den Hügelgräbern hinter dem Dorfanger.«

Lockwood runzelte die Stirn. »Demnach legt er größere Strecken zurück. Das ist tatsächlich ungewöhnlich. Aber was macht er sonst noch, außer durch die Gegend zu schleichen? Haben Sie eine Idee, was er überhaupt will?«

Erneutes Achselzucken. »Schon. Er sammelt Menschenseelen.«

Auf diese Mitteilung folgte eine längere Pause, aber nicht, weil es uns vor Staunen oder Furcht die Sprache verschlagen hätte. Wir musterten alle vier das Gesicht des Jungen und überlegten, wie wir reagieren sollten. Mit unverhohlener Skepsis? (Mein Favorit.) Mit Empörung und Unglauben? (George tarnte sein verächtliches Schnauben in letzter Sekunde als prustendes Niesen.) Oder gelassen und neugierig, so wie Holly und Lockwood? »Das müssen Sie uns erklären«, sagte Lockwood schließlich.

»Auf dem Friedhof steht ein Kreuz«, sagte Danny Skinner. »Es ist uralt und stammt angeblich noch aus der Wikingerzeit. Es sind Bilder drauf, aber der Stein ist so verwittert, dass man nicht mehr richtig draus schlau wird. Nur eine Gestalt, ein Mann, ist noch gut zu erkennen und die alten Leute nennen ihn den *Seelensammler*. Er steht zwischen lauter Knochen und Schädeln, und hinter ihm drängeln sich Leute – als hätte er sie eingesammelt oder so. Und der Schatten – der sieht genauso aus.«

»Das Flammende Phantom sieht wie die Gestalt auf dem alten Kreuz aus?«

»Ja, denn der Typ auf dem Kreuz ist auch ein Riese.«

»Wann hat sich der Schatten das erste Mal gezeigt?«

»Vor drei Monaten, zur Wintersonnenwende.«

»Und vorher wurde er nie gesichtet? Er wird auch nicht in den alten Sagen des Dorfes erwähnt?«

»Glaub nicht.«

Lockwood schüttelte den Kopf. »Trotzdem kann ich keinen Zusammenhang zwischen dem Geist und der Darstellung auf dem Kreuz erkennen. Mag ja sein, dass beide Gestalten groß und unförmig sind, aber das muss nichts zu bedeuten haben.«

»Doch!«

»Dann erklären Sie uns, wieso.«

Diesmal blieb Danny Skinner ruhig. »Die Heimsuchungen haben vor drei Monaten angefangen. Die Geister sind über unser Dorf hergefallen, ein Erwachsener nach dem anderen ist an der Geistersieche gestorben. Und warum? Weil der Schatten die anderen Geister geweckt hat. Sie kommen aus ihren Gräbern und sammeln sich um ihn, so wie bei dem Kerl auf dem Kreuz. So was haben Sie noch nicht erlebt, das schwör ich Ihnen! Sie müssen mitkommen und es mit eigenen Augen sehen – und uns helfen.« Da war es wieder, das Storchenjunge, das großäugige, großohrige Straßenkind, das flehend in die Runde blickte. »Sie *müssen* uns helfen!«

* * *

»Na, der war ja lustig«, meinte Holly, als wir hinterher in der Küche saßen. »Zum Schluss dachte ich, er springt dir gleich an die Gurgel, Lockwood. Das Kerlchen war ja völlig außer sich!«

Lockwood pustete die Backen auf und stieß die Luft schnaufend wieder aus. »Stimmt, aber wir haben schließlich nicht endgültig Nein gesagt. Wenn wir zufällig Zeit haben, können wir ja nächste Woche mal hinfahren, denn das, was er erzählt, klingt schon ganz interessant. Aber ich lasse doch nicht alles stehen und liegen, bloß weil ein hysterischer Bengel irgendwelche wüsten Behauptungen aufstellt.«

»Er hat wirklich übertrieben«, stimmte ich ihm zu. »Und immer dicker aufgetragen.«

»Aber der *entscheidende* Punkt ist doch der...«, George machte eine Kunstpause, »... dass er seinen *Kuchen* nicht angerührt hat.«

»Man kann jemandem doch nicht misstrauen, nur weil er keinen Kuchen mag, George.«

»Oh doch. Ein Stück Kuchen zu verweigern, ist in meinen Augen höchst unmoralisch. *Ich bin nicht so ein Süßschnabel* – das hat er wortwörtlich gesagt! Brrr.«

»Dabei hat Holly den Kuchen sogar selbst gebacken«, setzte Lockwood hinzu. »Aber wie dem auch sei, wir sind uns ja wohl einig, dass der Kleine ein bisschen durchgeknallt war. Sein Dorf hat bestimmt unter einem schlimmen Ausbruch zu leiden, aber die Geschichte mit dem Schatten ging dann doch zu weit. Meinetwegen können wir uns später noch mal mit Danny Skinner befassen, aber jetzt stehen dringendere Angelegenheiten auf unserem Terminplan, vor allem Lucys Anliegen. Und was das betrifft« – er grinste mich an – »hatte ich soeben eine geniale Idee.«

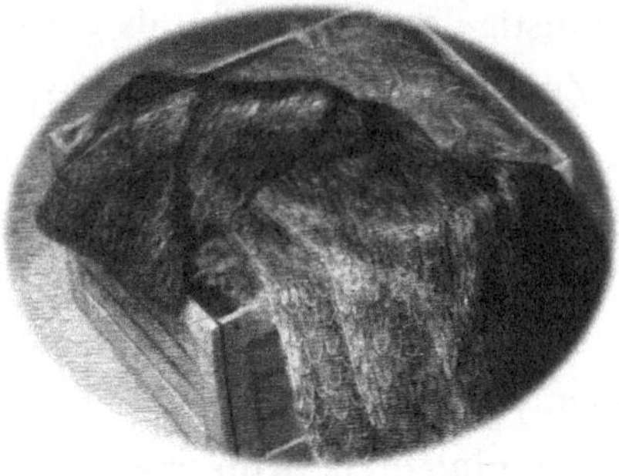

Kapitel 15

Lockwood verriet uns nicht sofort, was er vorhatte. Er wollte partout keinen Mucks dazu sagen und verließ das Haus kurz darauf allein. Weil ich mich körperlich immer noch nicht von den Anstrengungen der vergangenen achtundvierzig Stunden erholt hatte, war ich froh darüber, in der Portland Row bleiben zu können. Ich machte mich, so gut ich konnte, nützlich, indem ich George beim Abwasch half. Als er und Holly anschließend ins Büro hinuntergingen, um irgendwelche Agenturangelegenheiten zu erledigen, verzog ich mich in den Garten.

Der knorrige Apfelbaum stand in voller Blüte, das ungemähte Gras glitzerte in der Sonne. Ich setzte mich auf die von Unkraut überwucherte kleine Terrasse, von wo aus man die Rückseiten und Gärten der umstehenden Häuser sah. An den Mauern sprossen Blumen, deren Namen ich nicht wusste, und Vögel, die ich ebenso wenig kannte, flogen zwischen den Bäumen hin und her und erfüllten die Luft mit ihrem Gezwitscher. Im letzten Sommer hatten wir ein-, zweimal hier draußen gesessen, an den paar Abenden, als wir ausnahmsweise nicht unser Leben aufs Spiel setzten. Jedes Mal waren wir uns einig gewesen, dass wir das öfter machen sollten, waren aber einfach nicht dazu gekommen. Außerdem konnte keiner von uns so recht etwas mit dem Prinzip Nichtstun anfangen. Losziehen und Geister plattmachen lag uns einfach mehr. Deshalb erfuhr der Garten im Allgemeinen wenig Beachtung.

Es war ein komisches Gefühl, genug Zeit zu haben, um hier zu sitzen. Ich befand mich in einer Art Schwebezustand – ich gehörte nicht mehr richtig zu Lockwood & Co., andererseits war es ja nicht so, dass ich *überhaupt* nichts mehr mit ihnen zu tun hatte. Gefühlsmäßig war ich hin- und hergerissen. Einerseits wäre ich am liebsten wieder verschwunden und in mein Leben als Soloermittlerin zurückgekehrt, weil auf diese Weise Lockwood und die anderen wenigstens nicht meinetwegen in Gefahr gerieten. Deswegen fühlte ich mich bei dem Gedanken, dass sie mir helfen wollten, den Schädel zurückzubekommen, ausgesprochen unwohl, denn dieses Unterfangen war zweifellos gefährlich. Andererseits hielt sich mein schlechtes Gewissen darüber, ihr Angebot angenommen zu haben, in Grenzen. In meiner jetzigen Lage *brauchte* ich Unterstützung. Ich *brauchte* Freunde. Und hatte mir George auf der Mauer vor Guppys Haus nicht erzählt, Lockwood habe sich in den letzten Monaten immer wieder aus eigenem Antrieb in Gefahr gebracht? War es da nicht auch schon egal, wenn ich ihn bei einer riskanten Unternehmung um Hilfe bat? Das änderte doch eigentlich nichts, oder?

Ich wurde aus meinen Gefühlen selbst nicht so richtig schlau. Nur in einem Punkt war ich mir ganz sicher, als ich so in dem friedlichen Garten saß: Es war schön, wieder hier zu sein, und sei es auch nur vorübergehend.

Kurz nach dem Mittagessen kam Lockwood zurück. Ein leichter Geruch nach Algen und verfaultem Holz haftete ihm an, woraus ich schloss, dass er Flo Bones aufgesucht hatte. Demnach war er bereits dabei, den ersten Teil seines Plans in die Tat umzusetzen.

»Ich musste ihr einen Jahresvorrat Lakritzmischung versprechen«, erzählte er, »aber schließlich hat sie eingewilligt. Der nächste Artefaktjäger-Markt findet morgen Nacht statt. Flo kümmert sich um das Wann und Wo. Sie begleitet uns bis zum Eingang, der von gorillaähnlichen Türstehern bewacht wird. Wenn sie uns durchlassen, können wir an dem Treffen teilnehmen, wenn nicht, werden wir zusammengeschlagen und bewusstlos in die Themse geworfen. Wir sollten es also darauf anlegen, dass sie uns durchlassen.«

»Ganz deiner Meinung«, sagte ich, »aber wie stellen wir das an?«

Darauf ging Lockwood nicht ein.

Als Nächstes unternahmen er und Holly einen Ausflug nach Tooting und holten meine Klamotten aus der Wohnung. Ich durfte nicht mitkommen. Als sie nach einiger Zeit zurückkehrten, berichteten sie, dass alles glattlief, allerdings waren sie im Treppenhaus meinem Nachbarn begegnet.

»Er hat uns erzählt, dass er letzte Nacht aus deiner Wohnung Lärm gehört hat«, sagte Lockwood. »Als er durch den Spion in seiner Wohnungstür geschaut hat, waren im Treppenhaus zwei Männer mit Taschenlampen. Der eine war außerdem mit einer Pistole bewaffnet. Aber als sie sich vergewissert hatten, dass niemand da war, sind sie wieder abgezogen. Gut, dass du nicht mitgekommen bist, Luce, beziehungsweise dass du gestern nicht nach Hause gegangen bist.«

Auch in diesem Punkt konnte ich ihm nicht widersprechen.

Holly überreichte mir die Tüten mit meinen Habseligkeiten. »Ich weiß nicht, wie ich es dir beibringen soll, Lucy«, sagte sie mit ernster Miene, »aber … die Typen haben deine Wohnung völlig verwüstet.«

Ich sah sie erschrocken an. »Oh nein! Was haben sie gemacht?«

»Es sah *furchtbar* aus. Deine Sachen lagen überall auf dem Boden, sogar das Bettzeug, sämtliche Schubladen standen offen, und alles war kreuz und quer durcheinandergeworfen. Als hätte eine Bombe eingeschlagen. Es tut mir schrecklich leid. Das muss echt schlimm für dich sein.«

Ich wich Lockwoods Blick aus. »Allerdings. Schlimm, dass die Einbrecher so gehaust haben«, stimmte ich Holly zu. »Ein Glück, dass ich es nicht sehen musste.«

Immerhin hatte ich jetzt etwas zum Anziehen.

Am späten Nachmittag schlug ich vor, heute früher zu Abend zu essen, und rührte unter Georges Aufsicht eine schnelle Bolognesesoße für Spaghetti zusammen. Holly steuerte zum Nachtisch einen Biskuitkuchen bei.

»Wie kommt's, dass sie sich plötzlich aufs Backen verlegt hat?«, erkundigte ich mich bei George. »Früher hat sie doch keinen Kuchen angerührt.«

George betrachtete geistesabwesend seine Englandkarte an der Küchenwand. »Holly? Ach, die ernährt sich immer noch hauptsächlich von Salat. Aber keine Bange, ich arbeite dran, sie auf Junkfood umzupolen. Hast du Oregano in die Soße getan?«

»Das hast du mich schon mal gefragt und die Antwort lautet immer noch: ja. Ich glaube, die Nudeln sind auch gleich fertig. Was hat es eigentlich mit dieser Karte auf sich? Hast du dort die neuesten Heimsuchungen eingetragen?«

»Hä?« Er schien mit den Gedanken ganz woanders zu sein. »Nein … im Gegenteil. Es ist eine Karte mit alten Heimsuchungen, bis zurück zu den Anfängen des Problems. Ich habe alle größeren Ausbrüche nach Jahrzehnten geordnet markiert.« Er stieß die Tür zum Untergeschoss auf und brüllte: »Essen ist fertig!« In normaler Lautstärke setzte er hinzu: »Ich habe in alten Zeitungen recherchiert. Du kennst mich ja.«

Lockwood und Holly kamen die Treppe hoch. Ich ließ heißes Wasser über die Teller laufen, um sie vorzuwärmen, und stellte das Essen auf den Tisch, wobei ich die Karte durch die appetitlich duftende Dampfwolke hindurch noch einmal betrachtete. »Ich verstehe es trotzdem noch nicht ganz«, sagte ich wieder an George gewandt. »Im Lauf der Jahre hat es doch Tausende Ausbrüche gegeben. In deiner Karte stecken eine Menge Nadeln, das schon, aber längst nicht genug, um alle größeren Heimsuchungen zu verzeichnen.«

»Ich habe ja auch immer nur die ersten zwanzig Massenheimsuchungen in jeder Gegend eingetragen«, gab George zurück. »Die unterschiedlichen Farben der Nadeln stehen für verschiedene Jahrzehnte, und an der ringförmigen Anordnung erkennt man, wie sich das Problem nach und nach ausgeweitet hat. Du erinnerst dich vielleicht noch daran, wie ich im Fall des Chelsea-Ausbruchs die ursprüngliche Quelle geortet habe, mithilfe einer Analyse des Geisteraufkommens in der Umgebung des Kaufhauses Aickmere. Mit dieser Karte bezwecke ich etwas ganz Ähnliches, nur in größerem Maßstab. Und sie bestätigt das, was in den Geschichtsbüchern steht, nämlich dass unser Problem zuerst südöstlich von London, in der Grafschaft Kent, aufgetreten ist.«

»Wo es von den Pionieren Marissa Fittes und Tom Rotwell bekämpft wurde.« Lockwood verteilte großzügige Nudelportionen und Soße auf die Teller. »Sieht übrigens sehr lecker aus, Lucy. Was sind denn die schrumpligen schwarzen Dinger in der Soße?«

»Pilze, glaub ich. Äh, nein … *das hier* sind die Pilze. Dann weiß ich auch nicht – egal. Guten Appetit.«

»Ja, die Agenturen von Fittes und Rotwell haben es in fünfzig Jahren weit gebracht«, nahm George den Faden wieder auf, als wir aßen. »Kennt ihr das Denkmal in der Innenstadt? Es steht an der Stelle, wo die beiden Gründer die allererste Ermittlung in London durchgeführt haben. Ich war mal da, um es mir anzuschauen. Ehrlich gesagt, fand ich das Ding ziemlich hässlich. Die beiden sind als Jugendliche dargestellt, denn sie waren noch nicht erwachsen, als sie dem Phantom aus der Mud Lane den Garaus gemacht haben. Tom Rotwell hat seinen selbst gefertigten Degen gezogen, Marissa Fittes steht mit ihrer kleinen Petroleumlampe neben ihm. Diese beiden Gegenstände wurden später die Markenzeichen der beiden Agenturen. Komische Vorstellung, dass sie damals tatsächlich zum Einsatz gekommen sind.«

»Gibt's da nicht so eine Geschichte zu Marissas Lampe?« Wie üblich hatte sich Holly eine große Portion Salat aufgetan, aber daneben türmte sich – zu meiner Befriedigung – auch ein ordentlicher Berg Spaghetti. Sie drehte die Nudeln geschickt auf die Gabel. »Hatte sie die Lampe nicht aus einem Gartenschuppen oder so?«

George nickte. »Aus dem Sommerhaus ihrer Eltern. Sie hat sie benutzt, weil das übernatürliche Kraftfeld des Geistes die Leuchtkraft ihrer Taschenlampe beeinträchtigte. Tom und Marissa waren ziemlich einfallsreich und auch die Ersten, denen es in den Sinn kam, mit Eisen und Silber zu experimentieren. Tom verfiel außerdem auf die Idee, in heimgesuchten Häusern als eine Art Alarmanlage Käfige mit Katzen drin aufzustellen, verwarf das aber bald wieder, weil die Katzen total durchdrehten.«

»Besonders nett ist es ja auch nicht«, sagte Holly missbilligend. »Die armen Tiere.«

»Aber wahrscheinlich zuverlässiger als Georges Glockendingsbums«, warf ich ein.

George schlürfte geräuschvoll einen Spaghettifaden ein. »Du meinst das ÜFWS? Kann schon sein, aber immerhin beschäftigt sich das Rotwell-Institut noch mit neuen Erfindungen, so wie früher Tom. Fittes macht sich diese Mühe nicht mehr. Dort hält man sich lieber an Degenklingen und übersinnliche Gaben, so wie es immer Marissas Strategie war.«

»Tja, die beiden waren eben jeder auf seine eigene Art genial«, sagte Holly. »Wir haben ihnen viel zu verdanken. Sie haben ihr Leben der Aufgabe gewidmet, uns zu beschützen.«

»Und sie haben einen hohen Preis dafür gezahlt«, ergänzte Lockwood. »Beide sind jung gestorben.«

Ich dachte an die Marissa auf den Fotos, die im Fittes-Gebäude aufgestellt waren – die runzlige, schwarz gekleidete Greisin. »Das kann nicht sein. Ich habe Bilder von Marissa Fittes gesehen, auf denen sie sehr alt war.«

»Sie ist nur etwa vierzig geworden, aber vorzeitig gealtert.«

»Auf jeden Fall ist es sehr interessant, dass sich unser Problem wie eine ansteckende Krankheit ausgebreitet hat«, meldete sich George wieder zu Wort. »Es geht wie andere Seuchen auch von einem eingegrenzten Herd oder Kern aus und hat sich von Kent aus erst weiter nach Südosten verbreitet und dann London und schließlich das ganze Land befallen.«

»Trotz Fittes' und Rotwells Bemühungen«, entgegnete ich.

»Stimmt.«

Als wir fertig gegessen hatten, erläuterte uns Lockwood das weitere Vorgehen. »Morgen findet bekanntlich der Nachtmarkt der Artefaktjäger statt, und höchstwahrscheinlich nehmen auch die Winkmans daran teil, um die besten Stücke aufzukaufen. Nach allem, was uns Lucy erzählt hat, dürfte der Wispernde Schädel zu diesen Stücken gehören, was bedeutet, dass wir versuchen müssen, Zutritt zu der Veranstaltung zu bekommen. Wir schmuggeln uns rein, schnappen uns den Schädel, finden nebenbei hoffentlich noch etwas über den geheimnisvollen Schwarzmarktsammler heraus, für den die Winkmans arbeiten, und verduften wieder – und das alles möglichst, ohne erkannt, in die Enge getrieben oder mit einem Filetiermesser erstochen zu werden. Eigentlich keine große Sache. Flo bringt uns hin, aber um an den Türstehern vorbeizukommen, brauchen wir eine Eintrittskarte.«

»Du meinst eine Quelle?«, fragte Holly.

»Richtig. Ich schlage vor, dass wir zu zweit hingehen – am besten Lucy und ich –, und daraus folgt, dass wir zwei erstklassige übernatürliche Quellen brauchen.«

»Wo sollen wir die denn auf die Schnelle hernehmen?«, wandte George ein. »Der Schädel war erstklassig, aber der wurde ja geklaut. Zum Glück steht im Büro noch ein bisschen Kram, zum Beispiel die mumifizierte Piratenhand, die Holly immer in den Müll schmeißen will. Die könnten wir nehmen, obwohl ich eigentlich daran hänge. Zugegeben, das Ding ist schwarz und teerverschmiert, und der eine Finger fällt bald ab, aber es hat einen gewissen sentimentalen Wert und …«

»Reg dich ab. Wir nehmen dir deine Hand nicht weg«, unterbrach ihn Lockwood und lehnte sich zurück. »Wir brauchen etwas Neues, noch nie Dagewesenes – etwas so teuflisch Aufsehenerregendes, dass uns die Türsteher durchlassen, ohne groß Fragen zu stellen. Und die erfreuliche Nachricht ist, dass ich auch schon eine Idee habe, wo wir so etwas herbekommen.« Er sah auf die Uhr. »Es ist noch nicht dunkel, so bleibt uns noch genug Zeit. Kommt mit, dann zeige ich euch gleich, was ich meine.«

»Äh … wo wollen wir denn hin?«, fragte ich.

Lockwood lächelte gelassen in die Runde. »Ihr braucht eure Jacken nicht anzuziehen. Wir gehen nur rauf in Jessicas Zimmer.«

* * *

Was seine Vergangenheit betraf, war Lockwood noch nie besonders auskunftsfreudig gewesen. Ganz im Gegenteil: Seit unserer ersten Begegnung hatte ein Geheimnis seine verstorbene Familie und die Umstände ihres Dahinscheidens umgeben. Auch wenn er im Haus seiner Eltern lebte, das noch mit ihren Möbeln und Sammlerstücken eingerichtet war und überall an sie erinnerte, sprach Lockwood so gut wie nie über die beiden, und noch seltener erwähnte er seine Schwester Jessica, die vor vielen Jahren in ihrem Zimmer umgekommen war. Trotzdem waren im Lauf der Zeit ein paar Informationen durchgesickert, und ich hatte begriffen, wie sehr ihn ihr Tod erschüttert hatte.

Jessica Lockwood war sechs Jahre älter gewesen als der kleine Anthony. Nach dem plötzlichen Tod der Eltern hatte sie sich um ihn gekümmert. Doch als er gerade mal neun gewesen war, kam auch sie ums Leben. Sie war einem Besucher zum Opfer gefallen, der sie in ihrem Zimmer attackiert hatte. Seit jenem Tag hatte Lockwood seine Gefühle tief in sich verschlossen, doch sein Zorn loderte unvermindert und ließ ihn einen erbarmungslosen Feldzug gegen Geister aller Typen und Arten führen. Jessicas Zimmer war seither verschlossen; ein dunkler, nicht zu betretender Teil des Hauses. Das Zimmer diente als eine Art Schrein für die Verstorbene, aber Lockwood bewahrte dort auch andere Andenken an seine Angehörigen auf. Es war auch deswegen Sperrgebiet, weil über dem Bett, in dem Jessica gestorben war, immer noch ein mächtiger Todessschein verweilte. Die Tür war deshalb von innen mit Eisenblechstreifen gesichert, und überall hingen Silberamulette, doch bis jetzt waren diese Sicherheitsvorkehrungen überflüssig gewesen, denn Jessica war nicht mehr zurückgekehrt.

Lockwood ging als Erster die Treppe hinauf. Holly folgte ihm, George und ich blieben noch einen Augenblick unten stehen.

»Weiß Holly denn inzwischen, was …?«, fragte ich leise.

»Was mit Jessica passiert ist, meinst du? Ja, sie weiß Bescheid.«

»Er hat es ihr erzählt? Ach so … verstehe.«

Eigentlich fand ich es ja gut, dass Lockwood bezüglich seiner Vergangenheit etwas offener wurde, dass er sich anderen Menschen anvertraute. Es hatte ewig gedauert, bis er es mir gegenüber geschafft hatte. Da war es ein Fortschritt, dass es ihm jetzt anscheinend leichter fiel, darüber zu sprechen. Doch, sicher war es gut, dass Holly auch Bescheid wusste. Eigentlich freute ich mich darüber.

Wie immer waren die Vorhänge zugezogen, das Zimmer lag im Dunkeln. Lockwood ging als Erster hinein.

Ich war lange nicht mehr hier drin gewesen, aber es hatte sich nichts verändert. Hier änderte sich *nie* etwas. Wie immer schwebte der ovale, leuchtende Todesschein über dem Bett und bot einen bestürzend schönen Anblick. Wie immer ließen mir die übernatürlichen Wellen, die von ihm ausgingen, die Haare zu Berge stehen, und meine Zähne taten weh. Auf den Kisten und Kartons, mit denen das in dauerhaftes Zwielicht getauchte Zimmer vollgestellt war, standen als Vorsichtsmaßnahme Gläser und Vasen mit getrocknetem Lavendel, auch die Silberamulette hingen noch von der Decke und klimperten leise im Luftzug.

Lockwood hatte seine dunkle Brille aufgesetzt, damit ihn das übernatürliche Licht nicht blendete. Jetzt knipste er die Deckenbeleuchtung an. Der Todesschein wurde schwächer, doch die Kraftwellen blieben unvermindert stark. Lockwood zog die Vorhänge nicht auf, sondern klopfte auf die nächstbeste Kiste.

»Hier drin finden wir bestimmt etwas Passendes«, sagte er mit gesenkter Stimme. »Ihr wisst ja, dass meine Eltern Erforscher des Übernatürlichen waren und nach einer Lösung für das Problem gesucht haben. Sie sind um die ganze Welt gereist und haben die Geisterkulte anderer Völker studiert. Von ihren Reisen haben sie jedes Mal eine Menge Krimskrams mitgebracht. Ihre Lieblingsstücke sind im Haus ausgestellt, aber hier drin gibt es viele Dinge, die noch nie ausgepackt wurden. Manche dieser Kisten sind sogar erst nach ihrem Tod hier eingetroffen. Wir müssen nur etwas auswählen, wovon einem Schwarzmarkthändler die Spucke wegbleibt. Lucy, sag du, welche Kiste wir zuerst aufmachen sollen.«

»Ich?« Unwillkürlich sprach auch ich leise. Keiner von uns mochte in Jessicas Zimmer die Stimme erheben. »Aber es ist doch die Sammlung *deiner* Eltern ...«

Lockwood zuckte nur die Achseln. »Stimmt, und sie hat schon reichlich Staub angesetzt. Wird Zeit, dass die Dinge endlich einem guten Zweck zugeführt werden. Also los. Welche Kiste soll's sein?«

Ich zögerte. Mein Blick wanderte wieder zu dem Bett mit der weißen Tagesdecke. Darunter befand sich die entsetzliche schwarze Ektoplasma-Brandspur. Jessica war gestorben, als sie eine dieser Kisten ausgepackt hatte. »Ist das denn nicht ...«, ich wählte meine Worte sorgfältig, »... ein bisschen riskant?«

Lockwoods Augen lagen im Schatten, doch ich glaubte einen Anflug von Ungeduld über sein Gesicht huschen zu sehen.

»Nein. Draußen ist es noch nicht dunkel. Außerdem haben meine Eltern die Sachen fachgerecht verpackt. Der Geist konnte nur entweichen, weil das Artefakt heruntergefallen und die Plombe zerbrochen war.«

Darauf erwiderte keiner von uns etwas. Ja, der entwichene Geist hatte seine Schwester umgebracht. Und Lockwood, der damals noch ein kleiner Junge gewesen war, hatte sie gefunden. Außer sich vor Schmerz und Wut ging er auf den Geist los und vernichtete ihn. Das wusste ich allerdings nur, weil ich einmal allein in Jessicas Zimmer gewesen war und meine Gabe mir ein Nachflimmern dieser Tragödie offenbarte. Was ich damals erfahren hatte, war unauslöschlich in mein Gedächtnis eingebrannt.

George richtete als Erster wieder das Wort an Lockwood. »Ich bin trotzdem dagegen, einfach auf gut Glück in den Kisten herumzuwühlen. Was ist da überhaupt drin?«

»Frag mich nicht. Wahrscheinlich ähnliches Zeug wie das, was unten an den Wänden hängt. Kuriositäten aus anderen Kulturen, Kultgegenstände, um Geister zu beschwören oder zu vertreiben. Vermutlich ist eine Menge Ramsch dabei, aber vielleicht ja auch ein paar echte Raritäten.« Lockwood nahm eine Vase mit Lavendel von einer der Kisten. Seine Bewegungen waren flink und zielgerichtet, man spürte wieder, wie viel Zorn noch in ihm brodelte. Er trommelte auf das Holz. »Wir könnten mit der hier anfangen – oder mit der da – oder mit einer von denen dort … Jetzt mach schon, Luce, schließlich geht es um *deinen* Schädel. Du entscheidest. Welche Kiste nehmen wir?«

»Meinetwegen die hier«, sagte ich widerstrebend.

»Gute Wahl … ja, eine gute Wahl. Ich finde auch, dass sie vielversprechend aussieht.« Er nahm sein Messer vom Gürtel, rammte es in den Spalt unter dem Deckel und hebelte einmal rundherum. »Wie bei einer Sardinenbüchse«, sagte er. »Hab's gleich. Dann wollen wir doch mal sehen, was … hier *drin* ist!«

Es knackte so laut, dass Holly, George und ich zusammenzuckten. Dann war der Deckel lose. Lockwood nahm ihn ab und ließ ihn hinter die Kiste fallen. Ein würziger Harzgeruch breitete sich aus.

»Weihrauch«, sagte Holly halblaut.

Die Kiste war randvoll mit gelblichen Sägespänen, die den Inhalt vor Beschädigung schützen sollten. Lockwood griff entschlossen hinein. »Aha!« Behutsam zog er ein großes, unförmiges Gebilde heraus, das aussah, als sei es in Stroh verpackt. Als er es in die Höhe hielt, rieselten Sägespäne auf den verblichenen Teppich.

»Vorsicht!«, mahnte Holly.

»Keine Angst. Es ist noch hell. Wir machen nicht den gleichen Fehler wie meine Schwester.«

Jetzt war zu erkennen, dass es sich bei der Verpackung um eine Art Schilfmatte handelte. Sie war schon so alt und spröde, dass sie unter Lockwoods Fingern zerbröselte. Er entfernte die Reste, und etwas bunt Leuchtendes kam zum Vorschein, wie Blumen unter einer schmelzenden Schneedecke.

»Was ist das?«, fragte ich. »Sieht wie …«

»… Federn aus«, ergänzte Lockwood und schüttelte seinen Fund leicht. Wie ein Tischtuch, das man auffaltet, wurde das Ganze auf einmal überraschend groß. Es war ein mit kleinen blauen und violetten Federn besticktes Stoffstück. Die Federchen waren so dicht aneinandergenäht, dass sie wie eine einzige Fläche aussahen. Ich hatte keine Ahnung, von welchem Vogel sie stammten, dachte aber sofort an einen tropischen Dschungel. Ihre Pracht erhellte das ganze trostlose, schäbige Zimmer und wir betrachteten sie staunend.

»Die Rückseite ist auch ganz schön raffiniert«, sagte Lockwood und drehte den Stoff um, sodass man die winzigen silbernen Ösen sah, mit denen die Federn aneinander befestigt waren. Sie saßen dicht an dicht wie die Glieder eines Kettenpanzers. Am oberen Rand des Stoffstücks befanden sich ein silberner Verschluss und eine Kapuze.

»Ach so!«, rief George aus. »Ein Umhang.«

»Ein Geisterumhang«, bestätigte Lockwood. »Medizinmänner und Schamanen haben so etwas getragen.«

»Er ist wunderschön«, sagte Holly andächtig.

»Schön, aber vor allem nützlich«, gab Lockwood zurück und breitete den Umhang über einer anderen Kiste aus. »Schamanen waren weise Männer, sie sprachen mit den toten Ahnen, und zwar in Geisterhütten, in denen …«

»Halt, halt«, fiel ich ihm ins Wort. »Was sind denn nun wieder Geisterhütten? Und woher weißt du das überhaupt alles?«

»Von meinen Eltern«, sagte Lockwood. »Sie haben Artikel darüber verfasst, weil sie der Ansicht waren, die Rituale anderer Kulturen könnten zur Lösung des Problems beitragen. Sie verglichen die Vorstellungen, die sich fremde Völker von Geistern machten, mit unseren – im Hinblick auf Unterschiede und Gemeinsamkeiten. Dabei ging es ihnen nicht darum, welche Bräuche funktionierten und welche nicht. Sie wollten herausfinden, was die Leute *glaubten,* weil das womöglich wichtige Anhaltspunkte liefern könnte. Ich muss die Aufsätze noch irgendwo haben …«

Die Anspannung, mit der er das Zimmer betreten hatte, war verschwunden. Vielleicht übte die Schönheit des Umhangs einen besänftigenden Einfluss auf ihn aus.

»Und? Ist es ihnen gelungen?«, wollte George wissen. »Haben sie herausgefunden, wie man dem Problem beikommen kann?«

»Nein. Ja. Keine Ahnung.« Lockwood zog das nächste in Schilf gewickelte Bündel heraus. »Das könnte noch ein Umhang sein …« Er grub tiefer in den Sägespänen, förderte eine kleine Holzkiste zutage, schaute hinein und machte sie sofort wieder zu. »Puh, das holen wir lieber nicht raus. Mumifizierte Körperteile, von denen man nicht weiß, woher sie stammen, fasst man besser nicht an. Ist jedenfalls mein Motto.«

»Nicht mumifizierte auch«, entgegnete George. »Das ist *mein* Motto und ich bin immer gut damit gefahren.«

»Über eure Mottos könnt ihr euch ein andermal unterhalten«, mischte sich Holly ein. »Du hast eben von Geisterhütten gesprochen, Lockwood.«

»Ja, genau … Also, einige dieser Kulturen pflegten einen entspannteren Umgang mit ihren Toten als wir. Wenn alte Menschen dem Tode nahe kamen, brachte man sie in eine dieser Hütten, und wenn sie gestorben waren, wurden ihre Gebeine dort aufbewahrt. In einer Art Regal. Der Schamane kam dorthin, um mit den Seelen der Verstorbenen zu sprechen. Zu seinem Schutz trug er dabei einen Geisterumhang. So heißt es jedenfalls. Wollen wir die beiden Umhänge morgen mitnehmen, Lucy? Es sind zwar keine richtigen Quellen, aber die Winkmans würden sie uns bestimmt allein schon wegen ihres Seltenheitswerts abkaufen.«

»Ich fänd's schade, sie herzugeben«, erwiderte ich. »Sie sind so schön. Schau doch noch mal nach, ob du in der Kiste nicht etwas anderes findest.«

»Na gut.« Lockwood wühlte wieder in den Sägespänen herum. »Hier ist was. Fühlt sich wie Glas an. Es könnte ein …« Er zog es heraus.

»Ja, es ist ein Foto«, setzte er nach einer kurzen Pause mit plötzlich tonloser Stimme hinzu.

Der schlichte Holzrahmen war ausgeblichen, die Fotografie fleckig von Wasser oder anderen äußeren Einflüssen. Es war ein Schwarz-Weiß-Bild und offenbar mit einer altmodischen Stativkamera aufgenommen. Obwohl im Vordergrund schlammiger Boden und im Hintergrund Urwaldbäume zu erkennen waren, hatte die Aufnahme etwas Steifes, Offizielles. Sie zeigte eine Gruppe von Menschen auf einer Lichtung. Die meisten von ihnen waren Eingeborene – spärlich bekleidete Männer und Frauen, einige mit eindrucksvollen Vogelfedern auf dem Kopf, die wie erstarrter Rauch aus ihren Haaren quollen. Alle grinsten breit in die Kamera. In der Mitte stand ein europäisch gekleidetes Paar. Der Mann trug ein weißes Hemd und darüber eine zerknitterte Jacke, die Frau eine Bluse und einen langen Leinenrock. Die oberen Hälften ihrer Gesichter wurden von breitkrempigen Hüten verdeckt, aber aus dem langen, schmalen Kinn und dem geschwungenen Mund des Mannes sowie dem strahlenden Lächeln der Frau schloss ich sofort, wer die beiden waren.

Eine ganze Weile sagte Lockwood nichts mehr, und als er den Mund schließlich wieder aufmachte, bemühte er sich um einen fröhlichen Ton.

»Das muss in Neuguinea sein, kurz nach ihrer Hochzeit. Wahrscheinlich gegen Ende der Forschungsreise. Meine Mutter hält die Geistermaske in der Hand, die ihr der alte Medizinmann eben geschenkt hat und die er immer getragen hat, wenn er mit den Toten kommunizierte. Das ist er – der Typ da am Rand, der so runzlige Haut hat wie ein Nashornhintern. Um seinen Hals hängt das Fernglas meiner Mutter, als Gegengabe.«

Die Frau hielt die Maske lachend in die Höhe, der Mann neben ihr schaute sie an, und ihre offenkundige Begeisterung hatte auch ihm ein Lächeln entlockt. Beide waren jung und voller Hoffnung und Lebensfreude.

»Die Maske gibt es sogar noch«, sagte Lockwood. »Sie liegt unten in der Diele im Regal, neben dem kaputten Flaschenkürbis. Als kleiner Junge bin ich oft an dem Schrank hochgeklettert, hab sie runtergeholt und aufgesetzt, weil ich dachte, dann könnte ich überall Geister sehen. Aber es hat nie geklappt. Es war nur ein Stück Holz mit ausgesägten Augenschlitzen. Meine Mutter störte das nicht, meine Eltern kamen von jeder Expedition voll beladen zurück. Sie sammelten Geistermasken, Geisterfänger, Flaschen mit geweihtem Wasser, von dem man mystische Visionen bekam, wenn man davon trank, lauter solches Zeugs. Sie waren weltfremde Wissenschaftler. Eigentlich totale Spinner.« Er legte das Foto mit dem Gesicht nach unten wieder in die Kiste. »Wir nehmen morgen die Umhänge mit, Luce. Mit denen lassen sie uns bestimmt rein.«

»Und wie war das noch mal mit dem Erkannt- und Erstochenwerden?«, fragte George.

Lockwood grinste, aber es war eher ein Reflex. Er war mit den Gedanken schon woanders.

»Das habe ich nicht vergessen. Wir brauchen eine überzeugende Verkleidung.«

Kapitel 16

An dieser Stelle muss erwähnt werden, dass Lockwoods Verkleidungen trotz seines unerschütterlichen Selbstvertrauens und des großen Weidenkorbs unter seinem Schreibtisch, der die verschiedensten Requisiten enthielt, nicht immer superprofessionell waren. Er hatte eine Schwäche für große Hüte sowie den Hang, schräge Akzente auszuprobieren, die im besten Falle Aufmerksamkeit erregten und im schlechtesten offene Feindseligkeit hervorriefen. Sein legendärer Versuch, sich in einen Schornsteinfeger mit Unterschichtdialekt zu verwandeln, um sich im Fall des Schwebenden Torsos Zutritt zum Landsitz Barleywick Hall zu verschaffen, hatte drei Dienstboten derart aufgebracht, dass er sich nach einer halsbrecherischen Verfolgungsjagd nur noch durch einen Sprung in den Bootsteich retten konnte. Was die blonde Frauenperücke und die Nonnenhaube anging, die er für die Ermittlung um eine Heimsuchung in der Nähe der klösterlichen Badeanstalt an der Cobb Street gewählt hatte, da schaffte es die anschließende polizeiliche Fahndung auf mehrere Titelseiten, und zwei der Nonnen sowie die Äbtissin waren vermutlich nie ganz über dieses Erlebnis hinweggekommen.

Im Allgemeinen konnte man sagen, dass er am besten damit fuhr, wenn er seine Verkleidung auf ein Minimum beschränkte. An diese Devise hielten wir uns auch bei unserer Kostümierung als Artefaktjäger, nachdem wir den lieben langen Tag unten im Büro herumexperimentiert hatten. Zu diesem Zweck lehnten wir einen hohen Spiegel gegen meinen ehemaligen Schreibtisch und ließen uns von Holly und George mit Tee und Kommentaren versorgen. Da Artefaktjäger bekanntlich abstoßend hässlich waren, probierten wir alle möglichen Buckel, Warzen und fehlenden Gliedmaßen durch, dazu Kleidungsstücke von löchrig über lumpig bis hin zu schlicht ungehörig. Zu guter Letzt beschränkten wir uns aber auf schmutzige schwarze Jeans, ausgeleierte Pullover und zwei fleckige Lederjacken, die George in einem Secondhandladen aufgetrieben hatte. Holly dagegen griff zu ihrem gut gefüllten Schminkköfferchen, um unseren Teint zu verunstalten.

»Ich könnte dir auch noch ein paar Zähne schwärzen, Lockwood«, schlug sie vor. »Dein Lächeln ist viel zu strahlend. Deine Augen würden mit dunklen Ringen verschwollener wirken und mit ein bisschen hellem Abdeckstift auf den Wangenknochen sähe deine Haut schön fahl aus. Wenn du mir eine halbe Stunde Zeit gibst, kriege ich es hin, dass du krank, bedürftig und unattraktiv aussiehst.«

Ich probierte gerade eine eklige Rosshaarperücke auf. »Und was ist mit mir?«

»Bei dir reichen fünf Minuten.«

Die Perücken waren das i-Tüpfelchen. Meine bestand aus zerzausten schmutzig blonden Strähnen und erinnerte an einen in Senf getunkten Wischmopp, die von Lockwood war ein scheußliches, stachliges, schwarzes Ding.

Er betrachtete sich skeptisch im Spiegel.

»Ich weiß ja nicht … ich finde, ich sehe aus, als hätte ich einen angriffslustigen Igel auf dem Kopf.«

»Denk an Flo Bones«, sagte ich. »Die sieht schon an *guten* Tagen so aus. Das passt hervorragend.«

Als Nächstes entdeckten wir zwei alte Umhängetaschen, die in einer Ecke des Kellers vor sich hin gammelten. George bespritzte die eine mit Tee und die andere mit Matsch. Als die Taschen wieder getrocknet waren, holten wir die Geisterumhänge, die wir in Jessicas Zimmer entdeckt hatten, und verstauten sie darin. Jetzt waren wir so gut wie fertig.

»Eins noch«, sagte Holly. »Waffen. Ihr müsst euch verteidigen können.«

Lockwood zuckte die Achseln. »Die Degen können wir ja wohl kaum mitnehmen.«

»Dann steckt wenigstens ein paar Leuchtbomben ein, für den Fall, dass die Situation außer Kontrolle gerät.«

»Vielleicht werden wir am Eingang durchsucht.«

»Holly hat recht«, mischte sich George ein. »Ganz ohne Ausrüstung geht es nicht. Bestimmt sind alle anderen Artefaktjäger bis an die Zähne bewaffnet. Die Schlickbuddler haben ihre Modderschieber und Muschelhaken dabei und die Einbrecher und Grufthaie ihre Brecheisen, Schlingen und alle möglichen anderen Spezialwerkzeuge.«

»Du scheinst dich ja in dem Milieu gut auszukennen«, sagte ich erstaunt.

George fummelte an seiner Brille herum. »Kann schon sein, dass ich mich ab und zu mit Flo über so was unterhalte. Ist ja schließlich nicht verboten, oder?«

»Nein – nicht, dass ich wüsste.«

Wir einigten uns darauf, dass Lockwood und ich je einen Dolch mitnahmen, den wir offen am Gürtel trugen. Das waren zwar keine besonders wirkungsvollen Waffen, aber im äußersten Notfall immer noch besser als gar nichts. Außerdem unterstrichen sie die bedrohliche Ausstrahlung, die wir erzeugen wollten, wenn wir die Höhle der Jäger betraten.

Es wurde schon dunkel, als wir endgültig bereit zum Aufbruch waren. Kurz nach sieben verließen zwei Furcht einflößende Artefaktjäger die Portland Row und stapften zu ihrer Verabredung mit Flo Bones.

Das Viertel Vauxhall, südlich der Themse gelegen, dort, wo der Fluss eine Biegung nach Norden in Richtung Westminster und Innenstadt macht, war einst eine Gegend voller prächtiger Parks, in denen feine Damen und Herren lustwandelten. Noch immer tauchten ihre perückengeschmückten Geister unpassenderweise zwischen den Autofabriken auf, die sich inzwischen dort angesiedelt hatten. Da aber auch der Automarkt im Niedergang begriffen war, wirkte die Gegend inzwischen ziemlich heruntergekommen und war nach Anbruch der Dunkelheit so gut wie menschenleer. Als wir von Westminster kommend die Brücke überquerten, waren die Werften und das Themseufer in Nebel gehüllt, die Lichter des oberirdischen U-Bahnhofs schimmerten matt wie ein Schwarm Irrlichter.

Flo wartete in einer leer stehenden Garage unter den Bögen des Viadukts auf uns. Mit dem unvermeidlichen Jutesack zwischen den Gummistiefeln und einer Petroleumlampe neben sich hockte sie sinnend und vornübergebeugt auf einem Betonpoller wie ein Wasserspeier in Dämonengestalt, nur dass sie deutlich strenger roch. Als wir hereinkamen, fuhr ihre Hand sofort an den Gürtel, doch als sie uns erkannte, entspannte sie sich wieder und spuckte zur Begrüßung auf den schmutzigen Boden.

Lockwood grinste sie zahnlückig an. »Ha! Unsere Verkleidung funktioniert! Du bist auf uns reingefallen.«

»Die Perücken sind nicht schlecht«, gab Flo zu. »Aber ich erkenne euch am Gang. Auch an deinem Profil und an ihren Speckhüften, aber vor allem am Gang.«

»Super. Dann fallen die Winkmans bestimmt auch drauf rein.«

»Kann sein. Zumindest von Weitem. So was Riskantes wie heute hast du noch nie gewagt, Locky, und das will schon was heißen. Ich übernehme keinerlei Verantwortung für die Folgen – Lakritze hin oder her.«

»Kein Problem. Damit können wir leben, stimmt's, Luce?«

»Klaro«, erwiderte ich heiser.

»Hast du *das* gehört, Flo? Wir haben den ganzen Weg hierher geübt, damit wir uns wie echte Artefaktjäger anhören.«

»Und ich dachte schon, Carlyle hat Halsschmerzen. Na schön, passt auf: Die Jungs an der Tür fragen euch, was ihr für Artefakte mitgebracht habt. Legt euch lieber nicht mit ihnen an. Wenn ihr erst mal drin seid, ist sich jeder selbst der Nächste. Jeder versucht, für seine Quellen die besten Preise rauszuschlagen. Wenn es so abläuft wie letztes Mal, stehen die Winkmans hinten, schauen sich um und kaufen. Ihre besten Stücke halten sie gut unter Verschluss. Bin gespannt, wie ihr den Gegenstand, auf den ihr so scharf seid, rausschmuggeln wollt.« Sie nahm den Hut ab und kratzte sich das verfilzte Haar. »Vor allem von dort, wo der Markt heute Abend stattfindet.«

»Wo ist das denn?«, fragte ich, weil ich das immer noch nicht wusste.

»Ist nicht weit. Im Bahnhof.«

Mein Blick wanderte zu dem Mauerbogen über uns. »Nicht gerade sehr diskret.«

»Doch nicht der Bahnhof oben, du dumme Nuss. Natürlich im Bahnhof *unter* der Erde.«

Lockwood wusste offenbar Bescheid. »Der wurde schon vor Jahren geschlossen, stimmt's?«, fragte er. »Gab's da nicht mal ein schreckliches Zugunglück? Und seither wimmelt es dort nur so von Geistern. Ich glaube, die BEBÜP hat damals die Schließung veranlasst und die Eingänge zumauern lassen.«

In Flos Sack bewegte sich etwas, aber als sie ihm einen Tritt verpasste, rührte es sich nicht mehr.

»Stimmt. Es gab mal eine Gasexplosion. So vor vierzig, fünfzig Jahren. Ein einfahrender Zug ist ausgebrannt, niemand hat überlebt. Bald danach sind die ersten Besucher im Tunnel aufgetaucht und der Bahnhof musste schließen. Die Bahnlinie wurde geteilt, seither wird Vauxhall umfahren. Und ja, die Eingänge wurden zugemauert. Aber wir kommen trotzdem rein.«

»Aber warum findet der Markt ausgerechnet dort statt, wenn es doch so gefährlich ist?«, wollte ich wissen. Ich war nicht gerade begeistert davon, dass wir es außer mit Artefaktjägern und Verbrechern auch noch mit Geistern zu tun bekommen würden.

»Ein verbotener Ort ist der beste Treffpunkt, den's gibt, dort stört einen wenigstens keiner. Wir bleiben immer auf dem Hauptbahnsteig und haben die Tunnel verbarrikadiert, damit die Geister wegbleiben. Aber ich hab schon welche gesehen – da, wo das Licht nicht hinkommt.« Als Flo sich nach ihrer Lampe bückte, schimmerten ihre Augen und Zähne im Lichtschein. »Es heißt, der explodierte Zug liegt noch dort unten in schwärzester Finsternis. Und die Fahrgäste sind nicht nur die Toten von damals, sondern auch welche aus *heutiger* Zeit – die späteren Opfer der rachsüchtigen Geister.«

»Das glaubst du doch selber nicht, oder?«, fragte Lockwood stirnrunzelnd.

»Ich kann's nicht beurteilen.« Flo warf sich den Sack über die Schulter. »Ich passe jedenfalls lieber auf, dass ich immer schön innerhalb der Eisenschranken bleibe. Aber genug gequatscht. Der Markt hat schon angefangen.«

Damit führte sie uns hinaus in die Nacht.

* * *

Es war wirklich nicht weit bis zum alten Eingang des unterirdischen Bahnhofs Vauxhall. Die Tore waren mit Ketten und Brettern verrammelt, auf den Treppenstufen türmte sich der Müll vieler Jahre. An den Häuserwänden ringsum waren unter den dicken Schichten der Geistersekten-Plakate hier und da noch BEBÜP-Warnschilder zu erkennen. Flo würdigte all das keines Blickes, sondern bog in südlicher Richtung in eine schmale, unscheinbare Seitenstraße mit leeren Bürogebäuden ab und blieb erst stehen, als wir an eine Kreuzung kamen.

»Hier verlasse ich euch«, verkündete sie, »und gehe allein weiter. Gebt mir fünf Minuten, dann könnt ihr nachkommen. Etwa dreißig Meter nach links laufen und dann noch mal nach links, dann seht ihr schon die Türsteher. Zeigt ihnen, was ihr dabeihabt, dann müssten sie euch eigentlich reinlassen, so hässlich, wie ihr seid. Aber nur unter einer Bedingung: Wenn ihr erst mal drin seid, kennen wir uns nicht. Ich kann euch dann nicht mehr helfen. Wenn sie euch erwischen und mit ihren Knüppeln totprügeln, schaue ich zu und rühre keinen Finger.« Sie sah mich mit ihren leuchtend blauen Augen an. »Nur dass ihr's wisst.«

»Einverstanden und abgemacht«, sagte Lockwood. »Hoffentlich erzielst du einen guten Preis für – was hast du eigentlich in deinem Sack?«

»Wird nicht verraten. Fünf Minuten. Lasst euch nicht abmurksen.«

Als sie weg war, postierten wir uns – halb lungernd, halb lauernd – vor einer Hauswand und warteten. Fünf Minuten verstrichen, in deren Verlauf wir einen weiteren Artefaktjäger – hochgewachsen, zerlumpt und gebeugt wie ein trauernder Reiher – in dieselbe Straße wie Flo abbiegen sahen. Wir ließen ihm noch eine zusätzliche Minute Vorsprung, dann schlurften wir hinterher.

Erst dreißig Meter nach links und dann wieder nach links. Es war eher eine Gasse als eine Straße und so dunkel wie eine Erdspalte. Nur ganz am Ende baumelte über einer Metalltür eine nackte Glühbirne. In ihrem Lichtkegel ragten zwei große, breite Kerle in langen schwarzen Mänteln wie Säulen auf, zwischen ihnen stand ein zerlumptes kleines Mädchen.

Die beiden Männer waren dazu da, ungebetenen Gästen die Knochen zu brechen, aber in Wirklichkeit kam es auf die Kleine an – eine Sensible, die alle mitgebrachten Gegenstände kontrollierte. Unser Vorgänger, der Hochgewachsene, Gebeugte, zeigte ihr gerade den Inhalt seines Sackes, die beiden Schergen warteten auf ihre Entscheidung. Der größere hielt einen dicken schwarzen Knüppel in der Hand, mit dem er sich in die Fläche der anderen klopfte. Dabei sprach er kein Wort. Er war der personifizierte Schläger, der für die Bedrohung zuständig war, sein Kollege dagegen war der Spitzel, der die Ankömmlinge verhörte. Der eine sprach, der andere spielte mit seinem Knüppel. Ich hätte wetten können, dass keiner von ihnen beides gleichzeitig konnte.

Der Artefaktjäger durfte passieren. Er zog seinen Sack wieder zu, stieß die Tür auf und verschwand. Die beiden Männer sahen in unsere Richtung. Wir schlenderten auf sie zu.

»Bleib ganz ruhig, ich mach das schon!«, raunte mir Lockwood aus dem Mundwinkel zu.

Etwas an seinem unbekümmerten Ton ließ mich aufhorchen. Mir fiel ein, was mir George erzählt hatte – dass Lockwood immer tollkühner wurde. Ich bekam wieder ein schlechtes Gewissen. Heute Abend war ich selbstsüchtig genug, seine Risikobereitschaft für meine Zwecke auszunutzen. Er war nur meinetwegen hier. Ich spürte seine Vorfreude auf den Nervenkitzel. Sie war ansteckend, machte mir aber auch Angst. Und wir hatten nicht mal unsere Degen dabei.

»Aber sei vorsichtig«, erwiderte ich leise. »Und bleib höflich.«

»Klar doch.«

Lockwood ist groß, aber er reichte weder dem einen noch dem anderen Türsteher auch nur bis zur Schulter. Er blieb vor der Sensiblen stehen und griff nach seiner Umhängetasche.

Der kleinere der beiden Männer, der Sprecher, deutete mit dem Wurstfinger auf uns. »Vorzeigen.«

Wir öffneten unsere Taschen und das Mädchen spähte hinein. Sie konnte nicht älter als acht sein, ein zerbrechliches kleines Ding, an dessen blassen Schläfen bläuliche Adern durchschienen.

Ich hielt meinen Geisterumhang an einem Zipfel hoch, damit seine schillernde Schönheit zur Geltung kam.

Der Spitzel runzelte die Stirn. Der Schläger streckte seinen Knüppel vor und stupste damit gegen die Federn.

»Wo habt ihr das her?«, wollte der Spitzel wissen.

Lockwood schob den Knüppel weg. »Geklaut natürlich, Stinker. Kann dir doch egal sein, oder?«

Man musste Lockwood lassen, dass er sich vom Akzent her tatsächlich wie ein echter Artefaktjäger anhörte. Blöd war nur, dass er auch die entsprechende Vorliebe für Beleidigungen übernommen hatte. Der Schläger schwang den Knüppel herum und drückte Lockwoods Kinn damit hoch.

»Na, soll Joe mal kurz nach oben rucken?«, fragte der Spitzel. »Zack, schon ist die Rübe ab und landet verkehrt herum wieder auf dem Halsstumpf.«

»Toller Trick«, entgegnete Lockwood, »aber Adelaide Winkman wird bestimmt sauer, wenn sie mitkriegt, dass wir ihr unsere exotischen Schätze nicht bringen konnten.«

»Dann machen wir euch eben kalt und bringen ihr das Zeug selber«, konterte der Spitzel, und ich musste zugeben, dass dieser Einfall eine gewisse gruselige Logik besaß. Doch das Mädchen hatte nach dem Handgelenk des Schlägers gegriffen und schüttelte den Kopf.

»Das sind richtig gute Sachen«, sagte sie, »und er hat recht – die will Adelaide bestimmt sehen. Lasst die beiden durch.«

Ihr Wort war Gesetz. Sofort wurde der Knüppel weggezogen und beide Männer traten einen Schritt zurück. Lockwood stieß schwungvoll die Tür auf.

»Stopp.« Der Spitzel zeigte auf unsere Dolche. »Keine Waffen.«

»Die ollen Zahnstocher nennste Waffen?«, sagte Lockwood verächtlich. »Machst du Witze oder was?«

Der Türsteher lachte in sich hinein. »Wirst du gleich sehen.«

Eine halbe Minute später hatten er und sein Kollege uns unsanft durchsucht, die Dolche eingesackt und uns mit zwei Tritten durch die Tür befördert.

»*Musstest* du so unverschämt werden?«, zischte ich Lockwood zu, als wir außer Hörweite waren. »Wir wollten doch kein Aufsehen erregen!«

»Die Artefaktjäger sind für ihre Unverschämtheit *berühmt*. So haben wir viel überzeugender gewirkt.«

»Klar. Unsere Leichen wirken bestimmt auch sehr überzeugend.«

Hinter der Tür befand sich ein leerer Raum mit nackten, rauen Betonwänden. Am hinteren Ende gähnte eine runde, mit Metall eingefasste Öffnung im Boden. Das obere Ende einer Leiter ragte heraus, auch ein schwacher Lichtschein drang von unten herauf.

»Ein alter Einstiegsschacht zur U-Bahn«, sagte Lockwood. »So ähnlich hatte ich mir das vorgestellt. Als Fluchtweg nicht ideal, aber was hilft's? Soll ich zuerst runterklettern oder du, Luce?«

Ich stieg als Erste in die Tiefe. Sonst fing er als Nächstes noch Streit mit einer Kanalratte oder sonst wem an.

Die Leiter wollte kein Ende nehmen. Meine Hände wurden taub, und ich hatte längst aufgegeben, die Sprossen zu zählen. Es war sehr dunkel, hinzu kamen unerfreulicherweise die Geräusche, die aus dem Schacht heraufdrangen: ein unheilvolles Donnern und das Brausen eines Luftstroms, untermalt von Schreien (so hörte es sich wenigstens an). Der Lärm schien von weit her zu kommen und – so vermutete ich – aus einer anderen Zeit. Doch als ich schließlich von der untersten Leitersprosse in einen von Kerzen erleuchteten Tunnel sprang, war nichts dergleichen mehr wahrzunehmen, stattdessen schlug ein anderer Lärm über mir zusammen – hier auf den vergessenen Bahnsteigen des unterirdischen U-Bahnhofs Vauxhall.

Von der Bauweise her sah die Station nicht anders aus als unzählige andere, noch heute benutzte. Gegenüber der Leiter führten drei rostige Aufzüge nach oben in die Dunkelheit – stumm, solide und schwarz verstaubt. Links und rechts der Türen klebten lange Reihen ausgeblichener Plakate. Mit diesen Aufzügen war man früher in die inzwischen zugemauerten Schalterhallen hochgefahren.

Doch heute spielte sich das Geschehen hier unten ab. Ich stand auf dem Hauptbahnsteig. Auf beiden Seiten führten je drei bogenförmige Durchgänge zu den Gleisen der Victoria-Linie nach Süden beziehungsweise Norden. Die ursprünglichen weißen Kacheln der geschwungenen Wände waren noch teilweise erhalten, an vielen Stellen aber auch abgefallen und in diese flachen Vertiefungen hatte jemand Kerzen gestellt. Ihr Rauch schlängelte sich träge in Richtung Decke, von der wie dickbäuchige Spinnen noch die alten Lampen herabhingen. Alles war in weiches mattgoldenes Licht getaucht: die Fliesen, die Aufzüge und die zahllosen schwarz gekleideten Artefaktjäger und -jägerinnen.

Sie drängten sich vor Klapptischen, auf denen Essen, Getränke feilgeboten wurden sowie diverse Werkzeuge, die sie zur Ausübung ihres Berufes benötigten. Manche waren so jung wie Flo, anderen, die gebeugt und knorrig wie windgepeitschte Bäume wirkten, sah man ihr Alter und ihr entbehrungsreiches Leben an. Aber alle waren voller Dreck und Schwielen und hatten wettergegerbte Gesichter mit harten Zügen. Sie unterhielten sich leise und passten auf, was sie sagten. Die Luft schwirrte vor Misstrauen.

»Sieh sie dir an.« Lockwood hatte sich neben mir auf den Boden fallen lassen. »Wie ein zum Leben erwachtes medizinisches Lehrbuch.«

»Stimmt. Ich überlege gerade, ob wir uns nicht noch mehr Warzen hätten ankleben sollen.«

Die meisten Artefaktjäger schienen zu den Durchgängen auf der rechten Seite hinzustreben, aus denen aufgeregtes Stimmengewirr drang – aber auch noch ein anderes vertrautes Geräusch, ein dumpfes übernatürliches Brummen wie von Wespen, die in einem Gefäß herumsurren.

Doch das war noch nicht alles, was ich vernahm.

»*Lucy… hilf mir, Lucy…*« Ich verpasste Lockwood einen Rippenstoß. »Wir müssen nach da drüben. Komm mit!«

Wir gingen durch den gemauerten Bogen auf den Bahnsteig der ehemaligen Victoria-Linie Nord. Mittlerweile war es nur noch ein unendlich lang gestreckter, leicht gekrümmter Raum mit niedriger Decke, der auf ganzer Länge von Kerzen und aufgehängten Petroleumlampen erhellt war. In unserer Nähe gähnte eine der beiden Tunnelöffnungen. Sie war bis auf halbe Höhe mit einem Wall aus aufgeschichteten Sandsäcken verbarrikadiert. Die Säcke waren aber nicht mit Sand gefüllt, sondern teils mit Eisenspänen und teils mit Salz. Sie waren aufgeschlitzt und eine grauweiße Schicht überzog die Oberseite des Berges wie monatealter verkrusteter Schnee. Ein kalter Luftzug drang aus dem Tunnel und führte ein starkes übersinnliches Unbehagen mit sich. Ich hörte auch wieder die fernen Schreie.

Am Fuß der Barrikade waren noch die alten Gleise zu erkennen, aber entlang des Bahnsteigs hatte man sie mit rauen Brettern abgedeckt, die an die Bahnsteigkante geschraubt waren, sodass sich die begehbare Fläche verdoppelte. Auch hier drängten sich die Artefaktjäger, unterhielten sich, palaverten und schoben sich langsam auf einen Tisch in der Mitte des Bahnsteigs zu.

Hinter diesem Tisch brannten mannshohe schwarze Kerzen, sodass er hell beleuchtet war, und ich erkannte schon von Weitem, wer dort saß. Die Frau war grobknochig, mit kräftigen Armen und breiten Schultern, die Gestalt neben ihr war klein, untersetzt und trug einen breitkrempigen Hut.

Es waren Adelaide Winkman und ihr Sohn Leopold – die mächtigsten Schwarzmarkthändler von ganz London.

Einer nach dem anderen traten die Artefaktjäger an den Tisch, präsentierten ihre übernatürliche Beute, wurden dafür entlohnt (oder auch nicht) und zogen weiter. Man hörte Münzen klirren. Neben dem Tisch hatten sich statuengleich drei muskulöse Männer aufgebaut. Ich musterte sie mit zusammengekniffenen Augen. Es war nicht ganz abwegig, in ihnen die Mörder von Harold Mailer zu vermuten, die auch mich durch die Gärten von Clerkenwell gehetzt hatten.

»Pass auf, wo sie hingehen«, raunte mir Lockwood ins Ohr. »Die Typen lassen die Sachen nicht auf dem Tisch liegen, sondern bringen sie offenbar woanders hin.«

Es gelang uns nur mit Mühe, uns weiter vorzudrängeln, denn die meisten Besucher des Schwarzmarkts wollten zum Tisch der Winkmans und dachten gar nicht daran, uns durchzulassen. Wir blieben stur in unseren Rollen, ließen ihre Beschimpfungen an uns abprallen und setzten die Ellbogen ein. Einmal erhaschte ich einen Blick auf Flo, die in der Menge stand und sich mit jemandem zankte. Unsere Blicke begegneten sich kurz, aber wir ließen uns nicht anmerken, dass wir einander kannten.

Und dann – wieder diese Stimme: *»Lucy… ich bin hier.«*

Mein Magen schlug vor freudiger Erregung einen Purzelbaum. Wir hatten ihn gefunden! Ich drehte mich mit dem Gesicht zur Wand, damit mich niemand sprechen sah. »Schädel? Bist du's?«

»Mal überlegen… ach nein, es ist ein anderer körperloser Typ Drei, der deinen Namen und deine Absichten kennt und zufällig in der Nähe ist.«

Damit war die Sache klar. Kein anderer Geist hatte eine dermaßen freche Klappe. »Du bist es.«

»Wer denn sonst? Hol mich sofort aus diesem blöden Verlies raus!«

»Das geht nicht so einfach. Und ein bisschen Dankbarkeit wäre auch nicht verkehrt. Wo steckst du denn?«

»In einem gefliesten Raum. Vielleicht ein früherer Waschraum. Oder eine Damentoilette, bei dem Glück, das ich immer habe. Über der Tür flackert eine Neonbeleuchtung.«

Ich spähte den Bahnsteig entlang und entdeckte ein kleines Stück hinter dem Tisch der Winkmans tatsächlich einen flackernden Lichtschein, konnte aber nicht genug erkennen, weil sich dort der Bahnsteig leicht krümmte. »Ich glaube, ich sehe das Neonlicht. Wir haben uns schon in der Schlange angestellt, um zu dir zu gelangen.«

»Wie bitte? Wie britisch seid ihr denn?! Schlange stehen – ich glaub's nicht! Los, bringt jemanden um!«

»Lucy ...«, Lockwood lehnte sich zu mir herüber, »du führst Selbstgespräche.«

»Ich spreche mit dem Schädel. Er muss ganz in der Nähe sein und ich höre ihn.«

Lockwoods Blick schweifte über die schlurfenden, müffelnden Gestalten um uns herum. »Ich glaube, es ist keinem aufgefallen, jeder zweite dieser Penner führt Selbstgespräche. Trotzdem solltest du ein bisschen leiser reden.«

»Du musst mich hier rausholen, Lucy«, ertönte wieder die Stimme des Schädels in meinem Kopf. *»Sonst bringen sie mich an den Ort des Blutes.«*

»Was soll das sein – der Ort des Blutes?«

»Ich finde, es hört sich ganz nach einem hübschen, urgemütlichen Plätzchen an, wo alle miteinander kuscheln – woher soll ich das wissen, hä? Aber wenn ein Ort so heißt, überläuft es sogar jemanden wie mich eiskalt. Hier liegt übrigens jede Menge scheußliches Zeug rum ... zum Beispiel auch die Quelle von eurem Freund Guppy.«

»Guppys Quelle?« Ich sah Lockwood ungläubig an. Er verzog das Gesicht. »Etwa das Glas mit den Zähnen?«

»Hm-hm. Es hat ihnen gut gefallen.«

»Wem hat es gefallen? Den Winkmans?«

»Frag mich nicht. Es waren zwei: eine Frau, die in ihrem geblümten Kleid wie ein ausrangiertes Sofa aussah, und ein Junge mit rotem Arschgesicht.«

»Das sind sie.«

»Ihre Leute haben mich bei ihnen abgeliefert, aber die beiden haben hier nicht das Sagen. Der ganz große Boss ist ein anderer. Wenn der Markt zu Ende ist, wollen sie mich an ihn verscherbeln.«

»Aha – der Sammler! Wie sieht er denn aus?«

»Äh ...«, die Wisperstimme klang plötzlich unsicher. *»Der Typ ist schwer zu beschreiben. Weder groß noch klein und auch sonst ... Weißt du, was? Ich zeig ihn dir, wenn du mich hier rausholst. Bist du allein?«*

»Nein.«

»Schon klar. Ich kann mir denken, wer bei dir ist. War ja zu erwarten, dass er *dir helfen würde.«* Trotz der Entfernung zwischen uns war nicht zu überhören, dass der Schädel jetzt Lockwoods Stimme nachäffte. »Wie bitte? Ein Selbstmordkommando, hast du gesagt, Lucy? Bei dem man ganz bestimmt umgebracht wird? Nichts lieber als das! Auf mich kannst du zählen. *Wenn es wirklich Lockwood ist, umso besser. Dann kannst du ihn opfern, um mich zu retten. Ein klasse Tausch.«*

Jetzt wurde ich sauer. »Du elender Mistkerl! Von mir aus kannst du bleiben, wo der Pfeffer wächst!«

Nach einer kurzen Pause meldete sich die Stimme etwas friedfertiger als vorher wieder zu Wort: *»Es geht hier nicht nur um mich, Lucy. Sondern um etwas Größeres. Hol mich hier raus,* *dann erzähle ich dir, was sie vorhaben. Der Tod ist mitten im Leben, das Leben ist mitten im Tod, Lucy. Das hier ist der Beweis.«*

»Der Beweis wofür?«, erwiderte ich verächtlich. »Erklär mir doch endlich mal, was dieser Unsinn heißen soll!« Doch die übersinnliche Verbindung war abgerissen, Lockwood hatte meinen Arm gepackt und schüttelte mich leicht. Ich holte tief Luft und erzählte ihm, was ich gehört hatte.

Er kratzte sich die schwarze Perücke. Unter dem Eyeliner und dem Abdeckstift war sein Gesicht jetzt wirklich blass geworden. »Na ja …«, sagte er dann, »ich könnte dir schon Zutritt zu dem Raum verschaffen, in den der Schädel eingesperrt ist. Der Haken ist nur, dass du allein zurechtkommen musst, falls jemand die Artefakte bewacht. Was hältst du davon?«

Ich kochte immer noch vor Wut. Die boshaften Bemerkungen des Schädels hatten meine Gewissensbisse gegenüber Lockwood wieder geweckt und mir war vor Schuldgefühl ganz übel. Trotzdem gab es auf seine Frage nur eine Antwort. Ich nickte. »Geht klar.«

»Du hast mir schrecklich gefehlt, Lucy.«

Okay – mit Perücke, Schminke und geschwärztem Gebiss sah er momentan nicht gerade umwerfend aus, aber trotz der aufgemalten Zahnlücken schimmerte das alte Lockwood-Strahlen durch, und dieses Lächeln und seine warmen Worte fegten alle Bedenken beiseite. Übelkeit und Schuldgefühle waren wie weggeblasen, ich spürte nur noch überschwängliche Freude darüber, mit ihm zusammen zu sein.

»Du hast mir auch –«, fing ich an, aber er hörte gar nicht hin, weil er schon dabei war, mir seinen Plan zu erläutern.

»Ich lenke alle ab, die vor dem Tisch stehen«, sagte er. »Du schleichst dich an ihnen vorbei, dringst in das Warenlager ein und schnappst dir den Schädel. Aber du musst sofort wieder zurückkommen, ist das klar?«

Wenn *ich* jemandem so einen Vorschlag gemacht hätte, zum Beispiel Ted Daley oder Tina Lane oder einer anderen dieser lahmen Enten, mit denen ich als Freiberuflerin zusammengearbeitet hatte, dann hätten sie mich jetzt mit Fragen überschüttet, um sich bloß nicht in Gefahr begeben zu müssen. Aber weil es *Lockwood* war, der den Vorschlag machte, und ich es war, die ihm zuhörte, und obwohl mir bei dem Gedanken an die Gefahr, der er sich aussetzte, wieder ganz flau im Magen wurde, verschwendete ich keine Sekunde auf irgendwelche Bedenken, sondern nickte einfach nur. Wenn Lockwood eine Möglichkeit sah, den Schädel zurückzubekommen, dann war ich dabei. Er konnte sich auf mich verlassen. Ich konnte mich auf ihn verlassen. Das war das Geheimrezept, das uns am Leben hielt.

»Ausgezeichnet«, sagte er. »Du hast zwei Minuten, dann bist du wieder hier. Danach schlendern wir zur Leiter rüber und türmen. Alles klar? Gut. Drei, zwei, eins – los!«

Gesagt, getan. Ich marschierte los, immer an der Biegung der Wand entlang, und schob mich an den beiden vordersten Artefaktjägern in der Schlange vorbei, ohne auf ihren empörten Protest zu achten. Dabei rechnete ich jeden Augenblick damit, gepackt und zurückgezerrt zu werden. Der Tisch mit den Winkmans kam in Sicht. Die drei Schwarzgekleideten standen daneben, aber ein Stück weiter hinten entdeckte ich noch zwei andere Kerle, die offenbar eine kleine Tür bewachten, über der eine Neonbeleuchtung flackerte. Gleich würde mich jemand entdecken, gleich würde sich der Feind auf mich stürzen –

Hinter mir hörte ich einen Ausruf, einen dumpfen Schlag, Wutgebrüll. Alle Köpfe fuhren herum. Ich vernahm noch mehr Schläge, derbe Flüche, die aufgebrachten Rufe der Menge.

Ein Tumult brach los, alle waren abgelenkt. Sogar die Männer unter dem Neonlicht verließen ihre Posten und liefen, ohne auf mich zu achten, an mir vorbei. Lockwoods Plan schien aufzugehen.

Lockwood … Mein Herz klopfte zum Zerspringen. Ich verspürte den überwältigenden Drang, mich umzudrehen und nachzuschauen, was dort mit ihm passierte, aber das war nicht vorgesehen. Also ging ich ohne einen Blick über die Schulter am Tisch der Winkmans vorbei zu der neonbeleuchteten Tür und betrat den dahinterliegenden kleinen Raum.

Kapitel 17

Egal, was der Schädel daran auszusetzen hatte, ich hielt das gekachelte Gelass nicht für eine ehemalige Damentoilette. Dafür war der Raum zu groß. Ich vermutete eher, dass dort früher irgendwelche Ersatzteile für die Züge aufbewahrt worden waren. Auch jetzt diente er als Lagerraum, aber für ganz andere Gegenstände. In der Mitte lag eine große Tischplatte auf zwei Böcken. Auf dem Tisch und dem Boden daneben waren Silberglasbehälter aller Formen und Größen ordentlich aufgestapelt – alle gefüllt. Ich erkannte Knochen, zerschlissene Stoffstücke, Schmuck, den üblichen übernatürlich aufgeladenen Plunder eben. Es waren allerdings auch mächtigere Quellen darunter, deren Surren sogar durch die Glaswände drang.

Einige waren zweifelsohne außergewöhnlich mächtig. Wie zum Beispiel die Zahnsammlung des Kannibalen von Ealing, die ich in der Mitte eines Stapels erspähte.

Und nicht weit entfernt davon und bedenklich nahe an der Tischkante stand auch ein gewisses, wohlbekanntes Geisterglas.

Das Geisterblut, das um den Schädel schwappte, war zäh wie

Sirup und undurchsichtig, aber in der Mitte pulsierte ein grünes Leuchten, und ich hörte den Geist in meinem Kopf wispern.

»Na endlich! Bin ich froh, dich zu sehen! Jag dem Kerl deinen Degen zwischen die Rippen und dann nichts wie weg hier!«

Ich ging nicht darauf ein, sondern konzentrierte mich auf das einzige andere menschliche Wesen im Raum.

Auf einem Klappstuhl hinter dem Tisch saß ein Mann. Ein schmächtiger, kleiner Mann mit einem dunklen Anzug und einer graublauen Krawatte. So viel war auf den ersten Blick eindeutig. Alles andere blieb seltsam diffus. Selbst als ich ihn noch einmal gründlicher musterte, prägten sich mir keine Einzelheiten ein. Er hatte undefinierbar braunes Haar, das mit Gel aus dem nichtssagenden, weichen Gesicht gekämmt war. Es drückte aber auch Konzentration aus, denn der Mann hatte die Zungenspitze im Mundwinkel. In einer Hand hielt er eine Zigarette, mit der anderen notierte er sich etwas auf ein Blatt Papier. Aber hätte ich ihn in einer Menschenmenge wiedererkannt? Bestimmt nicht.

Irgendetwas an dieser offensichtlichen, fast schon aufdringlichen Unauffälligkeit brachte mich zu der Überzeugung, dass er nicht der Mann sein konnte, den ich suchte. Er war ein Buchhalter, ein Befehlsempfänger, aber ganz gewiss nicht der geheimnisvolle Sammler und Auftraggeber der Winkmans. Trotzdem warnte mich eine innere Stimme, auf der Hut zu sein. Er kam mir irgendwie bekannt vor.

Noch während ich das dachte, meldete sich der Schädel wieder. *»Dem Burschen ist nicht zu trauen«*, sagte er. *»Er sieht harmlos aus, aber das täuscht. Na toll – ich sehe grade, dass du deinen Degen zu Hause gelassen hast.«*

Der kleine Mann blickte auf und sah mich in der Tür stehen. »Ja bitte? Wer sind Sie? Hier ist der Zutritt verboten.«

Sein Tonfall hatte etwas Präzises, Pedantisches, fast Aggressives und auch das kam mir nur allzu bekannt vor. Es war der Tonfall eines Menschen, der sich an Diagrammen, Formularen und bürokratischem Kleinkram genauso ergötzte wie an den abscheulichen Eigenschaften der abstoßenden Artefakte auf dem Tisch, an dem er saß. Ein Mensch, der gern Listen aufstellte und sie anderen unter die Nase hielt.

»Wer sind Sie?«, fragte der Mann noch einmal.

Doch, wir waren uns schon begegnet. Und zwar vor gar nicht allzu langer Zeit …

»Fiddler, Sir.« Ich deutete einen militärischen Gruß an. »Jane Fiddler. Mrs Winkman schickt mich. Mit einem der Artefakte hat es eine Verwechslung gegeben. Mit dem schmutzigen Schädel in dem Glas dort. Er ist eine Fälschung.«

»Eine Fälschung?« Der kleine Mann musterte das Glas skeptisch und blickte auf seine Notizen. »Das Artefakt befindet sich in einem vorschriftsmäßigen Behältnis. Alt muss es auch sein, denn diese Art Gläser wurden früher bei Fittes verwendet. Eine Fälschung wäre sehr untypisch für diese Agentur.«

»Der Schädel ist trotzdem eine Fälschung. Er besitzt so gut wie keine übernatürliche Energie. Man kann ihn nur noch verbrennen, hat Mrs Winkman gesagt. Sie lässt den echten Schädel holen, und ich soll ihr den hier bringen, damit sie ihn austauschen kann. Und ich soll Ihnen von ihr eine Entschuldigung ausrichten.« Ich machte einen Schritt auf den Tisch zu.

»Eine Entschuldigung? Von Adelaide Winkman?« Der Mann legte mit nachdenklicher Miene die Zigarette in den Aschenbecher und faltete die Hände über seinem Bauchansatz. »Das sieht ihr aber gar nicht ähnlich.«

»Die Verwechslung macht eine Menge Ärger. Sie hören ja, was da draußen abgeht.« Ich deutete mit dem Daumen auf die

Tür. Man vernahm immer noch laute Rufe und dumpfe Schläge. Ich bekam wieder Angst, dass Lockwood etwas zugestoßen sein könnte, zwang mich aber, mit fester Stimme weiterzusprechen: »Ein paar von den Jungs sind ganz schön sauer.«

»Ihr Artefaktjäger seid aber auch ein grässliches Pack!«, erwiderte der Mann naserümpfend. Er griff nach dem Blatt auf dem Tisch, und als er es hochhob, sah ich, dass es an einem Klemmbrett befestigt war. Und da wusste ich auf einmal, wer er war.

Vor fünf Nächten hatte ich erschöpft und zerschlagen von meiner Begegnung mit Emma Marchments Geist von oben auf die Eingangshalle der Versicherungsgesellschaft hinabgeblickt. Ich hatte auf das Team von Rotwell hinabgeblickt und auf ihren unfähigen Berater, Mr Farnaby, der sich in seinem Faltstuhl fläzte. Und neben Mr Farnaby hatte *dessen* Berater gestanden und ein Klemmbrett in der Hand gehalten …

Der Typ vom Rotwell-Institut. Der fade, nichtssagende Mr Johnson.

Genau der war es.

Ich trat an den Tisch und streckte wie selbstverständlich die Hand nach dem Geisterglas aus. »Sie haben ja recht. Wir sind wirklich ein grässliches Pack. Tut mir echt leid. Adelaide kommt auch gleich und erklärt Ihnen die Sache noch mal.«

»Meine Mutter kommt gleich und erklärt *was?*«

Meine ausgestreckte Hand krümmte sich plötzlich wie eine verbrühte Spinne und zuckte zurück. Dann drehte ich mich widerstrebend nach der Tür um.

Wenn ich behaupten würde, dass der Türrahmen von einer bedrohlichen Gestalt ausgefüllt wurde, wäre das gelogen. Er wurde zwar ausgefüllt, aber nur die untere Hälfte, denn Leopold Winkman war zwar breitschultrig (wozu die albernen Schulterpolster seines protzigen Pelzmantels entscheidend beitrugen), aber besonders groß war er nicht. Er hatte die bullige, aber gedrungene Statur eines Ringers, dem ein Konzertflügel auf den Kopf gefallen ist, und seine ausladende Hutkrempe und die großen Karos auf seinem Designeranzug verstärkten nur den Eindruck, dass er zu kurz geraten war. Er war vielleicht vierzehn, fünfzehn Jahre alt, und sein Gesicht glich einem aufgequollenen Brötchen, wobei der dicklippige, breite Krötenmund verblüffend an seinen Vater erinnerte, den im Gefängnis sitzenden Julius Winkman. Und trotz seiner Stämmigkeit und übertrieben modischen Aufmachung ähnelte er seinem Vater auch vom Charakter her. Leopold war in der Londoner Unterwelt wegen seiner jähzornigen Brutalität berüchtigt und sein stechend blauer Blick war kalt wie Stahl.

Ich sagte nichts. Wir sahen uns nur an.

Dann hörte ich hinter mir Mr Johnsons ausdruckslose Stimme: »Sie will den Schädel hier abholen.«

»Stimmt«, sagte ich. »Anweisung von Ihrer Mama. Hat sie Ihnen das nicht gesagt? Sie können sie gern fragen.«

Ich rechnete nicht damit, dass er mir den Trick abkaufte, meine Lage war aussichtslos. Doch während seine grauen Zellen noch arbeiteten, ließ ich rasch den Blick über den Tisch vor mir gleiten. Meiner Schätzung nach blieben mir noch fünf Sekunden.

»Anweisung von meiner Mama?«, wiederholte Leopold Winkman dann. »Sie würde niemals eine dreckige Göre wie dich …« Auf einmal veränderte sich sein Gesicht, die Kinnlade fiel ihm herunter. Ob er soeben meine Verkleidung durchschaut hatte oder ob ihm nur eingefallen war, wem der gestohlene Schädel gehört hatte, konnte ich nicht sagen. Vielleicht lag es auch daran, wie ich ihn ansah – furchtlos und verächtlich –, jedenfalls fiel bei ihm der Groschen. »Moment mal …« Er wich einen Schritt zurück. »Dich kenn ich doch – Lucy Carlyle!«

»Keine Angst.« Das war die Wisperstimme des Schädels. *»Der Kleine kann dir nichts tun. Bist doch schon ein großes Mädel.«*

Leopold schlug seinen Mantel zurück. An seinem Gürtel hing eine kurzläufige Pistole.

»Äh – oder vielleicht doch?«

Aber ich hatte mich schon vorgebeugt, packte mit einer Hand das Geisterglas und mit der anderen Hand einen weiteren Silberglasbehälter, den ich auf Winkman schleuderte und mich im selben Augenblick duckte. Die Pistole ging los. Neben mir splitterte Glas. Einer der Behälter, die noch auf dem Tisch standen, zerbarst, Scherben hagelten auf meinen Rücken. Mein Wurfgeschoss traf Leopold voll vor die Brust und er verlor das Gleichgewicht. Er kippte nach hinten, ließ die Pistole fallen und wälzte sich kreischend am Boden.

»Zwerg außer Gefecht«, sagte der Schädel. *»Gut gemacht.«*

Ein Luftzug fegte mir beinahe die Perücke vom Kopf. Aus dem zersplitterten Behälter in der Mitte des Tisches erhob sich eine bläulich weiße, verschwommene Gestalt. Winkmans Kugel hatte den Geist in der Quelle befreit. Auch Mr Johnson spürte es. Er sprang von seinem Stuhl und wich in die hinterste Ecke zurück.

Ich wartete nicht ab, was aus ihm wurde. Mit dem Geisterglas unterm Arm war ich mit einem Satz über Leopold hinweg, stand schon an der Tür …

… und musste feststellen, dass sie schon wieder von jemandem versperrt wurde, diesmal von einem einäugigen Artefaktjäger, der kaum älter sein konnte als ich. In der Hand hielt er ein krummes Messer mit gezackter Klinge und hinter ihm schoben sich zwei von Winkmans Schlägern ins Bild.

»Jetzt bin ich mal dran«, sagte der Schädel. *»Halt das Glas hoch und geh einfach weiter.«*

Ich hielt das Geisterglas in die Höhe. Grünes Anderlicht flammte auf und warf seinen unheilvollen Schein auf die Gesichter der drei Gestalten vor mir. Der Junge mit dem Messer starrte in das Glas – und stieß einen gellenden Schrei aus. Er taumelte rückwärts und prallte so heftig gegen die beiden Männer, die hinter ihm standen, dass alle drei gegen die Wand stolperten.

Der Schädel kicherte. *»Na, wie war ich? Ich hab ihm meine schönste Visage präsentiert.«*

»Nicht schlecht.« Ich wand mich wie ein Aal zwischen den Männern hindurch und stand auf dem Bahnsteig, wo inzwischen eine handfeste Prügelei im Gange war. Den Mittelpunkt des Getümmels bildete ein schlanker, junger Artefaktjäger, dessen stachliger Schopf an einen angriffslustigen Igel denken ließ. Ein Stück neben dem Tisch der Winkmans schwang er eine lange schwarze Kerze über dem Kopf und hielt die Raufl ustigen in Schach. Neben ihm stand Adelaide Winkman und brüllte irgendwelche Befehle, die niemand beachtete.

»So sieht also euer Plan aus«, kommentierte der Schädel das Geschehen. *»Lässt reichlich Raum für Spontaneität, würde ich sagen. Und was jetzt?«*

»Keine Ahnung.«

Doch Lockwood hatte schon nach mir Ausschau gehalten. Mit ein, zwei leichtfüßigen Schritten war er am Tisch der Winkmans und warf ihn um, worauf sich ein glitzernder Wasserfall aus Geldstücken auf den Fußboden ergoss. Im gleichen Atemzug sprang Lockwood über den Tisch hinweg und rannte auf mich zu. Über Adelaide und ihren Helfershelfern brandete eine Flut aus gierigen Artefaktjägern hinweg, die sich auf die Münzen stürzten.

»Der Bogen hinter dir, Luce!«, schrie Lockwood. »Rüber auf den anderen Bahnsteig!«

Ich machte kehrt, doch in diesem Augenblick kam Leopold Winkman aus dem Lagerraum gestürmt. Er duckte sich unter Lockwoods Kerzenhieb hindurch, warf sich auf mich und wollte mir das Geisterglas entwinden. Ich verlor das Gleichgewicht und fiel hin. Wir rollten boxend und tretend über den Boden. Meine Perücke rutschte herunter. Ich bekam mit, dass mir Lockwood etwas zurief und andere Leute näher kamen. Dann verpasste mir Leopold einen Schlag gegen die Schläfe und ich sah Sternchen. Mein Griff lockerte sich, das Geisterglas wurde mir aus der Hand gerissen.

»Rette mich, Lucy!«

»Schädel ...!« Mein eigener Kopf dröhnte noch von dem Schlag, aber ich hob ihn blinzelnd. Ich lag auf dem Rücken, Leopold und das Glas waren verschwunden. Über mir erkannte ich verschwommen miteinander ringende Gestalten: Lockwood, die Handlanger der Winkmans, mehrere Artefaktjäger. Als einer von ihnen sah, dass ich mich bewegte, holte er mit einem dicken Stock nach mir aus, doch ein schmutziger Gummistiefel schoss vor und brachte ihn zu Fall. Ich sah Flos löchrigen Strohhut zu Boden segeln. Dann zog mich Lockwood auf die Füße und zerrte mich den Bahnsteig entlang.

»Lucy ...!« Ein leiser, verzweifelter Schrei aus der Menge hinter mir.

»Der Schädel! Ich habe ihn wieder verloren ...«

»Das tut mir echt leid, aber wir *müssen* jetzt weg hier.«

Lockwoods Gesicht war zerschrammt, seine Perücke saß schief. Zusammen rannten wir ans andere Ende des Bahnsteigs. Die Tunnelmündung war mit Brettern vernagelt, aber ein Verbindungsgang führte auf den Bahnsteig in die Gegenrichtung.

Während wir weiterliefen, schwappte eine Flut von Geräuschen hinter uns her.

»Die Leiter können wir vergessen«, keuchte Lockwood. »Wir müssen durch den Tunnel fliehen.«

Auf diesem Bahnsteig brannten nicht so viele Kerzen wie auf dem anderen, nirgends war jemand zu sehen. Die nächste Tunnelmündung befand sich ein Stück vor uns und war ebenfalls versperrt, diesmal wieder mit aufgeschlitzten Säcken. Lockwood und ich erklommen den Wall und spähten von oben in den finsteren Tunnel.

»Hier ist der Weg frei«, sagte ich.

»Ja.«

»Der Tunnel führt bestimmt ins Freie.«

»Bestimmt.«

»Dann los!«

»Nein.« Er hielt mich am Arm fest. »Ein Geist.«

Wie hatte ich ihn übersehen können? Gleich hinter der Mündung des Tunnels waberte ein grauer Schemen. Er hatte die Gestalt eines Mannes, war aber zweidimensional und verzerrt, als hätte man ihn aus Papier ausgeschnitten und anschließend zerknüllt. Er legte den Kopf ein wenig schief, wie von unseren Stimmen angezogen, unserem Geruch, unserer Körperwärme – von irgendeinem Zeichen jener Lebendigkeit, nach der sich die blasse, schmale Erscheinung immer noch sehnte. Während ich noch gebannt hinsah, rutschte ich auf einem Stein aus, und ein bisschen Schutt und Sand fielen auf die Gleise. Sofort stürzte der Geist vor – und wich wieder zurück, als er das Eisen spürte.

In diesem Augenblick wären drei freie Wünsche perfekt gewesen.

Zum Beispiel hätte ich mir dann gewünscht, ich wäre dem Ruf des Schädels nicht gefolgt.

Ich würde mir wünschen, ich hätte Lockwood nicht ermutigt, mich hierher zu begleiten.

Aber *vor allem* würde ich mir wünschen, wir hätten unsere Degen mitgenommen.

Der Geist schwebte wieder heran. Lockwood machte mir ein Zeichen, und wir wandten uns ab, um über Eisenspäne, Salzbrocken und Schutt zurück auf den Bahnsteig hinunterzuklettern.

Wo Adelaide Winkman im flackernden Schein einer Petroleumlampe stand und uns erwartete. In der rechten Hand hielt sie ein Messer mit langer, schmaler Klinge.

Allerdings war sie nicht allein. Hinter ihr drängte sich eine Horde Artefaktjäger. Hässlich und in Lumpen gekleidet, glichen sie einer Schar aufgebrachter Besucher, und die unvermeidlichen Schlägertypen mit ihren Messern fehlten natürlich auch nicht.

Doch der Blick blieb unwillkürlich an Adelaide hängen, was daran liegen mochte, dass der Verstand des Betrachters zwei ganz gegensätzliche Eindrücke in Einklang bringen musste. Auf den ersten Blick sah man *scheinbar* eine große, kräftige, blonde Hausfrau mit rosigem Gesicht und gezupften Augenbrauen, die ihre mütterliche Üppigkeit in ein weites Blumenkleid gezwängt hatte und merkwürdigerweise mitten in einer Bande Verbrecher stand. Sobald man *das* verdaut hatte, ging einem auf, dass sie in Wahrheit das furchterregendste Mitglied der ganzen Meute war. Das lag vor allem an den graublauen Augen, teilweise auch den zu einem dünnen Strich zusammengekniffenen Lippen und für die muskulösen Unterarme sowie ihre unübersehbare Körperkraft gab's noch ein paar Bonuspunkte obendrauf. Sie hatte sich schon lange der Rache an uns verschrieben, weil wir seinerzeit ihren Mann ins Gefängnis gebracht hatten. Vielleicht lächelte sie jetzt genau deshalb zu uns hoch.

»Mr Lockwood«, sagte sie. »Und Miss Carlyle. Was für eine Überraschung, Sie beide auf diesem Markt anzutreffen.«

»Äh … ich bin immer für spätabendliche Einkaufsbummel zu haben«, gab Lockwood zurück, kratzte sich unter der schiefen Perücke und beäugte das Messer in ihrer Hand. »Sie offenbar nicht so.«

»*Ich* bin immer dafür zu haben, ungebetenen Eindringlingen ihre gerechte Strafe zukommen zu lassen«, entgegnete Adelaide Winkman. »Was wollen Sie hier?«

»Wir hätten Ihnen ein paar interessante Artefakte anzubieten.« Lockwood deutete auf seine Tasche. »Aber wir mussten ewig Schlange stehen. Die Organisation dieser Verkaufsveranstaltung überzeugt mich nicht, das muss ich leider sagen. Ich hätte nicht übel Lust, mich zu beschweren.«

Der Blick der Frau glitt über den Schutzwall. Der Schemen in der Dunkelheit hinter uns regte sich wieder. »Ich glaube, dahinten im Tunnel wartet jemand auf Sie beide.«

»Ja, aber er ist nicht sehr gastfreundlich. Er redet nicht viel.«

»Das stimmt, aber er freut sich bestimmt trotzdem darauf, Ihre Bekanntschaft zu machen.« Adelaide Winkman fuchtelte mit dem Messer, und ich bereute es abermals bitter, dass wir unsere Degen zu Hause gelassen hatten. »Warum fliehen Sie nicht einfach durch den Tunnel? Ihr Freund kümmert sich garantiert gern um Sie.«

Lockwood nickte. »Wir könnten aber auch einfach hierbleiben und weiter mit Ihnen plaudern.«

Mrs Winkman hielt das Messer in die Höhe und drehte es so, dass die scharfe Schneide im Licht aufblitzte. »Ich war übrigens nicht immer im Antiquitätenhandel tätig.«

»Ach nein?«

»Nein. Ich war früher Metzgerin. Das hier ist ein Fleischermesser. Seinerzeit konnte ich ziemlich gut damit umgehen. Ich habe es immer zum Schlachten benutzt.«

»Klingt ja spannend.« Lockwood nahm die Perücke ab und fuhr sich geistesabwesend durchs Haar. »Als ich jünger war, hatte ich auch so einige Jobs. Ich habe Zeitungen ausgetragen und Autos gewaschen … und manchmal habe ich dicke Frauen in den Hintern getreten. Das war natürlich kein richtiger Job, ich habe es einfach nur zum Spaß gemacht. Jede Wette, dass ich diese Kunst auch nicht verlernt habe. Aber wir können uns gern noch die ganze Nacht darüber unterhalten.«

Sie kam einen Schritt näher. »Der Tunnel oder das Messer. Mit Schnüfflern und Störenfrieden mache ich kurzen Prozess.«

»Schnüffler? Störenfriede?«, wiederholte Lockwood grinsend. »Gegen diese Beschreibung möchte ich mich in aller Form verwahren!«

»Sie finden sie unzutreffend?«

»Mitnichten. Auf mich trifft beides zu. Aber in erster Linie bin ich *Agent.*«

Die Frau schüttelte den Kopf. »Agenten tragen Degen, aber Sie sind heute Abend unbewaffnet.« Sie winkte die hinter ihr stehenden Männer heran. »Klettert hoch und schnappt sie euch.«

»Agenten haben noch andere Waffen«, erwiderte Lockwood unbeirrt. »Zum Beispiel die hier!« Er griff in seine Perücke und förderte zwei Leuchtbomben zutage, die er seit unserem Aufbruch von der Portland Row erfolgreich versteckt hatte. Die erste warf er Adelaide Winkman vor die Füße, drehte sich dann blitzschnell um und schleuderte die zweite auf den Geist im Tunnel. Dann zog er mich an sich.

Einen Augenblick lang standen wir oben auf der Barrikade und hielten uns aneinander fest, während die Welt um uns herum explodierte. Eine zweifache Stichflamme schoss empor, glühende Eisenspäne regneten auf unsere Kleidung, wir wurden erst in die eine Richtung geworfen und dann in die andere. Silbrige Rauchwolken wogten heran, brachen sich an uns, färbten sich dunkelgrau und verflogen.

Das alles dauerte höchstens drei, vier Sekunden. Dann ließen wir einander los, drehten uns wieder um und schlitterten den Säckewall in Richtung Tunnel hinunter. Auf dem Bahnsteig ertönten noch Schreie, doch vor uns herrschte Totenstille.

Die Leuchtbombe hatte ihren Zweck erfüllt, der Schemen war verschwunden. Unsere Schuhe knirschten über losen Schotter. Vor uns wand sich der Tunnel in die Dunkelheit hinein. Ich kramte eine kleine Stablampe aus der Tasche und knipste sie im Laufen immer wieder an, damit wir nicht gegen eine Mauer rannten. Mir fiel gleich auf, dass es hier hinter der Eisenschranke deutlich kälter war als davor. Die Gleise waren mit Raureif überzogen, auch der schwarze Schotter glitzerte im Licht frostig. Wir stießen weiße Atemwolken aus und unser Keuchen hallte von den Wänden wider.

»Spürst du die Kälte?«, fragte ich.

»Ja, aber wir müssen trotzdem weiterlaufen.«

In unserem Rücken, hinter der Biegung des Tunnels, waren inzwischen die Geräusche einer halbherzigen Verfolgung zu hören. Schwere Stiefel stapften knirschend über den Schotter, angefeuert von Adelaide Winkmans Kommandos.

»Die Typen sind bestimmt mit Abwehrmitteln ausgerüstet«, japste ich. »Sie treiben uns direkt in …«

Ich brauchte es nicht auszusprechen. Die Stelle, an der sich das Zugunglück ereignet hatte, konnte nicht mehr weit sein. Der übernatürliche Druck nahm stetig zu und ich spürte die Nähe der Geister bereits deutlich.

»Vielleicht gibt es ja einen Seitentunnel«, stieß Lockwood hervor. »Wenn wir rechtzeitig abbiegen können …« Er unterbrach sich. »Licht aus!«

Der Strahl meiner Taschenlampe hatte eine leere Nische in der rechten Wand gestreift, in die sich früher die Gleisarbeiter gestellt hatten, wenn ein Zug vorbeifuhr. Doch ganz leer war die Nische nicht, denn zwischen dem Staub und Schutt leuchtete es weißlich. Ich knipste die Lampe sofort aus und wir tappten im Dunkeln weiter.

»Waren das Knochen?«, fragte ich im Flüsterton.

Die Antwort schwebte vor uns – eine graue, halb durchsichtige Gestalt, eine Schliere aus Schatten. Der nächste Schemen.

»Er scheint sich nicht zu bewegen«, sagte ich. »Vielleicht hat er uns nicht gesehen. Mist, jetzt bewegt er sich doch.«

Lockwood stieß einen unterdrückten Fluch aus. »Das ist gar nicht gut. Wenn wir doch nur irgendetwas hätten, womit wir uns … *schützen* könnten«, er schnippte mit den Fingern, »halt mal! Ich wüsste da was!« Er blieb stehen.

»Was hast du vor?«, zischelte ich. »Wir können jetzt nicht anhalten!« Die knirschenden Stiefel kamen immer näher.

»Komm her. Stell dich neben mich. Leuchte mit der Lampe auf den Boden.« Lockwood hatte seine Tasche geöffnet und den Geisterumhang herausgeholt. Er schüttelte ihn auf und die blauvioletten Federn schillerten auf dem dichten Netz aus silbernen Ösen. Lockwood ließ den Umhang wie ein Zauberer durch die Luft wirbeln und er legte sich weich und flauschig um meine Schultern. Geschickt zog mir Lockwood noch die Kapuze über den Kopf.

»Wir machen es wie die Medizinmänner, wenn sie in den Geisterhütten mit ihren Ahnen sprachen«, sagte er und wühlte jetzt in meiner Tasche, holte den zweiten Umhang heraus und legte ihn sich selbst um.

»Aber wir wollen doch gar nicht mit unseren Ahnen sprechen!«

»Egal, schaden kann es auf keinen Fall. Bilde ich es mir ein oder wird es schon ein bisschen wärmer?«

»Doch, kommt mir auch so vor. Was macht der Schemen?«

»Nichts mehr. Er schwebt auf der Stelle. Keine Ahnung, ob es an den Umhängen liegt oder an etwas anderem. Hauptsache, er greift uns nicht an. Los, wir müssen weiter. Die Verfolger kommen.«

Mit fest um uns geschlungenen Umhängen eilten wir den Tunnel entlang. Schon kam die Truppe der Winkmans in Sicht. Als sie uns erblickten, stießen sie erst Jubelschreie aus, doch dann ertönte ein schriller Warnruf, als einer von ihnen – offenbar ein junger Artefaktjäger – den Geist erspähte. Das Getrampel der Stiefel verstummte jäh, und wir hörten im Laufen, wie sie sich tuschelnd miteinander berieten.

»Der Schemen wird sie nicht lange aufhalten«, sagte Lockwood, »trotzdem glaube ich nicht, dass sie große Lust haben, sich noch weiter vorzuwagen. Schließlich sind es Erwachsene. Oh … Oh nein.«

Der Tunnel hatte sich plötzlich verbreitert, vor uns lag der Anfang eines Bahnsteigs. Er war von den Gleisen aus über eine kleine Treppe zu erreichen und sah ganz ähnlich wie der Bahnhof Vauxhall aus. Doch nur ein kurzes Stück ließ sich betreten, denn dahinter türmten sich staubige graue Trümmerteile bis an die beschädigte Decke. Es gab keine Seitenausgänge. Wir waren in einer Sackgasse gelandet.

Weil auch das Gleisbett versperrt war. Von einem Zug.

Auch als ich ihn mit der Stablampe anleuchtete, blieb er weiter ein pechschwarzer Umriss. Ob es nun an der ursprünglichen Gasexplosion lag oder dem anschließenden Feuer oder ob das

Metall im Lauf der langen Jahre unter der Erde angelaufen und verrostet war, jedenfalls war seine Oberfläche geschwärzt und vernarbt. Von unserem Standort aus blickten wir in den hinteren Teil des vordersten Wagens. Die verbogene Tür stand offen, man konnte verkohlte Sitze erkennen.

»Das muss er sein«, sagte Lockwood tonlos. »Der Zug, der damals verunglückt ist.«

Wir behielten die Umhänge an und stiegen langsam die Treppe zum Bahnsteig hinauf. Von dort war die Verwüstung noch besser zu erkennen. Der gesamte Mittelteil des Abteils war wie von einem gewaltigen Faustschlag zerschmettert worden. Eine Seitenwand war nach außen gedrückt worden und geborsten, aus den Trümmern auf dem Bahnsteig ragten Metallteile wie die Rippenknochen eines Sauriers. Der Zug war still und leer, die Fensterrahmen waren verkrümmt und verzogen.

Ich sah keine übernatürlichen Erscheinungen, doch in meinen Ohren hallte das Tosen von Flammen wider. Als ich die Hand unter dem Geisterumhang hervorstreckte, schnappte ich unwillkürlich nach Luft, so schneidend war die übernatürliche Kälte.

»Licht aus, Luce!«, kommandierte Lockwood wieder.

Wenn man seine Taschenlampe ausknipst, empfiehlt es sich, die Augen anschließend fünf lange Sekunden geschlossen zu halten, damit sie sich besser an die Dunkelheit gewöhnen können. Kurz vor Ablauf der Zeit stieß Lockwood einen leisen, erstaunten Schrei aus. Sofort riss ich die Augen auf und stellte fest, dass ein fahles Leuchten durch die zerbrochenen Fensterscheiben drang, und in diesem Anderlicht war zu sehen, dass die Sitze des zerstörten Waggons *nicht mehr leer* waren.

Die Umrisse regloser, gesenkter Köpfe zeichneten sich in der Dunkelheit ab, lange Haare hingen schlaff über zerlumpte Kragen und ausgemergelte Hälse. Haut, die weiß wie Höhlenfische schimmerte, und Reihen kohlschwarzer Augen. Obwohl man ihre sterblichen Überreste schon vor langer Zeit geborgen hatte, waren die Fahrgäste immer noch anwesend.

Wir standen da und schauten. Hinter uns waren jetzt wieder die Verfolger zu hören, außerdem Adelaide Winkmans Gegröle.

»Es hilft nichts, Luce«, sagte Lockwood schließlich. »Wir müssen da jetzt durch.«

»Durch den Waggon? Aber ...«

»Entweder der Waggon oder die Winkmans. Wir müssen auf unsere Umhänge vertrauen.«

»Aber es sind so viele ...«

»Wir müssen auf die Umhänge vertrauen.«

Und zwar sofort, denn schon wurde erst ein Lichtkegel auf uns gerichtet, dann noch einer, und im Handumdrehen war die Tunnelmündung ein Tohuwabohu aus zuckenden grellen Lichtern und hastenden Gestalten. Ein Schuss ertönte und in der Metallwand am Ende des Waggons erschien ein kleines Loch.

Ich weiß nicht mehr, wer von uns die Führung übernahm oder wie wir es schafften, die Umhänge umzubehalten, als wir die Treppe hinunterstolperten und uns durch die geborstene Tür in den Waggon zwängten. Die Angst ließ alle Eindrücke verschwimmen – die Angst vor dem, was hinter uns war, aber vor allem die Angst vor dem, was auf den Sitzen um uns herumsaß.

Ja, in dem Zug musste ein Feuer gewütet haben, und zwar mit gewaltiger Hitze. Das Innere des Waggons war bis auf die Metallteile ausgebrannt. Die Sitzpolster waren zu Asche zerfallen, die dünneren Haltestangen verbogen. Alles wurde von einer dicken schwarzen Kohleschicht bedeckt. Trotzdem waren Reste der Kleidung der geisterhaften Fahrgäste, ihrer altmodischen Anzüge und Hosen, Hüte und Damenkostüme, noch erhalten. Auf beiden Seiten des Ganges saßen sie einander jeweils zu zweit kerzengerade gegenüber. Aus der Nähe sah man, dass ihre Haut genau wie die Kleidung nur noch aus papierdünnen Fetzen bestand. Alles war trocken und verdorrt – nur die Augen nicht. Die waren groß, dunkel und feucht wie Krötenaugen und alle waren sie auf uns gerichtet.

Wieder pfiff eine Kugel durch die Luft und schlug irgendwo im Zug ein. Ich war froh darüber. Ohne diesen Ansporn hätten wir uns wahrscheinlich keinen Schritt weitergewagt. Doch jetzt zogen wir die Umhänge wieder um uns und gingen langsam weiter, ich voran, Lockwood hinterher, vorbei an den leuchtenden Gestalten von Männern und Frauen in ihrer stählernen Gruft, an den Reihen voll rachsüchtiger Geister: eine alte Frau, die unter ihrem Schultertuch nur noch aus Knochen bestand, ein Mann, dessen Hut sich in sein Gesicht eingefressen hatte, zwei junge Burschen, deren Köpfe miteinander verschmolzen waren.

Ich verschloss meine Ohren vor ihrem erregten Raunen.

Der Boden unter unseren Füßen fühlte sich klebrig an, weil der Kunststoffbelag verschmort war. Schritt für Schritt schoben wir uns den Mittelgang entlang. Starre Blicke folgten uns, doch die Fahrgäste selbst rührten sich nicht.

Nicht alle waren alt und verbrannt. Ein, zwei Auren leuchteten heller und die Betreffenden fielen durch ihre modernere Kleidung auf. Ein Jugendlicher in einer orangefarbenen Daunenjacke und dunkelblauen Jeans, ein mageres Mädchen in einem Kapuzenpulli. Sie hoben sich von den älteren Geistern ab wie Goldzähne in einem verfaulten Gebiss. *Fahrgäste aus heutiger Zeit,* hatte Flo gesagt. Sie hatte recht. Wie die Betreffenden gestorben waren, ließ sich allerdings nicht erkennen.

Wir erreichten die Mitte des Zuges, jenen Teil, an dem die Explosion eine Wand herausgesprengt und das Dach eingedrückt hatte. Um weitergehen zu können, mussten wir uns fast bis zum Boden ducken, und auch hier gab es Geister, die zu grotesken Gebilden zerquetscht waren. Ich gab mir große Mühe, keine Einzelheiten wahrzunehmen. Dann betraten wir die hintere Hälfte des Zuges.

»Immer geradeaus schauen«, mahnte Lockwood flüsternd. »Sieh ihnen auf keinen Fall in die Augen.«

Ich nickte. »Sie wollen, dass wir hier unten bei ihnen bleiben.«

»Was wir auch müssten, wenn wir die Umhänge nicht hätten.«

Als wollte er diese Behauptung bestätigen, streckte ein alter Mann, der direkt am Gang saß, die Hand nach mir aus. Sein gekrümmter Finger streifte mich beinahe, zuckte aber dicht vor dem Umhang wieder zurück.

Im hintersten Teil des Zuges saßen weniger Geister. Wir liefen schneller.

Unser Ziel war die offene Tür. Mit weichen Knien sprangen wir auf die Gleise hinunter und wankten noch ein paar Schritte weiter, dann ließen wir uns schwer atmend auf den scharfkantigen Schotter sinken. Hinter uns blieb alles still.

»Hoffentlich haben die Winkmans doch versucht, uns durch den Zug zu verfolgen«, sagte Lockwood, als wir wieder zu Atem gekommen waren. »Dann sitzen morgen Nacht noch ein paar Leute mehr drin.«

»Hör auf«, sagte ich schaudernd.

»Weiter geht's. Irgendwo muss dieser Tunnel ins Freie führen.« Lockwood zog seine Kapuze zurecht. »Die Umhänge behalten wir lieber noch eine Weile um.«

Wir erhoben uns schwerfällig. »Wer hätte gedacht, dass in der Portland Row solche Schätze zu finden sind?«, sagte ich. »Dass wir noch am Leben sind, verdanken wir nur deinen Eltern.«

Lockwood ging nicht darauf ein, aber es war auch nicht der rechte Ort für ein längeres Gespräch. Wir kehrten Tod und Dunkelheit den Rücken und liefen Seite an Seite die Gleise entlang, immer dem Licht entgegen.

IV.

Das verfluchte Dorf

Kapitel 18

Lockwood war mit dem Ergebnis unserer unterirdischen Expedition zufrieden. So zufrieden jedenfalls, wie man sein konnte, wenn man bedachte, dass wir den Schädel nicht mit zurückgebracht hatten und um ein Haar beide umgekommen wären. Auch die Tatsache, fast zwei Stunden gebraucht zu haben, um aus dem unterirdischen Labyrinth wieder herauszufinden, und hinter dem Bahnhof Stockwell fast von einem Zug überfahren worden zu sein, störte ihn nicht weiter.

»Seht es doch mal so«, sagte er am nächsten Vormittag, als wir uns im Kellerbüro von Lockwood & Co. mit George und Holly zusammensetzten, »das Positive an dieser Unternehmung überwiegt das Negative bei Weitem. Erstens: Wir haben uns auf die Suche nach einem bedeutenden übernatürlichen Artefakt begeben und dabei festgestellt, dass wir gleich zwei solche Stücke bereits *besitzen.*« Er drehte sich nach der Ritterrüstung hinter seinem Schreibtisch um. Über ihr hingen die prächtigen, schillernden Geisterumhänge und trockneten vor sich hin. Sie hatten in den U-Bahntunneln ein bisschen Ruß abbekommen und wir mussten sie mit einem feuchten Tuch sauber tupfen.

»Das ist doch schon mal was!«, fuhr Lockwood fort. »Natürlich werden wir die Umhänge in der Öffentlichkeit nicht allzu oft tragen, sonst denken die Leute noch, wir wären beim Zirkus, aber in kniffligen Situationen könnten uns die Dinger durchaus nützlich sein, stimmt's, George?«

George ließ sich von rätselhaften übersinnlichen Kuriositäten jederzeit begeistern und hatte schon den ganzen Morgen kaum die Finger von den Umhängen lassen können.

»Ja, sie sind echt toll«, bestätigte er. »Auf jeden Fall hält das Silbergewirk auf der Innenseite die Geister in Schach, aber es ist gut möglich, dass auch die Federn ihren Teil dazu beitragen. Das könnte an ihrem natürlichen Fettanteil liegen, oder aber die Medizinmänner haben sie mit etwas anderem eingerieben – um das zu klären, muss ich noch ein paar Experimente durchführen. Außerdem bin ich dafür«, setzte er mit glänzenden Augen hinzu, »dass wir so bald wie möglich nachschauen, was noch alles für Kostbarkeiten in dem Zimmer da oben lagern.«

»Das hat doch keine Eile«, meinte Lockwood nur.

»Ich weiß schon, was du damit sagen willst«, brummte George missmutig. »Aber du kannst doch nicht einfach so tun, als gäbe es diese Kisten nicht – oder, Luce?«

»Wahrscheinlich nicht.« Meine Reaktion fiel gedämpfter aus als die der anderen. Natürlich freute ich mich ebenfalls über die Entdeckung der Umhänge, aber das minderte meine Enttäuschung darüber, dass der Wispernde Schädel immer noch nicht wieder in meinem Besitz war, kein bisschen. *Beinahe* wäre er wieder mein gewesen, ich hatte ihn ja schon in der Hand gehabt! Sobald das Hochgefühl darüber, dass wir mit heiler Haut entkommen waren, nachgelassen hatte, fühlte ich mich innerlich irgendwie leer.

Lockwood erriet mal wieder, was ich dachte.

»Ärgere dich nicht zu sehr, Lucy«, sagte er. »Das heißt noch lange nicht, dass der Schädel ein für alle Mal verloren ist. Es gibt immer noch Hoffnung – womit wir bei der eigentlichen Entdeckung der letzten Nacht wären, nämlich dem zwielichtigen Mr Johnson vom Rotwell-Institut. Dass du ihn erkannt hast, ist echt der Hammer, Luce! Wenn du noch bei Lockwood & Co. arbeiten würdest, würde ich dich auf der Stelle befördern, aber so, wie es nun mal ist …«

»Dann befördere doch stattdessen mich«, schlug George vor.

»Nein. Aber es ist nicht übertrieben zu sagen, dass es die beste Leistung ist, die einer von uns seit dem Chelsea-Ausbruch abgeliefert hat. Du bist eine großartige Agentin, Lucy.«

Wie man sich unschwer vorstellen kann, ging es mir daraufhin gleich ein bisschen besser. Während ich das Lob noch verdaute, stand Lockwood auf, ging um seinen Schreibtisch herum und lehnte sich dagegen, schlank, hochgewachsen, voller Leben und Tatendrang. Auf einmal kam es mir vor, als sei nichts mehr unmöglich, als könnten wir mit etwas Glück und unseren vereinten Talenten alles erreichen. Meine Niedergeschlagenheit verflüchtigte sich. Da war er wieder, der wohlbekannte Lockwood-Effekt.

»Stellt euch nur mal vor, was das bedeutet!«, fuhr er fort. »Luce hat auf einen Schlag eine Verbindung zwischen dem Schwarzmarkt und einer der berühmtesten Institutionen Londons aufgedeckt. Holly – was kannst du uns über das Rotwell-Institut erzählen?«

Bevor sie sich bei Lockwood & Co. bewarb, hatte Holly Munro bei Rotwell gearbeitet, erst als Agentin und dann als persönliche Sekretärin des Firmenchefs, Steve Rotwell. Weil der ein ungehobelter Klotz war, hatte ihr diese Arbeit keinen großen Spaß gemacht, aber über die Agentur an sich hatte sie sich stets sehr anerkennend geäußert. Garantiert wusste sie mehr als die meisten anderen Leute darüber, wie der Laden so lief.

»Das Institut ist die Forschungsabteilung der Agentur«, begann sie. »Es hat mit den Ermittlungen nichts zu tun und beschäftigt keine Außendienstmitarbeiter. Dort sind nur erwachsene Wissenschaftler angestellt, die alle Wirkungsweisen des Problems untersuchen.«

»Und nebenbei eine Menge nutzlosen Krimskrams entwickeln«, ergänzte ich. »Wie Georges alberne Silberglocke, die er in Guppys Haus aufgestellt hat.«

»Ey!«, protestierte George, »das Ding hat funktioniert! Nur mit einer *klitzekleinen* Verzögerung.«

Holly nickte. »Was die Entwicklung neuer Abwehrmittel betrifft, hat das Institut eine lange Tradition.«

»Und sie vermarkten das Zeug äußerst erfolgreich«, warf Lockwood ein. »Hast du diesen Johnson gekannt, als du noch bei Rotwell warst?«

»Saul Johnson. Ja, aber nur vom Hörensagen. Er gehört zu den Leitern des Instituts.«

»Hat er auch mit den alltäglichen Einsätzen zu tun? Lucy ist ihm das erste Mal begegnet, als sie bei einer Ermittlung für Rotwell gearbeitet hat.«

»Nicht, dass ich wüsste. Die Wissenschaftler des Instituts bleiben eigentlich unter sich und hocken in ihren Laboren.«

»Aha. Von daher würde ich vermuten«, sagte Lockwood, »dass hier irgendetwas im Gange ist. Johnson, und mit ihm wahrscheinlich das ganze Institut, kauft besonders wirkungsvolle Quellen auf, obwohl die BEBÜP so etwas ausdrücklich untersagt hat. Der mumifizierte Kopf, den du letzte Woche entdeckt hast, Lucy – den hat Johnson bestimmt bei dem Einsatz gesehen, sich gemerkt und Harold Mailer unverzüglich angewiesen, ihn vor dem Brennofen zu retten und den Schwarzmarkthändlern zu übergeben.«

»Sieht ganz so aus, als würden inzwischen *alle* bedeutenden Quellen beiseitegeschafft«, sagte ich. »Die Zahnsammlung des Kannibalen von Ealing stand gestern Abend auch auf Johnsons Tisch.«

»Was uns zu der Frage bringt«, warf George ein, »*wozu* das Ganze?«

Er sprach in diesem typischen Ton, bei dem man jedes Mal gespannt die Ohren spitzte, weil es eine rhetorische Frage war, die er gleich selbst beantworten würde, wenn auch auf seine umständliche, weitschweifige Art.

»Vielleicht klärst du uns auf?«, bat Lockwood.

Nach einer kleinen Kunstpause fragte George: »Muss ich dafür aufstehen und mich so cool und chefmäßig an den Tisch lehnen wie du?«

»Das bleibt ganz dir überlassen.«

»Gut. Meine Beine sind nämlich zu kurz. Mein Hintern würde dauernd von der Tischkante rutschen, und das wäre unbequem. Darum bleibe ich lieber sitzen, wenn es euch nichts ausmacht. Erinnert ihr euch noch«, fuhr er fort, »was wir in den Katakomben unter dem Kaufhaus Aickmere gefunden haben? Von dem Berg menschlicher Skelette mal abgesehen?«

»Ich habe Lucy gefunden«, erwiderte Lockwood und lächelte mich an. Ich wurde ein bisschen rot. Er hatte in das unterirdische Gewölbe hinabsteigen müssen, nachdem mich der Poltergeist in die Tiefe befördert hatte.

»Abgesehen von den Skeletten *und* von Lucy«, sprach George unbeirrt weiter, »haben wir Beweise dafür gefunden, dass jemand dort unten irgendwelche sonderbaren Experimente durchgeführt hat. Mitten in dem Knochenhaufen war ein Kreis freigescharrt, mit lauter Kerzen drumherum, außerdem waren auf dem Boden Schleifspuren wie von Metall zu sehen. Nicht zu vergessen die große Ektoplasmabrandspur in der Mitte des Kreises. Sämtliche Skelette dort waren auf übernatürliche Weise aktiv, woraus sich schließen lässt, dass sie als multiple Quelle dienten. Nun ist ja bekannt, dass gewöhnliche Quellen Schwachstellen sind, an denen Besucher aus …«, er stockte, »… aus der Welt, in die sie *eigentlich* gehören, zu uns herüberkommen können. Man kann sich die Quellen auch als Löcher in einem abgewetzten Stoff vorstellen. So wie das Loch im Hosenboden deiner alten Jeans, Lockwood.«

»Ich habe keine Löcher im Hosenboden«, entgegnete Lockwood. »Und außerdem besitze ich gar keine Jeans.«

»Dann eben im Hosenboden *meiner* Jeans. Ich habe jede Menge alter Hosen. Erst wird der Stoff dünn, dann zerfasert er, und dann entsteht ein Loch. Plötzlich wird es peinlich, wenn man sich vorbeugt. Mit Quellen ist es ganz genauso, nur dass dort nicht die Unterhosen durchgucken, sondern etwas anderes zum Vorschein kommt.«

»Diese Metapher ist in mehrfacher Hinsicht beunruhigend«, warf Lockwood ein. »Momentan machen mir aber weniger die Geister Sorgen als die anderen Bilder, die du heraufbeschwörst. Aber sprich weiter. Wenn man also eine *sehr große* multiple Quelle erzeugt …«

»Dann ist logischerweise auch die Schwachstelle größer«, beendete George den Satz. »Man erzeugt dadurch ein größeres Loch. Der Knochenspiegel ist ebenfalls ein gutes Beispiel dafür.«

Er bezog sich auf ein höchst unerfreuliches Artefakt, das uns bei einem anderen Fall begegnet war – ein Spiegelglas, das mit lauter übernatürlich aufgeladenen Knöchlein eingefasst gewesen und von seinem Schöpfer als Fenster zur Anderen Seite entworfen worden war. Ob der Spiegel diesen Zweck allerdings erfüllte oder nicht, hatten wir nicht herausfinden können, denn jeder, der versuchte hineinzuschauen, wäre dem Tod geweiht, doch allein der übernatürliche Schauder, den das Artefakt auslöste, war außerordentlich verstörend gewesen.

»Ich bin überzeugt, dass jemand versucht hat, unter dem Kaufhaus Aickmere ein ähnliches Fenster zu erschaffen, wie es der Knochenspiegel darstellen sollte«, sagte George, »und dazu wurde eine *gewaltige* Quelle gebraucht. Wenn also dieser Johnson überall mächtige Artefakte aufkauft, liegt es nahe, dass er die gleiche Absicht verfolgt.«

»Glaubst du etwa, das Rotwell-Institut hatte auch bei der Heimsuchung im Kaufhaus seine Finger im Spiel?«, fragte ich.

»Gut möglich. Wisst ihr noch, wie schnell die Aufräumtrupps von Rotwell vor Ort waren, nachdem wir die Skelette entdeckt hatten? Ganz sicher bin ich natürlich nicht. Es gab keine konkreten Hinweise darauf, wer dahintersteckte.«

Holly meldete sich zu Wort. »Aber wir haben doch einen Zigarettenstummel gefunden.«

»Stimmt«, sagte George. »Den Stummel einer *Persisch Mild.* Eine exklusive Marke.«

Ich horchte auf. »Johnson hat auch Zigaretten geraucht!«

George sah mich an. »Welche Marke? Etwa *Persisch Mild?*«

»Keine Ahnung.«

Er schlug sich mit der flachen Hand an die Stirn. »Mensch, Luce! Gelegenheit verpasst! Weißt du vielleicht noch, wie der Rauch gerochen hat? *Persisch Mild* haben einen charakteristischen Geruch nach angebranntem Toast und Karamell.«

»*Leider* bin ich nicht dazu gekommen, mir das Aroma des Zigarettenrauchs einzuprägen. Ich hatte zufällig genug damit zu tun, am Leben zu bleiben.«

George ließ sich in seinen Stuhl zurücksinken. »Du hättest wenigstens kurz mal schnuppern können, während du um dein Leben gerannt bist. Wo bleibt denn da die Arbeitsmoral?«

Lockwood hatte nachgedacht. Jetzt trommelte er mit den Fingern auf den Tisch. »Hat Steve Rotwell viel mit dem Institut zu tun, Holly?«

Sie überlegte. »Ich nehme an, dass er dafür verantwortlich ist, jedenfalls war er oft dort.«

»Dann weiß er vermutlich Bescheid. Bleibt die Frage: Was können wir dagegen unternehmen?«

»Nicht viel«, sagte George. »Barnes können wir auch noch nicht verständigen, oder? Wir haben nicht den Hauch eines Beweises.«

»Und Johnson hat das Zeug bestimmt inzwischen verschwinden lassen«, pflichtete ihm Lockwood bei. »Das Rotwell-Institut ist in Westminster, stimmt's, Holly?«

»Der Hauptsitz schon, aber dort passiert nicht viel. Alle Forschungseinrichtungen liegen außerhalb von London, an verschiedenen Orten, die ich leider nicht mehr alle auf Anhieb zusammenkriege.«

»An verschiedenen Orten …«, wiederholte Lockwood. »Das macht es nicht leichter. Vielleicht kannst du eine Liste aufstellen? Das könnte nützlich sein, auch wenn ich ehrlich gesagt noch keine Ahnung habe, wie wir am besten weiter vorgehen.« Er seufzte. »Aber erst mal haben wir einen erfreulicheren Termin. Mrs Fittes' Sekretärin hat nämlich angerufen, Luce. Penelope Fittes möchte sich persönlich bei uns bedanken, dass wir den Fall des Kannibalen von Ealing gelöst haben! Offenbar besucht sie heute Vormittag die Orpheus-Gesellschaft, deren Schirmherrin sie ist, und lässt anfragen, ob wir uns dort mit ihr treffen wollen.«

»Die *Orpheus*-Gesellschaft? In St. James?«

»Ebendie. Habt ihr Lust mitzukommen?«

Da ließ ich mich natürlich nicht lange bitten.

* * *

Die elitäre und exklusive Orpheus-Gesellschaft, eine Vereinigung, der etliche der prominentesten Industriellen des Landes angehörten, interessierte uns schon eine ganze Weile. Offiziell handelte es sich um einen gehobenen Londoner Klub, in dem über die Ursachen des Problems diskutiert wurde, aber wir hatten herausgefunden, dass sich die Mitglieder auch ganz handfesten Aktivitäten widmeten. George besaß eine ungewöhnliche Brille mit Bergkristallgläsern, die mit dem Logo der Orpheus-Gesellschaft versehen war, einer antiken griechischen Harfe beziehungsweise Lyra. Was die Brille bewirken sollte, hatten wir noch nicht herausgefunden, trotzdem stand fest, dass das Rotwell-Institut nicht die einzige Einrichtung war, die im endlosen Kampf gegen das Problem neue Erfindungen entwickelte. Doch anders als das Institut machte die Orpheus-Gesellschaft ihre Arbeit nicht öffentlich, sodass wir noch nicht mehr darüber in Erfahrung gebracht hatten. Daher war die Einladung in ihren Klub eine Gelegenheit, die wir uns nicht entgehen lassen durften. Und so kam es, dass Holly im Büro blieb, um Recherchen über das Rotwell-Institut anzustellen, und Lockwood, George und ich uns voller Vorfreude nach St. James aufmachten.

Das Gebäude der Orpheus-Gesellschaft befand sich am Ende einer eleganten Sackgasse, einer ruhigen kleinen Straße mit stuckverzierten Stadthäusern. Die Messingtürschilder waren auf Hochglanz poliert, die Blumenampeln quollen vor üppiger Pracht beinahe über. Auf dem Türschild stand der Name, sonst nichts, und als wir klopften, wurde uns fast im selben Augenblick geöffnet. Ein lächelnder alter Mann bat uns mit einer Verbeugung herein.

»Willkommen und hereinspaziert. Ich bin der Sekretär der Gesellschaft.«

Der Sekretär war ein liebenswürdiger weißhaariger Herr, leicht gebeugt, aber mit wachen, blitzenden Augen. Er trug einen altmodischen langen Gehrock und einen gestärkten hohen Kragen, das dichte Haar war aus der imposanten Stirn gebürstet. Wir standen in einer kleinen, kühlen Eingangshalle mit Marmorfußboden und weinroten Wänden. Gerade kam ein älteres Paar die Treppe herunter und irgendwo tickte eine Uhr.

»Wir sind hier mit Mrs Penelope Fittes verabredet«, sagte Lockwood höflich. »Mein Name ist Anthony Lockwood und das sind meine Kollegen George Cubbins und Lucy Carlyle.«

Der Alte nickte. »Ich habe Sie schon erwartet. Die gute Penelope ist im Lesesaal.« Er musterte Lockwood. »Sind Sie nicht Donalds und Celias Sohn? Ich glaube, ich habe in der *Times* etwas über Sie gelesen. Ja – doch –, ich erkenne sie beide in Ihnen wieder.«

»Haben Sie meine Eltern denn gekannt?«, fragte Lockwood.

»Allerdings. Sie hatten sich um die Mitgliedschaft bei der Gesellschaft beworben und haben seinerzeit in dem Raum, in den ich Sie gleich führen werde, einen hochinteressanten Vortrag gehalten. *Geistermythen bei den Eingeborenenvölkern in Neuguinea und Sumatra* oder so ähnlich lautete der Titel. Natürlich waren sie eher Völkerkundler als Wissenschaftler im strengen Sinne, aber ihre Forschung war natürlich über jeden Zweifel erhaben. Ihr Tod war ein großer Verlust.«

»Vielen Dank«, sagte Lockwood. Sein Gesicht war ausdruckslos.

»Aber Sie sind schließlich nicht hergekommen, um sich mit *mir* zu unterhalten. Kommen Sie.« Er ging uns voran. Wir durchquerten einen mit weichem Teppich ausgelegten Flur. Die gemalten Herren auf den Porträts an den Wänden sahen ähnlich würdevoll wie der Sekretär aus. Am Ende des Flures fiel durch ein Buntglasfenster gelbes und rubinrotes Licht auf eine steinerne dreisaitige Harfe, die auf einem Sockel stand.

»Sie kennen unser kleines Symbol?«, fragte der alte Herr.

»Ist uns schon mal untergekommen«, sagte ich lässig und dachte an die Brille in der Portland Row, die wir seinerzeit einem Mörder abgenommen hatten.

»Es soll die Leier des Orpheus darstellen, nicht wahr?«, hakte George nach.

»Richtig. Wer Orpheus war, wissen Sie ja sicher«, sagte der Sekretär. »Der Bursche aus den griechischen Sagen. Er galt als Beschützer aller Musiker und Entdecker des Unerforschten.«

»Er ist in die Unterwelt hinabgestiegen, stimmt's?«, fragte George. »Weil er seine verstorbene Frau gesucht hat oder so.«

»Ganz recht, Mr Cubbins.« Unser Führer bog nach links in einen anderen Flur ab. Dort trat ein weiteres betagtes, glatzköpfiges Klubmitglied mit einem Lächeln beiseite und ließ uns durch. »Er begleitete seinen Gesang so lieblich auf der Leier, dass er die Toten damit bezauberte und die grässlichen Ungeheuer, die sie bewachten, besänftigte. Es gelang ihm sogar, Hades, den grimmigen Gott der Unterwelt, dazu zu bewegen, seine Frau gehen zu lassen. Das ist wahre Macht!«

»Dann ist Orpheus wohl so etwas wie ein Vorbild für Ihre Gesellschaft?«, mischte sich Lockwood wieder ein, der eine Weile ungewöhnlich still gewesen war.

»Nun, auch bei uns werden Mittel und Wege gesucht, Geister zu bezwingen. Wir sind ein kunterbunter Haufen von Erfindern, Industriellen und Philosophen – lauter Leute mit interessanten Perspektiven, was das Problem betrifft. Wir diskutieren, debattieren und entwickeln Strategien, um die Invasion der Geister einzudämmen.«

»So ähnlich wie das Rotwell-Institut?«, fragte George.

Der Alte schnalzte mit der Zunge, sein Lächeln wirkte auf einmal gezwungen. »Nicht direkt. Das Institut ist für unseren Geschmack zu … kommerziell. Es stellt den Profit über die Erkenntnis. Viele seiner Erzeugnisse sind ehrlich gesagt der reinste Ramsch. Wir dagegen sind eine Gesellschaft von *Idealisten*, Mr Cubbins. Wir begeben uns auf die Suche nach echten Antworten. Es gilt, eine Schlacht zu gewinnen – nicht nur gegen die Geister, sondern gegen den Tod selbst.«

»Und wie sehen *Ihre* Mittel und Wege aus, wenn ich fragen darf?«, fragte George. An dem Funkeln in seinen Augen erkannte ich, dass auch er an die sonderbare Brille dachte.

»Ach, ganz verschieden! Ich nenne Ihnen ein Beispiel. Junge Leute wie Sie haben ja das Glück, Übernatürliches hören und sehen zu können, aber Greise wie ich sind nach Anbruch der Dunkelheit wehrlos. Daher haben wir uns unter anderem zum Ziel gesetzt, älteren Mitbürgern zu ermöglichen, sich vor übernatürlichen Angriffen zu schützen. Wir machen gute Fortschritte und haben bereits Prototypen entwickelt … sind aber noch nicht so weit, der Öffentlichkeit eine ausgereifte Erfindung zu präsentieren.«

George nickte bedächtig. »Verstehe. Prototypen, sagten Sie? Spannend …«

»Allerdings.« Der Sekretär blieb vor einer schweren Eichentür stehen. »Da wären wir. Der Lesesaal.«

»Wie ging die Geschichte mit Orpheus denn aus?«, fragte ich. »Durfte er seine Frau wieder mitnehmen?«

Der Sekretär lachte leise in sich hinein.

»Nein, meine Liebe. Er beging einen Fehler und sie musste auf der Anderen Seite bleiben. Ich wünschte, wir könnten heutzutage für unsere verstorbenen Freunde das Gleiche durchsetzen.« Er drückte die Tür auf und trat einen Schritt zurück. »Das komplette Team von Lockwood & Co.!« Er bedeutete uns einzutreten und schloss die Tür von außen hinter sich.

Der sogenannte Lesesaal der Orpheus-Gesellschaft war nicht besonders groß. Wenn Lockwoods Eltern dort tatsächlich einen Vortrag gehalten hatten, dann nur vor einem sehr kleinen Publikum. Inmitten dunkler Bücherregale waren auf einem Teppich Sitzmöbel und kleine Tische locker und behaglich arrangiert. Penelope Fittes saß in einem Sessel vor dem Kamin und blickte ins Feuer. Ihr langes schwarzes Haar schimmerte, ihr Profil hätte aus Alabaster geschnitzt sein können. Weil sie so viel jünger war als die anderen Vereinsmitglieder, traf uns ihr Anblick beinahe wie ein Schlag. Sie wandte den Kopf und lächelte uns an.

»Hallo, Anthony«, sagte sie. »Und Lucy und George. Kommen Sie herein und setzen Sie sich.«

Über dem Kaminsims prangte ein goldgerahmtes Gemälde: eine Frau in einem tief ausgeschnittenen schwarzen Kleid mit einer Petroleumlampe in der Hand. Ihr Haar war hoch auf dem Kopf aufgetürmt, ihr Blick hatte etwas wild Entschlossenes. Ich kannte das Gesicht von Buchumschlägen, Briefmarken und den Postkarten, die auf der Strand verkauft wurden. Sie sah gar nicht so müde und ausgelaugt aus wie auf den Fotos im Fittes-Haus.

Penelope Fittes war meinem Blick gefolgt.

»Ja, das ist meine liebe Großmutter«, sagte sie. »Als sie diese Gesellschaft gegründet hat, war sie noch recht jung. Und jetzt bin ich die Schirmherrin. Ich habe großen Respekt vor allen, die sich tatkräftig für die Bekämpfung des Problems einsetzen. Genau deshalb möchte ich Lockwood & Co. ein Angebot machen.«

»Ein neuer Fall, Penelope?«, fragte Lockwood.

»Mehr als das. Eine weit größere Ehre. Ich möchte Ihnen vorschlagen, dass sich unsere Agenturen zusammentun.«

Einfach so. Ohne langes Drumherumreden. Sie sagte es mit einem Lächeln, doch die wahre Bedeutung ihrer Worte traf mich wie eine Kugel zwischen die Augen. Ich glaube sogar, dass ich kurz schwankte. George gab einen unartikulierten Laut von sich, Lockwoods Gesicht war wie erstarrt. Ich hatte ihn noch nie so verdutzt gesehen. Wenn die Öffnung von Mrs Barretts Gruft auf der von eins bis zehn reichenden Skala des Schockometers die Stufe neun erreichte, dann war das hier eine Zehn. Oder sogar eine Zehn plus. Lockwood sah Mrs Fittes blinzelnd an, als hätte er sie nicht richtig verstanden.

Sie war zu gut erzogen, um ein Wort über unsere Benommenheit zu verlieren.

»Wie Sie den schwierigen Fall in Ealing gemeistert haben, hat mich sehr beeindruckt«, fuhr sie fort. »Beeindruckt, aber nicht überrascht. Ich beobachte Sie schon seit zwei Jahren, seit dem Fall der Seufzenden Wendeltreppe. Ihr Team hat immer wieder kleine Wunder vollbracht, große Hürden überwunden und mächtige Besucher besiegt. Ihre Gabe des Schauens ist herausragend, Anthony, aber sie ist nicht Ihre einzige Begabung. Sie sind eine Führungspersönlichkeit, die ich gern an meiner Seite hätte. Und, Lucy…«, ihr dunkler Blick glitt zu mir herüber, »… ich freue mich sehr, dass Sie sich meine Worte zu Herzen genommen und sich entschieden haben, bei Lockwood & Co. zu bleiben. Ihre Gaben sind außergewöhnlich, und ich kann Ihnen helfen, sie noch weiterzuentwickeln. Lieber George…«, der Blick wanderte weiter, und ich fühlte mich wie ein Fisch, der aus dem Wasser gezogen und gleich darauf wieder hineingeworfen wurde, »... Sie haben schon einmal für meine Agentur gearbeitet. Vielleicht haben wir *Ihre* besondere Gabe damals nicht richtig gewürdigt. Kommen Sie wieder zu uns und ich gewähre Ihnen uneingeschränkten Zutritt zur Schwarzen Bibliothek im Fittes-Haus. Dort gibt es so viele ungelesene Bücher, so vieles, was noch recherchiert werden will.« Sie lehnte sich zurück. »So und nicht anders lautet mein Angebot und ich unterbreite es Ihnen nicht leichtfertig. Aber Sie drei faszinieren mich einfach. Lockwood & Co. sind einzigartig und mit meiner Hilfe können Sie unsterblich werden.« Sie lächelte uns wieder an. »Ich nehme es Ihnen aber auch nicht übel, wenn Sie sich erst über meinen Vorschlag beraten wollen.«

Ein Holzscheit knackte im Kamin. Die Wanduhr tickte. Ich brachte es nicht über mich, die anderen anzusehen.

»Danke, Penelope – danke, Mrs Fittes ...« Als Lockwood das Wort ergriff, war seine Stimme belegt, und er sprach so stockend, wie es sonst gar nicht seine Art war. »Danke für dieses Angebot. Wie Sie schon sagten ... es ist eine ungeheure Ehre für uns.« Er räusperte sich. »Aber ich glaube nicht, dass wir uns erst beraten müssen. Ich bin sicher, dass ich auch für meine Kollegen spreche – für mich selbst sowieso –, wenn ich sage, dass uns unsere Unabhängigkeit wichtiger ist als alles andere. Wir sind gern eine eigenständige kleine Agentur. Es tut mir leid, aber ich glaube nicht, dass es uns glücklich machen würde, Teil einer so riesigen Firma wie der Ihren zu werden.«

Mrs Fittes lächelte immer noch, aber sie war auf einmal reglos wie ein Stein. Als sie schließlich wieder etwas sagte, war ihre Stimme samtweich.

»Ist das ein Nein? Verstehen Sie mich nicht falsch, Anthony – ich würde extra für Sie eine neue Abteilung einrichten. Sie könnten genau wie jetzt ohne erwachsene Berater arbeiten, hätten aber die volle Unterstützung der Agentur Fittes. Ich würde Ihnen bedingungslos vertrauen. Sie könnten sogar weiter von Ihrem reizenden kleinen Haus aus agieren.«

Abermals trat im Lesesaal tiefe Stille ein. Diesmal hielt sie sogar noch länger an.

»Aufrichtigen Dank«, entgegnete Lockwood dann förmlich. »Aber ich muss leider trotzdem ablehnen.«

Das Lächeln flackerte.

»Nun ja, offenbar wissen Sie, was Sie wollen. Ich respektiere Ihre Entscheidung.«

»Bitte fassen Sie meine Worte nicht falsch auf.« Lockwoods Ton war immer noch förmlich. »Ich möchte damit nichts gegen Sie oder Ihre großartige Agentur sagen. Vielmehr hoffe ich, dass sich noch viele Gelegenheiten für eine Zusammenarbeit ergeben werden. Die Arbeit mit Quill Kipps im Fall Guppy hat uns übrigens gut gefallen«, setzte er hinzu. »Vielleicht lässt sich das ja wiederholen.«

Jetzt war das Lächeln endgültig erloschen. »Das glaube ich nicht. Mr Kipps arbeitet nicht mehr für meine Agentur.«

»Nicht?« Diesmal gab sich Lockwood keine Mühe, seine Verblüffung zu verbergen, und George und ich wetteiferten darum, wessen Mund am weitesten offen stand. Angesichts von Kipps' nahtlosem Aufstieg vom Agenten zum Berater waren wir davon ausgegangen, dass er uns mit seiner langweiligen Anwesenheit noch jahrelang durch alle Rangstufen beglücken würde. »Hat er … hat er *gekündigt?*«, fragte Lockwood. »Oder wurde er …«

»Oh nein, er hat uns freiwillig verlassen«, sagte Mrs Fittes. »Kurz nach dem Fall Guppy. Seine Gründe waren … ein wenig wirr, aber ich habe mich nicht allzu lange damit befasst. Ich beschäftige viele Agenten und kann meine Zeit nicht damit verplempern, diejenigen zu umwerben, die ihr Glück nicht zu schätzen wissen. Apropos – ich muss wieder an die Arbeit. Danke, dass Sie gekommen sind. Wenn Sie dort drüben klingeln, begleitet Sie der Sekretär gern zur Tür.«

* * *

Unser Besuch bei der Orpheus-Gesellschaft war nicht ganz so reibungslos verlaufen, wie wir es uns erhofft hatten. Auf dem Heimweg waren wir alle bedrückt, weil wir das Gefühl hatten, eine einmalige Chance ungenutzt gelassen zu haben. Es war merkwürdig – eigentlich war alles beim Alten, und doch hatten wir das Gefühl, irgendetwas habe sich verändert. Keiner sagte einen Ton, bis wir wieder in der Portland Row angekommen waren.

Holly saß noch im Büro. »Na, wie war's? Hat sie euch eine Auszeichnung verliehen?«

»Nicht direkt.« Lockwood ließ sich auf seinen Stuhl fallen. »Hier alles in Ordnung?«

»Alles bestens. Ich habe die Liste der Rotwell-Labore erstellt, die ihr haben wolltet. Es hat sich herausgestellt, dass es doch nicht so viele sind, nur fünf oder sechs. Die Liste liegt auf deinem Tisch.«

»Danke, Holly.« Lockwood griff nach dem Blatt, warf einen Blick darauf und legte es wieder weg, um grübelnd aus dem Fenster zu starren.

George und ich berichteten Holly von unserem Besuch. Ihre Miene verfinsterte sich. »Du hattest recht damit, ihren Vorschlag abzulehnen, Lockwood«, sagte sie. »Keine Frage. Klar ist so ein Angebot schmeichelhaft, aber ihr dürft eure Unabhängigkeit nicht einfach aufgeben. Ihr seid Lockwood & Co.!«

»Irgendwas war sowieso komisch daran«, sagte ich. »Mrs Fittes hat uns eine Menge Komplimente gemacht, aber ich hatte das Gefühl, sie ging fest davon aus, dass wir nachgeben und einwilligen. Ich glaube, sie war gar nicht glücklich, dass wir abgelehnt haben.«

»Typisch Fittes!« Sonst hielt Holly stets eine unerschütterlich gut gelaunte Fassade aufrecht. So aufgebracht wie jetzt hatte ich sie selten erlebt. »Bei Rotwell haben wir oft darüber geredet. Penelope Fittes führt sich auf, als sei es ihr angestammtes Recht, immer ihren Willen durchzusetzen, und das nur, weil ihr die älteste Agentur im Land gehört. Ihre Großmutter war ganz genauso.«

»Und ihre Mutter?« Ich sah wieder das verblasste Foto der melancholischen Frau im Sessel vor mir. »Hat sie die Agentur nicht ebenfalls geleitet?«

»Ja, aber nicht lange« antwortete Holly. »Sie soll anders gewesen sein, viel sanfter und umgänglicher. Aber dann ist sie gestorben und Penelope ist nachgerückt. Wann war das doch gleich, Anthony?«

Doch Lockwood schaute immer noch aus dem Fenster. Er reagierte nicht einmal, als jetzt das Telefon auf seinem Schreibtisch klingelte.

George sah mich auffordernd an. »*Ich* kann nicht rangehen«, wehrte ich ab. »Ich arbeite ja nicht mehr hier.«

Daraufhin stand er auf und nahm selbst ab. Wer der Anrufer auch sein mochte, er war offenbar sehr gesprächig, denn eine ganze Weile beschränkte sich Georges Anteil an der Unterhaltung auf Brummen und Seufzen. Holly nahm einen Staubwedel und machte sich unnötigerweise über die Ritterrüstung hinter Lockwoods Stuhl her, Lockwood saß immer noch reglos da.

Schließlich ließ George den Hörer sinken und hielt die Sprechmuschel zu. »Lockwood!«

»Hm-hm?«

»Das ist noch mal dieser verflixte Skinner. Er erzählt wieder wüste Geistergeschichten aus seinem blöden Dorf. Angeblich ist es schlimmer denn je. So, wie er es darstellt, springen bei den Dorfbewohnern jeden Morgen Kreischer aus den Müslischüsseln. Er fleht mich an, dich noch mal zu fragen, ob wir nicht doch kommen können.« George machte eine Pause. »Wenn ich *anflehen* sage, meine ich damit die bekannte Mischung aus üblen Beschimpfungen und schleimigen Komplimenten. Ich weiß auch nicht, warum, aber irgendwie wirkt die Methode bei mir. Darum habe ich gesagt, ich frage …« Er musterte Lockwood, der sich nicht gerührt hatte. »Na schön, du bist offenbar schwer damit beschäftigt, Löcher in die Luft zu starren. Dann sag ich ihm, er soll sich zum Teufel scheren, okay?«

»Nein!« Lockwood richtete sich so plötzlich auf, dass ich meinen Tee verschüttete und Holly den metallenen Hosenlatz von der Rüstung fegte. »Gib mir den Hörer! Ist Danny Skinner aus Aldbury Castle dran?«

»Äh … ja … Wieso?«

Lockwood riss George den Hörer aus der Hand und legte die Füße auf den Tisch.

»Schlagt im Fahrplan nach! Packt die Taschen! Sagt alle Termine für morgen ab. Sind Sie das, Danny? Hier ist Lockwood. Wir nehmen Ihre spannende Einladung mit Freuden an.«

Kapitel 19

Lockwoods plötzliche Begeisterung für den Aldbury-Castle-Fall war überraschend, um nicht zu sagen, verdächtig, doch als wir nachhakten, wich er uns immer wieder aus.

»Es handelt sich eindeutig um einen ungewöhnlichen Massenausbruch«, sagte er, »mit vielen interessanten Besonderheiten. Denkt nur an die schräge Geschichte mit dem Flammenden Phantom! Findet ihr nicht auch, dass sich eine Ermittlung da lohnen würde?« Er schenkte uns ein sogar für seine Verhältnisse besonders breites Lächeln. »Außerdem kommen wir auf diese Weise mal ein bisschen aus London raus. Die Winkmans sind sowieso schon hinter Lucy her, und nachdem wir ihren Nachtmarkt aufgemischt haben, suchen sie uns bestimmt alle. Es kann also nichts schaden, wenn wir eine Weile verschwinden, bis sich die Wogen wieder geglättet haben.«

»Also ich habe nicht das Gefühl, besonders bedroht zu sein«, wandte ich ein.

»Von wegen – momentan kann alles Mögliche passieren. Da wird uns die frische Landluft richtig guttun.« Lockwood trommelte leicht ungeduldig mit den Fingern auf den Tisch. »Sonst noch was?«

»Du glaubst also nicht, der Ausbruch könnte auch damit zusammenhängen, dass sich nur ein paar Meilen von dem Dorf entfernt eine Außenstelle des Rotwell-Instituts befindet?«, fragte George. Genau daran hatte ich auch gedacht.

»Das habt ihr euch gemerkt?« Lockwood tat so, als habe das überhaupt nichts zu bedeuten, und kratzte sich am Nasenflügel.

»Allerdings. Danny Skinner hat davon gesprochen, weißt du das nicht mehr? Er hat uns auch erzählt, dass sich die Leute vom Institut geweigert haben, den Ausbruch zu untersuchen. Steht dieser Standort auch auf Hollys Liste?«

»Äh ... zufällig ja«, räumte Lockwood ein, »aber er ist nur einer von vielen, es muss also nicht zwangsläufig etwas damit zu tun haben.« Er zuckte die Achseln. »Dass Rotwell in der Nähe eine Niederlassung hat, spricht nicht unbedingt gegen unsere kleine Landpartie, finde ich. Meinetwegen können wir ja einen Blick auf das Labor werfen, wenn wir schon mal in der Gegend sind – falls uns die Geisterhorden im Dorf zwischendurch zu Atem kommen lassen. Unser Hauptziel ist jedoch, Aldbury Castle von seiner Heimsuchung zu befreien, und wenn wir morgen losfahren wollen, haben wir noch einiges zu tun.«

Der Rest des Tages verging wie im Flug. Lockwood schickte George ins Nationalarchiv, wo er alles recherchieren sollte, was über das Dorf und seine Geschichte in Erfahrung zu bringen war. Holly wurde zu Mullet geschickt, um Nachschub an Salz und Eisenspänen zu bestellen, der direkt zum Bahnhof Waterloo geliefert werden sollte, und Lockwood selbst verließ das Haus, um ein paar Besorgungen zu machen, über die er sich untypischerweise ausschwieg. Das Ergebnis eines dieser Ausflüge wurde am nächsten Morgen dramatisch enthüllt, als wir am Bahnhof eintrafen und uns eine zierliche, schwarz gekleidete Gestalt neben der Lieferung von Mullet auf dem Bahnsteig erwartete.

»Nanu, Kipps!«, sagte George. »Ohne die schicke Uniformjacke und den angeberischen Degen hätte ich dich kaum erkannt. Ich dachte immer, wenn du beides mal ablegst, zerfällst du in zappelnde Einzelteile.«

Kipps sah tatsächlich verändert aus. Vielleicht hatte er sich mehr als jeder andere Angestellte über seine Zugehörigkeit zur Agentur Fittes definiert. Sein strassverzierter Degen, seine hautenge Hose, sein arroganter wiegender Gang – er hatte mit jeder Faser seines Äußeren herausposaunt, wie stolz er darauf war, dieser renommierten Firma anzugehören. Heute jedoch trug er eine schwarze Jeans, einen Rollkragenpulli und eine schwarze Reißverschlussjacke. Gut, auch diese Jeans saß vielleicht ein bisschen zu eng, und die Schuhe waren eine Idee zu spitz, aber im Großen und Ganzen war er durchaus zweckmäßig und vernünftig gekleidet, fast ohne jeden Anflug von Eitelkeit. Sonst war er aber zum Glück ganz der Alte und blickte so mürrisch drein wie eh und je.

»Mir ist etwas klar geworden«, sagte er, als wir im Zug saßen und langsam durch die Londoner Vororte rollten. »Nach dem Guppy-Auftrag. Ich meine, wir haben in einem Haus ermittelt, das von einer bösartigen, mächtigen Wesenheit heimgesucht wurde, und ihr vier seid rumgerannt wie die Irren – ihr habt gekämpft, gebrüllt und euch lächerlich gemacht, aber zum Schluss habt ihr den Geist bezwungen … und ich war die ganze Zeit nur das fünfte Rad am Wagen. Ich konnte den Geist weder sehen noch hören, ich bin einfach zu alt, um mich noch nützlich zu machen. Und genau darin besteht die Aufgabe eines Beraters: Er schickt andere in den Kampf und den Tod. Natürlich wusste ich das schon länger, aber erst bei dem Einsatz mit euch habe ich es richtig begriffen, und ich kann so nicht weitermachen. Ich kann nicht mehr bei Fittes arbeiten. Ich muss mir eine andere Tätigkeit suchen.«

»Nämlich?«, fragte George. »Kunstkritiker vielleicht? Oder Vogelkundler? Mit diesem Rollkragenpulli stehen dir alle Türen offen.«

»Wahrscheinlich war meine Kündigung auch wieder so eine blöde Entscheidung«, entgegnete Kipps nur. »So wie der Entschluss, euch heute zu begleiten. Lockwood behauptet zwar, er braucht meinen fachlichen Rat, aber wahrscheinlich besteht mein Beitrag wieder nur darin, dumm in der Gegend rumzustehen. Oder Tee zu kochen, wenn's hochkommt.«

»Also ich find's toll«, sagte ich. »Dass du gekündigt hast, meine ich. Du bleibst dir treu.«

»Damit kennst *du* dich ja aus«, konterte er. »Deswegen arbeitest du jetzt wahrscheinlich auch wieder bei Lockwood & Co.«

»Nein, ich bin nur vorübergehend –« In diesem Augenblick ratterte der Zug über einen besonders holprigen Gleisabschnitt, und danach stritten sich Lockwood und George darüber, wer nach dem Aussteigen die Salzsäcke tragen sollte, Holly reichte Kekse herum, und ich kam schlicht nicht mehr zu Wort. Ich saß in meiner Ecke am Fenster und starrte mein Spiegelbild an, das wie ein Geist über die draußen vorbeisausenden grauen Dächer glitt.

Wie hatte es so weit kommen können, dass ich mich Lockwood wieder angeschlossen hatte? War ich wirklich, so wie Kipps, orientierungslos und ohne eigene Ziele? In den letzten paar Tagen war auch mit mir eine Veränderung vorgegangen, und ich hatte mir eingestehen müssen, dass ich mich von meinen ursprünglich gefassten Vorsätzen entfernte. Nach dem Verlust des Schädels, nach dem Mord an Harold Mailer und der Verfolgungsjagd durch Clerkenwell brauchte ich dringend Hilfe – und die hatte mir Lockwood angeboten. Außer ihm gab es niemanden, an den ich mich hätte wenden können. Insofern war es eine gute Entscheidung gewesen. Aber danach – seltsam, wie eins zum anderen geführt hatte! – war es mir nur folgerichtig vorgekommen, in der Portland Row zu bleiben und mir von Lockwood auch noch dabei helfen zu lassen, den Schädel von den Winkmans zurückzuholen. Und dass ich ihn jetzt nach Aldbury Castle begleitete? War es ebenfalls eine logische Folge aus alldem? Klar, mir fielen auf Anhieb haufenweise Vorwände ein, die meinen Entschluss rechtfertigten. Ich entzog mich der Verfolgung durch die Winkmans, ich gewann (vielleicht) nützliche Erkenntnisse über das Rotwell-Institut und den Verbleib des Schädels, ich konnte mich bei Lockwood & Co. revanchieren – das war alles gut und richtig, aber letztendlich lief es immer auf das Gleiche heraus: Ich war einfach glücklich, wieder mit meinen früheren Kollegen zusammen zu sein.

Mit solchen müßigen Überlegungen schlug ich mich die ganze Fahrt herum. Der Zug hatte London inzwischen verlassen, die Gegend wurde immer ländlicher. Um zehn Uhr erreichten wir ohne jeden Zwischenfall unseren Bestimmungsort.

* * *

Wer eine detaillierte Beschreibung der nun folgenden Schrecken hören möchte: Das Dorf Aldbury Castle war ungefähr fünfzig Meilen westlich von London inmitten von malerischen Kreidehügeln gelegen. Auf drei Seiten erhoben sich bewaldete Anhöhen, auf der vierten Seite schlängelte sich ein träger Fluss. Mit dem Rest der Welt war der Ort nur über eine kurvige Nebenstraße sowie über eine Haltestelle der Southampton-Linie verbunden, die sich ungefähr eine Dreiviertelmeile westlich des

Ortes befand. Als Bahnhof konnte man diese nicht bezeichnen, denn es gab weder eine Schalterhalle noch sonst ein Gebäude, nur einen vom Kreidestaub weiß schimmernden Feldweg, der sich von dort durch den Wald schlängelte und irgendwo in die Landstraße zum Dorf mündete.

Falls in Aldbury Castle überhaupt jemals solch eine namensgebende Burg gestanden hatte, war sie längst zerfallen. Die Landstraße überquerte den Fluss über eine Steinbrücke und schlängelte sich dann zu beiden Seiten um den Dorfanger herum, eine große, von niedrigen Cottages umstandene Wiese mit hohem, sattgrünem Gras, auf der eine Schafherde weidete. In der Mitte des Platzes standen drei mächtige Kastanienbäume und beschatteten das alte Marktkreuz aus dem vierzehnten Jahrhundert und den Steintrog daneben.

Hinter dem Anger verzweigte sich die Straße vor dem einzigen noch bewirtschafteten Gasthaus des Dorfes, dem Gasthof *Zur Sonne,* den unser Klient Danny Skinner sein Zuhause nannte. Von hier aus hatte man auch eine gute Aussicht auf die anderen bedeutenden Bauwerke von Aldbury Castle, nämlich die moderne Reihenhaussiedlung sowie die Kirche St. Nestor, die auf einer Anhöhe über das Dorf wachte. Davor prangte auf einem kleinen Erdhügel eine altmodische, verrostete und kaputte Geisterlampe, hinter der Kirche führte ein Weg erst durch ein Wäldchen und dann zwischen Feldern und Hügeln hindurch.

Als wir die Brücke überquerten und das Dorf zum ersten Mal betraten, waren die Hänge ringsum sonnenbeschienen, doch der Dorfanger war feuchtkalt und voller Spinnweben. Die Schatten des Waldes im Osten krochen wie tastende Finger über das Gras, die Luft roch nach Rauch. Es war ein wunderschöner Frühlingstag.

»Viel zu idyllisch, um ein Krisenherd zu sein«, meinte Holly.

»Du sagst es.« Ich deutete auf eine auffällige kreisrunde Stelle am Straßenrand, wo der Boden geschwärzt war. »Hier wurde anscheinend irgendwas verbrannt.«

»Irgendwas – oder irgend*jemand*«, sagte Kipps.

»Igitt!« Holly rümpfte die Nase.

»Zumindest liegen keine verkokelten Körperteile herum«, sagte George. »Wahrscheinlicher ist, dass die Dorfbewohner in ihrer Panik irgendwelche Gegenstände vernichtet haben, die sie für Quellen hielten. Aber immer der Reihe nach. Das Kreuz da drüben muss das sein, von dem der Kleine erzählt hat. Ich werfe mal einen Blick auf das unheimliche Relief.«

Schon stapfte er uns durch das feuchte, hohe Gras voran, das flüsternd und raunend gegen unsere Beine schlug. Im Schatten der Bäume ließen wir die Säcke mit den Eisenspänen und dem Salz auf den Boden plumpsen, denn trotz der Kühle schwitzten wir tüchtig.

Zu dem alten Marktkreuz führten ein paar Stufen empor, die laienhaft mit modernen Ziegeln ausgebessert waren. Alles andere war alt und vom Wind und Frost der Jahrhunderte verwittert. Der Stein schien weich und körnig zu sein, stellenweise war er mit hellgrünen Flechten bewachsen, deren Anordnung an die Karte einer unbekannten Welt denken ließ. Man erkannte noch, wie kunstvoll die Steinmetzarbeit gewesen sein musste. Die Seitenflächen waren mit ineinander verflochtenen Weinreben verziert, hinter deren Ranken seltsame Gebilde zu erahnen waren.

George schien genau zu wissen, wo er suchen musste. Auf der Vorderseite hatte jemand die Flechten abgekratzt, sodass ein Bild zum Vorschein gekommen war. In der linken unteren Ecke der Darstellung drängten sich viele kleine Figürchen. Sie waren wie Kegel aufgereiht, die darauf warten, umgeworfen zu werden. Rechts war ein kleiner Berg aus Schädeln und Knochen zu erkennen, und über dem Ganzen ragte eine riesige, unförmige Gestalt auf, die alle verbliebene Fläche einnahm. Arme und Beine waren dick und kräftig, der Rumpf war gedrungen, fast quadratisch. Ihr Kopf war zu verwittert, um Einzelheiten zu erkennen. Wer immer der Dargestellte sein mochte, er beherrschte auf jeden Fall die gesamte Szene.

»Da ist er«, sagte Lockwood. »Das gefürchtete Flammende Phantom. Der Kleine hat mir am Telefon gesagt, dass der Geist letzte Nacht wieder gesichtet wurde.«

George stieß ein skeptisches Brummen aus und fuhr den ungeschlachten Umriss mit dem Finger nach.

»Wen stellt das Relief denn *deiner* Meinung nach dar?«, fragte ich ihn.

Er rückte seine Brille zurecht. »Gestern im Archiv habe ich in einem alten Touristenführer für Hampshire eine Beschreibung des Kreuzes gefunden. Es soll sich um eine durchaus gebräuchliche Darstellung des Jüngsten Gerichts handeln. Am Ende aller Tage erheben sich die Toten aus ihren Gräbern. Hier haben wir die Gebeine – und hier die geretteten Seelen.«

»Und wer ist der fette Typ in der Mitte?«, fragte Lockwood.

»Ein Engel, der über das Ganze wacht.« George deutete auf das Relief. »Seht ihr die Linien hier? Wahrscheinlich hatte er ursprünglich Flügel.« George schüttelte den Kopf. »Nein, das ist kein Friedhofsghul, auch wenn Danny Skinner das behauptet. In diesem Dorf treibt etwas anderes sein Unwesen.«

»Vielleicht hat er sich das meiste wirklich nur ausgedacht«, sagte ich nachdenklich. »Ach übrigens, wenn man vom Teufel spricht …« Eine kleine Gestalt war aus dem Gasthof *Zur Sonne* gekommen und winkte uns zu.

»Die Schlacht hat er sich aber nicht ausgedacht«, fuhr George fort, als wir die Straße überquerten. »Im neunten Jahrhundert haben sich die Angelsachsen und die Wikinger tatsächlich in den Feldern östlich des heutigen Dorfes die Köpfe eingeschlagen. Hier war mal eine beliebte Ausgrabungsstätte für Hobbyforscher. Vor ein paar Hundert Jahren wurden eine Menge Schilde, Schwerter und Skelette ausgebuddelt, auch die Bauern mussten immer wieder Knochenreste aus ihren Pflügen pulen. Ist wohl ganz schön heiß hergegangen damals. Aber wie du schon gesagt hast, Lockwood, eine richtig bedeutende Schlacht war es nicht, da hat England ganz andere zu bieten. Trotzdem machen die moderneren Schlachtfelder verglichen mit diesem hier weit weniger Ärger.«

»Und wir sind hier, um herauszufinden, *warum* das so ist«, entgegnete Lockwood. »Falls wir unserem Klienten nicht vorher den Hals umdrehen – was keineswegs ausgeschlossen ist.«

Der Gasthof *Zur Sonne* war ein von wildem Wein halb überwuchertes Fachwerkgebäude, das insgesamt ziemlich baufällig wirkte. Der Haupteingang im offensichtlich ältesten Teil des Hauses ging zur Kirche hinaus, eine weitere Tür führte in den Garten des Gasthofs und zum Dorfanger. Das abgeblätterte Schild, das an einem Pfosten hing, zeigte eine große, blutrote, untergehende Sonne, die wie ein schlagendes Herz über einer sich verdunkelnden Landschaft brütete. Unser Klient stand unter dem Schild auf dem Gartentor, schwang damit hin und her und winkte uns wieder zu, als wir näher kamen. Im hellen Tageslicht waren seine rosigen Ohren fast durchsichtig, in seinem freudig-entschlossenen Gesichtsausdruck spiegelten sich sowohl Befriedigung als auch Verdruss wider.

»Na endlich! Sie haben sich ja ganz schön Zeit gelassen. Letzte Nacht war der Schatten wieder da, und die Toten sind durch Aldbury Castle gestreift, während wir Lebenden uns in unsere

Betten verkrochen haben. Und Sie haben wieder mal alles verpasst! Wollen Sie 'ne Limo? Papa bringt Ihnen eine.«

»Etwas zu trinken klingt gut«, sagte Lockwood. »Aber vielleicht zeigst du uns erst mal unsere Zimmer.«

Der Junge schwang wild mit dem Tor vor und zurück. »Zimmer? Aber Sie sind doch sowieso die ganze Nacht unterwegs und kämpfen gegen die Besucher, oder?«

»Nicht die *ganze* Nacht.« Lockwood streckte die Hand aus und hielt das Tor an. »Und du hast uns zugesagt, uns angemessen unterzubringen. Also erst die Zimmer, bitte sehr!«

»Äh … ich weiß nicht … ich frag mal Papa. Bin gleich wieder da.« Er trottete ins Haus.

»Geht das nur mir so«, fragte Kipps gedämpft, »oder gehört dem Kleinen mal der Hintern versohlt?«

»Das geht nicht nur dir so.«

Da erschien unser Klient auch schon wieder, so dreist wie ein Frettchen, und meldete: »Alles klar. Ich hab Zimmer für Sie.«

»Wunderbar – und warum sind das dann nur zwei Schlüssel in deiner Hand?«

»Weil wir nur zwei Gästezimmer haben.«

Wir starrten ihn ungläubig an, während jedem von uns die verschiedensten unmöglichen Kombinationen durch den Kopf gingen. Lockwood wählte seine Worte mit Bedacht. »Das mag ja sein, aber wir sind zu *fünft,* und jeder von uns hat unterschiedliche Bedürfnisse, Gewohnheiten und persönliche Macken, an denen er die anderen nicht unbedingt teilhaben lassen möchte. Es gibt doch bestimmt noch mehr Zimmer im Haus.«

»Schon, aber dadrin wohnen Papa, ich und mein verrückter Opa, und *seine* persönlichen Macken sind echt nicht ohne, glauben Sie mir. Hinter der Küche ist noch eine Speisekammer, aber die ist feucht, rattenverseucht, und dort spukt's. Aber keine Bange, wir haben fünf Betten! Na ja – eigentlich nur vier, denn das eine ist ein Doppelbett. Hier ist der Schlüssel für das Doppelzimmer. Am Fußende vom Bett steht noch eine Campingliege. Im anderen Zimmer gibt's zwei Einzelbetten. Ich wünsche Ihnen einen schönen Aufenthalt. Wenn Sie sich eingerichtet haben, treffen wir uns unten in der Schankstube.« Damit ließ er uns stehen und verschwand wieder.

Angespannte Stille. Ich schielte verstohlen zu den anderen hinüber, musterte Hollys schicke Reisetasche, die garantiert bis zum Bersten mit Bodylotion und Gesichtswasser vollgestopft war, Georges verdächtig leichten Rucksack, in dem kein Platz für Wechselklamotten war, Kipps' schmale, rothaarige Gestalt, bei der man gar nicht wissen wollte, was sich unter ihrem Rollkragenpulli verbarg, und zum Schluss Lockwood. Ich konnte mir beim besten Willen nicht vorstellen, mit einem von ihnen das Zimmer zu teilen.

Die anderen gaben sich offenbar ähnlichen Überlegungen hin.

»Du, Lucy …?«, raffte sich Holly schließlich auf.

»Ich wollte dich auch grade fragen«, sagte ich rasch.

»Wenn das so ist«, sie nahm Lockwood einen der Schlüssel aus der Hand, »dann nehmen wir das Zimmer mit den beiden Einzelbetten, und ihr Jungs kriegt das andere. Streitet euch schön, wer auf der Liege schlafen muss.«

Wir überließen unsere Kollegen sich selbst und gingen die Treppe hoch.

Das Zimmer war klein, aber überraschend hübsch, mit weißen Spitzenüberwürfen auf den Betten und einer Vase mit frischen Lavendelzweigen auf dem Fensterbrett. Wir stellten unsere Taschen auf den Betten ab und traten ans Fenster, das zum Dorfanger hinausging. Man hörte die Eisenamulette an den

Türen der benachbarten Cottages klimpern, die Luft duftete nach Lavendel.

»Weißt du, was?«, sagte Holly. »Ich bin froh, dass alles so gekommen ist. Ich freue mich, dass du hier bist.«

»Logisch. Sonst hättest du dir mit einem der Jungs das Zimmer teilen müssen«, gab ich zurück.

Sie erschauerte anmutig und zog den Mantel enger um sich. »Ja, vielleicht – aber das meine ich eigentlich nicht. Seit du Lockwood & Co. verlassen hast, habe ich mich mies gefühlt. Ich hatte irgendwie das Gefühl, dass es an mir lag.«

»Jetzt fang *du* nicht auch noch an!«, sagte ich gereizt. »*Alle* glauben, dass ich deinetwegen gegangen bin, was überhaupt nicht stimmt! Wenn es was mit dir zu tun gehabt hätte, wäre ich geblieben!« Ich funkelte sie wütend an.

Sie hob beschwichtigend beide Hände. »Jetzt sieh mich nicht wieder so an! Ich meine doch nur, unsere Auseinandersetzung hat die Dinge auf die Spitze getrieben – sodass du die Beherrschung verloren hast.« Sie spielte auf den Poltergeist an, den ich während unseres erbitterten Streits im Kaufhaus Aickmere heraufbeschworen hatte, und leider hatte sie recht. Was aber noch lange nicht hieß, dass ich es mir gern von ihr sagen ließ. Meine Miene verfinsterte sich noch mehr. »Jetzt bist du wieder sauer auf mich«, fuhr Holly fort, »dabei habe ich dir gar nichts getan. Ich will doch nur sagen ...«

»Lass gut sein. Ich weiß schon, was du meinst.« Ich entspannte mich wieder. »Und danke, dass du es ausgesprochen hast.«

»Ich hoffe, du findest deinen Schädel eines Tages wieder«, wechselte Holly nach einer ungewöhnlich einfühlsamen Pause das Thema. »Ich weiß, wie viel er dir bedeutet.«

Ich hätte es leugnen können, was klüger gewesen wäre. Stattdessen nickte ich. »Ja, er fehlt mir irgendwie.«

»Das kann ich nicht nachvollziehen. Er war abscheulich, und ich glaube, er konnte mich nicht leiden.«

Ich musste lachen. »Stimmt.«

»Jedes Mal, wenn ich an ihm vorbeigekommen bin, hat er mir widerwärtige Grimassen geschnitten.«

»Das ist noch gar nichts. Mich hat er ein-, zweimal ganz offen aufgefordert, dich umzubringen. Aber keine Bange, ich habe nicht vor, seine Ratschläge zu befolgen, auch nicht den mit dem Kleiderbügel.«

Holly sah sich erschrocken im Zimmer um. »Mit welchem Kleiderbügel denn?«

»Ich sollte dich erdrosseln – mit einem Drahtkleiderbügel, wie da drüben welche hängen –, aber wie gesagt, keine Bange. Welches Bett willst du?«

»Ich hätte gern das an der Tür.«

Kurz darauf gingen wir wieder nach unten. Die Diele des Gasthofs hatte einen Fußboden aus Steinfliesen, die wuchtige alte Vordertür beherrschte den ganzen Eingangsbereich. Ein bogenförmiger Durchgang führte in die Schankstube mit ihrer niedrigen Decke und dem süßlich-melancholischen Geruch nach abgestandenem Bier. Hinter dem Tresen stand ein breitschultriger Mann mit blassem, leidgeprüftem Gesicht und schiefergrauem Haar und trocknete Gläser ab. Aus seinen abstehenden Ohren schloss ich, dass es sich um Danny Skinners Vater handelte, den Inhaber des Gasthofs. In einer Ecke am Kamin saß ein wild dreinblickender alter Mann, sonst war – abgesehen von unserem Team – niemand da. Lockwood bestellte Limonade, Danny stand neben ihm. Kipps und George warteten in einigem Abstand, beide mit leicht gequälten Mienen.

Ich setzte mich auf den Barhocker neben Lockwood. »Ich nehme an, du schläfst auf der Campingliege«, sagte ich.

Er nickte. »Das Vorrecht des Chefs.«

»Hätte ich das vorher gewusst, wäre ich nicht mitgekommen«, murrte Kipps. »Grausige Phantome – immer gern. Neben Cubbins aufwachen – uah.«

»Sobald es dunkel wird, treiben wir als Erstes den Geist in diesem Gasthof aus«, sagte George mit Nachdruck. »Dann kann entweder Kipps oder ich unten in der Speisekammer schlafen. Alle anderen Besucher können warten.«

Mr Skinner deutete mit dem Kinn auf den Durchgang. »Wenn Sie sich für unseren Geist interessieren, setzen Sie sich am besten so lange in die Diele, bis er erscheint. Es soll sich um einen Leuchtenden Knaben handeln, der an die Vordertür klopft, sagen die jungen Leute.«

»Alles Humbug!«

Der laute Ausruf ließ uns herumfahren. Der Alte am Feuer funkelte uns wütend an.

»Das ist nur der Wind. Äste, die ans Fenster klopfen. Zu viel Käse vor dem Schlafengehen. Dummes Geschwätz!« Er trank einen Schluck Bier.

»Das ist mein Opa«, raunte Danny. »Bevor er plemplem geworden ist, war er Pfarrer in St. Nestor. Weil er so alt ist, hat er noch nie einen Besucher gesehen, darum glaubt er nicht an Geister – und an Geister*jäger* auch nicht. Hören Sie einfach nicht hin, wenn er Sie beschimpft.«

»Keine Sorge, wir leiden stumm«, gab Lockwood zurück. »Dank dir bekommen wir langsam Übung darin.« Er spähte in die dunkle, stille Diele hinaus. »Dann wollen wir uns euren mitternächtlichen Besucher mal vorknöpfen. Wohnen momentan noch andere Gäste hier?«

»Nein, Sie sind die einzigen.« Der Wirt schüttelte grimmig den Kopf. »*Zur Sonne* – der Name passt längst nicht mehr.

Wenn es auf der ganzen weiten Welt einen Ort gibt, der noch finsterer ist als Aldbury Castle, dann möchte ich dort bestimmt nicht hin. Kommen Sie doch mal kurz mit nach draußen.«

Er warf das Geschirrhandtuch über die Schulter, stieß die Klappe des Tresens auf und humpelte in die Diele hinaus, wobei er die Rufe des Alten nach einem weiteren Bier geflissentlich überhörte.

Im Garten hinter dem Gasthof stand die Sonne inzwischen über dem Buchenwald, der Himmel war von einem kalten, blassen Blau. Auf dem Dorfanger spielten zwei Kinder und rannten mit wedelnden Armen durchs hohe Gras.

»Früher wurde hier regelmäßig gemäht«, sagte Mr Skinner, als wir ihm ins Freie folgten. »Alles war gepflegt, es gab Dorffeste mit Essen, Musik und allem Pipapo. Aber an so was ist heute natürlich nicht mehr zu denken. Wir kommen nur noch zusammen, wenn wir die Kleidung der jüngst Verstorbenen verbrennen. Nicht, dass es was bringen würde. Inzwischen gibt's in Aldbury Castle mehr Geister als Einwohner und es werden jeden Tag mehr.«

Er deutete auf einen der alten Kastanienbäume. »Da drüben geht eine kopflose Dame um. Sehen Sie da drüben, wo der Schatten am dunkelsten ist? Dort soll ihr Grab sein. Die andere Stelle, wo die Erde so fleckig ist? Dort war früher der Richtplatz. Den gibt es zwar schon längst nicht mehr, aber die Kinder sehen immer noch den Geist eines Hausierers, der an einem der Bäume aufgeknüpft wurde, weil er verdorbene Fleischpasteten verkauft hat.«

»Vielleicht ein bisschen übertrieben, ihn dafür gleich zu hängen«, meinte George. »Obwohl ich es andererseits auch verstehen kann. Sonst noch etwas?«

»Die Kirche hat selbstverständlich ihren eigenen Geist. Einen

Burschen, der vom Turm gestürzt ist, als er den Blitzableiter reparieren wollte, so erzählt man sich. Und sehen Sie die Häuser da drüben auf der anderen Seite des Angers? Mindestens die Hälfte davon steht schon ewig leer. Nach einer Grippeepidemie vor hundert Jahren treiben sich dort zu viele ruhelose Seelen herum. Ach ja, und dann wäre da der Ententeich. Dort hat sich vor zwanzig Jahren eine Lehrerin ertränkt. Ich kann mich noch gut dran erinnern. Miss Bates – eine stille, immer traurige Frau. Konnte keiner Fliege etwas zuleide tun. An einem schönen Frühjahrsmorgen trieb sie im Wasser. Ihr langes Haar sah wie Seetang aus …«

»Dann hoffe ich bloß, dass ihr Geist nicht auch lange Haare hat«, sagte George. »Lange, strähnige, schwarze Haare? Haarige Geister kann ich nicht ausstehen. Tätowierte übrigens auch nicht.«

»George!«

»Was denn?«

»Halt die Klappe.«

»Es gibt noch Dutzende andere Besucher. In unserem Dorf war die Lage immer schon kritisch, hier hat die Grenze zwischen dieser Welt und der jenseitigen Risse bekommen. Was angesichts unserer Vergangenheit nicht verwundert.«

»Sie meinen die historische Schlacht?«, fragte Lockwood. »Wo hat die denn stattgefunden?«

»Den Töpferweg hoch, an der Kirche vorbei, dann in den Wald und da oben zwischen den Hügeln. Als ich noch klein war, sind die Bauern immer mal wieder beim Pflügen auf Knochen gestoßen, aber Rotwells Leute haben das Gelände inzwischen einigermaßen gesäubert. In meiner Kindheit galt es als Mutprobe, in den Wald zu gehen. Im Morgengrauen sah man die Geister der Krieger im Nebel über den Weizenfeldern schweben.

Aber sie haben uns in Ruhe gelassen, anders als die Besucher heute. Ihr Team wird hier ordentlich zu tun haben. Wollen Sie noch was essen, solange Sie noch am Leben sind? Ich könnte Ihnen für heute Abend eine schöne Kuttelsuppe kochen.«

»Äh … klingt verlockend. Gibt es noch etwas anderes?«

»Nö, nur Suppe.« Damit machte der Gastwirt kehrt und humpelte wieder ins Haus.

»Ich würde mal sagen, es ist in unser aller Interesse, dieses Dorf so schnell wie möglich geisterfrei zu bekommen«, sagte Lockwood und grinste in die Runde. »Und damit Kipps und George Ruhe geben, können wir genauso gut mit dem Geist im Gasthof anfangen.«

Kapitel 20

Nachdem wir uns am Nachmittag mit einem köstlichen Imbiss aus trockenen Käsebroten, fettigen Schweinespeckchips und noch mehr Limonade gestärkt hatten, machten wir uns an die Arbeit. Holly und ich befragten die Bewohner des Gasthofs und erhielten von Danny Skinner und seinem Vater wertvolle Hinweise. Die beiden berichteten nicht nur von der Erscheinung, die Danny einmal an der Haustür gesehen hatte, sondern auch von einer besonders kalten Stelle im Eingangsbereich, die auch nicht wärmer wurde, wenn man die Heizung hochdrehte. Mr Skinner saß schon lange nicht mehr in der Diele im Sessel, weil ihn dann jedes Mal eine leichte Niedergeschlagenheit und Übelkeit erfasste, und wenn Danny im Bett lag, hörte er des Öfteren, wie es um Mitternacht laut an die Haustür pochte.

Dem alten Pfarrer Skinner konnten wir nichts Brauchbares entlocken. Sein Enkel hatte uns ja schon vorgewarnt, dass er nicht zugeben konnte, es gäbe so etwas wie Geister. Die kalte Stelle in der Diele war einfach nur zugig, das nächtliche Pochen kam von den Rohren im Haus, und wir Agenten waren schamlose Betrüger, die ihren Klienten ein X für ein U vormachten.

Trotzdem schien er unsere Arbeit ausgesprochen spannend zu finden und lief uns die ganze Zeit neugierig hinterher.

Was wir bei der anschließenden Begehung des Hauses feststellten, passte im Großen und Ganzen zur Schilderung der Skinners. Obwohl es erst später Nachmittag war, registrierten wir in der Diele gewisse Primärphänomene – vor allem Eishauch und Kriechendes Grauen, desgleichen in der Küche, die durch eine Tür von der Diele aus zu erreichen war. In beiden Räumen lagen noch die Originalsteinfliesen, sonst schien das Erdgeschoss nicht betroffen zu sein.

Die wuchtige Vordertür war vom Alter geschwärzt. Wir öffneten sie und inspizierten beide Seiten. Außen entdeckten wir ein paar Kratzer, die aber alle möglichen Ursachen haben konnten. Vom Haus führte ein Weg zu einem schmiedeeisernen Zaun, der das Grundstück vom angrenzenden Friedhof trennte.

Der Nachmittag verging. Als es Zeit zum Abendessen war, wurde die Suppe aufgetragen. Wir saßen in der Schankstube vor den Bleiglasfenstern, die auf den dämmrigen Dorfanger hinausgingen. Die Bäume rings um das Dorf waren inzwischen schwarz, das alte Marktkreuz wurde von den letzten Strahlen der Abendsonne angeleuchtet. Insgesamt herrschte eine düstere, bedrückte Stimmung, an der die Suppe nicht ganz unschuldig war.

»Ich kann schon ein paar Besucher ausmachen«, sagte Lockwood. »Seht ihr sie auch? Da drüben, auf der anderen Seite des Angers, schweben zwei Waberer am Straßenrand.«

Wir selbst sahen zwar nichts, glaubten ihm aber. Er hatte von uns fünfen die ausgeprägteste Gabe des Schauens – beziehungsweise von uns vieren, die wir noch übersinnliche Gaben hatten.

»Ab jetzt bin ich mal wieder überflüssig«, sagte Kipps und rührte so energisch in seiner Suppe, als würde sie dadurch essbar. »Keine Ahnung, wie ich euch heute Abend unterstützen soll. Ihr könnt mich höchstens wie eine Ziege vor der Tür anbinden, damit ich die Geister anlocke.«

»Keine schlechte Idee«, gab Lockwood zurück. »Wir denken drüber nach. Aber George hat einen anderen Vorschlag und dir etwas mitgebracht.«

Georges Rucksack hing über seinem Stuhl. Er wühlte darin herum und förderte mit großer Geste eine Art Schutzbrille mit dicken, gewölbten Gläsern zutage.

»Hier – für dich!« Er überreichte Kipps die Brille, der sie wortlos entgegennahm und in den blassen Händen hin und her drehte.

»Was soll das sein?«

»Eine Rarität«, sagte George. »Hab ich geklaut. Wurde von der Orpheus-Gesellschaft hergestellt und von John William Fairfax getragen, dem verstorbenen Inhaber der gleichnamigen Eisenwerke. Die Gläser bestehen aus Bergkristall. Ich kann mir in etwa denken, wozu sie gut ist. Setz das Ding mal auf.«

Kipps zögerte. »Hast *du* sie denn schon mal aufgesetzt? Und was hast du damit gesehen?«

»Gar nichts. Aber für Leute wie mich ist die Brille auch nicht gedacht, sondern für alte Knacker wie dich. Mach schon.«

Nachdem Kipps unter ausgiebigem Gegrummel mit den Befestigungsbändern gekämpft hatte, gelang es ihm schließlich, die Brille über den Kopf zu ziehen. Die dicke Ledereinfassung verdeckte sein halbes Gesicht, was eine deutliche Verbesserung war.

»Weiß Penelope Fittes, dass ihr die Brille habt?«

»Nö. Und sie wird es auch nie erfahren. Jetzt hör auf zu meckern und guck aus dem Fenster.«

Kipps tat, wie ihm geheißen. Er zuckte heftig zusammen und

griff nach dem Rand der Gläser. »Ich sehe drei Schemen auf dem Anger …«

»Sind sie noch da, wenn du die Brille wieder absetzt?«

Kipps zog die Brille herunter. »Nein … nein. Jetzt sind sie weg.«

George nickte zufrieden. »Sehr gut. Dir nützt die Brille, weil du anders keine Geister mehr sehen kannst. Der Bergkristall, aus dem die Gläser bestehen, bündelt das Licht offenbar auf eine besondere Art und Weise. Es nervt mich schon die ganze Zeit, dass ich nicht wusste, wozu das Ding gut ist, aber als wir die Orpheus-Gesellschaft besucht haben, ist es mir endlich aufgegangen. Dort wimmelt es von Tattergreisen, die sich unbedingt am Kampf gegen das Problem beteiligen wollen, und dafür brauchen sie eine Erfindung wie diese. Auch du kannst damit auf der übernatürlichen Ebene wieder etwas erkennen.« Er winkte theatralisch ab. »Nein, du brauchst dich nicht bei mir zu bedanken. Jedenfalls nicht mit Worten. Geld ist mir lieber.«

Vielleicht lag es am Licht, vielleicht an der Suppe, aber ich hatte den Eindruck, dass Kipps Tränen in den Augen hatte. »Ich … ich weiß nicht, was ich sagen soll«, brachte er hervor. »Das ist …« Er stockte und runzelte die Stirn. »Aber wenn diese Erfindung so super funktioniert, warum haben dann nicht alle Erwachsenen so eine Brille?«

Das fragte ich mich allerdings auch.

»Der Typ von der Orpheus-Gesellschaft hat irgendwas von Prototypen erzählt«, antwortete George. »Vielleicht schadet die Brille auf Dauer den Augen oder sie funktioniert nicht bei allen Geistertypen. Deswegen möchte ich ja, dass du sie für uns testest, Kipps. Einen Reservedegen haben wir übrigens auch dabei.«

Kipps nahm die Brille ab und legte sie behutsam neben seinen Teller.

»Ich weiß ja nicht«, sagte Holly, »eigentlich finde ich es nicht in Ordnung, dass sich jemand so eine wichtige Erfindung ausdenkt und dann für sich behält, oder?«

Lockwood nickte. »Was die Orpheus-Gesellschaft eigentlich treibt, ist uns immer noch ein Rätsel. Damit müssen wir uns irgendwann noch ausführlicher befassen. Aber heute Abend haben wir erst mal andere Sorgen.« Er deutete auf die dunkle Diele. »Und unsere größte Sorge ist, was heute Nacht an diese Tür klopft.«

Nach dem Essen forderten wir die Skinners auf, sich in ihre Zimmer im nicht heimgesuchten Obergeschoss zu begeben. Dann holten wir unsere Ausrüstung und postierten uns in der Diele. Es wurde dunkel, der Abend schritt voran. Wir trafen unsere Vorbereitungen.

Kurz vor Mitternacht wurde die Atmosphäre deutlich aufgeladener, wir spürten, dass es ernst wurde. Lockwood zündete die Petroleumlampen an, und wir schauten zu, wie der grünlich flackernde Lichtschein über die altmodische, dunkel gestreifte Tapete tanzte.

»Ganz schön gruselig«, meinte Kipps, »aber immer noch besser, als mit Cubbins im selben Bett zu schlafen.« Er hatte die Brille auf der Stirn und zog sie in regelmäßigen Abständen über die Augen, um angestrengt in sämtliche Ecken und Winkel zu spähen. »Sind wir denn so weit?«

»Wir haben alle Vorkehrungen getroffen, die man sich nur denken kann«, gab Lockwood zurück und schaute an die Decke, von der schlurfende Schritte zu vernehmen waren. »Jetzt muss sich nur noch der alte Spinner aufs Ohr legen.«

Wenn man bedachte, dass er ein Erwachsener in einem heimgesuchten Haus war, verhielt sich der ehemalige Pfarrer ungewöhnlich, denn er war im Verlauf des Abends mehrmals wieder nach unten gekommen, hatte irgendwelche Fragen gestellt und im Weg herumgestanden. Erst nach elf war er schließlich oben geblieben, aber hingelegt hatte er sich anscheinend immer noch nicht.

»Er misstraut uns«, sagte Lockwood. »Genauso wie seinem Enkel. Weil er nur das glaubt, was er mit eigenen Augen sieht – was zu einem Geistlichen gar nicht recht passen will. Wie steht's mit der Temperatur? Bei mir hier drüben sind es sechzehn Grad.«

George stand an der Treppe. »Siebzehn.«

»Bei mir sind's zwölf.« Holly hatte sich am Kamin postiert und auch Kipps maß an der Küchentür zwölf Grad.

»Bei mir sechs, Tendenz fallend.« Ich hatte mich in einem antiken Sessel links von der Haustür niedergelassen. Eine altmodische Lampe mit hässlichem Fransenschirm warf ihr spärliches Licht auf die Steinfliesen. »Hier muss ein Hauptherd sein. Huch – habt ihr das gesehen?!« Das Licht war flackernd erloschen und wieder aufgeflammt. »Wir haben es sogar mit elektrischen Störungen zu tun.«

»Mach die Lampe aus«, befahl Lockwood. »Dann kommen alle in den Bannkreis.« Wir hatten mit unseren dicksten Eisenketten in der Mitte der Diele einen schönen großen Kreis gezogen, denn schon bei unserer Ankunft hatten wir den Eindruck gewonnen, dass der hiesige Besucher nicht zu unterschätzen war. Auch unsere gesamte Ausrüstung hatten wir dort in Sicherheit gebracht. Als George, Holly, Kipps und ich uns zu ihm gesellt hatten, blendete Lockwood die Petroleumlampen ab. Jetzt erhellte nur noch ein aus dem Obergeschoss kommender, schwacher Lichtschein die Umgebung der Treppe, sonst war alles dunkel.

»Ich höre etwas knarren«, meldete ich.

»Das ist bloß der alte Skinner, der oben herumgeistert. Kann er nicht endlich mal ins Bett gehen?«

»Hast du auf die Treppe auch eine Kette gelegt, Lockwood?«, erkundigte sich Holly.

»Ja. Ihm kann dort oben nichts passieren.«

Dann war von der Haustür ein leises Geräusch zu vernehmen, halb Klopfen, halb Kratzen. Wir zuckten zusammen.

»Habt ihr das auch gehört?«, flüsterte ich. Ich muss immer nachfragen.

»Ja.«

»Was machen wir jetzt?«

»Nichts.«

Das Geräusch ertönte wieder, diesmal etwas lauter. Ein kalter Luftzug wehte durch die Diele.

»Wir machen immer noch nichts?«, vergewisserte ich mich.

»Nein.«

Ein lautes Pochen an das alte Eichenholz. Unwillkürlich wichen wir alle einen Schritt zurück. »Da will jemand unbedingt rein!«, sagte George.

»Aller guten Dinge sind drei«, entgegnete Lockwood. »Bist du so nett und machst auf, Lucy?«

Glaubt jetzt bloß nicht, ich wäre so blöd gewesen, den Kreis zu verlassen. Ich bin ja nicht lebensmüde. Wenn man es mit Leuchtenden Knaben (und gelegentlich auch mit Leuchtenden Mädchen) zu tun hat, legt man sich lieber nicht mit ihnen an. Im Allgemeinen haben sie irgendein schweres Unrecht erlitten und sind deswegen ziemlich schlecht gelaunt. Darum bückte ich mich nur nach der Schnur, die wir an den Türknauf gebunden hatten, und zog daran.

Die Schnur spannte sich. Die Tür schwang auf.

Draußen herrschte die weiche, undurchdringliche Dunkelheit der mitternächtlichen Stunde. Der Eisenzaun am anderen Ende des Weges war nur als schwache Andeutung zu erkennen. Die steinerne Türschwelle war im Lauf der Jahrhunderte von unzähligen Füßen abgetreten worden, sodass sie in der Mitte eine Kuhle aufwies.

Jetzt waren allerdings keine Füße zu sehen. Es war niemand da.

»Natürlich nicht«, sagte George leise. »Weil der Geist nämlich schon drinnen ist.«

Wie zur Bestätigung erschien dicht über dem Boden neben dem Sessel ein schwacher Lichtschein.

»Ich sehe etwas ...« Kipps hatte die Brille aufgesetzt und in seinem Flüstern schwang furchtsame Freude mit. »Ich *sehe* etwas!«

Zu Anfang war es nur eine kleine Kugel aus Anderlicht, kaum größer als meine Hand. Sie drehte sich träge um sich selbst, doch dann dehnte sie sich aus und nahm die Gestalt eines Kindes mit dürren Armen und Beinen an. Seine Kleidung, bestehend aus Hose und Jacke, war zerlumpt, der Oberkörper unter der Jacke war nackt. Die großen, runden Augen in dem ausgezehrten Gesicht blickten hungrig. Obwohl wir innerhalb des schützenden Bannkreises standen, fiel uns auf einmal das Atmen schwer. Eiskalte Luft stach uns in die Lungen und drückte uns die Brust zusammen, als wären wir auf den Meeresgrund getaucht. Der Leuchtende Knabe stand jetzt halb vor und halb *in* dem Sessel, auf dem ich eben noch gesessen hatte. Er hatte den Kopf unterwürfig oder beschämt gesenkt und hielt die Augen niedergeschlagen.

Armes kleines Ding. Sein Anblick konnte einem das Herz brechen.

»Ich höre schwache Geräusche«, sagte ich. »Als würde jemand wütend herumschreien. Ich glaube, es ist ein Erwachsener, aber es ist sehr weit weg.«

»Du meinst, sehr lange her«, berichtigte mich Lockwood.

»Der Geist kann auf keinen Fall durch den Eisenzaun draußen gekommen sein«, sagte George mit gedämpfter Stimme, »was bedeutet, dass er schon die ganze Zeit hier im Haus war. Das Klopfen an der Tür ist eine Art Wiederholung. Der Geist spielt das nach, was sich vor langer Zeit hier unten ereignet hat.«

Ich beschreibe euch jetzt mal, wie es sich anfühlt, Geräusche aus der Vergangenheit zu hören. Es ist so ähnlich, als hätte jemand mit Kreide etwas an eine hubbelige Wand gekritzelt, und die Schrift ist total verwischt. Ein paar Linien und Bruchstücke sind noch zu erkennen, aber das meiste ist unwiderruflich verschwunden, und man versucht vergeblich, die Botschaft zu entziffern. Oder denkt an ein Radio, bei dem die Sender verstellt sind und das nur noch abgerissene Wortfetzen von sich gibt. Man weiß genau, das Gesagte hat etwas zu bedeuten, aber man wird einfach nicht schlau daraus. Es ist echt frustrierend. Genauso ging es mir in der Diele des Gasthofs, als ich dastand und lauschte: Ich wollte unbedingt hören, was das Kind damals gehört hatte. Die fahle kleine Gestalt schwebte über den grauen Steinfliesen und zuckte immer wieder heftig zusammen, woraus ich schloss, dass sich der kleine Junge massiv bedroht fühlte.

»Es tut mir furchtbar leid«, sagte ich leise, »aber ich kann einfach nichts verstehen.«

»Macht nichts.« Lockwood löste schon seine Leuchtbomben vom Gürtel. Dabei drehte er sich immer wieder um und vergewisserte sich, dass der Besucher immer noch an Ort und Stelle war. »Wir müssen jetzt vor allem herausfinden, wo der Geist hinwill. Wenn er die Diele verlässt, folgen wir ihm. Was glaubst du, womit wir es zu tun haben, George? Ist das ein Leuchtender Knabe?«

»Ich denke mal ja.« George hatte seinen Degen gezogen. Die Klinge schimmerte kalt im Anderlicht. »Auf jeden Fall ist es ein Typ Zwei. Wenn er irgendwelche Mätzchen versucht, machen wir kurzen Prozess.«

»Ich *sehe* etwas!«, sagte Kipps wieder staunend. »Es ist seit Jahren die erste Erscheinung, die ich erkennen kann.«

»Freu dich nicht zu früh!«, warnte ihn Lockwood. »Noch wissen wir nicht, was der Geist vorhat.«

Ab und zu hob das Kind kurz den Kopf, als schiele es ängstlich zu seinem Gegenüber hoch. Dabei war sein Blick auf den Kamin gerichtet, und als ich ebenfalls dort hinsah, fiel mir auf, dass diese Stelle, anders als der übrige Raum, nicht vom flimmernden Anderlicht der Erscheinung erhellt wurde. Ich musste immer wieder zu der schwarzen Fläche hinüberschauen und hätte zu gern gewusst, wer dort einst gestanden hatte, doch auch diese Information war genau wie die Worte der wütenden Stimme unwiederbringlich verloren.

»Jetzt setzt er sich in Bewegung«, sagte Lockwood. »Haltet euch bereit.«

Das Kind schwebte langsam durch die Diele auf uns zu. Den Kopf hatte es wieder gesenkt, die großen Augen auf den Boden gerichtet. Doch plötzlich ruckte sein Kinn hoch, es riss die mageren Arme schützend vors Gesicht – und verschwand. Die Diele war mit einem Mal dunkel, wir standen blinzelnd da. Bildete ich es mir nur ein, oder hatte sich die schwarze Fläche am Kamin, kurz bevor das übernatürliche Licht erloschen war, ebenfalls fortbewegt und auf das Kind gestürzt?

»Glaubt ihr, das war's jetzt?«, flüsterte Holly.

Ich schüttelte den Kopf – was im Stockfinstern natürlich witzlos war, aber egal.

»Nein«, sagte ich. »Achtung…« Die Atmosphäre im Raum hatte sich nicht verändert, die Anwesenheit des Geistes war immer noch zu spüren. Und – *tada!* – da war ja auch wieder das leuchtende Kind und stand wie zu Anfang halb vor und halb in dem antiken Sessel.

»Jetzt fängt es wieder von vorn an.« Lockwood verkniff sich ein Gähnen. »Das kann die ganze Nacht so weitergehen. Hat jemand Kaugummi dabei?«

»Lucy hat welchen«, sagte George. »Na ja – noch einen Streifen. Die anderen hab ich aufgegessen, Luce. 'tschuldigung.«

Ich äußerte mich nicht dazu, sondern konzentrierte mich voll und ganz darauf, mit dem Geist in Kontakt zu treten. Eine vergebliche Hoffnung. Um das zu erreichen, hätte ich die fernen Schreie ausblenden, mich noch tiefer in die Abgründe der Vergangenheit begeben und die übernatürlichen Störwellen, die von der Eisenkette ausgingen, überwinden müssen. Letzteres war wie immer das Hauptproblem. Die Kette war schlicht im Weg.

Im selben Augenblick ertönte eine nörgelnde Stimme. Sie war nicht laut, kam aber so unerwartet, dass wir alle zusammenzuckten. Sie fragte: »Was ist da unten los? Warum ist es so dunkel?«

Wir drehten uns um. Auf der Treppe zeichnete sich eine schmale Silhouette ab. Pfarrer Skinner – alt, senil und im Begriff, das Licht einzuschalten.

»Bleiben Sie, wo Sie sind, Sir!«, rief Lockwood ihm zu. »Kommen Sie nicht runter!«

»Warum ist es so dunkel? Was treiben Sie da?«

»Das war ja klar«, sagte George. »Er ist über die Kette gestiegen.«

Ich drehte mich nach dem leuchtenden Kind um, dessen Haltung sich auf einmal völlig verändert hatte. Keine Spur mehr von verschüchtert. Es hatte den Kopf gewandt und starrte gebannt zur Treppe hinüber. Seine Augen waren wie tiefe Brunnen. Dann setzte es sich in Bewegung …

Ein gleißendes Licht flammte auf – grell, elektrisch und blendend.

»Aah! Licht aus! Machen Sie sofort das Licht aus!«

»Wir können nicht mehr sehen, ob …«

»Papperlapapp«, sagte der Alte. »Da unten gibt's nix zu sehen.«

»Sie meinen wohl, für *Sie* gibt es nichts zu sehen!« Mit einem Fluch sprang Lockwood über die Kette und rannte zur Treppe. Auch ich trat mit zusammengekniffenen Augen aus dem Bannkreis und schleuderte auf gut Glück eine Salzbombe auf die Steinfliesen in der Mitte der Diele. Holly und George taten das Gleiche: ein dreifaches Funkensprühen, ein dreifaches Gestöber wie von Schneeflocken.

Lockwood stand jetzt am Lichtschalter. Er drückte ihn herunter, in der Diele kehrte wieder Dunkelheit ein.

Der Leuchtende Knabe schwebte direkt neben ihm und griff mit seinen kindlichen Fingern nach der Kehle des Alten.

Lockwood warf sich vor den Pfarrer und schützte ihn mit seinem Körper, dann zog er den Degen und hieb um sich. Der Geist wich erst zurück und versuchte dann, sich unter der Klinge hindurchzuducken. Seine Augen blickten starr und leer vor sich hin.

Lockwood und der Alte stolperten gegen ein Tischchen und warfen ein großes, kunstvoll aus Streichhölzern zusammengeklebtes Schiffsmodell um. Es schlitterte über die Tischplatte und blieb direkt an der Kante liegen.

Lockwoods Klinge sauste so flink durch die Luft, dass das Auge nicht folgen konnte, und wehrte die immer wieder gierig vorzuckenden Hände des Geistes ab. George und ich liefen zu ihm, ließen ebenfalls unsere Klingen fliegen und versuchten, den Geist zwischen uns auf eine Stelle zu bannen.

Nun kam auch Kipps dazu, die Kristallbrille auf der Nase und eine Salzbombe in der Hand. Er holte weit aus und schleuderte die Bombe an die Decke, sodass sich das Salz wie ein feuriger Regen auf den Leuchtenden Knaben ergoss. Eisen und Salz – das war zu viel. Erst überlief den Geist ein Schauder, dann zerfloss er in klägliche Schlieren, die sich durch die Luft wanden.

Das Schiffsmodell rutschte noch ein paar Millimeter weiter, neigte sich, kippte und zersprang auf den Steinfliesen in tausend Einzelteile.

Die geisterhaften Schlieren verblassten, und das von ihnen ausgehende Anderlicht schnurrte zu einem Faden zusammen, der sich durch die Diele schlängelte und über einer Steinfliese in der Nähe der Küchentür erlosch.

Es war wieder dunkel.

»Super!« Das war Kipps. »So was wollte ich schon seit Jahren mal wieder machen!«

Lockwood betätigte den Schalter.

»So«, sagte er munter, »*jetzt* können wir Licht machen.«

Verglichen mit anderen Einsätzen war das hier nicht gerade ein glanzvolles Finale: ein glupschäugiger pensionierter Pfarrer, verwirrt, zerschrammt und nach Luft ringend, der quer über einem Tischchen lag und Lockwoods Ellbogen im Magen hatte. Außerdem hatte sich ein Briefständer in seinem Schlafanzug verhakt, und um ihn herum lagen die traurigen Überreste eines Streichholzschiffs verstreut, das (wie wir später erfuhren) sein Lieblingsgroßvater gebastelt hatte.

Die ganze Angelegenheit wäre allerdings noch wesentlich unangenehmer gewesen, wenn seine keuchenden Kommentare zu verstehen gewesen wären.

Ich beugte mich über ihn. Besonders glücklich hörte er sich jedenfalls nicht an.

»Jetzt hören Sie schon auf zu zetern!«, sagte ich dann streng. »Immerhin sind Sie noch am Leben!«

»Okay, ihr Schiffsmodell ist im Eimer«, setzte George hinzu, »aber dafür haben Sie jetzt ein tolles 3-D-Puzzle. Alles hat seine guten Seiten, man muss sie nur erkennen wollen.«

Was der Alte ganz offensichtlich *nicht* wollte.

Kapitel 21

Am folgenden Vormittag brachten wir den Einsatz zu Ende. Der alte Pfarrer wurde in sein Zimmer gesperrt, Kipps und Lockwood griffen zum Brecheisen und stemmten die Steinfliese vor der Küchentür hoch. Nachdem sie eine halbe Stunde lang gebuddelt hatten, entdeckten sie ein kleines Skelett – von einem Kind, an dem noch Fetzen der Kleidung hingen. George datierte die Überreste auf das achtzehnte Jahrhundert. Seiner Theorie zufolge handelte es sich bei dem Jungen um einen Bettler, der an die Tür des Gasthofs geklopft hatte, vom damaligen Inhaber eingelassen, ausgeraubt, umgebracht und unter dem Fußboden verscharrt worden war. Ich selbst hielt es zwar nicht für sehr wahrscheinlich, dass jemand ausgerechnet einen Bettler bestahl, aber vielleicht war der Junge ja ein ungewöhnlich erfolgreicher Bettler gewesen. Bis zu jenem Augenblick jedenfalls. Aber auch egal. Wir würden es nie erfahren.

Damit war der Gasthof *Zur Sonne* geisterfrei, und wir hatten Aldbury Castle von einer seiner Heimsuchungen erlöst, obwohl wir noch nicht einmal vierundzwanzig Stunden vor Ort waren. Dieser Erfolg hob unsere Stimmung beträchtlich. Auch

Danny Skinner freute sich, obwohl ihm beim Anblick des Kinderskeletts fast die Augen aus dem Kopf fielen. Nach einem späten Frühstück bot er uns eine Führung durch das Dorf an, um uns die anderen übersinnlichen Sehenswürdigkeiten zu zeigen, die uns noch erwarteten.

Unser erster Halt war die benachbarte Kirche, ein vernachlässigt wirkendes Bauwerk aus Feldsteinen und Ziegeln mit einem gedrungenen Turm und einer Sakristei, deren Dach mit einer Plane abgedeckt war. Der Friedhof war zweifellos sehr alt. Er wurde teils von einer Mauer umgeben, teils von einer Hecke, die auf einen Erdwall gepflanzt war. Die Grabsteine bestanden aus dem gleichen Material wie das Kreuz auf dem Dorfanger, und viele waren so verwittert, dass man die Inschriften nicht mehr lesen konnte. Einige standen bedenklich schief, manche waren sogar schon umgekippt. Alles in allem ein friedlicher Ort, wenn auch verwildert und verlassen.

»Hier geht das Flammende Phantom um«, verkündete Danny. »Die kleine Hetty Flinders hat gesehen, wie es den Toten befohlen hat, aus ihren Gräbern aufzustehen. Setzen Sie den Friedhof bitte ganz oben auf Ihre Liste, Mr Lockwood.« Seit wir den Leuchtenden Knaben ausgetrieben hatten, war die Feindseligkeit des Jungen wie weggeblasen. Jetzt war er unser größter (und großohrigster) Fan und marschierte stolz neben uns her. »Aber *Sie* kriegen das bestimmt hin, da bin ich ganz sicher.«

»Du selbst hast ihn hier aber nicht gesehen, oder?« Lockwood schaute zum Kirchturm hoch. Krähen kreisten am blassblauen Himmel.

»Nee, aber dafür bin ich ihm im Wald begegnet, oben am Jägerhügel. Am Ende der Straße da drüben. Man läuft ungefähr 'ne halbe Meile, dann ist man da. Und als ich ihn gesehen hab, sind ihm noch andere Geister gefolgt, wahrscheinlich die Toten vom Friedhof. Es waren lauter bleiche, formlose Gestalten und der brennende Umhang des Schattens hat sie eingehüllt. Aber das sehen Sie dann ja alles selber«, setzte er hinzu und ignorierte geflissentlich Georges skeptisches Gesicht. »Sie schaffen das schon, ganz bestimmt.«

»Ich würde gern mit dieser Hetty Flinders sprechen«, sagte Lockwood.

»Zu spät. Sie hat die Geistersieche abgekriegt. Sie lag in ihrem schönsten blauen Kleid vor ihrem Haus, das arme Mädel. Aber die anderen Kinder hier im Dorf können Ihnen bestätigen, was ich erzählt habe. Wollen wir?«

Als wir weitergingen, störten Motorengeräusche den Frieden von Aldbury Castle. Vier Fahrzeuge – drei Autos und ein kleiner Lieferwagen – kamen vom Bahnhof her aus dem Wald gebraust. Vor der Brücke fuhren sie langsamer, hupten, weil eine Gänseschar über die Straße watschelte, und bretterten dann quer über den Dorfanger. Die Autos waren schwarz, auf die Plane des Lieferwagens war der rotwellsche Löwe gemalt. Am Gasthof *Zur Sonne* bog die Wagenkolonne nach rechts auf die Landstraße ab, donnerte an der Kirche vorbei und verschwand östlich des Dorfes im Wald. Als sie an uns vorbeikamen, blickten uns ernste Männergesichter durch die Autofenster an. Der Krach verebbte. Die Staubwolken legten sich.

Danny Skinner spuckte kräftig ins Gras. »Das waren mal wieder die Typen von Rotwell. Sie fahren zu ihrem Institut. Was aus unsereinem wird, kratzt sie nicht. *Die* sind keine richtige Agentur. Nicht so wie Lockwood & Co. *Die* packen's nicht an.«

»Das stimmt …« Lockwoods Blick war auf den Wald gerichtet. »Setz doch bitte die Führung mit Holly, George und Quill fort und zeig ihnen das restliche Dorf. Lucy und ich machen einen kleinen Abstecher zum Jägerhügel, wo du den Schatten gesehen hast. Ich möchte ein Gefühl für die Umgebung bekommen. Wir holen euch dann wieder ein.«

Wir sahen der kleinen Gruppe nach, als sie ohne uns weiterzog.

»In Wirklichkeit interessiert dich der Jägerhügel gar nicht, stimmt's?«, fragte ich dann.

»Der Wald? Das sind doch bloß Bäume. Nein, was dahinter liegt, nämlich die Felder, wo die historische Schlacht stattgefunden hat, ist viel interessanter. Komm.«

Wir folgten der Landstraße an der Kirche vorbei, dann aus dem Dorf hinaus und in den Wald. Dort führte eine wacklige Brücke über einen Bach, dahinter ging es, so wie Danny Skinner gesagt hatte, mehr oder weniger zwischen Eichen und Buchen geradeaus und stetig bergauf. Der Wald trug noch sein Winterkleid und hüllte sich in Grau- und Brauntöne, aber hier und da fand schon die Wiedergeburt des Frühlings statt – hellgrüne Schösslinge durchstießen die Erde, ein hauchdünner grüner Schleier überzog die Bäume.

Es war keine mühevolle Pflicht, an jenem Frühlingsmorgen Seite an Seite mit Lockwood durch den Wald zu spazieren. Die Luft war kühl und frisch, die Vögel zwitscherten emsig. Mal etwas erfreulich anderes, als immer wieder um sein Leben laufen oder kämpfen zu müssen. Lockwood sagte nicht viel. Er war tief in Gedanken versunken. Ich kannte das schon und wusste, nun hatte ihn der Fall endgültig gepackt. Was mich anging, so genoss ich es einfach, mit ihm zusammen zu sein.

Nach wenigen Minuten kamen wir an eine Stelle, wo ein schmaler Pfad, der die steile Böschung links von uns zerschnitt, zu einem stillgelegten Steinbruch führte. Am grasbewachsenen Rand des Abhangs hatte jemand Felsbröckchen säuberlich aufgeschichtet und Blumen davor abgelegt. Aus dem Steinhaufen ragte ein Holzkreuz, an dem das vom Regen verwaschene Foto eines Mannes befestigt war.

»Vielleicht ist hier jemand an der Geistersieche gestorben«, meinte ich. »Oder bei einem Unfall im Steinbruch ums Leben gekommen.«

»Das Erste ist wahrscheinlicher.« Lockwood blickte mit grimmiger Miene zu den zerklüfteten Felsen hinüber. »Die Geistersieche ist hier im Dorf bekanntlich die häufigste Todesursache.«

Schweigend liefen wir weiter durch den Wald. Nach einer halben Meile tat sich eine Lichtung vor uns auf. Lockwood verlangsamte sein Tempo.

»Ab jetzt bleiben wir lieber in Deckung«, sagte er. »Nur für alle Fälle.«

Wir verließen den Weg und stapften zwischen den Bäumen weiter bergauf, bis wir auf einer Anhöhe herauskamen, bei der es sich vermutlich um den besagten Jägerhügel handelte. Von hier aus hatte man einen weiten Blick auf die Umgebung. Die Bäume standen hier oben nicht mehr so dicht, doch Lockwood trat nicht aus ihrem Schatten, sondern huschte weiterhin lautlos und geduckt von Stamm zu Stamm. Ich tat es ihm nach, so gut ich konnte, bis wir schließlich auf dem höchsten Punkt des Hügels ankamen. Dort legten wir uns im taufeuchten Gras auf den Bauch und blickten auf das Gelände des Rotwell-Instituts hinab.

Das Institut lag ein Stück entfernt, von niedrigen Hügeln umgeben und inmitten von flachen, nicht mehr bewirtschafteten Feldern. Man sah auf den ersten Blick, dass der Ort ideal für eine Schlacht geeignet war, konnte sich ausmalen, wie die beiden Heere in diesem natürlichen Becken aufeinandergetroffen waren. Es musste ein atemberaubender Anblick gewesen sein –

jedenfalls weit atemberaubender als der Anblick, der sich uns heute bot.

Ich weiß selbst nicht, was ich erwartet hatte. Wahrscheinlich irgendein riesiges, imposantes Bauwerk, eine Art Kreuzung zwischen der Entsorgungsanstalt in Clerkenwell und der protzigen, glasverkleideten Rotwell-Firmenzentrale auf der Regent Street. Oder doch wenigstens eine Ansammlung geräumiger, von Scheinwerfern angestrahlter Lagerhallen, zwischen denen Scharen von Agenten hin und her wuselten. Aber weit gefehlt. Der Feldweg schlängelte sich unter uns durch die Stoppelfelder und endete vor ein paar unspektakulären Blechbaracken. Sie waren anscheinend nach dem Zufallsprinzip aufgereiht, standen hier und da wie wiederkäuende Kühe beieinander. Es waren billige Blechcontainer, die man rasch irgendwo abladen konnte, mit Wellblechdächern und so gut wie keinen Fenstern. Der Boden zwischen ihnen war planiert und mit Kies bestreut, es gab ein paar hohe Bogenlampen, die die Anlage nach Anbruch der Dunkelheit beleuchteten. Die von den Lampen herabhängenden Kabel machten einen vernachlässigten, schlampigen Eindruck. Das Ganze war von einem Zaun umgeben, und die Fahrzeuge, die vorhin durch das Dorf gebraust waren, parkten jetzt dicht hinter dem einzigen Tor, das von hier oben zu erkennen war. Nirgends war ein Mensch zu sehen.

»Sieht ja ziemlich … enttäuschend aus«, sagte ich.

»Allerdings.« Lockwood dämpfte die Stimme, aber sein Tonfall verriet, wie aufgeregt er war. »Trotzdem ist das Rotwell-Institut hier offenbar schwer beschäftigt. Große Blechschuppen, mitten auf ein altes Schlachtfeld geknallt – Ich frage mich …«

»Glaubst du, das hier ist der *Ort des Blutes?*«

»Gut möglich. Auf jeden Fall wird ihnen das historische Gemetzel bei dem, was sie hier treiben, ordentlich Schub geben.

Aber am helllichten Tag können wir gar nichts unternehmen. Der Zaun sieht zum Glück nicht sehr solide aus. Wenn wir heute Abend eine Drahtschere mitnehmen, sind wir ruckzuck drinnen.« Lockwood sah mich an. »Wollen wir's riskieren?«

»Ich bin dabei. Vielleicht ist ja auch der Schädel da unten.«

»Ich wusste, dass du das sagst, Lucy.« Er lächelte mich durch das sonnenbeschienene Gras an. »Es ist fast wieder wie früher.«

Wie warm und wohlig es doch war, dort in der Sonne zu liegen, die schon mehr wärmte, als ich erwartet hatte. Ich wäre gern noch eine Weile geblieben, aber wir mussten wieder zu den anderen.

Wir trafen sie im Gasthof an, wo sie in einer Ecke der Schankstube saßen und ziemlich erledigt aussahen. Die Führung durch Aldbury Castle hatte darin gegipfelt, dass die Hälfte aller Dorfbewohner aus ihren Häusern gekommen war und sie mit schaurigen Geschichten über Geister und Heimsuchungen überschüttet hatte. Holly hatte ihr Möglichstes getan, alle wieder zu beruhigen, und sie aufgefordert, nacheinander in den Gasthof zu kommen und ihre Berichte vorzutragen. Kipps hatte mitgeschrieben und George jede Manifestation ordentlich mit einem roten Punkt auf einer Karte eingetragen. Der letzte Dorfbewohner war eben erst gegangen. Vor Kipps türmte sich ein Stapel beschriebener Blätter, und Georges Karte sah aus, als hätte sie Windpocken. Drei der Punkte waren schwarz umkringelt.

»An diesen Orten wurde das Flammende Phantom gesichtet«, erläuterte Holly. »Einmal auf dem Friedhof, dann bei den alten Hügelgräbern auf der anderen Seite des Ortes und dann noch auf dem Dorfanger, denn zwei kleine Mädchen haben mir erzählt, sie hätten am Marktkreuz einen *großen brennenden Mann* gesehen. Hier gibt es *echt* viele Geister, Lockwood. Ich weiß nicht, wie wir die jemals alle bewältigen sollen.«

»Genau das müssen wir jetzt besprechen«, gab Lockwood zurück. »Ausgezeichnete Arbeit, Kollegen. Hervorragende Recherche. Lasst uns was essen und dabei überlegen, welche Schlussfolgerungen wir aus dem, was wir erfahren haben, ziehen können.«

Bis zum Abend hatten wir eine funktionstüchtige Kommandozentrale für unser weiteres Vorgehen eingerichtet. Die Taschen mit der Ausrüstung waren gepackt, das Essen stand auf dem Tisch. Mr Skinner hatte uns den Rest der Suppe angeboten, aber George hatte sich zum Glück bereit erklärt, zum Dorfladen zu gehen und einzukaufen. Er war mit Obst, Pasteten und Würstchen im Schlafrock zurückgekehrt. Wir hatten ein Ende des Tresens beschlagnahmt – so weit weg vom Sessel des alten Pfarrers, wie es nur ging – und ein paar Tische zusammengeschoben, damit wir genug Platz für unseren Kriegsrat hatten. In der Mitte lag Georges Karte, daneben stapelten sich Kipps' Aufzeichnungen. Wir beugten uns darüber. Holly hatte recht – die Aussichten waren ernüchternd.

»Damit haben wir mehrere Nächte zu tun«, sagte Lockwood schließlich. »Wir müssen uns aufteilen und systematisch Haus für Haus abklappern.« Er hob den Kopf. »Was war das?«

»Ein Auto hat im Hof gehalten«, sagte Kipps. »Da kommt jemand.«

Lockwood spähte stirnrunzelnd aus dem Fenster, doch im selben Augenblick ging die Tür auf, und ein Schwall kalte Luft, vermischt mit dem Rauch der Lavendelfeuer im Garten des Gasthofs, wehte herein. Ein hochgewachsener Mann trat durch die Tür, die polternd hinter ihm zufiel.

Stille in der Schankstube. Wir musterten den Ankömmling. Um durch die Tür zu passen, hatte er sich bücken müssen. Als er sich jetzt wieder aufrichtete, streifte sein zerzauster Schopf die niedrige Decke. Er war ein stattlicher, gut aussehender Mann in fortgeschrittenem Alter, eine eindrucksvolle Erscheinung mit markantem Kinn und ausgeprägten Wangenknochen. Er trug einen teuren Anzug und darüber einen dicken Wintermantel, der mit Wollstoff gefüttert war, dazu grüne Autofahrerhandschuhe. Seine Bewegungen waren bedächtig, aber zielstrebig, er strahlte eine einschüchternde Autorität aus. Sein leuchtend grüner Blick wanderte durch den Raum, bis er auf uns fiel. Dann kam er herüber.

Wir wussten natürlich, wer er war, schließlich hingen überall in London Plakate mit seinem Foto. Auf allen grinste er so breit wie die Tastatur eines Konzertflügels und hielt mit smaragdgrün blitzenden Augen irgendeine raffinierte Erfindung in die Höhe, die sich die Schlaumeier an seinem Institut ausgedacht hatten. Oft war er auch Arm in Arm mit einem gezeichneten Cartoonlöwen zu sehen. Tatsächlich hatte Steve Rotwell selbst etwas von einer Cartoonfigur, denn er war zwar groß und breitschultrig, wurde aber nach unten hin immer schmaler, bis seine Beine in zwei zierlichen Füßchen ausliefen. Er erinnerte mich immer an die Karikatur einer Bulldogge, allerdings fand ich ihn nicht besonders lustig, denn ich hatte, wie schon erwähnt, einmal miterlebt, wie er einen Gegner kaltblütig erstochen hatte.

Er zog sich einen Stuhl heran und nahm uns gegenüber Platz. »Wer von euch ist Anthony Lockwood?«

Lockwood hatte sich halb von seinem Stuhl erhoben, jetzt setzte er sich wieder hin und erwiderte höflich: »Der bin ich. Freut mich, Sie wiederzusehen. Wir sind uns letztes Jahr bei der Parade kurz begegnet. Lucy, Holly und George haben Sie damals auch kennengelernt, wie Sie sich vielleicht noch erinnern.«

Steve Rotwell gehörte zu den Männern, die gern breitbeinig dasitzen und sich in lässig-dominanter Haltung zurücklehnen. Er zog die Handschuhe aus und warf sie auf den Tisch.

»An Holly Munro erinnere ich mich. Sie hat mal für mich gearbeitet. Die anderen beiden habe ich auch nicht vergessen. Ihr seid Penelope Fittes' Lakaien.«

Lockwood zog eine Augenbraue hoch. »Wie bitte?«

»Ihr springt, wenn sie pfeift. Stets zu Diensten und so weiter. Lakaien eben. Ich weiß Bescheid.«

»Was für eine haarsträubende Unterstellung.« Lockwood schaute in die Runde und sein Blick blieb an Kipps hängen. »Wobei – auf *ihn* hier trifft das zu, jedenfalls bis vor Kurzem. Aber wir anderen sind total unabhängig. Möchten Sie etwas trinken?«

»Ich nehme einen Kaffee«, sagte Steve Rotwell. »Hab eine lange Fahrt hinter mir.«

»Bringen Sie uns bitte einen Kaffee, Mr Skinner?«, fragte Holly. Der Wirt, der hinter dem Tresen stand und mit großen Augen zu uns herüberschaute, fuhr wie angestochen zusammen und verschwand nach nebenan.

»Und falls Sie Hunger haben«, sagte George, »ist bestimmt noch Suppe da.«

Rotwell ignorierte ihn. Er knöpfte ohne Eile seinen Mantel auf, lehnte sich wieder zurück und betrachtete Lockwood. »Mr Lockwood«, sagte er, »was machen Sie hier?«

»Ich trinke Tee und schaue mir eine Karte an. Nicht sehr spannend.«

»Ich meine, hier in Aldbury Castle.«

Lockwood lächelte. »Es ist Ihnen vielleicht entgangen, da Sie so viel anderes zu tun haben, aber in diesem Dorf treibt ein gefährlicher Geisterschwarm sein Unwesen. Wir sollen uns darum kümmern.«

»Warum ausgerechnet Sie? Als Londoner Agentur.«

»Weil uns die Dorfbewohner in ihrer Verzweiflung darum gebeten haben.«

Mr Rotwell gehörte außerdem zu den Männern, die, weil sie in jüngeren Jahren als einflussreich und gut aussehend galten, niemals Mühe auf ein Lächeln oder ähnlich banale Umgangsformen verschwendeten. Daher war seine Miene meistens ausdruckslos. Er erwiderte: »Sie wissen sicher, dass eines meiner Institute in der Umgebung von Aldbury Castle angesiedelt ist, sozusagen in nächster Nähe. Wir betrachten das Dorf quasi als unser Wohnzimmer.«

Lockwood lächelte, sagte aber nichts.

»Es gilt allgemein als ungehörig«, fuhr Rotwell fort, »in das Revier einer anderen Agentur einzudringen. Man respektiert die Fälle, Klienten und den Einflussbereich der Konkurrenz – das sind ungeschriebene Gesetze, an die sich alle halten. Da ich Sie nun darauf aufmerksam gemacht habe, gehe ich davon aus, dass Sie Aldbury Castle morgen wieder verlassen.«

»Man hat mir berichtet«, entgegnete Lockwood, »dass Ihre Angestellten gebeten wurden, sich der hiesigen Massenheimsuchung anzunehmen, es aber abgelehnt haben. Unter diesen Umständen halte ich unseren Einsatz für absolut gerechtfertigt.«

»Heißt das, Sie werden nicht abreisen?«

»Selbstverständlich nicht.«

Während der nun folgenden Stille trat Mr Skinner mit einem Kaffee und einem Kännchen Milch an den Tisch und stellte beides vor Steve Rotwell hin.

»Danke. Warten Sie.« Rotwell griff in sein Jackett, holte eine Brieftasche heraus und entnahm ihr einen nagelneuen Geldschein, den er dem Wirt, ohne ihn anzusehen, in die Hand drückte. Er wartete, bis Skinner wieder außer Hörweite war, hakte dann den Finger in den Henkel der Kaffeetasse, trank aber nicht, sondern blickte unverwandt in die schwarze Flüssigkeit. »Sie haben sich in London einen Ruf erworben, Mr Lockwood«, sagte er.

»Danke.«

»Den Ruf, sich in Dinge einzumischen, die Sie nichts angehen.«

»Ach ja?« Lockwood schmunzelte. »Darf ich fragen, wer das behauptet? Haben sich Ihre Angestellten oder Geschäftspartner über uns beschwert? Verraten Sie mir die Namen – vielleicht kenne ich sie ja.«

»Keine Namen. Ihr Verhalten ist allgemein bekannt. Was zur Folge hat«, fuhr Rotwell fort, »dass ich mir Sorgen mache, wenn ich erfahre, dass Sie überraschend in der Nähe meines Instituts auftauchen, in dem an wichtigen und heiklen Forschungsprojekten gearbeitet wird. Sorgen, dass Sie sich vielleicht von Ihrer Agententätigkeit ablenken lassen und Ihre Nase in fremde Angelegenheiten stecken.« Er hob die Tasse an die Lippen, stürzte den Kaffee in einem Zug herunter und stellte die Tasse wieder hin.

Eine Pause entstand. Lockwood drehte sich zu mir um. »Hast du irgendetwas von dem verstanden, was Mr Rotwell gerade gesagt hat, Luce?«

»Kein Wort.«

»Du, George?«

»Nö. Er hätte genauso gut chinesisch sprechen können.«

»Dann müssen Sie wohl deutlicher werden, Mr Rotwell«, sagte Lockwood. »Unser George drückt sich oft so umständlich aus, dass ich auch nichts verstehe, aber sogar er hat offenbar Mühe, Ihnen zu folgen. Was wollen Sie denn nun von mir?«

Steve Rotwell machte eine gereizte Handbewegung. »Sie sind hier, weil Sie den Geisterschwarm bekämpfen wollen?«

»Richtig.«

»Aus keinem anderen Grund?«

»Wie sollte der aussehen?«

»Beantworten Sie meine Frage!«, knurrte Rotwell.

»Eine andere Antwort bekommen Sie von mir nicht«, konterte Lockwood. »Mr Rotwell – Aldbury Castle ist weder Ihr *Wohnzimmer* noch Ihr *Revier* noch sonst was. Wenn Sie nicht damit einverstanden sind, dass ich versuche, dieses Dorf von seinen Heimsuchungen zu befreien, dann beschweren Sie sich bitte offiziell bei der BEBÜP – dann werden wir ja sehen, wie weit Sie damit kommen. Bis dahin werde ich weiter meine Arbeit machen. Aber trinken Sie doch noch einen Kaffee, und erzählen Sie mir mehr über die *wichtigen und heiklen Forschungsprojekte,* die Ihr Institut hier durchführt. Das klingt nämlich spannend. Werden Sie uns bald ein paar neuartige Abwehrmittel präsentieren?«

Statt einer Antwort griff Rotwell nach seinen Handschuhen und stand schwerfällig auf. Er schaute erst aus dem Fenster, hinter dem sich allmählich die Dunkelheit auf den Dorfanger senkte, dann wandte er sich zum Gehen. Als er so dastand, fiel sein breiter Schatten über Lockwood.

»Sie sind ein frühreifes Bürschchen«, sagte er. »Ich möchte hier nicht Ihre Fähigkeiten aufzählen, denn Sie sind sich ihrer anscheinend nur allzu bewusst. Was Ihnen allerdings fehlt, ist die Fähigkeit zu erkennen, wann Sie zu weit gehen. Denn Sie, Mr Lockwood, sind maßlos. Was ich durchaus anerkenne, denn in vielerlei Hinsicht bin ich das ebenfalls. Es bedeutet, dass Sie immer weiter an Ihre Grenzen gehen werden, bis Sie eines Tages böse auf die Nase fallen. Ich spreche hier vor Zeugen und möchte Sie ganz offen warnen – legen Sie sich nicht mit mir an, sonst werden Sie es bereuen. Ich sage das auch deshalb, weil ich die Hoffnung nicht aufgebe, dass Sie meine Warnung beherzigen, allerdings fürchte ich, dass Sie es nicht tun. Sie werden sich mit mir anlegen, weil Sie der Versuchung nicht widerstehen können. Dann müssen Sie eben die Folgen tragen.«

Er zog die Handschuhe an und knöpfte seinen Mantel zu.

»Bis es so weit ist, wünsche ich Ihnen viel Glück bei Ihrer kleinen Geisterjagd. Ich bin sicher, dass Sie genau der Richtige für diesen Auftrag sind.«

Damit ging er hinaus und die Tür fiel krachend hinter ihm zu.

Wir blickten ihm nach. Dann drehten wir uns alle gleichzeitig zu Lockwood um.

Er lächelte uns an. Es war ein lässiges, träges Lächeln, aber seine Augen funkelten unternehmungslustig.

»Immerhin hat der Kerl Menschenkenntnis«, sagte er. »Ich war mir noch nicht sicher, ob es sich überhaupt lohnt auszuspionieren, woran er gerade forscht. Meiner Schätzung nach standen die Erfolgschancen im besten Fall fünfzig zu fünfzig. Aber mit seinem Auftritt eben hat er mir die Entscheidung abgenommen. Jetzt spionieren wir ihn auf jeden Fall aus!«

Kapitel 22

Die Nacht senkte sich auf Aldbury Castle herab. Wir drehten in der Schankstube die Dochte der Petroleumlampen herunter, Danny Skinner legte im Kamin Holz nach. Der Widerschein aufzüngelnder Flammen tanzte auf unseren Degen, die auf dem Tisch lagen, und er tanzte in unseren Augen, als wir wie Räuber, die sich um ihre Beute scharen, unsere Waffengürtel überprüften, unsere Rucksäcke mit Salz und Eisenspänen bepackten und auf Georges Karte Angriffspläne einzeichneten. Vor uns lagen viele Stunden harter Arbeit, aber die meisten Besucher erreichen ihre volle Kraft erst gegen Mitternacht, sodass jeder von uns, nachdem wir unsere Vorbereitungen abgeschlossen hatten, noch ein bisschen Zeit für sich hatte. Holly las ein Buch, Lockwood streckte sich auf einer Bank aus und döste, George forderte Danny zu einer Partie Schach auf und steckte, sehr zu seinem Ärger, nach kurzer Zeit ernsthaft in der Klemme, und ich zog mir einen Stuhl an den Kamin und vertrieb mir die Zeit damit, in den Flammen Gestalten zu erkennen.

Nur Kipps konnte sich nicht recht entspannen. Er ging auf und ab, reckte sich, berührte seine Zehen und vollführte andere ausgefallene Aufwärmübungen, die kuriose Schatten auf die Wände warfen. Sein Haar ragte wie rötliche Brunnenkresse hinter der Schutzbrille auf seiner Stirn hervor, und er konnte es sichtlich kaum erwarten, sein neues Spielzeug bei unserem Einsatz auf die Probe zu stellen. Schließlich konnte er dem Drang nicht länger widerstehen. Er zog die Brille über die Augen, lief ans Fenster und spähte auf den Dorfanger hinaus.

»Ich hab schon wieder einen gesehen!«, verkündete er aufgeregt. »Nur ganz verschwommen, aber es war unverkennbar das Phantasma eines Mannes dort hinten an der Brücke.«

Ich brummte nur, und Lockwood, der den Arm über das Gesicht gelegt hatte, stieß einen tiefen Seufzer aus.

»Und da!« Kipps drehte sich ein wenig zur Seite und blickte mit zusammengekniffenen Augen durch die Kristallgläser. »Zwei vermummte Gestalten auf dem Anger! Sie stehen dicht beieinander, haben die Kapuzen tief ins Gesicht gezogen und sehen aus, als würden sie schrecklich frieren. Von ihren Umhängen steigt Geisternebel auf. Jetzt rennen sie los – und jetzt sind sie weg! Toll! Es gibt so viel zu sehen!«

George blickte von seinem Schachbrett auf. »Freut mich ja, dass er sich so gut amüsiert, aber war euch der mürrische, maulfaule Kipps nicht auch lieber? Diese Nacht kann noch lang werden.«

Kipps drehte sich wieder zu uns um. »Und da drüben … Ui, wie gruselig! Dort am Feuer! Ein hageres, verschrumpeltes Wesen mit vorstehenden Zähnen …«

»Das ist mein Großvater, schon vergessen?«, entgegnete Danny Skinner würdevoll. »Er lebt noch.«

»Ach so, stimmt ja. Es hat mich einfach mitgerissen …« Kipps schob die Brille wieder in die Stirn und sah auf die Uhr. »Komm schon, Lockwood, worauf warten wir noch? Es ist schon kurz vor halb elf. Wir sollten los.«

Lockwood schwang die Beine von der Bank und gähnte. »Hast recht. Wir können aufbrechen. Alles wie besprochen. Zwei Teams, jeweils zwei Stunden unterwegs, dann treffen wir uns hier wieder und ziehen Zwischenbilanz. Kipps und ich nehmen uns die Häuserreihe nebenan vor, wo ein paar Wiedergänger ihr Unwesen treiben. Steh auf, George, du bist sowieso gleich schachmatt. Das verfluchte Dorf wartet! Auf geht's!«

Draußen auf der Straße, ohne die spärliche Beleuchtung im Gasthof, umgab uns die uferlose Dunkelheit der ländlichen Gegend. Der Mond schien zwar, war aber von Wolken verdeckt. Wie von Kipps bereits berichtet, schwebten mehrere Flecken Anderlicht über dem Dorfanger. Nach einer knappen Verabschiedung huschten er und Lockwood lautlos die Hauptstraße hinauf, während George, Holly und ich ein letztes Mal unsere Taschen überprüften. Ich entfernte mich unauffällig ein Stück von meinen Kollegen. An diesem Abend hatte ich mich gegen Ketten entschieden, weil das Eisen meine Gabe zu sehr beeinträchtigte. Jetzt, mit etwas Abstand zu den vielen übersinnlichen Störfaktoren, spürte ich einen eigentümlichen Schauder in der Luft. Er war kaum wahrnehmbar, fast nur wie das leise Surren eines kleinen Elektrogerätes, ganz schwache Energiewellen … Ich blickte zum Himmel auf, spähte in die dunklen Kronen der Bäume ringsum. Wo kamen diese Wellen her? Jetzt hätte ich den Schädel gut gebrauchen können! Abermals ertappte ich mich dabei, dass ich mir wünschte, ihn wiederzuhaben.

»Na schön«, sagte George dann. »Ich lese die Karte, das ist meine Stärke. Lucy und Holly – eine von euch muss die Teambetreuerin sein, Anweisungen erteilen, rasche Entscheidungen treffen und so weiter. Ihr müsst euch einigen.«

Nach einer kurzen Pause sagte ich: »Mir ist es egal. Holly, willst du …?«

»Lucy, willst du …?«

Wir verstummten wieder. »Ich kann dieses Amt nicht übernehmen«, stellte George klar, »ich bin kein schneller Denker.« Leise vor sich hin summend, kritzelte er irgendetwas Belangloses auf seine Karte.

»Weißt du, was, Lucy?«, sagte Holly, »fang du doch an und sei die erste Stunde lang die Teambetreuerin. Wenn du genug hast, übernehme ich die nächste Stunde. Von uns beiden hast du sowieso die größere Erfahrung.«

»Einverstanden«, sagte ich. »Guter Plan. Danke, Holly.« Ich zog meinen Gürtel zurecht. »Dann wollen wir mal. Was steht als Erstes auf deiner Liste, George?«

»Die bösartige schwarze Wolke, die da drüben über der Wiese schwebt.«

Unser abgesprochener Weg führte uns im Zickzack von einer der gemeldeten Heimsuchungen zur nächsten, wie bei einem Orientierungslauf mit einem Geist an jeder Anlaufstelle. Und die erste war nun mal dort, wo der Geist an dem ehemaligen Richtplatz lauerte. Falls es sich tatsächlich um einen gehängten Hausierer handelte, der verdorbene Pasteten verkauft hatte, dann war er jetzt nur noch eine pulsierende, formlose Masse, von der sich dünne, pechschwarze Tentakel in alle Richtungen schlängelten.

Wir näherten uns ihm vorsichtig. »Der alte Galgen wurde ja abgerissen«, sagte ich, »aber sein Standort wurde eindeutig nicht verplombt. Ein Fall für Salz und Eisenspäne, würde ich sagen, oder was meint ihr?«

George und Holly waren der gleichen Ansicht, und weil die Stelle klar begrenzt und nicht sehr groß war, hatten wir die Sache schnell erledigt. Holly bot freiwillig an, die Erscheinung auszutreiben. Dazu schlich sie sich zunächst unauffällig an den Geist an und provozierte ihn anschließend so lange mit zielgerichteten Degenstichen und -finten, bis er sich auf sie stürzte. Sie wich geschickt aus und parierte die Tentakel, sodass George und ich die verbrannte Erde mit einer ordentlichen Schicht Abwehrmitteln bestreuen konnten. Im Nu lichtete sich die tintige Schwärze des Geistes und wurde schwächer, wie ein Fleck, der wegradiert wird. Er krümmte sich, schrumpfte und verwandelte sich schließlich in einen schwarzen Funkenschauer, der auf die Wiese herabregnete und erlosch.

Ich wischte mir mit dem Ärmel den Schweiß von der Stirn. »Gut gemacht, Holly. *Diesen* Geist können wir schon mal abhaken, und die Dorfbewohner dürfen im Sommer wieder hier picknicken. Was jetzt?«

Der nächste Geist auf der Liste war das von Kipps auf der Brücke gesichtete Phantasma. Es ließ sich ebenso umstandslos vernichten. Danach waren ein Mauerklopfer auf dem Anger und ein Lauerer an der Bushaltestelle an der Reihe. Holly und ich putzten sie allesamt weg.

»Wenn das so weitergeht, ist dieser Einsatz ein Klacks«, sagte George fröhlich. »Ihr beide habt euren Spaß gehabt, jetzt bin ich mal dran.« Er warf einen Blick auf die Karte. »Hinter einem der Häuser in der neuen Siedlung wurde der Schemen einer alten Frau gesichtet. Mit 'ner alten Oma werde ich ja wohl noch fertig! Wollen wir mal nachsehen, ob sie da irgendwo rumgeistert?«

Bis zu der Reihenhaussiedlung auf der anderen Seite des Angers war es nicht weit. Wenn man über den Zaun kletterte, stand man auf einem Trampelpfad, der zu den Häusern führte. Ihre erleuchteten Fenster schimmerten matt.

Auf der Straße war es dunkel, die Hecken der Vorgärten schienen immer näher an uns heranzurücken. Über uns zerteilten Äste den Himmel in schwarze Bruchstücke. Wir hielten uns dicht beieinander und blieben nicht stehen.

»Bis zu dem heimgesuchten Haus müssen wir noch etwas laufen«, sagte George mit gedämpfter Stimme, »aber weit kann es ...« Er blieb unvermittelt stehen. »Huch! Wer ist das denn?«

Auf dem unbeleuchteten Pfad stand eine Gestalt. Sie wandte sich halb von uns ab und ihr Rücken wurde vom flackernden Anderlicht einer nicht vorhandenen Kerze angeleuchtet. Das Gesicht war hinter einem Vorhang aus langen, strähnigen Haaren verborgen, der Kopf war gesenkt, die Arme baumelten schlaff an den mitleiderregend herabhängenden Schultern. Doch eine Hand war zu einer festen, weißen Faust geballt.

Wir blieben stehen und rührten uns ebenso wenig wie die Erscheinung.

»Sie trägt ein Nachthemd«, raunte Holly. »Das ist immer ein schlechtes Zeichen.«

»Es ist ein Mädchen, oder?«, gab George im Flüsterton zurück. »Sie hat keine Omabeine – allerdings gebe ich zu, dass ich alten Omas nicht oft auf die Beine gucke. Ich habe andere Hobbys.«

Wer konnte schon sagen, wer oder was diese Erscheinung einst gewesen war?

»Achtung«, sagte ich, »jetzt bewegt sie sich.«

Knochige Füße schlurften über die festgetrampelte Erde und die von schmuddeligem Baumwollstoff umwehte Gestalt drehte sich mit kleinen, schaukelnden Bewegungen wie in Zeitlupe zu uns um. Die nächtliche Kälte begann zu strudeln und wickelte sich wie ein verdrehtes Bettlaken um uns. Wir rückten noch enger zusammen.

»Besucher drehen sich immer gegen den Uhrzeigersinn«, sagte George mit hoher, gepresster Stimme. »Habt ihr das gewusst? Niemals andersherum. Das ist erwiesen.«

»Hochinteressant, George«, entgegnete ich. »Aber jetzt halt

bitte mal kurz die Klappe und zieh deinen Degen. Du auch, Holly. Ich will versuchen, mit dem Geist Kontakt aufzunehmen. Ihr achtet auf seine Arme und Beine. Und auf seinen Gesichtsausdruck.«

»Dafür wäre es hilfreich, wenn wir das Gesicht erkennen könnten«, brummelte George.

Holly zuckte erschrocken zusammen. »Das Nachthemd ist vorn voller Blut!«

Sie hatte richtig gesehen. Ein breiter, schwärzlicher, feucht glänzender Fleck zierte wie eine Schürze die Vorderseite des Nachtgewandes. Die Gestalt schaukelte immer noch leicht hin und her und hatte sich noch nicht vollständig umgedreht. Auch als sie uns schließlich direkt gegenüberstand, ließ sie den Kopf so tief hängen, dass man nur den Scheitel und die langen schwarzen Haare sah, die im Anderlicht fahl schimmerten. Ich vernahm ein leises Rascheln wie von trockenem Laub.

»Wer bist du?«, fragte ich. »Sag uns, wie du heißt. Was ist dir zugestoßen?«

Ich wartete, hörte aber nur wieder das Rascheln, wenn auch etwas lauter als zuvor.

Jetzt zuckte auch George zusammen. »Ich kann das Gesicht immer noch nicht erkennen. Du vielleicht, Holly?«

»Nein, ich auch nicht. Lucy –«

»Ganz ruhig«, sagte ich, denn ich spürte die zunehmende Panik der beiden. Sie kribbelte in den Nervenbahnen meiner Arme und schwappte in meinen Magensäften. »Ihr müsst Ruhe bewahren«, wiederholte ich. »Ich empfange etwas.«

»So viel *Blut!*«

»Ich empfange etwas …«

Eine Stimme wie trockenes Laub, die flüsternd durch sandpapierraue Lippen drang. Diesmal konnte ich etwas verstehen.

Oje.

»Meine Augen. Habt ihr meine Augen gesehen?«

Die Gestalt hob den Kopf. Der Haarvorhang teilte sich.

Ich weiß nicht mehr, ob Holly am lautesten kreischte oder ob es George war, jedenfalls wurde mein eigener Aufschrei glatt übertönt. Genauso wenig kann ich sagen, ob sich die Besucherin tatsächlich auf uns stürzte. Sicher bin ich aber, dass ich mit dem Degen nach ihr hieb. Dann waren wir auch schon wieder auf der anderen Seite des Zauns und rannten über den Dorfanger. Erst am Marktkreuz blieben wir stehen und rangen keuchend und fluchend nach Luft.

»Verfolgt sie uns?«, fragte Holly ängstlich. »Kommt sie hinter uns her?«

Ich drehte mich um und spähte in die Nacht.

»Nein.«

»Da bin ich aber froh.«

»Warum mussten es ausgerechnet die Augen sein?«, fragte George vorwurfsvoll. »Es hätte doch auch ein Körperteil sein können, der nicht gleich so auffällt – ein Daumen zum Beispiel oder meinetwegen auch ein Ohr.«

»Wo kam der Geist eigentlich her, Lucy? Er war gar nicht auf der Karte eingezeichnet.«

»Keine Ahnung. Offenbar ist er neu hier.«

»Oder die Zehen! Das wäre hundertmal besser gewesen! Außerdem kann man ohne Zehen nicht laufen. Wenn sie sich dann auf uns gestürzt hätte, wäre sie einfach umgepurzelt.«

»Du redest Schwachsinn, George«, sagte ich.

»Weiß ich. Aber ich finde, nach dem, was wir eben erlebt haben, darf ich ruhig mal ein bisschen Schwachsinn reden.«

Ich traf eine Entscheidung. Wir brauchten alle eine Verschnaufpause. Also kehrten wir zum Gasthof zurück.

Wie sich herausstellte, waren auch Lockwood und Kipps schon wieder da. Lockwood lehnte am Tresen und schrieb etwas in sein Notizbuch, Kipps hatte eine Cola in der Hand, die Fairfaxbrille noch auf dem Kopf und wanderte mit langen Schritten auf und ab.

»Zwei Wiedergänger!«, verkündete er aufgeregt. »Zwei Wiedergänger und ein Irrlicht! Ich hab sie alle drei gesehen! Ich hab sie gesehen und in Null Komma nix erledigt! Ihr könnt Lockwood fragen – er war dabei.«

»Er quatscht mir schon die ganze Nacht die Ohren voll«, sagte Lockwood. »Ich bereue allmählich, dass wir ihm die Brille überlassen haben. Aber wir sind gut vorangekommen, das stimmt. Wie war's bei euch?«

Wir erstatteten ihm Bericht.

»Lockwood«, sagte ich dann, »ich finde, in diesem Dorf herrscht eine ganz merkwürdige Atmosphäre. Ich nehme ständig irgendwelche fernen, übernatürlichen Störwellen wahr. So ähnlich wie damals unter dem Kaufhaus Aickmere – und in der Nähe des Knochenspiegels.«

Lockwood klopfte nachdenklich mit dem Stift auf den Tresen und schwieg eine ganze Weile. Dann sagte er: »Ich würde die Zusammensetzung der Teams gern ändern. Holly – kannst du bitte mit Kipps und George wieder zu dem augenlosen Mädchen zurückgehen und den Geist vernichten? Danach macht ihr mit der nächsten Heimsuchung auf der Karte weiter. Lucy, wir beide ziehen los und versuchen mal, diese *Störwellen,* die du wahrnimmst, zu lokalisieren.«

Lockwood und ich gingen durch das Dorf. Über dem Wald im Osten leuchtete jetzt der Mond, hinter den Baumkronen schwebten die runden Kuppen der Hügel wie silbrige Sicheln in der Dunkelheit. Eigentlich sah es sehr hübsch aus, aber es war immer noch tiefe Nacht, und die Stille war beklemmend. Ich sehnte mich nach einem Eulenruf oder dem Läuten einer Geisterglocke, nach einem menschlichen Schrei – nach irgendetwas, was mich von dem übersinnlichen Lärm ablenkte, der unaufhörlich in meinem Kopf surrte.

Alle paar Hundert Meter blieben wir stehen und ich konzentrierte mich. Aber es war zwecklos, das Surren veränderte sich nicht. Vielleicht kam es einfach von zu weit her.

»Wir versuchen es mal im Wald«, schlug Lockwood vor.

Unsere schweren Arbeitsschuhe stapften über die Landstraße. Wir waren einen weiten Bogen gelaufen und befanden uns jetzt auf gleicher Höhe mit der Kirche.

»Hoffentlich kommen die anderen mit dem Wiedergänger klar«, sagte ich. »Beziehungsweise hoffentlich kommt George mit ihm klar.«

»George steht auf Mädchen, die ein bisschen beschädigt sind«, erwiderte Lockwood feixend, »aber wahrscheinlich drängelt sich sowieso unser Kipps vor. Seit er die Brille hat, ist er nicht mehr zu bremsen. Und wie du meintest, hat sich Holly vorhin auch gut geschlagen?«

»Sehr gut sogar.«

»Ich habe sie ermutigt, mehr auf ihre Gaben zu vertrauen. Die Zeit, in der sie für diesen Hornochsen Rotwell gearbeitet hat, ist ihrem Selbstbewusstsein nicht bekommen. Sie hat immer weniger an sich und ihre Fähigkeiten geglaubt. Es tut ihr gut, wieder im Außendienst unterwegs zu sein. Du bist ein wunderbares Vorbild für sie, Luce.«

»Ich weiß ja nicht ...« Ich blieb unvermittelt stehen, weil mir zum ersten Mal auffiel, dass sich das übernatürliche Hintergrundrauschen veränderte. Es hatte erst nachgelassen, dann war es wieder aufgeflammt. Wir hatten die rostige Geisterlampe auf ihrem kleinen Erdhügel passiert und standen jetzt unter der Böschung mit der Hecke, die den Friedhof umgab. »Können wir mal kurz zur Kirche raufgehen? Ich glaube, ich habe da etwas gespürt.«

»Klar.« Lockwood fasste mich am Ellbogen und half mir den steilen Hang hinauf. »Es könnte sich sowieso lohnen. Wenn man Danny Skinner glauben darf, entsteigen in diesem Augenblick die Toten ihren Gräbern.«

Doch auf dem Friedhof war alles ruhig, wie ein dunkler Mund voll schiefer Steinzähne schimmerte er im Mondlicht. Wir standen oben auf dem Wall mit der Hecke und hatten einen guten Blick über das ganze Gelände, von der gedrungenen Kirche bis hin zu dem kleinen überdachten Friedhofstor. Ich spitzte wieder meine inneren Ohren. Tatsächlich, das Surren schwoll hier an und wieder ab.

»Kurze Frage, Luce«, unterbrach Lockwood meine Konzentration. »Es geht um uns beide. Bist du eigentlich noch meine Klientin? Oder soll ich dich für diesen Einsatz bezahlen? Ich bin ein bisschen verunsichert.«

»Ehrlich gesagt, komme ich da auch nicht mehr ganz mit …« Mein Herz schlug plötzlich schneller, pulste im gleichen Rhythmus wie das ferne Surren und auf einmal hatte ich einen ganz trockenen Mund. Warum? Auf dem Friedhof rührte sich immer noch nichts.

»Wir müssen uns irgendwie einigen«, fuhr Lockwood fort. »Rein sachlich betrachtet, unterstützen wir einander momentan gegenseitig. Ich helfe dir, den Schädel wiederzufinden und überhaupt bei dieser ganzen Winkman-Angelegenheit, und du hilfst mir bei dem Einsatz in diesem Dorf – und beides findet auch noch gleichzeitig statt. Wir müssen uns überlegen, wie wir diese äußerst komplizierte Klientin-Agentin-Beziehung regeln. Aber …«, er sah mich an, »… es gibt natürlich auch eine viel einfachere Lösung …«

Ich hörte ihm nicht zu, sondern schüttelte nur den Kopf und hob die Hand.

Die groben Feldsteine, aus denen der Kirchturm errichtet war, leuchteten sanft im Mondlicht. Auf einmal raschelte kein Tier mehr in der Hecke, auch der Wind hatte sich jäh gelegt. Die Stille, die über den Grabsteinen lag, verriet mir, dass wir nicht mehr allein waren. Aus Lockwoods Verstummen schloss ich, dass er den gleichen Gedanken hatte.

Wir ließen die Blicke über den Friedhof wandern.

Zwischen den Grabsteinen kam etwas auf uns zu.

Erst sahen wir nur von Weitem, wie es sich zwischen den schiefen Kreuzen hindurchschob. Es kam so langsam näher, dass ich es anfangs für den Schatten einer der knorrigen Eiben hielt, die an der Friedhofsmauer standen. Die Gestalt war nur undeutlich zu erkennen, sie bewegte sich vornübergebeugt und hatte breite, muskelbepackte Schultern und einen unförmigen Kopf, der sich wie suchend hin und her drehte. Das Wesen streckte beide Arme nach vorn, seine gewaltigen Beine bewegten sich unbeholfen, aber zielstrebig, pflügten Schritt für Schritt durch die Dunkelheit. Ein Schwall kalter Luft schwappte wie eine Meereswelle über den Erdwall, schlug über uns zusammen und raubte uns den Atem.

»Der ist ja *riesig!*«, keuchte Lockwood.

Schon der Geist im Haus des Kannibalen von Ealing war ein Riese gewesen. Obwohl ich ihn nur undeutlich durch die Milchglasscheibe in der Küchentür gesehen hatte, war mir der Eindruck von außergewöhnlicher Größe und Körperkraft noch gut in Erinnerung. Diese Wesenheit hier übertraf ihn allerdings um

Längen: Sie überragte sogar einige der Grabkreuze, war noch massiger als Guppys Geist und tappte seltsam steifbeinig voran, als watete sie durch zähen Sirup. Es war ein abstoßendes und zugleich seltsam hypnotisierendes Schauspiel. Mir waren schon Blutrippen eine steile Betonrampe hinaufgefolgt, und ich hatte auf Hausdächern gestanden, während Kreischer wie zerfetzte Spielzeugdrachen um mich herumgewirbelt waren – doch, ich hatte wahrhaftig schon so einiges erlebt. Aber der Riese hier auf dem Friedhof… So etwas Merkwürdiges war mir in meinem ganzen Leben noch nicht untergekommen.

Im Gegensatz zu den meisten Erscheinungen verströmte er kein Anderlicht, es ging keine Helligkeit von ihm aus wie von dem Leuchtenden Knaben im Gasthof und auch keine Dunkelheit wie von dem Geist auf dem Dorfanger. Er wirkte nicht so greifbar wie ein Wiedergänger und sah auch nicht so grausig aus wie ein Alb. Im Grunde war er fast nicht vorhanden. Er bestand aus einer fadenscheinigen Substanz, durch die nun Grabsteine und Kreuze hindurchschimmerten. Seine Extremitäten – die Hände und Füße und sogar die Einzelheiten des Kopfes – waren so undeutlich, dass sie sich fast auflösten, eher als nähme man an diesen Stellen eine Brechung der Luft wahr. An den Konturen wiederum schien die Schattengestalt zu flackern, als loderten lauter kleine Flammen von ihr weg, ja es sah fast so aus, als hätte sie Feuer gefangen, doch es war ein kaltes Feuer. Und sie zog eine Rauchfahne hinter sich her, die wie der Umhang eines Zauberers über den Friedhof wallte und sich immer weiter ausbreitete.

»So was hab ich echt noch nie gesehen!«, flüsterte ich. »Was kann das sein?«

Lockwood hielt den Blick auf die Wolke gerichtet, die der Schatten hinter sich herzog. Er deutete stumm mit dem Kinn darauf und fasste, ohne mich dabei anzusehen, nach meiner Hand.

Ich folgte seinem Blick. Meine Lippen öffneten sich, mein Mund war wie ausgedörrt. Denn die Gestalt, die den Friedhof überquerte, war nicht mehr allein. Andere Gestalten erhoben sich in ihrem Gefolge aus der unkrautüberwucherten Erde. Sie verharrten neben Kreuzen und steinernen Engelsfiguren, schwebten über umgekippten Grabsteinen. Von ihren ausgemergelten Gliedmaßen hingen noch die Leichentücher herab, und man konnte auf einen Blick Waberer, Wiedergänger, Irrlichter und Eckensteher unterscheiden, und zwar gleich dutzendweise. Es war eine Zusammenkunft der Toten. Die Bewohner des Friedhofs erhoben sich aus ihren Gräbern und sahen dem Flammenden Phantom nach, das sie keines Blickes würdigte, sondern auf das Tor am anderen Ende des Geländes zutappte und dann auf die Straße einbog, die in Richtung Wald führte.

Alles blieb ruhig.

Dann gerieten die Geister in Bewegung. Erst einer, dann noch einer, und im Handumdrehen wogte die ganze Horde zum Tor hinaus, als folgten sie dem Ruf einer Stimme, die wir nicht hören konnten. Ein paar kamen sogar die Böschung hoch auf uns zu. Ihre ausgezehrten Gesichter mit den leeren Augenhöhlen starrten uns an, und ich bildete mir sogar ein, ihre Knochen knarren und klappern zu hören. Das Ganze geschah so schnell, dass wir nicht reagieren konnten. Eine Sekunde länger, und sie wären über uns hergefallen – doch mit einem Mal machte die teuflische Gesellschaft kehrt, schwebte schwungvoll über die Hecke und verschwand auf der Straße, in der gleichen Richtung wie das Phantom. Das Knarren und Klappern verklang, ein kalter Windstoß zerrte an uns, dann fegte er ebenfalls die Straße hinunter.

Wir blieben benommen zurück. Der Friedhof war wieder still und leer, von keinem anderen Licht als dem des Mondes erhellt.

Plötzlich schmetterte im Baum hinter uns eine Amsel drauflos. Ihr Gesang war zugleich todtraurig und wunderschön. Dann verstummte sie wieder. Lockwood und ich standen noch immer wie gebannt vor der Hecke.

Dann merkte ich, dass er immer noch meine Hand hielt.

Er bemerkte es im selben Augenblick. Irgendwie lösten sich unsere Finger voneinander und kehrten verteidigungsbereit an unsere Waffengürtel zurück, um jederzeit eine Salzbombe werfen oder den Degen ziehen zu können. Lockwood räusperte sich, ich strich mir das Haar aus den Augen. Unsere Stiefel malten kunstvolle Muster auf den reifbedeckten Boden.

»Was war *das* denn?«, fragte ich.

»Du meinst den Geist?« Lockwood schielte unter seinen Haarsträhnen zu mir herüber. »Ich schätze, das war das Flammende Phantom ...« Er schüttelte den Kopf. »Keine Ahnung, aber es war eindeutig die Erscheinung, von der uns Danny Skinner erzählt hat. Größe und Form stimmten und gebrannt hat sie auch – oder jedenfalls so ausgesehen. Aber ... hast du gesehen, was ihr *gefolgt* ist? Die *Geister ...*?«

»Klar habe ich die bemerkt. Auch das hat uns Danny ja beschrieben. Das Phantom ist die Gestalt von dem Relief auf dem alten Kreuz – der Seelensammler. Er hat die Toten aus ihren Gräbern geholt!«

»Das glaube ich nicht.«

»Was denn sonst? Du hast doch selbst gesehen, wie sie aus der Erde gestiegen sind!«

Er antwortete nicht.

»Du hast sie *gesehen,* Lockwood!«

»Wir müssen wieder zu den anderen. Hier können wir nicht darüber diskutieren.«

Im Wald flatterte ein riesiger Schwarm Vögel kreischend in den Nachthimmel auf. Sie kreisten einmal über uns, dann flogen sie mit klatschenden Flügelschlägen in Richtung Jägerhügel davon. Lockwood und ich schlitterten die Böschung hinunter und liefen schweigend zum Gasthof zurück.

V.

Die Eisenkette

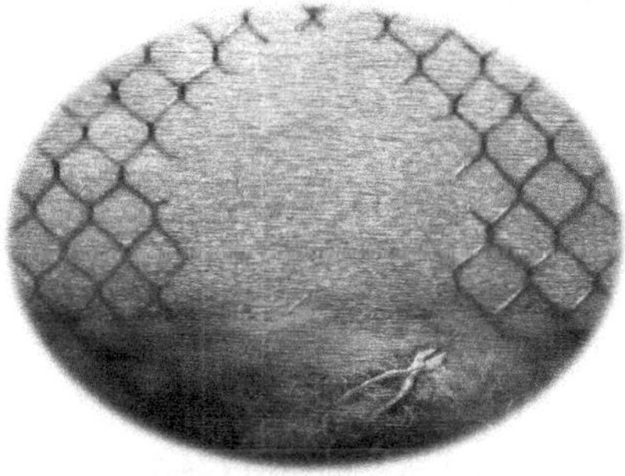

Kapitel 23

Tief in der Nacht kehrten auch die anderen zurück und berichteten von durchschlagenden Erfolgen, was die Vernichtung des augenlosen Mädchengeistes und diverser anderer Besucher überall im Dorf anging. Ihre fröhlichen Stimmen, die in der Diele des Gasthofs widerhallten, kündigten ihr Kommen an, dann traten sie in die Schankstube: George und Kipps stritten sich freundschaftlich über irgendeine harmlose Unstimmigkeit auf der Karte, Holly Munro war gerade dabei, ihre Degenklinge mit einem hübsch gemusterten Ektoplasma-Wischtuch zu säubern. Bei ihrem Eintreffen saßen Lockwood und ich in fast völliger Dunkelheit, nur das erlöschende Kaminfeuer warf noch einen matten, dunkelroten Schein auf unsere Gesichter.

»Es besteht kein Zweifel daran«, beschloss Lockwood seinen Bericht über unsere Erlebnisse, »dass wir das berüchtigte Flammende Phantom gesehen haben. Viel mehr können wir allerdings nicht mit letzter Sicherheit sagen.«

»Und dass es *tatsächlich* die anderen Geister aufweckt«, ergänzte ich. »Vergiss das nicht. Die Wolke, die es hinter sich herzog, war wie eine Schöpfkelle, die in einem Topf Suppe rührt.

Ein Geist nach dem anderen ist an die Oberfläche gekommen, aus seinem Grab gestiegen und dem Phantom in den Wald gefolgt!«

»Mannomann, das hätte ich auch gern gesehen!«, sagte George. »Hört sich *echt krass* an!« Seine Brillengläser funkelten, er saß auf einem Tisch und baumelte mit den Beinen.

»Hat er denn *alle* Geister auf dem Friedhof geweckt?«, erkundigte sich Kipps. »Ist aus jedem Grab ein Geist gekommen? Oder waren es nur ein paar?«

»Es waren sehr viele«, antwortete ich, »aber nicht alle. Aber vielleicht ist das normal, wenn ein Seelensammler unterwegs ist. Lockwood passt es übrigens nicht, dass ich diesen Ausdruck benutze«, fügte ich an. Wir hatten nämlich keineswegs einträchtig am Kamin gesessen, sondern uns gestritten.

»Weil das Phantom kein Seelensammler ist!«, sagte Lockwood gereizt. »Was es ist, weiß ich auch nicht, aber ganz gewiss kein Engel oder Dämon, der Jüngstes Gericht spielt. Schließlich erscheint es die ganze Woche über jede Nacht! Vergiss endlich dieses blöde Relief!«

»Aber es holt die Toten aus ihren Gräbern!«

»Jetzt hör schon auf!«

»Möchte jemand heißen Kakao?«, fragte Holly munter. »Zum Aufwärmen und Beruhigen? Mr Skinner hat einen Karton mit Tütchen hinter dem Tresen. Ach, wisst ihr, was – ich setze einfach mal Wasser auf.«

»Dieser Schatten muss ja *echt* gruselig sein«, mischte sich Kipps ein. Er hatte seine Schutzbrille abgenommen und warf sie jetzt schwungvoll quer durch den Raum, wo sie am Kleiderständer hängen blieb. Die Wirkung dieser zugleich kühnen und lässigen Geste wurde nur dadurch ein bisschen beeinträchtigt, dass die Ledereinfassung große rote Ringe um seine Augen hinterlassen hatte. »Wenn *du* beim Anblick eines Geistes die Nerven verlierst, Lockwood, muss er schon besonders schauerlich sein. Ich hätte nicht gedacht, dass ich das noch mal erlebe.«

»Ich habe nicht die Nerven verloren!« Lockwood verschränkte die Arme vor der Brust. »Oder sehe ich etwa so aus, George?«

»Ja, ja und noch mal ja. Ich muss Kipps ausnahmsweise recht geben.« George wiegte in ungeheucheltem Erstaunen den Kopf. »Tja, es gibt doch immer ein erstes Mal.«

»Na schön, vielleicht sind Lucy und ich tatsächlich ein bisschen beunruhigt«, räumte Lockwood nach einer gekränkten Pause ein. »Denn dass er die Toten weckt, ist nur eine der merkwürdigen Eigenschaften dieses Geistes. Danny hat in allen Punkten die Wahrheit gesagt. Das Phantom zieht tatsächlich so etwas wie eine Rauchwolke hinter sich her und sieht auch tatsächlich so aus, als würde es brennen. Und es bewegt sich äußerst sonderbar.« Lockwood seufzte. »Hast du schon mal etwas über eine derartige Erscheinung gelesen, Kipps?«

»Noch nie, jedenfalls nicht in den üblichen Aufzeichnungen. Vielleicht ist in der Schwarzen Bibliothek im Fittes-Gebäude etwas darüber zu finden, dort steht eine Menge Spezialliteratur.« Kipps lehnte sich auf seinem Stuhl zurück. »Ehrlich gesagt, wundert es mich, dass sich das Rotwell-Institut nicht mit diesem Phantom befassen wollte. Da haben sie ja echt was verpasst.«

Lockwood nickte und seine Augen leuchteten grimmig. »Das kann man wohl sagen.«

Das Wasser kochte, Holly machte Kakao. Kipps half ihr, und George durchstöberte so lange die Schränke hinter dem Tresen, bis er Chips und Schokolade entdeckt hatte. Kurz darauf saßen wir alle bei einem zünftigen Mitternachtsimbiss um den Tisch unserer Kommandozentrale.

Die Ablenkung hob Lockwoods Stimmung beziehungsweise hob sie nicht nur, sondern ließ sie völlig überschäumen. Ohnehin besaß er die Fähigkeit, von einem Augenblick zum anderen wie ausgewechselt zu sein. War er gerade noch geschockt und wie gelähmt, so konnte er im nächsten Moment wie elektrisiert aufspringen und vor Tatendrang schier sprühen. Und ich? Ich aß und trank, und es ging mir ein bisschen besser, aber so richtig entspannt war ich nicht. Nach dem Schauspiel auf dem Friedhof war das Flammende Phantom alles, woran ich denken konnte.

Lockwood wartete ab, bis wir alle saßen und jeder einen neuen Becher Kakao vor sich hatte, dann beugte er sich vor.

»Also«, sagte er, »ich mache euch einen Vorschlag. Er klingt vielleicht verrückt, aber hört erst mal zu. Der Anblick des Phantoms hat mich zum Umdenken gebracht. Er unterscheidet sich völlig von jedem anderen Geist, mit dem wir es sonst zu tun haben. Was meiner Meinung nach bedeutet, dass wir auch eine ganz andere Strategie als sonst einsetzen müssen, um ihn zu vernichten.«

»Und wie soll die aussehen?«, fragte Kipps. »Willst du ihn in eine Geisterfalle treiben? Ich hab schon mal gesehen, wie das geht: Man zieht mit Eisenketten einen halb offenen Bannkreis und scheucht den Geist mit Leuchtbomben hinein.«

»Eigentlich habe ich mir ein bisschen was anderes vorgestellt«, gab Lockwood zurück und blickte auf seine Uhr. »Aber erst mal brechen wir in das Rotwell-Institut ein, und zwar – lasst mich überlegen – in einer guten Stunde.«

»Wie bitte?« Kipps war mit Lockwoods Art noch nicht so vertraut wie wir drei anderen, die wir nur wissend und schweigend unseren Kakao tranken. »*Wie bitte?!*«, wiederholte Kipps. »Hab ich da irgendwas nicht mitgekriegt?«

»Das hatte ich schon seit unserer Ankunft hier vor«, sagte Lockwood ruhig, »und dass Steve Rotwell persönlich hier aufgetaucht ist, hat mich nur noch darin bestärkt. Allerdings wollte ich eigentlich noch damit warten, bis wir Aldbury Castle von sämtlichen Heimsuchungen befreit haben. Aber dann habe ich das Phantom gesehen und es mir anders überlegt. Außerdem gibt es hier sowieso viel zu viele Heimsuchungen. Bis wir die ganze Karte abgearbeitet haben, ist es Mitte nächster Woche, und was sich in diesem Institut auch abspielen mag, ist dann vielleicht schon abgeschlossen, denn ein viel beschäftigter Mann wie Steve Rotwell kommt garantiert nicht hergefahren, um sich länger in diesen schäbigen Baracken aufzuhalten.«

Kipps hatte sich einen Krabbenchip genommen und betrachtete ihn so konzentriert, als enthielte er sämtliche Geheimnisse von Raum und Zeit.

»Und *was* spielt sich dort ab?«, fragte er. »Im Institut, meine ich.«

»Genau das müssen wir herausfinden. Ich habe dir ja schon kurz die Schwierigkeiten geschildert, in denen Lucy steckt, Quill, und dass ihr ein seltenes, wertvolles Artefakt gestohlen wurde. Ich habe dir auch von diesem Mr Johnson und den Verbindungen erzählt, die Rotwell zum Schwarzmarkt pflegt. Dass die gestohlenen Quellen in einer der Institutsfilialen lagern, ist klar, aber bis jetzt hatten wir keine Ahnung, in *welcher*. Als uns dann aber der kleine Skinner von der Massenheimsuchung in Aldbury Castle berichtet hat, läuteten bei mir sämtliche Alarmglocken. Eine unerwartete Geisterplage diesen Ausmaßes in einem abgeschiedenen Dorf, von dem noch nie jemand gehört hat? Und ganz in der Nähe hat das Rotwell-Institut eine Niederlassung? Harold Mailer hat Lucy gestanden, dass er den Schwarzmarkthandel seit drei Monaten mit Quellen versorgt hat – das entspricht ungefähr dem Zeitraum, in dem Aldbury Castle unter der Geisterplage leidet. Nicht zu vergessen den *Ort des Blutes,* den Harolds Geist erwähnt hat. Das Rotwell-Labor steht mitten auf einem alten Schlachtfeld. Das kann doch alles kein Zufall sein!«

»Und *zufällig* hat das Ganze angefangen«, ergänzte George bedächtig, »kurz nachdem wir den Massenausbruch in Chelsea niedergeschlagen haben. Isst du diesen Chip noch, Kipps? Wenn nicht, hätte ich eine gute Verwendung dafür.«

»Der Einsatz in Chelsea ist übrigens auch einer der Gründe, weshalb ich dich gern mitnehmen wollte, Quill«, fuhr Lockwood fort. »Du warst damals schon dabei. Wenn tatsächlich irgendwelche Rotwell-Leute den Geisterschwarm in Chelsea aufgewiegelt haben, dann stecken sie vielleicht auch hinter der Massenheimsuchung in Aldbury Castle. Und diesmal haben sie nicht nur irgendwelche bekannten Geister aufgepeitscht, sondern das Flammende Phantom. Einen Geist, der andere Geister aufweckt, indem er nur an ihnen vorbeispaziert! Nicht auszudenken! Wir müssen der Sache auf den Grund gehen.«

»Vielleicht verstehen wir dann ja auch das Problem an sich besser«, meinte George nachdenklich. »Ihr kennt doch meine Karte in der Portland Row, auf der man sehen kann, wie sich die Geisterepidemie wie eine Seuche über das Land verbreitet hat? Jede ansteckende Krankheit hat ihre Überträger. Vielleicht ist das Flammende Phantom ja auch einer. Vielleicht gibt es ja noch viel mehr von seiner Sorte und die Epidemie breitet sich deshalb immer weiter aus.«

»Ich kann Steve Rotwell zwar auch nicht leiden«, entgegnete Kipps, »aber ich verstehe trotzdem nicht ganz, inwiefern er für das alles verantwortlich sein soll.«

»Ich auch noch nicht«, entgegnete Lockwood, »aber darum

wollen wir der Sache ja nachgehen – und zwar heute Nacht. Wenn wir bis morgen warten, kann es schon zu spät sein.«

Kipps entließ die Luft aus den aufgepusteten Wangen. »Bei der Konkurrenz einbrechen? Ist das euer übliches Vorgehen?«

Ich nickte. »Manchmal schon. Wir sind auch mal in die Schwarze Bibliothek im Fittes-Gebäude eingebrochen.«

»*Wie bitte?!*«

»Jetzt guck nicht so entsetzt«, sagte Lockwood grinsend. »Du arbeitest doch nicht mehr für sie, oder? Du kannst dir jetzt deine eigene Meinung bilden und eigene Entscheidungen treffen. Apropos – du *musst* natürlich heute Nacht nicht mitmachen.«

Kipps zuckte die Achseln. »Warum nicht? Ich habe ja sowieso nichts Besseres zu tun, da kann ich ebenso gut die nächsten paar Jahre im Knast verbringen. Lass die Finger von meinem Krabbenchip, Cubbins, nimm dir gefälligst selber einen.«

»Dann wäre das ja geklärt«, sagte Lockwood, »und wir können los. Eins noch – Holly, du hast doch für Steve Rotwell gearbeitet, da kennst du ihn bestimmt ziemlich gut. Wo liegen deiner Meinung nach seine Beweggründe? Was treibt ihn an?«

Dass ich gar nicht mehr auf Holly geachtet, sondern mich ganz auf Kipps' Skepsis und Unbehagen konzentriert hatte, zeigte, wie sehr ich sie inzwischen akzeptierte. Jetzt war *Kipps* der Neue, und Holly trank genauso gelassen ihren Kakao wie George und ich, während Lockwood uns vorschlug, eine renommierte Institution zu überfallen und auszuspionieren. Okay, Holly sah auch beim Kakaotrinken so nervtötend graziös aus wie immer, aber das betrachtete ich mittlerweile als ihre persönliche Variante der ganz besonderen Lockwood-&-Co.-Note. Sie hatte sich sogar ein paar Chips genommen.

»Was ihn antreibt?«, wiederholte sie, klopfte mit den manikürten Fingernägeln an ihren Kakaobecher und verzog angewidert den hübschen Mund. »Geld ist ihm wichtig, aber sonst …« Sie blickte ins Feuer. »Sonst würde ich noch sagen, dass er unbedingt mit der Agentur Fittes gleichziehen will. Er redet die ganze Zeit über Fittes, weiß stets, was dort vor sich geht und welche Erfolge sie verzeichnen. Er vergleicht jeden Monat seine Auftragszahlen mit ihren, er will unbedingt die Nummer eins sein.«

»So waren die Rotwells immer schon«, warf Kipps ein. »Das kann man in allen Geschichtsbüchern nachlesen. Anfangs waren Marissa Fittes und der alte Tom Rotwell im Kampf gegen das Problem noch Partner, dann verkrachten sie sich, und Marissa gründete die erste offizielle Agentur. Ein paar Monate darauf machte Rotwell es ihr nach, aber seine Agentur wurde nie so bekannt wie ihre, zumindest nicht in der Anfangszeit. Seit damals ist Rotwell der schärfste Konkurrent von Fittes. Dieser ganze Institutsquatsch – die albernen kommerziellen Abwehrmittel, die sie erfinden oder auch nicht –, dient alles nur dem verzweifelten Versuch, Fittes zu überflügeln.« Er rümpfte die Nase. »Ein Trauerspiel, eigentlich.«

»Na ja, Penelope Fittes ist aber auch nicht ohne«, hielt Lockwood dagegen. »Die Orpheus-Gesellschaft steht offensichtlich total unter ihrem Einfluss und von *denen* stammt deine Brille, Kipps. Aber wenn wir meinen Plan in die Tat umsetzen wollen, sollten wir uns ranhalten. In vier Stunden wird es schon wieder hell.«

Also hielten wir uns ran. Im Grunde unterscheidet sich die Ausrüstung eines Einbrechers gar nicht so sehr von der Ausrüstung eines Agenten. Um beweglicher zu sein, verzichteten wir auf die schwereren Eisenketten und auch den größten Teil der restlichen Eisenspäne. George trieb irgendwo eine Drahtschere auf, abgesehen davon ließen wir unsere Taschen und Waffengürtel, wie sie waren. Um mit noch leichterem Gepäck unterwegs zu sein, waren zu viele Besucher unterwegs. Zehn Minuten später war Abmarsch.

Ich hatte mich immer noch nicht daran gewöhnt, meinen Rucksack zu öffnen und kein Geisterglas zu erblicken. Ein paar Salzbehälter, ein, zwei zusätzliche Leuchtbomben, sogar meine neueste Errungenschaft, der säuberlich zusammengefaltete Geisterumhang, das alles konnte den Verlust des Wispernden Schädels nicht wettmachen. Nach dem Nachtmarkt in Vauxhall hatte ich die Hoffnung, ihn jemals zurückzubekommen, so gut wie aufgegeben, aber wenn Lockwood mit seiner Vermutung richtiglag, befand sich der Schädel nur eine Meile entfernt auf dem Laborgelände. Hoffentlich.

Bevor wir aufbrachen, sorgten wir noch dafür, dass wir im Dunkeln so wenig wie möglich auffielen. Als Agenten waren wir mehr oder weniger schwarz gekleidet und konnten zusätzlich Handschuhe überziehen, aber von Holly mal abgesehen, waren unsere Gesichter nicht ideal für ein Geheimkommando geeignet. Besonders das von Kipps leuchtete wie ein zweiter, sommersprossiger Mond. Also griff Holly abermals zum Schminkschwamm sowie zu einer Dose Schuhcreme aus der Küche der Skinners – und im Nu waren wir richtig gut abgedunkelt.

Fünf finstere Gestalten verließen geräuschlos den Gasthof *Zur Sonne*. Es war kurz nach zwei Uhr nachts.

* * *

Durch den Wald streiften Geister. Wir sahen ihr Anderlicht von Weitem, aber sie kamen nicht näher, und wir gingen ihnen geflissentlich aus dem Weg. Auch zur Landstraße hielten wir Abstand und sprangen ein paar Meter unterhalb der Brücke über den Bach. Anschließend liefen wir erst in großem Bogen um den Steinbruch herum und schlugen dann den Weg zum Jägerhügel ein. Wir schlängelten uns zwischen den Bäumen hindurch, bis wir vor uns helles Sternenlicht schimmern sahen, was bedeutete, der höchste Punkt des Hügels war nicht mehr weit.

Das letzte Stück legten wir tief geduckt zurück, so wie Lockwood und ich es am Vortag gemacht hatten. Nirgendwo ertönte Alarm. Dann lagen wir zu fünft bäuchlings auf der Hügelkuppe und blickten auf das Rotwell-Institut hinunter. Nachts sah die Anlage komischerweise eindrucksvoller aus als tagsüber. Das Flutlicht der Bogenlampen verschönte die hässlichen Wellblechbaracken und verlieh ihnen einen gleißenden metallischen Glanz.

Doch nicht die Lampen fielen uns als Erstes auf, als wir dort oben lagen. Sie waren nämlich nicht die einzigen Lichtquellen. Im weiten Umkreis ragten schwach leuchtende Gestalten auf wie Nägel, die jemand in die winterlichen Felder geschlagen hatte. Das Licht, das von ihnen ausging, war mattgolden und flackerte zuckend, als könnten die Gestalten jeden Augenblick vom Wind davongetragen werden. Ihre Konturen hatten sich jedoch im Lauf der Jahrhunderte verwischt.

»*Deswegen* verzichten sie auf einen Wachdienst!«, raunte Lockwood. »Sie lassen die Wikinger die Arbeit übernehmen.«

»Demnach liegen immer noch Gebeine unter der Erde«, sagte George.

»Verdammter Mist.« Kipps spähte stirnrunzelnd durch die Schutzbrille. »Und jetzt?«

»Ich glaube nicht, dass sie uns Probleme machen«, sagte ich. »Sie stehen weit genug voneinander weg, dass wir ihnen ausweichen können, und sie sehen nicht aus, als hätten sie sich in den letzten paar Hundert Jahren von der Stelle bewegt. Wenn es um übernatürliche Gefahren geht, haben wir ganz andere Sorgen als ein paar olle Wikingerkrieger.«

»Heißt das, du hörst immer noch Störgeräusche?«, fragte Lockwood.

»Inzwischen ist das Surren richtig laut. Und es kommt von dort unten.«

Schon auf dem Weg durch den Wald war das Geräusch lauter geworden. Weil es nicht so plötzlich anschwoll wie beim Auftauchen des Flammenden Phantoms, war es nicht mehr so beängstigend, aber es hörte sich inzwischen an, als schwirrte ein ganzer Insektenschwarm durch meinen Kopf. Und genau wie in der Nähe des Knochenspiegels und in den Katakomben von Chelsea wurde mir ein bisschen übel davon. Dass dieses Geräusch von dem Laborgelände ausging, stand für mich fest.

Lockwood rutschte ein Stück zu mir herüber und legte mir die Hand auf die Schulter.

»Wenn wir auf dem Gelände sind, übernimmst du das Kommando, Luce. Sobald du etwas empfängst, gibst du uns Bescheid.«

»Aber vorher«, warf Kipps trocken ein, »müssen wir uns noch mit einer Kleinigkeit befassen, die man Zaun nennt.«

Wir machten uns daran, den felsigen Abhang hinunterzuklettern. Um keine Steine loszutreten, schoben wir uns nur zentimeterweise voran und nahmen unser altes Tempo erst wieder auf, als wir unten angekommen waren. Das Gelände schien in einer Lichtinsel zu schweben. Dass kein Mensch zu sehen war, machte uns Mut, obwohl das Flutlicht so gleißend hell war, dass man *uns* sehen konnte. Aber wenn jemand unter den Lampen stand und in die Dunkelheit hinausspähte, wurde er höchstwahrscheinlich geblendet.

Was die Besucher betraf, behielt ich recht. Wir konnten mit

großem Abstand zwischen den schimmernden Gestalten hindurchhuschen, ohne dass sie sich gerührt hätten. Im Grunde waren sie nur noch Säulen aus gelblichem Licht, lediglich bei einem Krieger erkannte man undeutlich bärtige Gesichtszüge. Dann hatten wir sie hinter uns gelassen. Wir huschten zur dunkelsten Stelle am Zaun und warfen uns auf den Boden.

Eine Minute verstrich, bis sich unser Puls wieder beruhigt hatte. Das Gras war kalt, ich fühlte mich zwischen seiner Schwärze und der des Himmels regelrecht eingezwängt. Als ich den Kopf hob, waren die Stacheldrahtschlingen nur wenige Zentimeter von meinem Gesicht entfernt, dahinter erhoben sich die Rückseiten der Gebäude. Aus der Nähe waren die Baracken größer, als sie von oben ausgesehen hatten. Um uns herum war alles dunkel, aber man konnte erkennen, dass einige der Container durch metallene, mit Planen verhängte Laufgänge verbunden waren. Der dicke Stoff wogte leicht im Wind. Alles war so still, als würde die Anlage längst nicht mehr genutzt.

»Dann leg mal los«, wandte sich Lockwood an George.

Schnipp, schnapp. George hantierte geschickt mit der Drahtschere und hatte im Nu dicht über dem Boden eine Art Klappe ausgeschnitten. Er drückte probehalber mit der Hand dagegen. »Wenn wir durchgekrochen sind, fällt sie wieder hinter uns zu«, meinte er, »und niemand kriegt was mit.«

»Mach sie noch ein bisschen größer«, raunte Lockwood. »Falls wir schnell abhauen müssen.«

»Psst!« Es klang wie das Zischen einer stilbewussten Schlange und war das mit Holly vereinbarte Alarmsignal. Wir warfen uns sofort wieder zu Boden und verdeckten unsere versilberten Degen mit dem Körper. Schwere Schritte knirschten im Kies, kamen um die Baracke vor uns herum. Wir lagen im dunklen Gras und drückten das Gesicht auf die Erde, während jemand

nur ein paar Handbreit entfernt am Zaun entlangstapfte, dann abbog und schließlich nicht mehr zu hören war.

Vorsichtig hob ich den Kopf und strich mir das Haar aus dem Gesicht. »Die Luft ist rein.«

Die anderen rappelten sich hoch.

»Nicht schlecht, Cubbins«, zischelte Kipps. »Ich hätte dir gar nicht zugetraut, dass du dich so dünn machen kannst. Besser gesagt, dass du dich überhaupt dünn machen kannst.«

»Und ich hätte dir nicht zugetraut, dass du geistreiche Wortspiele machen kannst«, konterte George. »Womit ich ganz richtigliege.« Er machte sich wieder mit der Drahtschere über den Zaun her, bis er eine briefkastenförmige, schulterbreite Klappe ausgeschnitten hatte, durch die man auch mit einem Rucksack auf den Schultern kriechen konnte. Er hielt das Drahtstück hoch und schon schlüpfte Lockwood durch die Öffnung. Trotz des weiten Mantels passte seine schlanke Gestalt mühelos hindurch und im nächsten Augenblick kauerte er hinter dem Zaun und sah sich nach allen Seiten um. Dann gab er uns ein Zeichen. Einer nach dem anderen, wenn auch unterschiedlich gelenkig, folgten wir ihm auf das verbotene Gelände.

»Merkt euch die Stelle«, flüsterte Lockwood. »Das Schlupfloch ist in der Mitte zwischen diesen beiden schwarzen Pfosten hier. Hast du eine Ahnung, wo wir hinmüssen, Lucy?«

Das übernatürliche Surren war lauter denn je. Ich spürte es bis tief in meine Gehörgänge, in den Fußsohlen und in allem, was dazwischen war. Ich machte erst ein paar Schritte in die eine Richtung, dann in die entgegengesetzte, schloss dabei die Augen und lauschte dem An- und Abschwellen.

»Wir sind schon ganz dicht dran«, verkündete ich. »Wenn ich nach links gehe, wird es stärker.«

Mit äußerster Vorsicht schoben wir uns an die linke Ecke

der nächsten Baracke heran, blieben aber außerhalb des Lichtscheins, der sich von der Mitte der Anlage über den kiesbestreuten Boden ergoss. Die Wand ragte über uns auf wie eine Wellblechklippe, schwarz, glatt und kalt. Ohne mich vorher noch einmal mit den anderen abgesprochen zu haben, hatte ich die Führung übernommen. Ich blieb stehen, spähte vorsichtig um die Ecke – und hätte beinahe vor Schmerz aufgeschrien, als mich die übernatürlichen Kraftwellen mit voller Wucht ins Gesicht trafen.

Ein Stück vor uns erhob sich ein Gebäude, bei dem ich instinktiv wusste, dass es das wichtigste der ganzen Anlage war. Dabei sah es gar nicht so viel anders aus als die übrigen – wie eine überdimensionale Blechscheune mit breitem, leicht gewölbtem Dach. Von dem Gebäude führte ein Laufgang zu der Baracke, hinter der wir uns versteckten, und ich sah noch einen zweiten, wie Speichen, die an einer Radnabe zusammenlaufen. Die Baracke hatte keine Fenster, aber an dem Ende, das dem Zaun zugewandt war, stand ein zweiflügeliges Tor offen, aus dem weiches, dunstiges Licht herausströmte – begleitet von dem heftigen übernatürlichen Energiestoß, der mich getroffen hatte. Das Licht fiel auf ein paar Männer in weißen Schutzanzügen. Sie hatten irgendwelche Gegenstände in den Händen, die ich aber nicht richtig erkennen konnte. Keiner von ihnen bewegte sich. Keiner kam oder ging.

Ich machte Lockwood Platz, damit er es sich selbst ansehen konnte. »Was hier auch geschieht«, zischelte ich, »es passiert dort drüben.«

Er spähte mit zusammengekniffenen Augen in die Dunkelheit. »Da fehlt ein Stück Zaun – siehst du das? Gleich hinter den Männern. Wozu soll das wohl gut sein?«

»Vielleicht damit ein Auto durchfahren kann?«

»Ein Auto könnte doch genauso gut das Tor zur Straße nehmen, oder?«

Darauf hatte ich auch keine Antwort. Ich reckte den Hals und entdeckte noch etwas anderes: eine Tür in der Baracke, hinter der wir standen. Sie war nur ein paar Meter von uns entfernt und aus glattem Metall, aber mit einer dicken Gummidichtung versehen. Was sich dahinter befand, war nicht zu erkennen.

Ich deutete darauf und sagte zu Lockwood: »Wie wär's damit?«

Er zögerte. »Ich weiß nicht ... Riskant. Womöglich hockt die halbe Mannschaft von Rotwell dadrinnen.«

»Hast du einen besseren Vorschlag? Wir können ja wohl nicht einfach in die Scheinwerferkegel hinausspazieren.«

»Nein ...«

»Lockwood!« Das kam von Holly, die ganz hinten stand und jetzt hektisch über ihre Schulter deutete. Zwei dunkel gekleidete Männer mit blitzenden Waffen am Gürtel waren am anderen Ende der Baracke aufgetaucht. Sie waren stehen geblieben und schauten in die Nacht hinaus, wo die fahlen Lichtgestalten der gefallenen Wikinger über den Feldern schwebten. Sie redeten und lachten und hatten zum Glück keine Ahnung, dass wir ganz in ihrer Nähe waren – was sich schlagartig ändern würde, sobald sie in unsere Richtung blickten, denn dann würden sich unsere Silhouetten vor dem Licht abzeichnen.

»Schnell!« Lockwood scheuchte uns um die Ecke herum – wobei wir dort genau das gleiche Problem hatten: Die Männer vor dem offenen Tor des Hauptgebäudes würden uns sofort sehen, wenn sie den Kopf wandten.

Vor lauter Hast prallten wir gegen die Tür. Lockwood packte die Klinke und drückte sie herunter. Die Tür öffnete sich einen Spalt.

»Los, rein!«

Habt ihr schon mal gesehen, wie frisch geschlüpfte Entenküken eins nach dem anderen ins Wasser hüpfen? Sie haben keine Ahnung, was sie erwartet, aber ihnen bleibt nichts anderes übrig, als ihren Geschwistern zu folgen – zu springen und das Beste zu hoffen. Genau so erging es uns, als wir durch die Tür drängten. Erst Holly, Kipps und George – dann Lockwood und ich. Im Nu waren wir drinnen und der abgedichtete Einlass schloss sich fest hinter uns.

Die Entscheidung war endgültig. Einmal getroffen, war sie nicht mehr rückgängig zu machen.

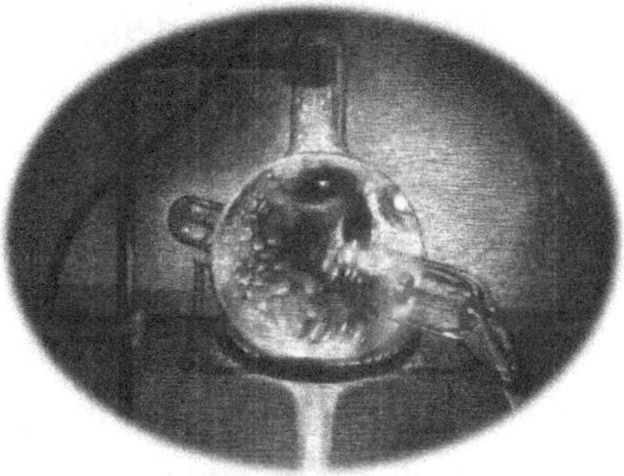

Kapitel 24

Zuerst die gute Nachricht. Unser Eindringen löste keinen Warnruf aus, keine Alarmsirenen und keine auf uns gerichteten Waffen begrüßten uns. Wir standen in einem spärlich beleuchteten Raum, der zwar viele Schrecknisse barg, aber keine Mitarbeiter des Rotwell-Instituts. Das Wellblechdach hoch über unseren Köpfen war leicht gewölbt, an den Wänden waren Lampen angebracht, die mit Kabeln untereinander verbunden waren. Der Fußboden bestand aus einfachen Brettern. Am gegenüberliegenden Ende war mit einer Trennwand ein zweiter Raum abgeteilt, aber wir sahen uns erst einmal in diesem hier um. Es handelte sich zweifelsfrei um ein Labor.

Drei lange Metalltische standen parallel zur Längswand, dazwischen Stühle. Auf mehreren Rollwagen waren die verschiedensten Gerätschaften aufgebaut, jeweils mit Eisenketten säuberlich voneinander getrennt: Phiolen, Kolben und Bechergläser aus Silberglas, gewundene Eisenröhren, lodernde Bunsenbrenner, knisternde Elektromagneten. Manche Behälter waren klein, andere riesengroß und alle leuchteten vor übernatürlichen Kraftwellen. Die Quellen, von denen diese Energie ausging, zeichneten sich hinter den schmutzigen Glaswänden ab: vergilbte Kiefer- und Oberschenkelknochen, Rippen und Wirbel, außerdem verrostete Metallteile, die einst Helme, Schwerter oder Armreife gewesen sein mochten. Es waren die aufgeladenen Überreste der Schlacht, die hier stattgefunden hatte, und man sah auch die Geister, die an die Artefakte gebunden waren. Jeder einzelne Behälter verströmte ein fahles Anderlicht, in Abstufungen von Blau über Gelb bis hin zu Dunkelgrün, sodass es die Wände der Baracke in ein unheimlich flackerndes Farbenspiel tauchte, und jedes einzelne Artefakt war Teil eines Experiments, war Hitze, Kälte, Druck oder elektrischem Strom ausgesetzt. Hinter dem Silberglas waberte Ektoplasma, und ich erhaschte einen Blick auf grausig verzerrte Gesichter, die sich unablässig im Kreis drehten. Weil die Gefäße verplombt waren, hörte ich die eingeschlossenen Stimmen zwar nicht, spürte ihre Schreie aber trotzdem.

»Ist ja irre…«, sagte Kipps überwältigt.

George pfiff durch die Zähne. »Sieht aus wie in meinem Zimmer in der Portland Row!«

Lockwood betrachtete ein bauchiges Glasgefäß, das von einem Bunsenbrenner erhitzt wurde. Das violette Plasma darin brodelte und schlug Blasen.

»Kann mir mal einer verraten, was die hier treiben?«

»Hauptsächlich Ektoplasmaforschung, schätze ich«, erwiderte George. »Sie testen, wie das Zeug auf äußere Einflüsse reagiert, auf Hitze, Kälte und so weiter. Das Glas da drüben schwebt in einem Vakuum. Also das ist *echt* spannend – seht ihr, wie trüb das Plasma geworden ist? Und der Geist dahinten soll offenbar durch Stromschläge galvanisiert werden.« Er schüttelte den Kopf. »Das klappt nicht, das hätte ich ihnen gleich sagen können. Vor einem Jahr oder so habe ich das auch mal mit unserem Schädel ausprobiert und das Plasma hat sich überhaupt nicht verändert. Nur der Geist hat noch schlechtere Laune gekriegt als sowieso schon.«

Beim Hereinkommen hatte ich meine inneren Ohren gespitzt und auf ein Zeichen des Schädels gewartet, doch vergebens. Jetzt beobachtete ich eine Zentrifuge, die den darin gefangenen Geist unbarmherzig herumwirbelte.

»Ich finde das nicht in Ordnung«, sagte ich. »Es ist irgendwie … krank.«

George sah mich an. »Ich führe schon seit Jahren solche Versuche durch.«

»Eben.«

»Diese Experimente dienen doch nur dazu, dem Problem auf den Grund zu gehen, Luce«, mischte sich Lockwood ein. »Man will herausfinden, wie die Geister so ticken. Klar ist das teilweise ein bisschen extrem, aber als *krank* würde ich es nicht bezeichnen.«

Ich ging nicht weiter darauf ein. Weder Lockwood noch George konnten für Geister nennenswertes Mitgefühl aufbringen. Und ich? Das war nicht so leicht zu beantworten. Wieder ließ ich den Blick über die Arbeitstische mit ihren Blöcken und Kugelschreibern, Thermometern und Pipetten gleiten. Seltsamerweise musste ich dabei an Emma Marchments Hexenküche aus dem siebzehnten Jahrhundert denken, an die Töpfe und Tiegel, in denen sie ihre Zaubertränke gebraut hatte. Dieses Labor war natürlich viel technisierter, aber im Grunde gar nicht so anders.

»Auf jeden Fall wird hier intensiv geforscht«, sagte Lockwood. »Wir sehen lauter laufende Experimente. Fragt sich nur: Wo ist das Personal?«

»Anscheinend findet nebenan etwas Interessanteres statt«, brummte Kipps.

Womit er höchstwahrscheinlich recht hatte, sodass wir das Labor mit all seinen schreckenerregenden Wundern links liegen ließen und auf die Trennwand am anderen Ende zugingen. Plötzlich blieb George stehen und beugte sich über einen Tisch.

»Na endlich!«, rief er aus. »*Danach* habe ich die ganze Zeit gesucht!«

Holly lugte in den Silberglasbehälter auf dem Tisch. »Nach einem morschen Beckenknochen?«

»Quatsch – nach Zigarettenstummeln natürlich!« Er schwenkte eine Glasschale, die jemand als Aschenbecher zweckentfremdet hatte, und schnupperte daran. »Riecht unverwechselbar nach angebranntem Toast mit Karamell. Das sind *Persisch Mild*-Stummel! Die gleichen haben wir unter dem Kaufhaus Aickmere gefunden. Damit wäre bewiesen, dass auch hier unsere Freunde aus Chelsea zugange sind.«

»Wenn du dich schon *darüber* so freust«, sagte Kipps mit gedämpfter Stimme, »dann schau doch mal hier rein.«

Von Nahem erkannte man, dass die Trennwand den Raum genau in der Mitte teilte. Die Hälfte hinter dem bogenförmigen Durchgang war das Spiegelbild der vorderen, nur dass von dort aus ein röhrenartiger Gang in ein anderes Gebäude führte.

Auch hier waren in der Mitte drei lange Tische aufgestellt, doch das Anderlicht, das von ihnen ausging, flackerte nicht vom strudelnden Plasma gefolterter Geister, sondern leuchtete matt und gleichmäßig. Es kam von lauter auf den Tischen ordentlich gestapelten und aufgereihten Gegenständen: Kartons, Dosen und Feuerwaffen. Und noch anderen, ausgefalleneren Dingen.

»Ein Waffenlager!«, flüsterte Lockwood. »Hast du schon mal so riesige Leuchtbomben gesehen, Kipps?«

Kipps hatte seine Bergkristallbrille in die Stirn geschoben

und sah sich staunend um. »Damals im East End haben wir auch ganz schöne Kracher eingesetzt, aber die hier sind noch größer.«

George pfiff wieder durch die Zähne. »Cool! Was die wohl anrichten, wenn sie hochgehen? Die Dinger sind ja so groß wie Kokosnüsse! Bestimmt fliegt davon das ganze Dach weg!«

Wir wanderten zwischen den Tischen hindurch, öffneten Kartons und spähten in Tüten. Professionelle Wissbegier hatte uns gepackt. Es handelte sich eindeutig um Agentenausrüstung, aber Waffen wie diese hatten wir noch nie gesehen.

»Diese Gewehre können Sprengkapseln mit Eisenspänen und Salz drin abfeuern«, sagte Lockwood. »So was hätten wir in Ealing gut gebrauchen können. Aber was soll das hier sein?«

Er war vor einem Metallständer mit einer besonders ungewöhnlichen Waffe stehen geblieben. Sie bestand aus einem schwarzen Schaft und einem langen Lauf und gleich vor dem Abzug war mit Eisenschellen eine Silberglaskugel am Magazin befestigt. In der Kugel, die schwach leuchtete, lagen ein paar kleine Knochen.

»Im Grunde ist es eine konventionelle Schrotflinte«, schlussfolgerte Lockwood, »aber sie wurde umgebaut. Vielleicht irre ich mich, aber ich glaube, wenn man sie abfeuert, kommt ein Geist herausgeflogen.« Er schüttelte den Kopf. »Echt krass. Ich vermute mal, dass die BEBÜP so etwas nicht billigen würde.«

»Bestimmt nicht«, sagte ich und betrachtete ein Tablett mit lauter kurzen Rundhölzern. Sie sahen wie Staffelstäbe aus und hatten an einem Ende ebenfalls eine Glaskugel. »Die BEBÜP würde überhaupt nichts von dem billigen, was hier lagert.« Ich nahm einen Stab vom Tablett und hielt ihn den anderen hin. In der Kugel strudelte übernatürliches Licht. »Kommt euch das irgendwie bekannt vor?«

Meine Kollegen antworteten nicht, sondern glotzten den Stab nur mit offenem Mund an.

Was ich als Zustimmung interpretierte.

Bei der Agentenparade im vergangenen Herbst hatten zwei Bewaffnete den Festwagen überfallen, auf dem Penelope Fittes und Steve Rotwell mitgefahren waren. Einer von ihnen hatte auf Mrs Fittes geschossen, aber zu Beginn des Attentats hatte es Geisterbomben wie diese hier gehagelt. Als die Glaskugeln zerbrochen waren, schlüpften Geister heraus und stürzten sich auf die Teilnehmer und Zuschauer der Parade, aber wer die Stäbe geworfen hatte, war nie aufgeklärt worden.

Bis heute.

Lockwood fasste sich als Erster. »Das … das ist ja interessant.«

»Aber dann kann Mr Rotwell nicht dahinterstecken«, wandte Holly ein, »denn die Attentäter wollten ihn doch damals auch umbringen.«

»Meinst du?«, entgegnete ich. »Ich kann mich nicht daran erinnern, dass sie die Waffen auf ihn gerichtet hätten. Und geschossen haben sie auf Penelope Fittes.«

»Unsinn! Mr Rotwell hat sich verteidigt! Er hat sogar einen der Attentäter erstochen!«

»Ja, das hat er«, stimmte Lockwood zu, »und wurde hinterher als großer Held gefeiert. Obwohl *wir* Mrs Fittes das Leben gerettet und seinen Plan damit durchkreuzt haben. Er stand in jedem Fall auf der Gewinnerseite.«

»Ich weiß ja, dass Rotwell die Agentur Fittes zum Teufel wünscht«, sagte Kipps, »aber dass er so weit geht, hätte ich nicht gedacht.«

»Das kann ich nicht glauben.« Holly hatte Tränen in den Augen. »Ich habe für ihn *gearbeitet!*«

»Okay, genug gesehen«, sagte Kipps grimmig. »Wir müssen

hier verschwinden, ein Telefon finden, die BEBÜP anrufen und endlich Barnes verständigen.«

»Noch nicht«, sagte Lockwood.

»Spinnst du? Das sind eindeutige Beweise!«

»Und was unternimmt die BEBÜP dann deiner Meinung nach? Sie stürmen garantiert nicht einfach eins von Rotwells Laboren. Selbst wenn sie uns Glauben schenken, was ich für sehr fraglich halte, würden sie erst mal ihre Zeit damit verplempern, richterliche Durchsuchungsbeschlüsse zu beantragen und sich mit ihren Anwälten zu beraten. Bis sie hier einen Fuß über die Schwelle setzen, ist das ganze Zeug längst weg.«

Kipps haute wütend mit der Faust auf den Tisch. »Und was schlägst du stattdessen vor? Sollen wir so lange hier herumspazieren, bis Rotwell uns entdeckt und uns seine Geisterbomben in den Rachen rammt?«

»Es gibt nur noch ein Gebäude, zu dem ich gern hinspazieren würde«, gab Lockwood zurück, »und zwar das Hauptgebäude. Wir müssen unbedingt herausfinden, was sich dort abspielt. Und ich weiß auch, wie wir ungesehen hinkommen.« Seine Augen leuchteten und er deutete über die Schulter auf die Einmündung des mit Planen verhängten Verbindungsganges.

»Ich stimme dir zu, dass dort drüben das entscheidende Geschehen stattfindet – und dass garantiert die gesamte Belegschaft dort versammelt ist«, hielt Kipps dagegen. »Dort einzudringen, wäre glatter Selbstmord. Wir haben getan, was wir konnten.« Er blickte in die Runde. »Bin ich denn der Einzige, der so denkt?«

Niemand antwortete ihm. Wir waren Lockwood gegenüber loyal genug, um ihm nicht in den Rücken zu fallen, auch wenn Kipps' Argumente nicht von der Hand zu weisen waren.

»Anderer Vorschlag. Noch einfacher.« Kipps griff sich einen

Geisterstab. »Wir nehmen eins dieser Schätzchen als Beweisstück mit und halten es Barnes unter den Schnurrbart, damit nicht mal *er* behaupten kann, dass wir Schwachsinn erzählen. Das wird die Einsatzwagen der BEBÜP hundertprozentig von der Leine lassen, das verspreche ich euch.«

Doch Lockwood schüttelte den Kopf. »Abgelehnt. Eine Gelegenheit wie diese kommt nicht wieder, wir dürfen sie uns nicht entgehen lassen. Die Stäbe hier sind gar nichts verglichen mit dem, was uns am Ende dieses Ganges erwartet, das weißt du genauso gut wie ich. Und jetzt lasst uns nicht länger hier herumtrödeln und …«

»Was *ich* weiß«, fiel ihm Kipps ins Wort, »ist, dass dir die Befriedigung deiner Neugier wichtiger ist als die Sicherheit deines Teams! Von mir aus kannst du gern dein eigenes Leben aufs Spiel setzen, aber nicht das von Holly und Lucy. Legst du es wirklich drauf an, demnächst noch mehr Leute auf dem Gewissen zu haben?«

Einen Augenblick lang hatte es den Anschein, als sei Kipps zu weit gegangen. Lockwoods mit Schuhcreme bepinseltes Gesicht war ausdruckslos. Er machte einen Schritt auf Kipps zu, doch dann schaltete sich seine emotionale Notbremse ein, und er gewann die Beherrschung zurück.

»Du hast recht«, sagte er leise. »Das kann ich nicht leugnen. Ich habe nicht richtig nachgedacht.« Er holte tief Luft. »Gut, dann gehen wir eben folgendermaßen vor: Ihr steckt den Stab ein und geht damit zur BEBÜP, wie Kipps vorgeschlagen hat. Wir müssen Barnes wirklich hinzuziehen. Ich bleibe hier und werfe einen Blick in das Hauptgebäude. Nein, George – keine Widerrede. Wenn sie mich erwischen, lenke ich sie so lange ab, bis ihr das Gelände verlassen habt. Das wär's. Ab mit euch.«

Die Situation hätte seine Autorität auf eine entscheidende

Probe stellen können, denn Holly, George und ich hatten alle drei schon den Mund aufgemacht, um gegen seine Entscheidung zu protestieren, doch im selben Augenblick hörten wir es scheppern, und eine übernatürliche Druckwelle fegte durch den Verbindungsgang. Sie traf uns von hinten und war so stark, dass ich eine Gänsehaut bekam, und sie brachte Stimmen und das Geräusch eiliger Schritte mit sich.

Wenn man einen Streit rasch beenden will, gibt es nichts Besseres als eine unmittelbar drohende Gefahr. Wir gingen sofort in Deckung. Lockwood huschte geduckt los, rollte sich blitzschnell über einen der Gänge und kauerte sich unter das hintere Ende eines Tisches. Kipps und Holly verschwanden in die gleiche Richtung, George in die entgegengesetzte. Ich warf mich unter den nächstbesten Tisch, schlängelte mich zwischen irgendwelchen Kartons hindurch und kroch vorsichtig weiter, als auch schon zwei Paar Arbeitsschuhe hereinkamen und an mir vorbeistapften. Ich warf einen Blick über die Schulter und sah zwischen den metallenen Tischbeinen einen Mann und eine Frau. Beide waren mittleren Alters und hatten dicke Schutzbrillen in die Stirn geschoben. Auf ihren weißen Laborkitteln prangte der rotwellsche Löwe.

»Wie lange noch?«, fragte die Frau und ging zum nächsten Tisch weiter.

»Höchstens zehn Minuten. Er ist jetzt schon zwanzig Minuten weg und bis jetzt ist er immer spätestens nach einer halben Stunde wieder zurückgekommen.«

»Dann beeilen wir uns lieber.«

Sie gingen zu der Trennwand hinüber und verschwanden im Labor.

Ich drehte mich instinktiv wieder um. Lockwood war unter das andere Ende meines Tisches gehuscht und hockte mir gegenüber. Sein Haar war zerzaust, die Schuhcreme auf seinem Gesicht verschmiert, aber Augen und Mund strahlten. Er suchte kurz meinen Blick, dann winkte er mir zum Abschied zu.

Und schon war er weg – in dem Verbindungsgang verschwunden.

Als ich mich umsah, erblickte ich Holly, die sich unter dem hintersten Tisch auf den Bauch geworfen hatte. Kipps war ganz in meiner Nähe wie eine Buchstütze zwischen zwei Ständer mit Salzgewehren gezwängt, und in der gegenüberliegenden Ecke erspähte ich entweder die größte Salzbombe der Welt oder Georges Hintern, der hinter einer Kiste mit Griechischem Feuer hervorragte. Jetzt tauchte auch sein bebrilltes Gesicht auf und schaute zu mir herüber.

Die drei würden auch ohne mich klarkommen.

Ihr ahnt wahrscheinlich schon, was ich damit sagen will. Es war mal wieder einer dieser Momente. Einer dieser großen, spontanen, eher intuitiven als vernunftgesteuerten Momente.

Einer der Momente, die uns zu dem Menschen machen, der wir sind.

Ich sprang auf und flitzte hinter Lockwood her.

Draußen hatte der Wind aufgefrischt, die Plane des Laufgangs schlug knatternd gegen die seitlichen Metallstreben und hing von oben in schlaffen Ausbuchtungen herab. Der Gang zog sich in einer einzigen langen Kurve, es roch nach Salz und Eisenspänen. Aber er führte direkt ins Zentrum der Anlage.

Dort erwartete mich eine zweiflügelige Tür aus dicken Eisenplatten. Eine Schranke gegen das Übernatürliche, so wie die Tür zu Jessicas Zimmer in der Portland Row. Lockwood stand davor, hatte seinen Degen gezogen und wollte die Tür offenbar gerade aufdrücken. Mit einem Satz war ich neben ihm.

Als er mich erblickte, stieß er einen leisen Fluch aus und sagte ärgerlich: »Was willst *du* denn hier? Habe ich nicht gesagt, du sollst das Gelände verlassen?«

»Du vergisst wohl, dass ich nicht mehr deine Angestellte bin«, konterte ich. »Ich *muss* deine Anweisungen nicht befolgen. Du hast deine Methoden und ich meine, das solltest du doch inzwischen mitgekriegt haben.« Ich schenkte ihm mein schönstes Carlyle-Grinsen.

»Verdammt. Ja. Allerdings.« Er zuckte die Achseln, doch dann huschte ein breites Lächeln über sein Gesicht. Die Neugier auf das, was wir gleich zu sehen bekommen würden, ließ seinen Unmut verfliegen. »Leider kann ich nicht durch Türen schauen, also müssen wir volles Risiko gehen. Zieh deinen Degen.«

Wir hatten Glück, denn als wir die Tür einen Spalt aufdrückten und das übernatürliche Kraftfeld uns fast den Atem raubte, erblickten wir weder grässliche Geister noch Rotwell-Mitarbeiter, sondern nur jede Menge leere, zu Stapeln aufgetürmte Holzkisten. Salz und Eisenspäne waren herausgerieselt und bildeten auf dem Fußboden kegelförmige Häufchen. Über dem Ganzen wölbte sich ein hohes Dach, das in fahles Licht getaucht war.

Wir waren am Ziel. Das hartnäckige Surren in meinem Kopf, das mich schon seit unserem Eintreffen im Gasthof geplagt hatte, wurde jetzt so heftig, dass ich mich einen Augenblick benommen an die Wand lehnen musste. Dann stieß Lockwood die Tür noch weiter auf, und wir bahnten uns einen Weg durch das Kistenlabyrinth, bis wir bei den vordersten Stapeln angekommen waren.

Der Durchgang dazwischen war nur sehr schmal, doch dahinter erstreckte sich eine große, helle und belebte Fläche.

Wir blieben hinter den Kisten stehen und sahen uns um.

»Wahnsinn!« war alles, was ich herausbrachte.

Lockwood hatte aus seinem Mantel die dunkle Brille zutage

gefördert, die er nur aufsetzte, wenn ein Todesschein besonders gleißend oder das übernatürliche Licht besonders grell war, und klappte die Bügel so energisch auf – *zack-zack* –, als wären es zwei Messerklingen. Er war sichtlich in Hochstimmung, in seinem Gesicht leuchtete die vorbehaltlose Entschlossenheit, die ihm Kipps eben noch vorgeworfen hatte und die auch Steve Rotwell nicht entgangen war – und die mich seit unserer ersten Begegnung immer wieder umhaute. Eine Entschlossenheit, die ihn bis hierher geführt hatte.

»Da ist es«, sagte er. »Das, wonach wir die ganze Zeit gesucht haben.«

Mit leisem, triumphierendem Lachen setzte er die Brille auf.

* * *

Wie soll ich beschreiben, was wir in der riesigen Halle vorfanden, dem Herzstück des ganzen Instituts? Es fällt mir schwer, denn auch damals konnten wir erst einmal nur vermuten, was wir da gerade sahen.

Zunächst einmal war der Raum, abgesehen von den Kisten, so gut wie leer. Nackte Wellblechwände, unter dem hohen Dach matte Lampen. Als würde man in einer riesigen Kirchenruine stehen und in das verlassene Kirchenschiff blicken. Ein Laufgang wie der, durch den wir gekommen waren, mündete in die Wand zu unserer Rechten. Ganz hinten erkannte ich undeutlich das große Tor, das wir schon von draußen gesehen hatten, das weit offene Tor, hinter dem die dunkle Nacht lag. *Undeutlich,* weil die Fläche vor uns zwar leer war, aber etwas in ihrer Mitte die Sicht trübte.

Dort, wo wir standen, gab es ein aus Brettern gezimmertes, niedriges Podest, sonst bestand der Untergrund nur aus nackter schwarzer Erde. Alles Gras war längst verdorrt, der harte Boden war mit Knochenresten durchsetzt. Hier hatte die historische Schlacht stattgefunden und genau deshalb hatte man das Hauptgebäude an dieser Stelle errichtet. Das Institut machte sich die übernatürliche Aufladung des Ortes zunutze.

In der Mitte der leeren Fläche bildeten Eisenketten einen großen Kreis, größer als jeder Bannkreis, den ich je gesehen hatte. Er hatte einen Durchmesser von gut vier Metern und auch die Ketten selbst waren gewaltig. Sie glichen jenen, mit denen die Schiffe in den Londoner Docks festgemacht waren, und wogen bestimmt eine Tonne.

Der *Grund* für diese Menge an Eisen war ganz offensichtlich: die Besucher innerhalb des Bannkreises.

Und es waren *sehr* viele Besucher.

Es mochte an der hemmenden Wirkung der Ketten liegen, dass sie sich nur als mattgraue Umrisse manifestierten, die einander überlagerten und hin- und herwogten wie ein Schwarm Fische in einem zu kleinen Becken. Obwohl sie so durchscheinend waren, begriff ich sofort, dass es sich nicht um Schemen, Waberer oder andere relativ harmlose Geister vom Typ Eins handelte. Nein, das hier waren mächtige Wesenheiten. Es war *ihre* geballte übernatürliche Energie, die ich seit unserer Ankunft in Aldbury Castle spürte.

Ihre Quellen waren in dem Kreis auf einen Haufen geworfen worden und unter den ruhelos hin und her zuckenden Gestalten gerade noch zu erkennen. Das mussten die Artefakte sein, die aus der Entsorgungsanstalt herausgeschmuggelt und auf dem Schwarzmarkt verkauft worden waren. Man hatte sie aus ihren Schutzbehältern geholt und in diesem Bannkreis aufgehäuft, um eine multiple Quelle von unvorstellbarer Kraft zu erschaffen.

Auch den Schädel vermutete ich dort, konnte ihn aber nicht

entdecken, denn alles, was sich innerhalb des Kreises befand, war eigenartig verschwommen, als hätte es seine Festigkeit eingebüßt, sobald es hineingelegt worden war. Fast hatte man den Eindruck, als stiege in der Mitte des Raumes eine dicke Dampfsäule auf, doch auch diese Beschreibung wäre zu eindeutig. Es war eher so, als würde der Blick getrübt, sobald man genauer hinsah. Man hatte das Bedürfnis, sich die Augen zu reiben, aber noch stärker war der Drang, einfach wieder wegzuschauen.

»Was haben diese Idioten da bloß angestellt?«, sagte ich halblaut. »Was *bezwecken* sie damit?«

Lockwood tippte mir auf den Arm. »Sieh dir die Kette hier vorn mal an, Luce, die ist der Knackpunkt.«

Dicht vor unserem Podest war ein Metallstab in die Erde gerammt, an dem ungefähr in Höhe meiner Schulter eine weitere, mitteldicke Eisenkette befestigt war. Sie führte, ohne durchzuhängen, von dem Stab direkt in den Bannkreis hinein und zwischen den aufgetürmten Quellen hindurch. Wegen der eigentümlichen Lichtverhältnisse war nicht zu erkennen, wo sie aufhörte. Bestimmt war das andere Ende irgendwo befestigt, aber *wo* oder *woran*, konnte ich nicht sagen. Auf jeden Fall hielt diese Kette die Besucher im Bannkreis einigermaßen in Schach, denn rechts und links davon war die Luft zwar dunstig, aber völlig geisterfrei.

Dass es mit dieser Kette eine besondere Bewandtnis hatte, war auch daran zu erkennen, dass sich die anwesenden Mitarbeiter des Rotwell-Instituts – es waren insgesamt zwölf – um den Metallpfosten versammelt hatten. Manche hielten Klemmbretter in den Händen und trugen Laborkittel, so wie der Mann und die Frau, die durch das Waffenlager gegangen waren, andere hatten dicke Schutzanzüge, Helme und übergroße Handschuhe angelegt. Auch der nichtssagende Mr Johnson war dabei (selbstverständlich ebenfalls mit Klemmbrett), lief aufgeregt hin und her, sah sich die Aufzeichnungen seiner Kollegen an und warf immer wieder einen Blick auf die Stoppuhr in seiner Hand. Steve Rotwell war ebenfalls anwesend. Auch er trug Schutzkleidung, war aber an seiner stattlichen Statur, dem blitzenden Degen und den auf Hochglanz polierten Schuhen sofort zu erkennen.

Allerdings stand *er* ein Stück abseits und trank aus einer versilberten Thermosflasche.

Alle schienen auf etwas zu warten.

»In dem Kreis ist jemand!«, raunte mir Lockwood ins Ohr.

»Wer denn? Siehst du ihn?«

»Nicht bei diesem Licht. Aber offenbar kann man dank der waagerecht gespannten Kette den Kreis betreten, ohne dass einem die Geister etwas antun …« Er biss sich auf die Lippe. »Ich glaube aber nicht, dass dies als Schutz schon ausreicht. Wer auch immer dadrin ist, muss noch andere Vorkehrungen getroffen haben.«

»Und was macht er dort?«

»Das wird sich gleich zeigen. Du hast ja gehört, was die beiden vorhin gesagt haben. Es muss gleich losgehen.«

Wie zur Bestätigung flog hinter uns die Tür zum Waffenlager auf und der Mann und die Frau von vorhin eilten zu ihren Kollegen. Fast im selben Augenblick schrillte Mr Johnsons Stoppuhr blechern los. Ich zuckte heftig zusammen, aber da würgte er das Schrillen auch schon ab. Alle beobachteten gebannt und reglos die an dem Pfosten befestigte Kette.

Nichts tat sich.

Steve Rotwell nahm noch einen Schluck aus seiner Thermosflasche.

Ein Ruck ging durch die Kette.

Als hätten sie alle einen Stromschlag bekommen, erwachte die Rotwell-Mannschaft plötzlich zum Leben. Die Wissenschaftler zückten Salzkanonen, wuchteten sich Druckluftbehälter auf den Rücken und stellten sich in einem großen Halbkreis um den Pfosten herum auf.

Inzwischen ruckte die Kette heftiger. Die Geister im Kreis gerieten in Aufruhr und huschten aufgescheucht durcheinander. Dann wichen sie plötzlich alle gleichzeitig von der Kette zurück.

In der Dunstsäule in der Mitte des Kreises erschien ein schwankender Schatten. Erst war er nur schwach zu erkennen, dann wurde er dunkler und immer größer. Die ungeschlachte Gestalt bewegte sich halb tappend, halb torkelnd fort, um ihren unförmigen Kopf züngelten Flammen. Das Wesen kam immer näher, hangelte sich eine Hand nach der anderen an der waagerechten Kette entlang und das übernatürliche Surren verstummte mit einem Mal. Der Schatten ließ sich davon nicht beirren, sondern näherte sich dem Rand des Bannkreises.

Lockwood schnappte nach Luft, mir entschlüpfte unwillkürlich ein leiser Schrei. Dann war die Gestalt auf einmal nicht mehr zu sehen. Doch im nächsten Augenblick stapfte das Flammende Phantom, begleitet von jäh aufbrandendem Lärm und donnernden Flammen, über die dicken Ketten auf dem Boden hinweg.

Kapitel 25

In diesen ersten Sekunden war die Gestalt kaum zu erkennen. Fahles, mattgoldenes Feuer umspielte sie, loderte von ihrem glatten Rumpf auf und schlug züngelnd und knisternd über ihrem Haupt zusammen wie eine lebendige Krone. Darunter war sie von oben bis unten mit einer dicken, blau geäderten Eisschicht überzogen und zu meinem Entsetzen schien sie kein Gesicht zu haben, nur zwei schmale Augenschlitze. Sie war riesig, einen Kopf größer noch als die Rotwell-Mitarbeiter, die jetzt mit ihren Salzkanonen auf sie zutraten und sie von allen Seiten besprühten, sodass sie in Wolken aus tosendem Dampf gehüllt war. Gelenke quietschten und knirschten, als sich das Wesen weiter an der Kette entlanghangelte, Eisstücke fielen von ihm ab und zerschellten auf dem Boden, die Flammen wurden kleiner und erstarben. Nun sah man, dass die Gliedmaßen unter dem Eis aus einzelnen Eisenplatten bestanden, die durch Bolzen und Scharniere miteinander verbunden waren. Die Füße, die monströsen Finger, alles war in Metall verpackt. Konzentrische Eisenbänder umspannten den Unterleib, während vor der Brust gewaltige ovale Platten saßen, in deren Zwischenräumen die Glieder eines Kettenhemdes zu erkennen waren. Der Kopf steckte in einem unförmigen Helm, der mit Nieten am Nackenpanzer befestigt war und abgesehen von den Augenschlitzen keine anderen Details aufwies. Wie die ganze Rüstung war der Helm hässlich, plump und auf brutale Art zweckmäßig.

Unweit des Pfostens kam die brennende Gestalt schwankend zum Stehen. Ein Transportwagen wurde herangefahren und die Labormitarbeiter in ihrer Schutzkleidung legten los. Hände in dicken Handschuhen ließen Riegel aufschnappen und öffneten Schließen. An der Vorderseite des Helms sprang ein Visier auf und ein leichenblasses Gesicht erschien.

Bis zu diesem Augenblick war ich mir noch nicht sicher gewesen, doch jetzt gab es keinen Zweifel mehr. Vor uns stand das Flammende Phantom, die Gestalt aus Feuer und Rauch, die wir auf dem Friedhof beobachtet hatten. Und sie war kein Geisterwesen, sondern ein Mensch. Ein ganz gewöhnlicher, lebendiger Mensch in einem Eisenpanzer.

Noch dazu einer am Ende seiner Kraft, wankend und kurz vor dem Umfallen. Laboranten wuselten um ihn herum wie Ameisen um ihre verwundete Königin, hielten seine gewaltigen Metallarme, stützten ihn von allen Seiten. In qualvoll ruckartiger Zeitlupe ließ er sich auf dem Transportwagen nieder. Elektromotoren surrten, der Wagen fuhr durch den Laufgang davon, die Institutsangestellten eilten hinterher.

Steve Rotwell hatte die ganze Zeit abseitsgestanden und die Prozedur ungerührt beobachtet. Jetzt schraubte er seine Thermosflasche wieder zu, rieb sich die Nase und folgte seinen Untergebenen mit langen Schritten.

Die Tür des Laufgangs schlug zu. Die Halle war wieder leer.

Die ganze Zeit über hatte ich stocksteif dagestanden, und es war, als hätte ich vergessen, wie man spricht.

»Du, Lockwood …«, brachte ich heiser heraus, »… der Mann in dem Eisenpanzer … Glaubst du wirklich …?«

Er schüttelte den Kopf. »Später. Hast du deinen Geisterumhang dabei?«

»Ja.«

»Leg ihn um.«

Ich öffnete meine Tasche und tat wie geheißen. Auch Lockwood entfaltete seinen.

»Ungeschützt gehe ich noch nicht mal in die Nähe dieses Kreises!«, sagte er, »aber das hier ist unsere einzige Chance, uns anzuschauen, was da los ist.«

Wir verließen unsere Deckung und näherten uns der Mitte des Raumes. Die grauen Schemen hinter den Ketten schwebten in ihrer milchigen Dunstsäule hin und her, der übernatürliche Lärm hämmerte in meinem Kopf. Es war eisig kalt. Wir zogen unsere Handschuhe an.

Selbst aus der Nähe war es unmöglich auszumachen, wo das andere Ende der gespannten Kette hinführte, denn es war, als läge ein Nebel über dem Kreis, der die Kette einfach verschluckte.

»Ein Mann betritt den Bannkreis«, überlegte Lockwood halblaut. »Er legt einen Schutzpanzer an und begibt sich mitten in diese gewaltige multiple Quelle. Aber was macht er dann? Was findet er dort vor?«

»Erinnerst du dich noch an Georges Hosenbodengleichnis?«, fragte ich. »Dass Quellen Orte sind, an denen das Gewebe der Welt fadenscheinig geworden ist? Er meinte, dass man nur genug Quellen zusammenpacken muss, um ein Fenster zur Anderen Seite zu erschaffen. Wenn das stimmt, muss *das* hier ein riesengroßes Fenster sein. Die Rotwell-Leute wollen wissen, was auf …« Doch diese Vorstellung war so ungeheuerlich, so bedrohlich, dass ich den Satz nicht zu Ende brachte.

Lockwood betrachtete den Kreis gelassen. »Ja. Falls es tatsächlich nur ein Fenster ist.«

Er fügte noch etwas an, aber das bekam ich nicht mehr mit, denn in dem grässlichen übernatürlichen Surren hörte ich plötzlich meinen Namen.

»Lucy…«

»Der Schädel!«, rief ich aus. »Ich höre ihn!«

Ich trat noch näher an den Bannkreis heran und musterte die wirbelnden Silhouetten darin. Welche der grauen, vorbeihuschenden Gestalten mochte er sein?

»Bist du sicher, dass du ihn gehört hast?« Sogar Lockwood, dessen Gabe des Hörens gegen null ging, nahm jetzt das bösartige Geräusch wahr, das aus dem Kreis drang. Offen gestanden wunderte ich mich selbst darüber, wie ich diese eine Stimme deutlich heraushören konnte.

Und doch – da war sie wieder: *»Lucy…«*

Ich zuckte die Achseln. »Ich glaube, meine übersinnlichen Fähigkeiten werden immer stärker. Womöglich bin ich über irgendeine besondere Wellenlänge mit ihm verbunden.«

»Das wäre eine *Erklärung«*, sagte die Stimme. *»Die andere wäre die, dass ich direkt neben dir bin.«*

Ich sah mich verdutzt um. An der Wand links von mir stapelten sich leere Silberglasbehälter, offene Geistergläser und anderes Verpackungsmaterial – und ein noch verschlossenes Gefäß, das mir ausgesprochen bekannt vorkam. Es lag auf dem Boden, als hätte man es achtlos beiseitegeworfen, sodass die abstoßende, durchscheinende Fratze darin auf der Seite lag. Sie blähte die Nasenflügel und starrte mich mit ihren Glupschaugen an.

»Ja, ich weiß«, sagte der Geist mürrisch. *»Jede poplige Quelle weit und breit liegt in diesem Kreis, nur mich haben sie übersehen. Blutverschmierte Taschentücher, Socken, falsche Zähne, morsche*

Stricke – egal was, alles ist dort drin gelandet. Sogar eine Handvoll heimgesuchter Knöpfe haben sie hineingeworfen, aber ich *war ihnen die Mühe nicht wert.«*

»Schädel!« Ich lief zu dem Glas und stellte es aufrecht hin. Der Deckel war zerkratzt und am Rand gesplittert. »Was haben sie dir angetan?« Ich räusperte mich und schob mit finsterer Miene rasch hinterher: »Nicht, dass es mich interessieren würde.«

»Ich muss zugeben, dass ich ebenfalls erstaunt bin, dich hier zu sehen«, erwiderte der Schädel. *»Wobei ich natürlich damit gerechnet habe, dass du nach mir suchst. Ich hatte nur nicht damit gerechnet, dass du genug Grips hast, mich auch zu finden.«*

»Das ist reiner Zufall. Wir sind auf einem Einsatz hier, der nichts mit dir zu tun hat. Aber wo du jetzt schon mal da bist …« Ich setzte meinen Rucksack ab und machte Platz darin. »Trotzdem verstehe ich nicht, warum du verschmäht wurdest. Schließlich bist du ein Typ Drei.«

»Das ist diesen Vollidioten anscheinend entgangen.« Der Geist beherrschte seine Empörung nur mit Mühe. *»Außerdem haben sie den Deckel von meinem Glas nicht aufgekriegt. Er ist offenbar festgerostet oder so. Sie haben es mit aller Gewalt versucht, als wäre ich ein Glas saure Gurken, aber dann haben sie die Geduld verloren. Wie oberpeinlich! Sogar der olle Mumienkopf, den wir neulich gefunden haben, ist mit reingeflogen. Und auch der Geist der Hexe ist dadrin und dreht sich kreischend im Kreis. Nur ich nicht! Aber was hast du da eigentlich an? Du siehst ja wie eine gestopfte Gans aus.«*

»Einen Geisterumhang. Und jetzt halt die Klappe.« Ich war damit beschäftigt, das Glas in den Rucksack zu bugsieren, und warf dabei einen flüchtigen Blick über die Schulter. Lockwood stand immer noch dicht vor dem Kreis und betrachtete die Stelle, an der die gespannte Kette in der Dunstsäule verschwand.

»Ich hab den Schädel gefunden!«, rief ich ihm zu. »Lass uns hier verschwinden.«

»Gleich …« Er starrte weiter in den strudelnden Dunst und befühlte dabei geistesabwesend die Federn auf seinem Umhang.

»Wie ich sehe, hast du Lockwood als Kanonenfutter mitgenommen«, sagte der Schädel. *»Ganz schön pfiffig. Dann lass uns doch die Gelegenheit nutzen und abhauen, solange er abgelenkt ist.«*

Ich zuckte zusammen. War gerade aus dem Laufgang, in dem die Rotwell-Leute verschwunden waren, ein Geräusch gekommen?

»Lockwood«, sagte ich, »wir müssen jetzt wirklich los!«

»Lass ihn doch. Du machst dir viel zu viele Gedanken um ihn. Schon immer. Er ist schließlich austauschbar. Hey, wenn du die Augen zumachst oder das Licht ausknipst, könnte auch ich *Lockwood sein.«*

Diese Bemerkung würdigte ich keiner Antwort. Ich war beunruhigt. Lockwoods Blick war seltsam verträumt, ein leises Lächeln umspielte seine Lippen – ein Gesichtsausdruck, der mir gar nicht gefiel. Seine Augen hatten wieder das gleiche Leuchten, das mir schon aufgefallen war, als er sich mit Kipps gestritten hatte. Als würde er in weite Ferne blicken. Auf jeden Fall bekam er nicht mehr richtig mit, was um ihn herum vorging, denn ich hatte mich leider nicht verhört: Aus dem Laufgang drangen Geräusche. Ich ließ meinen Rucksack stehen, war mit ein paar Schritten bei Lockwood und packte ihn am Arm.

»Wach auf!«, sagte ich. »Sie kommen zurück!«

Er blinzelte. »Was? Ja, klar. Wir gehen ja schon. Am besten wieder durchs Lab…«

Doch der Weg, den wir gekommen waren, war uns versperrt, denn auch hinter den Kisten waren jetzt Geräusche zu vernehmen. Eine Tür öffnete sich quietschend. Die Geräusche aus dem

Laufgang waren Schritte, Stimmen und das Summen des elektrischen Transportwagens.

Ich zog Lockwood wieder am Ärmel. »Wir müssen durch das Tor fliehen!«

Doch ich hatte die Rechnung ohne die Rotwell-Agenten gemacht, die sich draußen vor dem Hauptgebäude aufhielten. Als wir um den Kreis herumgelaufen waren, erblickten wir sie. Sie standen immer noch dort.

Rasch kehrten wir um. »Wir sitzen in der Falle«, stöhnte ich, »und können nirgendwo mehr hin.«

»*Nirgendwo …*«, wiederholte der Schädel in meinem offenen Rucksack an der Wand. *»Da hast du ausnahmsweise mal recht. Nirgendwo ist die einzige Möglichkeit, die euch bleibt.«*

»Was soll das heißen?« Dann ging mir ein Licht auf. »Ach so! Nein. Kommt nicht infrage.«

»Dann freu dich schon mal auf Mr Rotwell.«

Ich gab mir einen Ruck. »Sag mal, Lockwood – diese Geisterumhänge – was halten die wohl aus?«

Doch er hatte bereits den gleichen Gedanken gehabt, und ich stellte erschrocken fest, dass er ihm offenbar gefiel. Er hatte sich bereits zu dem Bannkreis umgedreht.

»Los, Luce«, sagte er, »mir nach!«

»Ich muss noch meinen Rucksack holen! Da ist der Schädel drin!«

»Zu spät! Halt dich an der Kette fest und folge mir – und auf keinen Fall loslassen.«

»Oh Gott … nein …«

Ich war Lockwood schon in unzählige heimgesuchte Räume gefolgt. Wir waren auch schon zusammen von hohen Gebäuden gesprungen. Doch die paar Schritte auf diesen Kreis zu, mit seiner übernatürlichen Eiseskälte, die mir entgegenschlug, und den grauen Gestalten, die sich immer wilder im Kreis drehten, als wollten sie uns willkommen heißen – *das* war der schwierigste Vertrauensbeweis, den ich in meinem ganzen Leben erbringen musste. Ich packte die gespannte Kette und zog den Geisterumhang eng zusammen. Hinter uns ertönten schon die Stimmen der Rotwell-Mitarbeiter, die jetzt die Halle betraten. Der übernatürliche Lärm der Geister umtoste mich wie ein Orkan, und die Kette war so kalt, dass ich es sogar durch die Handschuhe spürte. Hand über Hand – immer weiterhangeln – näher, noch näher – und mit einem großen Schritt über die wuchtigen schwarzen Ketten auf dem Boden. Lockwood war schon im Nebeldunst verschwunden.

»*Wir sehen uns auf der Anderen Seite!*«, wisperte der Schädel in meinem Kopf.

Ein Schritt, dann noch zwei. – Ich kniff die Augen fest zu.

»Lucy!«, sagte Lockwood.

»Ja?«

»Du kannst die Augen wieder aufmachen.«

»Ist alles in Ordnung?«

»Äh, so würde ich es nicht unbedingt ausdrücken. Aber wir sind erst mal in Sicherheit. Lass trotzdem auf keinen Fall die Kette los.«

Ich öffnete die Augen. Das Erste, was ich sah, war Lockwood. Er stand so dicht vor mir, dass sich unsere Kapuzen fast berührten. Genau wie ich klammerte er sich mit aller Kraft an die eisernen Kettenglieder. Auf unseren Handschuhen bildete sich eine Eisschicht, mit der auch die ganze Kette überzogen war. Eiszapfen hingen daran herunter.

Auch auf Lockwoods Umhang bildete sich eine Eiskruste, Kristalle wuchsen knisternd zwischen den glänzenden Federn, und ich hörte, dass mit meinem Umhang das Gleiche passierte. Komisch war nur, dass die Innenseite mollig warm war. Der Umhang hüllte mich in einen Kokon aus Wärme und Ruhe und hielt das Chaos ringsum von mir fern.

Das Chaos …

Wir standen im Zentrum eines gewaltigen Strudels aus Ektoplasma. Schemenhafte Gestalten wirbelten an uns vorbei, glitten dicht heran, wichen wieder zurück. Gekrümmte Finger streckten sich nach Lockwood aus, zerfielen zu Staub und wurden wieder von dem Mahlstrom aufgenommen. Der Boden unter uns war mit Quellen übersät und nur die Schutzwirkung der Umhänge – und die gespannte Eisenkette – hielt die tobenden Geister ab. Die Umhänge dämpften sogar den Lärm. Um uns herum heulten und brabbelten geisterhafte Gesichter, trotzdem hörte ich sie kaum. Sonst hätte ich bestimmt den Verstand verloren.

»Na, das ist ja mal lustig«, sagte Lockwood munter. »Eines muss man diesen Medizinmännern wirklich lassen – sie verstanden ihr Handwerk. Deshalb konnten sie auch in die Geisterhütten gehen und lebendig wieder rauskommen. Diese Umhänge bestehen nur aus Federn und Silberösen, schützen aber genauso wirksam wie der Panzer des Flammenden Phantoms. Eigentlich sind sie sogar noch besser, weil sie viel leichter sind. Zusammen mit der Kette wehren sie alle Gefahren ab, solange wir uns hier drin verstecken müssen.«

Hinter ihm schob sich jetzt eine hünenhafte Gestalt aus dem Gewaber. Es war nur ein Umriss, der von anderen wirbelnden Gestalten halb verdeckt wurde, aber ich erkannte ihn sofort. Er streckte die gewaltige Pranke nach uns aus, wurde aber von dem erbarmungslosen Kraftstrom erfasst und weggerissen.

Lockwood sah mein entsetztes Gesicht.

»Hast du den alten Guppy erspäht? Ja, der ist auch hier. Und ein paar andere Gruselgestalten auch. Wenn du heute Nacht gut schlafen willst, Luce, würde ich sie mir nicht ansehen. Konzentrier dich lieber auf mich und die Kette.«

Die Kette führte etwa auf Schulterhöhe an Lockwood vorbei und verlor sich im Nebel.

»Wo ist denn der andere Pfosten?«, fragte ich. »Wo ist sie festgemacht?«

»Anscheinend führt sie mitten durch den Kreis und auf der anderen Seite wieder hinaus. Gut so. Wir lassen Rotwell genug Zeit, das zu erledigen, was er zu erledigen hat, und dann schleichen wir uns nach der einen oder der anderen Seite davon.«

Ein vertrautes Gesicht zog meinen Blick auf sich, starr blickende schwarze Augen, wachsweißes Gesicht, wolkig umflossen von hellem Haar. Es schnellte aus dem Strudel heraus, funkelte mich böse an und zog sich wieder zurück. Der Schädel hatte also recht gehabt: Auch Emma Marchment, die Hexe, war hier.

»Was glaubst du, wo wir eigentlich sind?«, wandte ich mich wieder an Lockwood.

Sein Gesicht war dicht vor meinem, und er spähte mit zusammengekniffenen Augen über meine Schulter, so wie er es immer tat, wenn er seine Gabe einsetzte.

»Wir stehen immer noch in dem Bannkreis. Da drüben ist hinter dem Nebel das offene Tor zu erkennen und gegenüber der Umriss der Kisten, dort, wo wir reingekommen sind. Ich kann auch die Gläser und Behälter und deinen Rucksack mit dem Schädel sehen. Dass alles so blass und grau aussieht, ist nur eine optische Täuschung...« Seine Stimme verklang.

»Eine optische Täuschung?«

»Na klar. Hervorgerufen von den zahllosen Quellen um uns herum.«

»Wenn du meinst …« Tatsächlich konnte man die Umgebung des Bannkreises noch hinter dem wirbelnden Dunst ausmachen, wenn auch verschwommen und seltsam zweidimensional – das Tor, die Kisten, der Metallpfosten, das Bretterpodest.

Trotzdem …

Diese Kette machte mich echt fertig.

Kennt ihr das, wenn ein Strohhalm in einem Glas Limo dort, wo er eintaucht, abzuknicken scheint? Das liegt an der Brechung, hatte mir George mal erklärt, und das Irre war, dass sich die Kette ganz genauso verhielt. Direkt neben uns führten ihre vereisten Glieder aus dem Kreis heraus. Man konnte ihr mit dem Blick bis zu dem Pfosten folgen, an dem der Gepanzerte zusammengeklappt war. Sie bildete eine schnurgerade Linie – das wusste ich, weil ich mich schließlich an ihr entlanggehangelt hatte –, aber sie sah nicht so aus! Dort, wo sie in den Bannkreis mit den Quellen eintrat, schien sie seitlich abzuknicken und obendrein deutlich blasser zu werden.

Warum war das so? Es beunruhigte mich.

Und wo waren die Institutsmitarbeiter geblieben? Wir hatten doch gehört, wie sie hereinkamen! Nur deshalb standen wir doch hier mitten in dieser blöden Halle, an eine eiskalte Kette geklammert und von einer Schar zorniger Geister umzingelt.

Sosehr ich mich auch anstrengte, ich konnte die Rotwell-Leute weder sehen noch hören.

Was immerhin bedeutete, dass auch sie uns wahrscheinlich genauso wenig sehen und hören konnten.

»Dieser Gepanzerte …«, sagte ich. »Glaubst du, das war das Flammende Phantom, das wir auf dem Friedhof gesehen haben?«

Lockwood nickte. »Ja. Aber ich kann nicht behaupten, dass ich verstehe, was da vor sich geht, denn als wir ihn gesehen haben, war er so durchsichtig wie ein Geist. Er wirkte nicht greifbar, oder? War eigentlich kaum vorhanden. Wie passt das damit zusammen, dass er plötzlich in dieser Halle auftaucht? Wir sind meilenweit von Aldbury Castle entfernt. Ich kapier's einfach nicht.«

Ich auch nicht.

»Nur noch ein paar Minuten«, setzte Lockwood hinzu.

Da standen wir nun, umbraust von wirbelnden Schreckensgestalten.

Auf einmal überkam es mich. Ich musste mit ihm reden. Sofort.

»Hör mal, Lockwood … dass ich gekündigt habe …«

»Was ist damit?«

»Das lag an dir.«

Er sah mich unter seiner eisbedeckten Kapuze hervor erstaunt an. »Hä? Wieso das denn?«

»Weil …«, ich holte tief Luft, »… weil du andauernd für mich dein Leben riskierst. Andauernd. Stimmt doch, oder? Irgendwann wurde mir klar, dass ich dich in Gefahr bringe, wenn ich noch länger in der Agentur bleibe. Dann bin ich unter dem Kaufhaus Aickmere diesem Geist begegnet … Er hat mir die Zukunft offenbart, eine Zukunft, in der du um meinetwillen gestorben bist. Da habe ich begriffen, dass du dich irgendwann umbringen würdest, und ich konnte es nicht ertragen, Lockwood. Ich konnte es einfach nicht. Und deswegen …«, meine Stimme klang erstickt, »… deswegen habe ich gekündigt. Nur *deswegen*. Weil es besser so ist.«

»Nicht wegen Holly?«

»Quatsch! Natürlich nicht. Nur deinetwegen.«

»Aha.« Er nickte bedächtig. »Verstehe.«

Ich wartete. Aus dem Gewaber streckten sich bleiche Finger nach uns aus, krümmten sich und wurden wieder weggerissen.

»Ist das alles, was du dazu zu sagen hast?«, fragte ich schließlich.

Er schaute auf seine eisbedeckten Handschuhe.

»Was gibt's da noch zu sagen? Vielleicht hast du ja recht. Auf diese Weise sehen wir einander nicht mehr so oft und vielleicht verlängert sich so mein Leben. Trotzdem …«, er warf einen kurzen Blick auf die uns umkreisenden Geister, »… seien wir doch mal ehrlich, bei dem Leben, das ich führe, mache ich es wahrscheinlich sowieso nicht mehr lange.«

Ich berührte seinen Handschuh. »Wir kommen hier wieder raus«, sagte ich.

»Sowieso! Aber ich meine nicht nur diesen Einsatz. Kipps hatte recht, was mich betrifft, und Rotwell übrigens auch. Ich akzeptiere keine Grenzen. Wenn ich mir etwas in den Kopf gesetzt habe, gehe ich niemals auf Nummer sicher. Und irgendwann wird auch mich das Glück mal verlassen.« Er zuckte die Achseln. »So war ich schon immer.«

Ich dachte an das verwaiste Zimmer in der Portland Row. »Was glaubst du, woher das kommt?«

Er zögerte. Sein Blick suchte meinen, dann sah er wieder woandershin.

»Dreh dich bloß nicht um!«, sagte er. »Da ist schon wieder Solomon Guppys Geist. Die anderen Phantome machen offenbar einen Bogen um ihn, was beweist, dass sogar die Toten Geschmack haben … So, jetzt ist er wieder weg. Also … Danke, dass du mir erklärt hast, warum du damals gegangen bist. Ich darf dich aber darauf hinweisen, dass du trotz aller guten Absichten jetzt wieder inmitten eines Geisterschwarms neben mir stehst.«

»Stimmt«, sagte ich. »Ich weiß auch nicht, wie es wieder so weit kommen konnte.«

»Ich beschwere mich ja gar nicht darüber. Im Gegenteil. Natürlich bin ich froh, dass du bei mir bist. Ich glaube, du beschützt mich irgendwie.«

In diesem Augenblick wärmte mich nicht nur der Umhang. Ich lächelte ihn an.

»Außerdem möchte ich dir noch etwas sagen«, fuhr Lockwood fort. »In Guppys Haus meintest du, es sei Penelope Fittes' Idee gewesen, dich anzuheuern. Doch, gib's zu, das hast du gesagt. Mag sein, dass Mrs Fittes glaubt, es sei ihre Idee gewesen, aber ich habe schon den ganzen Winter über nach einem Vorwand gesucht, dich zurückzuholen. Aber ohne einen überzeugenden Grund hättest du mich abblitzen lassen. Stimmt doch, oder?«

»Allerdings.« Als ich nickte, knackte das Eis auf der Rückseite meiner Kapuze. »Hundertprozentig.«

»Mrs Fittes hat mir einen perfekten Vorwand geliefert, aber das spielt ja jetzt auch keine Rolle mehr. Trotzdem möchte ich noch ergänzen …«, er räusperte sich, »… dass du, wenn du vielleicht irgendwann doch wieder zu Lockwood & Co. zurückkehren willst … ich meine auf Dauer und als gleichberechtigte Kollegin, nicht nur als Klientin, Verstärkung, Groupie oder Mitläufer oder was immer du jetzt bist … na ja … dann hätten wir immerhin noch das Vergnügen, eine gewisse Zeitspanne miteinander zu verbringen … vor meinem allzu frühen Ende, meine ich.« Er sah mich an.

Ich sagte nichts.

Ringsum kreischten die Geister, unselige Gestalten krümmten sich. Wir schauten einander an.

»Hab ich nicht recht?«

»Glaub schon.«

»Dann denk doch mal drüber nach.«

»Hab ich schon … Na gut.«

»Na gut – was?«

»Ich kehre zu euch zurück. Wenn du mich wieder nimmst, meine ich. Und wenn mich die anderen auch wieder haben wollen.«

»Ach, die lassen sich bestimmt überreden. Obwohl George dann seine Unterhosen woanders unterbringen muss. Großartig!« Lockwood grinste mich breit an. »Wir sollten uns öfter in so einen gruseligen Geisterkreis stellen und uns aussprechen!« Sein Kopf fuhr jäh in die Höhe. »Moment mal …«

Ich hatte es auch gespürt, durch den Stoff meiner Handschuhe hindurch. Die Kette hatte gebebt.

Da – schon wieder.

Wir wechselten einen Blick. »Das Phantom. Es kommt zurück«, sagte Lockwood.

Ich spähte durch die vorübersausenden Geister an der Kette entlang. »Da ist nichts zu sehen.«

Lockwood fluchte unterdrückt. »Hier drinnen möchte ich dem Kerl lieber nicht begegnen. Weiß der Himmel, was dann passiert. Uns bleibt nichts anderes übrig, Luce, wir müssen es riskieren. Wir steigen auf der anderen Seite raus und rennen durch das Tor. Wenn wir schnell genug laufen, sind wir schon vom Gelände runter, ehe die Männer reagieren können. Einverstanden?«

Und wisst ihr, was? Angesichts der Umstände war ich tatsächlich einverstanden. »Auf geht's!«, sagte ich. Die Kette schaukelte jetzt heftig, und als ich mich umdrehte, sah ich aus dem Dunst eine unförmige Gestalt auftauchen, die die Geister überragte. »Los!«

So schnell wir konnten, hangelten wir uns an der Kette entlang, und wieder erfüllten die Umhänge ihren Zweck: Die Besucher wichen zurück und wir stiegen unbehelligt aus dem Kreis.

»Lauf!« Schon war Lockwood auf und davon, sein Geisterumhang flatterte hinter ihm her. Es sah aus, als wollte er gleich abheben. Er hatte seinen Degen gezogen. Ich ließ die eiskalte Kette los – der gegenüberliegende Pfosten befand sich ein Stück hinter dem Kreis – und rannte geduckt hinter Lockwood her durch die leere Halle und das offene Tor. Niemand versuchte uns aufzuhalten. Wir rannten einfach weiter, zwängten uns durch die Lücke im Zaun und landeten auf dem dunklen Feld dahinter. Auch dann hielten wir noch nicht an, rannten und rannten, hörten aber keine Verfolger hinter uns. Bis wir irgendwann langsamer liefen und keuchend stehen blieben.

Zum ersten Mal sahen wir uns richtig um. Mit den Feldern war eine Veränderung vorgegangen. Sie waren mit Eiskristallen bedeckt. Nebel umwallte uns und der gefrorene Boden erstreckte sich glitzernd unter einem schwarzen Himmel.

Kapitel 26

Ringsum war es totenstill. Der Wind, der zuvor über die Felder geweht hatte, war verstummt und die Nacht bitterkalt. Dicke Taue und Hufeisen aus Eis füllten die Furchen und Mulden der harten schwarzen Erde, alles war weiß. Eine stumpfe Helligkeit lag über dem Feld, der Anhöhe dahinter und den dunklen Bäumen oben auf dem Hügel. Wo diese Helligkeit herkam, war nicht auszumachen. Am schwarzen Himmel gab es weder Mond noch Sterne. Wir standen ganz allein da und schauten dorthin zurück, wo wir hergekommen waren.

»Wenigstens verfolgt uns niemand«, sagte Lockwood schließlich. Seine Stimme klang dünn, trug in der frostigen Luft nicht weit. »Das ist schon mal gut.«

»Waren am Tor überhaupt noch irgendwelche Wachen?«, fragte ich. Das Sprechen fiel mir schwer. »Ich habe keine mehr gesehen.«

»Nein. Offenbar sind sie weggegangen. Glück gehabt.«

»Ja. Glück.«

Das Flutlicht der Anlage war ausgeschaltet, die hohen Bogenlampen hingen wie tote Rieseninsekten über den Wellblechdächern. Die Container glichen hellgrauen Papierstücken, die jemand auf eine dunkle Tafel geheftet hatte. Nicht einmal in dem Hauptgebäude, aus dem wir gerade geflohen waren, brannte noch Licht. Das ganze Forschungsinstitut war in den gleichen stumpfgrauen Schein getaucht wie die Felder und die Bäume.

»Stromausfall«, sagte Lockwood. »Vielleicht sind die Wachen ja dadurch abgelenkt worden.«

Die Außenseite seines Umhangs war dick vereist und ich spürte das Gewicht des meinen ebenfalls. Doch die isolierende Wirkung der Federn war noch intakt, denn ich ahnte die mörderische Kälte ringsum eher, als dass ich sie spürte. Weißliche Schwaden wirbelten um uns herum.

»Wo kommt bloß dieser Nebel auf einmal her?«, fragte ich. »Und so bitterkalt war es vorhin doch auch noch nicht.«

»Irgendeine Auswirkung ihrer Experimente vielleicht?«, meinte Lockwood. »Keine Ahnung.«

»Und dieses komische Licht. Alles sieht so blass und grau aus.«

»Im Mondschein scheint vieles anders.« Lockwood blickte zu den Bäumen hinüber.

»Was denn für ein Mond?«

»Hinter den Wolken.«

Aber es gab keine Wolken.

»Wir gehen lieber weiter«, sagte Lockwood. »Die anderen müssten inzwischen schon fast im Dorf sein. Sie werden Hilfe holen – wir müssen zu ihnen, damit sie sehen, dass uns nichts passiert ist.«

»Ich verstehe das alles nicht.« Ich stand immer noch da und blickte in den Himmel.

»Wir müssen zu ihnen, Luce!«

Ja. Klar.

Wir liefen los. Unter unseren Schuhsohlen knackte der Frost, und unser Atem blieb dort, wo wir ihn ausstießen, in der Luft hängen, sodass wir ihn bei jedem Schritt durchpflügten.

»Es ist *echt* kalt!«, sagte ich.

»Wir haben Glück, dass sie uns nicht verfolgt haben«, entgegnete Lockwood wieder und warf einen Blick über die Schulter. »Aber seltsam ist es schon …, dass uns überhaupt niemand hinterherkommt.«

Doch wir waren die einzigen Lebewesen, die sich über die endlos weiten Felder bewegten.

Ohne uns vorher miteinander zu beraten, schlugen wir den Weg durch den Wald ein. Auch hier herrschte das eigenartige Licht. Der graue Dunst schien alles zu durchdringen, der Weg lag knochenweiß vor uns. Dünne Nebelschlieren wanden sich zwischen den Bäumen hindurch.

»Schon komisch«, flüsterte ich. »Nirgends ein Mensch.«

Ich hatte gedacht, dass wir vielleicht unsere Freunde vor uns erblicken würden, doch die Straße war leer, und man konnte in dem weichen, stumpfen Licht ziemlich weit sehen. Dann kamen wir an der Abzweigung zum Steinbruch mit dem kleinen Mahnmal vorbei. Die Blumen, die den Steinhaufen geschmückt hatten, waren verschwunden, das Foto darauf war mit Eis überzogen. In dem grauen Wald gab es kein Geräusch, keinen Wind. Glitzernde Brocken fielen von unseren Umhängen, und wir atmeten nur flach, weil jedes Luftholen in den Lungen stach. Bald würden wir das Dorf erreicht haben und unsere Freunde wiedersehen.

»Vielleicht ist ja *doch* noch jemand unterwegs«, sagte Lockwood nach einer Weile des Schweigens leise. Aus unerfindlichen Gründen widerstrebte es uns beiden, in normaler Lautstärke zu reden. »Ich glaube, auf dem Weg zum Steinbruch habe ich jemanden gesehen. Gleich hinter dem Mahnmal, du weißt schon.«

»Willst du zurückgehen und nachschauen, wer es war?«

»Nein. Nein, ich glaube, wir gehen lieber weiter.«

Danach legten wir einen Schritt zu, stapften knirschend die gefrorene Straße entlang. Wir durchquerten den schweigenden Wald und kamen an die Brücke über den Bach.

Der Bach war verschwunden, die Brücke spannte sich über eine dunkle, trockene Rinne aus schwarzer Erde, die sich zwischen den Bäumen hindurchwand. Lockwood richtete den Strahl seiner Taschenlampe darauf. Ihr Licht wirkte schwach und flackerte.

»Wo ist denn das Wasser geblieben?«, fragte ich erstaunt.

Lockwood lehnte sich ans Geländer, als wäre er erschöpft, und schüttelte nur stumm den Kopf.

Meine Stimme klang vor Panik ganz spröde. »Der Bach kann doch nicht einfach … weg sein! Wurde er in der Zwischenzeit irgendwo aufgestaut?«

»Guck dir doch die Erde an. Knochentrocken. Hier ist niemals Wasser geflossen.«

»Aber wie …«

Er richtete sich wieder auf, seine Hand löste sich mit einem kratzenden Laut vom Geländer. Eiskristalle glitzerten auf seinen Handschuhfingern.

»Wir sind gleich im Dorf«, sagte er. »Vielleicht kann man uns die Sache dort erklären. Jetzt komm.«

Doch als wir von der Landstraße abbogen, hatte sich auch das Dorf verändert. Es war schon vorher nicht gerade gut beleuchtet gewesen, aber jetzt waren sämtliche Häuser rund um den Dorfanger dunkel. Ihre Umrisse verschmolzen mit dem Zwielicht und waren kaum noch zu erkennen und über dem Anger selbst strudelten Nebelschwaden. Sogar der Kirchturm hob sich kaum vom zinngrauen Himmel ab.

»Warum sind hier auch alle Lichter aus?«, fragte ich beunruhigt.

»Nicht nur aus.« Lockwood zeigte auf die Kirche. »Die Geisterlampe ist weg.«

Das stimmte. Aber warum? Der kleine Erdhügel neben der Kirche war leer, doch die verrostete, kaputte Geisterlampe war nicht einfach nur verschwunden – nichts verriet mehr, dass sie jemals dort gestanden hatte.

Ich sagte nichts dazu. Was auch? Seit wir das Institut wieder verlassen hatten, ergab nichts mehr einen Sinn. Eine schleichende, umfassende Falschheit hatte sich über alles gelegt: in Form von Kälte, Stille, dem weichen blassen Licht und der schrecklichen, auslaugenden Einsamkeit. Das alles machte einen ganz wirr und benommen.

»Und wo sind die Leute alle hin?«, brachte ich heraus. »Irgendwer muss doch noch da sein!«

»Jetzt, wo es dunkel geworden ist, haben sich alle in ihre Häuser verkrochen. George und die anderen sind bestimmt schon im Gasthof.« Lockwood klang nicht sehr überzeugend. »Außerdem ist das Dorf bekanntlich schon halb verlassen. Hier gibt es nicht mehr so viele Leute.«

»Das heißt, wir gehen zum Gasthof?«

»Ja.«

Doch als wir vor dem Gasthof standen, lag er genauso dunkel da wie die anderen Häuser. Das Schild war dick vereist. Die Tür ließ sich leicht öffnen, doch aus dem Haus kam ein leicht abgestandener Geruch. Wir scheuten beide davor zurück einzutreten.

Daraufhin machten wir kehrt, liefen wieder zum Dorfanger und überlegten, was wir jetzt tun sollten. Als ich zu Boden schaute, fiel mir auf, dass dort, wo meine Arbeitsschuhe unter den gefrorenen Umhangfalten hervorlugten, das Leder und die Stahlkappen weiß vor Eis waren. Unsere Umhänge waren so steif, dass sie bei jeder Bewegung knarrten. Dann fiel mir noch etwas anderes auf. Von Lockwoods Umhang stieg ein feiner grauer Dunst auf und trieb durch die dunkle Luft davon. Die Oberfläche flimmerte, als flackerten kalte Flammen darauf.

»Lockwood, dein Umhang –«

»Ich weiß. Deiner auch.«

»Es sieht aus wie … wie bei dem Flammenden Phantom auf dem Friedhof. Als er so eine Dunstschleppe hinter sich hergezo-«

»Lass uns nachdenken!« Lockwoods Gesicht war angespannt, doch seine Augen blitzten trotzig. »Was haben wir gemacht, was alles hier verändert haben könnte? Mir fällt nur eines ein. Was haben wir im Institut getan?«

»Wir sind in den Bannkreis gestiegen.«

»Richtig. Und …?«

»Und wir sind wieder herausgekommen.« Auf einmal war mir alles klar. »Wir haben den Kreis auf der anderen Seite verlassen. Wir sind der gespannten Kette gefolgt und auf der anderen Seite wieder herausgekommen.«

»Stimmt. Das könnte wichtig sein. Ich weiß zwar nicht, wieso, aber …«

»Das alles hier …«, sagte ich.

»Das alles hier ist nicht das, wonach es aussieht.« Lockwood sah mich mit aufgerissenen Augen an. »Und wenn wir den Kreis gar nicht verlassen haben, Lucy? Wenn wir immer noch drin sind?«

Wie dunkel der Anger war, wie dicht der aufsteigende Nebel, wie unerbittlich die Stille.

»Wir müssen zum Institut zurück«, sagte Lockwood.

»Nicht nötig.« Meine Stimme klang vor Erleichterung ganz schrill. »Das ist alles Unsinn. Da kommen sie.«

Vom anderen Ende des Angers wankten drei Gestalten durch den Nebel auf uns zu.

»Glaubst du, das sind sie?«, fragte Lockwood skeptisch.

»Wer soll es denn sonst sein?«

Er spähte unter seiner dampfenden Kapuze hervor.

»Nein, so groß sind sie nicht – das sind Erwachsene! Und hat uns Skinner nicht erzählt, dass die Häuser auf dieser Seite des Angers unbewohnt sind?«

»Ist doch egal. Vielleicht können uns die Leute wenigstens sagen, was hier los ist«, entgegnete ich. »Und guck mal – da kommt noch jemand.«

Ein kleines Mädchen trat aus einem Vorgarten auf die Straße. Es öffnete das Gartentor und schloss es sorgfältig hinter sich, ehe es auf uns zukam. Es trug ein hübsches blaues Kleid.

»Ich hab die Kleine hier noch nie gesehen«, sagte ich. »Du?«

»Nein ...« Lockwood drehte sich um sich selbst und spähte in alle Richtungen. Drüben am Ententeich war der Nebel besonders dicht, aber man sah jemanden zwischen den kahlen Weiden am gegenüberliegenden Ufer entlanggehen – eine Dame mit langem, fahlem Haar. »Und die Frau dort habe ich auch noch nicht gesehen«, sagte Lockwood. »Überhaupt niemanden von denen. Aber wir haben schon von ihnen gehört.«

Jetzt regte es sich überall im Nebel. Leute traten aus den Häusern, Riegel wurden zurückgeschoben, Gartentore geräuschlos geöffnet.

»Lass uns hier verschwinden, Lucy!«, sagte Lockwood.

»Aber das kleine Mädchen …«

»Danny Skinner hat uns von ihr erzählt, weißt du nicht mehr? Hetty Flinders mit ihrem schönsten Kleidchen.«

Hetty Flinders? Ach ja …

Sie war tot.

Mit bedächtigen, aber zielstrebigen Schritten kamen das Mädchen in dem blauen Kleid und die anderen Bewohner des dunklen Dorfes auf uns zu. Man erkannte immer mehr Einzelheiten – manche waren modern gekleidet, andere weniger. Ihre Gesichter waren so grau wie der gefrorene Boden.

Ein paar schreckliche Sekunden war es, als hielte uns eine fremde Macht an Ort und Stelle fest. Unser Blut war wie Wasser, unsere Arme und Beine fühlten sich wie kalter Stein an. Doch die Geisterumhänge wärmten uns und unser Überlebenswille war noch nicht erloschen. Gleichzeitig schüttelten wir die tödliche Lähmung ab und rannten los.

Wir liefen Schulter an Schulter und zogen die Kapuzen tief ins Gesicht, um uns vor der Kälte zu schützen. Unsere dicken Sohlen trommelten über den gefrorenen Anger. Dampf stieg von unseren vereisten Umhängen auf und wehte wie ein Kometenschweif hinter uns her.

Der Anger war eigentlich nicht groß, aber er schien sich auszudehnen, während wir ihn überquerten. Wir brauchten ewig, um uns der Kirche auch nur zu nähern. Schließlich hatten wir den Turm erreicht. Als ich nach oben spähte, sah ich auf dem Dach eine weitere Gestalt stehen, und auch sie schaute zu mir herunter und suchte meinen Blick.

Dann liefen wir den Weg am Friedhof entlang. Hinter der Hecke ertönten Geräusche – Kies knirschte, Stoff raschelte und raunte. Gestalten tauchten auf, zwängten sich durch die Büsche und zeichneten sich dabei vor dem Himmel ab.

Hinaus aus dem Dorf und wieder die kalte Landstraße entlang. Jede Bewegung war mühsam; entweder lag es an der Kälte oder an etwas anderem. Meine Beine waren schwer wie Blei, als würde ich durch zähen Schlamm waten oder eine Rolltreppe in der falschen Richtung hochlaufen, und Lockwood, der sonst so leichtfüßig war, kämpfte mit dem gleichen Problem. Unser Atem ging stoßweise. Wenn wir uns umdrehten, sahen wir, wie sich die Gestalten vom Friedhof und jene aus dem Dorf auf der Straße zusammenrotteten und uns folgten.

Wir nahmen den kürzesten Weg, erst über die Fußgängerbrücke, dann über den ausgetrockneten Bach und weiter in den Wald. Am Abzweig zum Steinbruch stand ein Mann vor dem Mahnmal. Sein Gesicht glich jenem auf dem Foto und war genauso unscharf, wie vom Regen verwaschen. Er stellte sich uns in den Weg und streckte die Hand nach uns aus. Lockwood und ich wichen ihm aus, verließen die Straße und bogen in den Wald ab. Dort war der Boden mit einer dicken Schicht aus schwarzem abgestorbenem Gestrüpp bedeckt, die wie Staub aufwallte, als wir darüber hinwegtrampelten. Die Äste der Bäume griffen wie mit scharfen Krallen nach uns, schnappten nach unseren Gesichtern und verhakten sich in unseren Kapuzen. Wir liefen durch Hell und Dunkel, duckten uns, sprangen über Hindernisse und kämpften gegen die kalte, zähe Luft an.

Zwischen den Bäumen waren Umrisse aufgetaucht, die sich träge bewegten, aber trotzdem mühelos mit uns Schritt hielten. Sie kamen von links und rechts immer näher. Lockwood, der dicht vor mir lief, nahm eine Leuchtbombe vom Gürtel und schleuderte sie auf die nächstbeste Gestalt. Die Bombe prallte gegen eine Baumwurzel, hüpfte noch ein Stück weiter und zerbarst, doch man hörte kein Geräusch, und es kam auch nichts heraus – kein Lichtblitz, kein grellweißes Feuer. Ich hatte instinktiv die Augen zugekniffen, aber als ich erst ein Auge und dann das andere wieder öffnete, kamen unsere Verfolger über Wurzeln und durchs Unterholz still, aber unbeirrt weiter auf uns zu.

Schlitternd und schnaufend erklommen wir einen vereisten Abhang – und rutschten plötzlich eine steile Böschung hinunter. Wir landeten im Gestrüpp. Schwarze Dornen durchbohrten meinen Geisterumhang, verfingen sich in den Silberösen und verhakten sich an mehreren Stellen. Ich wurde festgehalten und sträubte mich zappelnd. Worauf der Geisterumhang zerriss. Er riss einfach der Länge nach durch. Ich schrie auf. Schneidende Kälte bohrte sich wie eine Messerklinge zwischen meine Schulterblätter, eisig wie der Tod. Ich bekam keine Luft mehr. Um mich herum trudelten Federn wie dampfende Blutstropfen auf den gefrorenen Boden.

Ich bekam keine Luft …

Dann war Lockwood bei mir, zog mich an sich und unter seinen Umhang. Der weiche Stoff umhüllte mich, die elende Kälte hielt noch kurz an und zog sich dann wie eine Hand widerstrebend zurück. Ich holte zittrig Luft und spürte Lockwoods Wärme, unsere gemeinsame Wärme. Wir hockten nebeneinander. Er hatte den Arm um mich gelegt, mein rechtes Knie drückte sich fest an sein linkes. Unsere Gesichter waren so dicht beieinander – meins tiefer, seins etwas höher –, dass sich unsere Wangen berührten, während wir unter der brennenden Kapuze hervor in das wirbelnde Grau ringsum spähten.

Wir waren so plötzlich in der Tiefe verschwunden, dass unsere Verfolger noch irgendwo über uns sein mussten. Momentan drohte uns keine Gefahr.

»Alles in Ordnung, Lucy?«

Ich nickte und blinzelte mir den Reif aus den Wimpern.

Kaum war meine Kapuze heruntergefallen, hatte das allgegenwärtige Eis auch mein Gesicht überzogen.

»Halte ich dich zu fest?«

»Nein.«

»Brauchst nur was zu sagen.«

»Mach ich.«

»Wir müssen weiter. In den Nebel hinein. Aber wir müssen ganz eng zusammenbleiben. Der Umhang ist nicht groß. Du musst ganz dicht neben mir laufen, Luce. Kriegst du das hin?«

»Ich versuch's.«

»Dann los. Sie kommen.«

Also hochrappeln, hinaus aus dem Gestrüpp und die Böschung wieder hinauf. Dunkle Gestalten kamen zwischen den Bäumen hervor, wollten uns den Weg abschneiden. Wir hatten die Kuppe des Hügels schon fast erreicht. Hieß er nicht *Jägerhügel?* Der Name hatte jede Bedeutung verloren. Unter diesem grauschwarzen Himmel hatte nichts mehr einen Namen.

Die Felder am Fuß der Anhöhe waren in noch dichteren Nebel gehüllt als vorhin, sodass die Institutsgebäude kaum mehr zu erkennen waren. Ihre Dächer ragten leblos und dunkel wie Findlinge aus dem Dunst.

Die Arme umeinandergeschlungen, rutschten und stolperten wir den Abhang hinunter und wirbelten bei jedem Schritt Wolken von Eiskristallen auf. Nun mussten wir nur noch die Felder hinter uns bringen, aber jede Bewegung war eine Qual.

»Halt!«, keuchte ich. »Ich brauche eine Pause.«

»Ich auch.«

Wir blieben stehen und drehten uns gleichzeitig und schwerfällig unter der Kapuze um – und sahen, wie sich eine wahre Springflut von Gestalten über die Hügelkuppe ergoss und den Hang herabschwappte.

»Vielleicht ist eine Pause doch keine so gute Idee?«, keuchte Lockwood.

Weiter ging es, wortlos durch den Nebel. Dann teilten sich die Schwaden und wir sahen einen großen, bärtigen Mann vom Boden aufstehen. Als wir vorbeieilten, wandte er sich nach uns um. Er trug ein langes Schwert, sowohl die Klinge als auch seine Haut glitzerten von Eis.

Stolpernd, fast stürzend, rannten wir weiter. Die Nebelschwaden schlossen sich wieder und hinter uns schlurften Schritte über den harten Boden.

»Ein Wikinger hat uns grade noch gefehlt!«, schnaufte ich.

»Wie Motten, die zu einer Kerzenflamme hinfliegen«, entgegnete Lockwood. »Unsere Wärme, unser Leben – es zieht sie unwiderstehlich an. So sind sie auch dem Schatten gefolgt. Nimm noch mal alle Kraft zusammen, Lucy, wir sind gleich da!«

Man sah schon den Zaun um die Anlage und die Öffnung darin. Dahinter gähnte schwarz das offene Tor des Hauptgebäudes.

»Ich kann nicht mehr!«, japste ich.

»Lauf weiter. Wir sind ja schon da. Das haben wir gut gemacht.«

Durch den Zaun und über den vereisten Kies. Wir standen vor dem Tor. Das Innere der Halle war von Nebel erfüllt und auch hier war der Boden dick vereist. Wir blieben kurz stehen, keuchend und völlig erschöpft. Unsere Handschuhe unter dem dampfenden Geisterumhang glitzerten, unser Atem hörte sich an, als rasselte er in unseren Knochen.

»Wie sieht's aus?«, erkundigte sich Lockwood.

Ich drehte mich um. »Sie kommen immer noch hinter uns her. Jetzt sind sie am Zaun.«

»Dann wollen wir mal.«

Wir wankten durch das offene Tor.

Es war dieselbe Halle, daran bestand kein Zweifel. Das hohe Dach, die Wellblechwände, weiter hinten zeichneten sich die Kistenstapel durch den Nebel ab. Doch das Licht war auch hier ganz eigenartig, die grauen, körnigen Umrisse schienen sich wie Schuppen zu überlagern. Der Nebel spielte meinen Augen Streiche. Nichts sah mehr gerade und rechtwinklig aus, weder der Boden noch das Dach oder die Türen. Alles schien aus Wachs zu sein, aber aus erwärmtem, halb geschmolzenem Wachs, das gleich zerfließen würde. Feine Risse zogen sich über den stumpfgrauen Boden vor meinen Füßen, alles war spröde vor Kälte, und unsere Schuhsohlen klirrten, als wären sie aus Eisen.

In der Mitte der Halle war der Nebel so dicht, dass man nicht hindurchschauen konnte.

»Die Kette«, keuchte Lockwood. »Wo ist sie, Luce?«

»Keine Ahnung.« Als ich mich wieder umdrehte, sah ich durch das Tor unsere Verfolger herannahen.

»Verdammt, wo ist sie?«

»Wir sind schon fast am anderen Ende der Halle. Wahrscheinlich sind wir dran vorbeigerannt.«

In unserer Panik fingen wir an, im Kreis zu laufen, wobei Lockwood in die eine Richtung wollte und ich in die andere. Beinahe hätten wir auch noch seinen Umhang zerrissen.

Erschöpft und verzweifelt hielten wir wieder an. Hinter uns ertönten Schritte, um uns herum war nur strudelnder Nebel, die zerfließenden Wände …

Aber da – in einer Ecke stand ein schlaksiger Jugendlicher mit struppigen Haaren, die Hände in den Hosentaschen, und sah mich an. Er stand mitten in einem Haufen leerer Gläser und Behälter und war so grau wie die anderen Einwohner des dunklen Dorfes, bis auf sein Grinsen, das sogar in dem wabernden

Zwielicht ironisch aufblitzte und mir seltsam vertraut war. Er streckte den Arm aus und zeigte hinter mich. Als ich mich umwandte, erblickte ich den Pfosten mit der Kette.

»Da ist sie ja!« Ich fasste Lockwood an der Schulter und drehte ihn herum. »Schau mal, da!«

»Warum haben wir das denn nicht schon vorher gesehen?«, sagte Lockwood ärgerlich. »Waren wir denn blind? Jetzt aber schnell!« Wir stolperten zu dem Pfosten hinüber. Als ich mich noch einmal umdrehte, hatten sich die Nebelschwaden wieder verdichtet, der grinsende Junge war verschwunden, und wir standen allein neben dem Pfosten mit der eiskalten Eisenkette.

»Halt dich fest!«, befahl Lockwood. »Wir bleiben weiter zusammen. Du gehst vor, immer an der Kette entlang. Bleib auf gar keinen Fall stehen.« Er hatte wieder seinen Degen gezogen und blickte grimmig um sich. Der Nebel, der sich jetzt wie ein Theatervorhang bauschte, verdunkelte sich von herandrängenden Gestalten. Ich sah Hetty Flinders' hellblaues Kleid aufleuchten.

Wahrscheinlich war es gar nicht mehr weit bis zu der Stelle, an der die Kette in den Kreis hineinführte, aber es zog sich ewig hin, allein schon deshalb, weil wir uns unter dem Umhang aneinanderklammern mussten, sodass wir nur schwerfällig wie zwei Pinguine watscheln konnten. Obendrein tauchten jetzt überall Dorfbewohner aus dem Nebel auf, und wir fuchtelten beide mit unseren Degen, um sie in Schach zu halten. Als die Quellen und der Geisterstrudel in der Mitte des Kreises in Sicht kamen, war ich so erleichtert, dass ich Solomon Guppy und Emma Marchment beinahe wie alte Freunde begrüßt hätte. Ohne zu zögern, stiegen wir über die Ketten auf dem Boden und hangelten uns durch die Wand aus wirbelnden, kreischenden Geistern, bis wir wieder im stillen Auge des Aufruhrs ankamen.

Der Gepanzerte war nirgends zu sehen. Wir hangelten uns Zentimeter für Zentimeter weiter.

»Wenn Rotwell auf der anderen Seite wartet«, sagte Lockwood, »dann ist das eben so. Lieber lasse ich mich von ihm umbringen, als dass mir etwas… etwas *anderes* zustößt.«

Ich warf einen Blick über die Schulter. »Glaubst du, die Dorfbewohner können uns in den Bannkreis folgen?«

»Eigentlich müssten die Ketten sie davon abhalten. Aber wer weiß? Die Grenze zur Anderen Seite hat hier ein echt großes Loch und es sind sehr viele Geister. Ich hoffe bloß, dass Steve Rotwell und seine Kumpel dann ebenfalls Bekanntschaft mit ihnen machen. Hast du deinen Degen gezogen, Luce?«

»Jawoll, und wenn ich ihn nicht in den nächsten fünf Minuten jemandem in den Hintern rammen darf, bin ich schwer enttäuscht.«

»Dann wollen wir mal sehen, ob wir sie überrumpeln können. Komm weiter.«

Wieder waren die tobenden Geister einen Augenblick lang überall um uns, dann traten wir aus dem Bannkreis in die Wärme, den Lärm und das herrliche blendende Licht der wirklichen Welt hinaus.

Wo eine Schlacht tobte.

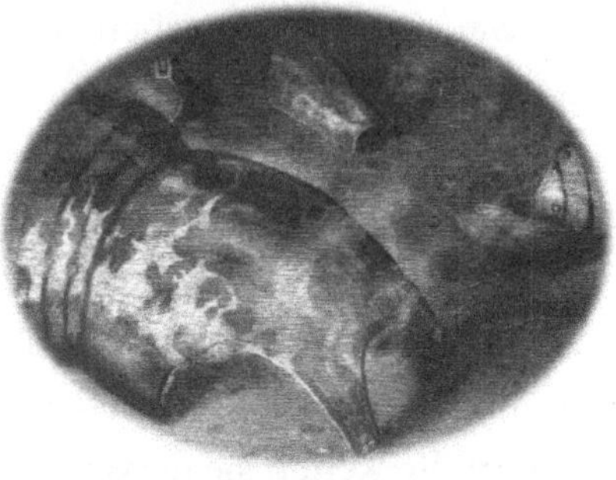

Kapitel 27

Auch ohne die Explosionen, die grellen Magnesiumblitze, die Rufe, Schreie und zischenden Leuchtbomben hätten wir Mühe gehabt, in jenen ersten Augenblicken etwas zu begreifen. Der sinnliche Kontrast zu dem Ort, den wir gerade verlassen hatten, war einfach zu groß. Die brutale Helligkeit versengte jeden klaren Gedanken, der Schmerz war betäubend. Ich kniff die Augen fest zusammen, als die Wand aus Geräuschen und Hitze mich traf, als hätte mir jemand mit einem Spaten auf den Kopf geschlagen. Verwirrt und hilflos wankte ich zurück und spürte neben mir, dass es Lockwood ebenso erging.

Dann nahm ich ganz plötzlich auch die *Feuchtigkeit* wahr. Das Eis auf dem Geisterumhang schmolz, kalte Rinnsale liefen mir den Nacken herunter und über Schultern und Arme. Ich löste mich von Lockwood, warf den Umhang ab, machte einen großen Schritt nach vorn – und rannte prompt gegen etwas Hartes. Ich stolperte, fiel hin und landete platt auf dem Gesicht.

»Na, war der Ausflug schön?«

Ich spuckte Erdkrümel aus. Dann öffnete ich die Augen einen Spalt und entdeckte vor mir mit verschwommenem, aber allmählich klarer werdendem Blick meinen offenen Rucksack mit dem Geisterglas. Der Rucksack stand immer noch dort, wo ich ihn zwischen den leeren Behältern zurückgelassen hatte. Auf dem Glas tanzten die Spiegelungen weißer Lichtblitze und das Gesicht darin beobachtete mich mit unverhohlener Schadenfreude. Dieses Grinsen kannte ich nur allzu gut.

»Da bist du ja wieder«, kicherte der Schädel hämisch. *»Du siehst total fertig aus. Gefällt mir. Aber du solltest dich lieber schnell aufrappeln, sonst machen sie diese Halle ohne deine Hilfe dem Erdboden gleich.«*

»Wer denn?«

»Deine Freunde.«

Schockierende Nachrichten, überbracht von einem sprechenden Schädel: Es gibt kaum ein wirksameres Rezept, um Schmerz, Erschöpfung und seelische Verwirrung zu vergessen. Ich wusste nicht, ob ich erfreut oder entsetzt sein sollte – wahrscheinlich war ich beides. Aber ich wälzte mich auf die Seite, zwang meine unwilligen Muskeln, mich in eine aufrechte Haltung zu bringen, und als das endlich geschafft war, hatte ich auch einigermaßen begriffen, was hier vor sich ging.

Die alte Wikinger-Angelsachsen-Schlacht war nicht mehr das letzte Scharmützel auf diesem öden Fleckchen Erde. Ein neues Gefecht war in vollem Gange. Wohin ich auch blickte, explodierte Griechisches Feuer, zerplatzten Salzbomben und prasselten Eisenspäne gegen die Wände. Auf dem Boden lagen Holztrümmer, die von dem Podest stammten, über das ich gestolpert war. Die Kampfhandlungen schienen sich auf eine Ecke des Gebäudes zu konzentrieren: zwischen den Kistenstapeln unweit der Tür zum Waffenlager und dem Laufgang, in dem wir Rotwells Leute vorhin hatten verschwinden sehen. Wir hatten uns in den Kreis begeben, weil wir gehört hatten, wie sie zurückkamen, und sie waren tatsächlich hier, jedenfalls die meisten. Allerdings nicht mehr als Beobachter eines Experiments: kein Klemmbrett mehr für Mr Johnson, keine Thermosflasche für Steve Rotwell. Beide Männer sowie der Rest der Mannschaft liefen panisch durcheinander, als ein Hagel kleinerer Explosionen rings um sie niederging. Vor dem Laufgang loderte ein helles Magnesiumfeuer und versperrte ihnen den Fluchtweg. Der elektrische Transportwagen war umgekippt, seine Räder drehten sich in der Luft. Offenbar war er gegen die Wand geprallt.

Der Ausgangspunkt des Angriffs war der Stapel brennender Kisten auf der gegenüberliegenden Seite beziehungsweise die drei flinken Gestalten, die immer wieder aus ihrer Deckung auftauchten, Geisterbomben schleuderten und Sprengkapseln abfeuerten. Mehrere Rotwell-Leute, die sich hinter dem Transportwagen verbarrikadiert hatten, erwiderten das Feuer, und der Mann in dem unförmigen Eisenpanzer, das vormalige Flammende Phantom, mühte sich ab, auf den Kistenberg hinaufzuklettern, was ihm allerdings nicht besonders gut gelang. Sein Panzer war lädiert, der Helm saß schief, außerdem bekam er die Knie nicht hoch genug.

Alle waren so auf den Kampf konzentriert, dass bis jetzt noch niemand von unserer Ankunft Notiz genommen hatte. Neben mir rührte sich etwas. Es war der furchterregend zerzauste Lockwood, der seelenruhig den nassen, dampfenden Geisterumhang zusammenrollte und in seinen Rucksack stopfte. »Alles in Ordnung, Lucy? Wird dir wieder warm?«

»Geht so. Sag mal, was ist hier eigentlich los?«

»Sieht wie eine Rettungsaktion aus.« Lockwood deutete staunend auf eine schlanke Gestalt, die sich hinter zwei Kisten duckte. Die strubbeligen Haare standen ihr vom Kopf ab, ihr Gesichtsausdruck war wild entschlossen, beinahe animalisch, und in den schmalen Händen hielt sie einen wuchtigen Kapselwerfer.

»Ist das … ist das wirklich Holly?«, fragte ich.

»Sieht ganz so aus.«

Kipps hatte sich an einem strategisch günstigen Punkt vor der Wand postiert. Ruhig, konzentriert und unerbittlich ließ er ein wahres Sperrfeuer aus Salzbomben los. Zwei davon trafen den Gepanzerten mit voller Wucht, fegten ihm den Helm vom Kopf und warfen ihn um, sodass er wie eine betrunkene Schildkröte schaukelnd auf dem Rücken liegen blieb.

Doch den Vogel schoss ein anderer ab.

»Sieh dir George an!«, sagte ich.

Lockwood pfiff durch die Zähne. »Der reinste Derwisch!«

George bot wirklich einen sehenswerten Anblick. Er schnellte wie ein Schachtelteufel hinter den Kisten hervor und schleuderte seine Leuchtbomben direkt auf Steve Rotwell, wobei er sich so deutlich zeigte, als wollte er den Feind provozieren. Dazu kamen die Streifen von Magnesiumsalz, die sich über seine schuhcremeverschmierten Wangen und Stirn zogen und wie eine weiße Kriegsbemalung wirkten. Mit gebleckten Zähnen, gesträubten Haaren und im Feuerschein rot flackernden Brillengläsern ließ er eine Salve nach der anderen los, wobei er die Wurfgeschosse von einem gewaltigen Waffengurt abpflückte, den er quer über die Brust geschnallt hatte. Zwischendurch stieß er schrille, unartikulierte Schreie aus.

»Ich könnte noch den ganzen Tag zuschauen«, sagte Lockwood, »aber ich glaube, wir sollten unseren Kollegen lieber zu Hilfe eilen.«

»Geh schon. Ich komme gleich nach. Muss nur noch was erledigen.«

Seit dem Einbruch in meine Wohnung war ich zweimal kurz

davor gewesen, mir den Schädel im Glas zurückzuholen, aber beide Male gezwungen gewesen, ihn zurückzulassen. Das sollte mir nicht noch einmal passieren.

Der Geist grinste, als ich mir den Rucksack schnappte. *»Endlich sind die beiden Freunde wieder innig vereint! Eigentlich müsste jetzt leise Geigenmusik für uns erklingen, aber die Schreie der Sterbenden tun's auch.«*

Ich ließ den Blick über das Getümmel schweifen.

»Hier stirbt doch niemand, oder?«

»Vielleicht nicht, aber das liegt nicht daran, dass sich deine Kollegen nicht redlich bemühen. Ich habe jedenfalls schon ein paar hässliche Magnesiumverbrennungen erspäht. Einige dieser Wissenschaftler dürften morgen Probleme beim Sitzen haben.«

»Gut. Dann erklär mir rasch, was hier passiert ist.« Ich richtete mich gerade wieder rechtzeitig auf, um zu sehen, wie Lockwood auf das Podest sprang, wobei er die Brust des Gepanzerten als Tritthocker benutzte. Ich hatte den Rucksack auf dem Rücken, meinen Degen gezückt und war bereit, mich ins Gewühl zu stürzen.

»Das wollte ich dich auch eben fragen«, erwiderte der Schädel, als ich loslief. *»Ich würde zu gern erfahren, was ihr erlebt habt. Bestimmt Spannenderes als diese öde Klopperei.«*

»Kannst du nicht einfach mal eine Frage beantworten?« Ich kletterte ebenfalls über den Gepanzerten, trat nach einem Rotwell-Wissenschaftler, der eine Pistole auf mich richtete, und sprang auf das Podest, wo ich hinter einer Kiste in Deckung ging. Dicht vor mir explodierte etwas und zischende Feuerwölkchen sausten über meinen Kopf hinweg.

»Ach, das ist schnell erzählt. Diese Pappnasen wollten gerade wieder einen Mann auf die Andere Seite schicken, wurden aber vom Eintreffen deiner aufgebrachten Freunde davon abgehalten.

Das ist alles. Finito. Und jetzt halt dich ran und bring die Sache zu Ende.«

»Na schön«, sagte ich. »Und … und wenn du *die Andere Seite* sagst, dann …«

»Du weißt schon.«

»Aber …«

»Du weißt es ganz genau.«

Vielleicht wusste ich es, aber jetzt war zum Glück nicht der richtige Zeitpunkt, um darüber nachzudenken. Geduckt huschte ich zwischen den Kisten hindurch zu den anderen. Holly war die Erste, auf die ich traf. Ich tippte ihr von hinten auf die Schulter und grinste sie vergnügt an.

»Aaaah!«

»Hallo, Holly! He, nicht schießen! Ich bin's! *Ich* bin's!«

»Aaaah! Aber du bist doch tot!«

»Quatsch. Hat dir schon mal ein Geist auf die Schulter getippt? Oder mit dir gesprochen?« Ich wartete. »Oder dir eine runtergehauen? Wenn du nicht sofort aufhörst zu schreien, findest du es gleich raus.«

»Aber ihr seid doch in den Bannkreis …«

»Mir geht's gut und Lockwood auch – siehst du, da drüben ist er, bei George. *Heulen* brauchst du aber auch nicht!« Ich umarmte sie kurz. »Na? Würde ein Geist *so etwas* machen? Jetzt krieg dich wieder ein. Alles wird gut. George schlägt sie in die Flucht.«

Was sogar einigermaßen stimmte. Bei Lockwood & Co. war George dafür berüchtigt, dass er weder zielgenau werfen noch fangen konnte. In der Küche in der Portland Row konnte daher die Weitergabe von Obst, Chipstüten oder Ähnlichem lebensgefährlich sein. Man bekam Sachen an den Kopf, Gläser gingen zu Bruch, Pfirsiche klatschten an die Wand über der Spüle. Komischerweise wirkte sich dieses Unvermögen jetzt und hier zu Georges Vorteil aus. Jedes Mal, wenn er hinter den Kisten hervorschoss und mit einem wilden Schrei abwechselnd Leuchtbomben oder Geisterbomben auf den Feind schleuderte, wusste niemand, wo die Dinger landen würden. Der Bewegung seines Armes zu folgen, war sinnlos, denn das Geschoss konnte ebenso gut in eine völlig andere Richtung fliegen und einen gänzlich ahnungslosen Rotwellmitarbeiter umkegeln. Daher gingen jedes Mal, wenn George wieder auftauchte, sämtliche Rotwellmitarbeiter in Deckung, und viele flüchteten bereits an der Wand des Gebäudes entlang ins Freie.

Im Vorgefühl des Sieges wagte sich nun auch Kipps mit einer Riesentüte Geisterbomben im Arm aus seiner Deckung. Lockwood lief zu ihm und half nach einer knappen Begrüßung, die Stäbe durch die Halle zu schleudern.

»Wie lange dauert dieser Kampf schon, Holly?«

Holly hob ihren Kapselwerfer und wischte sich mit dem Ärmel übers Gesicht. Ihre Haare und Hände waren mit grauer Asche bepudert. »Noch gar nicht so lange. Seit ihr in dem Bannkreis verschwunden seid.«

»Wart ihr etwa hier, als wir ...?« Dann kam mir ein anderer Gedanke. »Aber das – das ist doch schon *ewig* her, oder? Stunden ...«

»Ach was. Höchstens zehn Minuten.«

»Aber ... man braucht doch allein schon eine halbe Stunde von hier bis nach Aldbury Castle. Und noch mal mindestens zwanzig Minuten, um von dort hierher zurückzurennen!« Ich musste es laut aussprechen, um es mir selbst klarzumachen. Inzwischen kam mir das, was wir auf der anderen Seite des Kreises erlebt hatten, seltsam unwirklich, schwerelos, beinahe traumartig vor.

»Was redest du da?« Holly feuerte eine Sprengkapsel auf den ramponierten Gepanzerten ab, der mit unkoordinierten Bewegungen das Weite suchte. Seine Brustplatte hatte sich gelöst und schwang wie ein Pendel hin und her, Stiefel, Handschuhe und andere Bestandteile lagen wie Eisenschrott auf dem Boden. Holly tätschelte ihre Waffe. »Das Ding hier ist echt super.«

»Steht dir auch super. Aber jetzt komm mit zu den anderen. Ich glaube, wir haben's gleich geschafft.«

Die Reihen der Feinde lichteten sich. Die meisten Institutsmitarbeiter hatten inzwischen die Flucht ergriffen, die verbliebenen schienen sich trotz Steve Rotwells gellende Befehle ebenfalls schleunigst aus dem Staub machen zu wollen. Halb hinter den umgekippten Transportwagen geduckt, war Rotwell selbst weder geflohen, noch hatte er auf irgendwelche modernen Waffen zurückgegriffen. Er hatte seinen Degen gezogen.

Als Holly und ich näher kamen, winkte George mir zu. Hinten an seinem Schultergurt hing groß und glänzend wie eine Kokosnuss eine der überdimensionalen Leuchtbomben aus dem Waffenlager. »Hi, Luce.«

»Hi, George. Wie ich sehe, amüsierst du dich prächtig. Da hast du dir ja ein ziemlich dickes Ding unter den Nagel gerissen.«

»Ja, das ist meine Lebensversicherung. Aber ich denke mal, diese Geisterbomben hier tun's fürs Erste auch.«

Lockwood hatte gerade einen der Stäbe in Steve Rotwells Richtung geschleudert. Die Glaskugel am Ende zersplitterte, eine gekrümmte weibliche Gestalt, blassblau schimmernd und durchsichtig, stieg hinter dem Agenturinhaber auf. Ohne sich umzudrehen, stieß er mit dem Degen über die Schulter und durchbohrte die Erscheinung. Das Ektoplasma verdampfte zischend.

»Habt ihr das gesehen?«, rief George. »Der Typ hat grade ’ne alte Oma durchgesäbelt. Wie armselig ist das denn!«

»Typisch Rotwell.« Kipps schleuderte die nächste Geisterbombe. Der Stab prallte von der Wand ab und blieb einfach auf dem Boden liegen. »Hey, das Ding ist nicht mal losgegangen!« Er drohte Steve Rotwell mit der Faust. »Was verkaufen Sie denn für einen Schrott?«

»Also eins musst du zugeben, Kipps«, sagte George, »als du noch für Fittes gearbeitet hast, habt ihr solche tollen Abenteuer nicht erlebt. Geht’s dir da nicht gleich viel besser?«

»Wieso?«

»Zum Beispiel, weil es dich ein bisschen davon ablenkt, dass du *du* bist – Achtung!«

Steve Rotwell war der Kragen geplatzt. Mit einem Wutschrei sprang er über den Transportwagen, stand mit zwei langen Schritten auf dem Podest und holte mit dem Degen nach Kipps aus. Doch eine andere Klinge wehrte den Hieb ab und beide Klingen klirrten dicht über Kipps’ Kopf gegeneinander. Stellt euch eine Totenkopfflagge vor, bloß umgedreht, dann habt ihr das Bild vor Augen.

Es war natürlich Lockwoods Degenklinge und ein paar Herzschläge lang standen die beiden Gegner reglos da. Kipps war im ersten Schreck wie gelähmt gewesen, zog jetzt aber den Kopf wie eine Schildkröte langsam zwischen die Schultern, bis er außer Reichweite der bebenden Klingen war. Dann brachte er sich mit leichenblassem Gesicht in Sicherheit.

Steve Rotwell war größer als Lockwood und beträchtlich schwerer, er legte sein ganzes Gewicht auf den Degen. Lockwood glich den Druck durch behutsame Drehungen seines schmalen Handgelenks aus. Abgesehen davon rührte sich keiner der beiden.

»Ich habe Ihnen neulich etwas prophezeit«, sagte Steve Rotwell. »Erinnern Sie sich noch daran?«

»Allerdings«, erwiderte Lockwood. »Sie haben mir vorhergesagt, dass ich mich mit Ihnen anlegen würde.« Er wies mit der freien Hand auf das brennende Gebäude und die flüchtenden Angestellten. »Zählt das als Anlegen? Wenn ja, dann herzlichen Glückwunsch – Sie haben recht behalten.«

»Das war noch nicht alles, was ich sagte.« Rotwell machte einen Satz nach hinten und zog dabei seine Klinge zurück. Gleichzeitig trat er ein brennendes Holzstück in Lockwoods Richtung, der aber darüber hinwegsprang, sodass es Funken sprühend gegen eine der Kisten hinter ihm flog. »Ich habe Ihnen auch prophezeit, dass Sie es bereuen werden. Und genau dafür werde ich jetzt sorgen.«

Rotwell griff wieder an, wobei er die Degenspitze schwungvoll herumwirbeln ließ. Lockwood parierte die kreisenden Hiebe einmal, zweimal, auch ein drittes Mal, wurde jedoch rückwärts von dem Podest hinuntergedrängt. Er sprang leichtfüßig auf den Boden, sein schwererer Gegner landete mit einem dumpfen Aufprall.

»Die Arbeit von Jahren!«, knurrte Rotwell. »Das Ergebnis jahrelanger Studien, und Sie ruinieren das alles in einer einzigen Nacht!«

»Selber schuld!« Lockwood war immer noch in der Defensive und wehrte die Attacken des Älteren ab, so gut er konnte. »Ihre Experimente haben Angst und Schrecken über Aldbury Castle gebracht! Sie haben es auf dem Gewissen, dass so viele Geister erwacht sind! Zahlreiche Menschen sind ums Leben gekommen! Und das alles, weil Ihr gepanzerter Hampelmann auf der Anderen Seite herumgetrampelt ist und die Toten aus ihrem Schlaf geweckt hat.« Er tänzelte zur Seite und hieb nach Rotwells Handgelenk, doch der Schlag prallte am verzierten Handschutz des gegnerischen Degens ab.

Steve Rotwell wich einen Schritt zurück. »Sie haben mehr herausgefunden, als ich Ihnen zugetraut hätte, aber ich glaube nicht, dass Sie alles verstanden haben. Andernfalls hätten Sie nämlich begriffen, dass der Tod dieser Dorfbewohner ein vergleichsweise geringer Preis dafür ist.« Mit einem wirbelnden Doppelstoß zwang er Lockwood dazu, an die gespannte Kette zurückzuweichen. »Das Gleiche könnte man von Ihrem Tod übrigens auch sagen.«

Er führte einen gewaltigen Abwärtshieb, Lockwood duckte sich weg, und die Klinge durchtrennte die Kette. Das Ende, das an dem Pfosten befestigt war, fiel zu Boden, der lose Rest wurde in den Kreis gesaugt, wie Spaghetti in einen aufgerissenen Rachen, und war verschwunden.

Lockwood wich stolpernd zurück, wodurch er dem Bannkreis und der Säule aus umherwirbelnden Geistern noch näher kam. Er sah erschöpft aus, und ich ahnte auch, warum. Meine eigenen Erlebnisse jenseits des Kreises hatten mich völlig ausgelaugt. Meine Beine und Arme waren wie Gummi, in meinem Kopf drehte sich immer noch alles. Wenn es Lockwood ähnlich ging, konnte er wahrscheinlich gerade mal noch seinen Degen festhalten.

»Jetzt kriegt Rotwell ihn!«, entfuhr es Holly.

Kipps nickte. »Er hat ihn in die Enge getrieben.«

»Denkste.« George hatte noch eine letzte Standardleuchtbombe an seinem Gurt. Er nahm sie ab, zwinkerte uns zu und warf sie auf Rotwells Kopf – jedenfalls glaube ich, dass er dorthin zielte. Leider flog die Bombe einfach vorbei und landete am Rand des Bannkreises, wo sie mit gewaltiger Wucht explodierte. Als sich der Rauch verzogen hatte, züngelten Flammen über den

Boden, und die dicken Eisenketten waren rußgeschwärzt und verdreht. Ein paar Kettenglieder hatten sich sogar aufgebogen. Sofort schwärmten die Gestalten innerhalb des Kreises auf diese Schwachstellen zu.

»Oha, das war gar nicht gut«, sagte Kipps. »Wo hast du denn Werfen gelernt, Cubbins?«

»Leider hat er es nie gelernt«, gab ich zurück, »das ist ja das Problem.«

Ich drängte mich an meinen Kollegen vorbei und sprang vom Podest.

Lockwood und Rotwell kreuzten wieder die Klingen. Lockwood hieb wild um sich, aber sein Gesicht war blass. Er parierte die ganze Zeit nur Rotwells Attacken und wurde abermals rückwärts Richtung Bannkreis getrieben. Rotwell witterte seine Chance. Mit zwei mächtigen Hieben drängte er Lockwood noch dichter an die geschwächten Ketten heran. Die Besucher im Kreis spürten Lockwoods Nähe und schoben sich noch zahlreicher nach vorn, mit bleichen, ausgestreckten Händen und aufgerissenem Mund. Das übernatürliche Tosen schwoll wieder an, und ich sah, dass die Ketten unter dem Druck von innen leicht in Bewegung gerieten.

Lockwood focht tapfer weiter. Er parierte, er duckte sich, doch seine übliche Kraft und Geschicklichkeit hatten ihn verlassen. Im nächsten Augenblick war auch seine Waffe weg. Rotwell hatte sie ihm einfach aus der Hand geschlagen. Lockwood machte einen Satz nach hinten und stand direkt vor dem Bannkreis – dünn, blass, wehrlos, aber immer noch trotzig und herausfordernd. Er blickte seinen Feind mit flammenden Augen an.

»Gleich müssen Ihre Freunde dran glauben«, sagte Steve Rotwell, »aber Ihnen gebührt natürlich der Vortritt.« Er holte mit dem Degen weit aus.

In diesem Augenblick kam *ich* dazu.

Ja, Rotwell hatte den Degen erhoben, aber er stand auch ein wenig vorgebeugt und mit herausgestrecktem Hintern da und bot in jeder Hinsicht ein hervorragendes Ziel. Ich holte mit dem Fuß aus und platzierte einen heftigen Tritt.

Ein 1-a-Volltreffer, wenn ich mich mal selbst loben darf. Rotwell taumelte nach vorn, Lockwood konnte sich gerade noch zur Seite werfen, Rotwell stolperte über die dicken Ketten am Boden und landete halb im Bannkreis auf dem Bauch. Er versuchte sofort, sich aufzurappeln, doch schon überzog Eis seinen Rücken und kroch in seine Haare. Er richtete sich schwerfällig halbwegs auf, wobei die Sehnen an seinem Hals vor Anstrengung hervortraten, aber irgendetwas hinderte ihn am Aufstehen. Die grauen Gestalten scharten sich um ihn. Sie zogen an dem Arm, der schon im Kreis lag, und zerrten ihn weiter herein, erst mit einem Ruck, dann mit einem zweiten. Beide Male konnte Rotwell sich wieder losreißen, doch seine Kräfte schwanden zusehends. Die Eisschicht erstreckte sich inzwischen schon auf seine Stirn, überwucherte seine Wangenknochen und umhüllte das markante Kinn.

Das war das Ende. Rotwell unternahm noch einen letzten Versuch aufzustehen, schrie ein letztes Mal auf…

Dann wurde er in den Kreis gesaugt. Es geschah so schnell, geräuschlos und so *mühelos,* als hätte ihn der Kreis inhaliert. Eben hatte er noch dort gekauert, ein stattlicher, von Eis bedeckter Mann, im nächsten Augenblick war er verschwunden. Steve Rotwell, der Chef der Agentur Rotwell, war nicht mehr.

Die grauen Gestalten wirbelten triumphierend umher. Die Ketten bebten und die aufgebogenen Glieder glitten über den Boden. Etwas drückte den Bannkreis von innen auf, er würde nicht mehr lange standhalten.

Lockwood kam unsicher auf die Beine und hob seinen Degen auf. Er war weiß wie ein Laken, nahm meine Hand und zog mich eilig zu den anderen.

»George!«

»Was denn?«

»Wir müssen den Kreis zerstören. Diese Monsterbombe auf deinem Rücken, ich glaube, die könnte jetzt mal zum Einsatz kommen.«

»Du meinst die Dicke Brenda?«

»Du hast dem Ding einen Namen gegeben?«

»Ich hab sie irgendwie lieb gewonnen.« George nahm die silbrige Kokosnuss von seinem Schultergurt und wog sie in der Hand. »Aber von mir aus. Wo soll ich sie hinschmeißen?«

»Halt! Äh – am besten überlässt du sie Lucy, die steht näher dran. Nein, gib sie ihr einfach in die Hand. Nicht werfen!«

George überreichte mir die Leuchtbombe, und ich staunte, wie schwer sie war.

»Hier ist ein Zeitschalter dran, Luce«, sagte er. »Was meinst du? Reichen zwei Minuten?«

Ich warf einen Blick auf den sich auflösenden Bannkreis und die stürmisch dagegen drängenden Gestalten. Ich erkannte Emma Marchments Geist, hohläugig und mit rotem Mund, und Solomon Guppys aufgedunsene Gestalt. Und ich glaubte in dem brodelnden Dunst ein blaues Kleid aufleuchten zu sehen. Die beschädigten Kettenglieder würden nicht mehr lange halten. Wenn der Bannkreis aufbrach, würden alle diese Geister in die Welt hinausschwärmen.

Ich stellte den Zeitschalter ein.

»Ich glaube, eine Minute ist besser«, sagte ich. »Wie schnell können wir rennen?«

* * *

Wie sich herausstellte, lautete die Antwort auf diese Frage: »Gerade noch schnell genug.« Die erste Detonation erfolgte, als wir eben den Zaun hinter uns gelassen hatten und über das Feld dahinter sprinteten. Sie war so gewaltig, dass sie das Dach des Hauptgebäudes wegpustete und uns der Länge nach ins Gras warf. Einen Augenblick lang wurde die Nacht zum Tag und wir sahen die vielen verschiedenen Grün- und Gelbtöne sämtlicher Kräuter und Gräser glasklar in 3-D. Dann regneten die ersten Metalltrümmer auf uns herab und jedes Interesse an Botanik hatte sich erledigt.

Wir rannten weiter. Ein paar Minuten später erreichten wir den relativ sicheren Hügel. Dort ließen wir uns unter die Birken auf seiner Kuppe fallen und schauten zu dem brennenden Institut hinunter.

Als Lockwood wieder zu Atem gekommen war, wanderte sein Blick über George, Kipps und Holly, die in unterschiedlichen Haltungen erschöpft im Gras lagen.

»Danke, dass ihr uns gerettet habt«, sagte er. »Lucy und ich haben uns noch nie so gefreut, jemanden wiederzusehen. Wir dachten, ihr wärt alle nach Hause gegangen.«

»Wären wir ja auch fast«, erwiderte Holly.

George nickte. »Nachdem ihr uns im Waffenlager zurückgelassen habt, gab es eine Auseinandersetzung darüber, was zu tun ist. Kipps wollte deiner Anweisung Folge leisten und gehen, aber das brachte ich nicht fertig. Ich wollte hinter dir her und Holly war auch dafür. Daraufhin meinte Kipps, wenn er schon von einer Klippe springen muss, dann wenigstens mit einer Knarre in der Hand, und fing an, uns so viele Waffen aufzuladen, wie wir tragen konnten. Zwei Wissenschaftler, die noch mal zurückkamen, hielten uns kurz auf, aber dann zogen wir los. Ihr hättet uns sehen sollen, wie wir bis an die Zähne bewaffnet den Gang runter sind.« Er kicherte. »In der Haupthalle haben wir uns erst mal hinter den Kisten verschanzt, aber dann kam die böse Überraschung, als wir gesehen haben, wie ihr in dem Bannkreis verschwunden seid.«

»Dann wart *ihr* das, die durch den Gang gekommen sind?« Mir fiel die Kinnlade herunter. »Lockwood und ich dachten, es wären noch mehr Rotwell-Leute! Nur deswegen sind wir in den Bannkreis geflüchtet!«

»Ach so«, sagte George, »das tut mir leid. Aber ihr wollt uns ja jetzt wohl nicht vorwerfen, dass wir zurückgekommen sind, oder? Jedenfalls, als ihr da zwischen den Geistern verschwunden seid, waren wir fix und fertig. Geisterumhänge hin oder her, wir dachten, ihr wärt tot. Und kurz darauf kamen auch Rotwell und seine Bande zurück, und dieser Typ mit seinem bescheuerten Eisenpanzer marschierte auf den Bannkreis zu, weil er wieder reinwollte.«

»Das war das Flammende Phantom«, sagte ich. »Nein, frag nicht. Wir haben euch viel zu erzählen, aber das kann warten. Was geschah dann?«

»Tja, was war dann?«, sagte Kipps, der immer noch im Gras lag. »Dann ist George ausgerastet.«

George nahm die Brille ab und rieb sich die Augen. »Ich wusste nicht, dass der Typ das Phantom ist«, sagte er, »aber ich wusste, was es mit dem Kreis auf sich hatte. Und wie gesagt, ich dachte, ihr seid nicht mehr am Leben. Auf einmal war ich wie angestochen und nur noch … wütend. Und dann habe ich eine hervorragende Forschungseinrichtung in Brand gesteckt.« Er seufzte abgrundtief. »Kann passieren. Aber letztendlich ist ja alles gut ausgegangen.«

»So kann man es auch formulieren«, sagte Lockwood. Das Inferno war inzwischen auf die Verbindungsgänge übergesprungen und erreichte das Waffenlager mit seinen Vorräten an Leuchtbomben und anderem Feuerwerk.

»Wir dachten, ihr wärt tot!«, rechtfertigte sich George noch einmal. »Wir waren stinksauer.«

In diesem Augenblick erfolgte eine gewaltige Detonation. Die verbliebenen Gebäude des Rotwell-Instituts flogen in die Luft. Wo sie gestanden hatten, stiegen blumenkohlähnliche Wolken aus weißem Feuer empor.

»Du, Lucy«, sagte Lockwood, »wenn wir wieder zu Hause sind und George das nächste Mal den letzten Keks haben will, erinnere mich dran, dass er ihn kriegt.«

»Meinetwegen kann er die ganze Packung haben.«

Wir saßen alle fünf auf dem Hügel und schauten dem Werk der Zerstörung zu. Der Horizont hinter den Hügeln weiter im Osten färbte sich rosig und bald waren die Felder um uns herum mit glitzernder Asche bedeckt wie mit Schnee.

VI.

Unerwarteter Besuch

Kapitel 28

Seit über tausend Jahren, wahrscheinlich schon seit der letzte Rabe den letzten Fleischfetzen von den Skeletten der Wikinger und Angelsachsen auf dem historischen Schlachtfeld gepickt hatte, war Aldbury Castle ein verschlafenes Nest gewesen, vergessen und von niemandem beachtet. Etliche Jahrhunderte, in denen einiges passiert war, waren einfach an dem Dorf vorübergegangen. Nicht einmal die jüngste Geisterepidemie hatte dem Ort zu mehr Aufmerksamkeit verholfen. Doch mit dem *Rotwell-Skandal* (wie die Zeitungen die Katastrophe im Institut nannten) änderte sich das auf einen Schlag. Mit einem Mal war Aldbury Castle der berühmteste Ort in ganz England.

Schon am nächsten Morgen ging es los. Um halb neun, ungefähr drei Stunden nachdem die ersten Detonationen, deren schwarzer Qualm noch immer über den Bäumen strudelte, den Himmel hinter den Hügeln hatten aufleuchten lassen, kamen die ersten Fahrzeuge ins Dorf gerollt. Der Strom sollte nicht mehr versiegen. Den ganzen Tag über bretterte eine nicht enden wollende Kolonne aus Autos, Lastwagen und fensterlosen Kleinbussen, bis zum Platzen mit BEBÜP-Mitarbeitern, Rotwell-Agenten und Polizisten besetzt, durch den Wald heran. Kurz darauf, nachdem sich die Neuigkeit herumgesprochen hatte und die ersten Journalisten auftauchten, sperrte die BEBÜP das ganze Dorf ab. An der Brücke westlich des Angers wurde ein Kontrollposten errichtet und ein weiterer an der kleinen Straße, die in östlicher Richtung durch den Wald führte. Wachen wurden aufgestellt und niemand durfte mehr hinein oder hinaus.

Was uns ganz recht war. Wir waren ohnehin nicht in der Verfassung, irgendwohin zu gehen. Wir schliefen lange, verbrachten den ganzen Tag in der Schankstube des Gasthofs und ließen uns im Ort nicht blicken.

Hin und wieder bekamen wir etwas von dem mit, was sich draußen abspielte. BEBÜP-Teams versorgten sich beim Wirt mit Essen und Trinken, und mithilfe der Informationsbrocken, die sie gegenüber Danny Skinner und seinem Vater fallen ließen, konnten wir uns eine recht gute Vorstellung von dem machen, was vor sich ging.

Aufräumtrupps wateten durch die Überreste des Instituts. Der Großteil der Gebäude war zerstört worden, und das, was noch übrig war, hatte man rasch gesperrt und gewährte nur hoch spezialisierten Agenten Zutritt. Insbesondere der Zutritt zu den Ruinen des Hauptgebäudes war verboten, aber es war allgemein bekannt, dass in den benachbarten Baracken gewisse *nicht zulässige* Waffen gefunden worden waren, die höchstwahrscheinlich die Ursache für die Explosion und den Brand gewesen waren. Noch sensationeller war jedoch die Nachricht, dass Steve Rotwell nicht aufzufinden war. Er hatte das Labor am Vortag noch besucht, war aber seither nicht mehr gesehen worden. Bis jetzt war er das einzige mutmaßliche Opfer. Mehrere überlebende Wissenschaftler, die man in der näheren Umgebung aufgegriffen hatte, wurden noch vernommen.

»Es dürfte nicht mehr lange dauern, bis sie uns auch holen«, ließ sich Kipps aus seinem Sessel am Kamin vernehmen. Er hatte den Rollkragen hochgezogen, sein Gesicht war zerschunden und geschwollen. Wir anderen sahen nicht besser aus: wie eine Handvoll angestoßenes Obst, das man achtlos in eine Schale gelegt hat, wo es vor sich hin gammelte.

Lockwood spielte mit Holly Karten. Er schüttelte den Kopf, zuckte aber sofort zusammen und rieb sich den Nacken.

»Ich glaube eigentlich, dass wir ganz gut davonkommen«, sagte er. »Was Rotwell auf diesem Gelände getrieben hat, dürfte den Tatbestand krimineller Machenschaften erfüllen – bei den Geheimwaffen mal angefangen und von den Geisterbomben, die bei dem Attentat auf die Agentenparade eingesetzt wurden, ganz zu schweigen. Nicht zu vergessen den Bannkreis. Es würde mich sehr wundern, wenn Johnson und die anderen wahrheitsgemäß berichten würden, was letzte Nacht passiert ist, zumindest nicht gleich bei der ersten Befragung. Viel hängt natürlich auch davon ab, was das Feuer übrig gelassen hat.«

»Ich habe nachgedacht…«, sagte Holly. »Sollten wir nicht von uns aus die BEBÜP informieren?« Sie hatte sich am Morgen noch länger als sonst schon in unserem gemeinsamen Bad aufgehalten und sah wie durch ein Wunder fast wieder so makellos aus wie immer, trotz der Brandwunden an Stirn und Kinn. Aber weil ich ja jetzt wusste, dass hinter dieser Fassade die schwer bewaffnete, zerzauste Verrückte steckte, die ich in der Nacht zuvor kennengelernt hatte, betrachtete ich sie mit echter Zuneigung.

»Die BEBÜP? Worüber denn?«, fragte George. »Sie haben doch auch so genug Beweise dafür, was da los war.«

»Nein, ich meine, dass wir sie über den Bannkreis informieren sollten, über den Gepanzerten, der hindurchgegangen ist. Das ist doch wichtig! Wir müssen es ihnen sagen. Oder?«

»Dem guten alten Barnes?«, brummte Lockwood. »Ich weiß ja nicht … Der ist doch nicht mal dann gut auf uns zu sprechen, wenn er allerbester Laune ist. Meint ihr wirklich, er würde uns zuhören?«

»Wahrscheinlich steckt er uns eher ins Gefängnis«, entgegnete George. »Brandstiftung, Einbruch, tätlicher Angriff. Er könnte uns sofort wegen allem Möglichen einbuchten.«

»Ich stimme Holly zu«, mischte ich mich ein. »Ich finde auch, dass wir es Barnes erzählen müssen. Diese Sache ist eine Nummer zu groß, um sie einfach totzuschweigen. Als wir in der ersten Nacht hier auf dem Friedhof waren, haben wir gesehen, wie das Flammende Phan–, äh, der Typ im Eisenpanzer die Geister aufgescheucht hat, indem er einfach nur vorbeigegangen ist. Und dann, letzte Nacht …« Meine Stimme brach, ich zitterte trotz des Kaminfeuers und konnte erst nach einer kurzen Pause weitersprechen: »Letzte Nacht haben Lockwood und ich im Grunde genau dasselbe getan. Nur, welche Schlussfolgerungen sich daraus ergeben …«

»Schlussfolgerungen, die man uns bei der BEBÜP vermutlich sowieso nicht glauben würde, fürchte ich.« Lockwood ließ die Karten sinken. »Aber vielleicht habt ihr ja auch recht. Wahrscheinlich ist es wirklich besser, Barnes alles zu erzählen, falls wir demnächst mal die Gelegenheit haben.«

Es fiel uns auch deshalb so schwer, darüber mit Inspektor Barnes – oder auch nur untereinander – zu sprechen, weil das, was wir erlebt hatten, so überwältigend gewesen war. Vor allem Lockwood und ich hatten Schwierigkeiten, unsere Erfahrungen auf der anderen Seite des Kreises verständlich zu schildern. Wir waren uns einig, was wir erlebt zu haben glaubten. Auch darüber, an einem Ort gewesen zu sein, der unserer Welt, die wir kannten, sehr ähnlich sah, nur dass er nicht von den Lebenden, sondern von den Toten bewohnt wurde. An diesem Ort waren *wir* die Eindringlinge gewesen, und unsere Anwesenheit hatte die Bewohner zum Handeln gezwungen, genauso wie es beim Flammenden Phantom geschehen war. So viel war uns beiden in etwa klar. Aber auch nur mit diesem vagen Wissen zurechtzukommen, war ungefähr so, als stünde man am Rande eines gähnenden Abgrunds und müsste gleich den Schritt ins Leere wagen. Dieser Schritt war nicht leicht. Verstand und Gefühl sträubten sich dagegen.

Als Lockwood und ich nach unserer Rückkehr zum Gasthof den anderen Bericht erstattet hatten, waren sie sehr still geworden. Sogar George hatte nicht mehr viel gesagt, obwohl seine Brillengläser funkelten, als er lange ins Feuer schaute.

»Faszinierend«, sagte er schließlich. »*Total* faszinierend. Darüber muss ich erst mal in Ruhe nachdenken.«

Holly war sofort auf etwas ganz anderes angesprungen. »Wenn das stimmt«, sie hatte uns forschend in die Augen geblickt, »dann wüsste ich gern, wie ihr euch jetzt fühlt. Geht es euch gut? Ist alles in Ordnung?«

»Alles bestens«, hatte Lockwood lachend geantwortet. »Mach dir keine Sorgen. Die Umhänge haben uns hervorragend geschützt. Stimmt doch, Luce?« Und ich hatte ihm lächelnd zugestimmt.

Doch als ich später in den Spiegel schaute, kam es mir vor, als wäre ich noch blasser als sonst. Es war schwer zu sagen. Ebenso wenig wie ich beurteilen konnte, ob das Schwächegefühl, das ich spürte, einfach nur die normale Erschöpfung nach einem Einsatz war. Wahrscheinlich schon. Außerdem hatte ich jetzt sowieso nicht die Energie, mich näher damit zu befassen.

* * *

Wer an diesem ersten Vormittag jedoch mehr als genug Energie übrig hatte, war der Schädel. Zu seinem großen Kummer war er die ganze Zeit über mitsamt unserer Ausrüstung in der Speisekammer des Gasthofs verstaut gewesen. Holly hatte sich geweigert, ihn nach unserer Rückkehr mit auf unser Zimmer zu nehmen, und ich konnte es ihr offen gestanden nicht verübeln.

»*Warum hast du mich überhaupt gerettet?*«, grummelte er, als ich den Kopf durch die Speisekammertür streckte. »*Wenn du mich jetzt in so ein feuchtes Loch verbannst? Ich hab zwar keine Nase, aber ich weiß auch so, dass es hier schauderhaft nach Zwiebeln und Pisse stinkt.*«

»Quatsch.« Ich trat über die Schwelle und sog beherzt die Luft ein. »Von Zwiebeln eindeutig keine Spur. Außerdem ist das ja wohl allemal besser, als eingeäschert zu werden, so wie die anderen Quellen aus dem Institut, also sei gefälligst dankbar.«

»*Ich überschlage mich geradezu vor Dankbarkeit!*« Die leeren Augen wurden schmal. »*Und wo wir gerade beim Thema sind ... Hast du mir vielleicht irgendetwas zu sagen?*«

Ich kratzte mir die Nase. »Was denn?«

»*Du bist doch aus einem bestimmten Grund hier.*«

»Ehrlich gesagt, will ich nur die Kartoffeln fürs Mittagessen holen. George macht Pommes. Aber wenn ich schon mal hier bin ...«

»*Na los. Spuck's aus.*«

Ich holte tief Luft.

»Das warst du, oder?«, sagte ich. »Auf der Anderen Seite. Als wir uns verlaufen hatten und die Kette nicht mehr gefunden haben. Da hast du mir gezeigt, wo sie ist.«

Das Gesicht grinste. »*Und dir das Leben gerettet? Mal ehrlich – hört sich das nach mir an?*«

»Na, egal, wer es war, *ich* bin dem Betreffenden jedenfalls sehr dankbar. Außerdem habe ich wohl noch etwas anderes begriffen. Du sagst doch dauernd: *Der Tod ist mitten im Leben und das Leben ist mitten im Tod.* Jetzt weiß ich, wie du darauf kommst. Weil die Geister in die Welt der Lebenden eindringen, während … während die Lebenden in …«

Ich brachte es nicht über die Lippen. Außerdem vollführte das grünliche Gesicht etwas ziemlich Abstoßendes mit seiner Zunge.

Kurzes Schweigen.

»*Na* endlich!«, sagte der Schädel dann. »*Das wurde aber auch Zeit! Für diese Erkenntnis hast du Monate gebraucht. Ja, letzte Nacht warst du der lebende Beweis für meine Worte. Vielleicht kapierst du jetzt auch, warum wir beide so gut miteinander auskommen. Weil wir beide zwei Welten bewohnen. Du spürst die andere Welt die ganze Zeit über – du hast schon immer flüchtige Eindrücke von ihr erhascht – und jetzt warst du tatsächlich dort. Du und ich, wir sind zwischen Leben und Tod gefangen, Lucy. Deshalb bilden wir ja auch ein ideales Team.*« Er nickte mir kameradschaftlich zu. »*He, erinnerst du dich noch an meinen Vorschlag?* Carlyle & Totenkopf? *Das Angebot gilt noch. Meinetwegen kann dein Name sogar an erster Stelle stehen.*«

»Du hast anscheinend Lockwood vergessen.« Diese Unterhaltung war jetzt weit genug gegangen. Ich holte das Netz mit den Kartoffeln und trug es zur Tür.

»*Ach, Lockwood, Schmockwood – der fühlt sich doch noch mehr zum Tod hingezogen als wir beide. Das weißt du selber. Er macht es nicht mehr lange. Dagegen ist eine Partnerschaft mit mir eine sichere Sache, weil … Jetzt warte doch mal! Wo willst du denn hin? Spinnst du? Wir stehen kurz vor einer wichtigen Entscheidung und du hast nur deine Pommes im Kopf? Komm zurück!*«

Aber ich war schon draußen. Manchmal reichen schon Pommes, damit man bei Verstand bleibt.

* * *

Für die Jahreszeit war es ungewöhnlich mild, deshalb aßen wir im Garten des Gasthofs. Ab und zu brausten BEBÜP-Fahrzeuge vorbei. Danny Skinner, dessen Verehrung für uns nach den Ereignissen der Nacht schwindelnde Höhen erreicht hatte, blieb stets in unserer Nähe und löcherte uns mit Fragen, die wir nicht beantworten konnten oder wollten. Gerade schaukelte er wieder wie ein Affe mit dem Gartentor hin und her und beobachtete die Rauchwolke hinter den Bäumen.

Ein großer schwarzer Wagen kam aus dem Wald und hielt direkt vor dem Gasthof. Ihm entstieg Inspektor Montagu Barnes, der erschöpfter und zerknitterter denn je aussah. Er drückte das Tor auf, an dem Danny immer noch hing, ging quer über den Rasen, blieb vor unserem Tisch stehen und musterte unsere lädierten Gesichter.

»Guten Morgen, Inspektor«, sagte Lockwood.

George hielt ihm eine Schüssel hin. »Ein paar Pommes gefällig?«

Barnes antwortete nichts, sondern sah uns nur lange an.

»Anstrengende Nacht gehabt?«, fragte er schließlich.

»Das kann man wohl sagen!« Das kam von Mr Skinner, der aus der Schankstube herbeieilte. Wenigstens er war gut gelaunt, denn so einen Umsatz hatte er schon seit Jahren nicht mehr gemacht. »Mr Lockwood und seine Freunde hatten alle Hände voll zu tun, Aldbury Castle endlich von Geistern zu befreien. Sie sind erst zwei Nächte im Einsatz und schon ist alles viel besser. Sie haben mein Haus von Heimsuchungen gesäubert und viele andere Häuser auch. Ihnen verdanken wir, wieder ruhig schlafen zu können. Junge Helden sind das, Herr Inspektor, einer wie der andere.«

Barnes' Schnurrbart bog sich skeptisch nach unten.

»Ach ja? Das höre ich zum ersten Mal.« Weiter sagte er nichts, stand einfach nur da, die Hände tief in den Taschen seines Regenmantels vergraben, und wartete, bis der Gastwirt wieder im Haus verschwunden war.

»Freut mich, dass Sie so gut im Geschäft sind«, fuhr er dann fort. »Und keinen Ärger mehr machen.«

»Stimmt, Inspektor«, entgegnete Lockwood. Ich sah ihn an. Er fing meinen Blick auf.

Wir saßen ruhig auf unseren Stühlen.

»Tja, wenn es sonst nichts gibt, mache ich mich mal wieder auf den Weg.« Barnes schickte sich an zu gehen.

»Na ja ...«, sagte ich, »... da wäre schon noch etwas ...«

»Wir müssen dringend mit Ihnen sprechen, Mr Barnes«, fügte Lockwood hinzu.

Der Inspektor blickte uns wieder an, dann hob er die Hand, als wäre ihm eben etwas eingefallen.

»Der Junge da drüben«, sagte er gedehnt. »Der wie ein Geisteskranker am Gartentor schaukelt.«

»Was ist mit ihm?«

»Ob er sich wohl ein paar Pfund verdienen möchte?«

Noch ehe die letzte Silbe über die Lippen des Inspektors gekommen war, stand Danny auch schon in Habachtstellung vor ihm und salutierte unbeholfen.

»Brauchen Sie was, der Herr? Sie müssen es nur sagen!«

»Ich brauche ein Mittagessen für mich und für drei meiner Beamten. Ob du vielleicht reingehen und ein paar belegte Brote schmieren könntest? Wenn sie ordentlich schmecken, sind für dich fünf Pfund drin.«

»Aber klar doch, Herr Inspektor! Wird erledigt, Herr Inspektor! Sie kriegen die besten Brote, die Sie je gegessen haben!« Danny trabte ins Haus.

»Machen Sie sich keine Sorgen um Ihren Fünfer«, sagte George. »Das Einwickelpapier wird das Einzige sein, was an den Broten genießbar ist, glauben Sie mir.«

Barnes nickte grimmig. »Darum geht es nicht. Ich hatte nur den Eindruck, dass der Kleine lange Ohren macht – groß genug sind sie ja –, und ich habe mich nicht getäuscht. Wissen Sie, was, warum machen wir nicht einen kleinen Spaziergang, Mr Lockwood, Miss Carlyle? Kommen Sie doch mit auf den Dorfanger, dann schnappen wir ein bisschen frische Luft.«

Barnes verließ den Garten und überquerte die Straße. Wir gingen über den Anger, bis der Gasthof ein gutes Stück hinter uns lag.

»So! Hier stört uns niemand. Also, was wollten Sie mir sagen?«

»Es geht um das, was letzte Nacht vorgefallen ist«, antwortete ich. »Um das Institut.«

»Das Institut?« Barnes rieb seinen Schnurrbart und sah an uns vorbei. »Die Ermittlungen sind noch in vollem Gange. Ich darf Ihnen nicht mehr verraten, als dass sich dort letzte Nacht ein Unfall ereignet hat.«

»Darum geht es ja«, entgegnete Lockwood. »Es war eigentlich kein Unfall, sondern –«

»Irgendein Experiment ist fürchterlich schiefgegangen«, fuhr der Inspektor unbeirrt fort. »Nach allem, was ich gehört habe, gab es mehrere Tote.«

»Richtig! Und Steve Rotwell –«

»Leider kann ich Ihnen nicht mehr berichten«, schnitt mir Barnes das Wort ab. »Tut mir wirklich leid. Aber vielen Dank für Ihr Interesse. Bedauerlicherweise weiß ich selbst auch nicht mehr.«

Wir sahen ihn erstaunt an.

»Und *Sie beide* wissen natürlich auch nicht mehr.«

Lockwood machte Anstalten zu widersprechen. »Also –«

»Sie waren nicht mal in der Nähe des Instituts«, sagte Barnes.

»Äh – genau genommen sind wir –«

»Sie haben *rein* zufällig zur gleichen Zeit ein paar Heimsuchungen hier in Aldbury Castle ausgetrieben; ein Auftrag, der nicht das Geringste mit dem zu tun hatte, was sich dort auf dem Gelände ereignet hat. Sie interessieren sich weder für Rotwell noch für sein Institut und auch nicht dafür, was sich in dem Hauptgebäude in der Mitte der Anlage abgespielt hat, und wenn Sie noch über eine Spur Restverstand verfügen, machen Sie das jedem, der Sie danach fragt, unmissverständlich klar. Übrigens auch jedem, der Sie *nicht* danach fragt. An Ihrer Stelle würde ich diese Information laut und deutlich und sehr schnell verbreiten. Haben Sie mich verstanden? Mr Lockwood? Miss Carlyle?« Barnes musterte uns mit seinen müden Bluthundaugen. »Die BEBÜP hat nämlich unter anderem die Aufgabe, Leib und Leben von Agenten zu schützen, auch von Querulanten, wie Sie welche sind. Ich möchte nicht eines Morgens aufwachen und erfahren, dass sich in der Portland Row weitere vier Unfälle ereignet haben. Das würde mir mein Frühstücksei ernsthaft verhageln.«

Lockwood sah mich an und holte tief Luft. »Vielen Dank, Inspektor«, sagte er dann. »Wir haben Sie sehr gut verstanden. Wirklich schade, dass Sie uns nicht mehr darüber erzählen dürfen, woran im Rotwell-Institut geforscht wurde, aber wir müssen uns wohl damit abfinden, dass wir es nie erfahren werden.«

Barnes nickte zufrieden. »Sehr schön. Genau so habe ich es gemeint.«

* * *

Wir blieben noch zwei Nächte in Aldbury Castle und hielten Ausschau nach eventuell noch verbliebenen übernatürlichen Vorkommnissen. Doch wie Mr Skinner schon gegenüber Barnes geäußert hatte, waren die Dorfgeister größtenteils abgezogen. Mit der Vernichtung des Bannkreises im benachbarten Institut und dem Ende der mysteriösen Aktivitäten des Flammenden Phantoms hatte sich die Lage deutlich beruhigt. Die meisten Besucher erschienen überhaupt nicht mehr, und diejenigen, die sich noch blicken ließen, waren jetzt viel schwächer und weniger bösartig. So konnten wir behaupten (und taten es auch), diese Veränderung sei allein auf unser Eingreifen zurückzuführen. Wir machten noch ein bisschen Theaterdonner und warfen hier und da noch eine Salzbombe, damit es aussah, als würden wir etwas unternehmen, doch die meiste Zeit blieben wir im Gasthof und spielten Karten.

An unserem fünften Morgen auf dem Land hatte sich auch die Lage auf den Feldern im Osten wieder beruhigt. Viele BEBÜP-Fahrzeuge waren schon wieder weg und die Absperrungen rund um das Dorf wurden aufgehoben. Inzwischen genossen wir bei den Dorfbewohnern echten Heldenstatus. Ein paar TYP-EINS-Geister streiften noch umher, was uns aber nicht mehr von der Abreise abhielt. Vor allem Kipps hatte es eilig – schon seit zwei Nächten hatte er sich entscheiden müssen, ob er lieber mit George in einem Bett oder in der Speisekammer bei dem Schädel schlafen wollte (aus nicht näher genannten Gründen hatte er dem Schädel den Vorzug gegeben) –, aber auch wir anderen freuten uns auf zu Hause.

Ein Abschiedskomitee des Dorfes brachte uns zum Bahnhof, Danny Skinner marschierte mit stolzgeschwellter Brust vorneweg. Die dankbaren Dorfbewohner überreichten uns Geschenke in Form von Wurzelgemüse, Lockwood wurde ein Umschlag mit Bargeld zugesteckt: unser Honorar. Die Kinder streuten Blumen. Als der Zug abfuhr, winkten alle mit ihren Taschentüchern, bis wir nicht mehr zu sehen waren.

Dann saßen wir in unserem Abteil. Lockwood mir gegenüber sah blass und müde aus. Wir hatten uns immer noch nicht über das ausgesprochen, was uns widerfahren war, doch wenn sich unsere Blicke gelegentlich begegneten, tauschten wir etwas aus, das sich mit Worten nicht ausdrücken ließ.

Wir lächelten einander an und schauten durchs Fenster auf Wälder und Felder. Eine wunderschöne Frühlingslandschaft glitt an uns vorbei. Die Rauchsäule über den Hügeln im Osten war längst verweht, trotzdem lag immer noch ein Hauch Brandgeruch in der Luft. Er war mit ins Abteil gedrungen, und obwohl Holly das Fenster geöffnet hatte, begleitete er uns bis nach London.

Kapitel 29

TERRORISTISCHE VERBINDUNG ZUR AGENTUR ROTWELL!

VERBOTENE WAFFEN IN ZERSTÖRTEM INSTITUT SICHERGESTELLT

STEVE ROTWELL IMMER NOCH VERSCHOLLEN, VERMUTLICH TOT

Exklusivinterview mit BEBÜP-Chefermittler Montagu Barnes

Die sensationellen Entdeckungen in den Ruinen des Rotwell-Instituts in Hampshire fanden gestern ihre Fortsetzung. Die Polizei bestätigt, dass in einem Nebengebäude eine »Waffenfabrik« von gewaltigen Ausmaßen entdeckt wurde. Unter den sichergestellten Gegenständen waren angeblich mehrere nicht explodierte »Geisterbomben«, wie sie bei dem terroristischen Angriff auf die Agentenparade im vergangenen November verwendet wurden, bei dem auch ein Attentat auf das Leben von Mrs Penelope Fittes verübt wurde. Mehrere Institutsmitarbeiter, darunter auch der Leiter, Mr Saul Johnson, wurden festgenommen. Ihnen wird vorgeworfen, zusammen mit dem Inhaber der Agentur, Steve Rotwell, in dieses Attentat verwickelt zu sein. Mr Rotwells Aufenthaltsort ist weiterhin unbekannt, man nimmt aber an, dass er bei der Explosion, die das Institut zerstört hat, ums Leben gekommen ist.

Im heutigen Exklusivinterview mit der *Times* berichtet der Chefermittler der BEBÜP, Mr Montagu Barnes, ausführlich von den riskanten Untersuchungen, die seine Einheit in den Ruinen durchgeführt hat. »Als wir dort ankamen, war es eine Flammenhölle«, sagt er. »Aber es ist uns gelungen, ein Lager mit illegalen Waffen, darunter auch tödliche Ektoplasmagewehre, auszuheben. Die Geisterbomben sind nur die Spitze des Eisbergs, das können Sie mir glauben.« Er wollte sich nicht näher dazu äußern, was sich im Hauptgebäude der Anlage befand, das bei dem Unfall schwer beschädigt wurde. »Leider ist der Zweck dieses Gebäudes noch unklar. Ich darf Ihnen aber versichern, dass wir mit Hochdruck ermitteln.«

Die Untersuchungen der Polizei wurden gestern ausgeweitet, nachdem angeblich verbotene Quellen gefunden wurden, die im Institut gelagert waren. Mehrere Mitarbeiter der Entsorgungsanstalt in Clerkenwell wurden verhaftet, weitere Festnahmen werden erwartet. Doch diese Entwicklungen verblassen gegenüber der Krise, mit der die Agentur Rotwell derzeit zu kämpfen hat. Nachdem ihr Inhaber verschwunden ist und mehreren Hauptverantwortlichen schwere Vergehen zur Last gelegt werden, ist das Vertrauen der Öffentlichkeit dahin und die Zukunft des Unternehmens mehr als ungewiss. Neuesten Berichten zufolge hat die BEBÜP die Inhaberin der Agentur Fittes, Mrs Penelope Fittes, gebeten, vorübergehend das Ruder des führungslosen Konkurrenzunternehmens zu übernehmen, um dessen Geschicke wieder zu stabilisieren. Sie wird beide Firmen von ihrem Büro auf der Strand aus leiten.

Lesen Sie das ganze Interview mit
Mr Barnes auf S. 3!
Geisterbomben und Plasmagewehre –
Die dunklen Geheimnisse der Waffenfabrik
auf S. 6
Sonderbeilage: Der angeschlagene Löwe:
Die Geschichte der Agentur Rotwell
auf S. 24–25

* * *

»Tja«, sagte Lockwood, »und wieder wurde eine Ermittlung erfolgreich unter den Teppich gekehrt.« Er warf die Zeitung auf den Tisch und nahm sich einen Toast. »Unser guter Barnes ist ein Meister solcher Winkelzüge. Das ganze Tamtam wegen der illegalen Waffen sorgt dafür, dass er das Entscheidende einfach vertuschen kann, nämlich den Bannkreis. Trotzdem sollten wir wohl froh sein, weil er so auch unseren Anteil an der ganzen Geschichte ebenfalls vertuscht.«

»Darüber bin ich sogar sehr froh!«, sagte Holly.

Das ging uns allen ähnlich. An diesem Morgen waren wir über so einiges froh. Deshalb waren wir übereingekommen, in der Portland Row 35 ein offizielles Festfrühstück zu veranstalten.

Es war der Tag nach unserer Rückkehr aus Aldbury Castle. Die Sonne schien. Holly hatte die Küchentür aufgemacht, Vögel zwitscherten, junge Blätter glänzten im Licht. Kühle Frühlingsluft erfüllte den Raum und vertrieb beinahe den Gestank von Georges gebratenen Bücklingen. Und das Allerbeste war, dass unser Team vollzählig anwesend war, um den Anlass feierlich zu begehen.

Vollzählig. Und das hieß, ich ebenfalls.

Mein eigenes Glücksgefühl rührte auch daher, dass ich diese Nacht wieder in meiner alten Dachkammer geschlafen hatte. Jetzt war ich *richtig* wieder hier. George hatte sogar, sozusagen als symbolische Geste, die meisten seiner Klamotten rausgeräumt. Trotzdem musste ich immer noch aufpassen, wo ich hintrat: Der Fußboden war nach wie vor ein Minenfeld gruseliger Socken und ekliger Taschentücher, aber es war trotzdem wieder mein Zimmer.

Mein Zimmer – und das des Schädels. Bevor ich mich ins Bett gelegt hatte, bekam er wieder seinen Stammplatz auf dem

Fensterbrett, von wo aus er sich (angeblich) am Anblick der friedlichen Nacht erfreuen und (was wahrscheinlicher war) die Kleinkinder im Haus gegenüber mit seinem schaurigen grünen Leuchten erschrecken konnte. Und jetzt am Morgen war er ebenfalls unten in der Küche, weil seine Rettung zu den Ereignissen gehörte, die wir zu feiern hatten. Doch es dauerte kaum eine halbe Minute, da machte er sich schon wieder unmöglich, indem er Holly auf eine Art und Weise anschaute, dass sie ihren Teller mitsamt der Vollkornwaffel in ihren Schoß fallen ließ. Daraufhin wurde das Geisterglas vom Tisch entfernt, in eine dunkle Ecke neben der Spüle verbannt und halb mit einem Geschirrtuch verhängt.

Der Schädel war jedoch nicht der einzige moralisch fragwürdige Gast an diesem Morgen. Auch Quill Kipps war gekommen. Obwohl er eigentlich nicht zu Lockwood & Co. gehörte (da hätte er sich lieber, wie er sagte, *splitternackt durch den Park von Wimbledon peitschen lassen*), gab es Erwägungen, ihn als Berater einzusetzen, der bei Bedarf hinzugezogen werden konnte. Er saß an diesem Morgen in unserer Runde, um diese Überlegungen zu besprechen und unsere Rückkehr nach London zu feiern. Eier wurden gekocht, Speck wurde gebraten, und sogar Hollys supergesunde Waffeln glänzten verlockend unter Unmengen von Honig und frischer Butter. Wir griffen alle herzhaft zu.

Lockwood saß am Kopfende des Tisches, reichte volle Teller weiter und passte auf, dass alle satt wurden. Ich stellte erleichtert fest, wie normal er wieder aussah. Er hatte frische Farbe im Gesicht und bewegte sich mit seiner üblichen Ungezwungenheit. Trotzdem hatten wir beide weiterhin damit zu tun, uns von unserem Spaziergang jenseits des Bannkreises zu erholen. Ich war immer noch angeschlagen und wurde von seltsamen Albträumen geplagt, die jedoch allmählich seltener zu werden schienen. An einem Morgen wie diesem konnte auch ich mir gut vorstellen, dass die Nachwirkungen dieser verstörenden Erfahrung bald verblassen würden.

Schließlich klopfte Lockwood mit der Gabel an einen Milchkrug.

»Alle mal herhören!«, sagte er. »Ich möchte euch für euren Einsatz in Aldbury Castle danken. George, Holly und Quill – ihr habt Großartiges geleistet. Ohne euch hätten Lucy und ich die Sache nicht überlebt.«

Gläser wurden erhoben, Orangensaft wurde getrunken. Dann wandte sich Lockwood mir zu.

»Lucy – dir gebührt ein besonderer Dank. Erstens dafür, dass du zu uns zurückgekommen bist. Ohne dich war Lockwood & Co. einfach nicht vollständig. Zweitens dafür, dass du dazwischengegangen bist, als mich Rotwell in die Enge getrieben hatte. Du hast mir in dieser Nacht das Leben gerettet. Danke.«

Sein Blick ruhte auf mir. Ich bemühte mich, möglichst lässig auszusehen, spürte aber, dass ich trotzdem ein bisschen rot wurde. Dann wurde mir klar, dass uns alle ansahen.

»Puh, wie peinlich«, sagte George.

Lockwood grinste und schnippte einen Toastkrümel in seine Richtung.

»In Wahrheit sind wir doch alle, wie wir hier sitzen, aufeinander angewiesen. Egal, wer von uns fehlt – die anderen sind dadurch geschwächt. Aber wenn wir zusammen sind, gibt es nichts, was wir nicht bewältigen könnten.«

»Bravo!«, rief Holly.

»Was mich zum letzten Punkt meiner kleinen Rede bringt«, fuhr Lockwood fort, »nämlich zu *neuen Horizonten.* Denn nach dem Flammenden Phantom und dem Bannkreis und allem, was Lucy und ich auf der Anderen Seite erlebt haben, ist die Welt für mich nicht mehr dieselbe. Wir haben unglaubliche Entdeckungen gemacht. Barnes will Stillschweigen darüber bewahren, aber das ist natürlich Unsinn. Von nun an müssen sich unsere Ermittlungen in einem viel größeren Rahmen abspielen. Massenhaft neue Fragen tun sich auf und wir stehen mit unseren Recherchen erst am Anfang.«

Wir tranken und setzten die Gläser wieder ab. Eine Weile waren alle still, wir lauschten dem Vogelgezwitscher, das durch die offene Tür hereinkam.

»Eins wüsste ich gern noch«, ergriff Holly dann wieder das Wort. »Was hat der Schattentyp eigentlich auf der Anderen Seite gemacht? Er ist dort doch nicht nur zum Spaß herummarschiert! Was hatte er vor? Warum geht jemand ein derartiges Risiko ein? Ich kann mir keinen Grund vorstellen, der so etwas rechtfertigt.«

»Es muss nicht unbedingt ein bestimmter Grund sein.« Das kam von George, den seine Bücklinge nicht gesättigt hatten und der sich daraufhin ein Schinken-Senf-Brot von gigantischen Ausmaßen schmierte. »Manchmal geht es einfach nur darum, das Unbekannte zu erforschen. Gebt *mir* einen Eisenpanzer und ich mache mich sofort auf den Weg zur Anderen Seite.«

»Das müsste schon ein XXL-Panzer sein, jedenfalls dann, wenn du diese Monsterstulle aufisst«, frotzelte Lockwood. »Du kannst dir aber jederzeit meinen Geisterumhang ausleihen.«

»Echt schade, dass ich den anderen Umhang verloren habe«, sagte ich zerknirscht.

Lockwood zuckte die Achseln. »Nicht mehr zu ändern. Und wer weiß, was oben noch alles in den Kisten lagert? Aber zurück zum Flammenden Phantom. Er hatte dort ganz bestimmt etwas vor. Rotwell hat auch so etwas angedeutet. Wir müssen herausfinden, was.«

»Erst müssen wir das alles mal verdauen«, sagte Kipps. »Wobei ich mir nicht sicher bin, ob ich das schaffe.«

»Ich auch nicht«, stimmte ihm Holly zu. »Es ist nicht zu fassen, dass ihr beide heil und gesund zurückgekehrt seid.«

Dazu sagte ich nichts. Wenn ich abends die Augen schloss, sah ich immer noch den schwarzen Himmel über dieser anderen, frostigen Welt vor mir.

»Also ich erklär mir die Sache so«, meldete sich George kauend zu Wort. »Lucy und Lockwood waren an dem Ort, wo die Geister herkommen. Jedenfalls lungern dort etliche von ihnen herum und lauern darauf, durch irgendwelche Schwachstellen in unsere Welt zu gelangen. Normalerweise haben wir zu diesem Ort keinen Zugang, auch wenn die Schauenden unter uns gelegentlich einen Blick darauf erhaschen, wie ich vermute. Aber dann ist das Phantom dort eingedrungen, und das hat die Geister so richtig aufgemischt. Außerdem hat das Phantom die Grenze zwischen den Welten erheblich geschwächt. Als ihr es auf dem Friedhof beobachtet habt, sah es wie ein Geist aus, oder? Ihr habt es noch in der Erscheinungsform gesehen, die es auf der Anderen Seite hatte, was bedeutet, dass die Grenze total zerschlissen war.«

»Ich wüsste gern, ob jemand *uns* beobachtet hat«, sagte Lockwood. »Hab ganz vergessen nachzufragen.«

»Was *mich* interessiert«, redete George weiter, »ist, ob schon früher jemand die Geister auf diese Weise in Aufruhr versetzt hat. Und wenn ja …« – er deutete mit dem Senflöffel auf die Karte an der Wand, wo er mit konzentrischen Ovalen die Ausbreitung der Heimsuchungen im ganzen Land eingetragen hatte – »… welchen Einfluss das auf das Problem hatte.«

Es klingelte. Holly saß der Tür am nächsten. Sie verschwand in der Diele.

»Rätsel über Rätsel…«, sagte Kipps versonnen. »Ganz schön knifflig.«

»Lass den Mut nicht sinken, Quill«, gab Lockwood zurück. »Mit dem Team, das hier zusammensitzt, werden wir sie eines Tages lösen.« Er lehnte sich zurück und streckte sich. »Wer war's denn, Holly?«

Holly war wieder hereingekommen, und noch bevor sie etwas sagte, fiel uns allen auf, wie blass sie war, wie versteinert ihr Gesicht.

»Wir haben Besuch, Lockwood. Ich habe nicht… konnte nicht… Na ja, die beiden sind schon hier. Ich musste sie reinlassen.«

Sie trat beiseite. Hinter ihr stand Penelope Fittes und lächelte ihr Hochglanzlächeln.

Die Küche war nicht sehr groß, sodass nicht mehr viel Platz für die Agenturchefin blieb. Mrs Fittes ließ den Blick über den schon ziemlich verwüsteten Tisch wandern. Sie trug ein knielanges grünes Kleid und darüber einen dunkelbraunen Mantel. Wie immer sah sie aus, als wäre sie gerade zu einer exklusiven Einladung unterwegs.

»Guten Morgen allerseits«, sagte sie. »Ich störe hoffentlich nicht. Darf ich hereinkommen?«

Was sie natürlich bereits getan hatte. Lockwood sprang auf. »Aber selbstverständlich! Bitte –«

»Nur ein kurzer Besuch. Aber bleiben Sie doch sitzen. Ich möchte Sie wirklich nicht stören. Ich habe übrigens noch jemanden mitgebracht.« Sie deutete auf einen schlanken jungen Mann mit hellblonden Locken und säuberlich gestutztem Schnurrbart in der halbdunklen Diele hinter ihr. Er trug einen teuren Tweedanzug und hatte einen Degen am Gürtel. »Ich glaube, Sie kennen Rupert Gale bereits. Ein alter Freund der Familie Fittes.«

»Allerdings … ja. Tut mir leid, dass es hier so unordentlich ist«, entgegnete Lockwood. »Wollen wir ins Wohnzimmer rübergehen?«

Mrs Fittes lächelte. »Aber nein. Ich möchte gern sehen, wo Sie in Ihrer kleinen Agentur arbeiten. Was für ein üppiges Frühstück! Und die Tischdecke mit den Skizzen …« Sie beugte sich vor, um sie näher zu betrachten. »Wie drollig! Wie charmant … Na ja, *diese* Kritzeleien hier vielleicht nicht unbedingt.«

Lockwood holte eilig noch einen Stuhl. »Tut mir leid. Ich sage George immer, er soll es bei Geistern belassen. Setzen Sie sich doch, Penelope. Sir Rupert, nehmen Sie meinen Stuhl.«

»Nein, vielen Dank. Alles bestens.« Sir Rupert Gale trat ans Fenster, lehnte sich lässig an die Spüle.

Wir waren nicht gerade erfreut, ihn in unserem Haus zu haben, denn wir kannten ihn als Schurken und Sammler illegaler Artefakte. Unsere bisherigen Begegnungen waren mit Androhungen von Gewalt gespickt gewesen. Aber dass Penelope Fittes hierherkam, war eigentlich noch viel befremdlicher.

Diese berühmte Persönlichkeit saß in unserer Küche und lächelte uns an. Der Stuhl, auf dem sie Platz genommen hatte, war ein Korbklappstuhl, ein billiges Teil mit Ektoplasmabrandspuren auf der Lehne, die eins von Georges Experimenten hinterlassen hatte. Trotzdem sah das Sitzmöbel unter dieser eleganten Dame, die ihre langen Glieder anmutig darauf drapiert hatte und deren smaragdgrünes Kleid in der Sonne schimmerte, richtig stilvoll aus. Sie schien völlig entspannt zu sein. Wir dagegen saßen (oder standen) allesamt verblüfft und stumm herum. Besonders Kipps sah tödlich verlegen aus und schob sich unauffällig hinter die Tür.

Lockwood riss sich zusammen. »Einen Tee, Penelope? Wir haben gerade frischen gemacht.«

»Vielen Dank, Anthony. Ich trinke gern eine Tasse mit.«

Nachdem somit die Formalitäten erledigt waren, sah sich Mrs Fittes gründlich in der Küche um, wobei ihr keine Einzelheit zu entgehen schien: die gebrauchten Teller, die Salz- und Eisenvorräte in der Ecke, die Tür zum Garten, Georges Englandkarte an der Wand.

»Ich bin hergekommen, weil ich mich bei Ihnen bedanken möchte«, sagte sie dann. »Für Ihre Dienste. Es war wirklich sehr freundlich von Ihnen.«

»Welche Dienste denn, Mrs Fittes?« Lockwood reichte ihr den Tee.

»Wie ich sehe, haben Sie die Zeitung gelesen.« Sie deutete auf die Titelseite der *Times.* »Dann wissen Sie ja schon, dass sich in London einiges verändert. Speziell bei den Agenturen Rotwell und Fittes, die eine Zusammenarbeit anstreben. Inoffiziell kann ich Ihnen verraten, dass es weit mehr sein wird. Es handelt sich um eine Fusion. Rotwells Ruf ist ruiniert, die Firma steckt in einer tiefen Krise. Wenn niemand eingreift, geht sie zugrunde. Deshalb wird Rotwell komplett von der Agentur Fittes übernommen. Soll heißen, Rotwell ist jetzt ein Teil von Fittes und untersteht meiner Leitung.«

Sie blickte uns nacheinander an, jene Frau, die jetzt Londons beide größten und mächtigsten Organisationen unter sich hatte.

»Herzlichen Glückwunsch«, sagte Lockwood bedächtig. »Das ist … bemerkenswert.«

»Allerdings. Es ist ein historischer Wendepunkt. Vor mir liegt viel Arbeit, wenn ich Rotwell wieder auf Kurs bringen will, aber ich bin zuversichtlich, dass es mir gelingt. Jedenfalls bin ich jetzt für beide Agenturen verantwortlich. Und ich glaube, dass ich diese glückliche Wendung vor allem Ihnen zu verdanken habe.«

Es war einer dieser Momente, in denen sich alle dermaßen anstrengen, unschuldig und ahnungslos auszusehen, dass die Atmosphäre mit einem Schlag angespannt ist. Sir Rupert Gale lächelte, nahm eine von Georges gestreiften Lieblingstassen in die Hand und betrachtete sie interessiert.

»Entschuldigen Sie, Penelope«, sagte Lockwood dann, »aber ich verstehe nicht ganz, was Sie meinen. Wir haben zufällig in einem Dorf ganz in der Nähe gearbeitet, doch was die Vorfälle im Institut und die Ursache des Unglücks betrifft – falls Sie darauf anspielen –, da tappen wir genauso im Dunkeln wie alle anderen auch.«

Mrs Fittes ließ ihr eigentümliches Lachen erklingen. Ich hatte ganz vergessen, wie tief und heiser es klang.

»Schon gut. Ich bin nicht dieser alberne Inspektor Barnes, mir gegenüber müssen Sie nicht vorsichtig sein. Aber ich will Sie nicht drängen. Nehmen wir einfach mal an, dass Sie dort Dinge gesehen haben, die nicht für Ihre Augen bestimmt waren. Vielleicht war das verwirrend für Sie. Oder es quält Sie immer noch.«

Es war sonnenklar, wovon sie sprach, aber da wir von Anfang an alles geleugnet hatten, konnten wir jetzt nicht einfach zurückrudern. Lockwood tat so, als müsste er überlegen.

»Dort im Dorf sind wir tatsächlich ein paar grausigen Erscheinungen begegnet. Unser George ist vor einem augenlosen Mädchen weggerannt und wollte gar nicht wieder stehen bleiben, stimmt's, George?«

»Sie hätten die Staubwolke mal sehen sollen!«, bestätigte George.

Die Dame lächelte wieder. »Sie sind wirklich amüsant. Es genügt wohl, wenn ich sage, dass ein paar von Rotwells Wissenschaftlern – oder sollte ich sie jetzt eher *meine* Wissenschaftler nennen? – und einige Laboranten aus dem Institut mit der Polizei gesprochen haben. Sie erwähnten irgendwelche Einbrecher.«

»Fünf Einbrecher«, kam es von Sir Rupert Gale. »Zählen Sie nach. Die Finger einer Hand.«

»Wie gesagt, ich weiß natürlich nicht genau, was Sie dort alles gehört und gesehen haben«, sagte Mrs Fittes, »aber ich rate Ihnen, es schleunigst wieder zu vergessen. Der arme Steve Rotwell war ein exzentrischer, getriebener Mensch, den es nach Erkenntnissen verlangte, die uns nicht ohne Grund verwehrt sind. Welche finsteren Experimente auch immer er in seinem Privatlabor durchgeführt hat, werden wir nicht mehr ergründen. Und ganz gewiss sollte sich keine rechtschaffene Agentur damit beschäftigen.«

Wir saßen schweigend da und ließen ihre Worte auf uns wirken. Neben der Spüle hing das Geschirrtuch über dem dunklen, stillen Glas, in dem sich nichts zu regen schien. Wenigstens hielt sich der Schädel aus der Sache raus. Ein Glück.

»Ich glaube, ich verstehe Sie«, erwiderte Lockwood dann ruhig. »Sie bitten uns, alles zu *vergessen*, was wir möglicherweise gesehen oder nicht gesehen haben.«

»Ich würde es vielleicht nicht bitten nennen – aber im Prinzip haben Sie es erfasst.«

»Darf ich fragen, warum?«

Die Dame trank einen Schluck Tee.

»Seit fünfzig Jahren«, sagte sie dann, »führen wir Krieg gegen das Übernatürliche. Sich mit Geistern einzulassen oder sie zu seinem eigenen Vorteil einzusetzen, wie Rotwell es in seiner Verblendung getan hat, ist ein zuverlässiges Rezept für eine Katastrophe. Die Geheimnisse des Todes sind tabu und dürfen nicht erforscht werden.« Penelope Fittes blickte in die Runde. »An manche Dinge rührt man besser nicht.«

Jetzt kam Bewegung in George.

»Entschuldigung, aber da muss ich Ihnen widersprechen. Ganz

gewiss sollten wir für unseren Kampf gegen das Problem so viel wie möglich darüber erfahren.«

»Ach, mein lieber George, Sie sind noch so jung…« Wieder das heisere Lachen. »Ich kann verstehen, dass Ihnen diese Sichtweise noch fremd ist.«

»Nein, George hat recht«, sagte Lockwood energisch. »George hat immer recht. Wir dürfen uns nicht scheuen, Dinge aufzudecken, die im Dunkeln liegen. Wir müssen Licht in sie bringen. So wie die Laterne im Logo Ihrer Agentur. Denn genau das ist die Aufgabe eines Agenten.«

Mrs Fittes hielt seinem Blick stand. »Sie wollen damit doch hoffentlich nicht sagen, dass Sie mein Angebot schon wieder ablehnen?«

»Äh… nun ja… doch, wir lehnen Ihr *Angebot* oder Ihren Befehl – wie auch immer – ab.« Lockwoods Ton war auf einmal scharf. »Nichts für ungut, aber wir gehören nicht zu Ihrer Agentur. Sie können nicht einfach in unsere Küche reinplatzen und uns vorschreiben, was wir zu tun haben.«

»Doch, das können wir«, erwiderte die Dame. »Hab ich recht, Rupert?«

»Und ob!« Sir Rupert Gale kam vom Fenster herübergeschlendert und baute sich hinter uns auf. »Für einige von uns«, sagte er, »wird das, was sie tun, von nun an Konsequenzen haben.« Er beugte sich vor, schnappte sich Georges Schinkenbrot vom Teller und biss ein gewaltiges Stück davon ab. »Andere dagegen haben keinerlei Konsequenzen zu befürchten. So wie in diesem Fall hier. Hm, köstlicher Schinken! Und auch noch mit Senf. Sehr lecker.«

»Was fällt Ihnen ein!« Lockwood sprang von seinem Stuhl und war im Nu halb um den Tisch herumgelaufen. Doch dann blieb er unvermittelt stehen, denn mit derselben Geschwindigkeit war etwas Silbernes vor ihm aufgeblitzt. Sir Rupert hatte seinen Degen gezogen und die Spitze verharrte dicht vor Lockwoods Brust. Dabei sah er Lockwood aber kaum an, sondern kaute zufrieden weiter und betrachtete angelegentlich die Brotkruste.

»Einen Unbewaffneten bedrohen, Sir Rupert?«, sagte George. »Das hat echt Klasse.«

»Gib mir doch mal das Buttermesser rüber, George«, entgegnete Lockwood halblaut. »Das reicht wahrscheinlich, um mit ihm fertigzuwerden.«

»Sie sind wirklich ein Spaßvogel«, erwiderte Sir Rupert gelassen.

Penelope Fittes hob die Hand. »Bitte keine Gewalt. Wir statten Ihnen schließlich einen Höflichkeitsbesuch ab. Rupert – steck den Degen weg. Anthony – setzen Sie sich wieder.«

Lockwood zögerte lange, dann kehrte er langsam wieder zu seinem Stuhl zurück. Der immer noch kauende Sir Rupert schob seine Waffe wieder in den Gürtel.

»Schon besser.« Mrs Fittes lachte wieder heiser. »Typisch Jungs! Was soll ich bloß mit euch machen? Also – es liegt doch auf der Hand, was ich möchte, und ich verstehe nicht, was Sie dagegen einzuwenden haben. Sie sind eine charmante kleine Agentur und von mir aus können Sie auch weiterhin unbehelligt Ihre charmanten kleinen Aufträge erledigen. Aber von nun an halten Sie sich gefälligst an solche Ermittlungen, die besser zu Ihnen passen – an die kleinen Heimsuchungen, die unsere Gesellschaft so zermürben. Keine weiteren Dummheiten wie das hier« – sie zeigte auf Georges Wandkarte – »keine müßigen Spekulationen mehr, und Sie stecken Ihre Nase auch nicht mehr in Angelegenheiten, die Sie nichts angehen. Sie, mein lieber George, hatten schon immer irgendwelche verrückten Ideen.

Es wäre besser, Sie würden sich mit nützlichen Dingen beschäftigen. Zum Beispiel mit Ihrem Äußeren. Ziehen Sie sich besser an! Gehen Sie aus, lernen Sie ein nettes Mädchen kennen, suchen Sie sich ein paar Freunde.«

»Sich mit einem Deo anzufreunden, würde auch nichts schaden«, kommentierte Sir Rupert Gale von hinten und tätschelte George die Schulter.

George blieb reglos sitzen.

»Jetzt machen Sie doch keine so ernsten Gesichter!« Penelope Fittes lächelte uns einen nach dem anderen an. »Sie haben alles, was eine perfekte kleine Firma braucht, wenn auch im Miniaturformat. Einen stabilen, unverwüstlichen Rechercheur – das ist George. Und natürlich Lockwood – der resolute Mann der Tat. Mit der reizenden Miss Munro haben Sie sogar eine ideale Sekretärin und Schreibkraft. Vielleicht nicht gerade die mutigste Agentin, nach allem, was mir meine neuen Kollegen von Rotwell berichten, aber dafür entzückend anzuschauen –«

»Jetzt reicht's!« Es war meine Stimme. Mein Stuhl kippte nach hinten, ich war aufgesprungen. »Sie wissen überhaupt nichts von Holly und auch sonst von keinem von uns. Lassen Sie sie in Ruhe!«

»Oha, Miss Carlyle.« Die Frau drehte sich zu mir um und zum ersten Mal spürte ich die ganze Grausamkeit ihres Lächelns. »Sie ahnen ja nicht, wie leid es mir tut, dass Sie mein Angebot neulich ausgeschlagen haben. Zusammen hätten wir beide Großes vollbringen können. Aber es hat keinen Zweck, sich wegen verpasster Gelegenheiten zu grämen. Was mich zu *Ihnen* bringt, Mr Kipps.«

Damit nahm sie Kipps zum ersten Mal offiziell zur Kenntnis. Er stand immer noch hinter der Tür und drückte sich an die Mülleimer, als könnte er auf diese Weise ganz und gar von der

Bildfläche verschwinden. Als sie ihn nun anlächelte, zuckte er zusammen.

»Nach allem, was ich höre, waren Sie in letzter Zeit ebenfalls fleißig, Quill«, sagte sie, »und haben sich mit einer Brille vergnügt, die Ihnen nicht gehört. Wie lustig. Hoffentlich haben Sie mit Ihren neuen Freunden eine schöne Zeit verbracht. Aber bei aller Begeisterung sollten Sie das Wichtigste nicht vergessen – nämlich dass Sie, und zwar auf eigenen Wunsch, aus meiner Agentur ausgeschieden sind und sich damit um jegliche Chance gebracht haben, an ruhmreichen Einsätzen teilzunehmen und sich Ansehen zu erwerben. Abtrünnige wie Sie werden nicht geduldet und ich werde an Ihnen ein Exempel statuieren. Ihre Altersvorsorge wird eingezogen, Ihr Ruf ruiniert. Ich werde dafür sorgen, dass Sie nie wieder für irgendeine seriöse übersinnliche Ermittlungsagentur arbeiten werden.«

»Macht nichts, Kipps«, warf Lockwood ein, »wenn du willst, kannst du für uns arbeiten. Wir sind sowieso unseriös.«

Kipps äußerte sich nicht dazu. Er war sehr blass, seine Nase und Lippen waren bläulich angelaufen. Vor lauter Furcht und Demütigung sah er schon fast wie ein Toter aus.

»Dann will ich mal wieder los!«, sagte Penelope Fittes munter. »Ich habe schrecklich viel zu tun … Ach ja, das Leben geht manchmal seltsame Wege, nicht wahr, Anthony? Mein früheres Angebot haben Sie abgelehnt und mir trotzdem unabsichtlich einen größeren Gefallen getan, als ich mir je hätte träumen lassen. Vielen Dank auch für den Tee.« Sie stand auf und sah sich noch einmal in der Küche um. »Was für ein hübsches kleines Haus. So charmant, so schutzlos. Ich wünsche Ihnen allen noch einen schönen Tag.«

Damit ging sie hinaus. Sir Rupert Gale futterte noch Georges Schinkenbrot auf, nahm dann ein Geschirrhandtuch vom Abtropfbrett, wischte sich das Fett von den Händen und ließ das Tuch in die Spüle fallen. Er grinste uns ein letztes Mal an und verließ die Küche. Wir hörten, wie die Haustür ins Schloss fiel und seine Schritte draußen auf den Steinplatten verklangen. Kurz darauf brummte Mrs Fittes' Wagen in den hellen Frühlingsmorgen davon.

Keiner von uns sagte etwas, keiner rührte sich vom Fleck: Lockwood auf seinem Stuhl, George und Holly einander gegenüber am Tisch, ich am anderen Tischende und Kipps stehend hinter der Tür. Keiner sah den anderen an, aber keinem entging, wie still die anderen waren, wie reglos. Der gleiche Schreck hielt uns alle gefangen.

Dann lachte Lockwood schallend los. Der Bann war gebrochen, alle regten sich wieder, wie aus einem bösen Traum erwacht. Wir sahen ihn an und er grinste breit.

»Donnerwetter«, sagte er, »das war deutlich. Wir sollen uns gefälligst raushalten.«

Kipps scharrte mit den Füßen, George hüstelte leise.

»Dann lasst uns doch mal Klartext reden«, fuhr Lockwood fort. »Wer ist alles der Meinung, dass wir in Zukunft lieber brave kleine Agenten sein sollten, die tun, was Tante Penelope sagt, und nicht rumschnüffeln?«

Er sah in die Runde. Niemand sagte etwas.

»Prima.« Lockwood strich über das Weise Tuch, bis es wieder schön glatt lag. »Gut zu wissen. Dann also bitte Hand heben, wer glaubt, dass wir das *Gegenteil* von dem tun sollten, was sie gesagt hat! Wer der Meinung ist, dass es unser gutes Recht, ja geradezu unsere Pflicht ist, Penelope Fittes, nachdem sie jetzt die Samthandschuhe ausgezogen hat, zum Ziel unserer künftigen Ermittlungen zu machen. Und zwar ganz egal, womit sie und dieser geschniegelte Flegel uns drohen.«

Alle hoben wortlos die Hand. Sogar Kipps – auch wenn es bei ihm aussah, als wollte er sich eigentlich nur am Hinterkopf kratzen und würde nur deshalb den angewinkelten Arm in die Höhe recken. Wir alle in dieser Küche, in der die Frühlingssonne so hell durchs Fenster schien, hoben die Hand.

»Sehr schön«, sagte Lockwood. »Danke. Ich freue mich, weil ich derselben Meinung bin. Dann wollen wir mal den Tisch abräumen. Setzt du noch mal Wasser auf, George? Höchste Zeit, dass Lockwood & Co. sich an die Arbeit machen.«

Zwei Minuten darauf stand ich an der Spüle, wusch das Geschirr ab und schaute durchs Fenster auf nichts Bestimmtes, als mir aus dem Augenwinkel auffiel, dass es hinter dem Geschirrhandtuch grünlich schimmerte. Ich zog das Tuch weg und stellte fest, dass mich der Geist im Glas beobachtete. Zum ersten Mal war sein Gesicht nur ein kleines bisschen abstoßend, seine Miene war sehr sachlich und ernst.

»Da hat dein Lockwood ja eine nette Rede gehalten«, sagte der Schädel. *»Hervorragend formuliert. Einen Augenblick lang hätte ich fast selbst geglaubt, dass ihr* nicht *dem Untergang geweiht seid. Was vermutlich auch seine Absicht war. Aber jetzt klär mich doch bitte mal auf, ich habe ja hinter dem Tuch kaum was gesehen. Wer ist denn da vorhin reingeschneit?«*

»Penelope Fittes.«

»Wer soll das sein?«

»Die Chefin der Agentur Fittes. Die Herrscherin über ganz London, wie es momentan aussieht. Jedenfalls ihrer Meinung nach. Komm schon, stell dich nicht dümmer, als du bist. Das weiß doch jeder.«

»Ich bin bloß ein armer alter Schädel und ein bisschen schwer von Begriff. Das war also Penelope Fittes? So, so. Die Chefin der

Firma Fittes? Die Enkelin der alten Marissa, die das Unternehmen damals gegründet hat?«

»Richtig. Und auf einmal ist sie gar nicht mehr so freundlich, wie wir immer dachten … Was hast du denn? Warum lachst du?«

»Ach, nur so. Was meinst du – wie alt ist sie wohl?«

»Wieso? Willst du ihr einen Heiratsantrag machen? Woher soll ich das wissen?«

»Sie hatte einen Leibwächter dabei«, fuhr der Schädel fort. *»Diesen blonden Burschen mit dem flaumigen Schnurrbärtchen.«*

»Ja«, knurrte ich. »Sir Rupert Gale. Ein widerlicher Kerl.«

»Stimmt. Ein lächelnder, blauäugiger Mörder. Aber kein Wunder. Sie hatte immer jemanden um sich, der für sie die Drecksarbeit erledigt.«

»Wer?«

»Marissa Fittes.«

»Wir reden hier über Penelope.«

»Hm … ja. Spül diesen Teller lieber noch mal ab, Lucy, da klebt noch Ketchup dran.«

Ich widmete mich wieder meinem Abwasch und blickte in den Garten hinaus. Neben mir kicherte der Schädel nervtötend vor sich hin.

»Was ist denn so komisch?«, fragte ich schließlich. »Ich will auch mitlachen.«

»Ich bin Marissa ja mal begegnet«, sagte der Schädel. *»Ich habe mit ihr gesprochen. Das habe ich dir ja schon erzählt – oder hast du's wieder vergessen?«*

»Nein. Du hast erzählt, dass sie dich in das Glas gesteckt hat.«

»Schon komisch, sie auf einmal wiederzusehen.«

»Sieht Penelope ihr denn so ähnlich?« Ich dachte an die Greisin auf den Fotos im Fittes-Gebäude. Aber die Bilder waren gegen Ende von Marissas Leben aufgenommen worden, früher hatte sie Penelope vielleicht wirklich ähnlich gesehen.

»Das kann man wohl sagen. Sie sieht noch ganz genauso aus wie vor fünfzig Jahren. Brrr, ich könnte echt das Gruseln kriegen, dabei bin ich ein Geist in einem Glas. Aber ich will dich nicht ablenken. Du musst noch das ganze Besteck spülen. Marmeladenmesser und Eierlöffel – wenn das nicht spannend ist.«

»Tut mir leid«, sagte ich, »aber ich kann dir nicht folgen. Bitte noch mal von vorn.«

»Ich frage mich, wie sie das hingekriegt hat. Sie hat sich wirklich überhaupt nicht verändert. Sie muss inzwischen über achtzig sein, aber sie sieht fast noch jünger aus als damals.«

Ich schaute den Geist an. Er schaute mich an. Dann schielte er schauerlich.

»Ich sag's mal ganz langsam, damit du geistig mitkommst, Lucy. Penelope – Fittes – ist – nicht – Marissas – Enkelin. Sie – ist – sie.«

Ich hielt mit den Händen im Seifenwasser inne und starrte das Geisterglas ungläubig an. Hinter mir hängte George Teebeutel in die Tassen. Das Wasser im Kessel kochte. Lockwood und Kipps stritten sich über irgendwas. Holly war im Garten und schüttelte die Krümel aus dem Weisen Tuch. Und der Geist im Glas ließ mich nicht aus den funkelnden dunklen Augen.

»Sie ist sie?«, wiederholte ich verständnislos.

»Du hast's erfasst. Penelope Fittes ist Marissa Fittes. Sie sind ein und dieselbe Person.«

Ende

Glossar

* Geister vom Typ Eins
** Geister vom Typ Zwei

Abwehrmittel – Die drei grundlegenden Mittel, in der Reihenfolge ihrer Wirksamkeit, sind *Silber, Eisen* und *Salz*. Auch *Lavendel* gewährt einen gewissen Schutz, ebenso wie helles Licht und fließendes *Wasser*.

Agentur – Unternehmen, die sich auf die Bekämpfung und Vernichtung von *Geistern* spezialisiert haben. Allein in London gibt es Dutzende davon. Die beiden größten, die Agentur Fittes und die Agentur Rotwell, haben Hunderte von Mitarbeitern. Die kleinste, Lockwood & Co., verfügt über genau drei. Die meisten Agenturen werden von einem erwachsenen Berater geführt, aber alle sind in hohem Maße von Kindern mit ausgeprägten übersinnlichen *Gaben* abhängig.

Alb** – Ein gefährlicher *Geist Typ Zwei*. Albe sind den *Wiedergängern* verwandt in Stärke und Verhaltensmustern, sehen aber viel grausiger aus. Ihre *Erscheinung* zeigt den Verstorbenen als Leiche: schauerlich und eingefallen, grauenhaft abgemagert, gelegentlich verwest und von Würmern zersetzt. Albe erscheinen häufig auch als Skelette. Sie verursachen eine schwere Form der *Geisterstarre*. Siehe auch *Blutrippe*.

Anderlicht – Ein unheimliches, unnatürliches Licht, das von einigen *Erscheinungen* ausgeht. Siehe auch *Aura*.

Artefaktjäger – Jemand, der *Quellen* und andere übernatürlich aufgeladene Gegenstände ausfindig macht und auf dem Schwarzmarkt verkauft.

Aura – Der Schimmer oder Glanz, der viele *Erscheinungen* umgibt. Die meisten Auren sind recht schwach und am besten aus dem Augenwinkel wahrzunehmen. Sehr kräftige, strahlende Auren bezeichnet man als *Anderlicht*. Manche *Geister*, wie auch die *Schwarzen Wiedergänger*, sind von einer dunklen Aura umgeben – schwärzer als die schwärzeste Nacht.

BEBÜP – Behörde zur Erforschung und Bekämpfung Übersinnlicher Phänomene. Eine Regierungseinrichtung, die sich dem *Problem* widmet. Sie geht dem Wesen der *Geister* auf den Grund, versucht, die gefährlichsten zu vernichten, und überwacht das Treiben der vielen konkurrierenden *Agenturen*.

Besucher – Siehe *Geist*

Blutrippe** – Eine seltene und höchst unerfreuliche Art *Geist*, die sich als blutiger Leichnam ohne Haut, mit hervortretenden Augäpfeln und einem Grinsegebiss manifestiert. Bei *Agenten* gar nicht sehr beliebt. Manche Behörden ordnen sie offiziell als Abart des *Albs* ein.

Degen – Die offizielle Waffe aller *Agenten*, die übersinnliche Phänomene untersuchen. Manchmal sind die Spitzen der Eisenklingen mit *Silber* ummantelt.

Eckensteher* – Bezeichnung für *Lauerer* oder *Waberer*, die sich in Eingängen, Torbögen oder engen Gassen herumdrücken. Ein ganz gewöhnlicher städtischer *Geist*.

Eisen – Ein althergebrachter und wichtiger Schutz gegen *Geister* aller Art. Die gemeine Bevölkerung schützt ihre Häuser daher mit eisernen Verzierungen und trägt es in Form von *Schutzamuletten* bei sich. *Agenten* führen eiserne *Degen* und Ketten mit sich, die sie zum Schutz und Angriff gleichermaßen nutzen.

Eishauch – Der jähe Temperaturabfall, der eintritt, sobald ein *Geist* in der Nähe ist. Eines der vier Anzeichen einer nahe bevorstehenden *Manifestation*; die anderen sind *Maladigkeit*, *Miasma* und das *Kriechende Grauen*. Der Eishauch kann sich auf ein großes Gebiet erstrecken oder an besonderen »kalten Punkten« isoliert auftreten.

Eiskalte Jungfrau* – Eine nebelhafte weibliche Erscheinungsform, die meist in altmodische Roben gewandet und verschwommen in größerer Entfernung erscheint. Eiskalte Jungfrauen verursachen Anwandlungen von Melancholie und *Maladigkeit*, kommen den Menschen aber nur selten nahe.

Ektoplasma – Eine seltsame, wandlungsfähige Substanz, aus der sich die *Geister* bilden. Bei hoher Konzentration sehr gefährlich für Lebende.

Erscheinung – Die Gestalt, die ein *Geist* während seiner *Manifestation* annimmt. Für gewöhnlich imitieren Erscheinungen die Gestalt des Verstorbenen, gelegentlich bekommt man es aber auch mit Tieren und Gegenständen zu tun. Einige können recht ungewöhnlich sein. Der jüngst an den Limehouse Docks aufgetauchte *Wiedergänger* manifestierte sich als grünlich schimmernde Königskobra und der berüchtigte Schrecken der Bell Street erschien in der Gestalt einer Lumpenpuppe. Die meisten Geister können ihre Gestalt nicht verändern. *Wandler* sind die Ausnahme von der Regel.

Fittes' Leitfaden für Agenten – Berühmtes Agenten-Standardwerk, verfasst von Marissa Fittes, der Gründerin der ersten übersinnlichen *Agentur* Großbritanniens.

Flimmerer* – Ein kaum wahrnehmbarer *Geist* vom *Typ Eins,* der sich lediglich als durch die Luft huschende Flecken von *Anderlicht* manifestiert. Man kann ihn gefahrlos berühren und sogar durch ihn hindurchgehen.

Fühlender – Die übersinnliche Begabung, die Schwingungen eines Gegenstandes zu empfangen, der mit einem Todesfall oder einer *Heimsuchung* in Verbindung steht. Diese Schwingungen können visuelle Bilder, Geräusche oder andere sinnliche Assoziationen hervorrufen. Eine der drei primären Formen übersinnlich Begabter.

Gabe – Die Fähigkeit, *Geister* zu sehen, zu hören oder auf andere Weise wahrzunehmen. Viele Kinder, wenn auch nicht alle, werden mit einem gewissen Ausmaß an übersinnlichen Gaben geboren. Diese Fähigkeit nimmt mit dem Älterwerden ab, kann in einigen Erwachsenen jedoch immer noch schlummern. Kinder mit einer überdurchschnittlichen Gabe schließen sich der *Nachtwache* an. Außergewöhnlich begabte Kinder arbeiten üblicherweise in einer *Agentur*. Die drei primären Formen übersinnlich Begabter sind die *Schauenden*, die *Hörenden* und die *Fühlenden*.

Geist – Die Seele eines Verstorbenen. Geister sind so alt wie die Geschichte der Menschheit, sie treten jedoch seit einigen Jahrzehnten aus unbekannten Gründen gehäuft auf. Es gibt viele verschiedene Klassifizierungen, die sich jedoch in drei Grundtypen einteilen lassen (siehe *Typ Eins, Typ Zwei, Typ Drei*). Geister halten sich immer in der Nähe einer *Quelle* auf, die oft der Ort ihres Todes ist. Am stärksten sind sie nach Einbruch der Dunkelheit, besonders zwischen Mitternacht und zwei Uhr früh. Die meisten kümmern sich nicht um die Lebenden, einige treten jedoch eindeutig feindselig auf.

Geisterbombe – Eine Waffe, die aus einem in einer völlig luftdichten Kugel aus *Silberglas* eingesperrten *Geist* besteht. Zerbricht die Kugel, entweicht der Geist unverzüglich und verbreitet fortan Schrecken und *Geisterstarre* unter den Lebenden.

Geisterblut – *Ektoplasma* in hochkonzentrierter, zähflüssiger Form. Es brennt sich durch viele Materialien und lässt sich nur in *Silberglas*-Gefäßen sicher aufbewahren.

Geisterglas – Ein Gefäß aus *Silberglas* zur sicheren Aufbewahrung einer aktiven *Quelle*.

Geisterlampe – Eine elektrische Straßenlampe, die zur Abschreckung von *Geistern* besonders grelles Licht aussendet. Die meisten sind mit Blenden vor den Glaslinsen ausgestattet, welche sich nachts in Intervallen öffnen und schließen.

Geisternebel – Ein dünner grünweißer Nebel, der gelegentlich bei einer *Manifestation* auftritt. Er bildet sich womöglich aus *Ektoplasma* und ist kalt und unangenehm, aber letztendlich kann man gefahrlos damit in Berührung kommen.

Geistersekte – Eine Gruppe von Personen, die aus verschiedenen Gründen ein ungesundes Interesse an der Rückkehr der Toten hegt.

Geistersieche – Die Auswirkung körperlichen Kontakts mit einer *Erscheinung* und die tödlichste Gefahr, die von einem aggressiven *Geist* ausgeht. Diese Krankheit beginnt mit dem Gefühl einer stechenden, überwältigenden Kälte, dann breitet sich die Geistersieche rasch in Form eisiger Taubheit im ganzen Körper aus. Die Opfer verfärben sich bläulich und ihre Körper schwellen unnatürlich an. Ein Organ nach dem anderen versagt. Ohne rasche medikamentöse Behandlung verläuft die Geistersieche üblicherweise tödlich.

Geisterstarre – Ein gefährlicher Zustand, der von *Geistern* des *Typs Zwei* ausgelöst wird, womöglich eine Spielart der *Maladigkeit*. Den Opfern wird jeder Wille entzogen, sie befällt eine abgrundtiefe Verzweiflung. Ihre Muskeln scheinen schwer wie Blei zu sein, sie können sich kaum mehr bewegen oder denken. Auf diese Weise sind sie dem sich nähernden hungrigen Geist hilflos ausgeliefert…

Griechisches Feuer – Eine andere Bezeichnung für *Leuchtbomben.* Frühe Varianten dieser Waffen wurden schon zu Zeiten der alten Griechen oder des Byzantinischen Reiches eingesetzt.

Heimsuchung – Siehe *Manifestation*

Hörender – Eine der drei primären Formen übersinnlich Begabter. *Sensible* mit dieser Fähigkeit sind in der Lage, die Stimmen der Toten wahrzunehmen, den Nachhall vergangener Ereignisse und andere übernatürliche Geräusche, die bei *Heimsuchungen* auftreten.

Indikatorlicht – Eine besondere kleine Kerze, die von *Agenten* eingesetzt wird, um die Anwesenheit eines *Geistes* anzuzeigen. Wenn ein Geist naht, flackert und erlischt das Indikatorlicht.

Irrlicht* – Ein schwacher und im Allgemeinen harmloser *Geist* des *Typs Eins*, der sich als blasse, flackernde Flamme manifestiert. Eine Theorie besagt, dass alle *Geister* im Lauf der Zeit erst zu Irrlichtern und dann zu *Flimmerern* werden, bis sie sich irgendwann endgültig verflüchtigen.

Kettennetz – Ein aus feinen Silbergliedern gewebtes Netz, die flexible Variante einer *Plombe.*

Knochengeist* – Ein Geist vom *Typ Eins*, vermutlich eine Unterart der *Schemen.* Haarlose, ausgezehrte *Erscheinungen*, deren vertrocknete Haut sich über den Schädel und die Rippen spannt. Sie verströmen ein helles *Anderlicht.* Obwohl sie auf den ersten Blick Ähnlichkeit mit manchen *Alben* aufweisen, sind sie stets passiv und wirken im Allgemeinen eher jämmerlich.

Kreischer** – Ein gefürchteter *Geist Typ Zwei*, der in der Lage ist, jede Art der *Erscheinung* anzunehmen – sichtbar oder auch unsichtbar. Kreischer stoßen grässliche, übernatürliche Schreie aus, die gelegentlich den Zuhörer so vor Schreck erstarren lassen, dass er in eine *Geisterstarre* verfällt.

Kriechendes Grauen – Das Gefühl unerklärlichen Grauens, das sich im Vorfeld einer *Manifestation* einstellt. Tritt oft in Begleitung von *Eishauch*, *Miasma* und *Maladigkeit* auf.

Lauerer* – Ein *Geist* vom *Typ Eins*, der sich reglos im Dunkeln verborgen hält, sich nie den Lebenden nähert, aber Beklemmung und *Kriechendes Grauen* verursacht.

Lavendel – Der kräftige und blumige Duft dieser Pflanze hält angeblich böse *Geister* fern. Viele Menschen tragen zu diesem Zweck getrocknete Zweiglein bei sich oder verbrennen sie, um den beißenden Rauch freizusetzen. *Agenten* führen gelegentlich kleine Flakons mit Lavendelwasser zum Einsatz gegen schwächere Geister des *Typs Eins* bei sich.

Leuchtbomben – Ein Metallbehälter mit einem zerbrechlichen Glasverschluss, der Magnesium, *Eisen*, *Salz*, Schießpulver und einen Zündmechanismus enthält. Eine wichtige *Agenten*-Waffe gegen aggressive *Geister*.

Leuchtender Knabe** – Ein verführerisch anzusehender *Geist* des *Typs Zwei*, der sich als wunderschöner Jüngling (seltener auch als junges Mädchen) manifestiert und von kaltem, loderndem *Anderlicht* umflossen wird.

Maladigkeit – Ein Gefühl von Mutlosigkeit und Trägheit, das sich eines Menschen in der Regel bemächtigt, wenn ein *Geist* naht. Im Extremfall kann sie sich zu der gefährlichen *Geisterstarre* auswachsen.

Manifestation – Eine Geistererscheinung. Kann in Begleitung aller möglichen übersinnlichen Phänomene auftreten, darunter Geräusche, Gerüche, eigenartige Empfindungen, sich bewegende Gegenstände, Temperaturstürze und die Wahrnehmung von *Erscheinungen*.

Mauerklopfer* – Ein uninteressanter *Geist* vom *Typ Eins*, der außer Klopfen nicht viel kann.

Miasma – Ein übler Dunst, meist verbunden mit unangenehmen Gerüchen und Geschmacksempfindungen, die sich bei einer bevorstehenden *Manifestation* einstellen. Oft in Verbindung mit *Kriechendem Grauen*, *Maladigkeit* und *Eishauch*.

Nachtwache – Gruppen von Kindern, die für große Firmen oder örtliche Verwaltungen arbeiten und Fabriken, Bürogebäude und öffentliche Einrichtungen nach Einbruch der Dunkelheit bewachen. Die Kinder der Nachtwachen dürfen zwar keine *Degen* tragen, haben jedoch lange Speere mit Eisenspitzen bei sich, um *Erscheinungen* abwehren zu können.

Nimbus – Eine ringförmige *Aura* beziehungsweise ein helles, aber körniges *Anderlicht*, das eine *Quelle* oder *Erscheinung* umgibt.

Phantasma** – Alle *Geister* vom *Typ Zwei*, die eine flüchtige, körperlose und durchsichtige Form haben. Ein Phantasma ist bis auf seine blassen Umrisse und ein paar Details des Gesichts und der Gestalt nahezu unsichtbar. Trotz seiner unwirklichen *Erscheinung* steht es dem kräftiger wirkenden *Alb* an Aggressivität in nichts nach – und ist umso gefährlicher, weil es so schwer auszumachen ist.

Phantom – Siehe *Geist*

Plasma – Siehe *Ektoplasma*

Plombe – Ein aus *Silber* oder *Eisen* bestehender Gegenstand, in dem eine *Quelle* aufbewahrt oder gesichert wird, damit der *Geist* nicht mehr daraus entweichen kann.

Poltergeist** – Ein mächtiger und zerstörerischer *Geist* vom *Typ Zwei*. Poltergeister geben starke Wellen übersinnlicher Energie von sich, die sogar schwere Gegenstände anheben können. Sie bilden keine *Erscheinungen* aus.

Problem – Die Welle epidemisch auftretender *Heimsuchungen*, die Großbritannien seit nunmehr einigen Jahrzehnten überschwemmt.

Quelle – Der Gegenstand oder Ort, durch den ein *Geist* die Welt betritt, und Sitz dessen, was von seiner Seele noch übrig ist.

Rückkehrer** – Ein zum Glück eher seltener *Geist* vom *Typ Zwei.* Diese *Erscheinungen* können ihren eigenen Leichnam vorübergehend wiederbeleben und ihren Gräbern entsteigen. Sie lösen zwar eine starke *Geisterstarre* sowie heftige Anwandlungen von *Kriechendem Grauen* aus, sind aber einfach zu bekämpfen, weil ihre Leichen gleichzeitig auch ihre *Quellen* sind, die der betreffende *Agent* nur zu verplomben braucht. Hinzu kommt, dass die Leichen bei entsprechendem Verwesungsgrad normalerweise in ihre Einzelteile zerfallen, ehe die *Besucher* ernsthaften Schaden anrichten können.

Salz – Ein weitverbreitetes *Abwehrmittel* gegen *Geister* des *Typs Eins*. Weniger wirkungsvoll als *Eisen* und *Silber*, aber billiger als diese und in fast jedem Haushalt verfügbar.

Salzbomben – Eine kleine salzgefüllte Kugel zum Werfen, die beim Aufprall zerplatzt und das Salz in alle Richtungen versprengt. Wird von *Agenten* eingesetzt, um schwächere *Geister* auf Abstand zu halten. Wenig nützlich bei mächtigeren Wesen.

Salzkanone – Größere Version einer *Salzpistole*.

Salzpistole – Eine Vorrichtung, die in einem größeren Umkreis einen feinen *Salz*wassernebel versprüht. Eine nützliche Waffe gegen *Geister* vom *Typ Eins*, die zunehmend von größeren *Agenturen* eingesetzt wird.

Schauender – Die Fähigkeit, *Erscheinungen* und andere übersinnliche Phänomene optisch wahrzunehmen, wie zum Beispiel den *Todesschein*. Eine der drei primären Formen übersinnlich Begabter.

Schemen* – Ein gewöhnlicher *Typ-Eins-Geist* und vermutlich der am weitesten verbreitete *Besucher*. Schemen können so massiv daherkommen wie *Wiedergänger* oder so durchscheinend wie *Phantasmen*, verfügen aber nicht über deren gefährliche Intelligenz. Schemen scheinen die Anwesenheit Lebender nicht wahrzunehmen und sind in unveränderlichen Verhaltensmustern gefangen. Sie strahlen Verlust- und Trauergefühle aus, zeigen aber nur selten Zorn oder andere stärkere Emotionen. Sie erscheinen fast immer in menschlicher Gestalt.

Schlackerer** – Eine unförmige Geistervariante vom *Typ Zwei*, die üblicherweise mit menschlichem Kopf und Oberkörper erscheint, aber ohne erkennbare Arme und Beine. Zusammen mit *Alben* und *Blutrippen* eine der unerfreulichsten *Erscheinungen* überhaupt. Wird oft von starkem *Miasma* und *Kriechendem Grauen* begleitet.

Schleicher* – Ein *Geist Typ Eins*, der sich zu den Lebenden hingezogen fühlt, ihnen in gewisser Entfernung folgt, sich aber nicht nahe heranwagt. *Agenten*, die *Hörende* sind, nehmen oft das Schlurfen seiner knochigen Füße sowie sein trostloses Seufzen und Stöhnen wahr.

Schutzamulett – Ein Gegenstand, in der Regel aus *Eisen* oder *Silber*, der dazu dient, *Geister* fernzuhalten. Kleinere Amulette können auch als Schmuckstücke getragen werden, die größeren, am Haus angebrachten, sind häufig ähnlich dekorativ.

Schwarm – Eine ganze Gruppe *Geister* auf einem klar umrissenen, begrenzten Raum.

Schwarzer Wiedergänger** – Eine furchterregende Geistervariante des *Typs Zwei*, die sich als wabernde Schwärze manifestiert. Gelegentlich lässt sich die *Erscheinung* im Zentrum erahnen, manchmal aber gleicht sie in ihrer Undurchdringlichkeit und Formlosigkeit einer schwarzen Wolke, die sich auf die Größe eines pulsierenden Herzens zusammenziehen kann oder blitzschnell den ganzen Raum ausfüllen.

Schwebende Braut* – Ein weiblicher *Geist* vom *Typ Eins*, eine Variante der *Eiskalten Jungfrau*. Sie erscheint üblicherweise ohne Kopf, ihr können aber auch andere Körperteile fehlen. Manche sind auf der Suche nach ihren verlorenen Gliedmaßen, andere halten diese an sich gedrückt oder recken sie anklagend in die Höhe. Benannt sind sie nach den Geistern zweier königlicher Bräute, die im Hampton Court Palace geköpft wurden.

Sensibler – Jemand, der mit einer außergewöhnlich großen übersinnlichen *Gabe* gesegnet ist. Die meisten schließen sich einer *Agentur* oder der *Nachtwache* an. Freiberuflich arbeitende bieten übersinnliche Dienstleistungen an, ohne sich einer direkten Begegnung mit *Besuchern* auszusetzen.

Silber – Ein wichtiger und wirksamer Schutz gegen *Geister*. Von vielen Menschen in Form von *Schutzamuletten* als Schmuck getragen. *Agenten* nutzen es zum Beschichten ihrer *Degen* und als entscheidenden Bestandteil ihrer *Plomben*.

Silberglas – Ein besonders geistersicheres Glas, in dem *Quellen* aufbewahrt werden.

Sperrstunde – Als Reaktion auf das *Problem* hat die britische Regierung in den meisten besiedelten Gegenden nächtliche Sperrstunden eingeführt. Während ihrer Dauer, zwischen Einbruch der Dämmerung und dem Morgengrauen, ist die Bevölkerung gehalten, sich in ihren durch *Abwehrmittel* geschützten Häusern aufzuhalten. In vielen Städten werden Beginn und Ende durch die Sperrstundenglocke verkündet.

Städtische Entsorgungsanstalt für Übernatürliche Artefakte im Großraum London – Seinerzeit von der *Agentur* Fittes gegründete Institution, in deren Brennöfen gefährliche übernatürliche *Quellen* vernichtet werden.

Todesschein – Ein Rest von Energie, der an der Stelle zurückbleibt, an der jemand gestorben ist. Je gewaltsamer der Tod, desto heller der Todesschein, der jahrelang anhalten kann.

Typ Eins – Die schwächste, häufigste und ungefährlichste Geisterklasse. Geister vom *Typ Eins* sind sich ihrer Umgebung kaum bewusst und oft in einem einzigen, sich wiederholenden Verhaltensmuster gefangen. Zu dieser Klasse zählt man: *Schemen, Lauerer* und *Schleicher*. Siehe auch *Eiskalte Jungfrau, Flimmerer, Eckensteher, Irrlicht, Knochengeist, Mauerklopfer* und *Schwebende Braut*.

Typ Zwei – Die gefährlichste Klasse, denn Geister vom *Zyp Zwei* sind stärker als die vom *Typ Eins* und verfügen über eine gewisse Restintelligenz. SIe nehmen die Lebenden wahr und versuchen gelegentlich, ihnen Schaden zuzufügen. Die am weitesten verbreiteten Variationen des *Typs Zwei* sind: *Wiedergänger, Phantasmen* und *Albe*. Siehe auch *Wandler, Poltergeist, Blutrippe, Kreischer, Rückkehrer* und *Schlackerer*.

Typ Drei – Sehr seltene Geisterklasse, die zuerst von Marissa Fittes gemeldet wurde und seither Gegenstand heftiger Kontroversen ist. Dieser Typus kann angeblich ohne Einschränkungen mit den Lebenden kommunizieren.

Wandler** – Ein seltener *Geist* vom *Typ Zwei,* der während einer *Manifestation* seine *Erscheinung* verändern kann.

Wasser, fließend – Schon in grauer Vorzeit wurde beobachtet, dass *Geister* davor zurückschrecken, fließendes Wasser zu überqueren. Heutzutage wird dieses Wissen wieder gegen sie eingesetzt. In London schützt ein Netz künstlicher Kanäle und Wasserrinnen die Haupteinkaufsstraßen. In kleinerem Maßstab nutzen manche Hausbesitzer kleine Abwassersysteme um ihre Anwesen, in die sie das Regenwasser leiten.

Wiedergänger** – Der am häufigsten in Erscheinung tretende *Geist* des *Typs Zwei*. Ein Wiedergänger nimmt immer eine deutliche *Erscheinung* an, die in manchen Fällen fast körperlich wirken kann. In der Regel ist sie ein exaktes Abbild des Verstorbenen kurz vor oder während seines Todes. Wiedergänger sind weniger durchscheinend als *Phantasmen* und weniger scheu als *Albe*, aber ebenso variabel. Viele verhalten sich im Umgang mit den Lebenden harmlos oder gar gutartig; womöglich sind sie zurückgekehrt, um ein Geheimnis zu lüften oder ein begangenes Unrecht wiedergutzumachen. Nichtsdestoweniger verhalten sich einige feindlich und suchen aufdringlich menschlichen Kontakt. Diese sollte man um jeden Preis meiden.

Jonathan Stroud

Scarlett & Browne

Die Outlaws
Band 1, 448 Seiten,
ISBN 978-3-570-16596-6

Die Berüchtigten
Band 2, ca. 448 Seiten,
ISBN 978-3-570-16597-3

Die Legendären
Band 3, 448 Seiten,
ISBN 978-3-570-16772-4

Ein tragisches Unglück in ihrer Vergangenheit hat die 17-jährige Scarlett McCain zur Gesetzlosen gemacht. Inzwischen ist sie eine geschickte Bankräuberin, hervorragende Kämpferin und Meisterschützin. Nach einem ihrer Beutezüge trifft sie bei ihrer Flucht durch die Wälder auf den hilflosen 15-jährigen Albert Browne. Wider besseres Wissen erklärt sich Scarlett bereit, ihm zu helfen. Ein fataler Fehler. Halb England ist dem Jungen auf den Fersen, der über eine geheimnisvolle Fähigkeit verfügt, und die andere Hälfte jagt Scarlett wegen ihrer Überfälle. Und so beginnt eine halsbrecherische Flucht durchs ganze Land, die Verfolger im Nacken …

20314_3

cbj

www.cbj-verlag.de